“十二五”国家重点图书出版规划项目

中国近现代稀见史料丛刊【第二辑】

张剑 徐雁平 彭国忠 主编

翁同爵家书系年考

翁同爵 著
李红英 辑考

凤凰出版社

图书在版编目（CIP）数据

翁同爵家书系年考 / 翁同爵著 ; 李红英辑考.
-- 南京 : 凤凰出版社, 2015.5
（中国近现代稀见史料丛刊. 第2辑）
ISBN 978-7-5506-2126-8

Ⅰ. ①翁… Ⅱ. ①翁… ②李… Ⅲ. ①翁同爵（1814～1877年）—书信集 Ⅳ. ①K827=52

中国版本图书馆CIP数据核字(2015)第050832号

书名	翁同爵家书系年考
著者	翁同爵 著 李红英 辑考
责任编辑	陆 扬
出版发行	凤凰出版传媒股份有限公司 凤凰出版社(原江苏古籍出版社) 发行部电话025-83223462
出版社地址	南京市中央路165号,邮编:210009
出版社网址	http://www.fhcbs.com
经销	凤凰出版传媒股份有限公司
照排	南京凯建图文制作有限公司
印刷	江苏凤凰扬州鑫华印刷有限公司 扬州市江阳工业园蜀岗西路9号,邮编:225008
开本	880×1230毫米 1/32
印张	17.5
字数	455千字
版次	2015年5月第1版 2015年5月第1次印刷
标准书号	ISBN 978-7-5506-2126-8
定价	70.00元

(本书凡印装错误可向承印厂调换,电话:0514-85868858)

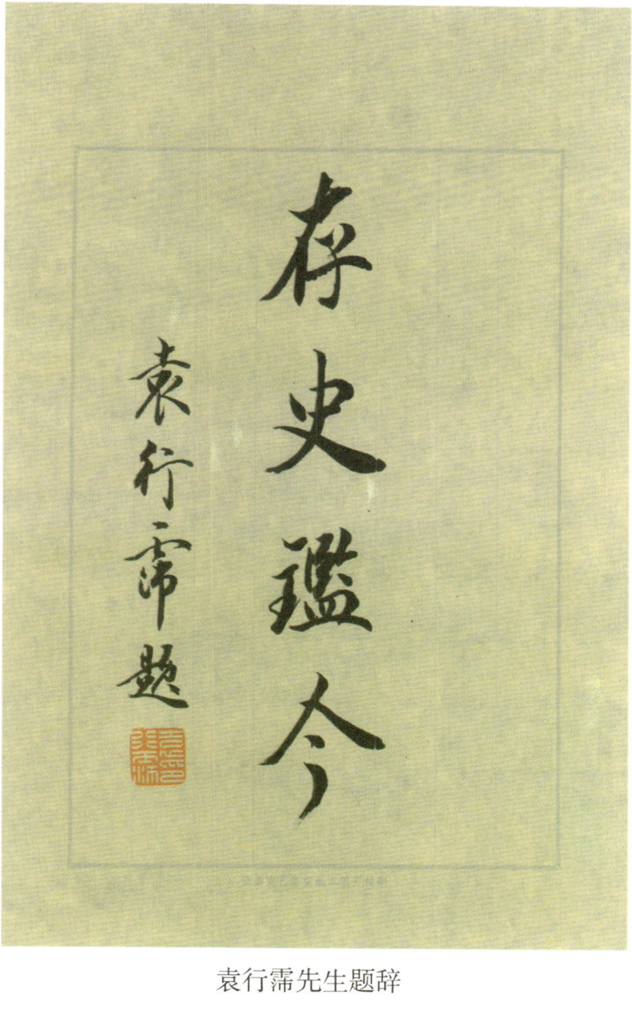

袁行霈先生题辞

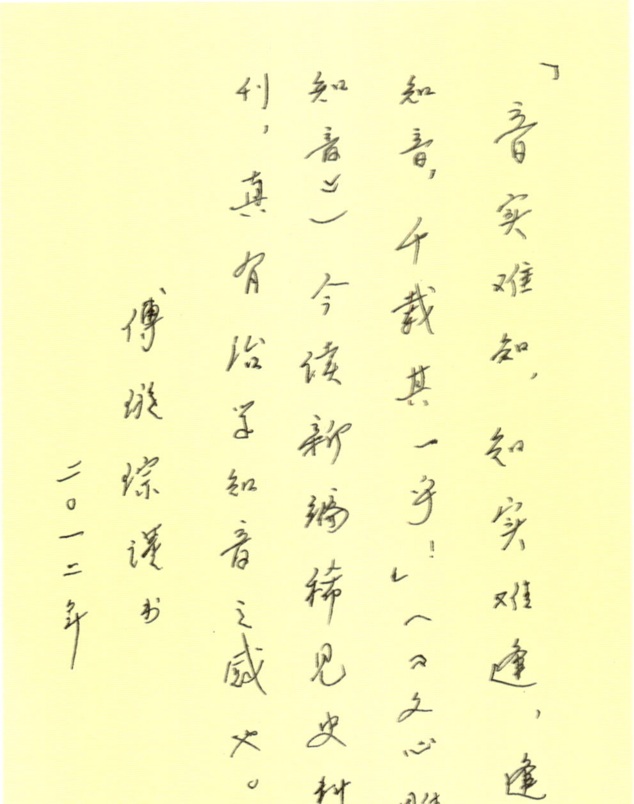

「音实难知，知实难逢，逢其知音，千载其一乎！」（《文心雕龙·知音》）今读新编稀见史料丛刊，真有治学知音之感矣。

傅璇琮谨书

二〇一二年

傅璇琮先生题辞

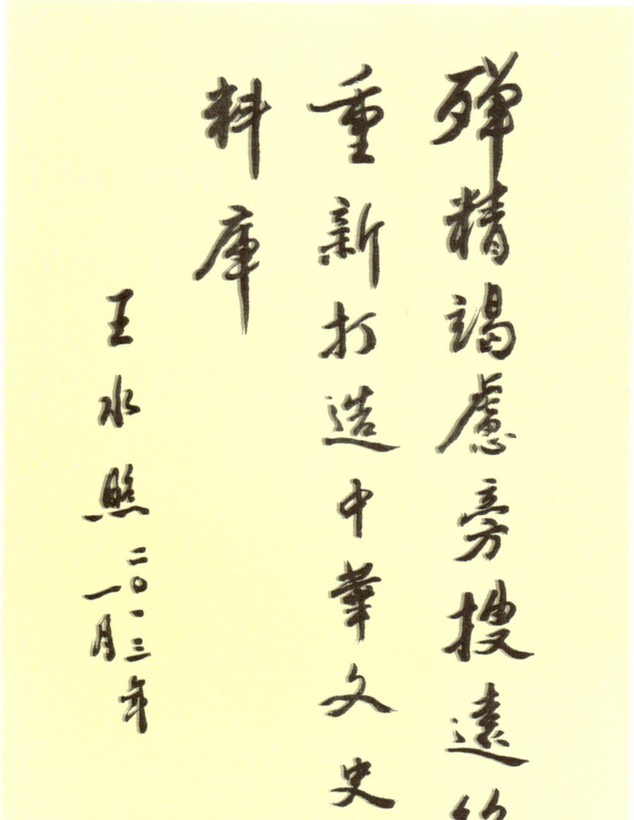

王水照先生题辞

《中国近现代稀见史料丛刊》总序

在世界所有的文明中，中华文明也许可说是“唯一从古代存留至今的文明”（罗素《中国问题》）。她绵延不绝、永葆生机的秘诀何在？袁行霈先生做过很好的总结：“和平、和谐、包容、开明、革新、开放，就是回顾中华文明史所得到的主要启示。凡是大体上处于这种状况的时候，文明就繁荣发展，而当与之背离的时候，文明就会减慢发展的速度甚至停滞不前。”（《中华文明的历史启示》，《北京大学学报》2007年第1期）

但我们也要清醒看到，数千年的中华文明带给我们的并不全是积极遗产，其长时段积累而成的生活方式与价值观具有强大的稳定性，使她在应对挑战时所做的必要革新与转变，相比他者往往显得迟缓和沉重。即使是面对佛教这种柔性的文化进入，也是历经数百年之久才使之彻底完成中国化，成为中华文明的一部分；更不用说遭逢“数千年来未有之变局”、“数千年未有之强敌”（李鸿章《筹议海防折》），“数千年未有之巨劫奇变”（陈寅恪《王观堂先生挽词序》）的中国近现代。晚清至今虽历一百六十余年，但是，足以应对当今世界全方位挑战的新型中华文明还没能最终形成，变动和融合仍在进行。1998年6月17日，美国三位前总统（布什、卡特、福特）和二十四位前国务卿、前财政部长、前国防部长、前国家安全顾问致信国会称：“中国注定要在21世纪中成为一个伟大的经济和政治强国。”（徐中约著《中国近代史》上册第六版英文版序，香港中文大学2002年版）即便如此，我们也不能盲目乐观，认为中华文明已经转型成功，相反，中华文明今天面对的挑战更为复杂和严峻。新型的中华文明到底会怎样呈现，又怎样具体表现或作用于政治、经济、文化等层面，人们还在不断探索。这个问题，我们这一代恐怕无法给出答案。但我们坚信，在历史上曾经灿烂辉煌的中华文明必将凤凰浴火，涅槃重生。这既是数千年已经存在的中华文明发展史告诉我们的经验事实，也是所有为中国文化所化之人应有的信念和责任。

不过，对于近现代这一涉及当代中国合法性的重要历史阶段，我们了解得还过于粗线条。她所遗存下来的史料范围广阔，内容复杂，且有数量庞大且富有价值的稀见史料未被发掘和利用，这不仅会影响到我们对这段历史的全面了解和规律性认识，也会影响到今天中国新型文明和现代化建设对它的科学借鉴。有一则印度谚语如是说："骑在树枝上锯树枝的时候，千万不要锯自己骑着的那一根。"那么，就让我们用自己的专业知识与能力，为承载和养育我们的中华文明做一点有益的事情——这是我们编纂这套《中国近现代稀见史料丛刊》的初衷。

书名中的"近现代"，主要指 1840—1949 年这一时段，但上限并非以一标志性的事件一刀切割，可以适当向前延展，然与所指较为宽泛的包含整个清朝的"近代中国"、"晚期中华帝国"又有所区分。将近现代连为一体，并有意淡化起始的界限，是想表达一种历史的整体观。我们观看社会发展变革的波澜，当然要回看波澜如何生，风从何处来；也要看波澜如何扩散，或为涟漪，或为浪涛。个人的生活记录，与大历史相比，更多地显现出生活的连续。变局中的个体，经历的可能是渐变。《丛刊》期望通过整合多种稀见史料，以个体陈述的方式，从生活、文化、风习、人情等多个层面，重现具有连续性的近现代中国社会。

书名中的"稀见"，只是相对而言。因为随着时代与科技的进步，越来越多的珍本秘籍经影印或数字化方式处理后，真身虽仍"稀见"，化身却成为"可见"。但是，高昂的定价、难辨的字迹、未经标点的文本，仍使其处于专业研究的小众阅读状态。况且尚有大量未被影印或数字化的文献，或流传较少，或未被整合，也造成阅读和利用的不便。因此，《丛刊》侧重选择未被纳入电子数据库的文献，尤欢迎整理那些辨识困难、断句费力、裒合不易或是其他具有难度和挑战性的文献，也欢迎整理那些确有价值但被人们习见思维与眼光所遮蔽的文献，在我们看来，这些文献都可属于“稀见”。

书名中的“史料”，不局限于严格意义上的历史学范畴，举凡日记、书信、奏牍、笔记、诗文集、诗话、词话乃至序跋汇编等，只要是某方面能够反映时代政治、经济、文化特色以及人物生平、思想、性情的文献，都在考虑之列。我们的目的，是想以切实的工作，促进处于秘藏、边缘、零散等状态的史料转化为新型的文献，通过一辑、二辑、三辑……这样的累积性整理，自然地呈现出一种规模与气象，与其他已经整理出版的文献相互关联，形成一个丰茂的文献群，从而揭示在宏大的中国近现代叙事背后，还有很多未被打量过的局部、日常与细节；在主流周边或更远处，还有富于变化的细小溪流；甚至在主流中，还有漩涡，在边缘，还有静止之水。近现代中国是大变革、大痛苦的时代，身处变局中的个体接物处事的伸屈、所思所想的起落，藉纸墨得以留存，这是一个时代的个人记录。此中有文学、文化、生活；也时有动乱、战争、革命。我们整理史料，是提供一种俯首细看的方式，或者一种贴近近现代社会和文化的文本。当然，对这些个人印记明显的史料，也要客观地看待其价值，需要与其他史料联系和比照阅读，减少因个人视角、立场或叙述体裁带来的偏差。

知识皆有其价值和魅力，知识分子也应具有价值关怀和理想追求。清人舒位诗云“名士十年无赖贼”（《金谷园故址》），我们警惕袖手空谈，傲慢指点江山；鲁迅先生诗云“我以我血荐轩辕”（《自题小像》），我们愿意埋头苦干，逐步趋近理想。我们没有奢望这套《丛刊》产生宏大的效果，只是盼望所做的一切，能融合于前贤时彦所做的贡献之中，共同为中华文明的成功转型，适当“缩短和减轻分娩的痛苦”

（马克思《资本论》第一卷第一版序言）。

《丛刊》的编纂，得到了诸多前辈、时贤和出版社的大力扶植。袁行霈先生、傅璇琮先生、王水照先生题辞勖勉，周勋初先生来信鼓励，凤凰出版社姜小青总编辑赋予信任，刘跃进先生还慷慨同意将其列入“中华文学史史料学会”重大规划项目，学界其他友好也多有不同形式的帮助……这些，都增添了我们做好这套《丛刊》的信心。必须一提的是，《丛刊》原拟主编四人（张剑、张晖、徐雁平、彭国忠），每位主编负责一辑，周而复始，滚动发展，原计划由张晖负责第四辑，但他尚未正式投入工作即于 2013 年 3 月 15 日赍志而殁，令人抱恨终天，我们将以兢兢业业的工作表达对他的怀念。

《丛刊》的基本整理方式为简体横排和标点（鼓励必要的校释），以期更广泛地传播知识、更好地服务社会。希望我们的工作，得到更多朋友的理解和支持。

2013 年 4 月 15 日

目录

前　言

翁同爵（1814—1877），字玉甫，翁心存次子，翁氏叔伯中排行第五，故翁同龢称其为五兄。道光三年九月，翁心存叔父翁颖封卒，因其子翁庆贻早亡，翁同爵过继给翁颖封为嗣孙①。

咸丰元年五月，翁同爵考取荫生，取一等第二名，引见内用，以主事签分兵部，在武选司行走。是年秋，其父翁心存典顺天乡试，翁同爵回避不考试，即告假出都。咸丰二年八月，应顺天乡试不第，自是绝意制举业。

同治元年二月，翁同爵京察一等引见，记名以道府用。同治三年九月，翁同爵奉旨授湖南盐法长宝道②。历任湖南盐运使、湖南按察使、湖南布政使、四川按察使、陕西布政使、陕西巡抚。同治十三年九月，翁同爵补授湖北巡抚，兼兵部侍郎、都察院右副都御使。光绪元年五月，翁同爵兼署湖广总督。光绪三年八月初一日病逝于湖北任上③。

国家图书馆藏《常熟翁氏家书》七函二十四册，保存了翁氏兄弟、子侄之间的家书，总计约九百馀通。其中翁同书家书一百五十馀通，

---

① 《翁心存日记》第四册，中华书局，2011 年 6 月，第 1853 页。

② 《翁同龢日记》第一卷，上海文艺出版（集团）有限公司，中西书局，2012 年 1 月，第 377 页。

③ 关于翁同爵生平参见周文晓编著《翁同龢年谱 · 翁玉甫先生年谱》，古吴轩出版社，1994 年 10 月，172—188 页。

包括致翁同龢家书十馀通；翁同爵家书三百馀通，其中致翁同龢家书七十馀通，其馀为致翁曾翰家书。翁同龢家书二百馀通，内有致翁同爵家书近十通，致翁斌孙家书近二百通，致翁曾翰、曾桂等子侄辈家书数通；另有翁同福、翁曾翰、翁曾荣等人家书近二百通。翁氏家书对研究翁同龢及其家族政治、社会活动，进而研究晚清政局、重大历史事件，具有很高史料价值。

家书，是写给父母、兄弟、子女等家人的书信。既然是写给家人，心有所思，笔有所述；字里行间，少了与外人说话行文的讳饰与应承，是主人公最直接的情感流露，亦是最真实的历史记录。翁心存历官工部、刑部、兵部、吏部、户部尚书，直至入阁拜相，是道咸两朝重臣；翁同龢先后为同治、光绪两朝帝师，曾两度入值军机，历官刑部、工部、户部尚书、协办大学士、都察院左都御史、总理各国事务大臣等，其举手投足，对清末政治有一定影响。翁同爵亦是晚清重臣，惜一直以来关注者颇少。本书辑录国家图书馆藏《常熟翁氏家书》中的翁同爵家书，并加以系年考证，敬请方家批评指正。

一、尺牍方寸心，游子情殷殷。

《常熟翁氏家书》中所收的翁同爵家书，其内容不仅有父子兄弟间的家长里短、离情别绪等百姓生活，亦有朝章国故、地方军政等国家大事，是研究翁心存父子四人以及翁氏家族的第一手资料。家书笺纸之间多钤有骑缝印鉴，其中有人名印，如“玉父”、“玉甫手缄”、“玉甫”等朱文方印；亦有表明心志之印，如“清慎勤”朱文方印、“素位而行”朱文方印、“谨慎”朱文长方印等。主要是致其弟翁同龢与其子翁曾翰的家书，约有二百馀通，从中可见翁同爵为人子、为人父、为人兄的日常生活，为研究翁同爵及翁氏父子提供了更为丰富、真实、直接的资料。

1. 寸草春晖，孺慕之情切。

国家图书馆藏《常熟翁氏家书》中所收翁同爵致其父母家书并不

多,然每一通都饱含着翁同爵对其父母的孝心与关心。暑热酷寒,风霜雨雪,衣食住行,嘘寒问暖,不厌其烦。如道光三十年四月初四日家书云:

> 父亲大人近体复原,饮食如旧,深为庆慰,惟左足尚形软弱,亟宜调治为祷,董子远方药合宜可嘱其开一补方,以便常服。退直后虽有本部公事,回稿一切,然得暇即宜休息,勿太劳神,至祷.至祷。母亲大人精神虽□□□□□□调理补剂,暇时可略观大字闲书数页,以解烦闷,针黹生活只可偶一为之,切勿□□,以致伤目动火。

道光三十年七月二十六日书云:

> 父亲现任农部,正值度支匮乏之时、钱法弊坏之际,均节整饬,皆极劳神,幸祈公馀闲暇诸自节力,勿过焦思为祷。

同治三年十月三十日书云:

> 母亲饮食起居宜万分珍摄,三冬必须穿皮衣,切勿贪凉。

同治四年三月二十日书云:

> 天时渐暖,京寓凉棚必须支搭,切勿惜费。衣服一切祈随时珍摄为祷。

翁同爵离京外任,不在父母身边,不能承欢膝下,便在家书中经常嘱咐陪伴在父母身边的兄弟子侄,留心父母的衣食住行,代替自己向父母尽孝。如同治三年十二月十一日致翁同龢家书云:

母亲大人饮食起居须加意调护。今年天气较寒……房内炉火必须要，衣服亦须多穿，不可贪凉也。

翁同爵对父母的体贴细致入微，常常是落到实处，非常具体。如同治四年十月致翁曾翰家书云：

汝祖母处每日饭菜可令厨房预备一小暖锅，方不致冷。其锅中之菜，须每顿更换，不必拘定样数，即一二味可吃者，皆可装暖锅。但暖锅须口大而胆小，方便用匙勺，装时汤须略多，切勿照铺家之堆满锅面，汤少面菜干，便毫无意味。炭须烧红而多备，添锅汤亦须预先伺候。否则，炭或不红，汤或未备，反致老人饭时生气，则大不可。饭时倘汝叔及汝均不在旁，可令秀姑娘隅坐陪吃，方不寂寞。盖汝伯母既多病未愈，孙媳辈又有小儿缠绕，皆不能常在汝祖母房中照料，故不如即令秀姑娘陪吃，较为便当。

同治五年五月十四日致翁曾翰家书云：

京师则瓜果皆佳，自可常吃。惟汝祖母大人年高脾胃弱，须择好者方宜吃，且吃时不宜多，即瓜汁亦须少吃。

同治三年十月，翁同爵是举债离京，赴湖南盐法道任。此后曾先后三次任臬司一职，廉俸并不很多。其中，同治四年是翁同爵离京外任的第一年，不仅举债出京，又有半年署理按察使，令其“赔累不堪”[1]。虽然如此，远在他乡的翁同爵，仍念念不忘筹寄京寓日用所

---

① 参见同治五年正月十三日致翁曾翰家书。

需，虽“菲衣节食，而京寓菽水之资，却时刻在怀”[1]，藉得菽水承欢。如同治四年八月二十六日致翁同龢书云：

> 缺分虽迥不如从前，然吾以菲衣节食处之，京寓菽水之资尚可筹措。

同治四年七月二十七日致翁曾翰家书云：

> 至京中债务，只好渐渐清理，惟寓中菽水之资，则时刻在念，遇便当即寄京也。

仅同治四年，翁同爵“寄京前后共五千贰百金”[2]，乃是其撙衣节食而来。

2. 兄友弟恭，兄弟之情真。

从同治三年十月，翁同爵出京赴任，直至光绪三年八月病逝，十年间，翁同爵与翁同龢聚少离多。其间，有两次回籍葬亲。同治元年十一月初六日，翁心存病逝。同治四年十月二十七日，翁同爵兄长翁同书病卒花马池公寓。同治七年七月下旬至十一月下旬，翁同龢请假三个月，第一次回籍葬亲[3]。同治十年十二月二十四日，翁心存夫人许氏病逝。同治十一年三月，翁同爵因母丧抵京，继而于四月二十一日，翁同爵与翁同龢兄弟二人挈家人第二次回籍葬亲，六月下旬抵达常熟家中[4]。同治十三年六月返京；九月初八日，奉旨补授湖北巡抚；十月二十三日，翁同爵起程赴任。

---

① 参见同治五年八月二十日致翁曾翰家书。

② 参见同治四年十一月初六日致翁曾翰家书。

③ 《翁同龢日记》第二卷，第656—657页。

④ 《翁同龢日记》第二卷，第940—963页。

除此两段时间之外，翁同爵离京外任期间，如在湖南、四川、陕西时，兄弟之间书信往来频繁。据《翁同龢日记》记载，从同治三年十月至光绪三年七月十馀年间，京中翁宅收到翁同爵家书约计一百九十通左右，兄弟二人通信差不多平均每月一次。如果加上遗失的信件，或至少有二百通以上。其中，同治四年，翁同龢收到翁同爵信函二十馀通，三万馀字。其他时间，如同治五年、六年、八年等亦有二十通左右。

翁同爵致翁同龢家书中的絮絮叨叨，展现了翁同爵对翁同龢的关怀备至，俨如父母般琐碎的关爱，从翁同龢的朝中差事、为人处世，至其衣食住行、待人接物，事无巨细，件件挂心。如同治四年十月二十七日致翁同龢书云：

> 吾弟总校事烦，三冬天气严寒，宜间日一往，勿太劳顿。夷务本末可以携回家中纂辑，似稍安逸。

同治四年八月致翁曾翰书云：

> 汝叔官翰林，似不宜有所建白，可劝其不必激昂慷慨。盖职分所在，非同言官，毋庸论列时事也。至嘱，至嘱。

同治五年正月十六日书云：

> 待人须谦恭，处事须和平，礼节须谨慎，言语须缄默。盖其地贵近日，与枢廷及御前诸贵人相周旋，凡一举一动不可忽略。侍从宦官，亦宜待以礼貌。至年节所费，更不可少。吾弟素性近于亢厉，须时时自持之，切勿太过为嘱。

同治六年七月二十九日致翁同龢书云：

> 吾弟素性抗直，喜议论。然职非言官，切勿有出位之思也。

同治五年正月初六日致翁同龢家书云：

> 吾弟平素衣服本不讲究，虽是俭德，然既当此差，则不能不添制数件。凡棉夹、单纱、袍褂，皆须齐全。单纱者必须要新旧两副。（旧者备阴雨天穿。）蟒袍青褂等单纱者，亦不可无。袍子大小长短要称身。在御前讲书，袍须略短，起跪方便。

翁同龢寓居城外，翁同爵觉得翁同龢内廷当差，“须寅入申出”，所以“城内必须觅一栖止之所，方可少节劳顿。否则，每日皆由城外起身，往返多走三刻，未免太劳。若遇暑雨祁寒，更添辛苦”，并再三嘱咐“切不可惜此小费”而因循不办①。如同治四年二月初八日致翁同龢家书云：

> 寓居在城外，一切不便。可于城内暂觅一栖止之所。否则，盛暑祁寒均非所宜，切勿吝此小费为嘱。

同治五年二月初九日家书云：

> 吾弟日侍圣学，诸宜谨慎，惟寅入申出，未免劳顿。若仍由南横寓进内，则往返皆须多走四刻，更觉辛苦。故城内小寓不能不觅，否则盛暑祁寒，殊形不便。兄前书已详及，幸采纳之，勿惜费也。

同治八年八月二十一日致翁同龢书云：

---

① 参见同治五年三月二十六日致翁同龢书。

东华寓居必不可少。转瞬隆冬，风雪可畏。若退直后无一休息之所，复冒寒出城，甚非保身之道，切勿惜小费而视为缓图，至嘱，至嘱。

翁同龢觅得城寓之后，翁同爵又开始记挂其选择寓所是否合宜，在城寓的生活是否方便？如同治五年八月十八日致翁同龢书云：

城寓虽不能在彼住宿，然究宜留之为是。否则，冬令严寒时往返仆仆，恐太劳苦。第城寓虽不常住，然屋中炉火必须时有。若至往彼住宿时方笼，则室中寒气袭人，转受其病，反不如出城之为愈也。至嘱，至嘱。

同治六年二月二十六日云：

城寓固不可少，尚宜用一人能烹调者，以便退直时稍吃点心，方不受饿。街南小圃可多植花木。夏令或于檐外搭凉棚数丈，以避暑气。切勿惜费将就也。

同治六年五月二十七日云：

天气已热，吾弟退直后总宜在城寓略歇片时，俟晚凉出城，以避暑气，切勿奔驰于暑风烈日中也。至嘱，至嘱。

同治九年八月二十二日致翁曾翰家书云：

汝叔东华寓居暂借酒店，虽取其近便，然毕竟嚣尘近市，或有近处小小结构之屋，觅数椽以为退直休息之所，吾方放心，盖以后又将严寒。若每日冲寒，入直冒风归家，未免太觉辛苦，故万万不宜从省,必须赁屋几间为嘱,至烧酒胡同郑惕庵寓所房屋院落均好,第未识其吉凶如何,或多约友人细看之方妥,切嘱,切嘱。

同治九年十一月初五日:

城寓已定赵粹甫屋,甚慰。盖严寒甚暑,若退直后,复奔驰十馀里方得休息,未免太劳,留此小寓可暂栖止,胜于东华门外酒肆多矣。切勿因其稍费再有游移为嘱。

3 谆谆教导,舐犊之情深。

翁同爵有三子,即翁曾纯、翁曾荣、翁曾翰。同治元年,翁曾荣、翁曾翰分别过继给其四兄翁音保、六弟翁同龢,翁曾纯、翁曾荣居于常熟家中;翁曾翰与翁同龢一起居住在京中。其中,最令翁同爵放心、满意者乃三子翁曾翰,因而对其期望颇大。同治四年十一月二十六日函云:

汝兄弟三人中,汝祥兄志趣卑陋,见识浅薄,他日即出身仕宦,亦未必能有所作为。汝荣兄则好大喜功,而胸中毫无经纬,听旁人怂恿,便率意行之,绝不计事之可成与否,他日亦非保家之道。汝素性谨慎,且见事尚知轻重,吾故尚爱汝。汝在京诸事,须听汝六叔教训,切勿稍改旧样!

正因为期望之深,"故不觉言之屡屡,非谓汝便沾染习气,顿改旧规,汝宜仰体吾意为嘱"①。同治四年翁曾荣、曾翰兄弟参加礼部试,中与不中,都令翁同爵寝食难安、牵肠挂肚。如同治四年三月初六日致

① 参见同治四年十一月二十六日函。

翁曾荣、曾翰书云：

倘中，则不可意气飞扬，稍露狂态，尤宜谦退谨慎。若不中，则不必抑郁牢骚，须要爱惜身体。盖功名得失迟早，皆有一定也。

道光二十四年二月下旬，翁同爵夫人杨氏卒[①]，翁曾翰时年八岁，可谓是幼年丧母。此后二十馀年间，翁同爵一直独居，把孩子养大成人。对于不在身边的翁曾翰，虽然已是成年人，其待人接物、日常饮食、衣服增减等，翁同爵依然放心不下，叮嘱再三。慈父情怀，溢于言表。同治四年六月二十六日致翁曾翰书云：

汝在京中，一切皆须谨慎，见人言语，切勿随便。凡有年世谊可考者，宜谦恭执卑幼礼，不可大意，在寓静坐，多读史书是大佳事。馆上差使，得不得均可也。

同治四年五月二十七日致翁曾翰书云：

汝身体本弱，兼之上年大病，气血尚未复元，须随时随事，格外调摄，不可稍自逞强。饮食汝尚能自节，惟寒暖一切均须留意。夏令天气暑热应酬宜简，寒凉凝滞之品不可多吃也。

同治八年十一月初三日家书云：

汝气体素弱，近有馆差奔驰风雪中，宜诸自节力，多穿衣服，勿稍大意为嘱。吾寄汝之皮袍甬，原因汝当差而寄。收到后可

① 《翁同龢日记·翁玉甫先生年谱》，第175—176页。

即日成做，勿爱惜不穿也。

官宦之家子弟，难免放荡形骸，玩世不恭。对此，翁同爵深恶痛绝，决不愿自己的子孙有此劣迹。同治五年八月二十六日致翁曾翰书云：

吾人作官，万不肯令家人辈，皆沾染宦气，且吾常见外任子弟，一事不知，而起居饮食，直欲胜过本官。此则吾所深恶者，决不愿自蹈其弊也。特告汝知之。

他担心翁曾翰交友不慎，沾染习气，以致流为纨绔；故而告诫翁曾翰要多读书，"谨慎自持，闭户诵读"①，以求竿头日进。

二、廉洁自律，克己奉公；勤俭持家，不堕清白家声。

《礼记·中庸》云"君子和而不流"；《论语·子路》中亦云："君子和而不同，小人同而不和"。也就是说，朋友之间，在非原则性的问题上，应该懂得谦和、礼让，宽容、仁厚，正如郑板桥所言"难得糊涂"，善于协调自己与他人的关系。但又不能无原则地随波逐流，在原则性的问题上，应有自己的主见，而不是一味屈从，盲目服从。翁同爵认为君子之交淡如水，同僚之间，"只能和而不流，不可毁方为圆"②。不论何等人，他均能与之和睦相处，"然亦淡漠处之。自春徂夏尚无饮食宴会之事"③。如此，"第有公事，则不肯丝毫假借，故他人无如我何也"④。其淡漠，并非不懂人情世故，而是公私分明，"既为同僚，

---

① 参见同治四年八月二十一日致翁曾翰家书。
② 参见同治九年二月二十四日致翁曾翰家书。
③ 参见同治八年八月二十四日致翁曾翰家书。
④ 参见同治九年八月十九日致翁曾翰家书。

不能不极力周旋之，惟遇公事则不肯丝毫假借而已”[1]。

日常工作生活中，翁同爵谨言慎行，注意约束自己的言行，不给别人，同时也是不给自己犯错误的机会。同治四年八月二十一日致翁曾翰家书云：

> 此间珠玉玩好、字画书籍，固一无足观，即间闻有一二珍贵之件，吾亦不令其送来署中观看。盖不见可欲，斯心不动，可以省却闲钱。且做官一有嗜好，则钻营之徒，可以投其所好，干求一切，故尤宜屏弃一切，不可不谨小慎微也。

同治五年十月二十七日致翁曾翰书：

> 余此行先令首县致书前途，令不准预备供应，不准远出迎送。

湖南湿热，对于体态丰盈的翁同爵来说，“偶作字便挥汗如雨”[2]；若是衣冠见客，更是苦不堪言。“于是友人中有劝置碧纱橱者”[3]：

> 吾答以先公作官三十年，官至宰相，从不知碧纱橱为何物。吾母寓居京邸，今年院中方搭一凉棚。吾何人斯，敢稍自舒服？且伯兄现在花马池军营，居处在帐房中，欲觅一草舍栖止不可得，吾今已处高房大厦，岂敢再萌奢念耶？

---

① 参见同治九年六月十一日致翁曾翰家书。

② 参见同治六年五月十八日致翁曾翰家书。

③ 参见同治四年十月致翁曾翰家书。

翁同爵自觉才识浅薄，故而时时告诫自己“惟有廉洁自矢，上之不敢负朝廷简任之恩，下之不敢堕先公清白家声，决不效他人所为专为身家计也”[1]。

翁同爵秉承翁氏家风，廉洁自律，勤俭持家，“居家之道，勤俭为先”[2]：

> 先文端公官至宰相，家中所蓄朝珠，无一值百金以外者，念之殊令人有愧先德也。……况吾家家法，向来俭朴。汝祖母贵为一品夫人，寿已将近八帙，吾兄弟辈又皆筮仕中外，此时尚菲衣薄食，不肯一事奢纵。吾此时岂敢令吾之侍妾，享用反过于家长，不特此也。即汝祥嫂来此，亦须守吾家法度，勿谓一到官署，诸事可以舒服，要知汝妇妯娌辈，无人有富贵习气，依然荆钗布裙，未尝稍事奢华也[3]。

为了省些银两，一些家常日用如官服、衣服、京靴等物件，翁同爵经常让翁曾翰从京中购买寄来；若是新衣太贵，买估衣亦可：

> 此间蟒袍料甚贵，至貂褂则价极昂，且无好者。倘家中有蟒袍料，及他人有以貂褂来售者，便中买之，有妥便寄一件来。否则，吾所带出之其次貂褂一件，恐冬令穿三个月必多疲败也。（外间拜客会客，穿补服时多，可买平金夹绣之三品补服，及刻丝之三品补服，寄两三副来，獬豸补服，亦寄三副来，备用。）纱朝裙，此间极贵……此等衣服，京中极便宜，汝可于明年春间买一份寄来为嘱。衣料及估衣皆可，惟只须朝裙，断断不可买朝衣，

① 参见同治六年十一月初七日致翁曾翰家书。

② 参见同治五年九月二十七日致翁曾翰家书。

③ 参见同治五年九月二十七日致翁曾翰家书。

缘外间凡朝贺及祭祀后，皆须更换蟒袍，再行入坐。朝裙脱却灵便，若朝衣则全无所用也。[①]

同治六年三月二十七日致翁曾翰书：

吾近年来嗜好虽略少，然毕竟不能忘情于此，即如朝珠一物，先文端公作宦三十年，家中未尝有一挂值二百金者，今吾置此，价至二百五六十金，甚觉无谓，即此有愧先德多矣。

翁同爵为官清廉自守，治家勤俭，并严格要求子女，勿骄勿奢，勿流为纨绔。对于我们今天的家庭教育、道德建设及整个社会的精神文明建设，都具有借鉴价值。

三、家书写作频繁，内容丰富，涉及晚清一些事件与人物的历史细节，可补正史文献之阙。

上文述及翁同爵、翁同龢兄弟二人书信往来频繁，可见兄弟情深。正是因为兄弟二人书信往来频繁，书信中详细记录了他们耳闻目睹的一些历史事件、人际关系。如果把翁同爵家书连续在一起，从某种意义上说，可谓是为其任职日记，当可为正史补阙。

这部分翁同爵家书主要集中在同治三年至六年、同治八年至九年，洋洋洒洒，共计二十多万字。其中不仅仅是家长里短，还有翁同爵亲身经历的朝中大事、地方军政、官场百态。

同治年间，在陕西、甘肃等地爆发了回民抗争事件，史称陕甘回民起义，另有捻军起义。翁同爵正处其中，负责筹办镇压起义官兵的军饷。家书中经常有大篇幅文字述及回民、捻军行军路线等，另外还涉及湘中散勇、酉阳教案、天津教案以及哥老会、天地会的组织、口号

① 参见同治四年十一月初六日致翁曾翰家书。

等，当可为研究那一时期的历史记载拾遗补缺。如关于哥老会的编制、暗号及其弊病，同治五年五月二十七日致翁曾翰家书云：

近日则传号聚众，欲起滋事，其名目称为哥老会。会中人皆有暗号，到处可以吃饭、住宿。其先皆因同在军营，托名齐心杀贼，故设誓结盟，以为患难相共之义。至行之日久，人数众多，遂露其本真，仍是添第会变相，依然年少居长，好勇斗狠，绝无同心灭贼之意。凡会中人身上带一花线缠钱，左手带一线，线上穿一红珠。到会中人家，以包袱挂门外，则即留饮食；以雨伞置门后，则即留住宿，皆以暗号会意，不必明言。

对于清政府来说，左宗棠是平定陕甘回民起义的功臣，并加赏协办大学士。然在翁同爵家书中，其过程似乎并不如结果这么简单。对于左宗棠等人虚报胜仗，翁同爵颇有微词，多通家书中都说到左宗棠刚愎自用、奏报粉饰。如同治八年四月初二日致翁曾翰书云：

左帅言大而夸，目无馀子。然性执拗而多粉饰，甘省事似非其所能了。

同治九年正月十一日致翁曾翰书：

左帅前敌诸军聚于金积堡者，粮运不通，时有溃散之势，即平凉后，路运粮车骡骆驼被抢者十之七八，近亦不能转运，而左帅尚日以胜仗入奏，殊为军民嗤笑。

同治九年正月二十八日致翁曾翰书云：

左帅驻兵平凉，前后粮运均几断绝，而时时尚以捷章入告，真是自欺欺人。

次日书亦云：

左帅驻师平凉数十里外，即有贼饷道，（小午西征粮台以十馀万金所买之骡马，闻已被掠殆尽，尚讳而不言。）前后皆不通，而犹日报胜仗，不知何所恃而不恐。

同治九年二月二十四日致翁曾翰书云：

左帅行愎而言夸，其奏报固多粉饰。

同治九年二月十七日，李鸿章被派往陕西援剿[①]。对此，翁同爵抱有很大期望，“此间事或李节相到后改弦更张，方有转机。若再一味粉饰，恐陕甘事愈不可收拾矣”[②]。

四、家书具有实时性，可据其可校正其他文献记载之误。

家书中所涉及的多数是近期耳闻目睹的人和事，具有真实性、可信性。据此可校正一些文献著录的错误。如《海珊自叙年谱》云同治五年“二月，三哥由里中入湘”，即同治五年二月，翁曾纯由常熟前往湖南翁同爵署中。“三哥”，指翁曾纯，字子祥，叔伯兄弟中行三。然据同治五年正月十九日家书云：

汝祥兄于上年十二月初二日自家乡起身，初五日到上海，初九日上轮船，初十日子刻开船，十三日午刻到汉口。其时适值成

① 《翁同龢日记》第二卷，第786页。
② 参见同治九年三月二十日致翁曾翰书。

> 军门大吉之勇变，于黄孝反戈南走至滠口，捻匪复乘乱扰至团风司，均离汉口不远。人情震动，于是亟觅舟进发，二十日方抵岳州，汝祥兄因连日风色不定，恐不能克日过洞庭，且船小载轻，即遇顺风亦不稳当，遂改陆路进省，于二十五日巳刻抵署。

同治四年十二月，“成军门大吉之勇变”①，函中所云“上年”，即同治四年十二月初二日，翁曾纯（即函中“汝祥兄”）从常熟起程赴湘，十二月二十五日抵达湖南翁同爵署中。家书所及若是近期内发生的事情，具有实时性，可信度较高；而年谱则是后来追叙。由此可证翁曾翰写作《海珊自叙年谱》时的记忆之误。

又如，《翁同龢年谱·翁玉甫先生年谱》同治六年云“十一月，李中甫方伯（榕）抵楚，乃交卸，俶装入蜀”赴任②。李榕（1819—1889），字申甫，四川剑州（今剑阁县）人，曾国藩幕僚，同治六年十月初九日，署湖南藩司（即布政使）③。翁同爵致翁同龢、翁曾翰的家书中亦多次提及“李申甫方伯”④，故《翁玉甫先生年谱》中作“李中甫方伯（榕）”，疑释文有误。

再如，光绪三年四月初八日，湖北折弁给京中翁宅带去翁同爵家书，“昨日楚中折弁带来家信，（二月廿一日。）续假一个月，旨著再赏假一个月。兄手书一纸，字迹如七、八十岁人，诸症皆减，手战未平”⑤。此与翁同爵三月二十日致翁曾翰家书内容相合。又据光绪

---

① 参见同治四年十二月二十一日家书。

② 《翁同龢年谱·翁玉甫先生年谱》，第182—183页。“申甫”，《年谱》中原文为“中甫”，疑误。此处据家书改为“申甫”。

③ 《翁同龢日记》第二卷，第592页。

④ 参见同治六年十一月初九日致翁同龢家书；同治五年九月二十七日、同治六年十一月初七日等致翁曾翰家书。

⑤ 《翁同龢日记》第三卷，第1317—1318页。括号中《翁同龢日记》为小字。

三年二月二十三日翁同爵致翁曾翰家书云“吾自初三日交卸督篆后，公事少闲，且具折请假……吾拟一月假满后即请开缺”，知光绪三年二月初三日，翁同爵交卸后第一次请假一个月，至三月初三日假满。所以，不可能在二月二十一日的信中言及“续假”之事。

故光绪三年四月初八日湖北折弁给京中翁宅带来之家书，当是光绪三年三月二十日，其发信日期可能是三月二十一日。因疑《翁同龢日记》中“二月廿一日”当是“三月廿一日”之误。

总之，家书作为一份珍贵的资料，提供了极为丰富的历史细节，对于研究翁氏家族和清末诸多重大事件，均有不可估量的价值，该资料的整理公布一定会推动相关研究的进展。

凡　例

1. 本书中所列诸通家书，原稿并没有自然分别每通家书的起止，多数家书是根据其上下文连续内容，或笺纸间的骑缝印鉴而置为一通；或据其整体内容、时间而归为一通；或分列两处，另加按语考证。故本书中所列诸通家书，与实际数量或有出入。

2. 家书以收件人的长幼为序；同一人之下多通书札者，以书札时间为序；其时间相同的，则以原稿前后为序。

3. 每通以家书最后日期作为小标题，并在其后增加公元纪年，以圆括号标注其后。

4. 原稿中补充说明的夹行小字，移入正文相应位置，并加圆括号，以示区别。表示自谦的小字如"男"、"兄"、"走"等，改用正文字号。表示尊称而换行另起的文字，如"国恩"、"祖德"、"祖母"等，整理时不再换行，而是根据其内容正常排列。

5. 原稿虫蛀或残缺处的文字，约略可计数者，以"□"表示；不可计数者，以"……"表示。另有个别不能辨认之字亦用"□"表示。

6. 原稿部分信札装订间有前后错乱，据其内容列入相应函件，并于按语中略作说明。

7. 根据《中国近现代稀见史料丛刊》的体例要求，家书释文以简体横排，除涉及人名、地名和其他等特殊情况，不宜一律改作简化字，其他尽量使用通行的简化字。如"淛"作"浙"，"珤"作"宝"，"舗"作"铺"，"呌"作"叫"，"邨"作"村"，"窻"作"窗"，"刦"作"劫"等。

8. 为保持原稿的本来面貌，家书中数字或日期写法照录，如“廿”、“廿二”、“卅”等，不改作“二十”、“二十二”、“三十”等。

9. 为便于读者查阅，每通家书下均加按语考证其写作时间。故而相关家书按语内容略有重复。

致父母函

1. 道光三十年四月初四日(1850－5－15)[①]

男同爵百拜敬禀父母亲两大人膝下：

月之初六日曾具寸禀交天成寄呈，未知何时得达？□□□□□□□□得悉父亲大人偶尔感冒[②]，请假数日，旋即亘复，已经销假。闻之正深悬□。兹于廿八日接得家书，藉稔父亲大人近体复原，饮食如旧，深为庆慰，惟左足尚形软弱，亟宜调治为祷，董子远方药合宜，可嘱其开一补方，以便常服。退直后虽有本部公事，回稿一切，然得暇即宜休息，勿太劳神，至祷，至祷。母亲大人精神虽□□□□□□调理补剂，暇时可略观大字闲书数页，以解烦闷，针黹生活只可偶一为之，切勿□□，以致伤目动火。至家务一切可交六弟妇料理，勿再掺劳为嘱。家中自男以次，身体皆好，可纾慈注。侄媳身体现已□□□□回母家侍疾已半月有馀矣。其馀至戚均好。成甥处时往来，近体亦安吉也。贵州近日有

① 翁同爵常于公务之馀，写上几纸家书，以备折差出行或其他与京中往来人员进京时携往京中。如此，一通家书，常常有几个日期。为便于行文，此处所标日期，为一通家书的最晚日期。

② 此函残缺较多，其中残缺较多，不能看出大致字数者，用“……”表示原件字残；其残缺较少，能够估计大体字数者，以“□”表示。“□”个数所示仅是残缺的大致字数。下同。

□信否？寇□□何？深为悬念。二妹身体大好否，饮食如旧否，均深系怀，里中二麦甚好，春收□称大有，赈局散放将可竣事。佃农给发稻种，吾家约有百六十千文也。专此敬肃，恭请金安，馀容续禀不庄。男同爵百拜敬禀。三月晦日。

玉峰试于月之廿……云樵兄先往[①]，于廿七日考诗古。昨日发案，绂卿侄取常熟古学第一。今日考老案正场，题目尚未知悉。（云樵不与考，荔峰则考而未取。常共取六人，昭取一人，今日铭斋回家，知绂卿侄系古学两属第一。）绂卿侄未知能考列三名否？如得之可望补廪也。（第一则有周诵三考贡之现缺，在昆山即可补实也。）新案闻在第四场，□□有见长单者云于十一日考试。禧侄、祥儿拟于初七八日赴昆[②]。祥儿资禀既钝，又不力学。此次断难有望也。云樵选游文书院课艺，今初告成，须于出月初方能刷印。然为日无几。在玉峰未知能多销否？须寄郡城及松江方可多售也。三月晦日又禀。

□年四月初二日系伯母大人七帙晋九寿诞。云樵兄现在玉峰应试。亲友来者皆□面而退。男代严亲出名送祝敬两元也。周诵三屡托亲友来传说，云伊有幼女，欲与吾家荣筹辈联姻，□则漫应之。今又挽伯伟、惺如、昆圃等来催促。玉峰试后必传庚帖来。俟星家推算若何，再行斟酌。未知两亲意见以为可否？便中祈先示及。此又禀。

旧年冬令各家……事（最著者如俞研香尊人。）或隐忍

---

① 云樵兄，即翁同福，翁心存兄翁人镜次子，翁同爵堂兄。参见《翁心存日记》第四册，中华书局，2011年6月，第1891页。

② 禧侄，即翁曾禧，翁同福长子，后过继给其长兄翁佛保为嗣子。《翁心存日记》第四册，第1891页。

未报，或呈验缉凶，然案有百馀而犯无一获者，本月廿一日夜，姚湘坡夫人屈氏、周氏两柩停秦坡丙舍中，皆被盗发，固由于事主之防护不严，（姚氏丙舍如浙江风气，仅有房屋三楹，在山上，四无居邻……相离有里许。）实出于官长之缉捕不力也。事后其郎君颖生报勘，后旋赴玉峰试诗古，而廿八日在南乡洞港泾，朱氏当中盘获犯一贼（名王桂芳），解泛移县讯之，即姚氏盗棺之党，（现又翻供，云是船户。）（是首是从，尚无实供，然盗姚氏棺木业经供认，却是荡口人，一伙共有九人。）未知能馀犯悉获否？此案若再不认真办理，则恐日后益复肆行无忌也。三月晦灯下。

里中窃案颇多……事主之案耳。各处栅栏半皆卸而复装，吾家草桥弄中巷门冬防以后，至今仍旧看更，故近处尚安静。（近日粮船水手颇不安静，前日邑令……赌亲□查拿而伊等反肆凶恶，几至殴官，黄君邂至小庙，出后门而逸，目无官长，至此极矣。恐不日必有巨案，而资遣尚无明文，奈何，奈何？）惟所费略增，然亦不得不然也。

袁湘坡世伯已归道山，吾家曾送分……朱启宇表伯之婿苏子芸亦已物故，[1]其身后颇窘，而儿女不少，将来度日颇难也。钱少湘新正大病[2]，今已全愈，其家事益复离奇，现在王天相已移居巷门内朱升官之老屋内矣。梅庵夫人立夏前病势颇危[3]，今虽略愈，然寒热尚来，恐难恃也。

……绂卿……者（周诵三是虚廪考贡），然总可补。今

---

① 朱启宇，即朱齐棫，翁心存表兄。

② 钱少湘，即钱福华，与钱彦华（梅庵）是兄弟。《翁心存日记》第二册，第495页。

③ 梅庵，即钱彦华，翁曾文岳父。《翁心存日记》第四册，第1891页。

将全案录呈。荔峰虽未取诗古[①]，今仍考第一，亦以豪矣。云樵兄不得一等，牢骚必益甚，但愿其保结中能多进数人□□新案诗古，常熟言忠曾亦两属第一，必隽无疑，次取一人，则屈家琪（云溪之子），县府十名，似亦可进。昭文则取四人（未知正次取），一许登寿，一严姓（会元坊杏斋子）……到……礼闱者大半好手，钟鲁宝之阑江……钟鲁若中，必可问鼎此间，约在月半前后可知消息矣。南中菜麦皆十分，近日早晚天气颇……知北方何似？专此再肃，（顷得绂卿侄书云，诗赋阅笔甚华，批弓糁手柔词无枝叶，字净诗可。）即请金安不庄。男同爵百拜再禀。四月初四日。

【按】 翁心存（1791.6.15—1862.12.27），翁同爵之父，生于乾隆五十六年五月十四日，卒于同治元年十一月初七日。道光二年（壬午）恩科进士，翰林院庶吉士，授编修。官至体仁阁大学士。赠太保，谥文端。夫人许氏，赠奉直大夫、高安县知县秋涛公许夔之女[②]。

“玉峰试于月之廿……便中祈先示及。此又禀”二纸左下角有页码“一”、“二”，“旧年冬令各家……然寒热尚来，恐难恃也”二纸左下角有页码“四”、“五”，二者内容皆涉及玉峰科考，时间亦相同，疑为一通，中间佚去第三纸，故暂置于此。

道光三十年二月二十五日，翁心存感冒；次日，翁心存具折请假五日，“传旨赏假十日，安心调理”；三月初五日具折销假[③]。

道光三十年四月二十日，翁心存得翁同爵四月四日第四号家书，“知三月二十五日学使取齐……曾文诗古苏太两属第一，正案一等第

---

① 荔峰，翁同爵二妹夫俞大文。

② 详见翁同书等撰《先文端公行述》、《先文端公年谱》等，《翁心存日记》第四册，第1843—1892页。

③ 《翁心存日记》第二册，第785—787页。

一，殊为可喜，荔峰亦一等第一”[1]，如函中所云“……于廿七日考诗古。昨日发案，绂卿侄取常熟古学第一。今日考老案正场，题目尚未知悉。（云樵不与考，荔峰则考而未取。常共取六人，昭取一人，今日铭斋回家，知绂卿侄系古学两属第一。）……今将全案录呈，荔峰虽未取诗古，今仍考第一，亦以豪矣。”当即此通家书。知此函写于道光三十年。

二妹，即翁端恩（端儿），翁心存次女，又名璇华，字纫卿。道光六年（1826）正月出生。道光二十九年四月“适归安钱楞仙太史振伦”[2]。

绂卿，即翁曾文，字绂卿，或黼卿，翁同书长子，翁心存长孙。道光十年（1830）八月出生。咸丰三年（1853）病殁，其子亦殇。后以其弟翁曾源长子翁斌孙为嗣子。

祥儿，即翁曾纯，小字吉卿、祥儿，翁同爵长子，叔伯中行三，翁曾翰称之为三兄。

新正，农历新年正月。唐白居易《岁假内命酒赠周判官萧协律》诗云：“共知欲老流年急，且喜新正假日频。”晦日，农历每月的最后一天，即大月三十日、小月二十九日。

2. 道光三十年五月二十五日（1850－7－4）

男同爵百拜敬禀父母亲两大人膝下：

月之十三日，徐尊葵自京都回，接得严谕并训导执□□□，藉悉两亲大人起居万福，合宅平安，曷胜欣忭。嗣

---

① 《翁心存日记》第二册，第794—796页。

② 《翁同龢年谱·翁玉甫先生年谱》，古吴轩出版社，1994年10月，第176—177页。《翁心存日记》第四册·附录四《翁同书等〈先文端公年谱〉》，第1857页。

于二十一日又接初□□所发谕函，敬悉壹是。父亲现在仍直三天，虽稍觉清暇，然部□□繁，差使慎重，断难休息，尚祈诸自节劳，加意珍摄为祷。母亲近体安吉，惟气血少衰，必需常服调理补剂，幸勿间断□□是所祷切。母亲性情素喜热闹，今膝前侍奉，惟叔平弟伉俪，未免寂寞，或时至澄怀暂住，或偶过女伴闲谈，以解烦闷。二妹近□身体何以尚未复原，深为系念，宜嘱其安心调理，切勿郁闷，可常接其回家剧谈，或叔平□□□□□□□令其稍宽怀抱，至嘱，至嘱。

黔省□有信回，合署均吉，甚慰远念，家中自男以次□□庇平安。绂卿侄媳已有梦熊之兆，约计于九十月间可得曾孙之庆矣。现在身体甚好，堪纾垂廑。里中诸至戚家□□伯母近日精神甚健，云樵兄保结尚可，近得立夫制军修金百两，菽水无虞缺乏。□□□□□□□□□方正之举尚未明言，成甥近更□实。南中二麦倍收，双歧两穗者，在在都有。交□□叠次大雨，河水骤涨，幸入海各口新开，宣泄甚畅，低区无虑也。专此敬禀，叩请金安，馀容续禀不庄。男同爵敬禀。五月廿五日。

恩荫一节，现在严亲既将男名咨送吏部，训导执照自应缓验，惟声明出嗣，未知与□□□□□□□□□能邀准，则训导似宜注销其照，或再由南中寄京，祈有□□后即行示知也。上年□家报赈钱文约，计秋间必须汇册详报。初拟男从训导上加捐分发可得外奖。若男承荫，则可为子侄辈悬拟两名详报议叙，将来下北闱者，可以抵监也。

【按】 道光三十年四月十二日，翁心存“作与五儿书并议叙照”①，交付翁同龢（六儿）托徐尊葵带去，当即函中所云“月之十三

① 《翁心存日记》第二册，第793—794页。

日，徐尊葵自京都回，接得严谕并训导执……”家书；是年，翁同爵承正二品荫生①。因知此函写于是年。

叔平，即翁同龢，叔伯中行六，翁同爵六弟。绂卿侄媳，即翁曾文夫人钱氏。

梦熊，古人以梦中见熊罴为生男的征兆。语出《诗·小雅·斯干》云“吉梦维何？维熊维罴。”又云“大人占之，维熊维罴，男子之祥。”郑玄笺曰“熊罴在山，阳之祥也，故为生男。”后人因以“梦熊”为生男的颂语。

菽水，豆与水。指所食只有豆和水，形容生活清苦。典出《礼记·檀弓下》云“子路曰：‘伤哉！贫也！生无以为养，死无以为礼也。’孔子曰：‘啜菽饮水尽其欢，斯之谓孝。’”后人常以“菽水”指晚辈对长辈的供养。宋陆游《湖堤暮归》诗云：“俗孝家家供菽水，农勤处处筑陂塘。”

恩荫，始于宋初，是汉唐门荫制度的扩充，指遇朝廷庆典，官员子孙承恩入国子监读书并入仕。清制，文职在京四品以上，在外三品以上，武职二品以上，得送一子进监，期满录用。《清史稿·选举志五》：“恩荫，凡满汉子弟奉敕送监读书，恩诏分别内外文武品级，荫入监。”

3. 道光三十年七月十四日(1850-8-21)

男同爵百拜敬禀父母亲两大人膝下：

前月廿八日曾具寸禀交天成局寄京，未知何时达览？嗣于月之初二日报到，祖庚兄升授詹事府右中允，欣忭无既。近维两亲大人起居万福，合宅平安为颂。叔平弟朝考等第若何？点用何职？此间尚无消息，殊深悬盼，家中上下平安，绂卿侄媳□□哀痛劳碌吐红，夜发，现已接回

① 《翁同龢年谱》，第25、177页。

静养，昨曾请研芬丈诊视，据云现在胎前无须服药，略□□□□□□□□矣。里中雨水恰好，高低现均，可望□熟须有双穗者，亦瑞征也。诸戚友家皆好，成甥前□□来道喜，近体更充硕也。专此敬肃，恭请金安，虔叩大喜不庄。男同爵敬禀。七月十四日。

【按】 道光三十年六月十六日，翁心存长子翁同书补授詹事府右中允；翁同龢拔贡，取录江苏省一等第五名；六月二十八日，拔贡覆试，翁同龢列江苏一等第一；七月初五日，各省拔贡于勤政殿引见；是年八月初三日，翁心存得翁同爵七月十四日家书，知翁同书（三儿）"升中允，于七月初二日报到……曾文之妇因母逝哀痛劳碌吐红，延研芬诊视"[1]，与此函所云相合，知其写于道光三十年。

祖庚，即翁同书，叔伯中行三，翁同爵三兄。

4. 道光三十年七月二十六日（1850－9－2）

男同爵百拜敬禀父母亲大人膝下：

敬禀者，月之十四日曾具寸禀交天成局寄呈，未知□□□览。兹于十七日清晨报到，叔平弟朝考一等，钦点京职。合家均深欢忭，廿一日接得前月廿四日叔平手书及七月朔日严谕，敬悉两亲大人福体平安，合宅绥吉，曷胜欣慰。浃旬之内，叠被恩纶，荣幸之□，□□兢惕，严谕男等当读书砥行，严以克己，恭以待人，上承国恩，下绵世泽，敬当书作座右铭也。父亲现任农部，正值度支匮乏之时、钱法弊坏之际，均节整饬，皆极劳神，幸祈公馀闲暇诸自节力，勿过焦思为祷。

---

① 《翁心存日记》第二册，第 807—816 页。

母亲牙痛虽□□□，宜时服补剂。二妹近怀六甲，身体平安，深慰远念。祖庚□□□想时有信至京，合署谅均安吉，源松两侄近延师教读，当更有进境。家中自男以次皆托庇平安，诸至戚家均好，堪纾慈注。里中风雨调和，高低现均，可望大有。浙江海塘漫口，吾郡虽系下流，然却并不为灾也。京报父亲升调者□□□□，不过一番左右，报祖庚兄于坊亦不过给□十□元。惟此次报叔平弟点用京职者，报人者□□滑磨牙，已及十日。至今尚未收领，大约总须四十元方可开发也。家中用度虽极节省，然今岁粜米无多，日用殷烦，已难支持过去，且九月中会期必须举行，三有处需起本，三四百金方能敷用也。绂卿侄媳日前曾发吐红，延研芬丈诊视。据云胎前服药，诸多避□，□□□□，只服花露已足，理肺清热，现早止住，祈勿挂□。分娩之期大约在八九月间，祈便中先命□□示为祷，专此敬肃，虔请金安，恭贺大喜不庄。男同爵敬禀。七月廿六日灯下。

报单格式与寄示式样略同，惟未曾有分□，学习字样想无不可也。荫生行查想俟具题命下方有部文□□□再申复，训导照既未验，似可教明在京呈缴也。捐赈议叙以千作□（历届□□□皆然），故吾家捐五百千文可得九品职衔二人，（八品者三百千[1]，九品者二百千，八品则不能小试。）尚馀钱百千，（今吾家虚拟二名，一则祖庚兄历履，一则男名履历也。）故前禀曾言此项多款给与厚斋兄教明在局出力，亦可得一九品头衔，众议均允洽也。（男与仲才均未报出力，仲才则报其乃侄，男则与厚斋请奖他人或自报或与子侄。）周颂三处庚帖与荣儿配合，俟中秋后再议订姻也。又禀。

---

① "者三"二字中间原件残，作"者二"，根据下文，"二"疑作"三"。

【按】 道光三十年六月，翁同龢选拔贡，朝考列江苏一等第一，以小京官用，掣签刑部学习[①]。知此函写于道光三十年七月二十六日。

5. 咸丰六年四月二十四日(1856－5－27)

今日小传胪，叔平弟钦点一甲一名状元及第。此皆仰赖天恩祖德，并两大人福庇所致，举家欢忭。现在办理归第诸事，俱从省俭，不敢稍费也。专此恭贺大喜，虔请金安。男同爵百拜敬禀，廿四日巳刻。

【按】 传胪，科举时代殿试揭晓唱名的一种仪式。殿试公布名次之日，皇帝至殿宣布，由阁门承接，传于阶下，卫士齐声传名高呼，谓之传胪。清制，四月二十一日殿试，二十五日传胪。殿试后，阅卷大臣列甲第名次，进呈钦定，于二十四日先拆前十卷，按名引见，称作小传胪[②]。

咸丰六年四月二十五日，翁心存得到翁同龢喜报，“未初一刻，宅中厮养崔四持五儿昨日巳刻喜报到，云六儿以前十本引见，蒙钦点一甲第一名及第，感念天恩祖德，惭悚交深，喜极出涕。即作书复之，交来人星夜赍去”[③]。即此函写于咸丰六年四月二十四日。

---

① 《翁同龢年谱》，第25、163页。《翁心存日记》第二册，第809—816页。

② 参见清陆以湉《冷庐杂识·传胪》。

③ 《翁心存日记》第三册，第1118页。《翁同龢年谱·翁玉甫先生年谱》，第27页。

6. 同治三年十月三十日(1864－11－28)

男同爵百拜敬禀母亲大人膝下：

敬禀者，男叩别后，于酉初刻至长新店。次日黎明登程，巳刻至窦店尖[1]。申正至涿州宿。昨日尖高碑店，宿北河。今日尖安肃，宿保定。途中天气晴和，男身体甚好，惟依恋之忱，无时或释耳。同行有周子京，稍破岑寂。然游子情怀究非他人所能劝解也。抵保定后，制军以下均差人迎接，令仆辈持柬往谢，诡云近患感冒，不能亲诣也。宋朗斋亲自来见，并送上下两席，情谊甚挚。陆铁云今日在家请客，不能来，云明日黎明来晤。近日天气甚暖，车中穿厚皮袄尚嫌热，未知日下寒暖若何？

母亲饮食起居宜万分珍摄，三冬必须穿皮衣，切勿贪凉。叔弟体气不充，冬间亦宜请人定一膏方服之。仲侄服镜湖方，如合宜，须守之不变。五侄巡夜差使似可推却。否则天时寒冷，恐非所宜也。荣、筹两儿趁此三冬宜习静用功。筹儿新病初愈，必须请万藕翁开一膏方，至嘱，至嘱。家中门户火烛须随时留心，切勿彼此大意。冬令各屋均有烟火，尤宜格外留神也。家人随出者当差，均尚谨慎。今日见宋朗斋云：前途亦甚平稳，切勿系念。唐义渠方伯顷间来晤见(上灯后来长谈)，伊系湖南衡州府人，略言伊家乡事也。湖南京报恐不易见，家中可阅抄报全者一分。每月令筹儿汇齐寄来。都下近事家言中亦须详及。否则，彼中恐寂无见闻也。

伯兄自将一军，似非长策，宜委婉辞之方妙。祥儿处未知有信来否。若尚在富冶安将军营中，亦不必亟亟他往，盖此时扬州固是善地，且连得保举，旋即离营，亦非人情也。

---

① 尖，即打尖，指旅途中的休息、进餐。

男明日俟陆铁云来晤后即行，到顺德府时，当托任小园太守再寄家信矣。专此肃禀，敬请金安，并问合家大小均吉。男同爵敬禀。三十日三鼓。

【按】 同治三年九月初三日，翁同爵补授湖南盐法长宝道①，长宝，即长沙、宝庆；十月，以外城办事处出力赏加盐运使衔②。是月二十六日，翁同龢与诸侄为翁同爵饯行；次日未初，翁同爵起程赴任；十一月初九日，京中翁宅得翁同爵“十月三十日保定书”③，因知此函写于同治三年十月三十日。

伯兄，即翁同书，字祖庚，叔伯中行三，翁同爵三兄。叔弟，即翁同龢，字叔平。

仲侄，或称“源侄”，即翁曾源，字仲渊，号竹泉，行二，道光十四年五月二十二日出生，翁同书次子，体弱多病，光绪十三年七月十三日病卒④。同治二年四月翁曾源参加会试，是月二十二日参加廷试；二十四日小传胪，翁曾源得一甲第一名⑤，授翰林院修撰⑥。

据《先文端公年谱》⑦、《巽斋自订年谱》⑧、《翁同龢年谱》⑨、《翁同龢日记》⑩，翁曾源生于道光十四(甲午)年五月，比翁曾纯大五个月。

---

① 《翁同龢日记》第一卷，第 377 页。

② 《翁同龢日记》第一卷，第 381 页。《翁同龢年谱》，第 181 页。

③ 《翁同龢日记》第一卷，第 385、387 页。

④ 《翁同龢日记》第五卷，第 2173 页。

⑤ 《翁同龢日记》第一卷，第 299 页。

⑥ 详见国家图书馆藏稿本《海珊自叙年谱》。

⑦ 《翁心存日记》第四册附录四翁同书等《先文端公年谱》，第 1855 页。

⑧ 《翁同龢年谱》，第 160 页。

⑨ 《翁同龢年谱》，第 18—19 页。

⑩ 《翁同龢日记》第一卷，第 305 页。同治二年五月二十二日，翁曾源三十周岁生日。

然《翁心存日记》附录二《翁曾源同治二年会试朱卷履历》云“道光丁酉年五月二十二日吉时生”[1]，疑误。道光丁酉，即道光十七年。

7. 同治四年三月二十日(1865－4－15)

男同爵百拜敬禀母亲大人膝下：

敬禀者，月之初八、初十日曾两作家书交折差赍去，未审何时得达。连日正盼北音，夜不成寐。昨日午刻接到叔弟二月初六日所寄家书，敬悉母亲大人福履安康，不胜欣忭。惟正月杪曾感冒风寒，违和数日，未审起居饮食现在已复元否。殊深驰念。男到此后身体甚健，饭食稍增，惟现署臬司，公事甚忙。每日黎明即起，必至子刻方卧，稍觉劳碌耳。天时渐暖，京寓凉棚必须支搭，切勿惜费。衣服一切祈随时珍摄为祷。专此肃禀，叩请金安。男同爵百拜敬禀。三月二十日。

【按】 同治四年初，翁同爵赴湖南盐运使任。二月抵达长沙。适逢兆宝岩(琛)廉访以军事入贵州，故中丞恽世临(号次山)檄委翁同爵署理湖南按察使。二月十七日接印视事；闰五月二十一日交卸按察使篆，回盐道本任[2]。

同治四年正月二十九日，“慈亲感冒，头痛咳嗽”；正月三十日，“慈亲仍未愈，虽起而神气殊顿……”；二月初三日，“慈亲三日来常卧，昨今两得大解……精神尚倦耳……”知此函写于同治四年三月二十日。

臬司，明清时期提刑按察使司的别称，主管一省的司法，也借称廉访使或按察使。

---

① 《翁心存日记》第四册附录二，第1836页。

② 《翁同龢年谱·翁玉甫先生年谱》，第181—182页。

中丞，明清时用作对巡抚的称呼，亦称抚军，又称抚院、抚台、抚宪等，清代为省级地方政府长官，总揽全省军事、吏治、刑狱、民政等，位高权重。清梁章钜《称谓录·巡抚》云“明正统十四年，命都察院右佥都御史邹来学巡抚顺天、永平二府……今巡抚之称中丞，盖沿于此。”

恽世临（1817—1871），字季咸，号次山，江苏阳湖人。道光进士。累迁长沙知府、湖南巡抚。

8. 同治六年二月初七日（1867-3-12）

男同爵百拜敬禀母亲大人膝下：

敬禀者，男到湘已及两载，依恋私忱，无时或释。新正连接京寓家书，敬悉福躬康泰，近履吉祥，欢喜无量。男身体甚好，署藩篆后公事稍忙，然尚不觉劳顿，切勿垂念。祥孙媳淑静温和，诸循妇道。侍妾章氏人尚安端，惟小家女不谙礼法，尚须随时教导之也。男廉俸所入足供菽水。今复寄呈百金，伏祈赏收，以备随时零用。至寓中日用，男当另行筹寄也。专肃敬请金安，馀容续禀。男同爵敬禀。二月初七日。

【按】 藩篆，即藩司的官印，亦借指藩司。藩司，明清时期布政使的别称，主管一省民政与财务的官员。同治四年二月，翁同爵抵长沙；同治五年十一月，署湖南布政使事；是年十二月，翁同爵长子翁曾纯夫人挈其子翁奎孙，偕翁同爵侍妾章氏抵楚侍奉[1]，因知此函写于同治六年二月初七日。

章氏，翁同爵侍妾，即翁同爵次子翁曾荣为其新买侍妾。翁同爵

① 《翁同龢年谱》，第181—182页。

“愿其他日福全寿全子孙全，因以全字命名，令家中人以全姑娘称之也”[1]，亦即翁同爵家书中所言及的“全姑娘”，或“全姨”。

9. 同治六年九月二十六日(1867－10－23)

男同爵百拜敬禀母亲大人膝下：

敬禀者，月之初十日恭阅邸抄，得悉男蒙恩升任四川臬司。闻命之馀，感悚无既。窃念男外任三载，报称毫无。今得仰邀福庇，幸进一阶。嗣后惟有谨遵慈训，益矢慎勤。男此次谢恩折内即吁请陛见。本拟交卸后迎折北上，藉得早奉晨昏，私怀少慰，乃昨奉刘中丞札，奏留湘省暂署藩司，恐启程得稍迟时日也。男近体甚好，公事平顺，堪纾慈廑，专此敬肃，叩请金安，并贺大喜，男同爵敬禀。九月廿六日灯下。

男近日左目肿痛，今已稍愈，灯下可以写字矣。侍妾章氏随叩。

【按】 同治三年十月，翁同爵偕周子京出京赴湖南盐运使任。此后至同治六年秋，翁同爵一直在湖南任上，曾任湖南按察使、湖南盐运使；同治六年八月初，翁同爵简放四川按察使[2]，即川臬，是年十月初九日，楚抚刘崐(韫斋)弹劾兆琛等师久无功，奏留翁同爵暂署藩司。湖南藩司放李榕[3]。从同治三年十月至同治六年九月，正如函中所云“外任三载”。同治六年九月底，翁同爵方知此事，即写信告知母亲，知此函写于同治六年。

---

① 参见同治五年八月二十六日翁同爵致翁曾翰手札。

② 《翁同龢日记》第二卷，第581页。《翁同龢年谱·翁玉甫先生年谱》，第181—182页。

③ 《翁同龢日记》第二卷，第592页。

致翁同龢函

1. 咸丰元年闰八月二十一日(1851－10－15)

昨日抵济宁[1],而运河水道堤工早已淹没。自济南城十里之外,河湖一片,一望汪洋,亦难冒险前进,(三百馀里皆无涯岸可寻,顺风须两日可渡。)因上岸暂住客店,探听水势若何,再定行止。今日晤州牧李君(锡琨,亦常州人),据云水道自台庄以上皆成巨浸,舟大或可无虞,舟小则万难行走。晤姚良庵所谈亦然。今与同伴相商,拟附粮艘至杨家庄较为稳妥。惟粮船首帮闻已挽过东昌,然到此尚须数日。守候附行,稍觉迟滞,固所不免耳。兄途中身体甚好,且有厚甫、鳌峰同行,更不觉寂寞。(左下角"三")下人亦尚勤慎,一切可请堂上放心为嘱。北闱题名至济宁方见。同乡中竟无中者,颇为闷闷。

前在东平见邸抄,知松翁授钟邸读,而严亲仍在书房行走。想系农部殷繁之故。如此似少可休息。然近日南河出事,必须请帑,度支告匮,谅益焦劳,尚祈诸自珍卫为祷。南榜题名,未知途中何日得见。吾家竹林二人未知有中式者否?甚为悬望也。筹儿须吾(左下角"四")弟时时督责之,切勿宽恕。宝生、中鲁、儒卿均为道念。儒卿须劝其善自排

① "抵"原字残,今据上下文推测。

解，努力用功为嘱。兄行期难定，未知何日方可抵里。今日已作书寄南，俾知消息，大约重阳前后到家，已为顺利。谚云：担迟不担错，宁需滞，毋冒险也。匆匆草此布达，即颂近佳，并问合宅安吉不备。兄同爵顿首。闰八月廿一日济宁旅舍中泐。鳌峰□□□□□□意蓉洲八叔及湘翁，吾弟晤时可道及也。又行。（左下角“五”）

【按】 翁同龢（1830.5.19—1904.7.4），字叔平，翁心存第三子，叔伯中行六，故《翁心存日记》中称“六儿”，翁同爵六弟[①]。

此通三纸，其左下角有页码“三”、“四”、“五”，当是佚去第一、二两纸。

咸丰元年秋，翁心存典顺天乡试，为副考官。翁同爵回避不考试，随即告假出都，途中遇水[②]。此通即其出都后写给翁同龢的信札。又函末署“闰八月”，知此函写于咸丰元年闰八月二十一日。

李锡琨，咸丰年间任平度知州，近代书画家李祖年曾祖父。民国间《平度县志》有其传云：

李锡琨，善治盗。旧店有金矿，明时奸民导陈增开采[③]。清初封禁。道光末，有外来翟弄针、翟詈腥、张痛、赵蜂令、尹挺置、赵灌猕、林猛夺、李梃禽、张志险、马贯陨十人，号“十虎”，招亡命踞其中，采金聚赌，历任州尹禁之，则诬控二宪挟制，地方官无如之何。锡琨莅任，十虎闻其名以

---

① 详见周文晓编著《翁同龢年谱》。

② 《翁同龢年谱·翁玉甫先生年谱》，第177页。

③ 陈增，明神宗时的矿税太监。

赇进，却之，调泛兵掩捕，得其馀党。十虎逃，移关邻封[①]，获之，皆伏法，一方以安。

松翁，即钮福保，号松泉。咸丰三年六月三十日，引疾开缺[②]。

钟邸，爱新觉罗奕詥，道光第八子（八阿哥），道光二十四年出生，道光三十年封为钟郡王。同治七年病故。其生母是琳妃乌雅氏，奕譞、奕譓的同母弟，咸丰帝异母弟，同治帝、光绪帝的叔叔。道光二十九年七月，翁心存入值上书房；是年十二月，授读八阿哥[③]。

2. 咸丰元年九月初八日(1851－10－31)

叔平六弟足下：

日前曾草寸缄，交济宁河帅提塘寄京，未知何时得达。迩维双亲万福、合宅平安为颂。兄途次东平，因前途黄河口决丰北，湖路不通。传闻山道自泰安以南，沂州、郯城亦被水围，亦难取道。不得已改由水路回南。满拟至济宁后即可附粮艘而行。不料河水入湖，将清水全数逼出，泛滥横行，数百里竟成泽国。自济宁南关外十馀里，即河湖一片，一望汪洋巨浸，亦难放棹。虽经地方官设立水巡插标引路，而粮船皆畏缩不敢开行。

半月以来仅过首进大和卫一帮。（现在离此七十里停泊，尚未过湖。）此帮船既不堪，人又刁恶，故方既堂观察及

① 邻封，原指相邻的封地，后泛指邻县、邻地。唐司空图《太尉琅琊王公河中生祠碑》云“大寇既逃，邻封共庆。”

② 《翁心存日记》第三册，第991页。

③ 《翁心存日记》第四册・附录四《翁同书等〈先文端公年谱〉》，第1857页。

姚良庵皆再三拦阻，且云且俟二帮扬州者再行搭附。而后帮胱空守候，至今尚无消息。昨日有颜河帅少君坐来蒲鞋头船一只，似尚稳当。即托既堂观察处差封民雇于今日登舟。惟开行(季君眉夫人水路南下，坐一太平船，于前月底到此，至今尚未能开行。现在急欲南下，忽改山路行走。而泰安以南可走与否，尚未能定。恐亦非计也。)则尚须守候数舟方可前进。缘前途饥民满道，良莠不齐，颇有宵小抢劫之事。当分外留意也。

严亲大人兼署少宰。此间已见邸报。顺天闱墨昨于方观察处亦已见过。惟江南题名至今未见，殊为闷闷。兄身体甚好，同行鳌峰、厚甫亦均安吉。厚甫水路亦仍同舟也。筹儿功课须吾弟时时督责之，并致意中鲁严束之为嘱。兄此行适遇黄河决口。行路之难至此为甚。盘缠之费更不待言矣。幸同行有三人，尚不至寂寞耳。草此数行，布达近况，馀俟至清江时再行续布也。此颂侍祉不备。兄同爵手泐。九月初八日。

【按】 严亲，此处指父亲翁心存。少宰，明清时期俗称吏部侍郎为少宰，又称少冢宰。咸丰元年闰八月，翁心存“兼署吏部右侍郎”①，即少宰。知此函写于咸丰元年九月初八日，时值翁同爵因其父翁心存典顺天乡试而回避出京的途中。

---

① 《翁心存日记》第四册・附录四《翁同书等〈先文端公年谱〉》，第 1858 页。

3. 同治三年十一月初七日(1864－12－7)

叔平六弟足下：

前月三十日到保定后，曾作一家书，交宋朗斋大令托翰章处转交，未识何日得达。兄于月之朔日辰刻启行，未初至方顺桥尖，夜至清风店宿。计程百二十里。到店已几及初更矣。初二日尖明月店，宿伏城驿。计程百卅里。五鼓即行，曛黑方到。初三日过正定府，渡滹沱河，徒梁已成，至十里铺尖，夜宿栾城县。初四日过赵州，在大石桥尖。尖时已微雪，尖后冒雪行至柏乡县，路鲜行人，一望皆琼林玉树，洵奇观也。到店后雪愈大，夜阑积至一尺。

初五日雪仍不止，涂中无辙迹，不能行。于是歇程一日。(天黑时雪方止，共积一尺五六寸。)初六日黎明发柏乡。行冰雪中，冻合玉楼，光摇银海。未正二刻抵内邱县。历四时许，才行六十里耳。今晨自内邱发，亦未正多至顺德府。太守任筱沅邀留至署夜饭。情谊殷殷，可谓贤东道主人矣。明日拟即启程。惟途中积雪太多，恐车行不无迟滞耳。前途闻甚安慰。现于任太守处要驿马两匹，沿道亦可遣人随时探问，家中可勿念行人也。专此布泐，即问近祺并合家大小安吉。兄同爵顿首。初七日呵冻书，时交二鼓矣。

【按】 同治三年九月初，翁同爵补授湖南盐法长宝道[①]。十月，又以"外城办事处出力赏加盐运使衔"[②]。亲朋好友为其践行，十月

---

① 《翁同龢日记》第一卷，第377页。

② 《翁同龢年谱》，古吴轩出版社，1994年10月，第181页。另见《翁同龢日记》第一卷，第381页。

二十七日启程赴任，十一月出都[①]。同治三年十一月初九日，翁同龢“得五兄十月三十日保定书，次日即行，途次平安”[②]，此即函中所云“前月三十日到保定后，曾作一家书，交宋朗斋大令托翰章处转交”之家书，知此函写于同治三年十一月初七日。

4. 同治三年十一月二十九日(1864-12-27)

叔平吾弟足下：

十月三十日在保定(托宋朗斋)、十一月初七日在顺德府(托任筱沅)曾两作家书寄京，未审何时得达。十二日过淇水关，遇宝生、子禾二星使，匆匆话别，不及作书，传语平安而已。兄自初四日在赵州遇雪后，(在郑州南复遇雪，前后几及三尺，故路径不辨，必须寻土人带路也。)日行冰雪中。每日或行百里，或行五十里，或行十数里，(渡漳河自巳至未方渡毕。)或竟一步不能行(在柏乡及郭店驿)。其中或亥正而宿(在邯郸及宜沟、亢村、石固驿)，或子正而宿(至漳河渡口)，或丑正而宿(至郭店驿)，仆痡马瘏，辛苦极矣。(天气严寒，呵气即冰。吾衣服幸有火狐一里、元新皮套裤尚可御寒。至羊皮阿伦袋，究嫌其薄耳。)

三廿二日抵襄城，方幸前途数日程即可到樊城。乃忽接探报云发捻各逆现均窜踞邓州境内，僧邸令降人马姓者从新店铺进剿，于十四日溃败新野城外，降众逃兵溃勇约有五六千人，到处抢劫。闻之虽有戒心，然尚欲至南阳顾湘坡太守处探问消息，再商行止。廿三日午刻至叶县，则探报与昨相同，惟云十八日复打一仗，兵勇又失利，贼之边马已至

① 《翁同龢日记》第一卷，第380—386页。

② 《翁同龢日记》第一卷，第387页。

南阳城外,恐南阳亦不能往矣。午后复行三十里,至旧县,则见乡民扶老携幼自南而北者,络绎于道,询之皆裕州以北乡人,移家入城堡者也。(凡北来之车皆住于此,有二十馀辆,皆不能南行。)至店后,问之土人,则云寨中亦有探报,裕州以南固遍地抢掠,居民亦不辨为是贼是兵,即裕州以北亦难行走。于是不能不作还辕之计矣。夜同子京(子京人甚好,毫无习气,惟嫌其太拘。顷至省,知金可亭在此间掌教,回襄阳度岁,行至叶县不能进,亦有回汴之意。在途中却未遇见也。)及家人辈商酌,若在当地留住,则每日须用十金(车辆六千七百五十文,房饭等五千馀。)(店皆极坏,然住宿必须一千五六百文,菜饭皆须外叫另算。)所剩川资不能作十日粮(价人款不能换)。即使数日内能行,而或行或止,旅费已无所著,倘相持半月二十日,则更难张罗,遂决计绕汴梁一行,(自旧县至大梁不过四百里。)再商取道何途。

廿四日回车北行。是日住汝坟桥。廿五日住襄城县。(两日皆不过行四五十里。天明发,曛黑方到,缘道涂泥泞,行走颇难也。)又见探报,则云十八日以后,贼踞南阳之白牛镇青华蔡桥等处。(新野县、新店铺固程途所经即博望驿南之北新店,离南阳府城才十二里耳。)僧邸带兵在马山口、板桥川、邓州、新野一带进剿。惟东北一路无兵堵御等语。然则裕州南北正当贼冲,恐一时未易通行旅也。

兄年来作事皆任天以动,惟此次误听(此语勿为外人道)朱石樵之言,亟欲于岁底到任,未免人事勉强,遂致雨雪载途,兵戈阻道,行程不及一半,川资已用五百金,以后当切以为戒。诸事仍委心任运之为得也。然兄此时凡事皆退一步想,设使路上不遇雨雪,道途平坦,则计程月之望日前后正行抵新野之时。若发捻西来闻警而避,已属仓皇,倘竟沿途不知,猝遇贼骑,则有不堪设想者,较之现在仅仅多用盘缠，绕道不过三四百里，其得失为何如耶？兄故绝无怨尤之念也。

今日至汴省，（尹杏农在抚军大营，不在省。）午后往访苏方伯，方伯患病未见。（方伯遣人来谢步，云感冒风寒已十馀日，请假三次矣。）晤王小泉，据云僧邸在邓州被贼围攻（调他军往援，尚未到）三日，幸以大炮轰击方退。（闻伤亡将弁颇多。）南阳一路恐日内未必通行旅，似不如取道信阳州之为妥。见欧阳用甫，则云伊幕中延湖北同乡二人，近日亦从信阳州而来，道途平稳。惟信阳以南不通车路，必须用轿及小车，稍辛苦耳。然免受惊恐，虽费多而劳顿，亦无伤也。兄拟俟稍休息一二日，再改道前进，告贷川资小泉及用甫处，皆应许可，不致缺乏矣。兹因到汴卸车匆促，恐家中悬念，先草数行布闻，馀俟行期定后再行续布。此问近佳，并合家大小均吉。十一月廿九日戌刻玉甫书于汴梁旅社。

此次所用家人本乌合之众耳。家中四人：李慎庸懦无能，令其总理一切，其才具不能了；董升才亦平庸，且诸事不肯出头；沈贵之懒依然；霍安则块然一物，毫无用处。外荐五人：刘俊之粗疏、张荣之奸猾，二人除前站看店，馀俱不管；李万亦一无用之人耳；段成尚谨慎，惟初学跟班，诸事不在行；刘元则诸事出力，人亦小心谨慎，言语皆合格，即如沿途探问贼匪消息，到处抄探报来看，皆其力也。在他人视之，尚以为多馀之事耳。最可笑者，此次行抵新郑时，令刘俊往外间探听，来覆云捻匪尚在安徽地界，离此千有馀里。则真胡涂到底者矣。然吾却并不生气也。

此次所雇轿车骡头，疲乏者多，故行此雪地，颇觉受累。遇一泥淖，有车几辆，非用人抬不得出，必须半时或二三刻方过。吾所坐太平车，亦究嫌重滞。至郭固店时，辕骡因连日冻饿，忽患黄病，半夜而毙。至次日以大钱三十千买一辕骡，方能成行。其价即吾所付，合银廿四金，其馀各车每人均借大钱四千、五千者不等。此一款已需银七八十金也。此皆同茂车行选择车夫不得人之故。以后切不可再至同茂雇车，至嘱，至嘱。沿途客店（天时严寒，炭无处可买。或用木柴，或用秫秸向火），自卫辉府以南，皆破败不堪，系曾遭兵燹之故，且冷店居多，饭菜皆需外要。幸带赵厨尚出力，故尚不觉其苦也。

【按】 同治三年十一月初九日，翁同龢所“得五兄十月三十日保定书”，即函中“十月三十日在保定（托宋朗斋）”所作家书；函中“十一月初七日在顺德府（托任筱沅）”所作家书，即上文十一月“初七日呵冻”之书，知此札写于同治三年十一月二十九日。同治三年十二月十七日，翁同龢“得五兄初一日汴梁书，沿途阻雪，至叶县闻贼窜南阳，复行数十里抵旧县则遇裕州难民，不得已折至汴梁，拟取道信阳，此行困顿极矣”①，如函中所言“廿三日午刻至叶县，则探报与昨相同，惟云十八日复打一仗，兵勇又失利，贼之边马已至南阳城外，恐南阳亦不能往矣。午后复行三十里，至旧县，则见乡民扶老携幼自南而北者，络绎于道，询之皆裕州以北乡人，移家入城堡者也”，即此函写于十一月二十九日汴梁旅社。

星使，古人认为天节八星主使臣事，因称帝王的使者为星使。唐刘长卿《贾侍郎自会稽使回》诗云“江上逢星使，南来自会稽。”

僧邸，即僧格林沁（1811—1865），博尔济吉特氏，蒙古族，晚清名将，科尔沁左翼后旗（今属内蒙古自治区通辽市）人。他是道光皇帝姐姐的过继儿子，道光五年（1825）袭科尔沁郡王爵，历任御前大臣、都统等职。咸丰、同治年间，僧格林沁参与对太平天国、英法联军等战争，军功卓著。1865 年 5 月，在山东曹州（今山东菏泽）被捻军围

---

① 《翁同龢日记》第一卷，第 392 页。

击，战死于山东曹州高楼寨。

边马，捻军中的先锋或侦察部队。捻军后期，全部成为骑兵，出军前，先派出数百人的精锐马队，在前侦察，一旦发现敌人大队，立即向主力部队报告，如遇小股敌人，即加以歼灭。清王定安《求阙斋弟子记·剿捻上》云："贼忽分股，一窜阜阳、三河尖，一窜新蔡、汝阳，边马至西华、邓城等处。"

5. 同治三年十二月初三日（1864－12－31）

叔平吾弟足下：

廿九日抵汴省后，次日即草一函，（共六纸，信面写十二月朔，实则尚十一月晦日，因未看宪书也。）由天顺局寄京，未审何时得达。兄自十一月初四日在赵州南遇雪后（途中辛苦备尝），日行冰雪中。至廿二日抵襄城，即闻南阳、新野一带有贼警。次日至叶县，见乡民扶老携幼避贼入城者络绎于道，于是始有戒心。是夜宿旧县寨中。

探报云裕州南北皆不可行，而兄捡点行囊，仅有数十金。（若老程每日需用十金。）若留住，不过四、五日即已告罄。不得已作折回汴梁之计。到此后晤见（赓堂方伯有病，闻将引退）用甫学使、筱泉廉访，向之告贷，（川赀已敷，不必悬念。）均已许诺。惟此间骡驮价甚贵，每个须用银拾叁两，且信阳州等处（此路前年冬间方打通，然只有小车往来，尚无骡驮走此者，且近贼又从此过，故可虑耳。）兵燹之馀，往往数十里内无人烟，行旅未必能稳速。故筱泉再三劝阻，云何不稍留数日，再定取道何途。（在筱泉处见许州报，彼处亦办城守，故筱泉以为万万不可冒昧前进也。）故现在尚未雇定骡只也。

今日见秦缦卿太守（开封守，无锡人，丁酉拔贡），则云

“十八日僧邸兵失利后，(伤将弁及马队甚多，邸帅见州牧时，挥泪不止。)南阳裕州均戒严，(南阳城外村落半为贼踞。)抚军阻于舞阳，不能往。近日闻贼有西窜之意。(然裕州一带尚未解严。)边马已至镇平。若然，则稍迟几日，樊城路尚可通，较之走信阳为稳”等语。兄只好再住数日，以听消息耳。兹闻彭榴仙在此，(明早往访之，可面述一切。)欲回京，(秦太守来言及)草此数行，托其携去，以慰悬望。(兄在此必要探问道路安稳，方敢前进，决不冒险而行，家中切勿悬念。)此布即颂近安。兄同爵顿首。十二月初三日灯下。敬请母亲大人万福金安。

【按】 同治三年十二月二十四日，翁同龢“得五兄初三日汴梁书，云资斧告罄，向王小泉、欧阳用甫告贷，闻信阳亦梗，而许州戒严，不知何路可通，甚悬悬也”[①]，正如此函中所云“到此后晤见用甫学使、筱泉廉访，向之告贷”，知此函乃翁同爵同治三年十二月初三日灯下所写之家书。

6. 同治三年十二月十一日(1865－1－8)

叔平吾弟足下：

日前彭榴仙回京(初六日动身)，托其携去家书一函(前有一信由顺天信局寄京)，计于二十左右可达。兄日来探听消息，(贼之前队一日夜行三百馀里，已至陕西汉中府所属，而后队尚屯聚鲁宝间。)贼匪仍在鲁山宝丰之梁湾、张八桥等处盘踞(探报抄阅)。而许州一带人情惊皇，纷纷逃避入城，填街塞巷。(北来之车寔坍现住禹州。

---

① 《翁同龢日记》第一卷，第393页。

此间掌教之金可亭现住襄城，皆不能前进。）许州为取道信阳所必经，是以不得不暂缓起程。惟在此已守候十馀日，闷坐寓中，殊深焦灼。日来拟走汝宁。（问之用甫学使、徐至初、秦缦卿二观察，均云此路安稳。）至汝宁后，再雇轿及小车前进，而车行无车，（用三轿车四大车。）只得少待。今日午间方雇妥车辆，（大车每辆廿三千，轿车每辆大率十五千。）定于明日起身。沿途一切已托秦缦卿致书地方官派兵役护送，（由郾城、西平、上蔡至汝宁。到汝宁后再雇轿夫小车至武昌。）可以放心，家中切勿悬念。兄俟到武昌后即寄家信到京也。（计程十四站，或于岁底能到。缘小车行程难预定。）

兄此行虽多费盘川，担搁时日（周子京信一函即日送去勿迟），然途中未曾受惊恐，即是大幸，故胸中绝无怨尤之念。设使途中不遇雨雪，按站前进，而十一月初八日（初八、十四、十八、廿三僧王屡有败仗，然恐讳言，勿与他人言之）贼已在新野与僧王接仗，行旅亦不能过也。兄在汴梁向用甫学使（五十金）、筱泉廉访（六十金）均借数十金，（陈菱舫昌年亦许借款，现尚未来。）而杏农夫人处竟先筹归庚申年借款百金，（兄已致书杏农矣，杏农之兄玉农现在此候补县佐，亦曾往还，并送菜来。）故资斧已不致缺乏矣。

京寓想均安好。（吾弟及筹儿必须服补剂，不可因循过耳，切嘱，切嘱。）三兄处时有书来否？仲侄病不发否。母亲大人饮食起居须加意调护。今年天气较寒，（汴梁雪亦二三尺，奇冷。近日方略暖。）房内炉火必须要，衣服亦须多穿，不可贪凉也。兄近体甚健，诸可放心。此布即颂近佳，并合家大小均吉。兄同爵书于汴梁旅社。十二月十一日未刻。（菱舫许借钱，并送菜一席。伊开年要进京会试。到时，筹儿素同伊熟识，可略往周旋，或邀伊吃一馆子。伊太翁兆观从前曾送过先公赙敬。伊现在加捐道员，闻明年亦要进京。到都亦宜应酬之。）

【按】 同治四年正月初二日，翁同龢"得五兄腊月十一日汴梁书，次日启行，将由汝宁道信阳以达武昌，计程十四日，岁底可至彼。（大车到汝宁，易小车始可到信阳。）书中言许州戒严，贼约六、七万在鲁山、宝丰之间"[1]，与此函中所言正相合，故此函写于同治三年十二月十一日。

7. 同治四年正月十七日(1865－2－12)

叔平吾弟足下：

上年在汴省，曾在天顺信局连寄两书（十一月晦日一函，十二月十一日一函），又托（腊月初五日书）彭榴仙携去一信，想均收到。兄于十二月十二日启程，（自汴梁至汝宁计程六站，行七日。）取道汝宁，于十八日抵汝，复雇轿及二靶手车前进。（轿一乘，夫三班，大钱陆十千，小车十八辆，每车大钱柒仟伍佰。）川资之费姑且勿论。（自汴梁至此约费四百金。）到汝宁后忽见毛旭翁处接张子青中丞书，云在宝丰拿获奸细供称，（发逆赖文光欲入陕，捻匪张宗愚欲回豫。牛麻子则欲流窜抢掠。）发捻有腊月十六日全股回窜信阳、光固之说。（此次僧王十一月十四日之败，仅有六骑相随。入邓州城时，几为贼骑追及。幸悍贼挥刀过猛，扑空坠马，方免于难。而所有军装衣服，均失无留。僧王至叶县，仅穿一棉袍，子青以自己身上所穿皮袍相赠，方有皮衣。至

---

① 《翁同龢日记》第一卷，第396页。

部下诸将死伤过半。)令各处严防。

兄此次所经正阳、罗山等处正在信阳、光固之交,闻之甚有戒心。但业经至汝,且车轿亦已雇定,不得不冒险而行。幸旭翁云伊处有马探四名,在确山县,连日并无回者,似前信不甚确,且派差弁二人护行。沿途令其探听消息。于是遂于腊月廿二日进发。(小车每日行五六十里。若阴雨,则寸步不能进。)自汝宁以南路过地方,一片荒田蔓草,(廿二日住马乡。前一夜,因西南方有烧野者,寨中人即惊皇达旦。)所有镇市皆败瓦颓垣,(贼目陈大喜即汝阳人。)居民非从贼即被掳。数十里内仅有几家。(米极贵,饭每碗须三四十文。)夜不闻鸡犬之声,(稻草鸡子等均无,炭更无之,天冷则燃豆萁秫秸以向火。自卫辉以南皆然。)睹之伤心惨目。即住宿有城寨之处,(正阳所管有九十七寨,从贼者九十四寨。)亦或经官兵击破,或降贼反正者,(离正阳六十里所住之陡沟寨。寨主萧姓,即贼中著名凶悍者。今年四月方拿获。近方易一闵姓秀才为寨主。)行旅皆卧不安席。

直至入湖北界后,方渐有居民。然兵燹之馀,房屋均被烧毁。(有数十家镇店,仅留五六家者。)有一半间土房,仅容栖止而已。(寓舍皆无门户,夜眠如露宿。)除夕住阳店(有居民二三十家,市上有盐鱼鲜肉)。今年元旦店户不开张,路无食宿处。初二初三两日(元旦即阴雨,夜雨甚大)又遇阴雨不能行。于是直至初四日方复起身。初五日申刻抵汉口。此行虽艰难险阻,然竟安稳无恙。此皆仰赖神灵默佑及慈亲福庇所致。事后思之,实深悚惧。初六日天复阴雨。在汉口寓中担搁一日,夜风雨甚大,幸已至此,(夜间行聂口,不走湖。冬令后湖水涸,方走湖耳。)不然近汉口三十馀里均行湖中涸出干地。(元旦初二两日雨后,初五日过此,尚极难走,人稍立久,泥即没踝。)遇大雨后便不能行走,必须老程以待。且沿途寓舍皆不蔽风雨,(元旦雨尚无初六日之大,且无风。然已床床屋漏无干处矣。)行李必至沾湿也。初七日雇定巴杆船一只,(据云大钓钩只装货,官差向用巴杆。未知确否。)价银肆拾贰两。(旗灯神福在外。)初八日下行李。初九日早晨登舟,(马头上炮船林立,故过往船只不易拢岸。)未刻方抵武昌马头。初十日早晨先登岸,拜粮道丁星斋、盐道盛旭仁,及首府首县。询问制军处门包等项。回船已未初,不及往见制军矣。十一日忌辰不拜客。十二日早晨往谒官中堂,中堂相持甚优(送礼受双眼花翎、伯爵补服二包。闻他处有不受者),并见吴少村中丞、(人甚朴诚,不似由州县出身者。)孙燮臣学使、唐荫云廉访(人亦老成结实,官声甚好);惟厉伯符(雄)方伯未晤。制军处门包一切共须捌拾馀金,而所带川赀又已告罄。于是复向星斋粮道处借贷百金应用。大约此间只须少作勾留,缘今晨见制军时,制军已云,倘此间无他事担搁,两三日后尽可起程到省也。

湖南两星使闻初到时甚威严(中丞以下均不见。途中见岳常澧何道晋谒台坐),今则所查事件均避重就轻,不致起大波澜矣。兄此时到彼,大约星使已将启行,(此间传闻有灯节后即起程回京之说。未知确否。)不至再有差委。否则,倘以初到省人员毋庸回避,稍有差委,却左右为难也。南闱题名,闻此间已有。(昨已见,知吾邑中四正一副。惟叶敏斋要算筹儿同年,正所不料也。)然厉方伯、盛盐道均未晤见,(元宵皆见矣。)尚未寓目,未识吾乡中几人也。(以上十二日所书。)

十三日早晨复谒见节相。(初到省人员须三日花衣上辕。)午后即东北风大作。舟泊武昌省文昌门外鲇鱼套。江中巨浪滔天,日夜震撼,颇可畏。十四日风雪雷电交作,竟日不能登岸。十五日风雪仍未止。早晨上院，午刻司到公请。天黑方回船。十六日雪更大，至今未晴，不能开舟。故拟俟明后日再至节相处禀辞也。此间信局甚少，且到京须四五十日，故家信迟迟未发。今闻督署于日内有折弁进京，作此数纸，略陈自汴梁至武昌途中颠末。（吾以为到此必有京中家信可接到。及在此访问竟无，甚系念。以后吾到长沙，京中务须每月发一家信，切嘱，切嘱。）馀俟到长沙后再行详布一切。此间天气日前初到时极暖，连日风雪后，又甚冷。服重裘尚嫌寒，笔墨皆冻。此布即颂近安，并问合家大小均吉。正月十七日兄同爵书于武昌舟次。荣、筹两儿须抱佛脚，略做文字，请六叔评阅。仲侄病不常发否？吾甚念之。

【按】 同治四年二月二十九日，翁同龢“得五兄正月十七日武昌书，言信阳数百里内皆荆棘，在汝宁时传有寇警，冒险而行，又阻雨数日，极困顿矣。日来盼信，几于卧不安席，今日得此，灯花鹊噪不虚也，意宁夏捷音亦当踵至”[①]。因知此札写于同治四年正月十七日。

门包，指贿赂守门人的财物。清顾炎武《日知录·阍人》引《后汉书·梁冀传》云：“‘冀寿共乘辇车，游观第内。鸣钟吹管，或连继日夜。客到门不得通，皆请谢门者，门者累千金。’今日所谓门包，殆昉于此。”

上辕，指到衙署晋见上司。《官场现形记》第三五回云：“次日何师爷上辕谢委，一张嘴犹如蜜糖一般，说得抚台竟拿他十二分器重。”六叔，即翁同龢，叔伯中行六。

① 《翁同龢日记》第一卷，第406—407页。

8. 同治四年二月初八日(1865 - 3 - 5)

叔平吾弟足下：

正月十七日(折弁于二十日方行)在武昌省城曾寄寸缄,未审何时可达。兄于二十日方开船南行,溯长江而上,波涛汹涌,已极可畏。(兄十四年未曾坐船,故胆比从前更小,遇旁风张帆,极其恐惧。)自岳州府以南,过洞庭湖,虽水涸归槽,然尚一望无埃。(自岳州府至湘阴县皆湖波浩淼。其馀长江亦较扬子江宽阔,水势亦极溜,稍有风,即浪高三四尺。)且连日东北风大作,乘风破浪,更觉恐惧不宁。至二月初二日午刻方抵长沙。即日移居公馆,禀见抚军,抚军相待甚殷。次日,兄尚未上辕,清晨即来答拜,辞之不获。晤见谈良久。兄连日酬应甚繁。在省府厅州县均来谒见。一日真无片刻暇,颇觉疲惫。

抚院札饬到任尚未下,缘署任彭锡之年力已衰,不愿再回长沙府本任,(以吕世田署长沙,批准折新回。)故抚军迟迟未决,甚难位置斯人也。兄到此后,初三日(粮道李玉阶于二月朔回任,星农已交卸。)从陆星农处交到十一月初十日京信一函。又从折弁处(京报书籍均收到)送来十二月十一日京信一函。敬悉慈亲大人福体安康,合寓均吉,游子之怀藉以少慰。否则,此百日来梦寐颠倒,时在京华也。此间地方卑湿,兄到此五日尚无一日晴朗。春寒颇盛,可服重裘。(以上初六日夜二鼓书。)

幕友已请定俞鹤皋(每年修金三百,膳金百二)。询之官场佥云人品学问皆好,家人荐者纷纷。现已收用六人,均情不可却者。恐到任后尚须再收一二人。将来只好陆续外荐耳。星使折稿甚秘密,(原奏此间亦不知。闻有贾振之、曾笙巢、陈小舫、王蓉洲各折,不知确否。)此地竟不知其底蕴。但传闻中丞事尚无大碍，(闻参中丞者十二款，星使但以轻者二三款查实，馀均为开脱。闻覆奏稿，有交部议处之信。)或不致更动，未识中旨若何？然中丞却甚悬悬也。(上年星使来时，中丞却甚牢骚，今已稍好矣。)此间官场局面甚小(候补道府共有十五六人，州县则更拥挤矣)，在省各缺，以藩司为最优，(臬司缺甚苦，每年须赔垫数千金。)其次即算盐道。盐道每年进项可得一方。除用项六千金外，尚可稍有盈馀。兄一切当节省，决不敢多用，京寓所需当陆续汇寄。至兄出京时所借各款，(倘汪啸庵处之款来催，或向宝生处暂借，先还之。)俟到任后设法措寄。惟此地距京道途较远，恐到时已在五月中矣。

儿辈应礼部试，功夫浅薄，(今年元旦，兄在阳店寓中，其春联横额曰“春风及第”，联句曰“春风得意花千里，秋月扬辉桂一枝”，以荒僻地方，而得此吉语，意者或为先兆欤?)恐不能侥幸。然场后大卷，每日多写，不可作辍。字体总以方正黑大为宗，不可随意。场后酬应必多，(切不可多吃馆子、多听戏。以天气渐热，二者皆非所宜也。)可省力时，即宜省力。一则恐担搁写字功夫，二则可保养身体也。榜后荣儿可令其回南。到家后略为布置，可再至此。然由长江溯流而上，(洞庭湖夏令水势极大，断断不可乘船而来。)夏令恐不易行走，须乘火轮船至汉口，(由镇江至汉口每人不过八金、十金。由武昌起旱，则轿夫、挑夫每人须六七千文，却甚费。然不可省此盘川也，惟行李以少为妙，川赀多带为妥。)再渡江，由武昌起旱而来方妥。筹儿则无论中否，皆万万不可来。盖兄远官湘中，令其日侍重闱左右，可以稍代子职，一也。且兄此次来此，风波盗贼之险在在可虞。若伊跋涉而来，则兄闻其出京必日日悬念不置。况伊体质单弱，不能耐此辛苦，二也。

总之,至湖南路途秋冬间尚好行走,至夏令则万不宜冒险而行也。至嘱,至嘱。伯兄处想时有信到京,特将一军,未审能交卸否?念甚。仲侄病能稍轻,甚慰。(如方君方服之觉有效,即宜守之不变,切勿时换医药。)未识散馆时若何。倘自度病体渐愈,方可入场。否则或今年暂不散馆,亦无不可也。

吾弟服阕后未审有别项差使否。倘直三天,只好勉力暂当,切不可推辞。寓居在城外,一切不便。可于城内暂觅一栖止之所,否则盛暑祁寒均非所宜,切勿吝此小费为嘱。兄到此已数日,(昨送中丞礼物,受四包,似无他意。)而中丞处札饬到任尚无消息,未识何故。顷已托汤敏斋丈往探其旨矣。(敏斋丈精神如昔,吴年伯母老境渐增,光景亦甚苦。均往见过。)

此间春阴颇寒,穿厚皮衣尚不觉暖,本地绅士见黄兰坡(已老而人甚滑)、李仲容(人极好,乡评亦佳),馀尚未晤。(郭意诚尚在湘阴未来回家过年也。)兄现未到任,诸事尚无就绪。京中要人处禀信皆未写就,俟接印后再寄。此颂侍安,并问合家大小均吉。二月初八日戌刻兄同爵手泐。

【按】 同治三年四月底,翁曾荣起程北上;六月十四日抵京[①]。是年十月,翁同爵领凭启程赴湖南盐运使任,翁曾荣、曾翰兄弟因留京参加会试而未能随侍。次年正月,翁同爵到达武昌,过洞庭湖;二月二日抵达长沙后,翁同爵写给翁同龢的信札即此通。是年三月十五日,翁同龢"得五兄二月十五日书,知于二月初二日抵长沙,十日后

① 《翁同龢日记》第一卷,第355、363页。

奉札署臬司篆，自湖北达洞庭湖，风涛汹涌”①。此函亦述及二月初二日抵长沙，然尚未收到任何消息。而三月十五日翁同龢所收到之家书已知到任消息，故此函早于三月十五日所得之家书，因知此函写于同治四年二月初八日。

散馆，明清时翰林院设庶常馆，新进士朝考得庶吉士资格者入馆学习，三年期满举行考试后，成绩优良者留馆，授以编修、检讨之职，其馀分发各部为给事中、御史、主事，或出为州县官，称之为“散馆”。《明史·选举志二》云：“三年学成，优者留翰林为编修、检讨，次者出为给事、御史，谓之散馆。”清钱谦益《柱国光禄大夫太子太保吏部尚书赠少保谥贞敏梁公墓志铭》云：“翰林院庶吉士散馆，请外，授工科给事中。”

服阕，守丧期满除服。阕，终了。汉蔡邕《贞节先生陈留范史云铭》云“举孝廉，除郎中君莱芜长，未出京师，丧母行服。故事，服阕后还郎中君。”同治元年十一月初六日，翁心存病逝。同治四年二月初六日，“行禫除礼，夙兴恭悬遗像于听事，巳刻奉神主至堂前设祭，哭；彻馔，复哭奠，即于神主前释服”②。

汤敏斋丈，即汤修（1811—1871），字敏斋，号泔翁，浙江萧山人，吏部尚书、协办大学士汤金钊（1772—1856）次子，翁同龢岳父。道光十九年（1839）举人，历官内阁中书、福建道、云南道监察御史、顺天府丞、通政使司副使、大理寺少卿、太常寺卿等。据《翁同龢日记》，汤修“敏斋”之名是咸丰十年（1860）元月底其父文端公汤金钊扶乩时“乩仙”所赐③。

---

① 《翁同龢日记》第一卷，第411页。

② 《翁同龢日记》第一卷，第401页。

③ 《翁同龢日记》第一卷，第72页。

9. 同治四年二月十一日(1865－3－8)

叔平吾弟足下：

昨日肃沕一函，交折弁傅蓝田、范辉廷去后，酉刻折差自京回者，赍到腊月廿四日所发手书，敬悉慈亲大人福体安康，合宅均吉，欣喜无量。兄到此已十日，而中丞处札饬到任尚未下，(旅见时相待言语均甚好，问之方伯、廉访，亦无异说，大约总为署缺之彭锡之斟酌一善地耳。)不识何故。外间传言有兄暂署臬司之说。(臬司须进京陛见，遵上年旨也。)然中丞见面时并未提及。且臬司责任重大，(现在正办秋审册。)以初任人员滥膺斯任，既非所宜，况缺分清苦，每年须赔垫数千金。果尔，则公私两难。兄必力辞此举也。

湖南地方卑湿，到此尚未见一日晴朗，春寒较北方为甚。现服重裘尚不嫌暖。(外星农致吾弟书一纸，有托价人事，可即交伊照办。)饮食起居尚与江南相仿，惟潮湿太重，衣服食用皆须随时捡点，否则即要霉变耳。西北军事颇难着手。杨厚庵制军闻月杪方能成行，(往见不值，闻制军从前但将水师，今改将陆路，非其所长，故此行颇迟回，慎重也。)募勇亦应者寥寥。缘此地人皆吃米饭，面食素不能充饥也。闽省贼闻甚鸱张，左制军有退扎浦城之说，不知确否。

此间看报甚迟，京中倘有外省军务消息，家信中可略一二。京寓窘况不言而知。兄如到本任，必先筹寄接济。若署臬司，恐又要担延，可令子侄辈设法支持也。草此续布。即颂近安，馀俟再报。兄同爵手启。二月十一日申刻。

所有庞宝生处交来陆张两处银两。陆子绶尚未晤，不知若何。张东墅顷已晤见谈及。据云，伊令弟不进京。此项尽可由此间划付，此四十金，吾弟可交公帐收用。他日由兄处还东墅也。又及。

【按】 此函写于同治四年。同治三年十二月二十四日，翁同龢“得五兄初三日汴梁书，云资斧告罄，向王小泉、欧阳用甫告贷，闻信阳亦梗，而许州戒严，不知何路可通，甚悬悬也”[1]，翁同爵函中所云“腊月廿四日所发手书”当即翁同龢此日所写家书。而翁同龢所得“五兄初三日汴梁书”，即上文“廿九日抵汴省后，次日即草一函……十二月初三日灯下。敬请母亲大人万福金安”一函。

同治四年二月初二日，翁同爵抵达长沙；迟迟未见中丞恽世临札饬令其到任。二月十二日，中丞恽世临饬令翁同爵署理臬司篆务。翁同爵力辞未获允准。写此信时，因尚未见到上级明确指令，翁同爵只是听到其署臬司的传闻。折弁原本准备十二日入京，后又改于十四日动身，故翁同爵将此信取回，又添下文二月十三日所写“初十、十一日连缮两函，交折差去后……”一纸。

旅见，指众人一同进见。典出《礼记·曾子问》云“诸侯旅见天子，入门，不得终礼，废者几？”《魏书·礼志二》云：“元日万国贺，应是诸侯旅见之义。”

10. 同治四年二月十三日(1865-3-10)

叔平吾弟足下：

初十、十一日连缮两函，交折差去后，(折弁本十二日走，今改于明早再行，故将前信取回添此纸。)昨日接中丞札，饬令兄署理臬司篆务。兄即上辕力辞不获命。今晨已复谢委，定于月之十七日巳刻接印任事矣。此间在省各缺以臬司为最清苦，每年除养廉外毫无所有，而刑名幕友修金须二千四百两，其馀一切用项亦不能省，故历任皆要赔垫。况兄及系署任人员养廉只能领半，更不敷开销。然上宪既

---

① 《翁同龢日记》第一卷，第393页。

有此栽培，则缺分之肥瘠，自不能论。惟兄举债出都，如汪啸庵等处借款皆不能多延时日，且俟斟酌，再致书吾弟如何办理也。此布即颂侍安。二月十三日兄同爵顿首。

今日客纷至沓来，抽空作此，外间尚有属员候见者，不及细述一切。

【按】 同治四年，“正月达武昌，过洞庭湖，二月抵长沙……恽次山中丞（世临）檄委府君署按察使，十七日接印视事”[①]。府君，即指翁同爵；明清时期提刑按察使司的别称“臬司”。另据《翁同龢日记》，同治四年三月十五日，翁同龢“得五兄二月十五书，知于二月初二日抵星沙[②]；十日后奉札署臬司篆，自湖北达洞庭湖，风涛汹涌”[③]。星沙，今属长沙市长沙县。知此两函先后写于同治四年二月十三日，与同治四年二月十一日“昨日肃泐一函交折弁傅蓝田、范辉廷去后，酉刻折差自京回者，赍到腊月廿四日所发手书……”一函同时发出。

11. 同治四年三月初六日(1865－4－1)

叔平吾弟足下：

自花朝得上年腊月祀灶日所发手书后，久未得京信，深为悬念，遥维母亲大人福履安康，吾弟近祉吉祥，合寓上下均各平安为祷。兄于上月十七日接署臬司篆后，半月来，公私冗杂，竟无刻暇，兼之时事纷更，更多忙碌。湖南省近年来虽称完善之区，然筹兵筹饷，亦已外强中干。此时相安无事，尚可补苴无虑。若边防紧急，则饷糈甚难措办也。臬司事务繁剧，兄素未习刑名家言，深虞陨越，惟有遇事讲求详

① 《翁同龢年谱》附录《翁玉甫先生年谱》，第181—182页。

②③ 《翁同龢日记》第一卷，第411页。

绎例案，不敢稍有怠忽而已。刑席王、卢二君似尚可靠，案件尚无棘手者。惟现在办秋审册，兼提讯京控各案，故颇费力耳。

此间京报必须两月方能寓目，都中事毫无闻见，深为纳闷。吾弟未知何日服阕当差？曾否得缺？有别项差使否？均甚系念。伯兄处想时有信到京，所将一军已归他人统带否？甘肃军务近日情形若何，都帅进兵克复城池否？此间如坐瓮中，皆不知也。仲侄病体若何？儿辈闱作不识有望否？此信到时，计将揭晓矣。兄终日忙碌，故日间亦遂浑浑穆穆过去，至夜阑人静，则思亲忆弟，夜不成寐，未知何日得奉板舆迎养、兄弟联床话雨耳。兄此次拜发谢恩折，折差于明日起程，匆促布肃，即颂近祺，并合家大小均吉。三月初六日夜三鼓兄同爵顿首。

【按】 笺纸钤有“清慎勤”朱文长方骑缝印。花朝，即花朝节，俗称“花神节”、“百花生日”、“花神生日”，在我国古代是一个十分重要的民间传统节日。到清代，一般北方以二月十五为花朝，而南方则以二月十二为百花生日。祀灶日，又称祭灶，通常指腊月二十三或二十四日。

函中“自花朝得上年腊月祀灶日所发手书”，即指同治四年二月十二日翁同爵所得上年十二月二十四日翁同龢所写家书。函中“兄于上月十七日接署臬司篆”，即指同治四年二月抵达长沙后，“十七日接印视事”[①]。因知此函写于同治四年三月初六日。

---

① 《翁同龢年谱》附录《翁玉甫先生年谱》，第181—182页。

12. 同治四年三月初九日(1865－4－4)

叔平吾弟足下：

昨日曾草一函，并蔚泰厚会纹银壹千两票一纸交折万宏亮带去。明日复有折差(姓马)行，将京信交其携往，(吾所需折件亦可令分带。此间给伊纹银四两，因信多故也。)到时可令儿辈封固，即日分送为要。(回信择其要者先寄来。)迩维母亲大人福履增绥，吾弟近祉安吉为祷。此信到时，计已揭晓，未识儿辈有侥幸获中者否？伊等工夫浅薄，原不敢萌此奢望，但既已下场，为父兄者又未免作此妄想。至伊等自己须知功名得失自有一定。得，固不可稍露狂态；失，亦不可抑郁牢骚。若兄弟一中一否，尤宜帮同照料，切不可如秦越人相待也。此间离京较远，都中事非两月不能知，且必须家信中寄到京报，方可略悉近事。(不见京报令人闷极。)至提塘报则竟未见，不识有否，真意所不料也。

会试题名及闱墨必须寄一份来，家书中务祈详述时事，切勿简略为要。京师诸君子处信，(有家人卢筠所书者，字迹恶劣，或儿辈有暇，另书一过。)吾弟如能过目，再缄方妙。缘兄日来竟无暇细看，恐有错误及遗漏者。吾弟可令儿辈酌改重缮为嘱。(覃叔处此次不及作信，或吾弟起一稿，令儿辈书之送去尤妙。)此地边防，西边与黔省接壤之区，时时有苗教滋扰。现在会同黔阳、芷江、靖州，四处均甚吃紧。惟苗教各匪究未曾经大敌，故楚省有兵练扼守，时与接仗，尚不致阑入腹地。若东边之防，则目下虽觉无事，然与江西、广东连界者，几及千里，倘一旦入闽之贼，复思西窜，则东防在在可虞，非有重兵厚饷不能堵御。盖此股发逆皆百战之馀，且闻近来裹胁愈众，号称数十万。若官军太少，恐寡不敌众耳。第年来湖南饷糈日匮，每月协拨他省之饷共有十馀万金,而藩库进项无几,(时常空虚,仅有数千金之时。)时有入不敷出之患。若东防骤添兵勇数万,则筹饷甚不易易也。

本地绅士如黄南坡等(此君先已离局,闻近日有旨,不准管理局务,未知确否。)虽管理局务,然尚不致掣地方官之肘。(平素尚趋奉官长,专事交结,非真能凌上者。第诸君或自为所用耳。本地人有有求不遂者,却甚憾之。)大抵传闻之辞,亦有出于怨口者,故未免加意渲染耳。兄到此后身体甚好,饮食亦加增,(饭米尚好,惟多稗子。面则甚坏,黑而且粘,远远不如江南者,不可吃。)祈勿注念。京寓大小人口想均平安。兄时刻萦怀,有便时务须时时寄信,以慰悬望。(此间天时寒暖不准。二月杪可穿中毛,今则棉衣嫌热矣。)天气渐暖,诸惟珍重,专此布泐,即颂近佳,并问合宅大小均吉。兄同爵顿首。三月初九日。

此地臬司署坐西朝东,现在前任兆宝翁住正房。(闻上房尚宽展,有厢房各三间。)吾接印后即于是日(同宝翁商定)移入署内,占其(厅已欹邪)北首之会客厅及厅旁之签押房三小间,(有地板却甚潮)其馀家人所住之屋十馀间,却已敷用。至刑席二君,则在二堂南另有房屋也。吾目下即在签押房下榻,惟房屋稍窄,夏令恐热,且庭中有小池一弓,上有大树数株,兼恐蚊虫必多耳。(庭心二丈馀宽,二丈深,而池有一丈宽,五尺进深,现却无水。池边有石十馀块。池南有一土坡,坡上有大树五株,相去才一弓地耳。)然除此却无他处可住也。房屋均敝败不堪(一雨即床床屋漏无干处),墙壁黄土居多,时时坍坏。

此地本卑湿,兼之二月中少晴天,故更潮湿。近日天方晴朗,(衣服床帐均有水气,故皮衣须常捡点。)湿气稍退。然天时骤热,(近日较二月杪天气相去似有一季。)服棉衣尚流汗,远不如日下之寒暖适中。食物皆极昂贵,(公馆屋十六七间者，即须卅千文，官多故也。不特候补人员多，即勇丁保举至副参者亦在省居住。）米每石须四千文，猪肉每斤须一百四十馀文，鱼虽多，然毫无鲜味，（活鱼却甚少，即有亦不鲜。）真不可解。吾处伙食皆包厨房，下人每日连米共八十文。粗人及三小子每日六十文。吾同周子京每日饭及菜须五六百文，（不过比京中饭菜略好，小碗四碗二五寸碟，共三荤三素而已。）实不能再省矣。

兆宝翁现署藩司，本应移方伯署，而护抚襄翁不移节署，于是亦不能移。现在伊处会客即在二堂旁一小屋内，却不甚便。吾已与之商酌，如伊处客多，即在吾客厅上会。然伊却拘泥，终不过来也。湖南花草亦远不如京师及吾乡，盆景可玩者更少。山茶花及兰花均多。然以上年冬令及今年正月天气过冷，亦多坏者。馀却毫无可取也。窗上虽有玻璃（本地出者），然小而极薄，稍有震动即破。而厚玻璃则仅见。吾居此署系暂局，不值自己花钱更换也。此间首县供应远不逮他省，衙门内器具更属不堪。至铺垫一切更无论矣。衣料之贵较京师更甚，且绝无好者。吾此时幸衣服无须添置，否则却甚不便也。

【按】 此通笺纸边缘骑缝钤有“素位而行”朱文方印。“素位”，指现在所处的地位。语出《礼记·中庸》，云：“君子素其位而行，不愿乎其外。”唐孔颖达疏：“素，乡也。乡其所居之位而行其所行之事，不愿行在位外之事。”清梁章钜《退庵随笔·官常一》云：“士君子到一处，便思尽一处职业，方为素位而行。”意为安于现在所处的地位，并努力做好应当做的事情。从中可见翁同爵为官处世之道。

同治四年三月，翁曾荣、翁曾翰兄弟二人参加会试[①]；惜均未考

① 《翁同龢日记》第一卷，第408—410页。

中。是年四月二十四日，翁曾荣起程返乡[①]。同治四年四月初九日，翁同龢“得五兄三月十日函，折弁来”[②]，当即此函。知此函写于同治四年三月初九日。

13. 同治四年三月十九日(1865-4-14)

叔平吾弟足下：

月之初八日曾泐一函，交折弁万宏亮携去。（内有蔚泰厚京平足公砝一千两会票。）次日复草数行，并各处京信两包，交折弁马之中赍去。未审何时可到。连日正盼京信，夜不成寐。昨午有折差自京回者，接得二月初七日所发家书，敬悉京寓自母亲大人以下均各平安。曷胜欣慰。惟来书云正月杪母亲曾感冒风寒，违和数日。现已全愈，未识起居饮食均已复元否？又甚驰系。仲侄病虽轻减，然时常发作，终非所宜，须内服清补培原之剂，外施针灸之法，方不致有伤元气也。切嘱，切嘱。

此信到时，计礼闱早经揭晓，未识儿辈有侥幸获中者否？兄与功名事原不敢有妄想，第倘能诡得，藉博重闱欢，亦私心所希冀者耳。兄到此后身体甚好，饮食亦加增，一切公事均各顺手，惟酬应纷繁，每日接见僚属，批阅文牍，竟无片刻暇，夜分必至子刻方卧。逢三、八、五、十期黎明即起上辕，退已将午初。饭后首府县及以公事来者络绎不绝，须至傍晚始得少休。寻常则辰初亦须正衣冠而坐，缘二鼓后即有来谒见之人也。此间绅士虽多，然尚不致把持地方官事。所不免者局中位置二三亲友，稍得薪水，否则带勇之员，（亦

① 《翁同龢日记》第一卷，第421页。

② 《翁同龢日记》第一卷，第417—418页。

不能以少报多,但无事坐食尔。)虚糜粮饷耳。兄与若辈皆虚与委蛇,在不即不离之间。若黄兰坡、郭意诚,(本地人,以此二人创立东征局,均甚怨之。)亦尚要体面,传闻之言,亦未免过当也。官场习气却甚不佳。卑末微员,往往挟制其长上。动则告讦本管。今以星使果来,中丞落职,于是小人得志,被参之官皆思翻控,恐以后不免多事矣。

此地民情多诈,讼狱烦多。近则撤勇归乡,劫盗之风日炽,他日隐忧正未有艾。非大吏于此时极力整顿,恐将来真无之何耳。至绅士尾大不掉,固不足为虑也。厘金固非商人所乐从,然百取其一,尚不致为害。若捐输则已强弩之末,上中之户皆已搜罗殆尽,恐极力追比,乐输为数亦无多,反不如仍留厘金之为得也。日下事昨见京报,略知其概。以后家书中可令筹儿随意忆及,信笔书之,不必作楷及禀式也。此颂近安,并问合家大小均吉。三月十九日同爵手启。(今日作此已子初二刻,明日又是上辕之期,须早卧,不再多白也。)

吾现署臬司,公过处分,所不能免,必须先事预防,捐二三级,以备抵销。信到后,筹儿可即日或托户部友人,或托银号为吾捐二三加级,其银先从京邸筹借,开一用数,吾遇便即行寄京,切勿惜费迟延。盖臬司处分甚易得也。切嘱,切嘱。

刑部湖广司主稿,未识现在是何人。倘本是相熟者,或叔弟,或筹儿可往一拜。盖今年所办秋审册,系吾臬司专政。倘经部中驳斥,臬司处分甚重,故必须预为地步。今年入秋审新事,共有五十三起。吾现在已看过二十起。其情罪尚无不合者,惟词句间恐有疵累。可致意部中友人切勿苛求太甚。至案情有关出入,罪名宜分实缓者,吾却不敢托其以私废公也。下次书来,可详悉告吾知之。吾于冬间须略有酬应也。

此间刑名案件，千篇一律。凶器必系夺获，死者必先逞凶，几成一印板文字。刑席朋友，现在臬署者，已为通省翘楚。其实识见笔墨，均不甚高超。其一为王亦陶（浙江人），曾在四川游幕多年，人尚老练（汤敏斋丈与之相好，现在寓居相通。）其一为卢丽生（本地人），年未及四十，本事更不及王。然此地人人皆推二君，佩服良深。则府厅州县幕友，更可想见矣。

吾现住之屋，为历任签押房。房系南向三小间，背后亦有北窗，南面庭心，只深三丈，宽二丈馀，然有一小池。（随势大小，非方板一池，故尚不讨厌。）池上列湖石十馀块。池南有一小堆，堆上有大树五株，藤萝绕满，颇有幽景。惟屋既小而庭又窄，且有树有水，恐夏令热而蚊子多耳。然舍此别无可移也。兆宝岩留署方伯，本拟独移藩署。因石襄翁不肯独移抚署，亦遂中止。现在两人会客，只有一客厅，稍觉不便。且伊处幕友皆在藩署，有事相商，须彼此往来，更觉不便也。

衙署房屋，本因简就陋者多，而此间则更甚。臬署大堂，山墙已坍一半，用芦席护盖。各处瓦片均冷摊。稍有风雨，即床床屋漏无干处，甚至椽子坍落。日前大雨，吾所住签押房外间，椽子即坍落二处，满室皆湿，甚可惧也。木器此间应贱，而亦不然。所用器具，差货更不堪。杌子均大木做成，坐三五日即坏。即本地人所用楠木家具，亦不甚结实。大约长沙匠人均极笨。偶有一二可用者，皆他处运来，价值却甚昂贵也。瓷器虽有，然粗而且贵，寻常所用新磁红花盖碗，每个须制钱八十文。其馀上桌之菜碗，闻每个须制钱千馀文，皆非细瓷器皿也。

湖南地方潮湿，远过江南，衣服床帐须时刻抖晾，否则竟如曾经着水,触手而沾。菜蔬食物,较之京中增价几倍。燕窝烧烤席,须制钱二十二千文。烧烤并非全猪,不过在厨房内片,有红白四碟而已。鸭则极瘦,已目为填鸭。鱼则无一种有鲜味者。故酒席虽如此之贵,实则远不逮刘厨所备之京蚨七八十千者。吾到此后,于月之十三日曾请兆宝岩、李玉阶、陆星农、王初田、陆子绶一次,用燕窝席。其馀请老夫子等,即令赵厨自备鱼翅席。然价亦须八千馀文,已不菲矣。三月望日,算吾寿辰,署中上下均吃面,夜间略具数簋,与老夫子小饮。家人辈亦给鱼肉等几样,总计已三十馀千文也。

此地花卉,绝无佳者。惟闻山茶尚好。而去年冬间严寒,今春皆冻坏。有苞不开,故吾亦未见。其馀海棠、迎春、单叶碧桃,皆算盆景。前几日天气骤热,顷刻都开,三五日即落。今已花事阑珊矣。兰花却有,然不闻其香,未知夏兰如何耳?水果橘柚、甘蔗、荸荠之类均有,亦不甚好。梨则形似酸梨,而味极坏,不可吃。不识夏令之瓜果如何?干果瓜子、花核桃、肉杏仁之属皆具,惟无榛子。绍酒则竟绝少。所谓绍酒,皆本地之苏酒,非真绍也。火腿亦无佳者,皆江西吉安物,味甚薄。

【按】 此札笺纸间钤有"清慎勤"朱文骑缝方印。同治四年正月二十九日,"慈亲感冒,头痛咳嗽。源侄近体渐廖,自初三日起至昨夕凡两发病,今日出门矣"[①];是年五月初六日,翁同龢"得五兄三月二十日书,石襄臣将引疾"[②]。知此通写于同治四年三月十九日。函中述及他到任后的衣食住行等诸方面的情况。

---

① 《翁同龢日记》第一卷,第400页。

② 《翁同龢日记》第一卷,第425页。

翁同爵生于嘉庆十九年(1814)八月十五日辰时,八月十五日是其生日。同治二年八月十五日是其五十生辰[1]。函中云"三月望日,算吾寿辰",事出何因,暂存疑待考。

14. 同治四年三月二十七日(1865-4-22)

叔平吾弟足下:

昨从陆星农处专足进京之便,寄给筹儿一函,未识何时可到。比来维祝母亲大人福履安康,吾弟起居增胜,合家上下均各平安,想符私祷。兄身体甚健,眠食如恒,惟公事繁多,兼之现办秋审。凡招解到司者,皆须亲讯,故稍觉劳顿耳。礼闱榜发,未审儿辈有获中者否?兄年逾五十,于一切功名富贵皆不敢有妄想。若得则嘱其不可骄矜自满。失则嘱其不必抑郁牢骚。总之皆由命定,非人事所能勉强也。

吾此间至彼,须于四月杪方能见题名。荣儿行止故不能俟吾信到后再定。至筹儿则无论中否,皆万万不可来。盖兄此次出京,备尝艰险,故不愿其再受此惊恐辛苦也。吾弟可为吾详细开导之为嘱。兹因贡差进京之便,寄去真君山茶叶八瓶(样茶四匣,情茶四匣)。(巴陵令共送十八瓶,皆半瓶耳。吾以十五瓶装此八瓶。吾此间尚留三半瓶也。)色香味俱佳,可请母亲大人随时泡吃,切勿留陈为祷。此布即颂近安。兄同爵顿首。三月廿七日。今日大雨,故少间写此二纸,尚未作辍。否则真无片刻之暇也。

【按】 为了参加会试,同治三年四月底翁曾荣起程来京赴试,六

---

① 《翁同龢日记》第一卷,第316页。

月十四日抵京。同治四年三月，翁曾荣与其弟翁曾翰参加会试。会试结束后，四月二十四日翁曾荣动身回乡。同治四年闰五月十一日，翁同龢“得五兄三月二十七日书，寄君山茶十馀瓶”[①]，即此函。知此函写于同治四年三月二十七日。

君山茶，以其产于湖南岳阳洞庭湖中君山岛而得名。始于唐代，清代纳入贡茶。君山茶以“君山银针”、“君山毛尖”为主，在中国久负盛名，为中国十大名茶之一。

15. 同治四年四月初十日(1865-5-4)

叔平吾弟足下：

月之四日折弁回，接到三月三日所发手书，敬悉京寓自慈亲大人以下均各平安，曷胜欣忭。吾弟于二月初六日释服，日月如驰，能无怆念？三月初九日引见赞善一缺，谅必坐补，未审近来有别项差使否？礼闱榜发，儿辈有获中者否，均甚悬系。此间须于端节前方能见题名也。

兄到此后身体甚健，公事亦平顺，惟终日忙碌，竟无片刻闲暇，稍觉辛苦耳。新中丞已入境，定于十二日到省，十三日接印。闻其人尚和平，未识履任后有一番新政否。襄臣方伯久欲引退，近日南省更换大吏，而仅令其护理抚篆。于是遂决意引疾。闻此次折件即是病折，未知俞允否？若准，则此间方伯又须放人也。

湖南东西边防军饷每月需十四万金，藩司筹饷亦不易易。近日闽省屡获胜仗，东防稍松，而西防与黔省接壤之黔阳会同靖州、芷江、晃州等处时时有苗教各匪阑入。（前信

① 《翁同龢日记》原文为“得五兄三月……书，寄君山茶十馀瓶”，据翁同爵此函，知此处日期当是三月二十七日。《翁同龢日记》第一卷，第431页。

所要折件等务即寄来，切嘱，切嘱。）而此剿彼窜，防不胜防。必须有重兵巨饷廓清黔省东南一隅，则楚地边民方得如常耕作。然创议已一年，而筹此巨饷实难，故现在尚未能见诸施行也。

此间气候不常，阴雨北风，则服重棉不嫌暖；稍晴而转南风，则穿实地纱尚嫌热，故衣服随便乱穿，不如江南之天时一定也。筹儿咳嗽已愈否？念甚。（必须时服补剂。）须令其格外保重，切勿轻忽为嘱。兹因石襄翁处（于今早方知）明日折弁行，草此布颂近安，并问合家大小吉祥。兄同爵顿首。四月初十日。（家人辈尚好，高升于前日来此，现派令司阍值帖。此人终须防之也。）

【按】 同治元年十一月初六日，翁心存病逝[①]。同治四年二月初六日，"是日行禫除礼，夙兴恭悬遗像于厅事，巳刻奉神主至堂前设祭，哭，彻馔，复哭奠，即于神主前释服，冠缀缨青袿，奉主升神龛，先设神龛于祠堂……"；三月初九日，"辰正引见。龢名列第一，（系应补。）……未刻知蒙恩补右赞善"[②]，即此函中所言"三月初九日引见赞善一缺……"。因知此函写于同治四年四月初十日。

赞善，古代官名，即"赞善大夫"的省称。始置于唐，在太子宫中掌侍从、讲授。设左右赞善大夫。唐白居易《白牡丹》诗："应似东宫白赞善，被人还唤作朝官。"《清史稿·职官志二》："左、右赞善各二人。

同治四年二月十一日，"湖南巡抚恽世临降四级调，以李瀚章代之"[③]。据此函知，同治四年四月十二日，李瀚章到省，十三日接印

① 《翁同龢日记》第一卷，第278页。
② 《翁同龢日记》第一卷，第401、409页。
③ 《翁同龢日记》第一卷，第402页。

视事。

李瀚章(1821—1899),字筱泉,一作小泉,晚年自号钝叟,安徽合肥人,李鸿章之长兄。其父李文安,曾官刑部郎中,与曾国藩为戊戌(道光十八年,1838年)同年。李文安有六子,李瀚章为长子,李鸿章为次子。

16. 同治四年四月二十日(1865-5-14)

叔平吾弟足下:

月之十日交折弁寄去第五号家信一件,计端节后方能达。比来久未接得北音,不胜驰念。此间地方僻陋,日下事必须两月方知,令人闷损。即如春闱总裁及头场题目,今日始有人传说,尚未知确否。其馀谣言甚多,更不识真假也。寓中自慈亲大人以次想各平安,悬系之至。兄近体甚健,公事亦顺适,足慰远怀。

湖北鲍军门所部霆字营勇丁由川赴甘,取道鄂省,行至金口,忽萌叛志。舍舟登陆,掳掠奸淫,阑入咸宁、崇阳、通城三处。幸湖南边界平江等县有前任浙江臬使李君元度在彼督率练勇四千人,又省中拨兵二千八百人驰往防御,或不致窜入。

昨日接探报,闻有东扰江西义宁之信,尚未知确否。此股叛勇今年春间在江西索饷滋闹,几伤段道。至鄂后又在汉口抢一洋行,沿途到处焚掠。营哨官皆不能弹压。今闻其众有数千人。此皆百战之馀,恐未易翦除,殊深忧虑耳。此间近日稍旱,农民望泽甚殷,日内拟设坛祈雨也。

兹因解饷吴令正衡(洞庭山人,号小村)、汪府经景澄(常州人,号晋莱)入都之便,寄去红洋毯一条(汉口所买,价银四两五钱),祁阳葛纱(名为纱,实则亦葛布尔)一端(此间所买价钱四千九百文)。又祁阳葛布一匹(价钱七千),乞呈慈亲大人留用。湖南土产类如此,真可笑。将来俟见有新鲜而合用者再行寄呈。此布即颂侍安,并问合家大小均吉。兄同爵(上钤"玉甫"朱文方印)四月二十日。

【按】 翁同爵四月初十日所寄第五号家信,即上文翁同爵致翁同龢"月之四日折弁回,接到三月三日所发手书……"一函,十天之后,即同治四年四月二十日,翁同爵又写此函。

李元度(1821—1887),字次青,湖南平江人。同治六年十月,李元度被弹劾降三品顶带[①]。光绪十三年九月卒于官。《清史稿》有传。

17. 同治四年四月二十五日(1865-5-19)

叔平吾弟足下:

廿四日折差回,接三月十七及廿二日所发家书,敬悉慈亲大人近体安康,伯兄蒙恩赏给五品顶戴。吾弟已于三月初九日补缺,曷胜欣忭。春闱榜发,未识儿辈有侥幸获中者否。连日颇盼捷音也。兄在此身体甚健,公事亦平顺。惟每日接见属吏,及办理日行事件。黎明即起,必须至夜子刻方能睡,稍觉劳顿耳。缺分清苦,固所不计。然举债度日,殊难为继。此时亦只得度外置之耳。

新抚军履任后,尚未有新政。石襄臣告病请开缺,抚军特疏留之,谅必允准。兆宝岩现仍署方伯,将来或进京,或留办黔边军务,尚未定局也。鲍军门霆字营勇将由川入甘。行至湖北金口而叛(舍舟登陆),入咸宁戕官吏,复连陷崇

① 《翁同龢日记》第二卷,第592页。

阳、通城，扰及湖南边界。幸平江有李次青（元度）在彼，招其旧部，一呼而集者四千人，声势颇壮。于是贼遂走江西之义宁州。彼处团练亦好，堵御击回。贼踞铜鼓营者数日，近又有南窜之信，南省之浏阳、醴陵皆甚吃紧，现虽由省拨去赵玉班（焕联。玉班近日告病假，至昨日方出，可见其底里矣。）所带之和字营勇三千人驰往防堵，然此辈皆游手好闲之徒，六七年来从未接仗，恐未必得力耳。

此间撤勇归来者络绎不绝。现在抢劫之案已层见迭出。（有保至都守等官，而仍为劫盗。日前已正法数人。）他日隐忧正未有艾。东征局改为西征，商民皆不便之，恐不易办理。昨接曾使相书，有东征、湘盐二局事，皆须仰仗大才之语。然公牍尚未接到也。朝政纷更，恐于国事无补。且党祸将兴，实非国家之福耳。仲侄所患总未脱体，殊为悬念。祥儿无一字到此，未识其近状若何，亦颇念之。此地寒暖不时，阴雨数日可服棉衣，稍晴即热不可耐。日前苦旱。昨今两日接连大雨，农田方沾足，插秧可齐矣。长夏无事，吾弟宜稍习静，勿专事应酬，且须多作楷书，于考试方有益也。

兄此间幕友惟俞鹤皋、周子京两人，笔墨已极忙。至刑席二位，一为王亦陶（绍兴人），一为卢丽生（本地人），本事皆平常。（修金每位每月库纹百金，由首府提公项，按月致送。）然已为此间之极出色者矣。湖南近年为完善省分，故自道府以至佐贰分发来者接踵。其实到此后毫无差使，将来不免有饥寒之虑。裴樾岑其一也。草此奉布，即颂近佳，并合家大小均吉。兄同爵顿首启。四月廿五日二鼓书。

【按】 同治四年，翁同爵伯兄翁同书“以击贼功，赏五品顶带”[①]；三月初九日，翁同龢补赞善缺[②]；知此函写于同治四年四月二十五日。是年五月十八日，翁同龢“得五兄四月二十七日书，折弁来，浏阳一带吃紧，江西鲍超所部散勇回窜滋事也。……”[③]当即翁同爵此函。抚军，明清时巡抚的别称，亦称中丞。

据下文相关考证，此函中“东征、湘盐二局”，疑“湘盐”为“淮盐”之笔误。

18. 同治四年五月十三日(1865－6－6)

在省司道，每逢三、八、五、十日（有紧要事则随时禀见），皆至抚台处禀商公事，必须至巳刻方散。散后回署，则属员皆来谒见，多则五六班，少则三四班，见毕已在申初。申正客去后，即看公事尽行，多则至二鼓后方完，少亦须起更以后才了。而其中尚须出门拜客酬应宾朋，故终日衣冠之时居多，且现在兼管四局，阅到文标行稿更多一番公事，实无片刻闲暇，幸身体甚健，尚不觉其苦也。惟遇清晨阴雨，则客既不来，公事又未送阅，得少休息耳。

秋审会勘已过，京控案件有九案提到者，二起现在审办，尚不棘手也。湖南局务有军需、捐输、厘金三局。（军需局署方伯兆、粮道李、署盐道彭、候补道王及余五人总理。捐输局则兆、李、王及余四人总理，厘金局则陆星农一人总理。）吾到任后即派军需、捐输二局，而向来凡实任署事者，皆不支薪水，惟候补者方每月支百千及六十千文不等。（军

---

① 《翁同龢年谱·巽斋自订年谱》，第182页。

② 《翁同龢日记》第一卷，第407—409页。

③ 《翁同龢日记》第一卷，第427页。

需、厘金皆百千,捐输局则六十千文。)吾故照例不支。至东征、督销两局,则向有薪水。(东征似是每月百千,督销每月百五十金。)吾于前月杪接曾节相札,令会办东征、督销两局事务,则以后每月有二处薪水接济,可无须借债度日。惟现在东征有更张之举,淮盐滞旺不常,督销亦不易。幸此二局尚有玉阶、星农共事,遇事可以相商,不致一人为难也。

此间候补观察王初田、(葆生,安徽人,由湖南州县保升,人颇干练。能吏也。)(尚漏一朱秬亭鬯侯,由知府改捐,人甚朴诚,惟少精明耳。)陆子绶、(傅应,常州人,由佐杂保升,曾随张石卿至黔署按察使事。猾吏也,卑鄙无足取。)陆星农、(一切如旧,现管淮盐、东征、厘金三局事。)张锡田、(嘉福,由四川藩经历,骤捐道员。广东人,人亦卑鄙,属吏皆渺忽之。)陈少轩、(丕业,大兴籍,浙江人,亦由州县出身,人亦平庸。)陶仲虞、(寿玉,江西人,由州县保升,人尚能,叔弟同年,宝森之胞兄。)裴樾岑,(初到一切尚不合格,而景况却奇窘。)有人满之患。现在初田、子绶、星农、锡田或管局务(王陆),或查街团(陆子绶、朱秬亭),或查城门(张),均尚有每月薪水。然星农有二百馀金,初田有百馀金,馀不过大钱六十千而已。以外诸君均闲住在此。陈、陶皆曾任实缺人员,尚可敷衍,惟越岑则太苦,俟稍缓当为之谋一有薪水差使,此时却不能亟亟也。

僧邸殉难,捻匪必复鸱张,颍、亳、寿一带乱民又将揭竿而起。山东、直隶皆有震动之势,闻之深为隐忧。未知朝廷作何布置?须择一威望素著能带马队者,令其统带重兵,专办此股捻匪,方不致豕突为患。然细思之,竟不得其人也。此事关系国家安危,不可轻易命帅。倘不得人,则山东必先遭荼毒,畿辅恐亦惊皇。至廷寄云用炮船入黄河截击,此策似不能行。盖黄河水势迅急,炮船不能上下自如,且现在河身宽狭深浅不一，岂能驶行无碍耶。五月十三日。今日大雨如注，江水长三尺。

闻恭邸于四月十四日复进军机，若此，则枢廷尚有主持之人也。

【按】 此四纸钤有“谨慎”朱文长方骑缝印。同治四年二月，时值“兆宝岩廉访（琛）以军事将入黔”，中丞恽世临檄委翁同爵署理按察使；四月，筹办东征局、淮盐督销局事[1]。与函中所言“吾于前月杪接曾节相札，令会办东征、督销两局事务……”相合，知此函写于同治四年五月十三日。

同治四年二月，因日讲起居注官编修蔡寿祺弹劾“恭亲王办事徇情贪墨，骄盈揽权，多招物议”，是月二十七日“着毋庸在军机处议政，革去一切差使，不准干预公事”；后几经部议，“恭亲王着即加恩仍在内廷行走，并仍管理总理各国事务衙门”；四月十五日，上谕云“恭亲王着仍在军机处上行走，毋庸得议政名目，以示裁抑”[2]，至此，恭亲王奕䜣再入军机。

此函按语中所引“四月，筹办东征局、淮盐督销局事”中，“淮盐”《翁玉甫先生年谱》原作“湘盐”。然目前所见翁同爵家书中仅一处作“湘盐”局，即同治四年四月二十五日致翁同龢函云“……有东征、湘盐二局”，其馀皆作“淮盐”局，或“淮盐”引地等，如此函中云“现管淮盐、东征、厘金三局事”；同治五年三月初六日致翁曾翰书云“倘能得一督销淮盐局差”；同治四年七月二十七日致翁同龢书云“淮盐设局督销”；同治五年十一月二十八日致翁曾翰函云“即以督销淮盐局所抽湘厘二三万金”、同治六年三月二十五日“督销淮盐局湘厘十五六万”等，均作“淮盐”督销局。故疑“湘盐”为“淮盐”之笔误。

---

① 《翁同龢年谱·翁玉甫先生年谱》，第 181—182 页。

② 《翁同龢日记》第一卷，408—419 页。

此数纸无抬头，据函中云“叔弟同年”，知当是写给翁同龢之家书。其写信之时“大雨如注”，当即下文同治四年五月十六日致翁同龢家书中所云之“其馀数纸”，即此数纸与五月十六日家书一同发往京中。

19. 同治四年五月十六日(1865－6－9)

叔平吾弟足下：

月之初八日折弁万宏亮回，十一日折弁马之中回，连接四月十二日所发家书，藉悉母亲大人福体安康，合寓均吉，深为欣慰。春闱榜发，儿辈无获中者，命也。无足介意。兄年来于功名一切从不作一妄想，故此中毫无芥蒂也。

日前抚军接廷寄，知僧邸阵亡。此事关系甚重，恐捻匪之势必复鸱张，官军声威已损，万难骤振其气。殊切杞人之忧也。伯兄处想时有书信，未识彼处如何情形。仲侄散馆名次若何，身体能渐愈否，甚为悬念。湖南攸县、安仁、兴宁三县为霆营叛卒所扰，城皆失守。赵玉班焕联廉访(自己未出省门，遣其部下将卒领勇往送耳)所部和字营六千人，月需饷四万金，养之者已几及十年。此次到处尾追，从未迎头剿击一仗，殊为可叹。

此间月初嫌旱，近则甘霖迭沛，四野沾足矣。此时未必大考翰詹，然亦不可不预备，吾弟尚宜多作楷书，切勿抛却。此间天气寒暖不时。早晨可穿棉衣，午后即须服亮纱，实为他处所未见。兄于前月杪偶感冒数日，至月初方全愈，亦受凉所致也。此布即颂近安不备。兄同爵顿首。五月十六日。(明日有折弁火牌行，匆匆草此。其馀数纸皆日前阴雨无事时所书也。)

【按】 此函笺纸间钤有“谨慎”朱文长方骑缝印，写于同治四年五月十六日。同治四年四月二十九日，“……晚闻僧邸于山东剿捻战没，将星忽陨，畿辅震惊矣”[1]，“僧邸”，即僧格林沁，清军大将，蒙古族出身。是年闰五月十六日，翁同龢收得翁同爵此函，“得五兄五月十六长沙书，折差来，书中言前月杪小恙，今全愈”[2]。同治四年四月十七日，翁曾源参加散馆考试；十九日，知散馆名次，翁曾源考列二等[3]。

函中“其馀数纸皆日前阴雨无事时所书也”，当即上文“在省司道，每逢三、八、五、十日……盖黄河水势迅急，炮船不能上下自如，且现在河身宽狭深浅不一，岂能驶行无碍耶。五月十三日。今日大雨如注，江水长三尺”数纸。

翰詹，清代对翰林与詹事的合称。翰詹大考，清顺治年间始创，至乾隆年间，始成定制。

20. 同治四年五月二十六日(1865－6－19)

叔平吾弟足下：

月之十九日折弁回，接到四月廿四日所发手书，敬悉母亲大人福履康强，合宅安吉，深为欣忭。(此次崇文山竟得元真二百年来未有之事。然其人品学俱佳，办事亦深稳，他日所到正未可量，惟见识稍偏耳。)伯兄红柳之捷未知续有恩旨否。仲侄散馆考列二等，伊业经授职人员，何必与人争此虚名，须嘱其放开胸襟，保养身体。荣儿南行绕道汴梁原是。但此时僧邸殉难，捻势鸱张，途次有无阻滞，令人悬念不置。

---

① 《翁同龢日记》第一卷，第423页。
② 《翁同龢日记》第一卷，第432页。
③ 《翁同龢日记》第一卷，第419—420页。

兄在此公事虽忙，然幸无棘手之案，身体亦甚好，可勿系念。霆营叛卒扰窜湖南之攸县、安仁、兴宁三处，幸陈臬司士杰所带之广武军迎头截击，杀其头目数人，官兵势稍振，否则赵臬司焕联所带之和字营虽调往征剿者有五千人，仅能作迎送伯也。小荃中丞到任后尚无新政，（中丞曾屡次提及吾弟，或作一通候函致之。）办事亦和平，是寓精明于浑厚者。较之次翁见识宽大多矣。此间四月苦旱，月初方得透雨，近复阴雨连日，又嫌雨过多也。此布即颂近佳并问合家上下均吉。兄同爵顿首，五月廿六日。

【按】 笺纸钤有“清慎勤”朱文长方骑缝印。同治四年四月二十三日，“始见邸报，谕旨内有红柳沟一路经翁某督同侍卫讷某歼毙伪西平王孙义保云云”[①]，即指翁同书红柳之捷，擒获回军首领孙义保，有旨褒奖，晋四品顶戴[②]。四月十九日，知翁曾源即“仲侄”散馆考列二等[③]。

故此函写于同治四年五月二十六日。函中“接到四月廿四日所发手书”，即是年四月二十四日，翁同龢所“发湖南信”[④]。是年闰五月二十四日，翁同龢收得此札[⑤]。

小荃中丞，即湖南巡抚李瀚章。次翁，即原湖南巡抚恽世临。同治四年二月被弹劾降四级。

---

① 《翁同龢日记》第一卷，第421、448页。《翁同龢日记》中此两处提及伪王，即回军首领，其姓氏不同，一为张义保，一为孙义保。据查，当是孙义保。

② 《翁同龢年谱·巽斋自订年谱》，第170页。

③ 《翁同龢日记》第一卷，第420页。

④ 《翁同龢日记》第一卷，第421页。

⑤ 《翁同龢日记》第一卷，第433页。

21. 同治四年闰五月十九日(1865－7－11)

叔平吾弟足下：

月之初八日折弁回，接到五月初七日所发手书，敬悉京寓自母亲大人以次均各平安，曷胜欣慰。伯兄处想时有信来，未识近日彼处军务若何？惟望早奏凯歌，即沐赐环为幸耳。仲侄散馆引见，身体均好，甚慰。长夏无事，宜谢绝酬应，加意调摄为嘱。筹儿馆上差使得不得皆可，盖渠体气太弱，倘时时奔走于暑风炎日之中，恐非所能耐，不如在家静坐之为美也。

兄近来眠食如恒，石襄臣方伯于月之十六日销假，昨奉李中丞札以石藩司现已回任署藩司，兆经本部院以东防紧要，奏留暂缓陛见，仍回臬司本任。署臬司翁即回盐法道任。署盐道彭即回长沙府任，今已定于廿一日巳刻到任接印。盐道公事较简，到任后稍可清闲，且廉俸较优，不至赔累，于私事实大有益也。此间卑湿异常，天时忽凉忽热。日前炎暑胜于三伏，夜数起不能卧。近日阴雨连绵，天又骤凉，饮食衣服皆须留意也。此布即颂近安。兄同爵手启。闰五月十九日。

【按】 笺纸钤有“清慎勤”朱文长方骑缝印。同治四年闰五月二十一日，翁同爵交卸按察使篆，即日回本任，移居盐道署中[①]。知此札写于同治四年闰五月十九日。是年五月初七日，翁同龢“寄五兄书，石襄臣有折差在此也。……夜更致五兄数纸”[②]。是年六月十九日，翁同龢“得五兄闰月二十日长沙书，以五十金畀予，是月二十一回

---

① 《翁同龢年谱·翁玉甫先生年谱》，第182页。

② 《翁同龢日记》第一卷，第425页。

盐道本任矣”[1]，即指翁同爵此函。

赐环，亦作“赐圜”。旧时放逐之臣，遇赦召还谓“赐环”。语出《荀子·大略》云：“绝人以玦，反绝以环。”杨倞注：“古者臣有罪待放于境，三年不敢去，与之环则还，与之玦则绝，皆所以见意也。”

同治元年，翁同书因曾国藩弹劾其于定远失守时弃城走寿州而获罪。同治二年，翁同书减罪，改戍新疆伊犁。三年，都兴阿请留甘肃军营效力，赴陕西平复回民起义军。故翁同爵函中云“赐环”。同治四年八月，翁同书以花马池战捷，擒获回军首领孙义保，赐四品顶戴。惜是年十月二十七日翁同书以患痢病逝花马池。[2]

22. 同治四年闰五月二十七日(1865－7－19)

叔平吾弟足下：

月之廿一日折弁回，接到五月廿一日所发手书，敬悉京寓自母亲大人以次均各平安，深为欣忭，并谂吾弟于五月望日已得讲官，更增欢喜。闻翰詹有大考之说，白折宜日写数开，切勿间断为嘱。

兄于廿一日已卸署臬司篆，回盐道本任。现定于六月二日进署。此缺公事较简，衙署宽展，长夏得少安闲，实符私愿。本省防务以郴、桂为吃重。然本省有万三四千人，客兵又有二万人，似尽敷堵剿。惟筹饷颇不易易耳。东征已奏撤，督销有李、陆二君共事，局务尚不致棘手。至军需捐输二局向归方伯主政，我辈惟稿面画行而已。中丞宽厚和平，相待甚好。履任后亦尚无新政。

兄回任后幕友有鹤皋、子京二人已足。家人皆仍旧，且

① 《翁同龢日记》第一卷，第438页。

② 《翁同龢日记》第一卷，第460页。

园随事防之，决不假以事权也。苏、王二戚（浏阳、清泉）已荐有馆地（均朱墨），岁各修金八十金，不至为累矣。近日天气酷暑，挥汗如雨，行人匆促，不及缕述。此布即颂近安不备。兄同爵顿首启（上钤“玉甫”朱文方印）。闰五月廿七日。

【按】 此函写于同治四年闰五月二十七日，笺纸间钤有“清慎勤”朱文骑缝方印。同治四年四月十九日，翁曾源（即仲侄）散馆考列二等；四月二十八日，散馆引见[①]。是年五月十五日，“是日带署讲官二缺，奉御章钤出徐桐及臣龢”[②]，闰五月二十一日，翁同爵交卸按察使篆，回盐道本任[③]；七月初一日，翁同龢收到此函，“得五兄闰月廿七日长沙书，已回盐道本任”[④]。

23. 同治四年六月二十七日（1865-8-18）

叔平吾弟足下：

月之二十日贡差回，接到闰五月十四日所发家书，藉悉母亲大人近体安康，合寓均吉，曷胜欣慰。惟今年天气炎热，较之往年为甚。老人起居尤宜加意珍卫为祷。兄卸署臬篆回盐道本任，事简客稀，甚觉身心泰然，且衙署高爽，可以解衣磅礴，故日来虽酷暑异常，亦不觉其苦也。幕中有鹤皋、子京，公事之馀即聚而纵谈，不嫌寂寞。亲戚王、苏二君已为之位置一安研所，（王荐清泉令陈宝善，苏荐浏阳令刘

① 《翁同龢日记》第一卷，第420—422页。
② 《翁同龢日记》第一卷，第427页。
③ 《翁同龢年谱·翁玉甫先生年谱》，第182页。
④ 《翁同龢日记》第一卷，第439—440页。

凤仪。)均不在署矣。

昨见中丞交来一单(今将原单寄上),要觅杜文正公等诸位行述,谆嘱托吾弟务为觅得寄来。否则或托人至国史馆上将其列传钞来为要。中丞屡询吾弟近况,便中或作一通候札致之。此间近日无事,闽贼入粤之镇平等处,尚未窜动,(本省有勇万六千人扎楚粤交界处所。)故东防亦不吃紧也。秋暑逼人,吾弟须随时珍摄。此布即颂近安,馀俟续布不备。兄同爵(上钤"玉甫"朱文方印)顿首启。六月廿七日。

杜文正公行述、潘文恭公行述、汪文端公行述、长文襄公行述、那文毅公行述、松文清公行述、刘文清公行述、百文敏公行述,祈函取借阅。

【按】 臬篆,臬司的官印,亦借指臬司。此札写于同治四年六月二十七日。同治四年七月二十日,翁同龢"得五兄六月二十七日长沙书,已回任,事简客稀"①。

杜文正公,即杜受田(1788—1852),字芝农,山东滨州(今属山东)人。咸丰帝之师。其父杜堮为清嘉庆时期翰林院编修,礼部左侍郎。其家世显赫,久有"书香官宦门第,进士多人之家"之名。杜受田去世时咸丰皇帝亲自带领两班大臣前往祭奠,并追赠杜受田为太师大学士,谥号"文正"。事见《清史稿》本传。

潘文恭公,即潘世恩(1769—1854),初名世辅,小字日麟,字槐堂,一作槐庭,号芝轩,晚号思补老人,室名有真意斋、思补堂、清颂堂。祖籍安徽歙县,后迁居江苏苏州。乾隆五十八年状元,授修撰,嘉庆间历侍读、侍讲学士、户部尚书。道光间至英武殿大学士,充上书房总师傅,进太傅。为官五十馀年,历事乾隆、嘉庆、道光、

---

① 《翁同龢日记》原文为"得五兄六月廿……日长沙书,已回任",今据翁同爵此函,疑"廿……"为"廿七"。《翁同龢日记》第一卷,第442页。

咸丰四朝，被称为“四朝元老”，与堂兄潘世璜、孙潘祖荫合称为“苏州三杰”。事见《清史稿》本传。

汪文端公，即汪廷珍(1757—1827)，字瑟庵，江苏山阳(今江苏淮安)人。十二岁丧父，由母亲程氏抚养成人。早年科考不顺，乾隆五十一年中举，乾隆五十四年(1789)考中己酉科一甲第二名进士，与阮元、伊秉绶同年，授编修。历官礼部侍郎。二十二年署翰林院掌院学士。官至礼部尚书。以其文章品谊高天下，被誉为“正人”，故谥“文端”。事见《清史稿》本传。

长文襄公，即萨尔图克·长龄(1759—1839)，字懋亭，蒙古正白旗人。父纳延泰，官理藩院尚书。乾隆中，由翻译生员补工部笔帖式，充军机章京，擢理藩院主事。从征甘肃、新疆、台湾、廓尔喀，累迁内阁学士，兼副都统。事见《清史稿》本传。

那文毅公，即那彦成(1764—1833)，字韶九，章佳氏，一字东甫，号绎堂，满洲正白旗人，乾隆年间重臣阿桂之孙。乾隆五十四年进士，选庶吉士，授编修，直南书房。四迁为内阁学士。嘉庆三年，命在军机大臣上行走。迁工部侍郎，调户部，兼翰林院掌院学士。擢工部尚书，兼都统、内务府大臣。那彦成三岁而孤，母那拉氏守志，抚之成立，至是三十载，嘉庆御书“励节教忠”额表其门。卒谥文毅。事见《清史稿》本传。

松文清公，即玛拉特·松筠(1752—1835)，字湘圃，蒙古正蓝旗人。翻译生员，考授理藩院笔帖式，充军机章京，能任事，为高宗所知。累迁银库员外郎。嘉庆年间官至武英殿大学士，曾任军机大臣，兵部、礼部尚书。事见《清史稿》本传。

刘文清公，即刘墉(1719—1804)，号石庵，清代书画家、政治家。山东省诸城(今属高密)人，祖籍江苏徐州丰县。乾隆十六年(1751)中二甲第二名进士，大学士刘统勋之子。官至内阁大学士，为官清廉，有其父之风。历任吏部尚书、体仁阁大学士等职。工书，擅长小楷，传世书法作品以行书为多。卒谥文清。事见《清史稿》本传。

百文敏公，即张百龄（？—1815），字子颐，号菊溪，汉军正黄旗，隆化县张三营人。乾隆三十七年进士，选庶吉士，授编修。从清朝乾隆年间至嘉庆年间，为官四十三年，勤政爱民，功绩卓著，历任刑部尚书、左都御史、协办大学士等要职，头品顶戴。卒谥文敏。

24. 同治四年七月二十四日（1865－9－13）

叔平吾弟足下：

月之十四日折差回，接到闰五月十九及三十日手书，敬悉慈亲大人近体安康，欣喜无量，惟知吾弟于闰五月杪偶患霍乱，转成痢疾。虽少痊愈，然饮食尚未复元，又深驰系。尚望随时调摄，多服补剂为嘱。仲渊侄旧病时发。吾以为宜服阴阳并补，酌加化痰镇心药品之方，不宜太热，亦不宜太凉。须延高明医家亟治之，切勿随意用药也。

子馨侄未知仍在团防局否？然本衙门差使却不宜荒废。惟刑曹造福易，作孽亦易，须处处忠厚为怀，不可苛刻将事耳。筹儿衙门差使尚少，须令其多读有用之书，不可悠忽过去。每月须作文两三首，使思致不至塞窒。至白折则总须多写，不可间断也。

兄在此身体硕健，公事亦平善，切勿悬念。昨提塘送京报来见，吾弟已转左。现在尚有坊缺，未知能晋擢一阶否？此布即颂近安，并合家大小均吉。兄同爵顿首启（上钤“玉甫”朱文方印），七月廿四日。

【按】 此函写于同治四年七月二十四日。笺纸钤有“玉甫”朱文骑缝方印。

同治四年五月十五日，“松侄在南城团防局保举补缺后以知府用，先换顶戴，至是奉旨允准，交部议者已半年矣”①。函中所云“子馨侄未知仍在团防局否”，当指此事。

同治四年闰五月下旬，翁同龢曾患严重腹泻，以至于“四肢及胸腹麻木不可当”②，函中所言“吾弟于闰五月杪偶患霍乱，转成痢疾”，当是此事。家书中又云“吾弟已转左”一事，即指同治四年六月十五日，翁同龢转左赞善一事：“是日吏部带赞善缺，同龢转左，李祉补右赞善。”③

是年闰五月十九日，翁同龢请吕懋恒带湖南家信；二十四日，翁同龢收得翁同爵五月二十七日长沙书④。之后几日内，翁同龢定有覆函。翁同龢所写这两封家书，或即函中所言“闰五月十九及三十日手书”。

子馨，即翁曾桂(1837—1905)，字子馨，又字筱珊，一作小山，翁同书第三子，行五，小名松儿，翁同爵、翁同龢所云之“松侄”。江苏常熟人。初以助饷奖郎中，分刑部，官至浙江布政使。

25. 同治四年七月二十七日(1865-9-16)

湖南之患不在外侮，而在内忧，现在东西两防虽亟，然东面江粤之交，皆有重兵扼守，本省有万五六千人出境堵御，未必能阑入，西边则黔楚错壤地方，时时有苗教各匪出没滋扰，然其志在掳掠，不敢远离巢穴，故亦无深入之虞。所可虑者，各处撤回之勇，湘省总计约有二三十万人，(湘省皆父子兄弟，时时可以更换，故一勇而充当者，实有数人。)

---

① 《翁同龢日记》第一卷，第427页。

② 《翁同龢日记》第一卷，第432页。

③ 《翁同龢日记》第一卷，第437页。

④ 《翁同龢日记》第一卷，第433页。

此辈皆游手好闲之徒，本无恒业，其在军中，则取其无身家之念，故能打仗勇往。今散而归农，则本非农，又奚归，其得有保举爱惜羽毛者，（船户捕快皆保至红顶花翎，故湘乡一县，红顶者有二三百人），百人中仅有数人，其馀皆沾染营中习气，嫖赌吃着，视为当然，即杀人放火，亦了不为异。（现在勇即杀勇，五月中有一总兵，为曾经当勇之船户所杀）。于是回家后，其挟有子女玉帛者，（每人有数千金及少妇四五人。）居然赁房屋，置田产（上年此间妇女衣服极贱，田价则骤贵），为富家郎，其稍有积蓄者，尚安分不敢多事，至赤手而归者，则欺压乡里，讹诈闾阎。其甚者，则百十为群，沿河抢掠杀伤事主。（皆乘船掳妇女，劫客货。）

自上年至今，各处所报抢劫之案（亦有逆伦重案），层见迭出，间有获案者，（有为首系花翎守备而通案七八人，皆有官职者，近日又拿获一花翎游击偷窃同居衣服首饰，强占民家妇女之案，中丞已请王命，即日正法矣。）则无一非散勇也。目下情形已经如此，倘再过一二年后，其稍有所蓄者亦花费无存，则此十馀万（长宝衡永之人居多）不事耕作之众，能安然无事乎？吾在臬司任内，虽曾通饬各属力行保甲，严缉匪类，然此亦皮毛之治，尚非清源正本之策，杞人之忧，正不能免也。

赵玉班焕联所带之和字营勇七千人，月需饷银及军装等共五万馀金，养之者已数年。其实此勇皆未经战阵无赖游民，徒然虚糜帑项而已，（综计数年来，已费至三四百万。）今年霆勇叛窜，事起仓卒，省中无勇可调，于是令和字营赴界防堵，中丞亦明知其不能办贼也。（中丞到时，本拟撤其勇，嗣叛卒事起不果。）而玉班畏葸不敢往，以病请假，令一张副将玉贵统之而行，贼窜攸县、安仁、兴宁等邑，和字营处处尾追（惟陈士杰之广武军、刘德谦之威信军，曾经接仗），从未进剿一仗，却时时虚报获胜，其奸淫掳掠，反甚于贼，凡民间之木器粮食（水缸、大柜、马桶、石磨无不载归）皆由水路运归，其船只络绎于道，故此数邑人恨之入骨，外间颇有訾议之者。

迨至闰五月中，闽贼窜粤，东防颇亟，中丞催促再三，玉班方不得已启程，今营于桂阳州边界防堵，然贼果西来，恐此军未能得力，盖一则骄养已久，耽于逸乐，一则半皆哥老会中人，与贼同教，即接仗亦未必死斗也。陈廉访士杰所带广武军五千人，有一半曾经战阵，似尚可用，刘太守德谦所带之威信军二千人，王镇军（永章）所带之章字营二千人，营规皆齐整，勇亦几经血战，为最可靠，今皆营于郴桂边界，故东防之卒，总计有万六七千也。玉班事外间颇传言为谭文卿所劾，未知确否？切勿向外人道及。

前寄来之《秋审比较册》《刑案汇览》等书，（惟《汇览》稍沾潮，馀皆无恙。）及月白洋绉、缙绅、潮烟等物，均一一收到，各处回信，亦收到无遗失。龚湘圃月初方过省，未登岸，吾家家书，已遣人送来，云风甚利，即日归湘潭，俟秋凉再来省也。吕慎伯（尧仙中丞之子）懋恒自天津坐轮船到上海，复从上海坐轮船至汉口，故于闰五月二十日出都，六月廿六日已抵湘中，其行甚速也。

汤敏斋世叔寓居，与盐道署相近，时相往还。其长君伯述即文昌保定于八月朔日完姻。其实伯述身裁瘦小（今年十六岁），高不及四尺，言语尚作童子音，似尚未发身，娶亲嫌略早，而世婶（吾到此曾见过一次）以自己多病，必须早令长媳入门，故尔赶办，其亲家周荔香太守名玉衡，浙江人，顺天癸卯举人，前署辰州守，今在省候补也。

伯述喜事，吾拟送袍褂料、皮帽沿、京靴、荷包、喜联、喜烛等类，尚未致送也。敏斋世叔前从胡恕堂言，在长沙以七千金置买田七顷，庄房一所，每年可收租谷七百石，以现在谷价计之，可售钱千串，寓中用度，每年须添钱二三百串而已，故尚可敷衍也。

曾九先生坚辞晋抚，已具折驰奏。此君身上疮犹未愈，(人甚谦和，无矜伐意，且好作大字，下笔亦洋洋洒洒，颇不俗。)闰五月中，满身溃烂，行动需人抱持。近虽稍好，然从金陵归，坐拥百万之富(闻其宅第逾制，近稍裁改)，居第与王侯埒，在家安享，胜于开府多矣。故决不应命也。

何子贞上年冬间即往金陵，今春从苏杭豫章返棹，至闰五月中方归，仍掌城南书院教。归后，曾晤见两三次，其落拓依然。晤见时，屡屡言及伯兄暨吾弟，云药房之渊博，叔平之好学，皆所仅见也。恽次山现仍寓居省城，虽奉杨营差遣之命，然却未必能往，盖其病非但未见轻减，且又增剧。日前并闻其复发吐红，不能见客，近方少愈。盖此君本热中，且年来于地方公事，纤屑必亲，故心力亦真耗尽，一时未易复元。近日有人言其将作归计者，未知确否？近日往见过，仍有西行之意，惟现在病不能愈，故未克就道耳。

湖南绅士，若黄兰坡、郭意诚(以二人比较，则郭又胜于黄)，外间虽人言藉藉，然吾到此半年，细察之，尚是能办事爱声名之人。惟霸气未除，故怨者颇多耳。其实尚无劣迹也。现在此两人皆辞局务不管，欲再觅贤士大夫，则更不易得，(若何子贞辈，则仙乎仙乎，断断不能以俗事强之也。)若李石梧中丞之子仲云概、绂堂桓人品均好，然皆不愿与闻外事；其愿与者，若劳星阶之子仪钦文翻辈，皆卑鄙糊涂，不及黄、郭二君远矣，黄兰坡之子绶瑜，名声亦甚坏，非乃翁比。

中丞处现请李次青元度襄办折奏，仑仙之胞弟篪仙，亦在其幕中。篪仙因有亲谊，到此后曾往返见过，吾以伊现在大宪幕府，不便多见，故彼此亦落落也。吴仲起，吾委其平江提案，途中被劫去三人。中丞颇不以为然，记过停委。吴年伯母近体却甚健也。

吾到任已两月，而各属到任礼（长、宝共十七处，有一二处本不送。）尚有五处未送，则将来节寿，未必能全，已可概见。吾却不屑以此向人饶舌，惟有自己诸事节省，则无过不去之理，惟署臬篆五月，举债至一千五六百金（星农处即千金），逐渐清还，颇不易易，只好徐以俟之也。

陆子受（此君中丞稍嫌之，近日不甚得意，大有赴黔之言，盖伊本拜张石翁为师者也。）寄张姓之五十金，吾此间已经付去。此项即作吾寄京之款，可归公帐支用。至张东墅之银，已言明在京寓交付，其戚陆姓亦已有书来此，东墅须进京引见，而川赀张罗不出，故尔迟迟。此君本非干事才，且近又有烟霞之癖（其新娶一妾，本杭州妓女），更加疏懒矣。

侯寄舫当军需局提调，每月支薪水六十千文，仅敷日用。近日忽生一发背，颇病剧。昨日曾亲往看视，见其形容虽不至十分憔悴，然气弱面黄，亦殊委顿。盖伊今年已六十有三，气体虽好，终觉年纪已大，经此痛苦，究非壮年之可比耳。

中丞内精明而外浑厚，遇事能持大体，绝无偏见，用人亦无私曲。石方伯（本中丞年伯）虽孤介，然照应同乡不遗馀力，故属吏亦有议其不公者。兆廉访世故太深，署藩篆时，稍有徇私处，颇不满众望。中丞待两司皆好，（中丞待吾亦甚好，背后有褒无贬。）惟石与兆二人，却意同稍有异同，吾遇事为之排解也。

……

彭锡之已开缺，以道员候补，长沙府以常德府孙春皋翘泽调署。此君虽屡得保举，然办事不甚了了，方伯极力推挽，故尔如此。其实首府仰承俯注，为各属表率，恐非其任，惟系方伯同乡相好，中丞亦委曲从事耳。常德委童研云署理，研云才本不长，且好杯中物，故上年署永州府，办所属永明县闹粮一案，极不允当，常德现在无事，尚可敷衍。若其本任宝庆，则断断不相宜也。

吕燮堂（世田）卸首府后，尚闲住。此人结实干练，为不易得之才。惟稍近苛刻，架子甚大，故人不甚喜之。杨海琴翰诗酒风流，上年张东墅等之花案，伊其时亦在省，曾经同局数次，侥幸获免。辰、沅现当多事之秋，地方须极力整顿，此君在彼，恐无所设施耳。

邵朴山绶名在宝庆，可谓人地相宜。盖朴山办事虽稍刻，为政用猛，操守亦未必能洁清，然于宝庆地方情形极熟悉，拿获教匪，无不尽法惩治，故人人皆知畏法，否则盗风日长，甚至有谋叛之案，其民实犷悍难治，非用严法以绳之，不能安堵也。

淮盐设局督销，涓滴皆归公，故虽邻私充斥，然自上年八月以来，局中筹发金陵撤勇之饷，已将及六十万，在事者不可谓筹之不力矣。他处恐未必能如此间之一无虚耗也。

【按】 此通前六纸右下角分别标有“一”、“二”、“三”、“四”、“五”、“八”，其中当是佚去“六”、“七”，笺纸之间骑缝钤有“清慎勤”朱文长方印。函中云“屡屡言及伯兄暨吾弟”，知此函当是写给翁同龢家书。

同治四年闰五月二十一日，翁同爵交卸按察使篆，回盐道本任[①]；另据函中“闰五月二十日出都”、“至闰五月中方归”、“吾到任已两月”、“……定于八月朔日完姻”等语，知此函写于同治四年七月下

① 《翁同龢年谱·翁玉甫先生年谱》，第182页。

旬，是年闰五月。

同治四年六月十七日，曾国荃授山西巡抚；八月十二日，曾国荃因病“赏假六个月在籍调理”[①]。同治四年八月二十日，翁同龢“得五兄七月廿七日长沙书，述湘中散勇滋事情形甚备”[②]，与此函内容正相符合，因推知此函写于同治四年七月二十七日。

据此函知，同治四年八月初一日，翁同龢岳父汤修（字敏斋）长子汤伯述完婚。

26. 同治四年八月二十六日（1865－10－15）

叔平吾弟足下：

日前交折弁熊炳芳寄去一椷，并蔚泰厚会票一纸，未识何时可达。迩维母亲大人近履安康，合宅均吉为祷。湘省近日无事，黔边苗教各匪七月杪窜扰楚疆，沅、晃一带颇遭蹂躏，幸周镇洪印旋师堵击，方退回老巢。惟此番饱掠而去，未受惩创，恐乘虚复出，边民不得安枕而卧耳。闽贼之窜粤者，其花旗林正阳一股近已投降，正阳改名英彪，现在挑留数千人，其馀二万众均已遣散。康逆占踞镇平，闻七月中率党出扑，为我军炮火所伤，退归镇平。近日江西、福建之师越境出剿，迭有胜仗。

昨中丞接娄军门书，言“于月之十二日，伊率霆字营在镇平西之大柘墟、八尺墟等处同贼接仗，大获全胜，擒斩数千人；席臬司所带之精毅营初十日亦大获胜”等语。果尔，则贼势益复穷蹙，未识能合三省之兵力聚而歼之否？日前江西刘岘庄中丞过此，其持论亦谓必须合剿，速

① 《翁同龢日记》第一卷，第437—447页。

② 《翁同龢日记》第一卷，第438页。

除此贼，不可各存畛域之见，以致劳师糜饷。其言甚是也。岘翁朴实真挚，实是一好督抚。其年尚不满四十。他日驰驱王事，正是此辈人材耳。甘肃杨厚庵处之月饷可得十馀万，似可兼顾都营。然厚翁太忠厚，无雄才大略，恐不能统筹全局尔。

兄在湘身体甚好，近来天气已凉，即衣冠酬应亦不觉其劳顿。本衙门公事既少，即局务亦不至为难，故甚觉安适。每日皆早起早睡，不敢稍自暇逸。公馀则与鹤皋、子京纵谈，亦不寂寞。缺分虽迥不如从前，然吾以菲衣节食处之，京寓菽水之资尚可筹措。此间债务现亦逐渐清理，至开春似可全楚也。兹因王君元凯入都引见之便，草泐数行，缕述近况。此布即颂近安，不尽欲言。兄同爵顿首启。八月廿六日。

王君字式度，能画写意花卉人物，现官补用知府候补同知芷江县。由顺天监生捐吏目至湖南，迭以团防、厘金各案内保举至今职。现为厘金局提调。

【按】 此函写于同治四年八月二十六日。据同治四年八月二十六日致翁曾翰函云“月之廿二日交折差熊炳芳寄去一缄，并蔚泰厚会票千两……”，知此函中“日前交折弁熊炳芳寄去一械，并蔚泰厚会票一纸”，乃指八月二十二日所寄之件。

席臬司，即席宝田（研香、或研芗），同治三年十月初九日，“赏还席宝田按察使”[1]。刘坤一，字岘庄。

吏目，古代官名。元代于儒学提举司及各州设吏目为参佐官。明代的翰林院、太常寺、太医院、留守、安抚、招讨、市舶、盐课诸司及都指挥司、各长官司、各千户所、各州均有设置。清代只有太医院、五

① 《翁同龢日记》第一卷，第382页。

城兵马司及各州设置。其职责除太医院吏目与医士类似外，其馀或掌文书，或佐理刑狱及官署事务。

27. 同治四年九月二十七日(1865-11-15)

叔平吾弟足下：

月之十一、十八两日折弁回，连接八月十二、廿三日所发家书，敬悉母亲大人福体安康，吾弟近祉凝吉，曷胜欣慰。兄近来身体顽健，公事亦均顺适，可勿悬念。湘省东西两防虽均吃紧，然尚不致有大患。粤东之贼现在连平一带窜踞。近日探报似又有东走消息。晃沅边界、黔省苗教各匪与西防诸军相持，亦不至深入蹂躏。惟驻守雪洞一军久为贼困。今援师虽往，尚未解围耳。李筱荃中丞性情阔大，办事和平，亦无新政。藩臬两司(中丞为之调停)现已和好。诸事皆商酌而行。饷糈虽缺，然冬令尚易支持。以各属钱粮于十月十一月中，均能解库也。

此间秋收合省统计，尚有七分，而米价顿长。细询之业贾者，云是下游荒歉，米多出境之故。省城大户向多藏谷，自上年收谷米进城之厘(每石约三十文)，于是遂在城外粜卖，省中积谷顿少。兄到此后察知其弊，请于中丞停其厘税，出示招徕，方渐渐入城。然大户租谷进城，有寄栈挑脚之费，向来行之而不觉。今于上年在乡出粜，此费遂省，甚觉其便。于是今年虽免进城厘金，而惜小费者亦尚屯积乡间主房，不愿挑运来城也。

此间天气立冬后方可服重棉。然日中时尚嫌热，较之都下相去悬殊。伯兄处想时有书至，未知近日彼处情形若何？仲侄针灸并施，不识有效否？均甚悬念。此布即颂近安不备。兄同爵顿首启(上钤“玉甫”朱文方印)。九月廿七日。

湘省人才所见者，以刘岘庄坤一为第一。岘庄议论通达，识见远大，虽由军功出身，然有静穆之致，绝无矜才使气恶习。曾沅圃中丞次之。沅圃虽谦和抝抑，然气质稍浮，作事近于偏霸，且略有嗜好，似不如岘翁之恬静矣。杨厚庵制军又次之，厚庵究系武夫出身，中无谋略，且从前伊所统带者，均是水师，与陆路打仗情形迥然各别。故此次授以总督之任，又令其统师西征，伊却迟回审顾，恐不胜任。惟人尚朴实，知敬重文士，是其所长耳。若地方设施，则幕中须有贤才襄理，方可相辅而成。（近见其到甘后奏军务吏治民生一折，甚好。大约伯平手笔。然厚翁能即以之入奏，便是其好处，可敬也。）伊现延请钟伯平在幕，宜其到甘有此一番整顿也。

陈舫仙廉访，勇于任事，人亦结实，且真能打仗，亦为不易得之才。至文辅卿则在通侯处办理营务有年，其战功皆因人而成，并无实际。吾所最不解者，蒋子纯观察凝学何所见之不逮所闻也。子纯负重名，天下皆以为百战之士，及见其人，则相貌议论，固毫无过人处，且伊今年所带之勇，在襄樊哗溃，几如霆营之叛乱。幸襄阳道府筹饷追给，方始屯扎遣散。是伊亦不得谓之无过，乃伊见人毫无愧词，且尚矜伐自己战绩，似非真豪杰者流。明旨令其速即赴任，恐到彼，军务吏治，未必能有裨益也。

现在在籍带勇之陈俊臣士杰则办事结实，人尚可靠，今东防郴、桂，一切布置亦周密，且欲督勇出境，至仁化、乐昌之交，扼贼西窜之路，其志甚壮。至赵玉班则有名无实，今驻师郴州地方，贼氛甚近，尚在营中开筵做寿，在省城备办寿幛寿屏往者络绎，恐军士更无斗志矣。在衡州带团之杨耕云澍亦未见所长，仍是虚应故事。

至现在西路统领之周金台洪印总镇。此人年力正强，(家本富，故不爱财，是其好处。)打仗勇往。然亦是偏裨之材，非统领之将。且其所部各营，皆其旧友，名位等夷，其号令未必遵行，故边事亦少起色耳。其馀军营所保各员，文则道府，武则提镇者，不知凡几，欲求果真出色人才，绝未之见。至文人学士，大半为局务所羁，于是积学立品之士固少，即幕友教读，亦不多人。盖局中事简而薪水多，远过训蒙书启之安逸，故人皆趋之若鹜耳。现在东征一撤，不举火者，有五六百家也。

此地木犀尚好，然署中却无树，买盆中小株者二盆而已。菊花虽有，然种类不多，吾亦未曾买。兆廉访于重阳前送吾菊花二十盆，螃蟹二十只，有此便无须再买。螃蟹每个亦装砂盆，与广东相同，惟瘦而且小，真如壁蟢，味亦甚腥，吾亦不敢多吃。佛手、橘子，尚未变样。柿子亦相同。梨则粗而酸，不可吃。菜蔬中有白菜，然甚贵。有松树菌、鲜冬笋，味皆佳也。荤菜除猪肉外，鸡鸭均极瘦。鱼虾虽多，然食之皆无味，活而鲜者却甚少。

官场酒席燕菜、烧烤者，须二十三四千文，菜皆习见，无新鲜之品。烹庖亦远远不如京师。故闻何子贞赴人家饮，往往酒半，嫌其酒既不佳，菜又无下箸处，遂不终席而去。诚哉其有是也。盖此间之酒，并无真绍兴，皆本地所造，其陈者味亦不清洌。除此种外，复有苏酒、衡酒，味亦相同，惟更薄耳。略饮数杯，即觉头痛，盖其性皆上升也。酒席亦有极价廉者，如汤敏斋丈处喜事，鱼翅席每桌仅五千文，但菜皆寡薄不堪，然敏斋丈即以之请官酒也。

恽次翁本拟赴甘，以交秋后其病非但不见轻减，且更增剧，于是遂决计归家。今定于月之廿四日启行，余辈皆送赆仪，一概未受。次翁精明强干，事事要好，尚是讲求吏治之人。惟见小欲速，是其所病。倘病能痊愈，此才似尚可用也。

昨日两首县公送菊花二十盆，螃蟹百只，吾稍稍分送亲友。夜即留鹤皋在署，同子京持螯小酌。此次蟹略大，较之兆处所送者稍好，故尚可蒸而食之也。

湘省地方偏僻，过客素少，近日则亦甚多，大约江西、贵州之人居其大半。盖年来石襄臣、李玉阶、彭锡之为此间司道，故宦游斯土者，皆尚得意，于是其同乡之人，闻风而来，每月必有一二至者，至江浙之人则绝无也。日来杨茹香先棻以丁忧回籍，顺道张罗，吾送以赙敬二十四金。严缁生辰，其弟在贵州石阡府署任内殉难，（缁生本贵州中式举人，后改归浙江。）来接其太夫人，并移其弟灵柩回家，亦在此告帮盘费。吾送十二金，以此二人皆有年世谊也。否则或送八金六金而已。亦甚菲薄可笑也。

杨茹香丁忧过此，严缁生来接其太夫人，吾均略有馈送。近日又有本地绅士涂莘畬觉纲吏部进京，唐次江炳麟农部（小京官）入都。吾以涂则年谊重叠，送程仪十二金，唐则辛酉拔贡小京官，为先公门下士，吾以世谊送程仪八金而已，实不能再少也。

武陵杨性农兵部彝珍日前来省，此君著作日多，实为近来古文作手。吾拟请其作先公神道碑，已将行述、年谱送去，求其属稿。大约伊须回籍后，方能寄来，俟寄到时，再录寄都中。此君与伯兄壬辰同年，伯兄赴贵州学使任时，往访作竟夕谈，故伊颇拳拳，询伯兄近况甚切也。湘阴易海青中翰堂俊现在本邑掌教，亦来省垣。湘潭龚湘浦承钧编修，亦在此间。吾前日请三君共饭。大约此三人来省，皆为明年书院计也。

此间书院不多，向来修脯稍丰者，中丞主之，馀则司道均可各荐数处。至恽次翁为中丞,则悉改旧章,均由中丞定见。首府开单送呈,司道荐人,仅于首府呈单时面禀,不能专政也。省城城垣,本不甚高,且亦有颓坏处。近方逐渐修整,然高尚仍其旧。府学宫则今年八月方修理工竣,规模尚宏敞,尊经阁今更基址加高。阁上本有书板,年来稍残阙,近方将七经、《大学》衍义等数种修全,馀尚多阙板也。

贡院制度,迥不如吾江南,其号舍亦不及,围墙则更低矮,似难于防弊。近日因奏添房考二员,于是复添号舍千馀间,及房官住屋数层,现在尚未工竣,所费约需二万金,由各州县摊派捐输也。

学使吕九霞,性情疏懒,场规稍宽。今年考首府时,加意整顿,故舆论尚好。大抵九霞亦有烟霞之癖,精神稍欠耳。书院,省城本只岳麓、城南二处。岳麓,丁伊辅善庆掌教;城南,则何子贞掌教。应课人数,皆不多。岳麓仅有生监无童生,每课不及百人;城南则有童生,每课亦不及二百人。至新添之求忠书院,则掌教者系一老明经,丁姓,生童考者二百馀人而已。

【按】 “叔平吾弟足下:月之十一、十八两日折弁回,连接八月十二、廿三日所发家书……兄同爵顿首启(上钤“玉甫”朱文方印)。九月廿七日”两笺纸钤有“玉甫”朱文骑缝方印。“湘省人才所见者,以刘岘庄坤一为第一……则掌教者系一老明经,丁姓,生童考者二百馀人而已”三笺纸间钤有“玉甫”朱文骑缝方印。函中“伯兄”,即翁同书。

同治三年九月,翁同爵补授湖南盐法长宝道[1],十月二十七日起

① 《翁同龢年谱·翁玉甫先生年谱》,第181页。

程[①],是年九、十月间翁同爵一直在京。次年二月,翁同爵抵达长沙[②],“十七日接印视事”;四月二十九日,翁同龢“吊杨茹香(先棻)丁外艰”[③]。闰五月二十一日,“交卸按察使篆,即日回本任,移居盐道署中”[④]。故此数纸写于同治四年。

同治四年八月初十日,翁同龢“得五兄七月十二日长沙书,折弁来”;八月二十日,“得五兄七月二十七长沙书,述湘中散勇滋事情形甚备”;八月二十三日,“发长沙书”[⑤];此两处当是函中翁同爵所得翁同龢“八月十二、廿三日所发家书”。

藩臬两司,指湖南布政使石襄臣(或云石方伯)、按察使兆琛(或云兆廉访)。“石方伯虽孤介,然照应同乡不遗馀力,故属吏亦有议其不公者。兆廉访世故太深,署藩篆时,稍有徇私处,颇不满众望”[⑥],二人颇有不合。中丞指时任湖南巡抚李瀚章(筱荃,或筱泉)。

等夷,同等,同辈;或指同等的人。

28. 同治四年十月二十七日(1865－12－14)

叔平吾弟足下:

日来甚盼北音,而八月中所遣折差熊炳芳迟迟不归,未识何故,极为驰念。迩维侍祺增吉,合宅均安为祝。兄近体顽健,公事亦平顺,堪慰远注。湘省近日无事,西边苗教各

---

① 《翁同龢日记》第一卷,第385页。

② 《翁同龢日记》第一卷,第411页。

③ 《翁同龢日记》第一卷,第423页。

④ 《翁同龢年谱》附录《翁玉甫先生年谱》,第181—182页。

⑤ 《翁同龢日记》第一卷,第446—448页。

⑥ 参见上文同治四年七月二十七日“湖南之患不在外侮,而在内忧,现在东西两防虽亟……”一函。

匪时时扰及晃沅，幸防兵堵御即退，尚不致深入为害。东面则连平之贼回窜，和平边界亦不至吃紧。惟现在徽宁楚师逐渐裁撤，其欠饷均由湖南督销局补给。动以数十万计，筹划颇难耳。吾弟总校事烦，三冬天气严寒，宜间日一往，勿太劳顿。夷务本末可以携回家中纂辑，似稍安逸。仲侄近体若何？针灸并施，不识有效否。兄意总须多服清补之剂，不宜刻削正气也。至嘱，至嘱。

筹儿体气太弱，冬令亦不许其多出门，以资保养。祥、荣两儿，日前有一此间人谢镇名连升自常熟来，携到伊等家书，知祥儿有八九月间起程来湘之说。然此时尚未见到，不识何故。京中年底应酬断断不可缺，今复勉凑一千二百金，合之前托禧吉甫携去千金，共合二千二百金，计已敷送。至数目多寡，尚烦吾弟酌之为幸。此布即颂近安。馀俟续布不备。兄同爵手启（上钤“玉甫手缄”朱长方印）。十月廿七日。

【按】 笺纸钤有“谨慎”朱文长方骑缝印。同治四年六月二十四日，翁同龢“得馆上知会，瑞睦庵出差，余署其专看阁本之缺”；次日，翁同龢“到馆校书一卷半”；十一月十三日，翁同龢辞校书一职①。

上文同治四年八月二十六日函云“日前交折弁熊炳芳寄去一槭……”，与此函中“而八月中所遣折差熊炳芳迟迟不归”相呼应；是年十二月初四日，翁同龢“得五兄十月廿八日信”②；另据上文相关函件，知此札写于同治四年十月二十七日③。

---

① 《翁同龢日记》第一卷，第438—439页、第459页。

② 《翁同龢日记》第一卷，第462页。

③ 参见上文同治四年八月二十六日、九月二十七日致翁同龢家书。

29. 同治四年十一月初六日(1865－12－23)

叔平吾弟足下：

初三日初更时折差熊、陈二弁回，接到手书，藉悉慈亲大人近体安康，合家均吉，并审吾弟往山陵行礼，往返平安，深为欣抃。兄于前月廿八日奉布一缄，并薄有所寄，未知何日可以收到。京师各处馈岁断不可缺，兄前后共寄二千二百金，未识敷用否。枢府诸公既须成数方可，则信到后，吾弟可令筹儿换一夹单送去。盖酬应迟早皆同，不如于年底早了之为妙。至领班及帮班各友，其数亦可增添，烦吾弟酌定，谕令筹儿分送为嘱。其馀诸相好处似亦不能再减。吾弟可再为吾详细斟酌之。筹儿素性俭啬，是其好处。然既有应酬，却不宜太薄，恐转不满其意，故一切必须吾弟定见，自当不丰不俭也。倘所寄尚不敷，可令筹儿向他处暂借二三百金应用。兄于明春尚拟再会银两至都，以接济京寓用度。届时可寄还也。切嘱，切嘱。

兄近体甚佳，公事亦平顺，堪慰远念。伯兄蒙恩赏四品顶带，此间于上月十四日已见之湖北邸报中，(兄处阅看每节四金。)欢喜无量。惟彼处军务饷阙兵单，不知从何着手。伯兄一时不能离开，殊令人悬念不置也。湘省近日无事，东西两防均不致吃紧。惟各路勇丁遣撤，所欠饷项由湖南督销局发给四五成不等，统计数目现需五十万金，(不得已向各局及道库暂借以应之。)筹措极难。然尚可支持过去。至地方又添此无业游民数万人。此则祸患之伏于无形者，固难与仅顾目前之人语也。

此间天气近亦寒冷，室中置炭火一盆，亦尚无暖气。盖此地房屋较北方高大，而屋瓦及四面皆透风，不如北方之严密，故寒气转盛也。此布即颂近安，馀俟续寄不备。兄同爵顿首启(上钤"玉甫"朱文方印)。十一月初六日。

【按】 此函写于同治四年,笺纸之间钤有骑缝"谨慎"朱文长方印。同治四年八月二十四日,"三兄以擒获孙义保功,蒙恩赏四品顶戴,有明发一道"[①]。是年九月中下旬,翁同龢"随同治及两宫皇太后谒陵,葬文宗于定陵"[②],此即函中所云"吾弟往山陵行礼"。

30. 同治四年十一月二十六日(1866-1-12)

吾上月所寄之一千八百金,未知折差何日可到?又前托禧吉甫所带之一千金,亦不识吉甫于何日到都?计此二项,似已足敷年底应酬之用。惟吾此间统计今年所入,断不能将兆、陆二处及钱铺所借之款全行归还,只好就所入者,先分还若干,馀俟开春再行清楚矣。任昂千处借款三百金,伊到省后,吾曾再三问过,伊云现在无须此项,俟需用时再取。吾意于年内必须清还之为妙。昂千现在出差,俟其回省拟即交去也。其馀上年吾在河南、湖北借款,均已陆续寄还。惟杏农处者系还款,此百金将来寄京归还公帐,入伊还账可也。陈菱舫处之四十金,吾因不知今年菱舫到京后,汝曾为吾先措还若干否?且不知菱舫会试后,在京候选,抑已回河南?其踪迹皆不知,故此款尚未寄还。汝下次书来,可将伊现在是否在京,及曾否来索,详细告吾知之,以便吾遇便会寄也,至嘱,至嘱。

吾在此虽菲衣节食,然每月总须二百馀金,而应酬一切,尚在此外。实再不能减省,故今年入不敷出。若开年债

---

① 《翁同龢日记》第一卷,第 448 页。

② 《翁同龢年谱》,第 41 页。《翁同龢日记》第一卷,第 451—453 页。

务还清，则以后每年可有盈馀矣。家乡汝两兄处，吾今年实无馀力会寄银两，只好俟开春勉筹二三百金接济之。第汝荣哥志大言大，前接其来书云，今岁拟修理石梅家祠。吾不知此款从何处筹出？然伊志在修葺先人祠宇，吾又不便驰书阻止之。总之，做人作事，必须脚踏实地、量力而行，方是正理。

汝兄弟三人中，汝祥兄志趣卑陋，见识浅薄，他日即出身仕宦，亦未必能有所作为。汝荣兄则好大喜功，而胸中毫无经纬，听旁人怂恿，便率意行之，绝不计事之可成与否，他日亦非保家之道。汝素性谨慎，且见事尚知轻重，吾故尚爱汝。汝在京诸事，须听汝六叔教训，切勿稍改旧样！盖吾期望汝者甚深，故不觉言之屡屡，非谓汝便沾染习气，顿改旧规，汝宜仰体吾意为嘱。

先公神道碑文，请杨性农撰就，文体简洁，铭辞新警，兹特录稿寄去，可请伯兄斟酌改定，再请善书者书丹。其文内有数处似须改易者，兄特签出，请吾弟同伯兄商之。性农，兄拟送润笔五十金，尚未寄去，日前先作复函致谢，并云容日再申谢悃也。

先公墓志铭，春圃相国允撰文书丹，未知文已脱稿否？春翁年过七旬，倘再缓时日，则将来书丹愈难，吾弟或再往谒见力求之。倘春翁实不能用心，或伯兄拟一稿本，请其酌改，否则或请他人代作，请春翁商定，总于明年春令求其书丹方妙，吾弟可留意此事为嘱。

李次青撰《国朝名臣事略》，先公一篇，已抄稿来，文皆从吾家行述年谱内摘出，均甚妥当。惟文内称“翁氏自明以来多显宦，而公先世独潜德勿耀”句下，未将“入国朝参政公父子以进士起家”叙入，似嫌漏。拟晤时请其添入也。兹亦录稿寄去。

李中丞所要各家年谱行述，大约仍是李次青所托，如一时寻觅不得，只好向国史馆上将其列传抄出，虽笔墨费略有，然不可惜此不抄，缘兄日前曾许以已经托人抄写，势不能置之不答也，切嘱，切嘱。国史馆先公列传想早经撰出，吾弟可令筹儿抄一分寄来。若尚未撰就，可托熟人认撰更妙。总之，馆上公事须本家子孙有人催促，方能赶办，否则恐稽延时日也。

先公两次祭文，亦令筹儿抄录寄来，缘兄上年行期匆促，竟未抄稿带来也。兄意欲俟馆上列传撰出，或先将祭文、列传、墓志、神道碑，先刻一善本，分送交好，不识可否？下次信来，吾弟可覆吾知之。

湖南一省，各省遣撤之勇，几至二三十万人，此辈皆无业游民，其平素在乡里也。多为不法，扰害良善，近来皆应募他往，故地方反得无事。今陆续归来，其保有官职能知自爱者，甚属寥寥，其馀皆故态依然，为横乡里，且在营日久，党与众多，往往聚众滋闹，莫敢谁何？其在外滋事者，如鲍超之勇叛于金口，雷正绾、陶茂林之勇溃于甘肃，蒋凝学之勇哗于襄阳，金国琛之勇哄于皖南，故本省带兵大员，其识见稍远者，皆知其不可用。曾涤帅则十撤八九，皆改募淮勇。刘荫渠、杨厚庵亦逐渐遣撤，仅留营哨官在彼，虽皆以水土不服、人地不习为名，其实亦深知此辈之桀骜难制耳。其散而归家者，江华则有至王方伯（德榜）家索饷之案，常宁则有至唐方伯（义训）家索饷之案，皆其本地旧部之勇，聚集至数十百人，用强抢夺。是其恃众滋事，即其本营统带之人，素所有恩于彼者，尚且不免为其所迫协，而其他何论焉？

故从上年至今，各属命盗案件，多添不知凡几，其甚者，则勾通苗教各匪，为其向导，聚众沿河抢夺商民妇女、货物。虽获案后，即行正法，然在逃者，正复不少。盖长、宝、衡、永、辰、沅、郴、桂一带，撤勇遍地，州县官实无从缉拿。吾故谓湖南之患，不在外寇，而在本地奸民，三五年后，正恐一发难制。粤逆起事，半皆遣勇，前事不远，可为殷鉴，杞人之忧，正不能免也。即如省中近日有一事，书之可见一斑。朱镇南桂自江西撤营后到省，其部下有一记名总兵，得有勇号名胡作成者，在城中地名小四方塘，向一烟店小伙问路。其小伙对答不清，立批其颊。店主不伏，口角争闹，即率众二十馀人，将其店顷刻毁抢。于是旁观之人，皆为声屈，闭栅捉拿，方捆住五人送府究办。而孙春皋太守，以其系有职大员，不便究诘，至中丞处请示。中丞以为事起斗殴，且缓严办，令营中保释。乃次日朱镇至首府处，反要严办捆捉之人。此事至今未了。以省会地方，热闹街市，竟敢白昼逞凶，纠众抢夺，其目无法纪可知矣。倘专事姑息，深恐养痈成患也。

李玉阶丁忧回籍，路过湖北，尚未满百日薙发，居然往见官节相，且竟带发至唐荫翁处赴席，有同席之彭毓崧到湘传播，颇为异事。彭君本与玉阶不洽，其言或出怨口，然其往见湖北督抚，则湖北所刻之辕门抄，人所共见。其赴席一事，未必出于无因。盖玉阶热中太甚，在此浼人请中丞奏留不允，方不得已而行。其行时麻衣往各处辞行，此间人已籍籍言之。今复在湖北拜客赴席，更为咄咄怪事也。

陆子受在此，专办黔捐事，颇作威福，中丞甚怒之。九月中曾托兆廉访请于中丞，言伊欲请咨进京，以试探中丞之意。中丞履称："伊所办者皆黔中之事，吾何敢越俎而谋。其给咨与否，应听张石卿主裁。"故近日甚不得意，遇事每多诽谤。盖此人险诈，亦胡听泉镛之流，而其才具，又不如听泉远甚也。

胡听泉本是此间候补道，上年以恽次翁事，为人所参。

星使以其虽无招摇纳贿实迹，惟其在州县任内，两次失守地方，报词不实，且又匿报胞弟同官一省（其弟崧，候补令），奏请革职。听泉现在住此为寓公，且出赀行淮盐。此君素来名声本不佳，官场舆论皆不允协，其致此也，亦玉阶为之下石耳。（听泉系壬午年伯之子，即胡墨林之胞兄也。）此间候补道，有陆星农、陶仲虞、陆子受、朱秬亭（鬯侯）、陈少轩（丕业）、彭锡之（庆钟）、张锡田（嘉福）、裴樾岑（荫森）。张、裴二君，皆藉坐探差回籍，而近日又有刘子凝（远善）丁忧起复，林端甫（廷式）由州牧捐升，且江西之张秀轩（舒翘）由山西知州改捐到省。于是上衙门日期，中丞处不能遍请，始而或分两班接见，或仅见实任司道。近日中丞方令候补人员不管局务者，不必衙参，惟朔望日晋谒。于是逢五、十期，惟星农、仲虞上院，而诸君皆不至。热中之人，更添怨望。子受、少轩、子凝皆极力恭维方伯、廉访，为之吹嘘差事。近日少轩欲告奋勇往西边带勇办黔事，两司为之力请，中丞皆不允从也。

此间自上月廿八日起，天即阴晦。月之朔日，早晨微雪，屋瓦上积三四分即止，而天气骤寒。兼旬来并无一日晴霁。至廿二日早晨复雪，有一时许，亦不过半寸。次日放晴见日光。至廿四日午后又阴。昨夜三鼓起大雪，至今日未刻止，积有半尺馀。来年春熟可望丰稔矣。

湘中天气虽冷，而地气终暖，故旬日来尚未见冰。室中以屋瓦及窗户皆透风，夜卧亦甚寒冷。此地风俗，冬令亦用火盆煤炉。木炭价值尚贱，每百斤不及千文。吾房内笼一炭盆，将已一月，尚用炭未及二百斤，其馀俞、周两位老夫子处，皆不满百斤。家人辈则各衙门俱不给炭火钱也，惟更夫及把门等，每月有煤火钱数百文而已。外间缙绅之家，皆用炭火。穷苦人家，方用煤炉。至城外乡居者，则用柴火。房内皆砌一砖池，冬令则烧柴，群聚而向火，其习俗然也。所用煤皆末屑，无整块，每石贵至二百三四十文，贱至百四五十文，以河水长落为断，用黄土和之而烧。城内不论大家小户，煮饭皆用煤火，并无柴灶，惟乡间始有柴灶耳。

署中厨房煤炉，系厨子所包，即在每人八十文内，不另开销，惟茶房所用者给钱耳。署中所用灯油、蜡烛，皆扣定数目，令李慎承管（亦其三小子经手），皆不至费用。赵厨已逐去，闻其在藩台处跑上房及做添菜，有伊拜把兄弟拉之往也。吾此间已另用一本地厨子，做菜虽不甚佳，然与赵厨亦相类。盖赵厨在此，自己并不做菜，用一本地人为之代庖，亦开销吾工食，且偶添一菜，及节下所用鱼翅酒席，并每日吾所吃点心，其开账必非常之贵。吾皆以业经自京带来，小事皆姑容之，未尝责备。故赵厨名虽在此，实皆本地厨子做菜。今另易一人，其口味亦与之相同耳。此人开账，较之赵厨稍好。然更换厨子等事，皆吾自己主张，管钱账之李慎，管杂务之董升，皆绝不与闻。此二人见吾亦从无一言提及，反是高升、艾新，从中传话及更换厨子、捡点家伙等事，然则李董胡涂不了事，及毫不出力，可想而知矣。

吾于若辈，虽不肯苛求，然于所派执事，竟不能稍代吾费一点心力，思之亦殊令人可恼。总之吾命中奴仆宫中不旺，故尔如此，吾却不因此生气也。廿六日雪后书。

【按】 此五纸钤有“谨慎”朱文长方骑缝印，乃翁同爵写给翁同龢与翁曾翰之家书。因其之间钤有骑缝印，故皆列于此。

其中，“吾上月所寄之一千八百金……汝宜仰体吾意为嘱”一纸中云“汝兄弟三人中，汝祥兄志趣卑陋……汝荣兄则好大喜功……汝素性谨慎，且见事尚知轻重，吾故尚爱汝，汝在京诸事，须听汝六叔教训，切勿稍改旧样！盖吾期望汝者甚深”，知此乃写给翁曾翰家书。

其第二纸“先公神道碑文……可请伯兄斟酌改定，再请善书者书丹。其文内有数处似须改易者，兄特签出，请吾弟同伯兄商之。……下次信来，吾弟可覆吾知之”，其语气很明显是写给翁同龢的书札。

同治四年十二月底，翁同龢收到翁同爵所寄“杨彝珍所撰先公神道碑”[1]，故此函写于同治四年十一月二十六日。

春圃相国，即相国祁寯藻(1793—1866)，字叔颖，又字实甫，自号春圃、息翁等，山西寿阳人，故称祁寿阳、寿阳相国。翁心存挚友之一。晚清著名诗人、书法家。嘉庆十九年进士。同治帝即位后，特诏起用，以大学士衔授礼部尚书，充帝傅。同治五年九月十二日与世长辞，谥文端。祁寯藻一生学粹品端，勤政爱民，被誉为“一代贤相”、“三代帝王师”。故翁同爵函中称其为“海内鲁灵光”。

曾涤帅，即曾国藩，字伯函，号涤生。

31. 同治四年十一月二十七日(1866－1－13)

叔平吾弟足下：

前月廿八日及月之初六日两布寸缄，交折弁带去，未审何时可达。迩惟侍祺绥吉，合宅平安为颂。兄近来公事平顺，身体强健，可慰远注。湘省东西两防幸均无事。撤勇欠饷由督销局筹给者，亦皆支发无误。散勇众多，为他日隐忧。此时尚不致为害。东防之勇现在裁去五千人，每月可减饷三万金，于军糈实可稍节。省垣大吏中丞和平阔大，方伯谨慎老成，故属吏皆知自爱，奉法者多，似无从前巧诈见好之弊。

今冬举行大计，其举劾当必允协也。此间阴已匝月，连次得雪，皆不盈寸。昨早方得大雪，庭除皆积半尺馀，来岁春收可望丰稔矣。甘肃军务未识近日情形若何？伯兄想时

---

① 《翁同龢日记》第一卷，第466页。

有书来,深为驰念。惟愿宁夏收复,得旨赐还,此则所朝夕顶祝者耳。仲侄不药,固是中医,然兄以为其体气素弱,固本培元之剂亦宜稍服。吾弟可劝谕之为幸。日月如驰,计此次折差到京已逼岁除,未知京寓年事若何?

兄现在忝居外秩,而菽水之资未能宽为筹寄,尚烦吾弟擘画,言之皇愧。此布即颂年禧不备。兄同爵顿首启(上钤"玉甫手缄"朱文方印)。十一月廿七日酉刻。(再此次折差李锡奎于明早起程,而今日午后抚辕巡抚方来告知,匆促书此,不及缕述一切也。)

【按】 此通笺纸之间钤有骑缝"谨慎"朱文长方印。此函写于同治四年十一月。同治四年十二月,翁同爵"办长、宝两属大计"①。大计,指明清两代考核外官的制度,每三年举行一次。

函中"前月廿八日及月之初六日两布寸缄"当指上文翁同爵十月二十七日"日来甚盼北音,而八月中所遣折差熊炳芳迟迟不归……"与十一月初六日"初三日初更时折差熊陈二弁回……"致翁同龢的两通家书。

函中"得旨赐还","赐还"即为"赐环",翁同爵希望翁同书能够早日遇赦召还②。

32. 同治四年十二月十九日(1866-2-3)

叔平吾弟足下:

月初甚盼北音,直至初十日,折弁胡翰方回,接到十月廿七日所发家书,敬悉慈躬康泰,合宅凝祥,深为庆慰。京

---

① 《翁同龢年谱·翁玉甫先生年谱》,第182页。

② 参见同治四年闰五月十九日致翁同龢家书。

寓用度幸有仲侄筹划，谅可支持敷衍。兄现在债务稍清，来年菽水之资，兄当极力筹寄，无烦吾弟擘画。惟寓中用度、酬应，尚须吾弟主其大纲，总期不丰不俭，诸事适中为嘱。兄在此公私均平顺，大吏相待亦优。至僚属间更多浃洽。本地绅士兄亦与之不激不随，故外间似尚无所毁誉。

湘省近尚无事，粤东汪逆仍踞嘉应，离楚边几及千里，故东防稍松。中丞因饷项支绌已撤去勇丁五千人，每月可省饷三万金。黔边苗教各匪时时蠢动。近日又有大股下窜之信。幸有周镇万人在彼防堵，想尚不致为害。惟边界太广，此堵彼窜，防不胜防，恐与黔错壤之区必有受其蹂躏者耳。周镇（金台，名洪印）人虽勇往，然才只偏裨，不胜统领之任，（既无调度且军令又不严明，故所过之地，半遭焚掠，边民极怨之。而中丞却甚倚信，人言不能入。）且其所领各将皆平素等夷。一旦驾乎其上，调度不灵，欲其成功，殊不足恃。明年倘果大举援黔，必须另易统领，方克有济也。

京师要人馈岁之资，未识兄所寄禧吉甫之千金、折弁盛占鳌之一千八百金何时可到？照单所开，有无遗漏、应增添者否？想吾弟必能为吾区画善妥也。兄近日身体甚健，惟右臂受寒作痛，甚剧，以醋炒麸子熨之方愈。今已复元矣。时逼岁除，游子情怀，弥增系恋。草此布达，即颂侍安不备。兄同爵顿首启（上钤“学有用斋”朱文方印）。十二月十九日。

【按】 此函中述及其右臂受寒作痛，同治四年十二月十九日翁同爵致翁曾翰函云“前日因稍受风寒，右臂痛不能举者一两日，（十七一日最剧，连举箸皆不能，只好吃粥。）用醋炒麸子熨之，（其法甚效，熨后次日即大愈。）并贴附桂膏，今已全愈矣”。

是年十月二十五日，翁同龢“得五兄九月廿五日长沙书，凡二十纸，细字如蚁，益见吾之粗疏矣”；次日，翁同龢“寄五兄书”，疑即此函中翁同爵所得翁同龢“十月廿七日所发家书”。故此纸写于同治四年十二月十九日。

33. 同治四年十二月二十一日(1866-2-4)

湘省近日幸无事，西边苗教各匪，虽有大股下窜之说，然近日尚无警报。惟鄂省成军门大吉所带之十二营，复因欠饷变（闻已收回几营矣），十营扰及聂口，离汉镇才四十里，而捻匪又由麻城窜至黄州府之团风司，距省城亦不远，故近日鄂省情形颇岌岌。总之，捻匪无人阑击，任其东奔西突，豫、鄂、皖三省，必至受其大害。至楚军则全是暮气，到处或溃或叛，相习成风，岂能藉之杀贼？故稍有知识者，或弃之而另募淮勇，或仅用其营哨各官，令其教习他处兵勇。盖实有知其不能再用之势，不得不改弦更张耳。乃人犹谓楚勇足恃者，此特震乎其名，不知其毫无可取也。

吾到此几及一年，实有见于楚勇之有害无利，故敢作斯语，非漫然出之也。盖从前楚勇之到处取胜者，亦在将领之得人耳。若塔，若罗，若王，若二李，皆忠勇朴诚，号令严肃，是以所向有功，今则无其人矣。为将者皆骄奢淫佚，惟利是趋；当勇者半是哥老会中人。（哥老即添弟之别名。）平日本非安分之徒，且在营日久，深知将领克扣之弊，时时藉之以挟制其本统领。故每人携带妇女两三人，营哨官知之而不敢言。其甚者，营哨官亦携有妇女，至掳掠则更视为固然无足怪，其胜仗全是纸上空谈。吾于今年霆营叛勇之事，和字营之未开一仗，而屡报获胜，固已深知之矣。

近日有自粤东、江西来者，言彼处情形，亦正相同，闻之实深浩叹。汪逆踞粤东之嘉应州，近日连踏我军营垒（方军十二营，高军七营，康军三营）二十馀座，其势复张，恐一时未易扑灭。然则明年湘省防务，正不知若何耳。况天道循环，此十馀年来，各省蹂躏殆遍，而湘省尚称完善。居安思危，不得不深杞人之忧也。楚勇近日又有来招者，湖北则令宋国永（即今年带霆勇至金口而叛者）招四千人，甘肃杨制军则令蒋凝学（即今年带勇至襄樊而哗溃者）招二千人。往湖北者，尚未必即时逃散，但恐不得力耳。往甘肃者，则有今夏之故辙在，恐陕甘决不能到，何杨厚翁之不能远见乃尔耶？真不可解也。

许诚夫近日又有书来，言绚缘母舅近体甚好，吾已托江西坐探委员杨令式珣往时寄伊四十金，未识明年能不来此否？书中云，泰和令田君相待甚好，今年除修金外，复助伊五十金。吾已驰书往，云东西既相得，决不可舍之他图，即到此吾亦不能从丰资助，未知肯听余言否？

苏菊甫开年浏阳馆仍旧，王树斋以其东家清泉令陈贻珊调回省城，吾又另荐新署长沙之徐令淦处，每年仍修金八十两。苏、王二人，年底皆回省过年，苏尚未到，王则今日已来署矣。细察之，尚无习气也。

任昂千处，吾上年所借之三百金，今夏伊到此后，吾再三询问，云若需用，吾即措还，而伊云实不需用，可以暂寄吾处，是以稍缓，今于本月内已全数还之矣。见李小石时，可提及之。

吴年伯母，精神尚健，而景遇甚苦。其少子仲起，仅有厘金局一差，（已是此间上等差使。）每月薪水三十千，全家二十馀口，皆藉之养赡，实不敷用。故景行之归也，吾即荐之胡听泉处教读，每月有修金六金，稍资津贴。吾于端午、中秋，每节皆送二十金。此次年底，吾送三十金，昨日亲往致送，年伯母甚感激，平日亦时时送吾小菜、点心等。仲起吾日前委伊查小钱牙帖四属县，亦例差之优者，亦可得二三十金也。

杨性农所撰先公神道碑文，吾已于前次信内将稿寄京，其文似可用。吾已送润笔五十金，尚未寄到。今复接其书，且有致三兄一函，今特附去。至何子贞，书法虽佳，然恐不能作楷，俟来年再与商之。

城步令盛君镒源已回湘，年谱及朱卷等均收到。伊从王家营到扬州，复坐轮船到汉口，故行走甚速也。杨研培丈病类中风，高年得此，恐参苓未易奏效也。宝生夫人吾似须送一分，只好俟开年再寄矣。昨日立春，今日封印，（昨日酒席吾已省却）衙署中自有一番酬应。今日晚间请（燕菜席，不用烧烤）二位老夫子便饭，即须入坐矣。十二月二十日戌刻（上钤“谨慎”朱文长方印）。

东征裁撤，在局诸君皆求优保。吾早识心其未必再奏，因先具禀，请示可否开保。节相批回，果以东征虽筹饷至四百馀万，实属有裨大局，第前于咸丰十年间，曾经开保一次，此次不如加广中额，其利公而且溥，员绅毋庸再保等语。于是诸君皆大失所望。盖东征一事，全是黄兰坡一人创始。今若舍之不保，则固无是理；若再开保，则必遭驳斥。（上年金陵克复，节相曾保其筹饷有功，其折皆未下，故此时再保，必遭申斥也。）且兰坡业经保至布政使衔花翎道员，实亦无可再加。故节相以加广中额了之，以塞人口，亦可谓狡谲矣。若吾与星农，则到局日浅，即开保亦不合例也。

督销局今年开具报销，中丞以局用太多。凡在局员皆令酌减薪水，覆详吾以本任领有廉俸，星农以现在尚管他局，皆请毋须支领。中丞以为不可矫情太甚，批令减半具领。（本每月一百五十金，今支七十五两。）在吾则局中本有盐道衙门办公银两可支，（亦经此次详定，抚院每月四百金，盐道则减半也。)星农则大觉减色矣。盖星农管盐茶、厘金两局,近日中丞亦因局用太多,竟减去盐茶一局,并在厘金局内,其薪水复减半。故伊今年本管四局,每月共有薪水五百金,颇觉可观。今则东征撤、盐茶裁、督销减,每月共计薪水不及二百金,甚为吃力。然较之别人在省候补、毫无进项者,尚有霄壤之别也。

陆晴杉已到此,其所作为,星农因拆阅徐季和致晴杉书,略知一二。星农曾再三问吾,吾却答以不知也。侯寄舫不必回避出省,现在仍当军需局提调,所患已经痊愈。六十老翁,精神矍铄,其宦兴方浓,不便劝作归计也。

此间自十月杪直至如今,雨雪连绵,内中无十日晴朗。前日立春,幸天晴一日。昨日复阴,午刻微露日光,夜复小雨。今早又雨中带雪,颇大。故日来寒湿甚重。吾前日之臂痛,亦感受此寒湿耳。近日闻关东马贼甚炽,或云遣福兴带神机营兵往剿,或令伯王带察哈尔兵往剿,未知孰是?总之,此患已伏于十数年前,恐一旦猖獗,未易卒除肘腋之病,殊为可忧也。十二月廿一日又书(上钤"谨慎"朱文长方印)。

【按】 笺纸前"谨慎"朱文长方骑缝印。函中十二月二十日所写云"昨日立春",知立春日为十二月十九日,此即同治四年;十二月二十九日,翁同龢收得翁同爵此信之前一通,"寄杨彝珍所撰先公神道碑"①,如函中所云"杨性农所撰先公神道碑文,吾已于前次信内将稿寄京";因知此函写于同治四年。

据此函知,同治四年十二月中旬,湖北成大吉之勇叛乱。

---

① 《翁同龢日记》第一卷,第466页。

34. 同治五年正月初六日(1866-2-20)

叔平吾弟足下：

正月一日晚饭时，折弁盛占鳌回，接到十二月初七日所发家书，惊悉三兄于十月二十七日巳时在花马池军营积劳病殁。发函伸纸，悲痛欲绝。窃念三兄身体素壮，乃膺末疾无良医药，竟至不起。呜呼！痛哉！身后蒙恩复官赐恤，不白之冤可昭雪矣。九原有知，亦堪告慰。灵柩未识于何时可以抵京？侄辈西迎，未识于何处可以接着？到京后停灵在天凝寺，甚妥。开吊定于何日？侄辈身体若何？均极驰念。

三兄学养兼到，故临殁而神明湛然。其遗书以敦孝友、读经史为子弟勖。此吾兄弟子侄辈所当终身诵之者也。兄闻信后次日即请假十日，于初三日设位成服(在东厢房)。僚属来唁，仍易青褂，冠缀缨纬，以应酬之。有以祭奠日期来问者。答以上有老亲，不敢举动，概辞却之也。讣帖拟俟京师寄来再散。然拟仅送亲友及有年世交者，属吏不概发也。志铭请何子贞撰文，甚好。子贞前日闻信即亲来哭拜。其情意可感，求其作文，必有可观。此复即颂近安不备。兄同爵顿首启。正月初六日。

母亲上年冬月虽偶尔感冒，然既身热且发吐红旧症，须加意调理。三兄事未知于何日告知，母亲既知后，未知如何悲痛，左右必须有人随时劝解。可令筹儿妇及秀姑娘常在旁侍奉，庶免老人闷坐伤怀。同乡赵价人之女爽直不客气，亦可时常接来闲话，以破岑寂。吾弟拟于今夏赁屋十刹海娱亲固妙，但彼处趋直稍远，且老人进城独住更寂寞。而家中上房无人照料，亦不相宜，不如吾弟赁居东花门外，或请老人偶过之为愈也。

吾弟蒙恩在弘德殿行走，此固儒生非分之荣，且日侍圣学，可成先人未竟之志。吾弟宜尽心竭力，以图报称。待人须谦恭，处事须和平，礼节须谨慎，言语须缄默。盖其地贵近日，与枢廷及御前诸贵人相周旋，凡一举一动不可忽略。侍从宦官，亦宜待以礼貌。至年节所费，更不可少。吾弟素性近于亢厉，须时时自持之，切勿太过为嘱。

京寓用度，兄前信已曾提及，今年当极力筹寄，况现在吾弟入直内廷，一切车马衣服不能从简，每年所费又须略增，兄自当随时接济。吾弟勿以此为念。仲侄倘回南，寓中家事可令筹儿经管。盖此儿平日尚知稼穑艰难，不致多用也。吾弟平素衣服本不讲究，虽是俭德，然既当此差，则不能不添制数件。凡棉夹、单纱、袍褂，皆须齐全。单纱者必须要新旧两副。（旧者备阴雨天穿。）蟒袍、青褂等单纱者，亦不可无。袍子大小长短要称身。在御前讲书，袍须略短，起跪方便。一切应添应改者，可随时添改，切勿惜费将就。家人倘不敷用，必须再添，万不宜过于省俭也。至嘱，至嘱。

【按】 此函写于同治五年正月初六日。同治四年十月二十七日巳正，翁同书“在花马池公寓疾终”[1]。是年十月十一日，“慈亲小恙”；十月二十四日，又感寒咳嗽头疼。之后断断续续，反复感冒。十一月十一日，又感冒发热；是日，翁同龢“蒙恩命在弘德殿行走”；十一月十四日，“慈亲今日渐愈，而傍晚咳甚，忽咯血十馀口，色鲜而凝”；次日咯血方止[2]。此后，翁同爵母亲身体方逐渐好转。之前，同治三年正月十八日，慈亲因“小恙”而致“吐红旧疾又发”[3]；三月、八月间

① 《翁同龢日记》第一卷，第 460 页。
② 《翁同龢日记》第一卷，第 455—459 页。
③ 《翁同龢日记》第一卷，第 340 页。

吐红旧疾亦有发作，故而函中翁同爵云慈亲“发吐红旧症”。

秀姑娘，或云秀姑、秀姨，翁同龢侍妾。咸丰七年秋，翁曾荣回乡，时值翁同龢夫人汤氏病重，嘱咐翁曾荣为翁同龢置一妾。惜人未到而汤氏病逝。咸丰十年四月二十二日，翁同龢纳妾陆氏，太仓人，久居常熟[①]。

35. 同治五年二月初八日（1866－3－24）

二月初三日，此间方接到部文，知臬司缺放李廷樟。是日祭文昌庙，中丞遍问诸人，竟无知者。迨后至院，上祝中丞太夫人寿。官场中有新自山西来者，云是现任平阳府知府，查缙绅良确，方知是戊戌进士，广西陆川人，为中丞年伯方伯同年，而中丞方伯始皆不知其人也。后有人云，是祁相国所保，亦未知确否？即于初三日酉刻奉中丞札，委吾署臬司篆务，而吾本缺委刘子凝达善署理。今晨已上院谢委，定于初九日午时接印。至移署日期则尚未定见，缘臬署现尚兆宝岩住内，须俟其腾出再定。而吾虽署事人员，然臬司公事时时要查旧时案卷，且吾本缺又委人署理，故无论久暂，必须一移也。

若臬司之缺分清苦，则夫人而知之，故中丞初意本欲令吾兼署。第以本省候补道，人数太多，皆眈眈虎视。今吾若兼署，则怨口沸腾，必滋谤讟，故不得不委曲周旋耳。至吾则本不以缺分之肥瘠琐屑计较，且上年既委署斯缺，今若另委他人，似奏报不便措词，朝廷见之，恐吾有不能胜任之意，而此间人士亦疑吾失中丞欢者，故不敢力辞也。若虑入不敷出，则吾持以节俭，自不至赔累。凡事自有一定，不必得

① 《翁同龢日记》第一卷，第83页。

陇望蜀也。臬署老夫子及审案人员，皆仍其旧。吾以署事人员不便更张，稿案门上仍派樊升。签押复添一新者，名殷荣，系侯寄舫旧仆；其一仍盛元，人皆谨慎。高升仍管各局公事而已，其馀跟班等亦稍有更换。吾此次署事，大约又须四五个月。盖新任李君，山西交代不致担搁。到京陛见，已在三月中；即使于四月初出京到任，亦在五六月间。若稍有担搁，则须七月中方能交卸，而四月内又须赶办秋审，恰值忙时。

至京控案件，现亦八九起，内中虽无甚棘手者，然有永明闹粮两案，轻重颇难处置。吾上年曾署臬司缺半年，于刑名事虽略有端倪，然例案既不熟悉，听断又不擅长，深恐陨越，惟有极尽心力，不敢稍涉粗率，庶几无员委任耳。接臬篆后，公事较多，恐家书不能详细也。二月初四日二鼓书。

兆宝岩升黔省方伯之廷寄，此间于正月十三日接到，而湖南臬司缺，简放何人，至今杳然，殊不可解。想是阁抄到部，正在除夕元旦，故吏部行文稍迟耳。然相距半月之久，尚无消息，为从来所未有也。宝翁此间中丞为之奏请，先办黔东军务，其兵饷皆湘省筹画接济，如此似于黔、湘两省均有裨益，盖黔中军事若非湘省筹兵筹饷，万万不能自图，而湘省防边之饷，每年虚糜七八十万金，毫无实效。

近年来两省边界之民，被杀被掳者难以计数，若不及此图维，则湘省辰沅，内地州县恐亦将受其害，故中丞此举，非仅为黔省计，实为湘省计也。湘省以剿为防，则边鄙不至扰害，而黔事方有起色，向日之所以无从着手者，以湘省即能克复地方，而黔省不能委员办理善后，于是旋得旋失，故终鲜成效耳。

今兆宝岩系彼省方伯，若兵力可以克复一处，即可委员署理一处，似可得尺则尺，得寸则寸，不至如从前之兵退后，仍陷于贼矣。所虑者，宝岩于兵事甚熟悉，而于抚恤难民、整饬吏治之道，恐尚不能尽善，然较之张石翁、裕时卿辈已高一筹也。张石翁在黔兵事亦以不办为办，且置委二人终日昏昏睡梦，迥非前十年之可比矣。

湖北成大吉之勇变，于黄孝勾捻南趋。于是汉口震动，武昌戒严，今年新正官节相奏报出师，唐方伯督兵援黄，其实皆不过虚张声势，驻扎汉口以上一二十里耳。近日闻彭侍郎之水师及江南李宫保之洋枪队六千人已到，而曾节相所遣援鄂之刘军门传铭、李六先生(即此间中丞之弟)带兵万馀，取道罗田麻城进援黄州，亦将次抵鄂，故捻匪有饱掠北归之信，惟此次捻踪飘忽，往往夜入乡村，故难民极多。汉口上下及蕲黄沿江一带，有数十万众。上年腊月虽经官节相搭棚施粥，然冻饿而死者，每日尚不知凡几。此辈人数太多，倘安插不能尽善，则恐易流为贼。若能早归乡里，不废春耕，则尚不致为患也。正月廿八日二鼓书。

曾沅圃中丞湿疮已渐愈，闻于二月杪可以启程进京。此君血性男子，办事果敢，惟处事皆粗枝大叶，不能细针密缕。若为地方大吏，有好藩臬辅佐之便好，否则，恐有不依绳墨之病。盖其起身军旅，于朝廷法度，未能尽明也。然其识见远大，不肯为琐屑之计，实堪嘉尚。如上年借运皖盐，结算馀利，有四五万金。于是黄兰坡辈，皆思染指于中。作函往询，而沅翁答书甚明，言此吾以公济公之举，今既有馀利，涓滴皆应归公，吾分毫无所取。即此一事，可见非贪得者流，实有矫矫不群之概也。

蒋子纯学凝观察，上年带勇入甘，行至襄樊，而其勇八营尽皆哗溃。于是告假回籍，徘徊数月。今杨厚庵制军复令其招勇二千人往甘，顷已招足抵省。吾观此人，议论风采，皆不足取，从前战功，似皆因人成事，非实有作用者。杨制军倚之为重，恐其终必偾事也。

湘省防黔之师，上年均归周金台洪印镇军统带。金台年力精壮，从前打仗极勇往，惟自任统领后，即骄纵畏葸，且其部下诸将，皆平素等夷，一旦驾乎其上，往往调度不灵。上年秋冬间，苗教各匪，时时窥沅晃边境，边民被害不堪，而周镇安居沅州府城，每日观剧饮酒，未尝亲往督阵。故外间人言籍籍，而中丞不信也。

今兆宝翁往，或者能旌旗变色耳。然宝翁亦爱听戏，且周镇是其门生，为平素极信任之人，若效其所为，恐于黔事亦无补。盖黔省事大吏，因无兵无饷，久已置外府于不问。边鄙之民，陷于水深火热之中者，望官兵之至，若大旱之望云霓。若宝翁此行，能除莠安良，剿抚并用，克复一城后，即为之委一贤员，抚恤难民，宽其赋役，则黔事不难计日而定。闻黔省之所以如此者，大抵因候补人员，（因被兵省分，他人皆裹足不往，其在省者皆有因依之人，且捐输便宜，故此等人皆捐州县。）非商贾弟侄，即奴隶子孙，委署一缺，即鞭扑其民，倍加征敛，以致激团为贼耳。倘反其道以行之，则尚易为治，特恐为大吏者，不以抚循为事也。

湖南前数年，江路不通，淮盐片引不行。于是民间有淡食之虞，借行川粤邻盐，官民俱受其利。前年金陵克复后，曾涤翁规复淮盐引地，奏请设局督销，且请官为运行，以为之倡，而淮盐方渐渐至矣。然官则向以川盐、粤盐为厘金大宗，每月可收税银数万金。一旦更食淮盐，则厘金不无减色。民则食川盐既久，喜其咸而且白，复食淮盐便觉色恶味淡。故初行之时，甚觉迟滞。至上年吾到任后，极力整顿。凡川、粤盐之入湘者，虽不照邻私之禁遏。然各卡务必遵照盐院奏定章程，加抽税银，不准丝毫短少。其行销口岸与淮盐按轮开秤，不准搀越。于是秋冬间邻盐，因税课难免商本渐重，来者稍少，而淮盐渐能畅行。

去冬复请盐院及本省抚院，不准邻盐跌价抢售，须与淮盐定价一例销卖。而淮盐每百斤定价四两改为三两五钱，似此以官敌私，庶可行销畅旺。总计上年督销局之馀利有七八十万金，本省厘金局之厘税有二十馀万，共在百万以上，较之从前厘金局仅收每年三十馀万时，实增至七十馀万金，似属大有成效。上年开支，金陵、皖南、江西撤勇欠饷，全赖有此耳。惟局中开销薪水等项，不无有过多之处，不得不以身作则。上年蜡月中，复详请抚宪力为裁减。如吾虽总理局务之员，然既有本任廉俸所入，局中薪水本领一百五十两，未免太优，请减半支领，其馀皆裁减有差，更可每年省数千金，于局事似为有益也。

局中绅士总理者二人，一为易云荄润坛，一为彭次卿椿年，皆由军营保举道员。人俱精细结实，无此间大绅士自作自为习气，遇事必与吾及星农商酌而行，故一切皆可详议办理，不致草率也。黄兰坡局中事久不与闻，此老自前年星使一出，敛迹已多，非比前此之妄出主见。且新中丞阳为笼络，阴实疾其为人，故伊不敢有所作为。总之，此辈苟非地方大吏，听其指使，伊亦不能为害，前此皆恽中丞有以放纵之耳。

成大吉之勇，名为招回六营，其实大半已入捻众，故回湘省者甚寥寥，在沿途行走尚不致滋事，惟此辈回籍愈聚愈多，其桀傲不驯之气甚难化导，且无论何营皆有哥老会名目。一入其中，便可成群结党，肆扰闾阎，故湖南之患，将来总在此辈。第此时尚未发动耳。即如吃斋等事，在他省不过修行惜福，决无志存叛逆者，此地则居然因之授徒传教，竟至谋叛。盖此地人心浮动，不如各省之驯良，故易于为乱耳。上年耒阳地方不过有斋匪数百人，竟欲戕官攻城，幸于是日先期搜捕，已分聚数百人、数十人不等。倘地方官毫无知觉，则是夜三鼓即欲会合攻城。及至被获到案，则已有伪职丞相、将军等名号，认供不讳，实非寻常意计可及也。

湖南湘乡之盛甲于一省文武官阶，保至一、二品者，不知凡几，舆台走卒皆为参游等官。近日沅圃中丞在家，此等人或感其恩，或畏其威，故安辑，不至为地方之害。他日倘沅圃一出，则必妄作妄为，有嚣凌难制之势。现在湘乡令张培仁，能吏亦滑吏也。惟稍嫌其太软，未知能相安于无事否？然合境皆曾经当勇之人，催科听讼甚难为力，幸有涤翁之弟，行四，澄侯观察名国潢在籍。此人尚明大义，达事体，苟有要事，或能排解，然远不如沅翁之人皆畏惧也。

现在粤东肃清，湘省东防无事，赵玉班焕联所带之和字营，陈俊臣士杰所带之广武军，中丞皆拟裁撤其十之六七，约计每月可节省饷四五万。若能全撤，则每月可省至八九万。俊臣之勇闻外间人议论尚好，惟未经战阵者亦多，至玉班之勇，则哥老会中人居多，坐糜饷糈将及十年。一旦有事，其扰害更甚于贼。故百姓恨之刺骨，即如上年霆勇叛乱，中丞檄调和字营往剿，玉班固未亲行，所遣裨将日报胜仗，而其实并未与贼见一面。安仁、攸县之百姓，叛勇过后，尚未至劫掠一空。至和字营一到，则不留一物，甚至水缸、便桶等之不值一钱者，皆连樯载运入省，故此间无论官民，皆知其无用而骚扰，而中丞却待伊尚好，现尚欲留其数营防守省垣也。

吾于正月十七日销假，十九日开印，不能不吉服将事。至其馀同僚请寿酒者概辞却之，廿四日中丞处请司道同饭，言明因吾不听戏，故不用音樽，于是不能不去。廿八日署粮道王初田太夫人生日，有戏，吾往拜寿，即行，未曾入座吃面也。所有长、宝两属属员，晋省拜年者，向例本道均请一饭，吾以现不宴会，仅送席而已。

此间自上年十月底起，或雪或雨，从未连晴三日。今年除元旦及十九日两日天晴外，馀尽阴雨。前日自廿七日起至昨日，天晴三日，而气候骤暖，穿棉衣尚汗出，今日又复阴雨稍凉矣。天时不正，极难调摄也。

湘省草兰极多，而不甚香，蜡梅、水仙虽有，然甚难得。至唐花、碧桃、牡丹，则向来无之。梅花来自湖北，山茶则茶陵、攸县皆有，而花局则皆无。上年冬底，有友人所遗梅花四小盆、山茶八盆尚好，梅花已大放，山茶红者已开，白者尚含苞也。吾又买大山茶一株，高几寻丈，花朵极多。近日已渐开，极烂熳可观。

此间粮道缺，中丞奏请以现在署事之王葆生补授，交部议。而候补道彭锡之极力谋此缺，上年寄千金与吏部科房。今闻王初翁已驳，彭锡之则万万不能得，缘粮道出缺时，彭锡之尚在长沙府知府任内；至八月中，锡之方以道员候补。出缺在前，升用在后，不合例。锡之实年已过七十，而热中弥甚。此次以千金打点之说，即吏部书办通信与王初田故人，方知之。否则决无人晓得。闻中丞尚欲顶奏也。

湖北捻匪闻已退归河南，官中堂已回省，未知确否？李玉阶今年新正来此，近日官中堂已奏留湖北差委，上年此君过鄂时，闻讣尚未及百日，乃竟带发易青袍褂往见制军三次，且赴唐荫云之席。此间人籍籍言之，后见湖北督辕抄，良是，然则亦全无心肝者矣。此君都下同乡相好极多，切勿他人言之为嘱。鄂省官节相，闻为彼中一候补道张姓者揭告，为郑中丞所参，未知确否？须秘之。正月晦日。

吾通盘筹画，将来到臬司任后，则此间有亏累而无盈馀，势难筹款寄京，不如及早图维为妙。故现在复措汇五百金，将汇票交此次折差张执中带去，为京寓上半年添补日用。至以后，俟有馀款，当再续寄京也。赵价人处借项只好等下半年再还。鉴古欠账亦然。吾到此后，从不敢稍自阔绰。上年寄京酬应之项，直至年底方陆续还清。现在未还者，惟星农处二百五十金，及交往之钱铺数百金而已，总计不及千金也。此次署臬司缺，中丞亦明知其清苦，第以吾上年曾署斯缺，今忽易人，则无是理，且外道杨海琴瀚、陈吉农彖沛、何芗田王棻，中丞皆不甚许可，不愿令其署臬司事。若以吾兼署，则此地有候补道十馀人，未免觖望，故与吾再三斟酌，盐道缺不能不委人署理。而吾亦思此次若不委署，则似上年署缺时，有何不能胜任之处，奏折到京，即枢廷亦有所不解。至此间属吏、士民必更有一番揣测议论，故不如仍署为妙。况吾现为监司大员，岂可以缺分之肥瘠斤斤计较耶！第臬司公事数倍于盐道，属吏来见者亦较多于本任，以后天气渐热，衣冠之时多，稍辛苦耳。然天下事一饮一啄，莫非前定？即劳逸亦命中注定，不能勉强。吾惟有任天而动而已，不敢趋避也。

新任臬司李榕峰，由平阳府特简。外间传言云是祁相国所保，吏治为山西第一。若然，则湘省官民之福，即如此时石方伯办事虽稍固执，然吾以为此人毕竟君子，可师可法，迥非文式岩辈可比。盖他人才或过之，然襄翁之操守廉洁，居心公正，断非他人所能及也。倘廉访复得一循良之吏，则风气必为之一变，可以挽回颓俗耳。

此间官场之坏，皆由翟锡三、毛寄云、裕时卿三人，于是属员中拜门者有之，纳贿者有之。欲求其察吏之公，难矣。近日此风邑已断绝，而州县中出一缺，局卡上有，有一差必有数人为一属吏说项，而方伯往往拒绝弗纳，遂群相诽谤之。吾到此后，从未向方伯为属吏谋一缺，故方伯亦敬重。吾有时反询及刍荛，吾亦答以公是公非，决不有私意存乎其间也。二月初七日。

禧吉甫现定先赴江苏，禀到后再求差使来湘，则吾家不可托伊携带紧要信件，如不甚紧要者，亦可交其带来。至新任臬司李君来时，似可交伊略带物件。第恐其未至新任，即升他省耳。至折差，则近日接豫抚文书云，各处折差、火牌往往携带箱笼，多索夫马，近已奏明，令地方官不准多给行文，各省饬令不许多带物件等语，然则将来折差亦只能带轻巧信件矣。至吾家则从来未尝托带笨重物件，吾不过随笔书之，非谓折差一物不可带也。

吾此间折匣、黄折、白宣折、黄白封套、夹板、油纸等，上年所寄者，现在均足应用，惟黄面红裹折及封套，则每次万寿须用四份，故现在仅有两份，必须添买备用。此次折差出京，可往松竹斋取黄面红裹折十个，黄面红裹封套十个，黄绫包袱二个，交其带来，外面须重叠包裹，或用一折匣装之，以免磨损沾潮，切勿忘记。盖此次折差张执中，吾因交伊二折附递，已给伊三十六金也。

祥儿今日已大愈，吾明日接印，必终日忙碌，且又须起早祭文昌庙，故今夜先将信件等预备，明日但包谢恩折等便不匆促矣。然此次有万寿贺折，亦须稍费功夫也。

俞鹤皋虽荐刘子迎处，然吾尚欲与之商议公事，故仍嘱其每日到臬署一行，至修金可以随便致送，伊亦不以此事计较也。鹤皋笔墨比子京更妥，即书信稿有稍难者，吾亦嘱其起草也。家乡昨有信来，知祥儿媳于正月初二日子刻添一孙女，生产甚快，产母甚健，可喜之至。前日天气甚暖，近日北风又甚凉，此地气候与北方及吾乡迥不相同，颇难调摄也。二月初八日玉甫手书（上钤“谨慎”朱文长方印）。

【按】 此八纸钤有“谨慎”朱文长方骑缝印，当是同时寄出。翁同爵先后两次署理湖南按察使。其一，同治四年，翁同爵署湖南按察使，于二月十七日接印视事；同治五年二月，翁同爵“复署按察使事，初九日，接印移居臬署”①。此函中“此次署臬司缺，中丞亦明知其清苦，第以吾上年曾署斯缺，今忽易人，则无是理……而吾亦思此次若不委署，则似上年署缺时，有何不能胜任之处，奏折到京，即枢廷亦有所不解，至此间属吏士民必更有一番揣测议论，故不如仍署为妙”，知此次是翁同爵第二次署理臬司，即同治五年。

函中云“祥儿今日已大愈……家乡昨有信来，知祥儿媳于正月初二日子刻添一孙女……”，此语气当是写给翁同龢之家书。是年三月初七日，翁同龢“得五兄二月初九日信，又署臬司事，本任刘达善署”②，疑即此数纸。

又此数纸所署日期各异，如“正月二十八日”、“二月初四日”、“正月晦日”、“二月初七日”、“二月初八日”，因知此数纸乃同治五年正月下旬至二月初日常闲暇时所写，与下文同治五年二月初九日函一同寄京。

兆宝岩，即兆琛。方伯，即明清时布政使。涤翁，即曾国藩。

李廷樟（1801—1878），号榕峰，清代广西陆川横山乡稔坡村人。清道光七年（1827）丁亥科秀才，道光十七年（1837）丁酉科举人，道光十八年戊戌科进士出身。历任广东禺城、掖县知县，罗定、山西心州知州，升平阳知府，湖南按察使、布政使等。

据此函可得，同治五年二月初七日，翁同爵已知新任湖南按察使（臬司）即李廷樟。

---

① 《翁同龢年谱·翁玉甫先生年谱》，第182页。

② 《翁同龢日记》第二卷，第481页。

36. 同治五年二月初九日(1866－3－25)

叔平吾弟足下：

正月十九日接到上年腊月十八日家书，敬悉母亲近体已渐复元，深以为慰。惟知伯兄凶耗，悲痛之怀非他人所能解释，尚须随时劝慰，幸勿过伤为祷。吾弟日侍圣学，诸宜谨慎，惟寅入申出，未免劳顿。若仍由南横寓进内，则往返皆须多走四刻，更觉辛苦。故城内小寓不能不觅，否则盛暑祁寒，殊形不便。兄前书已详及，幸采纳之，勿惜费也。此间臬司缺，中丞又委兄署理，定于明日午时接印。新任李君到省，需时大约于六、七月间方能交卸。缺分肥瘠，兄所不计，惟臬司为刑名总汇，兄于例案不能熟悉，深虞陨越耳。

此间近事如恒，东防以粤中发贼汪海洋一股已了，兵勇已逐渐裁撤。西边则苗教各匪又复大股出扰，已入晃州境界。周金台防边之师已为贼所轻侮，恐不能得力。至兆宝岩大举入黔，则不识何日方能成行也。兄近来身体甚好，祥儿到此更免寂寞。臬署闻京控案尚不多，刑席友人皆仍其旧。移署须稍迟数日。到署任后，公事较多。天气渐热，即作家书，恐未能详述一切矣。此布即颂近安不备。兄同爵顿首启(上钤“玉甫手缄”朱长方印)。二月初八日未刻。

昨日李次青来面恳，言伊平江县新建魁星阁，合邑绅士公议，求吾弟书一匾额，以为光宠。匾字只“魁星阁”三字。(伊言“星”本是“奎”字，而现在俗写皆写“魁”字，酌之可也。)其大小以一尺五寸为度，(黄纸等令筹儿预备。)略小亦可。然总须见方一尺二寸以上。上款书年月，下款书常熟翁○○书。次青意甚诚挚，势不能却。吾弟务必为之书就寄来。倘自己无暇，或倩他人代书之亦可，(三月间有折差带回方妙，至嘱，至嘱。)必须应其求也。次青奉命带兵往黔办军务。此君文笔优长，武事非其所擅，而不敢不往，颇踌躇。大约于三月杪方能启行也。专此再布，顺颂近安。（此次祥儿感冒初愈，不及作禀，且今日极忙，伊照料一切，并无暇也。）兄同爵又启。二月初九日辰刻。

【按】 此札前两纸间钤“谨慎”朱文长方骑缝印，写于同治五年二月，翁同爵第二次署任湖南臬司。同治四年十月二十七日巳正，翁同龢三兄翁同书在花马池公寓病故[①]。二十多天之后，即十一月二十日，翁同龢得知其三兄病故凶信；十二月十四日，翁同龢以翁同书“病急婉转达母亲，惊怖已不堪矣”；而此时已是断七；直至十二月十七日，翁同龢才把翁同书病故噩耗告知母亲[②]。新任李君，即湖南按察使（臬司）李廷樟。

是年三月二十七日，翁曾翰写第五号家书，交折差谢玉林带给其父翁同爵，并“奎星阁”匾额等。四月二十二日，翁曾翰致翁同爵家书云“前月廿七日，谢玉林回，带去第五号信，并京报及奎星阁匾字、缙绅等件”[③]。

37. 同治五年二月二十六日(1866－4－11)

叔平吾弟足下：

月之初九日曾草一函，并外会票五百两，交赍万寿折折差张执中携去，未识何日可到？十一日折弁李锡奎回，接到新正初三日所发家书，敬悉母亲大人起居万福，深慰悬念。

① 《翁同龢日记》第一卷，第460页。

② 《翁同龢日记》第一卷，第460—464页。

③ 参见国家图书馆藏《常熟翁氏家书》同治五年四月二十二日翁曾翰致翁同爵家书。

惟书中云：老人知伯兄凶耗后，悲痛累日，夜不成寐。幸吾弟移榻房中，时时劝解，方稍释悲思。闻之又甚驰系。伯兄灵柩，五侄于腊月十七日在祁县罗村接着，迎护东行，未知于何日抵都？何日开吊？均极系怀。仲侄病尚常发，兄以为总宜服平补之剂，培养其本原。固不可进偏凉、偏热之药，致有流弊，亦不宜听其自然频频发作，令正气日亏。至嘱，至嘱。

兄到臬司署任后，公私皆平顺，身体亦强健，客来见者虽稍多，然尚不觉劳顿。秋审新事只五十二起，与上年不加多，当详细勘核。移署尚未定日期。兆方伯大约于出月初成行。其家眷于明日移居公馆也。粤东汪逆歼除，发贼尽降，湘省东防已撤，兵饷稍节。然现筹援黔，除西防之师月饷不计外，兆宝岩、李次青两军有万二千人，每月增饷至五六万金，筹划颇不易易也。

连日甚盼北音，久不见到，颇深悬望。此布即请侍安不备。兄同爵顿首启（上钤“谨慎”朱文长方印）。二月廿六日。（今日忌辰，客来者少，故先书数行，折差大约于明后日方成行也。）

【按】 此札笺纸间钤“谨慎”朱文长方骑缝印，写于同治五年二月二十六日。同治四年十二月十七日，翁同龢“以三兄凶耗泣陈母亲，一恸不可止。夜移榻伴母宿，彻夜呻吟，未尝合眼”；十二月二十四日，“得松侄十二月十七日徐沟信，于是日在祁县罗村途次获见灵舆”[①]。同治五年正月初三日，翁同龢“发湖南信”[②]，即函中所云“新正初三日所发家书”。是年二月初九日，翁同爵接湖南臬司印，“移居

① 《翁同龢日记》第一卷，第464—465页。

② 《翁同龢日记》第二卷，第468页。

臬署，通饬各属力行保甲”①。

38. 同治五年三月二十六日(1866-5-10)

叔平吾弟足下：

上巳日折弁回，接到正月廿九日京寓家书，知母亲大人慈躬康健，吾弟侍祉增绥，深为欣慰。惟日来将及匝月，尚未续接北音，殊增驰系。吾弟现当内廷差使，须寅入申出，城内必须觅一栖止之所，方可少节劳顿。否则，每日皆由城外起身，往返多走三刻，未免太劳。若遇暑雨祁寒②，更添辛苦。切不可惜此小费，因循不办为嘱。兄署臬篆后，公私皆平顺，于月之初十日移居臬署。现在赶办秋审。已粗有头绪矣。前接来书知伯兄灵柩，于正月八日迎护抵京，定于二月初六日开吊。

兄以远宦湘中，竟不获凭棺一恸，实深悲痛。仲渊、子馨二侄近体若何，须嘱其善保身体，勿过悲哀为要。京寓用度未知如何支持？兄处前寄五百金不识可暂时接济否？家乡上月曾有书来，合家均平善。此间天气寒暖不时。日前穿单袍褂尚嫌热。近日北风大作，方稍凉。兄近体甚好，惟饮食自新正减退后，至今尚未复原耳。此布即颂近祺。兄同爵顿首启。三月廿六日。

【按】 此札笺纸间钤有“谨慎”朱文长方骑缝印，写于同治五年

---

① 《翁同龢年谱·翁玉甫先生年谱》，第182页。

② 暑雨祁寒，夏大雨，冬大寒。语出《尚书·周书·君牙》云：“夏暑雨，小民惟曰怨咨；冬祁寒，小民亦惟曰怨咨，厥惟艰哉！”蔡沈《集传》云：“祁，大也。暑雨祁寒，小民怨咨，自伤其生之艰难也。”后人遂以之为怨嗟生计艰难之典。

三月二十六日。同治五年正月初七日，翁同龢与翁曾源同行，“迎归旐于新店”；次日，“巳正二刻至天宁寺”；二月初六日，“于天宁寺开吊领帖”；是年正月，翁同龢授读同治帝，讲《帝鉴图说》[①]；正月二十九日，翁同龢“发长沙信”[②]，即函中翁同爵所得“正月廿九日京寓家书”。仲渊、子馨，即翁曾源、翁曾桂兄弟。

《帝鉴图说》六卷，明张居正撰。国家图书馆藏有清嘉庆二十四年(1819)张亦缙等纯忠堂刻本，九行二十二字，白口，四周双边。其目次与明刻不分卷本同。此本为翁同龢批校本。书中缺页，翁同龢据明刻不分卷本抄配九页。对于书中所列历史上的重要人物，翁同龢加以朱墨笔圈点、批注、句读。书中圈点、批注琳琅满目，疑为翁同龢奉命授读同治、光绪时所作。

国家图书馆另藏有两种刻本。其一，不分卷本，明万历三年(1575)郭庭梧刻本，九行十九字，白口，四周双边。现存三十九则。其二，六卷本，明万历三十二年(1604)金濂刻本，九行二十一字，白口，四周单边。

39. 同治五年四月二十三日(1866－6－5)

叔平吾弟足下：

四十日未接京信，几于望眼欲穿。前日折差张执中、马之中方陆续回，接到三月初八日、十四日所发家书，(廿五日谢玉林回，复接三月廿七日信，知老人以次平善，欣慰之至。)敬悉母亲大人慈躬康泰，合宅平安，并谂吾弟于二月中升授侍讲，曷胜欣喜。昕宵儤直，尚宜稍自节力保养身体为嘱。城内寓居必须寻觅。否则，暑雨祁寒，太觉劳顿，幸勿

① 《翁同龢年谱》，第41页。《翁同龢日记》第二卷，第469—475页。
② 《翁同龢日记》第二卷，第469—475页。

惜费也。代阅圣训尤宜谨慎,御前及枢廷诸君见时须将以㧑谦,切勿轻率,至嘱,至嘱。

寻常应酬只可谢却,惟师门及诸至交处自当亲往。至红百分及知单又不可不到,万不能省也。寓中用度,兄当随时接济,幸勿为虑。兄近来身体甚好,公事亦平顺,惟饮食自正月初减退后,总未能复元。日来稍吃面食,略觉增添。然远不如上年之善饭矣。秋审册籍已办竣,尚未会勘过堂,到部时可托宋惠人照应为嘱。京控案近日审结三起,馀亦渐有端倪。兄于刑名事,素未学习,且无听断之才,为刑官自问于心终不能无愧。惟有竭尽心力,就吾见识所能到,逐细推求,不敢稍涉忽略,以期无枉无纵而已。新任李榕峰未识何时可以到任。此君为山右循吏,其设施必可观也。此布即颂侍祺,馀俟续布不备。兄同爵顿首启(上钤"玉甫手缄"朱文长方印)。四月廿三日。

【按】 此札笺纸间钤有"谨慎"朱文长方骑缝印,写于同治五年四月二十三日。同治五年二月十六日,翁同龢"蒙恩授侍讲"。三月初六日,翁同龢"得五兄长沙书";次日,又"得五兄二月初九日信,又署臬司事,本任刘达善署";三月初八日,"作寄五兄信";三月十四日,翁同龢又"作长沙信"[①],此两札当即函中翁同爵所收"三月初八日、十四日所发家书"。

40. 同治五年五月十五日(1866-6-27)

叔平吾弟足下:

四月中连接三月内京寓所发家书,敬悉慈亲大人近履

① 《翁同龢日记》第二卷,第476—482页。

安康，吾弟侍奉万福，曷胜欣慰。天时炎热，退直后宜稍节应酬，以保养身体。城内寓居必须暂觅。否则，酷暑大雨往返仆仆，太觉劳顿也。兄顽体如常，公私平顺，秋审册籍早经办竣。京控案亦陆续审结四五起，并无棘手之件。至于上司、同寅均极相得，祈勿远注。家乡近日有书来，合家安吉，荣儿有秋间来湘之说，未知确否。此子阅历太浅，而宦兴甚浓。兄意不欲其遽登仕版也。筹儿来书以幼孙痘殇颇抑郁。吾弟可嘱其达观保身，勿效儿女子见也。

京寓用度兄时刻在念，今寄去八百金，除却分致外，可留四百金接济日用。至秋冬间再陆续筹寄也。湘省近日无事，援黔之军尚在沅州、铜仁之间，未能即进。而粤西入黔饷道，近因荔波失守，又复梗阻。贵阳省垣势甚岌岌也。捻氛先趋郓巨，继入邳宿。近闻由泗灵复回豫境矣。兰垣兵变，闻只与楚人为难，不识当轴者何以处之也。草此布达即颂近祺不备。兄同爵顿首启（上钤“玉甫”朱文方印）。五月十五日。

【按】 此札笺纸间钤“谨慎”朱文长方骑缝印，写于同治五年五月十五日。同治三年四月十九日，翁曾翰第三子翁琦孙出生，小名鼎官[①]。同治五年正月，翁琦孙因“痘后变症，朗甫之药无效”，于正月三十日“申正二刻遂化去”，葬于十里庄苏太义园，碣曰“常熟翁氏殇子琦孙”[②]，即翁同爵函中所言“幼孙痘殇”。

同寅，即同僚，典出《书・皋陶谟》云“百僚师师，百工惟时……同寅协恭，和衷哉。”孔传云“使同敬合恭而和善。”此皋陶在帝舜前对禹所说的话。后引用为同僚恭谨事君、共襄政事。

---

① 《翁同龢日记》第一卷，第353—354页。

② 《翁同龢日记》第二卷，第470—474页。

41. 同治五年五月二十七日(1866－7－9)

叔平吾弟足下：

月之廿日接到四月廿二日所发家书，藉知慈亲福体安康，吾弟侍奉绥吉，以欣以慰。翰詹大考奉特旨不与，足征圣眷之优隆。惟坐看鸾鹤飞翔，恐难免怦然心动耳。赁烧酒胡同庙屋三间，得少休息大佳。否则太劳苦也。入直时刻如前。冬令晷短，或襆被城居，间一二日出城。届时祈再酌之为幸。兄近体甚好，公事亦平顺，可勿悬念。惟天气渐热，终日衣冠见客时多，殊觉苦事耳。

湘省近日幸无事，惟勇丁逐渐归来。此辈皆游手好闲之徒。他日必为地方之害。有心人不免有杞人之忧也。西防我军未进，而苗人已倾巢而出，颇有先发制人之意。月饷十馀万筹划颇难。至其成功与否，则尚未敢必也。新廉访尚无到此的信，或能下月交卸臬篆方妙。盖盐道本任事简客稀，较之臬司忙闲各别也。此颂侍安不备。兄同爵顿首启(上钤“玉甫手缄”朱文方印)。五月廿七日未刻。行人匆促，不及详述一切。俟续布闻。

【按】 翁同爵劝翁同龢在城里租一寓所，可在退值后稍事休息，不至于太辛苦。同治五年四月十三日，翁同龢“连日觅屋不得，烧酒胡同庙有屋三间，每月十八吊，价昂未定也”；四月二十日，翁同龢得翁同爵信，是月二十二日，翁同龢写长沙信[①]，即此函中所言“四月廿二日所发家书”。七月二十六日，翁同爵“交卸臬篆回本任”[②]，与函中所云“或能下月交卸臬篆方妙……”为同一件事。因知此函写于同

---

① 《翁同龢日记》第二卷，第 488—489 页。

② 《翁同龢年谱·翁玉甫先生年谱》，第 182 页。

治五年五月二十七日。

同治五年七月初八日，翁同龢“得五兄五月杪家书，折弁来”[①]，疑即此函。

42. 同治五年六月二十七日(1866－8－7)

叔平吾弟足下：

五月廿日接到四月廿二日京信后，月馀未得家书，未审母亲大人近体增胜否？合家安吉否？曷胜驰念。吾弟日侍经帷，寅入申出，未免劳顿。倘城内庙屋尚可栖止，则间一二日出城一次亦可。惟城内必须雇一厨役，不可惜费，切嘱，切嘱。兄近日身体甚健。而今年酷暑异常，每日酬应办公外，几乎百事俱废。

新廉访李榕峰到任尚无消息，未知臬篆于何时方能交卸。若回本任，则公私事皆少，可稍休息。大考全单尚未见，仅阅邸抄，知前列升擢及殿后降调诸君名氏。莱山竟考第一，真所不料。渔庄闻以病不完卷，殊可惜也。湘省近尚无事。惟哥老会中人时时思作乱，极为可虑。现虽拿获为首数人正法，然人数众多，根株未易净尽。他日必为地方之害耳。兆宝岩西征之师闻亦多病，进攻未易得手。然每月援黔军饷总计十二三万，久将不继也。此布即颂侍安不备。兄同爵顿首启(上钤“玉甫手缄”朱文方印)。六月廿七日卯刻。

湘勇之自各处军营归者，不下二三十万人，其保举官职，积有资财，安分居家者，固自不少。而强梁之辈，劫夺相寻、斗狠为事者，亦复不知凡几。故吾上年到此后，即深虑

① 《翁同龢日记》第二卷，第505页。

之。每每接见属吏，以严保甲以清户口，整团练以缉盗贼，为防患未然之计。然人皆视为迂谈，不以为意也。至近日则萌孽渐见。哥老会中人，时欲起事，湘乡、湘潭已擒获数人正法。然讹言繁兴，居民迁徙，恐尚有事端也。盖此会之起，本传自贵州、四川，始名啯噜会，后则各处军营多从之。以凡在会中人，受伤则他人为之调理，阵亡则携其骸骨以归。故十人之中，入会者必有七八，原为患难相恤计也。迨后入会者愈众，则遂有叛逆之志。其会中之大头目，名总老冒，其次则有大爷、二爷之名。其伪凭，均系白洋布，小者约五寸，大者三尺、四尺不等。初入会者给小布，升一级则给三尺之布，上有墨印几十颗，再升一级即给四尺之布，亦系墨印几十颗，而中有红印一颗，约有二寸见方。印文皆极叛逆。有红旗、蓝旗，总旗、行堂、坐堂、总堂、部堂各名目，以部堂为最贵。招人入会，名为放飘，其名虽殊，然老冒放飘等，尚是添弟会中口号，则哥老会、哥弟会，实仍是添弟会耳。

湘乡正法之熊义发，其父曾为提督，义发同其弟竟中，皆是其父义子，亦保举有功名，而竟为会中头目。又有朱学八一名，及身已保至副将，亦复邀人入会，欲于五月十三日祭旗举事。今已先后拿获，熊义发兄弟业经正法。湘潭之头目名王亦祥，现亦擒获解省。长沙之头目名陈文忠，亦保蓝翎守备，已于讯明后正法。尚有张玉发一名，现犹未获也。其馀各省在会之人，以湖北为最多，江西、广东亦不少。现在湘潭揭获伪示，有约于八月中起事之语。此虽虚声恐吓，然亦不可不防。湘潭本为湘省马头地方，五方杂处，人情浮动，稽察难周。近日幸各团自相保卫，灯柝巡查，彻夜不绝，故人心尚安堵。然夜间往往有放火之事，则奸人潜藏，尚未搜除净尽，杞人之忧，正所不免也。

伯兄讣信，因寄到后，捡点讣闻有四十份，而信只有二十份，不敷分送，于是令人缮写，至端节后方始分送。日前见中丞时云，已有唁函寄京，未知寄份否。其馀则石方伯（赞青）寄分廿四金，首府孙春皋（翘泽）五十金，首县徐熙堂（淦）、潘小农（清）各四十金，候补道彭锡之（庆钟）、陶仲虞（寿玉）各寄幛一个，馀均无回信也。（顷又收守蓉仙忠三十金。）

家乡前接到四月中信，知合家上下皆吉，章姓女已买定。然吾独居已二十馀年，殊不以空房兴叹，未知此女识见若何？性情若何？若须诸事教导，则以后反添吾一累事，且俟秋凉或遣人往接，令与少奶奶同来。第吾此时心愿，时刻思调一近京省分，殊不欲久居此土，故一切尚难预定也。

盐局公事，尚无为难之处。惟湘省前因长江路梗，淮盐片引不至，居民皆借食川粤两私，方免淡食。今则节相规复引地，而川粤盐之入湘者，皆但加厘税，不作私贩论。于是民间皆狃于积习，仍食川粤两盐，而淮盐反壅滞不销。以川盐则色味皆胜于淮，而粤盐则价贱于淮也。前年盐院原奏，湘省试行十二万引，而自开局后，截至上年八月止，一年实销盐八万馀引。以私盐充斥，官引不行故也。但湘省则愿淮畅而私滞，而鄂省则愿川旺而淮微。因川盐至鄂，除正项厘金外，有加一之各署办公银两。上自督抚，下至首府县，皆分此项。如上年鄂省川盐厘金有二百四五十万，其办公银两，即有二十四五万，故湘省欲抑之使不来，而鄂省却欲招之使多至，两省情形，迥然不同。于是湘省行一敌私之法，若整轮板价等事，鄂省皆不乐从，必多方为之阻挠，而此间因湘鄂为唇齿之邦，且同一总督所辖，其公牍皆制军所行，又以筹饷为题。于是此间亦不便过于驳办，每详请盐院批示。其实到湘之川盐，皆从鄂省宜昌等处经过，彼处若认真抽厘，使川商不能隐射少报，则川盐自然少至，淮盐自可畅行也。

连日天时酷暑，终日挥汗如雨，除却见属吏及看公事外，其馀百事俱废。夜则热极不能寐，数数起，故稍觉疲惫，幸身体甚好，饮食亦渐次复元。瓜果莲藕之属，惟藕尚好，莲蓬则老而不鲜。西瓜虽较上年所见略好，然十个中有一二尚可吃，馀皆似败絮，且毫无瓜味。吾亦不敢吃，惟于极热时，饮汁半盂而已。至花红、李子等，皆小而涩，无一可口者。吾每日仍饮绿豆汤数碗，间饮花露一二杯，庶于秋间无害也。

吾向来不开窗夜眠，上年已有数夜不能不开。近日则每夜必须开窗，否则热气郁蒸，刻不能耐。署中上房东西向，故不如盐署之凉爽，然他处亦无可坐之地，即日间亦不能移于别屋看公事也。

田禾将次成熟，然衡、永、郴、桂各属已嫌旱，官民皆求雨，尚未得沛甘霖。而澧州、常德一带，又苦水。因四川西水过大，湖水漫溢，故圩田悉被淹没。近来省中米价骤长至千钱，每石四千文，尚非上米。至衡桂等则斗解较省城大半倍，然每石竟至七八千文，则其价又比省城加增矣。此间稻虽早收，然亦须七月初方能登场，故近日农田望雨甚切也。

省中近日无事，惟抚署上房，于本月初三夜，失窃四百金，大约是本衙门厮养辈所为。以藏银箱柜，系是洋锁，贼去而遗下钥匙一个，是照锁门大小新配者，以此知彼非外贼无疑。且银柜上，尚有小衣箱二只，贼皆搬下不动。设是外贼，即衣服亦可偷窃，何竟舍之不顾耶。况其地在中丞夫人内室，即仆从之不走上房者，尚不能知，岂有贼人反取携甚便之理。恐其中必有勾通女仆使女情事。第中丞因墙外树上系一铺盖索，以为贼从外来，督索甚亟。其实铺盖索是广东丝线打成，中空而有穗，不甚结实，不能缘之而登。且贼去时，开门而去，并未由墙。何以索在墙外，不在墙内，似是事后装点情形。惟大府内衙，失物逾贯，而地方官不能即日破案，颇不好看。现拟回明中丞，将首县各记大过一次也。六月廿七日（上钤“谨慎”朱文长方印）。

【按】 廉访，即臬司，主管一省司法。同治五年四月，李榕峰在京，四月二十三日，翁同龢曾“出访湖南臬司李榕峰廷樟，未晤”；四月二十八日，“晤李榕峰廉访于朝房”；四月三十日，翁同龢为李榕峰送行[①]。知此札写于同治五年六月二十七日，翁同爵尚在湖南臬司任上，因新任臬司李榕峰未到任而不能交卸臬篆。

是年八月十四日，翁同龢“得五兄六月廿七日长沙信”[②]，或即此札。

“湘勇之自各处军营归者……将首县各记大过一次也。六月廿七日”三纸钤有“谨慎”朱文长方骑缝印。函中“伯兄讣信”，知此三纸当是致翁同龢函，写于同治五年，故置于此。

大考，即翰詹大考。同治五年四月二十五日举行。王渔庄因病未能完卷。次日公布等第单[③]。孙毓汶（字莱山）列一等第一名。王渔庄，即王澎，曾任广东学差，同治五年十二月卒[④]。

大府，周代为掌管财币的机构。明清时期则为总督、巡抚的别称。

---

① 《翁同龢日记》第二卷，第489—492页。

② 《翁同龢日记》第二卷，第512页。

③ 《翁同龢日记》第二卷，第490页。

④ 《翁同龢日记》第二卷，第535页。

43. 同治五年八月十八日(1866－9－26)

叔平吾弟足下：

月之初四日折差丁启南回，接到七月初九日惠书，敬悉母亲大人慈躬康泰，吾弟侍奉万福，曷深欣忭。兄于前月廿六日回盐道任。公事清闲，客来稀少，较之署臬篆时，其劳逸有天壤之殊。且气候凉爽，更觉安适也。今年中秋无月，遥望京华，游子情怀颇增系恋，京寓想均安吉。天气乍凉，老人衣服寒暖、饮食多寡，吾弟须令家中人加意调护为嘱。城寓虽不能在彼住宿，然究宜留之为是。否则，冬令严寒时往返仆仆，恐太劳苦。第城寓虽不常住，然屋中炉火必须时有。若至往彼住宿时方笼，则室中寒气袭人，转受其病，反不如出城之为愈也。至嘱，至嘱。

兄独居二十馀年，此中久已如苦行僧，绝无尘俗念。今荣儿在家乡为兄置一侍妾，甚非吾意。然既已买成，则不得不令其来署。今拟于月内遣刘升往接。长媳携之同来。第不识此女情性若何耳。湘中近事尚安堵。(哥老会尚无事。)年岁各属或潦或暵，统计不过六七成。米价新谷登场，(现在上米每石仍价三千七八百文。)而不见减。来春青黄不接时颇可虑也。此布即颂近祉不备。兄同爵顿首(上钤“玉甫手缄”朱文方印)。八月十八日。

【按】 笺纸钤有“谨慎”朱文骑缝方印。同治五年七月初八日，翁同龢“得五兄五月杪家书，折弁来。写家信”[1]，其所写“家信”，当即此函中翁同爵接到的“七月初九日惠书”。是年七月二十六日，翁

---

① 《翁同龢日记》第二卷，第505页。

同爵“交卸臬篆，回本任”①，知此札写于同治五年。“荣儿”，即翁同爵次子翁曾荣。

44. 同治五年八月二十七日(1866－10－5)

叔平吾弟足下：

月之初四日接到七月初九日手书，敬悉母亲大人慈躬康泰，吾弟侍奉万福，曷胜欣忭。兄于初七日、廿一日曾两具寸函，交柳参将及折弁易涣带去。未审何时可达。近日不接京信者又二十馀日矣。颇深盼望。吾弟日侍圣学，诸宜谨慎。每日寅入申出，已极劳顿，外间酬应概宜谢却。

城内寓所似不可少，以备严寒大风日，期可以就近休息，切勿惜小费而罢之为嘱。李兰生丁忧夺情入直，诚属朝廷不得已之举。兰翁似宜移孝作忠，以国事为重也。湘省现尚安静，年成亦平平。惟新谷登场，而米价不减，来春青黄不接时，颇为可虑。

兄回本任后，公事稍闲，甚觉安适。近日遣刘升回家迎家累，殊非本怀也。四国新事未知若何？此间谣传过甚，恐未必确。下次书来可略言之。汤敏斋丈已于今日登舟回乡，大约于仲冬月杪可抵苏州，或即在彼度岁。

此间秋暑颇盛。近日起西北风始凉爽，可服袷衣。兄日来身体甚好，肠红亦已止，可慰远念。此布即颂侍祺不备。兄同爵顿首启(上钤“玉甫手缄”朱文方印)。八月廿七日申刻。

【按】 此札笺纸钤有“玉甫手缄”朱文骑缝方印，写于同治五年

① 《翁同龢年谱·翁玉甫先生年谱》，第182页。

八月二十七日。是年七月初四日，李鸿藻（兰生）嗣母去世。因“兰生于书房最吃重，今以忧去，益难措手矣”，故“欲令百日后在书房当差”；李鸿藻反复奏恳，“吏部代奏，复奉懿旨仍留军机”；七月二十一日，翁同龢等人“递联名请准李鸿藻终制疏”；十月十六日，“李鸿藻辞折由军机处代递，上谕准其宽予假期，候病痊照常入直”①。李鸿藻先后四次上疏请终制，“卒得请而归”②，丁忧守制三年，同治八年（1869）期满回任。

45. 同治五年九月二十九日(1866-11-6)

叔平吾弟足下：

前因久未得家书，望眼欲穿，寝食俱废。嗣于月之十八日方接八月十六日京寓所发第十号家信，敬悉母亲大人慈躬康泰，吾弟侍奉万福，曷胜欣忭。吾弟日侍经帷，身体宜格外保养。故兄意总须于城内觅屋数椽，以便风雪日休息之所。倘天晴日朗，仍可出城，万勿因惜费而置之为嘱。兄回任后公事清闲，近体甚好。湘省今年数月不雨，故农田皆嫌旱，而天气亦炎热异常。直至九月初方得透雨。天时渐凉，今已可服重棉矣。

京中诸戚友今年馈岁之资似不能如上年之一概致送。吾非吝此笺笺者。第上年借款今日方能了清。故不愿再向人借贷。且上年因兄出京时，诸君皆置酒饯别，而行时未能将意。故不得不有此举。今年则来信寥寥，故人之情日渐

---

① 《翁同龢日记》第二卷，第504—523页。

② 王云五主编《新编中国名人年谱集成》第四十辑《清李文正公鸿藻年谱》（李宗侗、刘凤翰著），1981年10月，台湾商务印书馆股份有限公司，第147—155页。

淡薄，兄亦可以不必典衣饷客矣。然受恩师门及枢廷要人，拟仍旧致送，于十月内筹措一竿之数汇京。届时祈吾弟与筹儿斟酌之为幸。如尚不敷，可于寄家用项内提出付用。俟兄处再寄家用者可耳。草此布达即颂侍安，并问秀姑娘好。兄同爵顿首启(上钤“玉甫手缄”)。九月廿六日。

杨性农上年作先公神道碑，兄于岁暮送润笔五十金(未曾言明润笔)。伊此次来省，将原银璧还，再送往复不受。易以书画袍褂等，亦不纳。盖伊近日作一荡平粤寇颂，欲进之朝廷，宣付史馆，以传不朽。有意乞吾弟表上之。兄已告以舍弟人微言轻，不敢造次。今伊有致徐荫翁一书，大约亦此意。吾弟可作一谢函，复其前书，并言颂极好，俟商之同人可否上达，以酬其意也。颂文录去。玉甫又书，廿九(上钤“玉甫手缄”)。

【按】 笺纸钤有“玉甫手缄”朱文骑缝方印。此札写于同治五年九月二十六日与二十九日。同治四年十二月二十九日，翁同龢“得五兄书，寄杨彝珍所撰先公神道碑”①。同治五年八月十四日，翁同龢得翁同爵六月二十七日长沙信②，其覆函当即此函中所云“八月十六日京寓所发第十号家信”。

杨彝珍(1805—1898)，字湘涵，一字性农，别号移芝，湖南武陵(今属湖南常德)人。道光三十年进士，翰林院庶吉士，改兵部主事。杨彝珍酷爱古文，师法桐城，卓然一家，擅长碑传，著有《移芝室文集》、《紫霞山馆诗钞》。晚年将其所著诗文编成《移芝室全集》十六卷刊行于世。曾国藩为欧阳勋文集作序时，称引湖南文士，杨彝珍名列榜首。

---

① 《翁同龢日记》第一卷，第466页。

② 《翁同龢日记》第二卷，第512页。

46. 同治五年十月二十八日(1866－12－4)

叔平吾弟足下：

九月十八日接到八月十六日京信后，已四十日未接家书。北望燕云，弥增系恋。讫维母亲大人慈躬康健，吾弟侍奉安吉为祷。兄于月初有南岳勘工之役，往返旬有一日。登祝融峰，揽七十二峰之胜，深为欣幸。惟素不工吟咏，无好句以写其奇景，为有负斯游，殊自愧怍耳。杜鹤田太守已到省，所带八月下旬书已收到。鹤田已奉檄赴任，中丞颇青目也。

兄回本任后，官事清闲，较之臬署案牍之繁，其劳逸真有天渊之别。眷口尚未到署，殊觉安适。近来亦甚好，肠红唯稍辛苦，方偶发，不如从前之甚矣。吾弟日侍经帷，兄每以早暮往返奔走辛劳为虑，故嘱于城内觅一直庐。倘吾弟尚不以寅入未出为苦，则回横街寓，自更便适；且时侍老人起居，私心自慰，亦不必定须城内另住也。

湘省年岁有七成，米价近稍平减，人情尚安堵。省中大吏清明，同僚和洽，自是好气象。西征之师近日亦渐有捷报。惟筹饷一节，甚不易易。若黔事稍有转机，则捐输等方可停止也。行人匆促，草草书此，不尽欲言。此布即请侍安，并问秀姑娘好。兄同爵顿首启(上钤“玉甫手缄”朱文长方印)。十月廿八日。

正在封函间，适折差张执中回省，接到九月十七日所发手书，藉悉母亲大人慈躬康健，吾弟侍祉增绥，深为欢忭。筹儿于九月三日又得一女，产妇甚健，可喜之至。三嫂臂痛渐愈，仲任发病稍稀，甚慰远念。新赁小园平坐可眺远，固萧散可乐。然兄意吾弟寅入申出，日以为常，未免太劳苦，故谓须于城内觅屋数椽，以为风雪日暂住之所。否则，恐身体支持不住也。幸吾弟斟酌之为嘱。

至先文端公归葬一事,原不可缓。但明年太岁(坐山乙卯)在坐山,三煞在向,(申庚酉辛戌五字中,夹岁破,并戊巳都天,为极凶方。)断断不能启土,只可暂缓。朝廷于臣家恩最渥,遇最隆,吾弟正当尽力图报。至同事诸君皆大君子,吾弟可以为师法。倘偶有拘执处,吾弟可善为调剂之,至嘱,至嘱。

湘省征黔军需,每月须筹饷十二三万。而军火器械所需皆不在内。故约计每月供须银十四五万。而湘省厘金仅有十万馀,捐输每月约解二万馀。故每月发饷颇费筹划也。雕题之民要索日多,外间已籍籍传之。窥其意,似不止图利而止。此事隐忧方大。当事者当未雨绸缪也。寿阳为海内鲁灵光,徂谢后,恤典甚优,具见朝廷眷念耆臣之意。黄螺升堂,必另有一番献纳。然其是非亦未必尽公允也。

任筱园处汇项尽可收用,惟来书言贰百五十金。筹儿信中又云三百五十金,究竟多少,下次信来可告知之,以便交付。至张东墅令弟之款,吾处本未交去也。仲侄复各处信七函,均收到。筹儿上委署忙一月,以后想可渐清闲矣。惟票本,须随时随事留心,切不可轻忽。至玉牒馆差使,亦宜谨慎。从前潘绂翁与定王唱和,亦列入弹章,可为前车之鉴也。价人及鉴古欠款,亦可令筹儿还却。第恐今岁吾处不及筹寄,或俟明春还清亦可。吾素不愿累人,第境遇使然。不得不迟之又久也。胡小蘧退出军机,想即是上年过湖北时受官相程仪四千金之案。今为曾沅圃参官相折中带出。两星使闻尚未到楚。其参款似皆有证据,恐难弥缝也。祁李二处吾皆须送份,其数目吾弟可再酌之。草此奉复,即请侍安不备。兄同爵又启(上钤"玉甫手缄"朱文方印)。十月廿八日午刻。(折差于今日即行,而昨早方派出来告知。

故此次写信颇匆忙，不及详述一切也。又及。）

【按】 “正在封函间……不及详述一切也。又及”笺纸之间钤“谨慎”朱文长方骑缝印。同治五年九月初三日卯初，“筹儿得一女，产妇头眩，俄顷始定”；九月十三日，“得五兄七月……日长沙函，交卸臬事”；九月十七日，翁同龢“得五兄八月二十日函”[①]，其覆函，或即此函中“九月十七日所发手书”。

是年十月，翁同爵“赴衡山县岳神庙勘工，登祝融最高处揽七十二峰之胜”[②]，衡山即南岳，即此函中所云“南岳勘工之役”，知此函写于同治五年十月二十八日。

汉代鲁恭王建有灵光殿，屡经战乱而岿然独存。后人因以“鲁殿灵光”称硕果仅存的人或事物，或作“鲁灵光”、“鲁灵光殿”。宋陆游《跋〈兰亭乐毅论并赵岐王帖〉》云“今周器汉札虽不可复见，而《修禊序》、《乐毅论》如鲁灵光岿然独存，意有神物护持，非适然也。”金元好问《应州宝宫寺大殿》诗云：“竭国想从辽盛日，阅人真是鲁灵光。”

寿阳，即相国祁寯藻（1793—1866），其一生学粹品端，勤政爱民，被誉为“一代贤相”、“三代帝王师”。故翁同爵函中称其为“海内鲁灵光”。

47. 同治五年十一月初九日（1866-12-15）

叔平吾弟足下：

连得家书，知母亲大人慈躬康健，吾弟侍奉万福，欣喜无量。兄于初五日奉中丞札委署藩司篆，辞之不获。今定

① 《翁同龢日记》第二卷，第515—518页。

② 《翁同龢年谱·翁玉甫先生年谱》，第182页。

于十一日接印。惟藩司任大责重，兄自揣才识浅薄，恐难胜任。只有廉洁自矢，黾勉从事，以期毋负委任而已。湘省近日尚安堵。惟湘乡、嘉禾二邑又有匪众滋事之案。幸为首者已就擒获，不致滋蔓为患也。筹饷之难前书已经详述。每至发月饷时，必缺少三四万，百方罗掘，尚不足放，奈何，奈何？吾弟冬令仍在城内觅屋数椽，以便风雪日止宿，甚是，甚是。兄所以每次信中必絮絮言之，正恐吾弟惜此小费耳。第屋内炉火不可间断。否则，凉屋骤暖，人反受病也。至嘱，至嘱。

京中师友馈岁之什，不能遍及，今特开单附去。其数目多寡吾弟可与筹儿斟酌之。倘有须添送者，吾弟可即添去，勿候兄处音书也。兄前次折弁邓成英去时，汇寄京纹壹千两。今复汇去京纹一千贰百两。又任筱园处划项叁百伍拾两，共有贰千伍百伍拾两。除单开之款，似可留千金，已另字付筹儿，令其分别存留、分致。内有吾弟百金，可制一貂袿也。草草奉布，即颂近祉，并贺年禧。兄同爵顿首启（上钤“玉甫手缄”朱文长方印）。十一月初九日三鼓。

【按】 笺纸钤有“谨慎”朱文长方骑缝印。同治五年十一月初五日，翁同爵“奉中丞札委署藩司篆”，定于是月十一日接印视事。十二月初四日，“萧润宇来，告知五兄署湖南藩司，十一月十一日接印”；十二月初六日，翁同龢得“五兄寄余百金命买貂裘。得十一月九日长沙函”[①]。知此函写于同治五年十一月初九日。

---

① 《翁同龢日记》第二卷，第532页。另见《翁同龢年谱·翁玉甫先生年谱》，第182页。

48. 同治五年十一月二十八日(1867－1－3)

叔平吾弟足下：

月之十日曾草一函，略叙近况，未识何时得达。十一日兄接藩司篆公牍，加臬署三倍，即打到画行，已日需三个时辰；兼之有须斟酌事件，又日有数十。故每日除见客外，终日伏案披阅，至三鼓方能竣事。十九日移署，忙仍如旧。盖本衙门公事已多，加之军需、捐输、厘金、督销四局事务，真日不暇给。

兄本无兼人之才，深恐陨越，有负委任，再三请中丞将厘金、督销二局另委他人。而中丞坚执不允，必欲吾总其成，实无可如何。惟有竭尽心力，遇事留神，不敢怠忽将事也。十月朔折差尚未回，家信前接至九月廿九日所发者为止。以后尚未接到。迩维母亲大人慈躬康泰，吾弟侍奉万福，定如私祷。眷口于十二日到湘，途次安稳，祥媳性情和顺，奎孙资质尚好，深为欣慰。

新置姬人相貌中平，察其举动，似尚端谨。现拟于明日收房。家乡闻年岁尚好，租事或有起色。荣儿身体已大愈。伊明春欲来此，吾已驰书止之矣。

此间人情尚安堵。沅晃边境苗匪屡次出扰，意在抄袭兆、李、周三军后路。虽经防军截击，然寡不敌众，边鄙之民迭遭焚掠矣。兄在此上官倚重，同寅协和，幸勿系念。匆促草此，布候近安，并颂年祺不备。兄同爵顿首启。十一月廿八日三鼓。

【按】 此函写于同治五年十一月二十八日。同治五年十一月，翁同爵“署布政使事，十一日，接印移居藩属，饬禁岳州救生船勒索商民”①。“新置姬人”，即侍妾全姑娘章氏。

---

① 《翁同龢年谱·翁玉甫先生年谱》，第182页。

49. 同治五年十二月二十日(1867－1－25)

叔平吾弟足下：

腊八日折差李庆友回,接到十一月朔日所发手书,敬悉母亲大人慈躬康泰,吾弟侍奉万福,曷胜欢忭。吾弟昕宵入直,冒雪冲寒,诸形劳苦,尚望随时珍卫,勿太努力为嘱。兄署藩篆后,案牍纷繁,几于日不暇给。每夜治官书至三鼓方止。所幸身体胜常,尚不觉劳顿耳。

此间民情尚安堵,官事亦顺适。嘉禾土匪滋事,幸即擒获正法,馀党逃散,不致滋蔓难图。黔边兆、李、周三军深入攻剿,而苗教各匪却从后路窜出焚掠。沅晃边界势甚猖獗。虽留防之师极力抵御。然兵将屡有伤亡,闾阎半遭蹂躏,殊为可虑耳。此间地丁正项不过八十馀万。本省兵饷(各营额兵)年支四十六万馀。京饷开年(又固本饷六万)提三十万,司库所馀无几。而援黔之勇饷、本省留防之勇饷,及制办军械等月需十八九万金,皆以厘金、捐输及督销局盐厘等项凑发,罗雀掘鼠,勉强敷衍,尚难足数。故西征各营欠饷已共计三十馀万。乃他省不知此地情形,谓湘省系完善地方,必能筹顾。于是甘肃则请月协一万两,广西则请筹拨饷五万两,滇省复请拨数万两。黔省张中丞亦请每月拨饷四五万两协济赵军门军饷,均奉旨允准。一似湖南饷源不知多少可以协济邻封,未悉此间厘金每月仅十一二万,捐输则至再至三,每月只二三万金,以之供援黔军饷,犹且不足,岂能兼顾各省耶？但既经奉旨之款,各省委员络绎来催,颇难筹划也。兄受事以来,一切皆以石襄翁为法,不敢不任劳任怨。现在岁事将阑,请领款项者更多,权其应发者方发,未免取怨于众也。草此布候侍安,馀俟续报不备。兄同爵顿首启。十二月二十日卯初刻,今日封篆稍迟,则大忙,故起早书此，不能缕述一切也，又及。

【按】 笺纸钤有“谨慎”朱文长方骑缝印。此函写于同治五年十二月二十日。同治五年十月三十日，翁同龢“作长沙信”[1]，当即函中所云翁同爵所得翁同龢“十一月朔日所发手书”。同治六年元月十五日，翁同龢“得五兄十二月二十日函”[2]，即此函。

古代官署在岁暮年初停止办公，称之为“封篆”，或云“封印”。以官印多为篆文、停止办公即不用印而得名。清沈复《浮生六记·坎坷记愁》云：“封篆出署，张禹招寓其家。”

50. 同治六年正月二十日(1867-2-24)

叔平吾弟足下：

新正三日接得腊月初四日所发惠函，敬悉母亲大人慈躬康健，吾弟侍奉万福，良深庆忭。兄暂摄藩条于察吏安民之道，无所裨益，实切惶悚。所幸民气安恬，公事平顺，堪以告慰。都下少雪，未识腊底如何。上年所寄之款足敷年底酬应否？念甚。

日行案牍，新正略少，饮食宴会亦不多。惟接见僚属，答拜宾客，亦颇仆仆。回思作京官时，友朋聚谭，厂甸散步，此乐真不可复得矣。同乡中王蓉丈外放，未知于何日出都，汴生实录馆奖叙优否？此君热中太甚，非能耐官职者。宝生何日出棚？常相过从否？价人想如旧也。此间春阴本常事，过年来雨多晴少，上元前后颇寒冷。今日复和暖矣。

湖北军务绝少佳音。闻捻匪尚据旧口，官节相部议若

---

① 《翁同龢日记》第二卷，第525页。

② 《翁同龢日记》第二卷，第542页。

何？此间尚无消息。左帅羁留汉口，在此招勇随行。陕省省垣告警，霞仙饬令回籍。未识近日局面复如何也。兄近体甚好，久未见者晤面时皆云略胖，可勿悬念。此布即颂，侍安不备。兄同爵(上钤“玉甫手缄”朱文长方印)顿首启。正月十九日。(此两纸钤有“谨慎”朱文长方骑缝印。)

正在封函间，折差王起铨回，接到腊月十九日家书，敬悉母亲慈躬康泰，合宅安和，欢喜无量。吾弟蒙赏加四品衔，闻之感激。(复信筹儿书中云十二函，而拆阅仅有十函。今复于封皮纸中寻出二函，均收明不误矣。其馀通套信，可开一单来，不必将信寄来也。)赐祭典礼丰俭宜适中，可参之桂、李二处也。吾弟例得甄叙，可遇缺提奏，亦殊可喜。至筹儿到馆日浅，不得保举，甚好。盖躐进非吾所愿也。岁暮酬应去两小山亦可。惟究算吾保举师，他日或减其数，以应酬之。此时无庸再议。即宝生，(其所汇八十金，即于日内交去，可告知其家。)亦拟于今年岁阑时再寄也。其馀增减者，均极是。所寄黄绫折等均收到矣。二十日酉刻玉甫(上钤“玉甫手缄”朱文长方印)又书。

初十日夜间恭阅湖北寄到邸抄，敬悉腊月初八日文宗显皇帝实录告成，推恩懋赏先文端公以曾充监修总裁，赐祭一坛。吾弟复赏加四品衔，钦此。伏读之下，感激难名。吾弟在馆颇著勤劳，照例奖叙，亦分所应得。第以内廷人员，与徐荫轩同辞亦是。至本届京察，固当力却。师傅尊崇，与外任道府，有仙凡之别。正不宜舍此就彼也。至京寓用度，兄无论任何缺，当力为筹画，源源接济。吾弟勿以此萦怀为嘱。筹儿到馆未久，功课不多，能得奖叙加级，已深欣幸。兄素来安分，不愿其受非分之奖也。十一(上钤“谨慎”朱文长方印。)

【按】 王蓉丈，即王蓉洲。同治五年十月下旬，王蓉洲授汀漳龙道；次年二月初三日，出京赴任。惜其于二月二十六日，行至王家营时暴病而殁[①]。

出棚，清制，学政（或云学使）主持的院试，除于其驻地考试就近的府、州、县外，其馀各府、各直隶州皆设有考棚，学政以次分期案临考试，谓之出棚。同治五年十一月十六日，庞宝生学使归[②]。

同治五年腊月初一日，翁同龢得“五兄十月二十六日长沙函”；初三日，翁同龢“寄长沙家信。五兄于十月初至南岳验工，得登祝融峰”[③]，翁同龢所寄长沙家信当即此函中翁同爵所云“腊月初四日所发惠函”；腊月初八日，《文宗实录》告成，“是日奉上谕：原任监修总裁大学士翁某着赐祭一坛，翁某之子翰林院侍讲翁同龢着赏加四品衔等因”[④]，即翁同龢赏加四品衔；十八日，翁同龢又“作长沙函”[⑤]，当是函中所言“腊月十九日家书”。知此札写于同治六年。

“初十日夜间恭阅湖北寄到邸抄，敬悉腊月初八日文宗显皇帝实录告成……”一纸写于同治六年正月十一日。其与“正在封函间，折差王起铨回……”为两纸，二者间钤有骑缝“谨慎”朱文长方印。因疑“初十日夜间恭阅湖北寄到邸抄……”一纸与同治六年正月二十日一函同时发出。同治六年正月二十三日大京察[⑥]。上届京察为同治三年二月。

京察，明清时期定期考核京官的制度。明代每六年举行一次。清代吏部设考功清吏司，改为三年考核一次。在京的称“京察”，在外地的称“大计”[⑦]。

---

① 《翁同龢日记》第二卷，第524、546、556—557页。
② 《翁同龢日记》第二卷，第528页。
③ 《翁同龢日记》第二卷，第531—532页。
④ 《翁同龢日记》第二卷，第533页。
⑤ 《翁同龢日记》第二卷，第535页。
⑥ 《翁同龢日记》第二卷，第544页。
⑦ 参见《清会典·吏部八·考功清吏司》。

51. 同治六年二月初五日(1867－3－10)

叔平吾弟足下：

新正叠奉手书，敬悉母亲大人慈躬康泰，吾弟侍奉万福，欣忭无既。吾弟日侍经帷，虽极儒生非分之荣，然劳苦特甚。退直后须加调摄，勿事酬应为嘱。街南小圃可多植花木，以供赏玩。书画有当意者，可略置买，不宜惜费也。兄到湘后所见书画绝少，惟于上年九月买烟客册页十二开，为宋牧仲、方宝岩珍藏物，有王泽弘书陶韦谢三家诗，款为牧仲先生嘱书者，以二十金得之吕莘田家，颇自怡悦。他日连床夜话，当共赏之也。兄近来身体甚好，据他人云，复胖于昔，惟须发渐白，多于黑耳。

署藩篆后，极欲整顿。官方讲求治理，以冀稍效涓埃。奈才识驽下，终鲜树立，殊负大吏委任，实深惶仄。湘省雨旸时若，民俗恬熙，守土者可幸以藏拙。惟黔省军务不能有起色，月饷几及十五万，而沅晃边鄙之民，仍被苗教蹂躏，有心者不免负疚也。草此布泐，即颂侍祺不备。兄同爵顿首启(上钤“玉甫手缄”朱文方印)。二月初五日。

【按】 笺纸钤“谨慎”朱文长方印。据《翁玉甫先生年谱》①，同治三年九月，翁同爵补授湖南盐法长宝道；次年二月抵达长沙，暂署湖南按察使；闰五月二十一日，交卸按察使篆，回盐道本任，移居盐道署中；同治五年二月，复署按察使；七月二十六日，交卸臬篆回本任。是年十一月，翁同爵署湖南布政使，即“藩篆”；同治六年八月，提调文闱；初二日，补授四川按察使。由此可知，同治五年十一月至次年七月，翁同爵署任湖南藩司之职。

① 《翁同龢年谱·翁玉甫先生年谱》，第181—182页。

又据函中所言，知写信时正值翁同爵任湖南藩篆之际，即此函写于同治六年二月初五日。

烟客，即王时敏(1592—1680)，初名赞虞，字逊之，号烟客，自号偶谐道人，晚号西庐老人等，明末清初画家。江苏太仓人。

王泽弘，字涓来，又字昊庐，湖北黄冈人。吕维祺门人。顺治十二年(1655)进士。康熙三十一年任左侍郎，三十八年任左都御史，升礼部尚书，官至少詹事。有《鹤岭山人诗集》十六卷传世。

牧仲先生，即宋荦(1634—1713)，字牧仲，号漫堂、西陂、绵津山人，晚号西陂老人，河南商丘人。商丘雪苑六子之一。清康熙三年(1664)，授黄州通判，累迁江苏巡抚，官至吏部尚书。康熙帝誉为“清廉为天下巡抚第一”。其子宋筠，字兰挥，号晋斋。父子二人均为清初著名藏书家。

52. 同治六年二月二十六日(1867－3－31)

叔平吾弟足下：

月之初七日曾布一函，交折弁张执中去，未识何时得达。十四日王弁子贵回湘，接到正月十八日惠函，敬悉慈躬康健，吾弟侍奉万福，欢忭无既。吾弟日侍经帷，寅入申出，率以为常，尚望诸自节劳，保养身体为嘱。城寓固不可少，尚宜用一人能烹调者，以便退直时稍吃点心，方不受饿。街南小圃可多植花木。夏令或于檐外搭凉棚数丈，以避暑气。切勿惜费将就也。

兄在湘公私均平顺，藩司案牍虽繁，然受事数月，渐有条理，尚不觉其劳苦。筹饷颇费经营，每月亦尚能敷衍过去。筱荃中丞于此间吏治民情熟悉，处置均合机宜。故兄等奉令承教，得免陨越。窃恐代之者未必能如此镇定不扰也。征黔三军年馀，迄无成效，故议之者蜂起。第彼处地险贼多，即另派他人往办，亦未必能速了。总之，湘省接黔界者数百里，处处分布，防剿兼施，非四五万人不为功。而湘省筹划无遗，每月仅能供饷十三四万，势难增兵。故在事者非不愿早奏肤公①，亦实有不敷制敌之势也。捻匪在鄂境者出入无碍。近日闻已由广济、黄梅窜皖，楚军固不能敌，淮军亦屡有挫失。纵横自如，势成流寇，奈何，奈何。

秦省新旧二抚互揭。其胜负不足论，将民事何？季翁锋芒甚锐，然闻其办军务亦以奏报胜人者，未必皆核实上闻也。近日传闻骆吁门蜀帅有病故之说，未识确否。若然，又失一老成人也。

此间晴雨得宜，民情安帖，兄署藩篆，一切以襄臣为师法，任劳任怨，所不敢辞。夙夜兢兢，未尝稍萌暇逸。至书画古玩等物，皆屏置不观。昨承惠寄董文敏字卷，真而且好，晴窗展玩，颇畅襟怀，谢谢。此布即请侍安不备。兄同爵顿首启（上钤“玉甫手缄”朱文方印）。二月廿六日。并问秀姑娘近好，伊能侍奉老亲，吾甚感之。

【按】 笺纸间钤“谨慎”朱文长方骑缝印。咸丰十一年七月二十二日，骆秉章授四川总督②；同治元年五月初九日，骆秉章为协办大学士，留总督任；同治六年十二月，骆秉章病逝，赠太子太傅，子孙均加恩③。

同治五年十一月，翁同爵“署布政使事”④。同治六年四月初六

---

① 肤公，即大功。《诗经·小雅·六月》云：“薄伐玁狁，以奏肤公。”《毛传》云：“肤，大；公，功也。”

② 《翁同龢日记》第一卷，第159页。

③ 《翁同龢日记》第二卷，第566、605页。

④ 《翁同龢年谱·翁玉甫先生年谱》，第182页。

日，“得五兄二月廿八长沙函。湖南近黔州县有寇扰”[①]；又此函中云“兄在湘公私均平顺，藩司案牍虽繁，然受事数月，渐有条理”，知此札写于同治六年。季翁，即左宗棠，字季高。

53. 同治六年三月二十五日(1867－4－29)

叔平吾弟足下：

本月望日折差回，接到二月十八日所发惠函，敬悉母亲大人福体安康，吾弟侍奉增吉，欢喜无量。京师两泽衍期，未知交三月后如何？倘麦秋有损，则近畿贫民殊为可虑。朝事略见邸抄。最可异者同文馆之设。第此时中外当国者，皆以学习西法为亟务，岂自强之道舍此末由耶？可为浩叹。

吾弟日侍经帷，劳苦极矣。然得圣学日新，便为尽职，固不必披肝沥胆，同于侍御之所为也。退直后尚宜保养精神，切勿再事酬应。街南小圃可多种花木，以备老亲娱玩。夏令或略搭凉篷，以避暑气。归计本不可缓，一切费用兄当先为筹划，以免临时无措也。兄在此公私平顺，藩司事虽繁剧，然任事数月，诸务渐有条理，便不觉其烦苦矣。月饷支绌异常。先事预筹，终难支应，奈何？奈何？

刘中丞到省尚无消息，鄂省军务不佳。(霆军逍遥襄樊间，曾沅翁十札促之，竟不一答。以春霆入告，任逆受伤，沅圃覆奏并无此事，故龃龉不合也。)现在捻据臼口，颇有窥伺荆南之意，极为可虑。湘中春雨已足，秧苗极好，连日晴暖，(于廿八日换戴凉帽。)服袷衣嫌热矣。草此布达即请侍安不备。兄同爵(上钤“玉甫手缄”朱文方印)顿首启。三月廿五日。并问秀姑娘近好。

---

① 《翁同龢日记》第二卷，第560页。

【按】 刘中丞，即刘崐(1808—1888)，字玉昆，号韫斋，云南普洱景东县人，即函中所云“韫帅”。光绪十三年十二月下旬卒于湖南省城长沙①，享年八十岁。

同治五年七月，曾国荃帮办湖北军务②。曾沅翁，即曾国荃，字沅圃。

同治六年正月十一日，刘崐放湖南巡抚；正月二十二日，翁同龢“见恭王等连衔奏请设同文馆咨取翰林院并各衙门正途人员从西人学习天文算法原折”；二月十二日，刘崐起程赴任，翁同龢等人前往送行③。此与函中云“刘中丞到省尚无消息”时间相应。又，此函中云“兄在此公私平顺，藩司事虽繁剧，然任事数月，诸务渐有条理，便不觉其烦苦矣……”，与上文“月之初七日曾布一函，交折弁张执中去……”函中所云“兄在湘公私均平顺，藩司案牍虽繁，然受事数月，渐有条理，尚不觉其劳苦。筹饷颇费经营。每月亦尚能敷衍过去……”相呼应，因知此函写于同治六年。

54. 同治六年四月二十五日(1867－5－28)

叔平吾弟足下：

廿三日接到三月十三日京寓所发第四号家书，敬悉母亲大人福履安康，吾弟侍奉绥吉，庆忭奚似。吾弟日侍经帷，职在辅导，不必以直言敢谏见长。来书“镇静”一语极是。退直后宜稍节心力。见客看书，皆劳苦事。小园游息甚相宜也。畿辅苦旱，麦秋无望，穷民失业，殊为可虑。湘

---

① 光绪十四年六月二十二日，翁同龢“得刘韫斋师讣，于去年十二月廿……日卒于湖南省城”。《翁同龢日记》第五卷，第2253页。

② 《翁同龢日记》第二卷，第509页。

③ 《翁同龢日记》第二卷，第542—548页。

省雨旸时若，人情熙恬。

韫帅初下车尚无新政。兄极承青目，每事必下问，惟兄自顾才疏，深虞陨越耳。援黔之军近日颇议招抚。第怀德而未畏威，未识果是心服否？筱翁同中丞议定以席研香为宝岩替人。现在宝岩办抚办屯，正在吃紧关键。且研香尚未来省，恐受代之期已在早秋时候矣。饷项以五六月厘金稍旺，似可不至支绌。惟席招新勇，兆遣旧勇，必须预备数万金，方能支应也。宝翁为左季高所参，寄谕筱翁覆奏。筱翁力为剖白，独任其过，已于前月覆陈，尚未奉批回也。

兄近体甚好，日来大吏更易，迎新送旧，颇觉忙鹿。所幸公私一切均各平顺，堪慰远念。家乡前接荣儿四月朔日书，合家皆安吉也。久雨乍晴，天气骤暖，可穿实地纱袍褂矣。匆促草此，即颂侍安不备。兄同爵顿首启。四月廿五日。问秀姑娘近好。

【按】 同治六年正月十一日，刘崐（韫斋）放湖南巡抚；二月十二日，刘崐起程赴任[①]。此与函中云“韫帅初下车尚无新政”时间相应，知此札写于同治六年四月二十五日。是年五月十九日，翁同龢“得五兄四月廿五日信，折弁来”[②]，当即此函。

55. 同治六年五月二十七日（1867－6－28）

叔平吾弟足下：

旬日来盼京信不至，几于望眼欲穿，惟祝母亲大人慈躬康泰，吾弟侍奉万福，定如私祷。天气已热，吾弟退直后总

① 《翁同龢日记》第二卷，第542、548页。

② 《翁同龢日记》第二卷，第568页。

宜在城寓略歇片时，俟晚凉出城，以避暑气，切勿奔驰于暑风烈日中也。至嘱，至嘱。兄于月初小有感冒，至望后，已大愈。今饮食起居均已照常矣，幸勿悬念。

此间雨旸时若，田禾茂盛，可望有秋。湘乡哥老会、浏阳斋匪于四月杪、五月初先后起事，幸皆实时剿捕，将首匪击毙，馀党解散，尚不至为害地方。刘中丞到任后尚无新政。惟省城添勇千名，（本有勇千名。）令记名臬司黄少昆（名润昌，中丞门生）统之，以资防守。军需局每月不过添饷五千金而已。五月初当湘乡浏阳有事，时议者蜂起，谓湘省每月费饷几及二十万，而省垣重地仅驻勇千人，不足以壮声势。故中丞为其所动也。

兄在此蒙中丞极青目。惟藩司最易招怨，尤深惧弗能胜任耳。席研香（宝田）尚未来省招军，西行未卜何日。兆宝岩须俟替人到彼，方能抵任，故兄交代至早约在八九月间矣。本届乡试湘省添房考二员，而誊录对读等皆须添设，事更繁琐，故科场稿件约有千馀。现在已次第办理。主试之信大约于出月中旬方能知悉也。同乡京官者昨见湖北抄报，邵汴生已升祭酒，谅必得意。陆云生考差名次若何？家乡赴京兆试者共有几人？兄拟凡应试者每人送元卷四金。届时吾弟可与筹儿斟酌定见为嘱。家乡前接荣儿四月朔日书，言合家均平善。

近闻江浙亦稍旱，（昨接荣儿五月十一日书，知尚未得雨，不能插莳，旱象已成。）未识插秧时得雨否。直隶、山东、河南、湖北等省皆苦旱。捻踪东窜，裹胁可虞耳。祥儿荒废已久，无志场屋，兄亦不能相强。故今科未曾令其赴试也。连日晴热无异三伏。前夜转北风，昨今稍凉。清晨尚可握管。草此布臆，即颂侍安不备。兄同爵顿首。五月廿七日。问秀姑娘近好。

【按】 同治六年正月十一日，刘崐放湖南巡抚；二月十二日，起程赴任①。是年四月十三日，邵汴生放国子监祭酒②，故此函写于同治六年五月二十七日。

56. 同治六年七月二十九日(1867－8－28)

叔平吾弟足下：

廿七、八两日折差盛、丁二弁回，接到六月廿五及七月朔日京寓所发第八、九号家书两函，敬悉母亲大人慈躬康泰，吾弟侍奉万福，欢喜无量。城寓必不可少，每月添费用十馀金，并不为多，而风雨晨夕得稍休息，是大有益事，切不可惜费而罢之也。中朝事于邸报中略知之。吾弟素性抗直，喜议论。然职非言官，切勿有出位之思也。艮老开去一切差使，当复出，朝廷举动可见毫无成见也。畿辅赤地千里，饥民将去而为盗，殊为可虑。捻匪盘踞登、莱、青，日事搜掠，东省之精华尽矣。他日贼退，饷将从何处筹乎？乃议者方谓趋之于滨海之地，可以聚而歼旃。不识然乎？否乎？

兄近日身体甚好，本衙门公事已不少，兼之办理科场，案牍纷繁，几于日不暇给。今幸文闱事已十办八九，天气亦渐凉爽，以后似可略为休息。惟三场点名均须先一日之四鼓起，至次日之暮方能竣事。尚有数日劳顿，且届时又是秋祭日期，而每夜尚须巡棘墙二次，恐无安卧之时耳。湘省各属年岁俱丰稔。此是农民之福，亦官斯土者之幸。否则米粮价贵，人心即不能安静也。草此敬问侍安，馀俟续报。兄

① 《翁同龢日记》第二卷，第542、548页。详见上文同治六年三月二十五日、四月二十五日致翁同龢家书及其按语。

② 《翁同龢日记》第二卷，第561页。

同爵顿首启。七月廿九日午刻。

【按】 艮老,即晚清大臣倭仁(1804—1871),字艮峰,乌齐格里氏,蒙古正红旗人。道光九年进士,选庶吉士,授编修。历中允、侍讲、侍读、庶子、侍讲学士、侍读学士。同治帝之师。

同治六年三月二十九日,倭仁"站班后上马眩晕",几乎坠落马下;此后,倭仁身体一直未痊愈。五月初八日,翁同龢"晚谒艮峰相国,相国拟十二日请开缺";五月十二日,"倭相请开缺,旨赏假一月,安心调理";六月十二日,"倭艮翁是日请开缺,闻准开一切差使,仍以大学士在弘德殿行走,为之额手"[①];是年八月翁同爵提调文闱[②],故此函写于同治六年七月二十九日。

57. 同治六年八月二十五日(1867-9-22)

叔平吾弟足下:

前月杪两奉惠书,藉悉侍奉万福,近祉凝祥,欣慰无既。艮老销假,书斋事一切可无更改,闻之庆幸。吾弟每日寅入申出,贤劳特甚。退直后尚宜稍自休息,勿复以国事、家事萦怀,则身虽劳而心尚逸,此是保养第一法。否则,心力交瘁,甚不相宜也。

兄在此蒙中丞倚重,诸事极顺手,惟筹饷难耳。本月饷之外席军新招,兆军撤旧,增饷至二十馀万。仰屋踌躇,迄难措办,奈何,奈何!科场已过,幸均无事。士子万人,竟无一疾病者,殊为难得也。湘省各属丰收,民情安帖,粮价已渐减矣。捻踪消息传闻蔓及于兖沂、济宁及江南淮徐等处,

① 《翁同龢日记》第二卷,第559—573页。

② 《翁同龢年谱·翁玉甫先生年谱》,第182页。

恐淮楚兵将未必能奏功，或者尚须东三省马队乎？枭匪闻窜大名神机营兵，未识曾开仗否？畿辅奇荒，饥民就食京师者不少，须妥为安插。否则，此辈亦易滋事也。

兄庖代藩条，不敢存五日京兆之见。遇事必虑久远，用人务慎选择，不以私害公，不以情坏法，不避嫌怨，不事苛刻，如是而已。至于才识之短，性情之拙，固自己知之甚详，不待他人言之也。蕴帅于黔边事颇不满意，恐不日即有章参。盖此三君不理众口久矣。蕴帅初到即有摇动之意。兄极力为之调护，故迟迟未发。今恐势难中止也。学使信息此间尚未知。二主试盘川等项，兄先事代为张罗，似不至寂寞。惟局面素小，不能如他省可壮行色也。

兄自五、六月来因怕热，兼之夜间不能安睡，故饮食稍减。今则天气渐凉，一切可以复原矣。草此略述近事，即请侍安不备。兄同爵顿首启（上钤“玉甫手缄”朱文方印）。并问秀姑娘近好。八月廿五日。

【按】 此札写于同治六年八月二十五日。同治六年五、六月间，倭仁因身体不适而请开缺，“旨赏假一月，安心调理”；同治六年七月初四日，倭仁（艮老）销假①。八月，翁同爵提调文闱②。函中“科场已过”即指文闱之事。“蕴帅”即指刘�（韫斋）。

五日京兆之见，典出《汉书·张敞传》。汉京兆尹张敞，因杨恽案受牵连，贼捕掾（汉代负责捕盗贼的小吏）絮舜以为敞即将免官，不肯为敞办案，曰“今五日京兆耳，安能复案事？”敞收舜下狱，告舜曰：“五日京兆竟何如？”遂将舜处死。后用来比喻任职时间不会长，或凡事不作长久打算。

---

① 《翁同龢日记》第二卷，第559—577页。

② 《翁同龢年谱·翁玉甫先生年谱》，第182页。

58. 同治六年九月初一日(1867－9－28)

叔平吾弟足下：

日前接七月廿八日惠函，敬悉母亲近体安康，吾弟侍奉万福，欣喜无既。艮翁复出，书斋事得有遵循，甚善。吾弟素性耿介。近闻于刚方之中能寓圆通之意，以此涉世，庶免怨尤，知之钦幸。兄署任藩司几将一载。而兆宝岩到任消息尚无定准，未识何日方能息肩？所幸公私平顺，科场已办过，亦无陨越。惟筹艰难倍于曩昔。是所日夜焦思者耳。

兄夏令苦热，饮食稍减，今天气渐凉，一切已复原矣。邑中赴京兆试者人数不多，未识有获隽者否？杨鹤峰病已愈否？此人材质尚堪造就，乞吾弟随事教导之为幸。仲侄病体若何，其经手义臣处款项作何了结？兄早虑其他日必受牵累。今果然。盖为名为利，终古判为两途，万不能兼而有之也。

京寓用度兄现为外官，一切自当独任，吾弟幸勿以此萦怀为嘱。东华门外小寓断不可少。退直后必须略自颐养，应酬一切可概从简略也。草此布复，即请近安不备。兄同爵顿首启。九月朔日。并问秀姑娘近好。

【按】 同治五年十一月，翁同爵署“布政使事”[①]，即藩司；至同治六年九月，正如函中所云“几将一载”。知此函写于同治六年九月朔日。同治六年十月初二日，翁同龢“得五兄九月朔函，尚未知升信”[②]，当即此函。是年八月，翁同爵提调文闱，故函中云“科场已办过”。

---

① 《翁同龢年谱·翁玉甫先生年谱》，第182页。

② 《翁同龢日记》第二卷，第590—591页。

东华门外小寓，指翁同龢租赁的东华门外酒店空房三间。同治五年九月二十五日，“东华门外极近处有酒店空房三间，拟租之为憩息地”[1]；同治六年四月二十日“定酒店屋，从前尚游移也”；四月二十二日“酒店屋裱糊毕，廿七千，三间”[2]。

59. 同治六年九月二十六日（1867－10－23）

叔平吾弟足下：

本月初十日恭阅邸抄，得悉兄蒙恩升任四川臬司，感悚交集。兄自外任以来，毫无建树，方深陨越之虞。今得幸进一阶，此皆仰赖先公馀荫及慈亲福庇所致。闻命之下，皇恐实深。嗣后惟有益自勤慎，以期上之无负国恩，下之无堕家声，庶几稍答高厚于万一耳。谢恩折已交此次折差附去，折尾即吁请陛见。藉此得定省慈闱，乌鸟私情，庶可稍慰。

兄本拟具折后即迎折北上，乃昨奉中丞札，以席军招新、兆军撤旧，筹备饷需，在在孔亟。藩司未便更易生手，奏留兄暂署藩司，俟实任人员到后，方令交卸。如此辗转交替，约计岁杪新正方能启行，颇违素愿。第中丞情谊殷殷，亦不敢有他说也。援黔三军中丞到此后，即有意更张。今研香既成军赴沅接替，遂决计纠参之，未识见诸施行否？此事久在人意中。盖糜饷至二百万，而功效毫无，众论沸腾，怨讟交作，中丞博采人言，不能不据情入告也。

此间筹饷艰难倍于畴昔。兄以为除却裁兵就饷，更无别法。故七月中曾将司库出入总数及军需局难以支持情形

---

① 《翁同龢日记》第二卷，第519页。
② 《翁同龢日记》第二卷，第563页。

详细缕陈，请以奏告。而中丞尚徘徊未决。今郭意诚入幕府，其议论与兄合，或者可将闲置之兵裁撤。否则，日复一日，饷又何法措办耶？兄近体甚好，公事平顺，可勿系念。天气渐寒，吾弟退直后切不可冒风雪出城为嘱。草此布问起居万福不备。兄同爵顿首启，九月廿六日。并问秀姑娘近好。

【按】　此函写于同治六年。是年八月初，翁同龢得知翁同爵简放四川按察使[①]；是年九月二十七日，翁同龢“得五兄八月函，尚未知升擢信。彻夜不得寐”[②]；直至九月初十日，翁同爵方阅邸抄，知自己升任四川臬司之职，具折谢恩，并吁请陛见[③]。是年十月初九日，翁同龢得知“楚抚奏留五兄暂署藩司”[④]。

同治六年十一月初二日，翁同龢“得五兄十月朔长沙函，始闻擢任之信，谢折亦到矣”[⑤]。此函中云“本月初十日恭阅邸抄，得悉兄蒙恩升任四川臬司，感悚交集。……谢恩折已交此次折差”，故翁同龢所得之“五兄十月朔长沙函”，当即此函。此“十月朔”疑为发出日期。

60. 同治六年十月二十八日(1867－11－23)

叔平吾弟足下：

月之四日接到八月廿九日手书，敬悉慈亲大人福躬康健，吾弟侍祉吉祥，曷胜欣慰。兄蒙恩升授川臬，满拟即日

---

① 《翁同龢日记》第二卷，第580页。

② 《翁同龢日记》第二卷，第589页。

③ 《翁同龢年谱·翁玉甫先生年谱》第182页。

④ 《翁同龢日记》第二卷，第592页。

⑤ 《翁同龢日记》第二卷，第596页。

交卸启程，迎折北上，以遂就日瞻云之愿。乃承蕴斋中丞相待殷拳，复奏留湘省，暂署藩篆。恐有此勾留，行期已在岁杪春初矣。援黔三军中丞履任后，久有更张之意，兄极力为之调停，得以少缓。至八月中易笏山（佩绅）自西防来省，郭意诚（昆焘）延入幕中。中丞浸润其言，意遂坚决。于九月廿二日由驿驰奏，至廿四日方告兄知，已成事不说矣。

湘省新藩未知简放何人。此间尚无消息。倘从远省升来，则到任正不识何时也。此间年岁丰稔，民情安帖，本任公事尚繁而不难，惟西防撤旧招新，月饷外添筹至三十万两。昼夜焦劳，卧不成寐。此真无米之炊巧妇所不能为者耳。家乡时有信至。荣儿夏秋间曾抱恙，今已痊愈矣。兄近体甚好，署中上下皆吉，堪慰注念。草此奉布，即颂侍安不备。兄同爵顿首启。并问秀姑娘近好。十月廿八日。

【按】 此函写于同治六年。是年九月，翁同爵授川臬之职，准备交卸湖南藩篆、启程迎折北上谢恩之际，“楚抚奏留五兄暂署藩司”[①]，此函便写于此时。同治六年八月二十七日，翁同龢“得五兄八月朔函”[②]；随即翁同龢当有覆函，疑即此函中所云“接到八月廿九日手书”。

同治六年十二月初一日，翁同龢“得五兄十月廿八、十一月初一日函”[③]，其中十月廿八函当即此函。

① 《翁同龢日记》第二卷，第589—592页。

② 《翁同龢日记》第二卷，第585页。

③ 《翁同龢日记》第二卷，第602页。

61. 同治六年十一月初九日(1867－12－4)

叔平吾弟足下：

折差回，接到手书，藉悉慈亲近履安康，吾弟侍奉万福，曷胜欣慰。惟仲侄因经手蔡处事焦急，旧病增剧，闻之又甚悬系。此子诸事皆谨慎，惟稍近利，吾甚惜之。今果因此受累。可见做人不可心有所贪也。吾家所存之款无多，固不足道，切勿因此致家庭间失和气，至嘱，至嘱。

兄谢恩折批回，约计月杪可以奉到。届时再定进京与否。倘能允准来见，则就日瞻云，于愿方遂。至往来川资、在京酬应虽须四五千金。然窃所不计也。京畿既荒，又有枭匪滋事，未知日下光景若何？捻匪现踞东省，恐冬令运河水涸，未必能限其马足，则皖省、豫省皆在可虞。闻李少荃与丁抚军彼此揭参，不识朝廷如何位置？第恐此二君皆非能了此贼之人耳。曾沅圃告病开缺。其实无病亦虑捻踪复来楚北也。

川省闻今年秋收大熟，米价平减，民情亦安堵。惟近来津贴外又有按亩派捐协饷及运送军米等费。民间输将亦颇竭力。幸骆制军在彼，情形既熟，办理得宜。故土匪不敢妄动耳。若大吏易人，则人心浮动，亦甚不足恃也。李申甫方伯现经制军奏明地方紧要，请暂缓陛见，则来湘必速，约计本月杪出月初，兄定可交卸。其时兄谢恩折件亦可批回，即可启程北上。至道出何途，须至湖北后探听捻踪方能定见。现在殊难悬拟也。

家乡近有信来，荣儿秋间曾病，今已痊愈。来书明春礼部试尚拟一行，未识确否。里中闻秋收歉薄，然米价尚不贵。至家中人口均皆安吉也。兄近体甚好，署内上下皆平善。现在料理交卸事务，及分遣家人辈。将粗重物件送回家乡，稍忙碌。晤面匪遥，草此布达，即颂侍祺，诸惟珍重不备。兄同爵顿首启（上钤“玉甫手缄”朱文方印）。并问秀姑娘近好。十一月初九灯下。

【按】 同治六年九月，翁同爵补授四川按察使。中丞刘崐以实任人员未到不宜“遽易生手”奏请暂留湖南藩司署任。同治六年十月初九日，李榕署湖南藩司（即布政使）[①]；十月十七日，湖北巡抚曾国荃告病开缺，以郭柏荫调补[②]；是年“十一月，李申甫方伯（榕）抵楚，乃交卸，俶装入蜀”赴任[③]；十一月初一日，翁同爵奉到批折“即赴新任，毋肩来见”[④]，此函即写于其奉旨即赴新任之时，即同治六年十一月初九日。

李榕（1819—1889），字申甫，四川剑州（今剑阁县）人，曾国藩幕僚，官至湖南布政使。“方伯”，明清时期布政使的别称。

62. 同治六年十二月初八日（1868－1－2）

叔平吾弟足下：

兄自前月廿五日交卸藩篆后，日盼折差回湘。直至月之初五日初更时，朱弁方至，奉到批回折件，奉旨着即赴新任，毋庸来见，钦此。跪读之下，感激难名。惟兄此次叩请陛见，一则仰承圣训，一则省视慈闱，就日瞻云与愿方遂。

---

① 《翁同龢日记》第二卷，第592页。

② 《翁同龢日记》第二卷，第593页。

③ 《翁同龢年谱·翁玉甫先生年谱》第182—183页。“申甫”，《年谱》中原文为“中甫”，疑误。此处据家书改为“申甫”。

④ 《翁同龢日记》第二卷，第596—597页。另见《翁同龢年谱·翁玉甫先生年谱》第183页。

今未蒙允准，殊违私愿。第现在道途荆棘，东路捻匪阻隔不通，西路襄城又有土匪滋事，行旅势难绕越。兹令入川，则慈怀可免挂念。来书所云闻此恩旨，慈亲甚为欣慰。可见父母爱子之心，固无微不至耳。

兄行李一切先皆分开收拾，以为一半留鄂，一半带京之计。今既赴任，则眷口只可同行，须稍稍归并。现拟定于初十日登舟长行。途中有可以寄信之处，当即随时托寄，切勿悬念为嘱。兄前拟进京，故又从新泰厚会寄足公砝京平足色银贰千两。今既毋庸赴京，则此项可留作开春吾到任后酬应之资。故托蕴斋夫子转寄，吾弟收明，交筹儿好为存贮，俟吾到川后将信函寄京，再行分送。至枢廷诸老，年内已经分致，可即作札告兄知之为嘱。

兄在此三年，虽无善政可称，然此行官场绅士颇有攀辕卧辙之意，亦有送牌匾者，令人皇愧。惟此心如光天化日，从无一毫私心，民间利弊有可以兴、可以革者，必实心实力为之。此则堪以对人者耳。

兄近来身体甚好，臂痛亦不时发，可勿注念。筹儿开春后，可令其稍坐定，至功名得失，自有命在，兄决不敢萌奢望也。川藩放蒋朴山。此君和平中正，到彼定必相得。盐茶道傅芸孙年世重叠，同舟当更投契。倚装匆促，草此数行，布问起居，诸祈珍重，不尽欲言。兄同爵顿首启。腊八日灯下。

【按】 此函写于同治六年十二月初八日。同治七年正月二十四日，翁同龢得翁同爵湘阴舟次函，“十二月初十日由长沙起程”[①]，与此函中“拟定于初十日登舟长行”一事相呼应，故翁同龢所得其五兄

① 《翁同龢日记》第二卷，第615页。

“湘阴舟次函”疑即此通。

同治三年十月，翁同爵授湖南盐运使；同治四年二月抵达长沙上任。其间，翁同爵先后署理湖南按察使、盐运使、布政使。同治六年，奉旨授四川臬司。是年十二月，奉旨即赴新任。故此函中云“在此三年”。

同治六年十月十七日，蒋志章（字朴山）升任四川藩司[①]。

63. 同治八年三月三十日（1869－5－11）

叔平吾弟足下：

三月望日在岐山途次，得二月三十日所发惠函，敬悉母亲大人福履安泰，吾弟侍祺绥吉，曷胜欣忭。惟奉到批回折件，奉旨着毋庸来见。瞻云就日之忱，未能如愿，殊深惆怅。次日行抵武功，以左帅驻师乾州，绕道往谒，甚蒙青目。十八日复勾留一日，二十日晋省。廿一日晋见中丞，即日下札饬令赴任。于廿六日申刻接印任事。陕省兵戈久困，民气未苏，筹饷筹粮难于他省。吾惟有尽吾心力而为之而已。幕友皆仍其旧，藉资熟手寮属贤否。兄新莅斯邦，未能深悉，当逐细访求之。颖叔告养而其太夫人病不能兴，一时未克就道，尚可就近探问一切也。

兄此次自蜀入秦，行程甫及一月，历云栈之险，如履平坦道路，上下人等皆各平安。此固神灵默佑，亦慈亲福庇所致。途中所历有日记数页，暇时当再抄寄。彭漱芳偕兄同行，今于日内即起程进京。兄托其携一衣箱寄京。晤面时可详询之。连日酬应无暇，匆促草此，（筹儿不另给札矣。）即请侍安不备。兄同爵顿首启（上钤“玉甫手缄”朱文长方

① 《翁同龢日记》第二卷，第593页。

印）。三月三十日灯下。问秀姑娘近好。

吾二月初三交卸四川臬司篆务后，即料理行装起程北上。连日酬应之忙，竟无片刻暇。十九日接川督行知，二月初五日奉上谕，催令赴任。于是于廿一日即自蜀省动身，途中虽栈道危险，然天气晴和，逆氛已远，途次并无担搁。三月十五日行至岐山，奉到批折，着毋庸来见。十七日至乾州谒见左帅，极蒙青目。十八勾留一日，于二十日安抵西安省垣。刘中丞以秋审事回省，廿一日晋见后，即奉札饬令到任，现于廿六日申时接印。此间饷项之阙固不待言，约计所短总在一百三四十万，无米之炊实难筹画，奈何？奈何？

陕甘后路粮台，吾决意辞却。及至乾州见左帅，则知林颖叔禀请交代。左帅已据禀批令暂交袁筱坞西征粮台。吾于是极力怂恿请其归并，左帅已应允入奏矣。辞却此累，私心窃喜。至本省军务，董志原之回逆已退屯金积堡，逆氛稍远，北山防军高果臣（连升）之勇八营因查拿哥老会变于宜君中部，果臣军门被害，刘寿卿（松山）所部老湘勇六营亦变于绥德，幸即时剿抚，为首之犯业经擒获正法。现已安插无事，惟即此以观楚军之不足恃明矣，乃刘中丞有鉴于此，思欲就地召募，将楚勇陆续遣撤。而左帅则狃于成见，尚欲专用楚人，现仍遣人至湘招军，故二帅意见亦不甚相合，其实办西北事断非楚勇所能成功。夫人而知之，非一人之私言也。吾谒见左帅时言陕省用兵筹粮难于筹饷，而筹运更难于筹粮，故昔日军务必发巨饷、设粮台，方能士饱马腾。今帑项支绌，地方凋敝，恐师行日远，转运维艰，似须先筹运粮之策可以源源接济，方可进兵。左帅亦深以为然也。

秦中州县人材以兵燹之后，半皆改捐他省。今所留者中材已属难得，至拣发人员仕版初登即有隽才，于吏治民情均未熟悉，委署一缺亦未必有所设施。其馀或书生迂拘，或捐纳猥琐，更不敢责以民社之事。吾新莅斯邦，当细加察访方能委用也。

同寅中臬司英伯文（奎工部司官外放）貌有肆应之才，然闻其所为不尽合乎正。粮道赵又铭（新）是一老书生。署盐道谢蔚青（质卿），由州县出身，而人亦有德无才，遇事皆不能有所斟酌。省外各道吕曼叔于地方情形极熟，才具亦开展。惟闻其谋调粮道，极力钻营，袁筱坞为之说项，左帅颇为之动，似亦非君子所为耳。

方元仲（鼎录）补延安府，捐离任以道员用，现在省中。此君世故太深，人情太熟，亦其所病。署首府杨霖川（光澍），老吏也，人尚结实；咸宁令黄渭川（兆熊），长安令张子和（国钧），皆肆应才。官声，则黄胜于张。官钱铺委员为方令延禧（号勤甫），吾至此后细加察访，尚无弊病，以官号仅发旗营兵饷，由铺取钱，门面并不兑换银钱，故弊无从作，所防者亏空及挪移耳。幸铺中有委员，有铺伙，彼此互相钤制，尚无此病也。

陕省民情近亦刁狡，然较之他省究竟质朴，惟兵燹之后凋敝太甚。地土荒芜者尚有一半，休养生息非十年不为功，司库地丁钱粮承平时本有一百六十馀万，今则所收以上年为最好，亦仅有其半，故库款支绌万分耳。官场一切俭朴异常，出门则仪从皆无，宴客则主宾团坐（请抚军亦然），迥非楚蜀繁华可比矣。

衙署亦甚破败，上房尚可住，会客处尚宽展。（吾住三堂一层，西院汝祥哥住，四堂向云不吉，今空置之。）至家人辈房屋皆土房，且甚少也。司署为唐时中书省基址，相传为郭令公府者非是。大门与粮道公共，二门以内方为司署，而仪门及大堂规模阔大，气象闳达，然皆废置不用。（科房尚在大堂两廊，大库在大堂旁，今尚用之。）在仪门西偏东向另辟一门，进内向北长街方抵宅门，门亦东向，宅门内南向二堂拜印。坐堂皆于此堂后，即三堂（上房）、四堂，其西院是会客之所，门在二堂院中，又其前则为幕友所居屋，大致如是而已。粮道署在二门外，向东走是其大门，进内绕过司署大堂后墙，方是伊署宅门，故恰在司署四堂后墙后。

衙署似较司署为胜。东偏有一花园，以粮道缺本胜于藩司，故承平时颇热闹也。彭漱芳随吾同行至秦，途中笔墨事件，即托伊为吾料理，今其行也，赠之以百金。此君近颇历练，非从前可比矣。署中幕友刑钱库储为一席，今仍请林颖叔旧友蒋雨亭办理（德润，山阴人）。此君在署有年，（前随岵瞻入秦，即蝉联在署。）人极谨饬，声名尚好，每年修膳一千二百金。书启则笔墨好者甚少，今请营田局委员秦子衡（毓祺，江宁人）暂办。秦君由幕而官，笔墨尚好。朱墨则请一本地诸生陈屺瞻。此生为颖叔所取士，英年好学，隽才也。颖叔荐吾处为教读（颖叔本留伊在署读书），吾以该生年仅十九，恐学生不畏惮，故改此席，其实用违其才也。

家人辈皆自蜀随吾入秦者，派司稿案一人，签押一人（挂号一人），值帖二人，管账一人，用印一人（写字一人），内跟班六人，外跟班二人，如此而已。此间下人分项，闻远不逮湘省，吾已吩咐，倘有人嫌苦者，尽可他往，吾决不勉强相留也。此间诸物昂贵，署中用度不能简省，而入项不及从前十分之五，吾惟以节俭行之，谅无不可敷衍之理。今年春令稍旱，近已迭得透雨，二麦收成可望大有。渭河以北略嫌少雨，然麦秋亦有六七成也。三十（上钤“玉甫手缄”朱文方印）。

【按】 同治七年十二月二十三日,翁同爵升任陕西藩司[①]。次年三月二十六日,翁同爵抵达陕西接印视事[②],此札便写于其时,即同治八年三月三十日。是年四月二十七日,翁同龢接到翁同爵此函,云"得五兄前月函,于廿六日接印,途次平安"[③]。

"吾二月初三交卸四川臬司篆务后……然麦秋亦有六七成也。三十"七纸中云"西院汝祥哥住",当是写给翁曾翰的语气。然其笺纸与"三月望日在岐山途次……三月三十日灯下。问秀姑娘近好"前两纸间皆钤有"玉甫手缄"朱文骑缝方印;且前两纸中亦云"筹儿不另给札矣",故此九纸乃翁同爵寄给京中翁同龢与翁曾翰叔侄二人的家书,二者是为同时发出,故权且置于此。

刘中丞,即刘典(1820—1876),字伯敬,又字克庵,湖南宁乡人。事见《清史稿》本传。

64. 同治八年六月初六日(1869-7-14)

叔平吾弟足下:

连次发京信,时皆因行人匆促,不及专函布达,非疏懒也。五月廿四日接到初九日所发手书,藉悉老亲康健,吾弟侍奉万福,欢喜无量。兄在此公私平顺,身体颀适,可免注念。吾弟退直之馀,必须自节心力,琐亵事勿与闻,劳苦事勿复作。无论时候多寡,总宜身心泰适,保身方可以报国也。酬应事可责之子侄辈,切勿再自奔走。饮食起居皆宜稍适,不可自己刻苦,至嘱,至嘱。

---

① 《翁同龢日记》第二卷,第697页。

② 《翁同龢日记》第二卷,第719页。《翁同龢年谱·翁玉甫先生年谱》,第183页。

③ 《翁同龢日记》第二卷,第721页。

兄年来虽诸事俭啬，然较之在京时自奉丰腆多矣，奚敢再事奢靡耶？须白齿落，固老境渐臻耳，非药饵所能保卫也。陕省饷事除地丁厘金及三关洋税(每处每月万金)、江苏、广东协饷一百六十万外(粤省分毫未解)，其馀部拨统令左帅总收分用，则画饼充饥，何裨实用？部臣空言搪塞最足误天下事。交秋后，军饷正不知如何支放耳。管春洲军务事似非其所长。张云卿现在刘幕，才亦不甚优也。

秦中吏治经兵燹后，已非从前光景。在兄视之，以为大胜于蜀，似尚易整顿。北山本瘠地，近则数百里无人烟。委署人员往往一年半载不肯往。兄到此后，详参数员，稍知畏惧。惟到任必须绕道山西，川资真不易措办。兄今定章，准其酌借廉俸而勒限令速往。否则，孑遗之民无人为之安抚，势将尽流为寇盗也。抚军回省后欲令回民迁徙出城，为一劳永逸之计。(移之北关外，令其盖屋居住。)兄意以为彼族多疑，恐事不成而启祸端。且现在城中尚有二千馀户，其房屋买卖约计之总在三四十万，安得筹此巨款？不如俟西陲事定后再议斯举。而抚军不以为然。令首府县集汉回绅士公议之。半月来迄无成说。今意似稍回他人有以利害说者，其事可中止矣。

陇西逆回时时欲窜扰秦疆。幸西路防军武字营素为川省得力之师，堵御严密，故不致阑入为患。左帅已移营泾州边界之瓦云驿，未必再能西进。一则回骑尚多，战事不易；一则运粮愈难，师行多怨也。陕省麦秋渭河以南者有十成，而河北者天旱少雨，收成只有一半。且秋粮甫种，近复孳生类蝗之土蚱蜢，颇伤禾稼。虽严札各州县捕扑。然尚未净尽。

连日望雨，已设坛祈祷，未知能速沛甘霖否？科场事兄曾在湘省办过，稍有头绪。惟此间官吏一无熟手，颇烦督率耳。兄此间合署均好。天时之热，虽远过于蜀，然较之湘省不及多矣。故衣冠酬应尚不以劳也。手此奉布，即颂侍安不备。兄爵顿首启。六月六日灯下。并问秀姑娘近好。

【按】 管春洲，即翁同龢门人管涝。同治八年三月十六日，“管生涝来辞行，将归陕，并条关中利弊数条，即附函寄五兄并谋一席”①。同治八年五月，翁同爵“详请举行陕甘乡试”，“部议准行”②。

是年五月初八日，翁同龢收得翁同爵“四月廿七函，陕境无贼，藩库支绌，省城斗米□□钱。写家信”③；此“家信”即函中翁同爵五月二十四日接到翁同龢“初九日所发手书”。六月二十七日，翁同龢得翁同爵“六月初六函，并《栈道纪行》日记。置身陈仓、凤岭间矣”④，即此通家书。即此函写于同治八年。陈仓，古地名。即今陕西省宝鸡市。汉魏以来为攻守战略要地。凤岭，位于黄帝陵东侧，陕西黄陵县八景之一。

65. 同治八年八月二十一日(1869-9-26)

叔平吾弟足下：

十六日得筹儿七月廿八日书，敬悉老亲慈躬康健，吾弟侍奉万福，欣慰无既。东华寓居必不可少。转瞬隆冬，风雪可畏。若退直后无一休息之所，复冒寒出城，甚非保身之

---

① 《翁同龢日记》第二卷，第714页。

② 《翁同龢年谱·翁玉甫先生年谱》，第183页。《翁同龢日记》第二卷，第727—723页。

③ 《翁同龢日记》第二卷，第724页。

④ 《翁同龢日记》第二卷，第733页。

道，切勿惜小费而视为缓图，至嘱，至嘱。

兄在此公私顺适，祈勿悬念。科场事已渐完备。惟三届停试，一切几同创始，颇费心力。书吏中亦绝无经历之人，故更不易办。幸兄前年在湖南曾经办过，自己稍能记忆。开一清折，逐渐举办，似尚不致遗漏错误也。司库支绌，人所共知。然自兄到任后，客军月饷按月或发二十日，(每月约计十二三万。)或发廿五天，较之前任每月或发十天，或发半月者，已多至四五万金。故各营皆帖然悦服。即督抚二帅亦不能不谓尽心筹划矣。本年地丁钱粮幸年岁丰登，约计可征收至八九十万。综核出入款目，可支持至岁底开年正、二月。饷银约需三十万，尚毫无指款，不免仰屋而嗟耳。陕甘捐输筱坞学士骤议减成而不入奏(照奏定银数减至一半)，恐他日必有旁人议其短长者。兄故畏累，请于中丞将此项捐输奏归左帅拨用，(一切均归甘局，惟将应分陕省四成每年移知陕藩耳。)非得已也。陕回之叛入甘境者，既无所得食，且为甘回不相容。现有投诚之请，未知能办成否。总之，办回匪与办发逆异。若剿而不抚，则军务终无了期。

兄故于乾州见左帅时，即以剿抚兼施之说进也。陕省吏治兵燹后较前略好。一则地方凋敝已极，无可刮削；一则从前之贪官滑吏，见此邦不能遂其欲，皆改捐省份，相率以去。故风气稍变耳。然在省略久，人员逢迎趋避，皆所不免，尚须极力整顿之也。

兄在此同寅皆和好，惟诸君缄默、谦退，绝少斟酌，亦是苦事。幸林颖叔尚在此，可稍与商量耳。秋风已起，颇动归思。拟于明春乞养回京。吾弟知之，勿为外人道也。手此布泐即颂侍安不备。兄同爵顿首启。八月廿一日。并问秀姑娘近好。

【按】 同治六年八月，翁同爵提调文闱；十月，“办武乡试事”[①]，故此函中云“幸兄前年在湖南曾经办过”；同治八年五月，翁同爵“详请举行陕甘乡试”[②]。知此函写于同治八年，是年九月初八日，翁同龢收得此函[③]。

66. 同治八年九月二十三日(1869-10-27)

叔平吾弟足下：

月之十九日徐贵来署，奉到八月十八日所寄手书，敬悉慈闱万福，吾弟侍奉增绥，快符私臆。东华房屋原只可作小寓观。若竟移住，则同乡亲友往来不便，恐老人转嫌寂寞也。吾弟日侍经帏，退直后宜自节力，勿复作无谓之应酬。起居饮食须稍自适，不可太自刻苦。字画书籍有足以娱意者，亦可随便购买。至友朋之乐，尤不宜无暇则招二三知己夜饭聚谈，最足畅适胸襟也。吾弟系内廷人员，政事得失切勿议论。盖旁人窥伺者多。偶不捡点，则小人属耳者，即有饮憾。此古人所以三缄之戒也。切嘱，切嘱。

兄办科场事，幸无遗误，场内外均安静无事，尤为难得。中丞于廿一日已出闱矣。左帅尚驻兵泾州前敌，战事颇得手。北路刘松山已至金积堡之北十五里。南路黄鼎等诸军亦抵盐茶听，已与刘军声息相通矣。惟师行日远，运粮愈难。一楚勇之费可养他勇三人。此则他日报销所未易办理者也。上年降捻左帅统之入秦者，近皆纷纷逃遁。百十为群，扰害闾里。迨省中闻信，发兵追捕，则已远扬不及。兄

① 《翁同龢年谱·翁玉甫先生年谱》，第182页。
② 《翁同龢年谱·翁玉甫先生年谱》，第183页。
③ 《翁同龢日记》第二卷，第747页。

今请于大府拨兵，在要隘地方驻扎，有逃勇过境，即时堵拿。以后或闾阎不致受其害也。陕省秋收颇好。钱粮征收亦有起色，约计司库所储已足本年之用。惟来岁正、二月间兵饷尚待筹划耳。

兄近体健适，月来办理场务，蚤作晏眠，亦不觉劳顿。川事杳无消息，未识查办若何？仲翁忠厚太甚，为左右所愚弄。若久于其任，恐非地方之福也。草此奉布，即颂侍安不备。兄同爵顿首启。九月廿三日。并问秀姑娘近好。

【按】 同治八年九月，翁同爵“提调文闱”[①]。八月十八日，徐贵将往陕西，翁同龢“作家信与之”[②]；与此通翁同爵所言“月之十九日徐贵来署，奉到八月十八日所寄手书……”相呼应。知此函写于同治八年，十月初十日，翁同龢收得此函[③]。

67. 同治九年二月二十日(1870－3－21)

叔平吾弟足下：

屡奉手书，未遑作答。昨接筹儿正月杪信，藉悉老亲康健，合宅平安，深为欣慰。惟伊书中云，前数日吾弟曾患感冒，今已入直如恒，尚望随时加意调摄，切勿过于辛苦为嘱。

兄此间事，虽贼踪四扰，幸未窜过渭河。故省城人心尚属安堵。兄日来昼则军书旁午，夜则登城巡视，刻无休晷。惟守土之官不能先事豫防，致小民复遭蹂躏，负疚实深，敢复告劳耶？司库上年极力樽节。至岁底竟实存五十馀万，

① 《翁同龢年谱·翁玉甫先生年谱》，第183页。

② 《翁同龢日记》第二卷，第743页。

③ 《翁同龢日记》第二卷，第753页。

为十年来所未有。奈今岁贼扰腹地，且春令无雨，上忙钱粮恐难征收起色，则饷源缺乏，筹划无方，殊为焦虑耳。左帅处消息亦不佳。金积堡各营已全溃退。现在收合士卒，不过十之一二而已。平凉后路亦多梗塞，粮饷皆屯积半道。西征粮台二十馀万金，所买之车驴已被掠殆尽。而左帅犹日腾章报胜仗，真为有识者所嗤笑。

日前袁筱坞奏折固实情，亦欲自占报销地步，且有所希冀也。(欲朝廷简放伊为巡抚及督办陕省军务。)蒋朴山尚无确信何日入秦。此间春雨稀少，农田望泽甚殷，粮价已渐长。倘十日不雨，则二麦难望有秋，深为焦灼也。手此奉布，即颂侍安不备。兄同爵顿首启。二月二十日。并问秀姑娘近好。

【按】 同治七年十二月二十三日，翁同爵补授陕西布政使；同治八年三月，“抵西安，二十六日接印视事。刘克庵中丞(典)驻军三原，抚署日行事件由府君代办文书填委，日不暇给，裁平馀、减摊派，设交代、报销两局，以陕捐归并西征粮台”[①]。同治八年十二月初五日，陕西巡抚刘典请终养，允之；以蒋志章为陕抚，刘典候交卸再起程[②]。

此通中云“虽贼踪四扰，幸未窜过渭河，故省城人心尚属安堵……蒋朴山尚无确信何日入秦”，知时值翁同爵任职陕西，原巡抚刘典已经告养，新任陕抚蒋志章(朴山)尚未到任，即此函写于同治九年二月二十日。是年三月十二日，“得五兄二月廿日函，折弁来”[③]，当即此函。

同治九年正月十六日，翁同龢“……忽胸次不适，欲吐不

---

① 《翁同龢年谱·翁玉甫先生年谱》，第183—184页。

② 《翁同龢日记》第二卷，第764页。

③ 《翁同龢日记》第二卷，第791页。

得，……”；次日，“惟四肢重而倦”；直至正月十九日，“气体稍复”①；此与函中所云“昨接筹儿正月杪信……惟伊书中云，前数日吾弟曾患感冒，今已入直如恒”相合。

68. 同治九年三月二十八日(1870-4-28)

叔平吾弟足下：

二月中曾草一函，将关中近事略述，未知何时达览。月初起即羽檄交驰，兼之新旧中丞交替，兄刻无暇晷，是以屡次家书只给筹儿数行，俾知此间平善，以免老亲悬念，不及另函驰布也。迩维侍祺增胜，近体凝祥为颂。

此间军务于月之中旬崔三、禹得彦、闵阿浑、柏彦虎等股，自汧陇窜入，扰及凤翔，调官军二十营击之。贼遂分股奔突，其东趋禹得彦一股于二十左右逼近省垣。幸水陆各军防堵尚密，不得渡渭。已于廿四五日由蒲城白水遁入北山。而西边崔三一股亦由旧路回巢。此时陕境已无贼踪，第经过地方堡寨亦有失守之处。虽杀戮不致如前此之惨，然粮食骡马又掳掠一空。疮痍之民叠遭蹂躏，守土者负疚良深也。

兄以正、二月间稍效微劳，刘中丞奏请奖叙，蒙恩赏戴花翎，(现以尚未见上谕，尚不敢戴。)实深感悚。盖贪天为功，甚非兄所愿也。

兄近体甚健，连日备办李节相粮草行馆，颇费精神。幸旸雨应时，麦秋可望。寇氛稍远，民气熙恬，梦寐得以少安耳。手此布达，即颂侍安不备。兄同爵顿首启，并问秀姑娘近好。前寄到针黹，谢谢。三月廿八日。

---

① 《翁同龢日记》第二卷，第777页。

【按】 此札写于同治九年三月二十八日。同治九年三月初七日,"陕西肃清,刘典保在事出力人员",翁同爵蒙恩赏戴花翎[1];四月初十日,翁同龢得翁同爵三月二十八日函,云"贼又退去,陕界肃清"[2],即此函。

69. 同治九年七月二十四日(1870-8-20)

叔平吾弟足下:

十四日见吾弟升仆卿邸抄,欢忭之至。盖吾弟日侍经帷,升迁固意中事,第藉此博老母欢,此兄之所喜而不寐者也。津门之事闻之甚为悬念。今屡读明谕及通商衙门书,知当轴者意在息事,未必果有战争。第恐彼族日骄,祸患愈大,未免杞人之忧耳。

兄近体甚健,公私顺适,于心境、处境俱无不足。前发信时,固天气酷热,酬应纷繁,故书中未免有牢骚之语。所谓自劳叹苦,其实无他。兄年来观理透澈,平居闷则有之,怒却绝无。祈吾弟勿复注念为幸。

此间夏令多雨,秋禾甚佳。近日粮价骤落。闾阎称便。科场事已诸色齐备。今年较易为力,库藏空虚。然现储约可支持至十月。若下忙地丁征收畅旺,犹不致十分为难也。手此奉布,顺贺大喜,并颂节禧不备。兄同爵顿启,并问秀姑娘近好。七月廿四日。

---

① 《翁同龢日记》第二卷,第790页。《翁同龢年谱·翁玉甫先生年谱》,第184页。《海珊自叙年谱》同治九年。

② 《翁同龢日记》第二卷,第797页。

【按】 同治九年六月，翁同龢迁太仆寺卿[①]。七月初三日午正，翁同龢“到太仆寺任，属官候于堂，拜印”[②]。是年八月，翁同爵提调文闱[③]，故函中云“科场事已诸色齐备”；知此函写于同治九年七月二十四日。

同治九年五月下旬，“天津义民杀法国领事，焚其教堂两处，并杀其从人数名”，之后，曾国藩奉命赴津查办事件[④]，即函中所云“津门之事”。

70. 同治九年九月十八日(1870－10－12)

叔平吾弟惠览：

前月廿七日折弁回，奉到手书，敬悉老亲康健，吾弟侍奉万福，欢喜无量。此间文闱办竣，幸无贻误。今年秋收大有，月初正农田望泽之时，连得透雨，来年春麦已全行播种，民气安恬，粮价平贱。意者天心仁爱，疮痍穷黎，元气或可稍复也。金积堡消息甚佳。断其援贼，似可得手。

陕省防兵楚师已老，且多缺额，故不能得力。今中丞拟调川军驻陕之王名滔率其所部来省，再添拨几营归其统带，令往北山，作为游击之师。而饷项章程亦小变易，庶几壁垒一新，或者稍有成效耳。西、同、凤三府荒地本有三千八百馀顷，兄上年到任后极力督催各州县招徕开垦。今已种者三分之二。其馀一千数百顷现又陆续垦种。来年春令似可

---

① 《翁同龢日记》第八卷《自订年谱》，第 3827 页。另见《翁同龢日记》第二卷，第 814 页。

② 《翁同龢日记》第二卷，第 817 页。

③ 《翁同龢年谱·翁玉甫先生年谱》，第 184 页。

④ 《翁同龢日记》第二卷，第 806—835 页。

无旷土矣。惟北山一带，虽发给籽种、耕具，然所开者尚寥寥，实缘孑遗之民无几。如安塞一县，连老弱妇女在内，只有二百八十馀口。欲其多开地亩难矣。此则兄所日夜焦心而无可如何者也。北山各州县人人视为畏途，其未往者辄百计趋避，其在任者亦多方思退。

兄今详定章程，凡州县有能于招徕开垦振济等事，两年内办有成效者，实任保请升阶，署任酌调优缺。其不职者参劾随之。如此，示以劝惩，未知能人人自奋否？总之，州县能尽一分之心，即地方实受一分之福也。兄近日身体甚好，署中人口亦皆平善，幸勿悬念。连日酬应颇多（皆请陪主考），甚忙碌。武场事亦逐渐办理，已有头绪。二主试于二十日后起身，届时再详布一切。兹乘折差之便附去闱墨一部，题名录两本，所取多知名之士也。手此奉布，即颂侍安不备。兄同爵顿首启。九月十八日。并问秀姑娘近好。

津门事一意曲从，固非正办。然若遽开兵端，恐沿海各省皆不能安枕而卧。总之，此数年来，海防诸务大吏皆未计及。倘一旦有事，均毫无措置，未必不为前车之履。此事之可为长叹者也。至此时以赔钱偿命为了事，则外间清议、他时史笔自有定评。然其事政府操之，他人不能与，况侍从书帷者耶？侍从职分惟在辅翼圣躬，懋修正学，为他时亲政后立政治民计，不以建白为长也。愿吾弟察之。

二主试程仪每位公分送一千五百两，房官送五百两，其馀督抚藩粮道均送弍百。臬盐道潼商道首府均送一百，而同乡、同年等应酬均不计算。似每位总可得四千金之数，亦可谓极诚尽欢矣。

今科新中之陈树勋（号屺瞻，实年廿一岁），本福建人，入籍长安，补廪先在颖叔处读书。上年吾到此见之。观其眉宇间有秀气，且家甚贫苦，遂留在署，充朱墨席（仍督令用功）。此子不凡，惟嫌其相貌稍薄耳。莫元赓捐项共八千馀金，奉部咨，后已为之查明具详。今开略节一纸寄去，可转履前途也。

【按】 同治八年，翁同爵受陕藩之命[①]。同治九年八月，“提调文闱”；十月，“办武乡试事”[②]。知此函写于同治九年九月十八日。同治九年十月初六日，翁同龢“得五兄九月函”[③]，当即此函。津门事，即同治九年天津教案。

西、同、凤，即西安、同州、凤翔三府，同治元年，陕西回民起义的重点地区。

71. 同治九年九月二十二日(1870－10－16)

叔平吾弟足下：

日前交赍贺慈禧皇太后万寿折差递去一缄，未知何时得达。连日甚盼北闱消息，深望子馨中式也。辰惟老亲康健、合宅安和为祷。此间文闱榜发，所取多知名之士。闱墨极好，二主试盘桓半月，即已启行。程仪等均照上科致送，略尽地主之谊而已。西边战事似有起色。雷、黄两军已直薄金积堡巢外。如能绝其外援，似不难一鼓攻克也。

津门事未识究竟若何，第闻侯相有雨生中丞回任之请，则所议必已有成说矣。陕省秋收丰稔，旸雨应时，民

① 《翁同龢年谱·翁玉甫先生年谱》，第183页。

② 《翁同龢年谱·翁玉甫先生年谱》，第184页。

③ 《翁同龢日记》第二卷，第836页。

情安帖。兄近体甚健适,公私均平顺。中丞遇事必下问,
汲为水乳,同寅亦和睦,毋烦远廑。子受本故交,此间情
形已为略述颠末。至司库之支绌亦为详言,未知能达诸
朝贵人否。

吾弟退直之馀,必须格外休息,切勿再事酬应。冬令城寓万不可少,幸勿惜费为嘱。兹乘孙子受回京之便,草布数行,并外寄筹儿猞猁马褂甬(给筹儿)一件,狐皮女袄甬一件(全姨送六少奶奶),宁绸女衣料二件(给筹媳),漆布六尺(孝敬母亲),均希收明为要。此颂侍安不备,兄同爵顿首。九月廿二日灯下。

【按】 此函写于同治九年。子馨,即翁曾桂。同治九年八月初八日,翁曾桂参加会试,"松侄名在五十馀牌,入时申正";初十日,翁同龢看翁曾桂场作,"尚平平"[①],同治九年六月,孙子受放陕西副考官[②]。

万寿节,封建时代指皇帝、皇太后的生日。十月初十日是慈禧太后的生日[③]。

72. 同治九年闰十月初八日(1870-11-30)

叔平吾弟足下:

前月廿六日折弁回,奉得手书,敬悉老亲康健,吾弟侍奉曼福,以欣以慰。本拟即日裁答,而次日适武闱发榜。自卯正至寅皆在锁院,无暇握管。又次日月折折弁

---

① 《翁同龢日记》第二卷,第824—825页。

② 《翁同龢日记》第二卷,第814页。

③ 《翁同龢日记》第一卷,第382页。

即行。行人匆促，草数语寄筹儿，不及作函奉寄也。就商出处事大难作答。盖兄此次入秦，原欲不久即作告养计。第念受国厚恩，不敢以陕藩正在为难之时，遽思退避，且蒋中丞到任后，倚兄如左右手，每事下问。兄于燕见时偶道衷曲，辄即阻止。其情谊亦为可感。故迟迟不果耳。至吾弟日侍圣学，虽甚劳苦。然得偿先人未竟之志，似亦未可言退，宜俟圣主亲政后再陈情归养。吾弟以为何如，尚祈酌之为幸。

兄自履陕藩任后，整饬吏治，督垦荒田，劝修堡寨，办理赈济。两年来均稍有成效，誉者谓百废俱举。兄何敢当此第于民事不敢不极尽心力，以期无负国恩，无堕家声耳。他所不计也。文闱举行者，再武闱，现亦办竣。幸一切平善，实始愿所不及。农田旸雨应时，来岁麦秋可望大有。此则陕省官民之福也。西事金积消息虽佳，然陕回逸出。闻几及二千骑。（近日西北两路报来，贼皆退走矣。初十日。）近日北山郡县屡有警报，河州甘回又有大股东窜。秦陇同来告急。中丞已两路拨兵防剿，未知能遏其凶锋否？刘省三军门奉命督办陕西军务。闻此君近颇能折节读书。然其所部总在三四十营。此番入关即军令严肃。而地方供给车马粮料已将有不支之势，奈何，奈何？

秋收既丰，各州县钱粮稍踊跃。然以之支应客军，则断难周给。司帑藏者能毋卧不安席耶？兄于金石字画虽无暇赏玩，然治公之馀，藉此亦陶适情性。今乘承差解乡试录进京之便，（行期尚须略迟数日）附去唐碑百种，聊供清玩。其间尚有不甚惬意者，他日得佳拓奉寄，陆续易去之，方为善本耳。京师年终馈岁之资，万不能少。今已从天成亨号汇去纹银三千金，俟将信函书就，再开单寄筹儿。届时乞吾弟斟酌之为幸。手此奉布，即颂侍安不备。兄同爵顿首启。

闰十月初八日。问秀姑娘近好。

呼延冠三之夫人境况甚窘，今寄居三原其姊家。今春曾有书来，询问吾弟近况，兼有告帮之意。兄于近日助伊二十金，交委员带往。询确致送，尚未接其回书也。

元通观粥厂向以津门所捐为一大宗。今年地山侍郎去位，其款恐难复集。兄拟捐百金，以资散放，其银可令筹儿、近日兄所寄三千金内提出，交去可也。

先圣贤陵墓地方官本应随时修理。今陕省文武成康陵寝兵燹后片瓦无存。兄现拟筹款兴修，以还旧制。

【按】 同治八年正月，翁同爵受陕藩之命；三月二十六日，“接印视事”[①]。同治九年正月，甘肃回民起兵，直逼咸阳，以致西安戒严；八月，翁同爵提调文闱，十月，办武乡试事[②]。是年十月十六日，刘铭传入陕[③]，督办军务[④]。

同治十年五月，翁同爵“捐廉修葺文武诸陵”[⑤]，函中云“现拟筹款兴修，以还旧制”，知写信之时尚未捐资。因知此通家书写于同治十年五月之前，即同治九年闰十月初八日。

承差，清代各部院衙门承担书写文稿等事吏人的总称，亦名经承。同治九年十一月二十三日，翁同龢“得五兄前月廿□日函，承差来，以唐碑百种见寄”[⑥]，当即此函。然两处日期稍有出入，或如此函中所云，写信日期是十月初八日，发信日期则因“行期尚须略迟数日”

① 周文晓编著《翁同龢年谱·翁玉甫先生年谱》，第183页。

② 《翁同龢年谱·翁玉甫先生年谱》，第184页。

③ 《翁同龢日记》第二卷，第838页。

④ 《清史稿》卷四百十六载刘铭传同治七年“九月，命督办陕西军务”。《清史稿》，中华书局，1977年7月，第12078页。

⑤ 《翁同龢年谱·翁玉甫先生年谱》，第184页。

⑥ 《翁同龢日记》第二卷，第850—851页。

之故而延后。

蒋中丞，即蒋志章，同治八年十二月初五日，蒋志章放陕抚。

刘铭传，字省三，安徽合肥人。事见《清史稿》本传。

地山侍郎，即完颜崇厚，字地山，号子谦，又号鹤槎，内务府镶黄旗人，河道总督完颜麟庆次子，完颜崇实之弟。道光年间举人。同治九年天津教案后，出使法国谢罪。事见《清史稿》本传。

73. 同治九年十一月初五日(1870－12－26)

叔平吾弟足下：

前月中旬曾布寸缄，未审何时得达。所有寄各亲友馈岁之资，亦开一单交筹儿呈商，想均酌定分致矣。兄半年来办理文武科场及供支李节相、刘督办两次兵差，颇劳心力。近日省翁移扎乾州，方稍觉清闲。省垣近来无事，金积马逆归诚，似不致有反复。然旬馀尚未见左帅腾章入告，(闻有安插妥帖方奏报之说。)不识何故？陕省南北两山皆已得雪，惟西、同、凤仅于冬至日微见祥霙。故连日设坛祈祷，未知能感格天心否？

此间秋收丰稔，地丁钱粮较之上忙稍旺，库款尚可支持。来年正二月饷不待再筹矣。城寓已定赵粹甫屋，甚慰。盖严寒甚暑，若退直后，复奔驰十馀里，方得休息，未免太劳，留此小寓可暂栖止，胜于东华门外酒肆多矣。切勿因其稍费再有游移为嘱。

兄为外官数年，一切虽仍节俭，然年来饮食衣服自奉已觉稍丰，盖吾辈保养身体方能为国家办事，祈吾弟珍重自卫为祷。手此布候，即颂侍安并贺年禧不备。兄同爵顿首启。并问秀姑娘近好。初五日。

【按】 同治九年闰十月初五日,“赵粹甫同年放江南遗缺知府,因请住其屋”①。又函中云“陕省南北两山皆已得雪,惟西、同、凤仅于冬至日微见祥云。故连日设坛祈祷”,知此函当写于是年十一月初一日冬至日之后②。即此函写于同治九年十一月初五日。

---

① 《翁同龢日记》第二卷,第842页。

② 《翁同龢日记》第二卷,第846页。

致翁曾翰函[①]

1. 同治四年三月初六日(1865－4－1)

字付荣、筹两儿览：

久未得京信，深为悬忆。汝等场作若何？揭晓能侥幸获中否？倘中，则不可意气飞扬，稍露狂态，尤宜谦退谨慎。若不中，则不必抑郁牢骚，须要爱惜身体。盖功名得失、迟早，皆有一定也。至嘱，至嘱。

吾到此即署臬篆，甚觉皇恐。刑名事，吾素所未习。惟有遇事讲求不敢稍有忽略而已。刑席王、卢二君皆兆宝翁旧友，均仍其旧。其修金每位每月百金，向例如此，均从首府每月所解督审局经费内致送也。星使所查各件，中丞似无大过失，乃竟以常德盐捐事吏议降调。其实初办时，曾经通禀立案，各衙门均有案可稽。星使仅吊常德案一查。其卷已为后任抽去。抵省后未曾向别衙门行查，故覆奏致稍失实耳。中丞被议后，颇愤愤，欲自剖办，然恐非所宜也。现在石襄臣方伯获抚院。此君方正朴诚，固是君子。惟才欠开展。若办军务恐非所长。

兆宝岩人亦忠厚精细，其馀同寅亦均推诚相与，情谊浃

---

① 包括两通翁同爵同时写给翁曾荣、翁曾翰兄弟二人之家书。因其数量较少，故列于此。

洽。而陆星农、李玉阶尤为相得，诸事可以斟酌。本地绅士吾亦稍为联络，故到此月馀，官绅口碑，尚无坏评也。汝等无论中否，切勿遽作楚游。盖吾此次来此已备尝风波、盗贼之险。事后思之颇深恐惧。故筹儿现任京秩，断断不必来。即荣儿拟由家乡到此，此时亦千万勿亟亟。盖近闻捻匪有窜扰山东之说。若果如此，则南归亦宜稍缓，须俟道路肃清，方可南下。切勿孟浪。若由江南至此，闻长江一带必须炮船护送。而由武昌至长沙，则夏秋之间。湖水浩漫，更觉危险，吾甚不愿汝长途跋涉而来也。

总之，筹儿在京侍奉重闱，可以代吾稍尽子职。故不令其来。荣儿到此，可以替吾心力，故亦望其来。惟因路险，又不望其即来。汝兄弟当深体吾意也。兹因折弁进京之便，草此数行，寄汝兄弟知之。此问汝等近好。三月初六日夜二刻玉甫手书。

臬司缺分清苦，各省皆然，而湖南为尤甚。每月除养廉外，馀无进项。吾以署事人员，又只能得半廉，每月仅有百八十金。又藩司库每月发心红纸张银二十金，公费银五十金，如是而已。而约计每月出项总需三百馀两，酬应一切，尚不在内。故其势不能不赔垫。吾惟有诸事撙节，庶几不致陪累太甚耳。

吾到此一月，与此间官绅尚多浃洽。绅士中如曾沅圃中丞、赵玉班廉访、郭意诚、李仲容黼堂昆仲皆相待极厚，即黄兰坡观察亦虚与委蛇。故外间皆无异议。同寅中如石襄臣方伯，则笃实君子。惟才具稍欠开展。兆宝岩廉访诸事精细，可为师法。李玉阶、陆星农、彭锡之亦皆推诚相与，遇事亦可商酌，毫无虚套也。

吾到此妙手空空，然京债有亟须清还者。若迟迟不还，亦属非计，故再四筹维。今从陆星农处借得纹银一千两（借许姓者每月一分起息)从蔚泰厚汇京(京平足公砝)。其汇票即交此次折差责去。收到后可先将汪啸庵处一款(有票据须收回销毁)归还之。其馀可酌量先还。至崇佩翁、薛觐唐两处借款及鉴古欠项,只好再行陆续归款。此时实难清偿。

京寓用项吾时刻在念。然刻下亦万不能筹措,且俟稍缓再行续寄。吾此间衣服一切皆不必添,每月惟伙食及一切零用,究属不多。即连酬应大约每月不过三百馀金。除半廉及公费外,只须赔垫数十金而已。倘能得一督销淮盐局差,则每年可津贴千金,即不致陪累也。此间日用各项,均昂贵异常。白米每石须大钱四千文,猪肉每斤须一百四十四文,煤每斗(论斤不过十六斤)大钱二百八十文,鸡鸭每斤亦须百四十馀文。鸡子每个须七文半,较之京师似更贵而银价每两不过换钱一千二百文,缘地窄人稠,故如此耳。公馆房屋则二三十间者,每月须租钱四五十千文,尤为奇贵。在省候补诸君支撑亦颇不易。汤敏斋丈时时相见,意兴甚好。其庄田租谷尚敷用度。吴年伯母境遇甚窘,仲起虽得一盐厘局差,每月有薪水三十千。然尚入不敷出。倘有机缘,当再为之设法也。

次山中丞在此诸事要好,地方情形亦熟,故官声亦尚好。惟遇事稍刻,于是官场遂多怨言。星使到此所查事件,秘密之至。其覆奏底稿,此间更无从知悉。昨奉上谕始知以常德抽收盐厘及委署不公等事,部议降四级调用。其实,常德盐捐事,初办时即曾通禀,骆中丞批极其夸奖,各衙门均有案据。星使仅在常德查卷,而旧卷先为其后任怨家抽去。到省时未曾行查各衙门。故入奏时以为升藩司后,方禀请立案,实属有心掩饰,不知次翁先经禀明,凡督抚司道衙门共有案卷者九处也。中丞以此去官,心颇不平。闻其接奉上谕后，复发一报，稍自剖办。然恐反添支节，必有严旨切责耳。石方伯获抚篆，办事恐不逮次翁。盖方伯人是君子，而才具则欠开展，且近来精神稍觉颓唐，遇事又不甚讲求。故办公颇形废弛。

今获抚篆但愿福建贼匪不致西窜，则尽可平妥过去。倘军务紧急，则恐调度不能合宜耳。署理藩篆，现在奏留兆宝岩暂缓陛见。今日皆已接印，宝岩人却和平中正，办事亦了亮，为旗人中不可多得者，在此却甚好。吾诸事皆可与之商酌也。初六。

家中得力者固少，即合格者亦不多。现在派张荣稿案，亦不过短中取长耳。签押二人俱新用，一则名樊升，系吴年伯母所荐，武进人，跟张仲渊多年者，人尚结实可靠。一则陆星农所荐盛元，本地人，人亦谨慎。其馀跟班，虽几及十人，其实每事皆须亲自检点，并无可以交托之人也。兹特将到任后执事单抄阅，可略知梗概矣。

门：稿案张荣（现在尚诸事要好）；管零用账李慎（派此职司甚合宜，人毕竟可靠）；接帖董升（气质粗浮）；刘俊（粗疏昏庸，弃物也）；丈新（恽中丞荐，扬州人，年二十馀。尚合式。此人亦不可重用）。

签押：稿案樊升（老诚持重）、盛元；请印刘元（即修伯所荐，人颇谨慎）；挂号杨杰，（兆宝岩荐，鸦片烟鬼，本地人。今日已去，仍跟宝岩矣。）书启卢筠（李仲容荐，本地人，写亦平平）。

跟班：霍安（其昏依然）；段成（人谨慎，惟外行）；李万（当差平平）；周贵（本地人，曾跟李仲容。唐荫云荐，人尚勤慎）黄恺（浙江人，现尚未来。敏斋丈荐，尚可靠）；吴湘（本地人。兆荐，无能而老奸巨猾，拟外荐之）；蔡升（本地人。李玉阶、彭锡之所荐，当差平平）；李荣（本地人，回回。王初田观察荐者。人甚奸猾，拟外荐之)；兴儿(周贵之弟，年十四，貌笨而顽)。

管厨：沈贵(烟瘾日深)；赵升(亦不能十分出力。今令其每日做吾所吃菜而已)。

其馀荐来之人甚多，吾只好一概辞却。一则此缺清苦异常，伊等得项亦甚少；二则本无用再添人处。现在在此之人尚拟逐渐外荐也。

【按】 翁曾荣(1837.1.4—1862.9.12)，字蓂卿，又作鹿卿、友竹、味幻居士，翁同龢五兄翁同爵第二子，叔伯中行四，同治元年十二月过继给翁心存次子翁音保为嗣子。[①]

翁曾翰(1837.12.24—1878.6.14)[②]，又名海珊，小字筹儿、筹郎，咸丰八年举人。翁同爵第三子，叔伯中行六。同治元年十二月过继给翁同龢为嗣子。曾任内阁中书。光绪四年五月十四日，病殁[③]。

以上四纸原顺序为"次山中丞在此诸事要好……"、"臬司缺分清苦，各省皆然，而湖南为尤甚……"、"家中得力者固少，即合格者亦不多……"、"吾到此妙手空空……"疑乱。根据笺纸之间所钤骑缝朱文长方印"清慎勤"，调整顺序如上。其中，"家中得力者固少，即合格者亦不多……"一纸左边亦有骑缝印，知其后尚有内容，然未见相对者，疑已散佚。此四纸与前两纸均述及署理川臬之事，且日期相近，故当是同时发出。

翁同爵先后曾两次署理湖南按察使。其一，同治四年二月，翁同爵初到湖南，二月十七日接印，署湖南按察使；闰五月二十一日，交卸

---

① 《翁同龢年谱》，第37页；第180—181页。

② 国家图书馆藏稿本《海珊自叙年谱》。

③ 《翁同龢日记》第三卷，第1345—1398页。《翁同龢年谱》，第37页；第180—181页。另见高阳撰《翁同龢传》，黄山书社，2008年5月，第66—69页。

按察使篆，回湖南盐道本任。其二，同治五年初，时值翁同爵署理湖南盐运使。原任兆宝岩简放黔藩，湖南按察使无人署理；因翁同爵上年曾经署理，不便再另找他人。故而翁同爵于同治五年二月初九日接印，复署湖南按察使。其本任由刘达善署理。是年七月二十六日，翁同爵交卸臬篆回本任①。

函中或云“到此月馀……三月初六日夜……”、“吾到此一月……”，知此时翁同爵初到湖南，为其第一次署理湖南臬司。故此函写于同治四年三月初六日。

函中所云“中丞似无大过失，乃竟以常德盐捐事吏议降调”、“昨奉上谕始知以常德抽收盐厘及委署不公等事部议降四级调用”，指同治四年二月十一日，湖南巡抚恽世临降四级调用，以李瀚章代之②。

2. 同治四年三月初七日(1865－4－2)

字付筹儿览：

前月廿八日将第叁号家书交折弁蔡弼臣赍去，未识何时得达。迩维老亲康健，合宅平安为祝。吾此间公私顺适，可勿悬念。兆宝岩办理军务一时尚难得替人，大约于五六月间或可回省也。王初田观察与吾极相得。吾到此后一切承其指示。今进京引见，到时汝可执子侄礼往谒。至洗尘饯行等应酬亦不可缺。吾此次托其携去益阳竹席一床、祁阳葛等一布包麻包，食物二匣，汝可收明。初田出京时，如有轻巧便带之物，（伊尚须回家一行，紧要信物却不必托带。）亦可托寄来湘也。

---

① 《翁同龢年谱·翁玉甫先生年谱》，第181—183页。

② 《翁同龢日记》第一卷，第402页。

初田老于吏事而性情坦白，不设城府，与人交接，肝胆相照。此次晋接天颜，封疆指顾间耳。其大令嗣在豫章候补知府，亦极能干，今同其二令嗣入都，亦是军营保举太守，尚未分发到省也（须在京候选）。一门雀起，殊可欣羡。粮道缺现是朱秬泉署理（卺侯，安徽人），星农仍赋闲也。

此间雨旸时若，稻田春水已足，荫注有备，可望有秋。边防三军依旧，中丞现拟略行裁减，以就饷糈。鄂省消息近不甚佳，楚军一蹶不振，淮军、霆军尚未赶到，日来闻扰至黄州、团风等处，势又东趋矣，草此问汝近好，并合家大小均吉。三月初七日玉甫手书。

初田之行，吾极欲寄土物数种，以博高堂一笑，乃左右筹思，竟无物可以寄远。近日方觅得益阳顶细竹席（装一竹筒）一床，复购买祁阳细葛二端，（又买一玻璃球，共装一蓝布包。）荆绸被面二幅（红者足纹四两），聊供老亲服用。汝收到后，即为吾转呈。外有南华菇（广东人所送）一匣，百合粉（衡州府所出）一匣，尚新鲜可吃，未知到京后，风味若何，此间僻陋可笑，服御饮食，无一新奇可喜，不如江浙远甚。即如祁阳之葛，不及雷葛之坚密经穿，而每端价值，总在足纹肆两以上，殊不足取。第舍此则如浏阳之夏布等，更不堪入目矣。

【按】　同治三年，翁同爵补授湖南盐法长宝道，加盐运使衔，十月起程赴任。次年二月抵达长沙，“适兆宝岩廉访（琛）以军事将入黔”，中丞恽世临檄委翁同爵署理按察使。函中“兆宝岩办理军务一时尚难得替人”，即指兆琛入黔一事。知此函写于同治四年。

3. 同治四年三月十六日(1865－4－11)

字付筹儿览:

今年巴陵令所送贡馀君山茶,似较往年为佳,盖藩署者向比他处稍真,故色味迥不同耳。兹交贡差携去陆瓶,汝可查收转呈汝祖母。外又买龙须席四床,亦交其带去,可分给家中人也。此地土产绝少,二种已皆入贡,其实亦尚不足珍贵也。

吾在湘,诸凡顺适,可勿悬念,京寓倘要此间物件,可作书告吾知之,以便遇有妥人托寄也。吾此地并不需京中食物,汝处无须寄来,惟京靴、潮烟二样,可陆续分寄,亦不必多带为嘱。

湘省一春多雨,近日更连日大雷雨,河干水长一丈馀,插秧已足。第此间农民懒惰,迥非吾乡可比,旱潦皆听命于天,桔槔之具几致无用,故其占晴望雨较他处为更切也。此次同贡差行者,有一周游击名瑞麟,系抚标右营驻扎在省,与吾有同官之谊,亦托吾致书武选司诸君,为之照料。倘来访,汝可投刺答之,不必以父执相待,盖虽算寅好,然文武究有不同耳。此字问汝夫妇近好,并孙男女辈均吉,贡差行程不甚速,故略草数行付之,馀俟折差往时再布知。三月十六日玉甫手书(钤"玉甫手缄"朱文方印)。

【按】 同治四年三月二十七日,翁同爵致翁同龢家书云"寄去真君山茶叶八瓶",是年闰五月初十日,翁同龢"得五兄三月……书,寄君山茶十馀瓶"[①]。故此函亦写于同治四年。

抚标,明清时期巡抚直辖的军队。《清史稿·兵志二》载"浙江巡

① 《翁同龢日记》第一卷,第431页。

抚统辖抚标二营”。

4. 同治四年四月二十六日(1865－5－20)

字付荣筹两儿览：

廿四日折差回，接到三月十七日及廿二日所发京信，藉知汝兄弟身体皆好。三场已完毕，深为欣慰。筹儿场作尚好，几可侥幸获中。然功名得失自有命定，吾断不痴心妄想也。汝等若中，固不可骄矜自满。不中，亦不宜抑郁牢骚。

吾年已半百，于世事阅历深透，故作此语，愿汝兄弟共体斯意也。筹儿身体须格外保养。荣儿若南旋，则山东沂州、江南徐州等处皆有捻匪未靖，行旅须万分留意。若回家后，由浙江、江西来湘，则此时霆营叛勇湖北者尚踞铜鼓、福建者复陷上杭(顷方据探报云)，恐将来滋蔓难图，一时未易歼除，则江西之路亦不可行也。朝政纷更，朋党将起，殊切杞忧。汝兄弟在京，语言须谨慎，切勿信口议论。至嘱，至嘱。

汝祥兄既离扬营，何以久无信来，令人悬念不置。吾在此诸事均顺适，惟三、八、五、十日早晨上院，每日接见属员，办理公事，必至子刻方卧，稍觉劳碌耳。缺分清苦，每月须举债二百金，方能敷衍。然此时别无他法，只有随遇而安而已。

京寓日用一切，汝兄弟可帮同照料，吾此间苟可张罗，必先筹寄也。兹因折差于明日行，匆促草此，问汝兄弟近好，并合家安吉，父玉甫手书。四月廿六日。

【按】 同治三年四月底，翁曾荣起程北上；六月十四日抵京[①]。是年十月，翁同爵启程赴湖南任，翁曾荣、曾翰兄弟因留京参加会试而未能随侍。同治四年三月初八日，翁曾荣、翁曾翰参加礼部会试。至三月十六日，三场结束。“试作筹较胜，可望入彀”[②]；是年二月，翁同爵署理臬篆，即如函中所云“缺分清苦”，知此函写于同治四年。

5. 同治四年五月二十七日（1865－6－20）

字付筹儿览：

月之十九日折弁回，接到汝四月廿四日书，知京寓大小均吉，深为欣慰。今年汝兄弟应礼部试，吾本不敢有奢望，榜发不中，吾却毫无芥蒂于中。汝亦宜义命自安，切勿抑郁、牢骚为嘱。汝身体本弱，兼之上年大病，气血尚未复元，须随时随事，格外调摄，不可稍自逞强。饮食汝尚能自节，惟寒暖一切均须留意。夏令天气暑热，应酬宜简，寒凉凝滞之品不可多吃也。汝荣哥南归绕道汴梁固好。但此时僧邸阵亡，捻势必张甚，未知途中通塞。吾此间须俟其到家后有信来方能放心。（如能径到此间，则似较回家乡为便，但伊归计甚切，未必先来也。）否则，日夕悬悬不置也。

汝祥哥何以久无信至？且都中亦未接伊书，真令人望眼欲穿。吾此地曾两寄书。一由官封直达常熟，一由李少荃中丞处转交昭文令。不识能寄到否。总之，伊习染甚深，恐到京及到此，均非所愿也。吾在此公事虽忙，然幸无棘手之案。惟终日衣冠见客，稍觉劳苦。所幸身体甚好，可勿挂念。（四月杪曾小恙数日，服药四五剂即愈。周子京亦于月

---

① 《翁同龢日记》第一卷，第355、363页。

② 《翁同龢日记》第一卷，第408—412页。

初病馀十日，今亦霍然矣。）兹因折差进京之便，（昨日下午方点折弁，故亦不能详细多作信。）匆促草此。问汝夫妇近好，并孙男女辈均吉。（此间无一新奇之物可寄小孩者，可告知安孙，俟吾觅得再寄也。）五月廿七日玉甫手书。

……僧王阵亡，捻势必张甚，未知近日情形如何？此间寂寂无所闻，令人闷损。曾相北行固好，但僧王所带之马队尚有存者，以南人统之，终恐不能浃洽，况僧王真能与士卒共甘苦。继之者未能如是，恐军心未必帖服耳。此间接廷寄，令沅圃中丞陛见。奈沅翁身上梅疮未愈（名为湿疮，其实干杨梅也。近闻起坐均不便），且至见于面，故万万不能北上。闻已具折陈情，谅可邀允也。

杨厚庵制军所募湘勇，闻逃散者已不少。近日见诸公牍，携带洋枪洋炮潜逃。咨明本籍缉拿者，已有二三百人，其馀仅止只身逃回者，不知多寡。近有自鄂中来者，云襄樊一带，盗贼颇多，行旅皆有戒心。闻即杨营逃勇居多，未知确否？盖此间之人，每日须吃大米饭，且赤脚时多。令其穿鞋袜吃面食，均不惯。且闻西安米价，每石廿四千文，军中以榆面充饥，更所不愿也。

霆营叛勇在金口登岸者，共有八千人，以后陆续投出者已有一千五百馀人。破咸宁戕官后，复破崇阳通城。入江西之万载，围攻袁州城未下，即分股窜萍乡，幸湖南之平江、刘阳、醴陵等处皆有重兵团练严防，未曾闯入。遂南走湖南之攸县、安仁、兴宁，窜入粤东乐昌县境。此股叛匪，除投出及沿途逃散外，实止二三千人，（有器械而无火药，故尚易于扑灭，奈纵之不击何?）即连裹胁土匪亦不过四五千人。倘经截击，即可溃散。惜湖南所调赵玉班焕联臬司所带之和字营，五六千人，皆游手好闲，市井无赖，（每月需饷四万馀金。）十年从未经历行阵。且震于霆营能战之名，不敢对垒，但只尾追。而刘守德谦所带之威信军一千七百人又失期后至。故该勇得从容远遁。惟陈俊臣士杰(江苏臬司)所带之广武军三千馀人,曾迎头截击。判众(有千馀入广东境)稍受创惩耳。可为浩叹。

总之,此等叛勇不经痛剿,恐效尤者将日起,而曾节相尚出示招抚,有投出者给资遣归。此真煦煦之仁也。

月之廿一日,忽家乡来苏森岩、王树斋二人。森岩系叶封姑丈第三子(丁氏所生),树斋则适王氏之表姊之子也。数千里来此,实属无谓。然既已远来,又不可听其住在寓店。权令其移居署中。此二人似无他能,只好在此闲住。将来或为之谋一征比馆地。吾此时虽身任盐司大员,然自顾且不暇,乃家乡亲友贸贸然来,真可谓不知世务者矣。现在伊主仆三人在此,每月火食等类,即须费吾十金也。

苏、王二人来,接到厚斋兄士吉侄信。厚斋二子被掳,均幸而逃出,伊却自幸,别无他念。现拟仍开米店生理,士吉在梅里办布捐,其薪水仅能敷衍。而其弟妹尚有婚嫁未毕者,深以为累。伊等三月廿六日起身时,汝祥兄尚未到家。闻其尚在兴化,家中亦久未接伊书,不知伊作何勾当也。据树斋云:德叔公之子小二叔,掳后逃归,近颇学好。现住吉侄处,复做米行生理矣。又据云:闻陆氏二表姊言,寄庵在直新纳二宠。此则闻所未闻,宜其多病也。

此间冬令之橘柚等类,尚与江南相仿,其馀水果则远远不及江南。桃、杏、杨梅、枇杷、花红虽皆有,然小而味不佳,闻西瓜亦无好者。大抵地方卑湿,故瓜果皆不佳也。此地为鱼米之乡,米则每石须三千四五百文(今春价至四千),鱼则绝少鲜者,鲤鱼金色者虽多,然入市已不活,故食之皆无味。鲥鱼至端午节方见,尚鲜。惜庖人烹调不得法耳。花木虽珠兰、茉莉均有,然颇珍贵。吾欲觅珠兰一盆而不可得。

衣料无佳者，宁绸、亮纱等料，价倍于京师，而货则远不逮。祁阳葛，葛布尔，而名之曰纱，价至四金，可笑之至。夏布虽有，然寻常可用者，每尺须八十馀文，较他处亦贵多矣。湖南无潮烟，吾近已改吃水烟，惟上厕则仍吃潮烟，便中可寄两三包来，不必多，多则要霉坏也。今晨大雨，无客来，故复书此。然房中黑暗异常，作字几欲点灯，故顷所写请祖母安帖，不成字也。廿七日未刻。

【按】“字付筹儿览：月之十九日折弁回……五月廿七日玉甫手书”二纸钤有“清勤慎”朱文长方骑缝印。“僧王阵亡，捻势必张甚……此则闻所未闻。宜其多病也”三纸，相互之间钤有“清勤慎”骑缝印。其中，“僧王阵亡，捻势必张甚……更所不愿也”一纸右边亦有一印，然未见与之相对者，疑佚。

此三纸中云“月之廿一日，忽家乡来苏森岩、王树斋二人。……现在伊主仆三人在此，每月火食等类，即须费吾十金也”，推知其写于二十一日后数日，疑即五月二十七日。

“此间冬令之橘柚等类……故顷所写请祖母安帖不成字也。廿七日未刻”一纸述及湖南物产，据其行文、内容、时间，暂附于此。

“僧王阵亡，捻势必张甚……”等四纸无抬头，据函中行文语气，当是写给翁曾翰的家书；其与“字付筹儿览：月之十九日折弁回……”两纸内容、时间相连，故二者当是同时发出。

“僧邸阵亡”，或云“僧王阵亡”，即同治四年四月，僧格林沁在山东与捻军交战，遭遇埋伏。是月二十四日夜间，僧格林沁率队冲出包围，又遭捻军大股猛扑，在曹州城西力竭阵亡[①]。因知此函写于同治四年。

---

① 《翁同龢日记》第一卷，第423页。

鲥鱼，一种名贵鱼类，与刀鱼、河豚合称“长江三鲜”，且为三鲜之首。初夏是吃鲥鱼最好的季节，最适合补虚。明代何景明《鲥鱼》诗云：“五月鲥鱼已至燕，荔枝芦橘未能先。”

6. 同治四年闰五月二十日(1865－7－12)

字付筹儿览：

月之八日折弁回，接汝五月初七日书，知京寓大小均平安，甚慰。吾念汝荣哥至今不到，想已经回家乡矣。然此时道途荆棘，行人未知安稳否。须俟其到家后信来，吾方放心也。汝祥哥三月中尚在扬州，则至快须于四月中渡江而南。然何以此间固未得其只字，即京中亦无一书寄往，真令人不解。汝馆上差使得与不得均好，盖汝身体太弱，不耐辛苦，得之虽将来可得一奖叙，然此时奔走于暑风烈日之中，恐汝不惯；反不如不得之，可以在家习静也。

吾在此身体甚好，近日石方伯销假(亦于廿一日接印)，兆廉访奏请暂缓陛见，吾回盐道本任，今定于廿一日(臬司篆亦于是日交卸)已刻接印。盐道公事较简，长夏稍得休息，且缺分不至赔垫。京寓菽水之资可以筹措。此则私心所窃喜者耳。署任彭锡之尚无接首府印日期，衙署未知何日可以移出。闻道署上房尚宽展，胜于此间之签押房多矣。

此间屋小而低，庭中又有老树五株，池水一弓。天晴则树荫不能荫蔽日光，仍旧炎热；天阴则黑暗异常，靠窗书桌上竟不能看书写字，且树上又有藤萝缠绕，下复有水，故蚊虫多于他处。看公事时一手挥扇驱逐，尚身无完肤也。下人少得力者。高升虚予体面不任以事权。若外荐之，吾亦不放心，只好将来随时位置。霍安、李万、段成皆有狎邪之好，吾已屡次严饬，倘再不改，只得遣去。刘元尚要好，现仍派其用印。沈贵亦不至改换面目，然其萎靡不振，亦不能改变。馀均平平当差而已。吾间亦训饬其最懒者数语，然却不动真气也。

俞鹤皋现请其看公事，周子京专办书启，并照料一切杂事，均甚妥当。苏菊甫、王树斋已各为之位置一地。苏荐新委浏阳刘虞九(凤仪)处，王荐新委清泉陈贻珊(宝善)处。大抵皆红黑笔，席面尚未送关来也。此次赍万寿折折差行程匆促，吾不及会寄银信，俟下次折差往时，吾当筹措再寄数百金也。此问汝夫妇近好。玉甫手书，闰五月十九日。

吾此次本可不递万寿贺折，而兆宝岩前衔书署布政司使字样，填今日二十日拜发，则吾署司不能不递。于是于昨夜缮写，亦填二十日期，交折弁高寿田附去。高升盘川，吾此间已给(向例如此)伊廿四金。到京后，可不必再给伊银两，或给伊六叔出名赏封，赏扇可也。

昨日写信时，本不想会寄银两，故云后次有便再寄。今既有贺折折弁，又须给以盘川，则交伊信件似较稳妥。东张西罗，凑成四百金寄去，可即收明，作书交高升带回为要。闰五月二十日。

霆营叛勇，此次在湖南虽未甚为害，然被扰者，已有三邑。攸县闻警最早，尽可布置。而县令傅君以绥毫不设备，以致被匪阑入，迨至临事，则又先去，以为民望。安仁李令龙章则到任方及一月，且贼于端午日到攸县。初六日申刻即至安仁、如风雨之猝至，实措手不及。兴宁万令时若年老无能，亦未先事防备，故亦被窜入。其实此股叛勇器械虽有，而火药枪子全无，苟地方稍有准备，即避之而他遁。惜守土者不能实力堵御。而赵玉班所带之和字勇，又皆虚糜饷糈未经战阵之人。故只能尾追，未尝进击。俾贼得纵容肆扰耳。过兴宁后，和营遇伏失利，贼几回窜，幸有刘守德谦之威信军，陈廉访士杰之广武军，前后夹击，斩其头目数人，贼方少受惩创，窜入粤境乐昌而去也。

僧邸阵亡，直东震动，想京师亦必人情惶惑，故五月初廷寄上谕，皆词旨不达，谅枢廷亦张皇失措也。嗣闻逆捻皆麇聚济宁，尚未北窜，则都下自不致震惊。近闻复南扰丰沛，似患又不在北而在南矣。涤翁节制三省，权可谓重极。然闻其驻节徐州，遥为区画，恐未必悉合机宜，且以汉员督蒙古马队，尤不相宜。况僧王真能与士卒同甘苦，骤易儒将，更不能惬众望也。楚师之在金陵者，皆不愿北行，即往亦无所用。（如蒋凝学所带之楚勇至樊城皆哗，而东走亦以索欠饷为词。）刘传铭所带淮勇，似尚得力，特未知其部下有众几何。足当一面否耳？崇地山闻带洋枪队千五百人，在直隶边界防堵，此君为三口通商大臣则可，恐带兵亦非所长。至神机营则直儿戏。上年剿宋景诗，连次失利，覆没全军，可以为前车之鉴也。

湖南省，现在当事所亟筹者，西防黔省之苗教各匪，（晃州、黔阳、会同，时时防苗教匪阑入，故近议以万人剿黔境，令周洪印统之。）东防发逆之在闽者（闽逆闻有窜入江境之说，楚边七八百里，皆须设防。而郴桂一带尤为吃紧），回窜为患。其实譬之人身疾病，此皆外症，并非内伤，所可虑者，在各营撤回之勇丁耳，以湖南通省而计，前后十年，在营当勇者，（楚勇皆父兄子弟可以替换，甚至亲朋亦可代替，故营中一名，其实当勇者已数人。）不止十万馀众。

此等人，本无恒产，平日在乡里，皆游手好闲、不安本分之徒。（当勇即有哥老会名目，凡会中人，皆是一党。）一旦充当勇丁，在外沾染习气，嫖赌抢掠以惯。今遣撤回家，（竟有挟资而寓居省城者，携回之妇女间有被杀死者，地保报官，则称不知姓名妇人，示召尸亲无有，皆此类也。）其掠有资财、携有妇女者，尚不致实时为匪。然一二年所蓄告罄，恐难免故态复萌。

至徒手而归之人，则虽保有官阶，沿途已为盗贼。（湘阴盗案获十人，为首者系花翎守备，其馀有官职者七人。巴陵则有船户谋害一总兵之案。辰沅均有拦河抢劫之案。）归后益无聊赖，于是聚众抢劫，命盗案现已层见迭出，（虽滋事者拿获严办，然实不能警戒也。）恐此后流为土匪，一发难制，殊深杞人之忧也。

【按】 “字付筹儿览：月之八日折弁回，接汝五月初七日书……作书交高升带回为要。闰五月二十日”四纸之间钤有“清勤慎”朱文长方骑缝印。“吾此次本可不递万寿贺折……闰五月二十日”一纸左边亦有骑缝印，然尚未见相对者。

其后之“霆营叛勇，此次在湖南虽未甚为害……殊深杞人之忧也”三纸间钤有“清勤慎”朱文长方骑缝印。此三纸无抬头，根据其内容行文语气，当是写于僧格林沁阵亡不久。同治四年四月下旬，僧格林沁在山东与捻军交战，遭遇埋伏阵亡。翁同爵初知此事之时，已是五月二十七日，其致翁曾翰家书云“僧王阵亡，捻势必张甚，未知近日情形如何？此间寂寂无所闻，令人闷损”，因推知此三纸写于同治四年闰五月。

同治三年九月，翁同爵补授湖南盐法长宝道；十月，以其“外城办事处出力赏加盐运使衔”，并起程赴任；同治四年二月，因“兆宝岩廉访（琛）以军事入黔”，翁同爵暂署湖南按察使。闰五月二十一日，翁同爵交卸按察使篆，回湖南盐道本任[1]。因知此札写于同治四年。

---

① 《翁同龢年谱·翁玉甫先生年谱》，第181—182页。

7. 同治四年闰五月二十七日(1865－7－19)

字付筹儿览:

月之二十日折弁高寿田(仍给伊廿四金)赍万寿贺折进京,附去家信一函,并蔚泰厚会票(虚公砝足色)京纹肆百两,约计行程须于六月二十日左右方能到京也。此次贺折(次日即卸事)吾本可不发,而兆宝岩前衔书署步政使写二十日拜发,于是吾不能不有此折,(亦填五月二十日拜发。)否则,署按察使竟似遗漏也。吾于廿一日(辰刻)卸署臬篆,即于是日(巳刻)接盐道印,署任彭锡之于明日(廿八)方接长沙府印,亦即于明日移至府衙。吾定于六月初二日(申刻)进衙。现在仍暂住臬署。此间房屋小而且低,故近日天气炎热,坐卧处均不透风,几于夜不能睡。

移署后,房屋较高敞,当稍凉爽。盐道公事甚简,不及臬司十分之一,长夏得少休息,何乐如之也。东征局已经曾相奏请停止。然现在尚须发撤勇欠饷及还各局借款。大约须于七月中始能撤局。淮盐引地久被川粤邻私侵占,规复甚难。现虽加抽邻盐厘金,每斤八文,然淮盐销路总不甚旺,缘上年初办时淮盐之来湘者色味均好,后则沅圃中丞借销皖盐。于是盐既不佳,且押运者又皆其营中武弁,(虽保总兵等官,然仍是走卒行为。)遂百弊丛生(淹消沈失几至无船不坏),日有官不敌私之势,故督销(局务尚不致为难)颇不易易也。

湖南东防虽粤匪之在闽者,尚在上杭等处。然甯粤甯江皆与湖南边界不远,郴桂一带防堵万万不可稍松。故现在东防之兵有万三四千人,每月需饷七八万两,内惟和字勇五千,不足恃,馀尚得力,且现在江南所遣之刘(连捷)、朱(洪章)、朱(南桂)三营(有万二千人),江苏所遣之郭(松林)、杨(鼎勋)二营(有八千人),皆在江西、湖南交界处所可以朝发夕至,似可无虑也。廿一日接汝五月廿一日书,知京寓均平安,欣慰之至。吾在此身体甚好(卸署臬篆后,客来亦略少),汝勿悬念。汝三兄处,日前(云前有信来,然吾此间并未接到)接其闰五月朔扬州舟次所发书云:挈眷回家,即日要渡江而南矣。此字即问汝夫妇及安孙辈近好。玉甫手书(钤"玉甫"朱文方印)。闰五月廿七日。

惟汝四哥于何日能抵家乡,极为系念,外周君致伯盂一函即交去。

【按】 此三纸钤有"清勤慎"朱文长方骑缝印。根据此通家书,知翁同爵闰五月二十一日,交卸臬篆,回盐道本任,故其写于同治四年[①],是年闰五月。同日,翁同爵亦有致其六弟翁同龢家书,是年七月初一日,翁同龢收到此通家书[②]。

"三兄",翁同爵长子翁曾纯,叔伯兄弟中行三。"四哥",翁同爵次子翁曾荣,叔伯兄弟中行四。同治三年四月底赴京会试,同治四年四月底返乡[③]。是年六月十一日,翁同龢方得翁曾荣闰五月十八日所写家书,知其在无锡遇见翁曾纯,兄弟二人同行,于闰五月十七日抵家[④]。翁同爵写此函时为闰五月二十七日,故而尚不知翁曾荣是否抵达家乡。

---

① 参见上文同治四年闰五月二十日致翁曾翰家书及其按语。

② 《翁同龢日记》第一卷,第 439 页。参见上文同治四年闰五月二十七日致翁同龢家书。

③ 参见上文同治四年四月二十六日致翁曾翰家书及其按语。

④ 《翁同龢日记》第一卷,第 436 页。

8. 同治四年六月二十六日(1865－8－17)

字付筹儿览：

吾自闰五月廿一日卸署臬司篆后，即日接本任盐道印务，于月之初二日移居道署，盐道公事清闲，日行事件，不及臬司十分之一，应酬亦略少，且廨舍宽敞，较之臬署签押房，有天壤之别，故日来虽酷暑异常，终日挥汗如雨，然得解衣磅礴，即不觉其苦也。

道署西偏之花圃，为胡五先生所盖者。今则久已荒废，仅有客厅三间。（现在会客在二堂旁一小间，虽稍狭窄，然近而便。）庭中芜秽不治，且稍辽远。故前任皆不在此会客。现虽略为扫除，粗置器具。然究嫌其远而无味，上房三间，（院宇尚宽展，且有凉篷。）尚高大，可分前后房，东面有耳房二间，亦通上房，可住。

吾现住西边一间，东边即作签押房，看公事耳。房内收贮什物，家人辈即令其住后房而已。上房后层之屋，却零星不可住。前层东西厢房虽小，然一边有三间，均可住人，东边靠南一间走破(即上房之东厢房)；靠北二间，前任皆作内签押房者，故窗上皆安玻璃，屋内有地板，然此时却极热，不可坐。冬令则甚相宜也。

上房之西偏，有一另院。院中有屋三楹，亦尚可住。有前后房。现请子京居之。他日倘汝兄辈挈眷而来，尽可住此也。二堂以外东边房屋却甚少。西面则颇多，惟坍坏，皆须修理耳。头门外西辕门不开。（宅门内东南巽方有一天灯杆，亦前任裕君所添。今亦每夜点灯。）东面有一庙，名万福禅林，其钟鼓不宜动，动则云于道署风水有碍，故每月有香金十千。吾均仍其旧。

院内内外均有凉棚。棚虽不佳，透漏日光，然较之赤日炎炎，已大好矣。汝祥、荣二哥回家后，皆尚未有信来，不知秋间有一人到此否。汝在京中，一切皆须谨慎，见人言语，切勿随便。凡有年世谊可考者，宜谦恭执卑幼礼，不可大意。在寓静坐，多读史书是大佳事。馆上差使，得不得均可也。此问汝夫妇近好及孙男女辈均吉。六月廿六日玉甫手书。（钤“玉甫”朱文方印）

【按】 此通写于同治四年[①]，其三纸间钤有“清勤慎”朱文长方骑缝印。次日，即同治四年六月二十七日，翁同爵亦有致翁同龢家书[②]。

9. 同治四年六月下旬(1865－8)

今年此间天时酷热异常，据本地人及久于斯土者，皆云为近年所无。月之十三四日，日夜挥汗如雨，不能睡卧。然吾回思上年此日，正汝病极重时。吾与汝叔，日夜忧愁，正不知昼夜寒暑。今年幸人口均适，便觉心地清凉，不复苦暑。可知人生处境，全在心境为转移。否则，雪藕调冰，且嫌扇力之微矣。吾虽尚耐热，惟痱子（交秋则奇痒）则满身皆是，层迭而生，殊为可厌耳。

吾回任后，长、宝二府送到任礼者仅有其半，馀尚未来。（自二月至闰五月共有千五百金。）此间债项及湖北、河南所借之款，（此二处借项现已寄还矣。）只好逐渐清理。京寓拟于中秋节后再续有所寄。然其数目则难预定也。吾此间一切节省，绝不敢稍有舒服念头，饮食起居，仍如往日。盖先公作宰相八年，依然秀才风味，吾岂敢变家法耶。

---

① 参见上文同治四年闰五月二十日致翁曾翰家书按语。
② 参见上文同治四年六月二十七日致翁同龢家书相关内容。

此间西瓜极坏,(仅有黑皮者一种,云来自湖北,然至五月底已市上皆无。)万万不可吃,吾不敢吃。其馀水果无一佳者。(香瓜、梨瓜,则此间无此种子,本地人皆不识;桃子亦小而酸。)莲蓬虽有,然老而无鲜味;(葡萄极小而酸涩。)菱角亦小而极老,皆不可吃,惟藕尚可吃,然亦远不如京师。吾在此一切均不吃,惟每日饮绿豆汤数碗而已,菜蔬若冬瓜(长豆倭瓜)、茄子尚无异味,其馀则本地人喜吃苦瓜,吾却未曾吃也。日用所需,如潮烟、南草纸等,此间皆无。草纸则可用裱新纸,惟无潮烟,却不甚方便。他日倘有差便,或寄两三包来,切不可多,多则不便携带,且要霉变也。切嘱,切嘱。

本地木器,均杉木,不堪用。(书桌尚好,其馀桌椅,皆柔脆不经用。)有一辰州之楠木器具,即贵重无比。至花梨、紫檀器具,惟阔乡绅及阔公馆方有数种。至办差所备(皆杉木者)更不堪用。坐杌几日即坏,欲觅江南之椐榆家伙,则竟未曾一见也。(大柜则红漆而杉木者,家伙铺尚有之。至书柜则此间绝无此制度,可笑之至。)

家人张荣,吾派令管稿案,公事甚明白,虽不免有扬人习气,稍浮夸,然却诸事要好,毫无弊病。乃自四月杪起,即感冒风寒,时发寒热。调治稍愈,又于肩背生一外症。起时即肿而不红。吾谓其病症属阴,令其加意诊治。奈伊烟瘾本深,兼之此间无好医生,以致愈治愈剧。至闰五月杪,日渐沉重,吾移署时,令其在署东万福禅林养病。至月之初十日病故。其身后一切,皆吾令伊同辈中为之照料。共用四十金,即暂埋于此间城外。现令伊同辈作书致其家,未知伊兄弟中有人来此领柩否。其衣服一切,皆吾令人为之检点,亲自过目,开一细账,将来可交伊妻子。伊妻子现在京中,住在张椒翁宅相近也。便中可告知方子颖,勿忘。现在稿案，吾派新来之樊升，(常州人，曾当张中远处门印，吴年伯母所荐，在臬署派签押甚妥。)人尚结实、可靠。高升则但令照管各局稿件而已，无他公事也。

【按】 “今年此间天时酷热异常……无他公事也”三纸钤有“清勤慎”朱文长方骑缝印。其中，“家人张荣吾派令管稿案……无他公事也”左边亦有骑缝印，然尚未见相对者。

同治三年五月二十六日，翁曾翰感冒发热，反反复复，其间翁同爵、同龢兄弟“彷徨无措，几疑又是亡阳危症”，持续二十多天，直至六月十七日，方“邪尽去而脉平”[①]，正如此函中所云“然吾回思上年此日，正汝病极重时，吾与汝叔，日夜忧愁”，推知此通乃致翁曾翰家书；另，函中言“月之十三四日，日夜挥汗如雨，不能睡卧”，知其写于同治四年六月十五日之后，疑即六月下旬，或即与上文同治四年六月二十六日“字付筹儿览：吾自闰五月廿一日卸署臬司篆后，即日接本任盐道印务……”一函同时寄京。

10. 同治四年七月二十五日(1865－9－14)

字付筹儿览：

月之十四日接到汝闰五月十九及三十日两书，知合家大小平安，慰甚。惟汝叔痢疾虽少愈，然尚未复元，又深驰念。汝在京能少酬应调养身体，大慰吾望。至馆上差使得与不得，皆无足计较也。阅汝来书，有秋冬间，或作湘中之游，则断断不可。盖吾此时远宦斯土，幸有汝在京侍奉重闱，吾私衷稍慰。倘汝再来湘省，则反添吾系恋；且此时豫省捻匪出没无常，汝若南来，在路一日，吾悬念一日。汝须

① 《翁同龢日记》第一卷，第359—363页。

仰体吾意,切勿作是念也。至嘱,至嘱。

吾在此身体甚好,公事亦闲适,汝勿系念,惟游子情怀不能一日释。但愿量移一近京省份,得板舆迎养。此则私心所夙夜祈祷者耳。汝两兄于闰五月十七日同时到家,不胜庆幸。书中言八月中汝长兄来此,未知由长江西上,抑从浙河取道。现在行路甚难,必须俟其到后,吾方放心也。署中公事既少,每日必与鹤皋、子京剧谈时许,亦不觉寂寞。星沙天气本热,今年尤甚。近日西风大作,骤然凉爽矣。此问汝夫妇近好,孙男女辈均吉。玉甫手书(上钤“玉甫”朱文方印)。七月廿五日。

【按】 星沙,湖南长沙的别名。宋张孝祥《念奴娇》词云:“星沙初下,望重湖远水,长云漠漠。”

同治四年闰五月二十一日,翁同龢“腹泻,精神萎顿且发烧……胸气不开,勺水、粒米不能入”;二十九日,“始食面”①;据家书所云,翁同爵在湖南任上,是年闰五月,故此函写于同治四年七月二十五日。

11. 同治四年七月二十七日(1865-9-16)

字付筹儿览:

昨日草一函交折差丁启南去,想早经收到矣。今日姚厚田大令来辞行,于明日启程,特再草数行寄汝。(厚田名诗德,广东人,湖南同知衔,试用知县,系汝伯癸卯广东门生诗彦及现任河南滑县令诗雅号致堂之堂弟,人颇干练。)厚田解京饷五万金进京,顺便引见。现在豫省通

① 《翁同龢日记》第一卷,第432—434页。

塞无常，即毫无阻滞，计其到都，已在九月杪矣。伊此行吾极思稍寄此间物件，分给上下。然思索数日，且令仆辈帮同构想，实无一件稍可寄远之物，只好且作罢论，俟下次再寄，盖此间食物果品，无一珍异，广东虽接壤，然要一件洋货不可得，至衣料等，则皆江南下品方到此，竟无一稀奇珍贵者也。

《一统图》、《胡文忠集》皆湖北省所刻，此间并未刻书。《胡文忠集》，吾在北省有人送过，孙学使复送吾一部，今托厚田带去。至《江忠愍集》，则吾此间尚未见过，不识北省曾刻板否也。奉安大礼，署中必派员前往，不知汝叔及汝兄弟中有派此差者否。若派去，则往返虽数日程，然须赔垫一二十金也。

吾在此甚安适，官事事必躬亲，未尝假手于人，得暇则随便看史书二三十页，胸中泰然。至京中债务，只好渐渐清理，惟寓中菽水之资，则时刻在念，遇便当即寄京也。天气秋暑，尚如伏日，惟早晚稍凉，不似六月中之酷烈矣。草草复书二纸寄汝，即问汝夫妇并合家大小均吉，馀俟中秋前后，再作书交折便寄京也。七月廿七日玉甫手书。

【按】 奉安大礼，古代指安葬皇帝或父亲的礼仪。同治四年二月，钦天监择于九月二十二日辰时奉安文宗显皇帝、孝德显皇后陵寝[①]。因知此函写于同治四年。是年十二月二十一日，翁同龢收到翁同爵所寄《胡文忠集》一部[②]。其间历经四、五个月，不知是否此次所寄，抑或其他，暂存疑待考。

---

① 《翁同龢日记》第一卷，第 404 页。

② 《翁同龢日记》第一卷，第 464—465 页。

12. 同治四年八月二十一日(1865－10－10)

字付筹儿览：

月之十八日，折弁谢玉林回，接到汝七月廿三日书，藉知京寓合宅平安，欢喜无量。汝叔信中云，汝尚能在家静坐读书，吾闻之尤慰。盖人家子弟，所以沾染习气者，皆由于出门征逐，饮食嬉游，遂渐渐立脚不定，流为纨绔耳。若能谨慎自持，闭户诵读，又何患不竿头日进耶？汝平素志气尚不卑鄙，吾所虑者，恐交友不慎，为习俗所移，今能不改其常，则他日尚能造就，可以不负吾望矣。勉之勿改为嘱。

吾回任后，本署公事甚少，客来者亦稍稀，故长夏亦不觉其苦。军需、捐输、东征、督销四局，文稿虽多，然军需、捐输两局事，皆方伯主政，他人不过阅看来文，随同画诺而已，故尚不费心。至东征、督销二局，则每日到文，不过数件，其须斟酌而行者，则几日内方有一件，亦不费力也。东征现已裁撤，所留四成，归入本省厘金局办理。目下惟清理账目，销算开支，并无棘手事件，大约于仲冬月亦可竣事矣。

吾在此中丞相待甚好，吾亦于本分公事外，绝不多管。盖职分攸关，不可越俎，一切地方公事，有方伯廉访主持，吾等惟有中丞询及时，献可替否而已，不敢有侵占也。署中房屋尽敷住，西边花厅，吾亦不敢修整。盖我辈世家子弟，稍修理衙署，人必谓其阔，故决不愿予人以口舌也。吾在此间，上半年署臬司事，举债几及二千金，今尚未能归款。而遥想京寓用度，必万分支绌，故不得不先其所急。今从蔚泰厚复汇寄京平足公砝足色银壹千两，以济眉急。汝可以四百金归还公账上年吾所借之款，以二百金还公源吾捐级之项，以二百金(足平足色)还崇佩如侍郎，以二百金还鉴古马芝生，馀俟冬初再寄。惟吾家年亲世谊太多，年底略略应酬，总计数目已不少，恐吾此间不能凑此巨款，奈何？只好届时再行斟酌也。

汝两兄到家后，吾于七月中接其一信（闰五月廿九日所发），信中亦未言定何人来此，今接汝书，方知是汝祥兄来此，然亦不知其何日起身，何时方能到此也。汝馆上差使，得与不得均好，得则稍觉热闹，将来可有一奖叙，不得则可免奔走于风雪中，于养身亦颇有益也。

吾在此近体甚好，饮食亦如旧，公馀与鹤皋子京纵谈，亦不觉寂寞。惟思亲之心，不能稍释，所日夕祷求者，量移一稍近京师省份，迎养老亲安舆至署，则吾私衷稍慰。至缺分肥瘠，正所不计也。折差信件无不接到，（此间所发者，巡捕皆挂号。）且吾此间每次托带家书，必给伊四金或二金，故尤踊跃，决无错误，此问汝夫妇近好，并合家大小均吉。八月廿一日玉甫手书（钤"玉甫"朱文方印）。

【按】 此函写于同治四年，其笺纸间钤有"清勤慎"朱文长方骑缝印。同治四年四月，翁同爵时任湖南按察使，筹办"东征局、淮盐督销局事，定湘岸掣签章程刊行通饬"[①]。

13. 同治四年八月二十一日（1865－10－10）

鉴古马芝生处，开账叁百捌拾金，尚无错误，盖带头二百五十金，搬指二百金，顶珠玉佩等共一百卅金，统计五百八十金。前付过贰百金，故尚欠三百八十金耳。惟吾此时实无闲款归还，只好逐渐寄还之。汝见伊时，可言吾此间缺分清苦，迥非昔比，当徐图归赵也。（现已寄还伊二百金，可

---

① 《翁同龢年谱·翁玉甫先生年谱》，第181—182页。

云尾数将来再寄矣。)此间珠玉玩好,字画书籍,固一无足观,即间闻有一二珍贵之件,吾亦不令其送来署中观看,盖不见可欲,斯心不动,可以省却闲钱。且做官一有嗜好,则钻营之徒,可以投其所好,干求一切,故尤宜屏弃一切,不可不谨小慎微也。

吾到此后,古董字画,未尝敢买一件,衣服亦仅添实地纱(估衣)蟒袍一件,亮纱袍褂一付,葛纱袍一件,夏衣短衫裤等数件而已,亦不敢随意多添也。到任礼,至今有未到者,至中秋则仅有一半,缘近来各属缺分均减色,故前任彭锡翁已如此,殊为可笑,未知以后有补来者否。东征、督销两局,皆有薪水,藉此不无小补,至军需、捐输二局,则有缺之司道,向不开支薪水,候补者则每月亦可支百金也。

先公行述年谱,吾所带者甚少,今将次送完,可令此次折差携带行述二十本,年谱二十本来,用油纸包好,否则恐路上沾潮也。汝叔乡会试朱卷,此间颇有人索要,亦可交折差每样带十本来,勿忘。如行述年谱各廿本,嫌厚,则分十本于下次再带,亦可。不必定要二十本也。

此间食用一切,虽不如京师,然吾亦并无所需,折弁因不便交其多带物件。即服官斯土者,有便来南,亦不必多寄食物,盖吾并不思要京中食品。倘需何物,再寄信与汝,再寄可也。至潮烟、肥皂等轻巧之件,亦可间一两月,寄少许,切不可太勤太多为嘱。湘中桂花佛手等,竟与吾乡相等,佛手虽无如粤中之大者,然竟有香味,非如茉莉花之无香,已属难得。近日买桂花两盆,佛手数枚,颇足自怡也。

京中所寄信件,此间一二收到,均无遗失,吾前信已曾复知,不必再缕晰言之。总之,此间带信,惟折差为最速,且决无遗失,如吾六月廿七日所寄之信,京中七月二十日已经接到。京师七月廿三日所发之信,吾于月之十八日接到。

往返信函，才五十日，他处绝无如此之速。惟折差现须绕道行走，不能多带物件。故吾家不可寄累坠食品也。至嘱，至嘱。此次折差熊炳芳，吾已给过四金，京寓赏有扇对可也。

【按】 笺纸间钤有“玉甫”朱文骑缝方印。“鉴古马芝生处，开账叁百捌拾金……”右边钤有“玉甫”骑缝印，然尚未见相对者。

据函中“……如吾六月廿七日所寄之信，京中七月二十日已经接到。京师七月廿三日所发之信，吾于月之十八日接到。往返信函，才五十日，他处绝无如此之速”，知其中所言“月之十八日”，当即八月十八日。

又上文八月二十一日函云“今从蔚泰厚复汇寄京平足公砝足色银壹千两”，而此数纸由“此次折差熊炳芳”带京。此二者与下文同治四年八月二十六日函云“月之廿二日交折差熊炳芳寄去一缄，并蔚泰厚会票千两”相合。

综上，知此数纸写于同治四年八月二十一日，与上函“字付筹儿览：月之十八日，折弁谢玉林回，接到汝七月廿三日书……此问汝夫妇近好，并合家大小均吉。八月廿一日玉甫手书”一函四纸由折差熊炳芳同时寄京；同时还有蔚泰厚会票千两。

14. 同治四年八月二十六日(1865－10－15)

字付筹儿览：

月之廿二日交折差熊炳芳寄去一缄，并蔚泰厚会票千两，未知何日可到？近来折差较快，似于九月下旬必能抵都也。吾近来身体甚好，可勿悬念。汝两兄处近日久无信来，不识究竟何人来此？何日启程？令人思念不置。日来闻粤中林逆已降，康逆亦受伤，大是好消息，但愿此股贼匪早就殄灭，则湘省可专事西防，黔中苗教必须重兵巨饷方能渐就廓清。否则，晃、沅一带，彼堵此出，此堵彼出，我军疲于奔命，而边之民已蹂躏不堪矣。

豫省捻匪闻又有回窜之说，现在襄樊一带道路仍梗，未识究竟若何？涤相虚拥节制三省之名，而事事推诿，令人愈想僧邸之忠勇难得也。豫省被兵已十馀年，而尚似承平时光景，到处毫无预备。上年吾过大梁时，省中一闻贼警，皆惊惶无措。无饷无兵，以许州之紧要，仅养勇五十人，急而召募，乃添至二百人，战将之能带兵者，只有张曜一人。据旁人言，即张曜亦不足恃，然则如此，而欲地方不遭蹂躏得乎？吾未尝不为之慨然太息也。此间近日无事无可述，兹因王式度入都引见之便，草此数行，即问汝夫妇近好，并孙男女辈暨合家大小均吉。八月廿六日二鼓玉甫手书。（九月中，兆宝翁之子将入都，吾再寄家信也。）

吴年伯母处，端节吾送廿金，中秋亦如之。吾于七月中往见时，见年伯母所穿衣服，颇不堪，故中秋时吾买一棉袄、棉马褂送之。（尚是原当物，犹可穿而已，并不新也。）伊甚感谢，故信中云然也。

【按】 同治四年兆宝岩为其子捐江苏知府，是年九月进京引见[①]。函中云“九月中，兆宝翁之子将入都，吾再寄家信也”，知此札写于同治四年八月二十六日。原定于同治四年九月中旬兆琛之子禧祐入京引见，最后成行已是十月初[②]。同治五年二月十六日，翁同龢见兆琛之子禧祐，从湖南来[③]。

“汝两兄”，指翁曾纯、翁曾荣兄弟二人。涤相，即曾国藩。

---

① 参见同治四年九月十九日翁同爵致翁曾翰函。

② 参见下文同治四年十月二十七日家书。

③ 《翁同龢日记》第二卷，第476页。

15. 同治四年八月二十八日(1865－10－17)

字付筹儿览：

月之廿一日曾草一缄，并蔚泰厚会票(足公砝京平)壹千两交折差熊炳芳寄去，未识何时可达？迩维京寓大小均吉为颂。(昨日又草一函，交王君元凯寄去，王君字式度，芷江令加知府衔。伊从海舶北上，其迟速难逆料也，故书中并无要语。)湘中近日无事。逆匪之在粤者长乐林正扬一股，现已投降。其众仅留千人，馀均遣散。

康逆久踞镇平，近因乏粮思窜，为江西席臬司所带之精毅营、娄军门所带之霆字营所扼，屡有擒斩，不能窜走。未知能合三省之兵力，聚而歼之否？若此股能灭，则东南肃清，可专事豫省之捻匪、甘省之回匪，兵饷稍易为力。即湖南一省而论，则撤去东防(东防现有万六千人)，独办贵州之苗教各匪，(须分两三路进兵，每路需兵一万或八千方可声势联络，否则，前后难兼顾也。)当亦渐可廓清，否则月需军饷十八九万金，而西边仅有万人防剿，均嫌其少。晃、沅一带，时遭蹂躏，真无善策处之也。(沿边到处可通，防一路即虚一路，故此次得乘间出扰。)

此间秋收统计七分有馀，乃新谷登场，米价反增长，(本每石二千八九百，今长至三千四五百。)窃所不解，大约安徽、江苏等处均有水灾，米价腾贵。此间出境往下游者多，故因之骤长，否则真无是情理也。中丞到任后，尚无新政。其循例举措折，外间均不知。其人或云尚未入奏，(或汝叔见小军机，可一问之。)未知确否？至所参署沅州府之陈佳蕙、署桂阳州之潘敔，则皆因规避求交卸，故触中丞之怒耳。(陈守与西路带兵之周镇洪印，今春因军营运米事不和。此番苗教出扰，遂专责其不能堵扼，且以此次撤其府城守勇五百名，于是禀词中语多讥刺，云现在主兵者，本境尚不能保，何必再好大喜功，复作剿黔之议，卑府以为舍己从人，窃所不解，中丞已怒之。继复以贼退三五日即上禀求交卸，云卑府本应引见人员，以军务蒙奏留。今贼已为周镇击退，地方肃清，卑府现在无事，恳求给咨等语，故中丞谓其负气也。至潘牧则值霆营叛勇逼近之时，忽上禀求交卸，其畏葸规避实是情真，故亦入奏耳。）方伯、廉访二君不甚和，我辈力为排解，终不见听，后至中丞言之，近方稍好。

其实方伯究是君子，（同乡却甚照应，故外间亦有遗议。）惟稍嫌拘执，曲则仍在廉访也。（始而因方伯护院时，廉访用手版，未曾固辞，且礼节微有不捡点处，小有不合。继遂至委署等事各有意见，往往有方伯处，业已悬牌，而廉访不愿画会详稿件者。于是公事掣肘，二人几成冰炭。今则中丞为之调和，外貌不至分争，其实尚不能水乳，我辈遇事皆为之调停也。）

玉阶已登舟，（实不成事，然未便劝之。）尚未成行，候各处赙分。初田署粮道，中丞即欲以之奏补，但初田亦开复人员，尚未引见，不合例，未知不致干部驳否。此间候补观察现已有十人，闻尚有来者，诸君坐守省垣，旅费颇不易张罗。（裴樾岑藉坐探差回籍，大约于年底方来此。）至州县佐贰等官各班均有数十人谋一差使颇难，竟至有饥饿不能出门户者，可叹也。

连日天气已凉，而秋阳尚烈，日中仅可穿单衣也。吾近来身体甚好，可勿悬念。此问汝夫妇近好，并合家大小安吉。（六叔处吾此次不另作札矣，可为吾问安。）八月廿八日玉甫手书（钤“玉甫”朱文方印）。（此次折差名陈树霖，所赍乃月折也。）

【按】 此函笺纸间钤有“玉甫”朱文骑缝方印。

函中云“昨日又草一函，交王君元凯寄去，王君字式度，芷江令加知府衔”，知其“昨日又草一函”，即上文同治四年八月二十六日“字付筹儿览：月之廿二日交折差熊炳芳寄去一缄，并蔚泰厚会票千两……”一函。

同治四年八月二十六日翁同爵曾致翁曾翰家书，交由王式度携入京中，函中云“兹因王式度入都引见之便，草此数行”，与此函中“昨日又草一函，交王君元凯寄去，王君字式度，芷江令加知府衔……”正相合。故此函当写于同治四年八月二十八日。

16. 同治四年八月二十八日(1865－10－17)

京师年底应酬，昨开出一单，尚未周到，且数目并不从丰，然约计已几及二千金，吾以积累之人，办此实不易易。第上年出京之时，既别敬一处未送，则今年似难契然，不得不勉极绵薄，稍具炭金，惟筹措此款，又须举债以偿，真外人所不信也。盖此间盐道一缺，今非昔比，且吾上半年署臬司任，赔垫者有千五百金，今皆陆续归还，故更觉吃力，然世间事，一饮一啄，莫非前定，吾亦并不愿积蓄多金，以充私橐，只求京寓菽水之资，不致匮乏，即已大幸，安敢再有奢望也。

人生宦途处境，均不可不知足，吾以任子历官盐司，非天恩祖德，何以臻此？故吾到省后，每事兢兢业业，未尝稍萌逸志，凡职分所能为者，不敢因循退诿，至非吾所应为者，亦不敢有出位之谋，若饮食起居，则仍京宦光景，衣服未尝华丽，饮馔未尝丰美，即燕会亦不敢多，到此后仅请过司道一席，盐局绅士一席，余俱未请，至衙门房屋，则亦不令首邑修葺，盖官署本传舍，不致上漏下湿即可居住，决不愿稍事修饰，令旁人议论也。

此间官场局面狭窄，上司属员，既毫无投赠，即同僚相好，亦绝少馈遗。每遇节寿，皆送鱼翅、海参等套礼，亦全不收受，闻从前中丞处，司道所送者，尚收一二包。今李中丞则亦全璧，至两首县供应物件，木器则全是杉木者，灯盏则广货下陈，铺垫桌围椅披等，皆极不堪。地毯则红苣罗者，已算上等，从未见西绒地毯，窗上玻璃，皆见方一尺为止，且薄甚于纸，风稍劲即破，皆本地产，欲求一广片洋片不可得，即此间绅士家亦然，惟劳家以曾做粤东大吏，故窗上玻璃稍大，亦无如京中之照窗大小者，然此间已属仅见，人皆啧啧称赞，其眼界之窄如此，实为可笑。

湖南捐输，再四举行，现已强弩之末，为数无几，然欲议停，又势有所不能，盖本省东西两防，月饷总须十八万金有奇。地丁钱粮，仅有其半，全仗厘金捐输等项以接济之，故明知病民，实无法停止，加之本省捐输外，尚有黔捐、浙捐、陕捐、金陵米捐等各名目。现在浙捐等均已停，惟黔捐则方兴未艾，委员四出，其勒揹情形，较之本省为尤甚。盖本省者尚是地方官会同办理，故犹度量其身家田产。

至黔捐则惟委员作主，其账籍固无人稽查，于是任意逼勒，侵肥入己。闻捐一监生，仅缴钱三十千左右，而令捐户出钱至七八十千不等，小民怨咨，无所控告。故接见本地绅士，其公正谨慎者，无不以此事为苦。至身在局中者，则又无不以黔事方棘，藉此方可支持。

目前，其实捐户皆湖南人，捐一处即不捐一处，又何妨将黔捐停止，仍归本省捐输，每月拨解黔省饷银再添万金，则农部尚知湘省协济他省者，实有多少，且地方官为之经理，不致毫无稽考，有损于民，无益于国，奈方伯黔省人，不肯创此议，且有关此间官绅，如陆子受传应(官)、黄子寿瑜(绅)、张力臣自牧(绅)三观察，故至今未已。其实李中丞甚不以此事为然也。李次青在中丞幕中，碌碌无所表见，中丞处军务奏报，亦不尽出其手，外间议论似尚不如郭意诚，惟意诚应酬多，与省中官场太联络，次青则住抚署之又一村，往来者甚少，此则稍愈于彼耳。

此间大宪幕友均在外另住，交通属员，其风气甚坏，不如他省之关防严密，刑名吾略见一斑，竟无一好手，闻钱谷一席更无人①，未知确否？惟吾曾见藩司幕中者数人，似亦皆非佳士，至在外招摇撞骗，压荐友人，编造谣言，则大抵相同就中，惟中丞处之葛君石如，则年已七十馀，公事谙熟，且尚谨慎，为此辈中所仅见。至吾处所请之俞鹤皋，则恂恂儒雅，绝无幕气，更属难得，故无论官场绅士，均毫无贬词，即李中丞亦知其名，云此人品学俱佳，为幕友中极出色者也。

此间近日有一新奇事，月之二十左右，忽来一湘阴人，名张光发，自称浙江试用知府，到处拜客，即中丞处亦去禀见，刻有奏留试用卷一本，亦各处呈送。吾初见其人，即觉其相貌猥琐，语言支离，已大为可疑。迨伊去后，细阅其卷中所载上谕，则开首一行，称据保举大臣奏云云，后又云"张光发着以试用知府，不论双单月留浙补用，暂理军务，俟肃清闽浙时一面将该员履历造册，一面具奏，俟奉到谕旨，即行开缺，着拟正陪请旨简放，仍俟军务告竣，再行送部引见，以专责成而免悬旷，钦此"，则语气全非，且既称试用知府，则有何双单月之可论，有何缺之可开，有何正陪之可拟？是于官场班次，尚未能了然于胸中者，于是知其为假冒无疑，饬令号房嗣后不准传帖进见。迨至廿五日上院，则诸君无不以此事为奇。方伯令查团委员严密查访，于廿六日拿至

① 钱谷，或称钱谷师爷、钱粮师爷，古代地方官聘用主管钱粮会计的幕僚。

善化，始据供称实系湘阴监生，冒充职官，希图骗钱使用，并没为匪不法情事等语，然以地方匪类，戴用蓝顶花翎，敢于在省会各大宪衙门禀见，且假称奉闽浙制军札委赴广东公干，假造溜单，支用沿途夫马，其种种情节，实属肆无忌惮。若不严行惩办，何以儆示效尤！未知中丞意见如何也。

湘省军营保举人员，有由船户、庖丁、家人、轿夫保至红顶花翎者，细访之似亦未曾打仗出力，皆以有所凭借，遂得优保晋阶一二品耳。然则湘军之保举，亦不可谓不滥也。吾尝谓军兴以来，天下半遭蹂躏，人民皆荡淅离居，而功名富贵，玉帛子女，无一不归之湖南，且此等得志之人，回籍后，又不能持盈保泰，尚无恶不作，恐天道好还。此间未必能久保无事，然此种议论，却不敢人前道只字。盖此时远见者少，若言之，人必以为病狂也。兆宝岩郎君，捐江苏知府，将于九月中北上引见，吾届时当再寄信，并汇寄京中年底应酬银两。

【按】 笺纸间钤有"玉甫"朱文骑缝方印。翁同爵曾两次署理湖南臬司。其一，同治四年二月十七日至闰五月二十一日，之后回盐道本任；其二，同治五年二月初九日至七月二十六日；其后即回盐道本任①。

"此间近日有一新奇事，月之二十左右……迨至廿五日上院……于廿六日拿至善化……将于九月中北上引见，吾届时当再寄信"，根据翁同爵诸通家书，知其写信不懒，两次相连的家书，其相距时间不会超过一个月，据此可知此札写于八月底。确切地说当是八月二十七日至三十一日之间。

另据翁同爵同治四年九月十九日函"廉访兆宝岩以新花厅落

---

① 《翁同龢年谱·翁玉甫先生年谱》，第182页。

成……且为其令郎捐知府，分发江苏……其郎君名禧祐，现将给咨引见，于月底起身”，知同治四年，兆宝岩为其子捐江苏知府，是年九月进京引见。此函亦述及此事云“兆宝岩郎君，捐江苏知府，将于九月中北上引见……”，与之相合。

综上所述，知此数纸写于同治四年八月二十八日，当与上文八月二十八日“字付筹儿览：昨日又草一函，交王君元凯寄去，王君字式度，芷江令加知府衔……”一函同时寄京。

17. 同治四年八月(1865－10)

廿三日粮道李玉阶丁外艰，此缺归外题。然陆星农以未经引见人员不合例，现在委王初田葆生署理。初田尚少交开复银两，亦未引见，二层皆不合例。其馀有陆子绶传应，亦与初田同，不能补，他如朱秬泉鬯侯、张锡田嘉福、陈少轩丕业虽合例，然大宪不属意，未知将来题补何人也。玉阶为人深而刻(中亦不能无欲者)，次山中丞始与相交甚密。迨次翁升中丞，而玉阶署藩篆，有数事龃龉(有隐事为次翁所持)，遂积不相能，(其太翁声名颇不佳，为次翁所逐，故回籍。)次翁深恶之。

吾到此后，以兵户曹曾经共事，周旋颇浃洽，且东征、督销二局，又彼此同事，故诸事皆有商酌。今以忧去，两局事惟有星农共事，星农柔弱，少决断，不及玉阶远矣。

【按】　此笺纸边右下角钤有“清勤慎”朱文长方骑缝印，尚未有相对者。

由函中所言知，以李玉阶丁忧，拟委王初田署理，然其不合例；故而，粮道缺尚无合适人选。上文同治四年八月二十八日函云“玉阶已登舟，(实不成事，然未便劝之。)尚未成行，候各处赙分。初田署粮道，中丞即欲以之奏补，但初田亦开复人员，尚未引见，不合例，未知不致干部驳否”，因李玉阶丁忧，其缺拟委王初田署，然其不合例，尚未有合适人选。两处所云相互呼应。

根据相关家书，同治四年十月底，王葆生（初田）以李玉阶丁忧而补授湖南粮道缺①。而十一月，李玉阶丁忧回籍，路过湖北，尚未满百日薙发②。

综上所述，知同治四年八月二十三日，“粮道李玉阶丁外艰”，至是年十二月初方满百日。故疑此纸写于同治四年八月下旬。

同治四年四月底，翁同爵时任湖南按察使，接上级指令，筹办东征、淮盐督销两局事务③，即函中所云之“两局”。当时“幸此二局尚有玉阶、星农共事，遇事可以相商，不致一人为难也”。而今李玉阶丁忧回籍，故而“两局事惟有星农共事”。

大宪，清代地方官员对总督或巡抚的称谓。

18. 同治四年八月下旬(1865－10)

> 此间金价，闻亦不贱，约十四五换④，未知都下近日价值若何？可告吾知之。周荇农未第时，极落拓，即通籍后居乡，亦不甚修边幅，故乡评不见往，其学问才华，则人亦颇赞美之。近闻其到都后，颇谨饬，连戏园皆不至，恐未必是本性也。京信折差带者，因无遗失，即托人携来之信件书籍衣

---

① 参见上文同治四年十一月初六日致翁曾翰家书及其按语。

② 参见上文同治四年十一月二十六日致翁同龢家书。

③ 《翁同龢年谱・翁玉甫先生年谱》，第181—182页。参见上文同治四年五月十三日致翁同龢家书。

④ 换，古代用来称黄金、珍珠等与货币的比价。如每两黄金值一百元时，称之一百换。

料等，亦一一收到。并未缺少，惟春间交信局所寄之信，则并未接到，且此间亦无此信局，不可问津矣。

杜文正行状已收到，交中丞，其馀诸公者，务至国史馆，将其列传抄出寄来，切勿忘怀为嘱。汝仍服丸方固好，但冬令则宜配膏方，以膏易克化而丸少药力也。可与医家商之。

吾要秧参数两，不必佳者，只须每两银一两者可矣。预备送人，非自用也。遇便可即寄来。崇佩如侍郎及寿伯帆信，可同银两送去，汝或亲自送往见伯帆面交更好，否则须取一回条也。许表弟处，吾即驰书往，止其湘中之行，盖来此则彼此无益，此间谋馆，难于他处，且修金不丰，不如俟吾稍有盈馀，略略资助，较为实在也。汝叔官翰林，似不宜有所建白，可劝其不必激昂慷慨。盖职分所在，非同言官，毋庸论列时事也。至嘱，至嘱。

甘肃宁灵一带，斗米至直四千，恐有饥溃之患，伯兄又一时又不能脱身，阅家书，夜不能寐。汤敏斋丈，时相晤见，其长君伯述于八月朔日完姻，吾处曾送礼物，受堂画一轴，喜联一付，京靴一双，荷包五件一匣。近日又将送女至安庆出嫁，其令坦赵岵存之孙也，大约于月底月初即成行，嫁女后或至绍兴一行，省视坟墓，连日未晤，尚未知其定见若何耳。

星农之子好饮及博（乃翁未必知之），此皆外官子弟习气，其乃翁现在赋闲，岂能供其挥霍耶？汝宜以此为戒。委员解饷之吴小邦，回湘尚需时日，至汪君则本佐贰微员，常州人，次山中丞之戚，到京未曾往还，亦无不可也。曾沅圃中丞，决计不出，其外症虽少愈（或云是干杨梅疮），然究未脱体，其居家之舒服，即乃兄亦不如，故视晋抚如敝屣耳。蒋子纯凝学观察，其所带勇二十营，哗溃于襄樊，几至如霆军之谋叛。今乞假旋里，晋接时，毫无皇愧之词，反有嚣凌之气，且其品貌亦不扬。可见此辈原非英豪，皆碌碌因人成事者耳。所见远不逮所闻也。

此间六七月皆苦旱，近日方有雨，然尚未透，而天气则已渐凉，早晚可穿夹袄矣。李玉阶丁忧后，至今尚未奔丧，（始欲中丞奏留在此，而中丞以为不可，方议回家，而其家眷尚在此间。）与后任王初田颇有缠绕，其实初田已帮伊千金，交情已尽，而尚哓哓不已，复加送四百金，尚未满其意，闻于月杪将动身，未知确否？

【按】 此两纸中“汝仍服丸方固好……汝叔官翰林”、“甘肃宁灵一带……伯兄又一时又不能脱身……星农之子好饮及博……此皆外官子弟习气……汝宜以此为戒”，据其语气，此主要是写给翁曾翰的家书，故列于此处。

同治四年六月十七日，曾国荃授山西巡抚；八月十二日，曾国荃因病“赏假六个月在籍调理”①。据同治四年七月二十七日致翁同龢家书，知汤伯述于八月初一日完婚。函中云“其长君伯述于八月朔日完姻，吾处曾送礼物，受堂画一轴，喜联一付，京靴一双，荷包五件一匣。近日又将送女至安庆出嫁，其令坦赵岵存之孙也，大约于月底月初即成行……此间六七月皆苦旱，近日方有雨”，故疑此二纸写于同治四年八月下旬。

19. 同治四年九月(1865－10、11)

李筱荃中丞，寓精明于浑厚，办事果决，识见远大，在军营多年，于军务事尤熟，凡一切奏报及批军营禀牍，皆手自定稿，毋庸幕友参酌。至委署各缺则责成藩司，绝不侵越。

① 《翁同龢日记》第一卷，第437—447页。

至州县以上者，方公同商榷，不似次山之大小必亲，致令外间反多议论也。襄臣方伯，操守极谨，惟遇事稍拘执，且照应同乡过甚，故属吏亦有违言；其实办事方正，于库款支发谨严，终是大君子。廉访兆宝岩，人亦爽直坦白，但在京则在都察院当笔政，于公事少历练；在外则由州县至军营，稍稍沾染营中习气，于恩怨太分明。今夏署藩司时，于素所熟悉者，稍有偏倚，故人言沸腾。近回本任，则亦无所短长，尚是旗员中之谨慎爱好者耳。吾因春夏间共住五月之久，故称莫逆。交卸后，复订昆季交，倘伊偶有过失，吾寓规于讽，亦尚能听受也。

王初田观察，虽是佐杂州县出身，然阳分人，性情开爽，相貌亦体面，如此次与李玉阶之事，在他人处之，必更多费一番唇舌，而初田则竟许帮一千四百金，绝无推托，甚属难得。乃玉阶复欲请益，托首府县再三致辞，可谓不近人情者矣。彭锡之交卸首府，以道员候补。此君貌似诚笃，而实则狡猾特甚，且于属员中之应酬稍欠者，在大宪前极力毁谤之，似非真君子。近日又因首府交代事，与吕燮堂虽同乡世交，亦上禀揭之，语云及其老也。戒之在得，此老实宜戒得矣。且其令郎行六者，年不及二十，管账房，颇不谨饬，外间啧有烦言也。

星农管盐茶、厘金、督销、东征四局，每月薪水颇可观（共有五百金），故不愿入都引见，在此尚无咎无誉。至陆子受传应则办理黔省捐输，声名颇狼籍，且其人亦猥鄙龌龊，一无可取，李中丞亦甚恶之，见于词色。陶仲虞（名寿王，陶宝森之胞兄，江西人。）人尚精明。现派军需局与司道一同总理，尚是好手，亦中丞旧交也。朱秬亭鬯侯极忠厚，现派查团差，他如张锡田嘉福、裴樾岑荫森皆藉差回籍，陈少轩丕业现无差使，日前因伊在州县任内交代事，欲揭告局中委员，真奇闻也。

湖南东西两防，共有勇二万六七千人，月需饷十八万有奇；而账房、火药等，尚不在其内。西防万人，以周镇洪印统之，驻扎贵州之天柱等处。然亦仅堵一面，不能处处兼顾。本年七月中苗教各匪下窜，从晃州厅之北，直趋沅州府城，居民颇遭蹂躏。迨至天柱之军回击，则贼已饱掠而去。今周镇留一二军守晃沅，馀则仍回柱防。而近日贼势又将下窜，分几路出扰，以牵制我师。盖黔楚边界，犬牙相错，路路可通，实有防不胜防之患，且苗教各匪，动以万计。我军分布各隘，亦合则见多，分则见少，有众寡不敌之虑。必须俟东路稍松，专用力于黔省，添兵添饷，方能步步为营，逐渐进剿，始可稍有功效。否则，此剿彼出，彼剿此出，我军反疲于奔命，迄无成功也。东防万六七千人，以赵玉班焕联、陈俊臣士杰统之。俊臣之勇，皆本地土著人，尚不致扰害闾阎，然曾经战阵者，不过二千馀人，馀皆未经战阵，恐其见小敌勇见大敌怯耳。玉班所部和字营七千人，则不足恃。盖此辈半是市井无赖之徒，未经战阵，即偶有一二曾在军营者，亦闲住已久，安居乐业，不能用命，故和字营之出也，其奸淫掳掠，甚于盗贼。而见贼即走，从未接仗。

今夏霆勇叛乱，令其出堵，到处尾送，从未迎击。凡所过处，叛卒仅搜取银钱；而和字营则衣服器具，无不搜括迨尽，甚至水缸、马桶，亦皆搬取从水路运回，故百姓恨之入骨。玉班亦知不容于公议，故此次往桂阳，曾撤营官数人，将抢掠之勇丁数名正法。然积习已深，岂能骤改？惜乎，此辈虚糜军饷，几及十年，计数已逾三四百万，以百姓之脂膏，养此无用之兵勇，令人不能不喟然兴叹也。玉班此间人通谓之赵扯边（此间人读牵扯之扯，而作平声），言其遇阵退避溜边而行，故有此美绰，于是玉班为其令弟起一号，取其乡音之近似此二字者以避之。其实欲盖弥彰，道路小民，皆以是称之也。

现在粤中之逆贼伪康王汪海洋，已由镇平西窜，扼守定南之老湘营，(此军人亦佥谓不足恃，今果然。)接仗失利，遂至贼围定南厅一日，始走龙南，于上月之十八日，将分股窜南雄始兴，楚边郴桂一带，俱情形吃重。而连日不见报至，未知赵、陈二军，能扼之于境上否？倘再阑入，则又糜烂多少地方，杞人之忧，正不能免也。

今年湖南秋收，长宝所属，统计七分有馀。衡沅辰一带，八分有馀。岳常澧一带，因川水涨溢，低圩有被淹者，只六分有馀。郴桂则秋旱，仅五分有馀而已，乃新谷登场，而米价反增长。现在每石须三千四五百文，较之六七月间，长价六七百，未识何故？或云，支河无水，乡间有谷不能来城。或云，下游水灾，米价腾贵，湘省出境者多，故尔骤长，究竟不知其说孰是？

此间耕种，迥异吾乡。其稻皆籼米，早者六月即成熟，晚者至八月中亦无不收割。至肥田之法，更为可怪。凡稻将成熟时，用石灰满田中簸洒，则稻苗立见肥美，收成倍加。可见湘省之水性寒冷，全不似吾乡。若吾乡用之，则皆糜烂矣。宜乎此地人好用热药，大抵服此水者，皆寒凝于中，用温剂方能见效耳。

湘省肥田之物，除石灰外，尚有茶枯一种，即打茶子油之渣，有似吾乡豆饼光景。然细察之，亦甚枯槁，绝不似豆饼之润泽，尚有滋膏。至其耕种之法，则插秧后，即不施人力，旱涝皆听之于天，可谓惰农矣。稻种亦并无再熟者，每亩收谷多少，则不能深悉。盖此间业主买田，皆以租谷计，每年收租若干石，出价若干钱，问业主以亩数，业主不甚了了。故本地论人家之贫富者，亦以租谷数计，绝无论亩者也。做米之砻,亦迥不如吾乡,其大小对径不及三尺,仅薄一寸馀,上束以篾篓,实土其中,砻谷三四十石即坏,坏则不堪复用,其制度甚不佳。农具皆未见过,想亦不如江南也。

湘省房屋极不堪,素来皆无望砖望板,(惟各省会馆皆有木望甚坚固。)但用瓦冷摊,而瓦又极薄,较之他处者,仅有一半之厚耳。且高房大厦,皆用土坝砌墙,无论厅堂,皆无边柱,梁木即虚安墙上。住家屋,天井皆极小,并有无天井者,屋上开一天窗,以透亮光,即衙署亦间有之。吾初到此,见公馆臬署房屋,以为衙门则然耳。及后见绅士之屋,方知此间无不如是,惟绅士者,毕竟较公署稍好,不至一雨即漏,可见此间人作事,不计经久,即造屋一节,得知其梗概矣。

湖南盐务,自上年克复金陵后,规复引地,湖南北各设督销局,令绅士经理,而仍奏明盐道总司其成。其淮商水程执照及川粤邻盐税单,并一切告示等项,皆盖用盐道关防,是章程本归督销局于盐道,未尝分而为二也,乃湖北则照章办理,而湖南因彭锡之不肯会衔画稿,不肯于执照税单告示上盖用关防。于是始详请总理东征局之李玉阶、陆星农总司局务。凡应用盐道关防者,皆径用督销局关防,从此督销局遂与盐道衙门,分为两途矣。

吾到此后,即再三询问锡之,有何缘故?有何不可会衔画稿之处,请其指示,据云亦无别故。惟湖南既有盐道督销,又何必再令绅士设局,且现在曾相所委之绅士文辅卿翼观察,吾未悉其可靠与否,故不愿画稿。至执照税单告示等,既有督销一局,则又何必为他人作嫁衣裳?盖用盐道印信,馀却别无意见也。

吾当时即意不以为然,与之辩论再四,云湖南本淮盐引地,今规复旧章,仍销淮引,是盐道职分应管之事,非比借销邻私可以不问，一也。执照税单等，既奏明盖用盐道关防，是责成尚在盐道，今若概用盐局关防，是授权于人，且与盐政原奏不符，二也。至督销局之设，则不独湖南为然，江西、湖北皆设督销局，皆由盐政处另派大员经理，皆会同盐道商办。今各省悉遵盐政章程，而湖南独不然，似亦无此体制，且湖南盐道，本归两淮盐政考察，今遵其法，是遵盐政之法，非遵曾节相之法也。不得因曾节相为盐政，遂不遵行，三也。至文观察之结实与否，惟共事方能深悉，若果有不妥之处，则随时可禀盐院，另委贤能，四也。若以为现在皆绅士主政，其规条有经黄、郭二人参酌者，恐将来有碍于官办，则盐道此时，正宜身在局中，详加斟酌，尤不可听其所为，概置不问。五也。有此五端，吾故以为必须会同商办，悉依盐院原奏章程。嗣吾以署臬司篆务，未至本任，事不果行。至五月初接到盐院总理督销局之札，方与闻局事，数月来实力讲求，知局中尚无弊病，绅士则已换易芸陔（名润坛，本地人）、彭次卿（名椿年，本地人）二观察，人亦可靠，锡之前有欲不遂，故不愿管理盖印也。（然上年亦用盐局千金，意尚嫌少，故不以局务为然。）

盐道衙门公事极少，每日到文，多不过二三十件，少则不过数件，尚是晴雨粮价折居其大半。其须转行者，每日只一两件而已；故署中清书，向来只有一人，其他办事书吏，亦不过十人，可见政事之清闲矣。吾素性不喜闲暇，今幸有军需、捐输、东征、督销四局事，方少不寂寞。军需局文稿最多，每日必有二三十件，其次则捐输，其次则督销，至东征则现已撤局，所办者皆报销等事，每日稿件亦不多也。至属吏之来见者，衙参日不过三四班，亦少于署臬司时一半，故甚觉安适。且到此半年，属吏渐渐熟识，其出身籍贯，皆已了然，即酬应言语自多，不比彼时之未曾识其底蕴，须寻公家言作应对，故更觉其苦也。

盐道缺分，虽迥不如从前，然吾处处节省，约计所入，每年尚可馀二三千金；惟吾以举债出京之人，且署臬司五月，又赔垫千金有馀，故京师年底应酬，万难筹出，必须从他处借贷方能敷衍。然京师师门及诸相好处，断不能以已累契然置之不理，只好勉强从事。总之，天下事一饮一啄，莫非前定，吾不敢以缺分之肥瘠，遂致应酬忽略，非欲以此要结权要也，不过吾尽吾心力而已。

小军机除打头之胡小蘧、郑愓庵，及相好数人，必须从丰应酬外，其馀有年世谊者甚多，不如一概应酬之，免使诸人缺望。至数目吾拟送阑干之数，汝可同六叔斟酌之。吾意如此，切勿惜此数十金也。

此间天气炎热，自四月初至八月底，均穿亮纱袍褂，近日阴雨连绵，兼之西北风大作，忽然寒凉，竟可穿重棉矣。然恐一晴，又复燥热。盖此地不比他处，天时寒暖不定，衣服亦随便乱穿，不能按时令节候也。幕中友人，鹤皋写作俱佳，公事亦明白；子京稍拘泥（早晚皆同吃饭），然极谨慎，到署后，轻易不出。吾与二君极相得，每日午后，即过二君处剧谈，尚不寂寞。吾近来于围棋等事，皆不暇为，故清谈片刻，即觉畅适，胜于伏案办公多矣。

李次青在中丞幕中，不似郭意诚之联络官场，接见绅士，故外间无毁无誉。近日方知其专心著作，欲编辑先正事略一书，终日搜罗旧闻，博访遗集，虽处中丞幕中，绝不预闻其官事，然则贤于意翁多矣。

李仲云、黼堂昆仲，此间乡评皆好，细察之，仲云不过谨慎谦和，不干预地方公事而已。至黼堂则闭门谢客，日手一编。近日欲辑《皇朝耆献》一书，汇萃本朝满汉大臣名臣之言行而成之。故现托徐寿蘅、周荇农在京抄国史列传，列圣实录及各家之行述年谱，以备采择，其书虽数年后方能告成，然告成后却是传作，且此君议论闳通，识见远大。近见李少荃中丞复奏殷谱经、王蓉洲二人参折，以为措词过当，自己则嫌其夸张，责人则近于漫骂，殊失大臣引咎之义，贻书规责之。此语为近今所罕闻，真令人钦佩也。

李中丞欲修湖南省志，已札两司议详。湖南近日人才甲天下，此举似亦应有，尚未见其条款，大约现在先令各府州县将志书汇送省局，俟将次送齐，再请人编辑。惟省志已数十年未修，现遭兵燹之馀，采访不易，且外州县之本有志书者，恐亦零落不全，甚难搜罗也。

湘省虽有书肆，然皆是新书，无一旧书店。故欲购一旧板旧抄者不可得，即偶有旧家出来者，亦奇贵不能买。吾到此后，仅以八千文买省志一部，以六千文买《经世文编》一部（皆新编）而已。欲购《盐法志》一部，即遍求不得也。

何贞翁到江浙一游，其归装书籍颇富，然吾曾询之，则云亦无甚善本。伊在上海，闻琉球人颇买书，上海郁氏所收宋本，半为彼国买去。盖伊见好者，不计价值，故他人难与争买也。李黼堂在豫章买活字板一副，大小字有三十馀万。伊所著书告成，拟即以此刷印，伊家中藏书亦甚富也。

此间大吏，自骆吁翁抚湘后，延左季高在幕。于是地方利弊，无不周知，属吏贤否，亦皆尽悉。故数年来，吏治最好，然季翁亦微有偏听处，故办军务则布置得宜，而治地方则尚嫌过急，且本地绅士，皆得与闻公事，亦是一弊。迨翟锡翁诰中丞莅任，则此君由佐杂州县出身，且操守不谨，其所举所劾，皆未能公而无私。于是官场风气为之一变，幸不久去位，恽次山、毛寄云继其后。寄翁过听官场之盐道裕时卿、首府李逢春等，绅士之黄冕、郭崑焘等之言，亦是非混淆，贤奸并进。

至次翁则极欲整顿，然寄耳目于私人，往往用佐杂教职委员等言，致州县不安其位而去，且好名太过，明知钱粮之难以一正一耗征收，讼案之难以一票一差拘执，乃出示晓谕，反致奸民闹粮殴差之案，各属蜂起。及至事起，则又不能执法以办，故官民均有违言。况其时藩司则李玉阶署理，又非操守廉洁之人，属员则胡镛、张昆祁辈，任意招摇；绅士则黄冕、劳文翽辈，遇事武断，遂至声名狼籍。其实次翁实非贪墨者流，人言过甚，侍卿所参各款，并丝毫无据也。

湖南吏治，尚皆爱惜声名，不至逾闲荡检，然亦间有贪鄙龌龊之徒，营谋钻刺，拜门行贿者。至吸食鸦片之人，则不可枚举。其稍知自爱，欲求治理者，弊亦有二：一则曰急催科。现在邻氛未息，饷源日艰，藩司催解钱粮，急如星火，于是州县之追呼征比，几于民不堪命；一则曰严刑法。

湘省吃斋传教之匪，本各属皆有。近日更加之以各省撤勇，时有抢劫斗杀之案。地方官但知奉就地搜捕、即行正法之令。于是不问其实在为匪与否，第或经团绅捆送，或被怨家诬控，或为差役误拿，一经到案，则不论其有供无供，或用站笼站毙，或则立毙杖下，捏供上详，以为见好上司地步。其实此中冤抑之人，正复不少。吾在臬司任内时，有曾将馀犯提省审办者，细讯之，则或为仇家诬害，或系贸易客民，从宽省释，然案内人犯已十死三四矣，可为浩叹。然此等案，又势难平反，盖死者生供，皆其事后捏造，就其供情而论，实罪不容诛，万无生理也。总之，州县中欲得一勤求民瘼、无枉无纵之人，真十中无一二，第能办事勤慎，操守拘谨者，已不易觏矣。

盐务办理，各省情形不同，即湖南、湖北亦迥然各异，湖北自宜昌、沙市以至汉口、武昌，设卡共有五处。每年所收邻盐厘金，至少尚有二百馀万。且向来厘金之外，有办公银两一成；如厘金二百万，即有办公银两二十万，其银分作十分，以两分归制军，以分半归抚军，以一分归盐道，共分四分半。其馀四分半，则藩臬及武汉两首府、江汉两首县共分之。以一分留作办大差使及酬应过客之资，故川盐之借销于湖北也，公私有益，人人乐从。

若湖南则大异是，川盐之来也。但于入境之岳州府、澧州收其厘金，地卡不再抽厘。盖湖南厘税章程，凡百货均于入境时，报税一次，他处不再抽厘，故于川盐亦然。且岳府、澧州之南，皆重湖浩渺，亦无处可以设卡。况川盐之入湖南者，皆过宜昌、沙市。湖北已两次抽厘，不便再行加抽。惟于到岸销售时，收其落地厘金而已。故每年川盐邻税，仅有二十馀万金，只湖北十分之一，且涓滴归公；厘金外，无丝毫办公银两。至粤盐之来，虽于衡水卡上，亦收其税。然粤盐非川盐可比，向无富商大贾，擅其利者，皆肩挑背负之徒，从陆路私僻小径而至，且百十为群，若盘查严紧，则随时可以滋事。故每年连落地厘金仅有十万馀金，统计川粤邻盐之税，每年不过三十四五万金而已，不能再加也。

至淮盐试行，上年曾相以帑顷二十万金买盐运湘，设局督销，除归还成本外，其馀概行归局，以备发清各省撤勇欠饷。自上年七月官运试办后，商运亦陆续办行，一切利权，皆操之于上。故自上年至今，已发过各勇欠饷五十六万馀金，似于大局不为无补。惟湖南盐务，向来商人之利，皆归之扬商；官场之利，皆归之湖北，今悉归之本省。故湖北每每有掣肘议论，或谓川盐厘税，有益于军饷，宜格外体恤之。湖北既收厘金，湖南不宜加税，（盐院札，凡川粤盐入湖南境者，加抽每斤八文，以遏私而畅淮引。）或谓盐船既过汉口，应仍归湖北拨派。其实皆有所为而言，非真为国家计也。至湖南销数，上年冬令甚旺，今春因曾沅圃中丞借运皖盐一项，盐色太低，故销路颇滞。今盐院令分别场分，盐色低者，不准运湘，以后当有起色，每年额销十二万引，似可销竣也。(本省奏明八万，又融销北省四万，故共有十二万引耳。)

上年此间之花案，人皆因有张东墅在内，故量为末减云。此等事，外省常有，恽中丞办理过刻。然此事实太不堪，吾则以为次翁未曾出参，尚失于太宽耳。盖东墅系现任首府，而与候补县钱绍文、张嗣璜、陶燮咸、陶棣，候补道判范棣、崔玉，现任长沙县黄杰，一同狎妓饮酒，已属放荡，且其中尚有善化典史陈绶游僧莲衣，以佐杂方外，亦同在坐，终日在会馆或私寓酣饮，甚至即在青楼留宿，其为行止有亏，实可参办。况彼时杨海琴观察亦在省垣，往往入局，又有本地绅士胡恕堂、劳仪钦辈，皆借此联络官长，故排日轰饮，毫无忌惮。于是人言籍籍，合省通传。次翁闻之，即谕两司及面加训饬，乃东墅不仅不能改，且尤甚焉。次翁方委员访拿，则是日诸君尚在妓馆，其为目无法纪可知矣。迨至妓女到案后，供出现任官及绅士幕友(藩司幕友陈书谟亦在内)多人，次翁又碍于情面，不能参办，且其时值两主试在此，再三为之缓颊，方仅令告病搁起，未免失之过宽矣。乃此辈见今年次翁被议，局面一变，遂肆口诋蔑，谓次翁有意苛求，此则所谓强颜耳。曷足责乎?

省城戏班幸无好者，故挟优等事尚仅见。现在有石方伯之古板，故省中宴会极少，戏局则更廖廖。吾到此后，仅见司道公请石护院，是日戏酒耳，至李中丞到后，则尚未请过也。(近日有兆宝岩请同寅司道一局，亦是戏酒。廿七日又书。)

石方伯人极方板，而却极爱听戏，昆曲戏文极熟，能诵其词者多半。常在官厅云，吾从前作秀才时，极爱听戏饮酒，即作官后，亦不能免。且性好斗牌，无事时即同幕友、官亲入局。迨至作直隶藩司后，官事往往积压至夜分，且有应见之客而未曾请见者，询之家人，则云其时正值主人或斗牌、或饮酒耳。于是遂不敢斗牌，酒亦不敢多饮也。然此时至其署中，往往闻丝竹之声，其官亲幕友有好者，尚不禁也。

此老今年已六十二，而无子嗣，其夫人又不甚贤惠，终日与其孀居之弟妇，时时有诟谇声，故伊又不能在上房久坐。嗣有一子，又不能读书，故其心境甚不佳。近日忽纳一妾，年甚少艾，然恐子嗣难求，而于老年人更添一累，甚无谓也。连日因阴雨客少，故预书数纸，俟发信时再寄，内中有不可为外人道语须秘之也，切嘱，切嘱。

京东骑马贼，以二百人闯入喜峰口，抢掠遵化玉田宝坻各州县，甚至捆缚邑令，勒赎千金，可谓肆无忌惮矣。倘此事不严行惩办，则将来畿辅盗风日炽，患生肘腋，弊有不可胜言者，未识枢廷曾见及之否？曾沅圃中丞，疮尚未愈，其请开缺折，奉到批回，不允所请，给假六个月，未知能如期痊愈否。此君虽不甚偏霸，然恐于地方吏治亦未必有益也。

杨厚庵制军，日下议论谓其有文武才，其实亦传闻之过当耳。(近日见其奏军务吏治等折稿，却甚钦佩之。)此人忠厚朴讷，无带兵官浮夸恶习，且待人谦和，知敬重文士。现在钟伯平在其幕中，赞襄诸事，其所设施，大约皆伯平赞成之，厚翁自己恐未必能如此耳。远不如现任江西中丞刘岘庄坤一之识见开展，议论通达也。

刘霞翁复奏折稿，此间早已传播，其语气实觉过当，盖廷旨仅令其覆奏蔡梅庵事，而伊折中却铺张自己太过，且乞放归田里等词，意多负气，殊失人臣事君之道，宜其为台谏所纠也。

陈舫仙朴实无华，其战功亦卓著，此人历练官场，似将来必有所设施，至文辅卿则是因人成事者，非可与比，此种才调，湖南竟车载斗量，不为罕见，其战功亦并不实在也，然此语切勿为外人言之。

此间秋审册，吾逐案细核，似无再干部驳者，未识秋曹已经堂议否？倘见宋惠人时，不必言案皆结实，本无可驳，第云诸事承其照应，故毫无驳斥，吾甚感激。盖人情见好，理之常然也。

湘省现任管理局务者，皆不必到局，每日送到文及稿件来阅尽，惟候补者便时常到局耳，至每日收文打到，各局皆有提调，是其职司也。督销局则向无提调，到文皆委绅打到，吾每月往三四次稽查之而已。（末钤“玉甫”朱文长方印）

【按】 因连日阴雨客少，翁同爵“预书数纸，俟发信时再寄”，即此双行十纸，其相互之间钤有“谨慎”骑缝朱文方印，其中云“汝可同六叔斟酌之”，知此数纸乃是写给翁曾翰家书。据其内容，即下文同治四年九月十九日致翁曾翰家书中云“湘中近日多雨，吾于无事时”所作之双行十纸[①]，“略述此间近况，然其中有臧否人物，触犯时事之语”，故而翁同爵不愿让外人知晓。

因同治四年八月二十八日曾有家书寄京中，故此十纸写于同治四年八月底至九月二十七日之间，与九月二十七日家书一同寄京。

20. 同治四年九月二十七日（1865－11－15）

字付筹儿览：

月之十一日邓折差回，接到汝八月十二日所发家书，藉悉汝祖母大人以次，均各平安，欣慰之至。（八月初十日寄

① 参见同治四年九月二十七日致翁曾翰家书一条。

朱大令耀奎信一函，缙绅二部，亦已收到。大令本方司主事，吾旧同事也。廿七日。）吾在此公私顺适，身体亦好，惟思亲之念，未能一日去怀，故折差往返，必计日以待。迨接到家书，方加餐饭；否则，便夜不能寐，汝宜仰体吾意，勤寄家信为嘱。（然除却折差，信局固不必再寄也。）折差行时，吾必给以银两。到京后，汝可不必再给物件，只须将回信交其带来，可矣。

此间东西两防，（西路瘟疫盛行，防兵十病七八，故不能与贼恶战。）现均吃紧。西防则苗教各匪下窜，不过沅晃边界被其蹂躏，（防凉伞、雪洞二营均被围，今凉伞已解围，而雪洞尚无消息也。廿七日。）尚不致为大患。至东防，则康逆汪海洋虽已残败，然尚有悍党数万，（东防陈俊臣，尚极力布置，惟所部勇丁，曾经大敌者亦少，是为可虑，至赵玉班，则此九月中，尚在营中做寿，可谓好整以暇矣。）此次狼奔豕突而来，势必死斗。倘防边各营稍不谨慎，必有挫失，（近日接探报，云尚在连平一带窜踞，颇有东走惠州府属之信，亦尚未的确也。廿七日。）殊为可虑耳。

湘中近日多雨，吾于无事时，作双行十纸，略述此间近况，然其中有臧否人物，触犯时事之语，只可家中人知之，切勿为外人道及，至嘱，至嘱。家乡久无书来，（接汝八月廿三日书，知是汝长兄来此。廿七日。）不识汝兄二人究竟何人来此。汝长兄吾已十馀年不见，却甚望其来也。京中宵小颇多，夜间门户火烛，须格外谨慎，冬令尤宜严防，切勿大意。汝身体太弱，所住屋中，炉火不可太旺，只须常暖，不宜太热，以防煤气，德孙汝自令其识字，不可督责太严，盖训蒙最易动肝火。（开年必须从师受业。）汝肝家本亏，却不宜再时动火，以致夜不能寐也，切嘱，切嘱。

吾此间本衙门公事虽少，然局中文稿颇多，且客来络绎，酬应鲜暇，故亦不觉寂寞，夜则阅公事毕后，随便看书数十页，不至三鼓即卧，次日辰初即起，若衙参日，则更略早，尚不觉劳顿也。省中近日无事，廉访兆宝岩以新花厅落成，兼之重九日其夫人寿诞，排日演剧请客，官绅皆遍请，为近年来罕见之事耳。（宝岩带勇数年，囊资颇丰厚，在沅州置有房屋。且为其令郎捐知府，分发江苏。自己又报捐万金，议叙加布政使衔。其郎君名禧祐，现将给咨引见，于月底起身，到京时，汝须酬应一请之。）

陆晴杉尚未到，星农尚无进京之意，筷寄舫发背已痊愈，销假当差矣。寄舫病初起时，甚危险，幸俞鹤皋荐一外科医生吴姓者治之，方渐转危为安。然毕竟年过花甲之人，血气已衰。吾劝其须服大补之剂，方能复元也。此间天气较暖，八月杪连阴数日，方穿棉衣，九月朔日，换戴暖帽，然以本年有闰月，故气候如此也。草此问汝夫妇近好并合家大小均吉。九月十九日玉甫手书。（此书日前先写就，盖折差派出后即来取信，故每每不能详述一切，吾故先写此数纸也。廿七日。）

折差丁启南回湘，接到汝八月廿三日所发十七号家书，藉知京寓平安，曷胜欣喜。汝能闭户读书，胜于驰逐风尘多矣，甚慰吾望。汝长兄尚无来此消息，吾颇悬念。吾乡官绅冰炭，将来必有事端。汝叔驰书汝兄等，令其早完国课，勿预外事，所见极是。吾于日前曾作家书，切戒汝兄辈，其意恰同也。京东骑马贼如此猖獗，文百川尚书统京营兵出缉，竟未获一人，恐此后其势日张，将来必为肘腋之患。都中办团防保甲等事，未知果有效验否？第京师人海，而侍御必保举朱森、赵清二人，岂真无人才耶！良深慨叹。豫省捻匪飘忽靡定，襄樊驿路，时通时塞，通侯远驻徐州，遥为节制，恐未能即日奏功也。十九日玉甫又书（钤“玉甫”朱文方印）。

京城年底应酬万万不可少，吾此间虽难筹此巨款，然只好借贷寄京，俟来春再作计较。汝叔书云，虽典衣亦须沽酒饷客，诚哉是言。昨吾已向兆宝岩廉访处借定千金，俟其令郎（名禧祜，分发江苏知府）吉甫进京时，交其携去，其馀尚拟再凑千金，方能遍送。其银于十月中交折差寄京。至数目届时吾再开单寄汝也。

至京寓用度，吾此间每年总可接济千金，倘有缺乏，汝尽可先向他处借用，吾再陆续寄还，（今年恐不能再寄家中用度矣。倘年底需用，或先向他处一借，俟来春还之。）切勿因家用拮据致令汝叔焦灼，切嘱，切嘱。盖吾素来居家无尔我心，京寓所需，与吾此间所用无异，必尽力筹措，不以此事再烦汝叔擘画。汝其仰体吾意，告知汝叔勿以此萦怀也。九月廿七日玉甫又书（钤“玉甫”朱文方印）。

【按】“字付筹儿览：月之十一日邓折差回……家大小均吉。九月十九日玉甫手书……”三纸钤有“玉甫”朱文骑缝方印。

函中“湘中近日多雨，吾于无事时，作双行十纸，略述此间近况……然以本年有闰月”，知翁同爵尚在湖南任上，且是年有闰月。据翁同爵年谱，同治四年二月至同治六年十一月，翁同爵先后任职湖南按察使、湖南盐运使、湖南布政使[①]；其中，同治四年闰五月。知此纸写于同治四年九月十九日。

此函写就之后，当时尚未有折差去京，故而函中行间又有二十七日补充说明，如云“此书日前先写就，盖折差派出后即来取信，故每每不能详述一切，吾故先写此数纸也”等。数日之后，即九月二十七日方有人入京，故而翁同爵又书一纸，且于九月十九日所写数纸之上补充数语。

---

① 《翁同龢年谱·翁玉甫先生年谱》，第182页。

函中所言“双行十纸”当即上文“李筱荃中丞，寓精明于浑厚，办事果决，识见远大……督销局则向无提调，到文皆委绅打到，吾每月往三四次稽查之而已”十纸。

据此函知，同治四年，兆宝岩为其子禧祐捐知府，分发江苏；且自己亦报捐万金，议叙加布政使衔。其子禧祐即将进京引见，拟于九月底动身。

21. 同治四年十月初一日(1865－11－18)

字付筹儿览：

月之十一、十八日两次折差回，接得汝八月十二、廿三日书，藉悉重闱安吉，合宅绥和，深为欣慰。吾在此公事顺适，身体亦甚好，可勿悬系。汝长兄尚未到此，近日亦未接其信，不识究竟于何时起身也。京师年底应酬，固不能少，但吾上年举债出京，今岁在署臬司任内，又赔垫千金有馀，今纵菲衣节食，岂能筹此巨款。不得已向廉访兆宝岩兄处，暂借京纹(足公砝)壹千两，即托其世兄兑寄京中，其银汝可收明，俟吾下次开单寄汝，再照数分送。至此所寄，尚不敷酬应之数，俟十月中折差进京，吾再设法汇寄也。

兆宝翁与吾极相得，吾到此后，诸事承其指示，且同住半年之久，更觉水乳。宝翁长吾一岁，亦是中秋日生，故吾与订昆季交。其世兄吉甫名禧祐分发江苏知府(前曾在京当差)，人极老诚历练，将来到省，亦是出色人员。此次入都引见到京后，汝可诸事领教，时往亲近，并须尽地主之谊，洗尘送行，皆不可缺，称呼汝宜以大公祖相称也。开年吉甫尚须来湘，接家眷后，方到省。届时可托其稍带物件，然亦只可轻便携带者，切勿寄笨重之物，至嘱，至嘱。连日天阴大西北风，可服珠毛袿矣。此布即问汝夫妇近好，并合家大小均吉,馀俟续寄不复缕述。十月朔玉甫手书(钤“玉甫”朱文方印)。

【按】 此函写于同治四年,笺纸钤有“谨慎”骑缝朱文方印。同治三年十月,翁同爵授湖南盐运使,“是月,领凭起程”,与偕周子京(维都)出京赴任;同治四年二月抵达长沙,时值兆宝岩入黔,中丞恽次山(世临)委其署理按察使(臬司),如函中所云“但吾上年举债出京,今岁在署臬司任内”。是年,兆宝岩之子禧祐分发江苏知府[①]。

22. 同治四年十月(1865-11、12)

吾此次所寄之六百金,以二百金呈汝祖母,以五十金送汝伯母,以百金送汝叔父,以百金给汝夫妇,以二十金给仲渊,二十金给子馨,以十金给秀姑娘,以二十金给安孙兄弟姊妹,以十金换钱分给汝祖母房中老妈及汝房所用老妈。以十金给朱寿,十金给赵恩,其馀五十金,则本家人辈分项,可分给京寓家人也。汝可照数分致。切勿增减。

家乡汝兄嫂处,吾却尚未寄分文,盖一则吾今年力量不及,一则不知汝兄辈若何光景,非吾契然置之也,且汝祥兄官照,此时未知尚在他人手内否,只好俟其到此后,问明颠末,再为料理。盖吾以父子之情,若不为之清还,人将谓我何也。

年底各处应酬,吾非有所为而然,第保举诸师及相好亲友处。吾上年出京时,既毫无留别,现在吾已到本任,似不能不稍尽微忱,故前从禧吉甫处借汇千金,今又汇寄千金,交汝分送,至单开数目,汝可请六叔详细酌定,切勿太俭。

---

① 参见上文同治四年九月十九日致翁曾翰家书按语。

盖情分厚薄，吾已再四斟酌之矣。

此次寄京银两，年底应酬，就吾单开，已统计二千馀金，除月初托僖吉甫先携去一千金外，现又凑借一千二百金，统共合二千二百金，似已敷分送，外又寄家中六百金，另信开明，汝可一一照信分致。此项银两，汝收到后，除寄家中六百金，可即取回，其馀二千二百金，不必尽行取银。盖都中宵小甚多，且时值冬令，尤须格外小心，不可以财帛露人眼目。或令蔚泰厚出票，或令公源出票，分送各处，汝可自行斟酌之。惟平色须于票上写明不可含浑，方免钱店之弊。即如上年吾出京时，所带碎银，公源所付者，竟大半顶银，不能用，殊为可恶。此回若在公源出票，须色色与之讲明，不可受其欺蔽也。银票须安放妥当，不可携带出门，汝诸事俱好，惟稍粗心大意。故吾不得不谆谆嘱咐耳。

各处送信，可令李寿、张升分送，信面可写明内信外炭敬多少两，使送者一目了然，不致错误。惟信面填写后须再细对过，不可匆忙，且尽可俟腊月中下旬再排日致送，不必亟亟。其回信亦可迟日寄来，惟诸大老处，送信去时，须说明有回信三五日内交下，以便寄湘，否则，恐旗下诸公、阍人有弊也，切嘱，切嘱。

吾单开数目，似已斟酌得宜，汝可请六叔及仲渊再斟酌之，倘有应增应减者，可换一夹单送去，惟诸大老处既不能增，亦万万不可再减，想汝叔亦必以为然也。

此次各处信件，因时日匆促，不及细阅，倘有不妥及不合式者，汝可为吾更换之，勿嫌烦琐不动。子京起稿虽尚妥当，然间有平仄不调处，汝须详细检阅之。除此次所发京信外，十一月中尚有各处空函，俟写好再申折差寄去，缘此时子京一人写作，实来不及也。各处信件，官衔有新更调者，须换书送去，至有切其部分者，或不必更换。

盐道缺，每年可支廉银壹千八百金，节寿每属向有百金，而宝庆之城步等处，久已不送。近日则长沙府所属者，亦多效尤，故每次不过千金之数。上年规复淮引，道署局中解公费千金。吾今又总理督销局务，每月有薪水百五十金，（此款现拟辞之，缘局中报销，中丞嫌太大，故欲力辞此项，亦请自隗始之意也。）统计一年所入几及万金，然应酬及署中用度，每年至省须四千馀金，可馀五千金而已。吾今年于端节后方到任，且署臬司任内，举债至五百金，故遂敷衍不过。若债务还清，则每年所入，尽毂寄奉高堂菽水之资。故京寓用度，汝叔可不必顾虑，倘家常饭菜，不能下箸，可令厨子每日添一二可口及时新菜蔬，切勿惜费为嘱。

汝叔及汝，均素性俭朴，吾所深知。然出外之车马衣服，可不必奢华，至居常之起居饮食，却不宜过自刻苦。至药饵所需，尤不可惜费。盖汝叔及汝身体皆非有馀，总须时服补剂，或丸或膏均可，切勿间断。至西院之平台下，汝可劝汝叔不必在彼起坐，一则地气潮湿，二则房屋太小。故夏令则郁蒸太盛，冬令则寒气凝结，久坐大不相宜，不得已可在北屋之南窗下看书，似稍向阳疏朗，惟北屋书架既多，冬天炉火须令家人辈格外小心耳。至嘱，至嘱。

汝祖母处每日饭菜可令厨房预备一小暖锅，方不致冷。其锅中之菜，须每顿更换，不必拘定样数，即一二味可吃者，皆可装暖锅。但暖锅须口大而胆小，方便用匙勺，装时汤须略多，切勿照铺家之堆满锅面，汤少而菜干，便毫无意味。炭须烧红而多备，添锅汤亦须预先伺候。否则，炭或不红，汤或未备，反致老人饭时生气，则大不可。饭时倘汝叔及汝均不在旁，可令秀姑娘隅坐陪吃，方不寂寞。盖汝伯母既多病未愈，孙媳辈又有小儿缠绕，皆不能常在汝祖母房中照料，故不如即令秀姑娘陪吃，较为便当。且秀姑娘平素侍奉尚能出力，给其一坐，亦不为过。此事可禀汝祖母斟酌行之。吾所见以为当如是也。

湘省书院在省城者，本只岳麓、城南二处。岳麓则主讲席者为丁伊辅善庆；城南则主讲席者为何子贞绍基。岁奉修膳不过四百四十金而已，丁伊辅高年硕德，为乡里后生所钦敬，人无闲言。何子贞评阅太严，且去冬今春客游太久，师课积压未阅，故颇不洽众论。明年均仍其旧，关聘业经致送矣。至求忠书院则是近年新设，肄业生童多忠臣后裔。其山长丁秩臣叙忠，系一老明经，为绅士所推毂，修膳共二百八十金也。省外书院，只有三十二处，修金多者不过二百千，少者四五十金。向来中丞定数处，馀则司道分定。至恽次翁为中丞时，方更改章程，悉从中丞酌定，司道不能专政，惟首府呈递清单时，可略言某君是某司某道所荐而已。俞鹤皋今年本有益阳书院，开岁仍旧。

周子京则孤介之至，开单时吾却再三言之，而伊不愿，其馀尚荐一李迪庵孝廉永吉，是上科庞宝生门下士。宝翁前曾有书来，故为说项，今定石门县之天门书院。（每年修金四十金。）至黄恕皆所荐之宁、廖两孝廉，皆未延请，实在求馆者太多，而书院太少。不能大庇寒士皆欢颜也。倘叔弟见恕皆时，可先道及，吾再作书致恕翁备述一切也。

此间书院肄业生童，膏火、花红均不多。其考绩好者，每年亦不过二十馀千，故士子不甚踊跃。其住书院者，则每月尚有谷数斗（三斗），然岳麓则丁伊辅尚住书院，闲时与诸生讲究，故住者尚有数十人。至城南则山长轻易不至，于是住者绝少，且近年来厘金东征各局，皆用本绅士。其薪水多者，每月有三四十千，少者亦每月有十千八千，较之馆谷相去天壤。于是寒士皆以局务为生计，即教读书启等馆，亦尚且不乐就。至考书院则更不愿意，故应课者甚寥寥也。杨性农彝珍现在由常德来省，吾拟请其撰先公神道碑，已将行述、年谱送去。此君笔墨简洁，实为近来作手，俟其脱稿时，再寄京商酌。吾日前已经请过，其润笔拟他日见稿后，再致送也。

浙江题名，此间已见，方勉甫中式。此君翰苑才，他日所到，未可限量。谭子韩虽是隽才，然烟瘾太深，似无甚大用。其馀官卷三人，似是杜莲衢、洪张伯、朱九香家子弟。此三家皆家风醇谨，诗礼相传，宜其后起之有人也。至朱修伯令郎，则其名已忘却，题名中似无其人也。

甘肃雷正绾一军，此间颇有谣言，云已在庆阳叛乱，并云杨建侯为其乱军所戕。然并未见诸公牍，未识其言确否。湘省谣言本多，有绝无影响之事，而此间人言之凿凿者。第雷军门所部皆川勇，又素来军律不甚谨严，且缺饷已久，哗溃本意中事，或人言未必无因也。

鲍春霆固是宿将，然其跋扈亦甚可虑，如此次伊至湖北，朝廷明旨，令其只准招三四营亲兵，严申军律，率之至江西，统其旧部，乃伊至湖北，即欲招万人随行，且索饷甚多，与署方伯唐荫云，几至攘臂，不得已筹饷三万予之。官相即为之入告，招二千人往江西击贼云云。伊始怏怏而行，近又遣人来湘省索饷三万两，以万四千金至粤置洋炮，以万六千金遣人出口买马匹之用。此间勉筹二万金予之，计其军火马匹到豫章时，已在明年春间，则其时粤省之贼，或早扑灭，或复他窜，何待其攻击耶？其举动真令人不解，大约此君恃功而骄，颇有难制之势。故北省来书，皆幸其早离楚省，然则此行恐未必能续建功绩耳。

粤东之贼，近日尚在连平一带游奕，似势已穷蹙，每日必有数十百人投出。然其众约尚有三万馀，能战者尚有万馀人，且探得贼中预备油火、火把等物，恐有夜走之策。此时总计闽粤及江西之兵，共有六七万人。若能并力合围，不难聚而歼旃。第各路统兵之员，未免意存观望，故尚不能即就殄灭耳。否则以强弱而论，则我兵已多贼一倍，岂有不迅速成功者哉！

今夏天气极热时，终日挥汗如雨，蚊蚋又极多。于是友人中有劝置碧纱橱者，吾答以先公作官三十年，官至宰相，从不知碧纱橱为何物。吾母寓居京邸，今年院中方搭一凉棚。吾何人斯，敢稍自舒服？且伯兄现在花马池军营，居处在帐房中，欲觅一草舍栖止不可得，吾今已处高房大厦，岂敢再萌奢念耶？故自夏徂秋，历三四月之久，终不觉其苦，可见处境全在心境为之转移也。

署中房屋，上房三大间，东面有耳房两间，均分前后房。东厢房地基甚浅，以两间作签押房。其南边一间，作过道走破，东厢后复有三间，即借万福禅林庙内者。其屋不成片段，有天窗而无庭院，现令管钱账之李慎及签押盛元居住。上房西厢房三间，屋稍深，现令管印之刘元及写字之殷春住。（此人笨极不能写，尚拟换却之也。）西院三间，亦有前后房，虽不及上房之高大，然尚可住，现请子京居之。

上房后群房六间，则房屋太不齐整，现尚闲却。即家眷多者，此屋只可作下房，不能住上人也。二门以内，如此而已。二门外即二堂，三间，东面接连又有一间，现令樊升、高升住之。其东复有屋二间，与上房东厢房后三间并排，亦只有天窗无院宇，亦租万福禅林者。二堂西面与堂相连者一间，现留作会客退步之所。其西复有一大间，即所谓小花厅。下有地板，前后有窗，壁有复板，现在会客总在此，以其便于迎送也。

再西另为一院，有屋三间，尚可住，现请鹤皋居之。其院宇之南，有外跟班房，茶房，皆零星小屋，再西有大花厅三间,极宏敞,亦深邃。惟庭中芜秽不治,西面煤灰堆积如山,绵亘数丈。院宇极大,却无树木,毫无趣味,庭南有一亭,既无窗格,又无阑干,如北边之凉亭,然更觉可厌,故前任久已废置。吾到任后,虽令略置器具,然会客终嫌其远,亦遂虚设。厅后尚有屋三间,亦卑陋,馀尚有破屋三五间而已,门房即二堂之东厢房,三小间。后套房一间,现在董升、刘俊、艾新居之。厨房则在门房之南,一大间,已在大堂之东间壁矣。宅门以内之屋,如是而止也。

何子白,美才也。惜不永其年,其乃翁知之,丧明之痛[①],自不待言。然此君狂放太过,上年所纳之妾,乃本是一妓女,其致病之由,未必不因此耳。为之浩叹。滨石俭啬出于天性,然切不可讥刺之,非笑之。盖吾知之最深,伊于此事,最恶人饶舌也。宝生夫人病已稍愈否,吾尝闻坐胎亦有患臌胀者,产后即愈,未知是否?此种病,医药最宜留意。赵价人处金条,吾却尚未用去,然此时甚难托人寄京。倘伊年底需银时,汝或先筹给百金,俟开春吾再汇银还伊也。

许诚夫在田汉川幕中,屡有书来,欲作湘中之游,吾已驰书止其行。近又接其书云,伊于秋初丁内艰,汉川帮伊五十金,回省办丧事。近于中秋后方至馆,来春必欲到此。吾又作书详述近况,开年稍有馀力,必当资助,嘱伊不必来湘,徒多跋涉,恐书去未必能阻其行。第伊所望太奢,欲吾为之捐分发到省等事,所费不赀,奈何,奈何?其书中云,严体康强,则差堪告慰重闱耳。

汤敏斋丈时相晤见,其精神意气,仍如昔日。今秋为其长君伯述完姻后,即拟送女至安庆出嫁,适赵处有白事,遂

① 丧明之痛,语出《礼记·檀弓上》:“子夏丧其子而丧其明。”后用来指由丧子而产生的悲痛。

中止，未成行。至寓居日用所需，则每年租谷，尚敷支持，即有添补，亦不过一二百千而已，不至重累也。吴年伯母，境况甚苦，仲起笔下尚好，然差使不甚出色。上年办益阳东征及省城团防差，均为同事所挤排，未能终局。今年吾委其往平江提案，又途中被劫去三人。中丞初闻之甚怒，几要咨参，嗣吾又为之再三缓颊，方仅记一大过，停委三年，命运可谓不佳矣。今仅留一盐厘局差使，每月有薪水卅千，藉资养赡。吉甫之子景行，吾荐于胡听泉处教读，每月不过修金六两，不能添补家用，吾于端节中秋均送年伯母纹银二十两也。

兆宝岩世兄禧吉甫，名祐，捐知府分发江苏。此次进京引见，吾托其携带家书一函，并从兆宝岩处借贷千金，其银票即在吉甫处总汇，故吾但于信面上书明“外京平足公砝足纹壹千两”而已。吉甫到后，或伊将蔚泰厚银票交来，或汝同吉甫至蔚泰厚号一取。至银色如何，及用何平交付，下次书来，可详细开明，以便吾此间还兆宝岩也。

宝岩与吾换帖，甚相得，汝可以老伯称之。吉甫到后，汝宜在戏庄上一请为之接风，平素往还稍密以示亲热。至伊引见后出京时，必须为之饯行。盖伊一则是江苏知府，一则尚要来湘应酬，不可淡泊，其行时可托伊携带物件。第此时行路艰难，笨重之物，不可托带，惹人厌恶也。

吉甫此次到京，未必在城内住，闻李铁拐斜街升官店，是其素识，大约即在彼暂住。汝只宜外面往还酬应，却不可过于亲密。盖吉甫人甚能干，惟闻其性情稍流动，恐在南城外久住，或有所好，汝宜远嫌先避之也。

陆晴杉尚未到此，星农近日亦望之甚切，不知在何处担搁，亦无信来。汝祥兄亦杳无消息，不识家中于何时启程，是否走长江，抑走浙河。吾数月来未曾接其只字，殊令人悬念不置也。

近来由江南至湖北省，均坐轮船，稳而且省。大抵或由上海，或由镇江上船，至汉口，每人洋银八两（在舱板下者才四金），计程四五日可到。且船只亦与走海者迥别，人尚舒服，未知汝祥兄知此否。倘自己雇船，则担延时日，且甚难走，远不如轮船之稳速。故此次禧吉甫进京，即定见由汉口坐轮船至镇江，再雇船至清江浦，从旱路入都，上回朱烈先大令耀奎进京引见，往返皆由轮船，其行甚速。伊于八月十四日出都，九月廿一日即至湘省，统计不及四十日，而内中尚在天津、上海、汉口，共担搁二十日，实在行程才不及二十天耳。朱大令处吾家所寄信及缙绅，均收到。缙绅甚清楚，较之荣录堂者为佳也。

赵厨到此后，甚不要好，他人署中包菜者，上下均不过六七十文。吾则下人皆给八十文，尚不如他人之七十文者，已属可恶。且吾同子京二人，每日给钱五百文，亦皆不可吃。偶有人在此便饭，稍添一二样，或过节等，则开账必狂大。鸭子此间本只有二三斤重一只者，且均是麻鸭。故每只只有二百几十文，而伊开账每只至七八百文，馀皆类此，其账稍一驳诘，便有许多口舌，吾久欲逐之。

前日廿三日司道公送戏一本，为汝祖母祝寿。吾外叫馆厨备席四桌，而赵厨竟敢全不照应，反将煤米锅杓等物藏起，即水亦不令打杂挑给。于是馆厨几至误事，尤为胆大妄为，今日已撵逐出署矣。此人开账之大，吾所深知，到此后，便自己不肯动手，终日在外嫖赌，绝不在署。经吾屡次训斥，毫不悛改，且性情恶劣，留之必为后患，故不如早去之为妙也。可谕家人李寿辈知之，倘伊到京，不必令其来宅为嘱。廿六。

此地带出之家人，霍安、李万、段成皆好嫖，经吾屡次戒饬，近日稍好。李慎虽无用，然人尚可靠。董升差使亦平平，刘元却尚要好，沈贵则烟瘾愈大，刘俊昏庸特甚，然无他过。高升管局中公事，不能作弊。樊升管稿案，盛元签押，皆谨慎。艾新接帖，差使尚好，一切尚合式。其馀外跟班数人，皆本地人，无得力者。惟敏斋丈处所荐之黄恺，较少习气，人亦尚明白。惟新用一写字之殷春，安徽人，书法固不佳，且人又讨厌，亟须换去之耳。

此间本偏僻省分，游客甚少，近日来者颇多，大半是广东、江西人。现在又有广东之刑部小京官张琴（是先文端阅卷门生）、江西之工部小京官邹舒宇（其乃翁子律乃是汝叔拔贡同年）来省张罗，大约每人皆须送十金左右也。广东康逆，近又回窜和平，未知能即扑灭否。现在合江广之兵，数逾于贼，乃未能合围者，终是互相推诿之病。倘此时不即歼除，恐他日复为粤楚之患。闻现在贼中愿降者颇多，惟团勇杀降甚惨，故坚其从贼之志。日前吾曾向李中丞言之，须函致左帅及粤东大吏，禁止勿杀，则投出日多，自然瓦解矣。

月之廿三日，汝祖母寿辰，所有寮属送寿礼者，概辞不受。吾本拟备席二桌，请同寅司道便饭。至廿二日上灯后，兆宝岩廉访来预祝，带梨园二部来，又令其家人将寿幛悬挂，于是势不能再却，只得受之。廿三日，中丞先来祝寿，辞未登堂，顷之司道先后来，皆登堂叩祝。于是复添备二席，演剧请之，首府首县及汤敏斋丈、侯寄舫亲家、吴仲起叔侄、俞鹤皋、卢丽生、周子京三位老夫子皆与焉。大花厅正面坐三席，坐当道暨汤侯二亲戚，厢房坐一席，则老夫子及仲起叔侄。自巳初开戏至亥正方散，石襄翁、王初田、陆星农、彭锡之，亦将寿幛令家人悬挂，均受之。是日所费不及二百千文，然酒席已丰盛，戏赏亦从厚，人知此举由同寅赞成，故寮属均无他说也。

此间寿礼，向不送上司堂上者，今知吾中馈无人，故长、宝二属属员，亦多致送，惟不能齐送耳。然节寿本是陋规，吾亦不琐屑计较也。宝庆所属，本多累缺，久不能全。近则长沙所属者，亦皆效尤，然较之锡之任内已多矣，锡之则送者不及半也。

日前有一湘中人谢镇连升自常熟来，接到汝两兄八月朔日书，知家中均平安，汝长兄将八月杪、九月初起程来湘，然未定期，恐未必即能成行。汝长兄素性本纡缓，且近日或有嗜好，故迟迟我行耳。

此地寒暖，迥非北地可比。日前稍冷，省外有见雪之处。近日则南风大作，天气又暖，穿灰举尚嫌热，而昨日见中丞，则云十一月朔，须穿白风毛褂，冬至方可穿貂褂，未知届时天气若何？若如此数日，则穿貂褂可以挥汗也。皮衣此地无物不贵，吾因灰举褂只一件，而补服又日日要穿，于是复添一件，竟买一估衣，尚用钱二十六千文。闻寻常买貂褂一件，动以百计。可见此地穿貂之人多，而衣服之昂贵矣（钤“谨慎”朱文长方印）。

【按】 同治三年十月，翁同爵出京赴湖南盐运使任。同治四年二月，接上级指令暂署按察使职，并于二月十七日接印视事。是年闰五月二十一日交卸按察使篆，回盐道本任，即如函中所言：“吾上年出京时……现在吾已到本任……吾今年于端节后方到任……”。

函中署“廿六”；又云“近日则南风大作，天气又暖，穿灰举尚嫌热，而昨日见中丞，则云十一月朔，须穿白风毛褂，冬至方可穿貂褂，未知届时天气若何？若如此数日，则穿貂褂可以挥汗也”，知写此数纸之时，距十一月只有数日，即十月下旬。

另据上文同治四年七月二十七日致翁同龢家书，同治四年八月初一日，汤修（字敏斋）之子汤伯述完婚。

综上所述，知此双行小字十纸写于同治四年十月下旬，其笺纸相互之间钤有“谨慎”朱文长方骑缝印，当即下文同治四年十月二十七日致翁曾翰函中所云“外小字者十纸”，并与十月二十七日一函同时寄京。

同治四年七月二十四日，何子白病逝[①]，故函中云“不永其年”。

23. 同治四年十月二十七日（1865－12－14）

字付筹儿览：

连日甚盼八月中熊炳芳回，而迟迟不至，殊为系念，月之初二日曾草一函并外京平足纹壹千两，托兆宝翁令郎禧吉甫携去，（名祐，江苏候补知府，此次进京引见到省。）未识何时可到？吉甫坐轮船至扬州，走王家营进京，不知途中有阻滞否。吾近来身体甚好，公事亦平顺。月之廿三日现为汝祖母大人寿辰，僚属有送礼者，概辞不受。吾本拟是日备酒二席，请同寅便饭，乃廿二日上灯后，宝岩亲来预祝，即令其家人悬挂寿幛并带两班戏箱抬进宅门，于是不能再辞，次日中丞来，仍未请进，而同僚不得不请矣，演剧至亥正方散。（戏是宝翁所送，吾不过备赏四十千文。）首府首县亦皆邀请焉，至长、宝所属属员寿礼有送者，有不送者，未能齐备也。

年底京师应酬万不可缺。此次折差盛占鳌往都，吾又极力挪凑一千八百金，（其银今日方借齐，交蔚泰厚。）从蔚泰厚会京。（票两张，一张壹千两，一张八百两，外信壹函。）汝收到后，以六百金留家中分呈汝祖母及汝伯母、六叔，并分给汝兄弟暨家人辈。以一千二百金及禧吉甫处之一千金，共二千二百金，为分送各处之用，照吾另单所开似已敷

① 《翁同龢日记》第一卷，第443页。

送。倘有出京者，即留汝处收存；如有应添送及数目增减者，即请汝叔酌定，将来开一单寄吾知之。此次折差匆促，（尚有各处空函，俟十一月初十日左右折差再寄。）各处信件吾不及细阅，汝可详细捡点。有须更换者，（另寄去红纸及信笺数纸以备用。）即易之为嘱。此问汝夫妇近好。十月廿七日，玉甫手书（钤“玉甫手缄”朱文方印）。（外小字者十纸，皆前所写。）

此次信件，皆子京一人料理，故稍觉匆忙，吾日前开单时，漏去吏部友人四人，故恭振夔、何子英、于少亭、卓友莲皆无信。行人匆促，不及再缮，汝可为吾代写四函，分别送去。沈经笙处，讣闻上有“隆仪概不敢当”字样，吾复送幛，汝可请六叔拟四字，其下款当用官衔；否则，或“姻愚侄”亦可，请汝叔酌之。

吾总算单上所开，现须二千零九十馀两，较吾寄款，尚馀百金，倘家用需用，即入用账；否则，或将百金先还价人亦可，汝斟酌而行。

现在宋翰章未知在京否，张词甫已入都否？倘不在都中，信同银均留汝处，不必寄往也。赵蓉舫先生身后，其家事若何？嗣子究竟更换否？吾此间并未接其讣闻，故不知其颠末，似吾亦必须寄一分也。

此次蔚泰厚所会银，仍是足公砝足色者，吾此间平色均补足，故令其会票外复加一信，到都时汝可亲往一取，倘即用伊处银票，其平色须于票上注明并须告伊，若他人来取银时，不必告知。今年吾家曾会银多少也，切嘱，切嘱。十月廿七日三鼓玉甫又书（钤“玉甫”朱文方印）。

【按】 此函写于同治四年十月二十七日，笺纸钤有“谨慎”骑缝朱文方印。函中“月之初二日曾草一函并外京平足纹壹千两，托兆宝翁令郎禧吉甫(名祐,江苏候补知府,此次进京引见到省)携去”指上文同治四年十月初一日家书。函中“外小字者十纸”,即上文同治四年十月下旬所书“吾此次所寄之六百金,以二百金呈汝祖母……可见此地穿貂之人多,而衣服之昂贵矣”十纸。

同日,翁同爵亦有致翁同龢家书,同治四年十二月初四日,翁同龢收到①。

据《翁心存日记》、《翁同龢日记》,翁心存夫人即翁同爵母亲(翁曾翰祖母)的生日是十二月二十三日。而此函中云“月之廿三日现为汝祖母大人寿辰”,即十月二十三日为其寿辰,不知是何讲究?暂存疑待考。

24. 同治四年十一月初六日(1865-12-23)

此次折差迟迟不至,几于望眼欲穿。昨日上灯后,方从熊炳芳、陈树霖处送到九月廿二日及十月朔日两次京信。敬悉慈躬康泰,合寓平安,欣抃无既。并审会寄银两,亦已收到,崇佩翁及马芝生处还项,已经交去。慰甚。年底应酬,枢庭各堂,既须百韵方可致送,则将吾前寄文宝李三函,夹单抽出,仅以空函送去。至曹琢如师,则有师生情分,似须致送,而又不可因其枢庭增加数目。吾意以为竟可仍送五十金,万不致因此反触其怒也。汝再请六叔酌之。至其馀各处,其数吾均再四斟酌,似在不丰不俭之间,或军机领班及修伯、敏生等,亦可略添,然至三十金而止,不可再多。

盖吾此时位不过道员,非身任封疆可比,且缺分不优,非真有盈馀,可以交结近贵。不过或有年世交,或因吾家有事时,均能关切照应,故为此典衣饷客之举,非实有馀力也。

---

① 《翁同龢日记》第一卷,第462页。

一切汝可禀商六叔，自能斟酌妥当。倘有须更改数目，汝可将夹单换过送去，吾不能遥为臆断也。至嘱，至嘱。初念如此，既而思之，枢廷诸公，应酬总在，似不如凑足成数，于年底送去为妙(钤"谨慎"朱文长方印)。初五日。

延树南虽无须吾送炭金，然其情意可感，吾意欲致送二三十金，未知吾前次所寄项内，能融出否？倘能通融，则汝为吾添一夹单送去，亦请六叔酌定。

枢廷各堂，亦请汝叔与修伯等商之，倘必须致送，则每处竟送百金，连曹琢翁亦改此数，省得明年另行致送，不如于今年年底了之，倘所寄不敷，汝可先向他处借项垫付，盖吾明年二三月间必须会银进京，以付京寓用度，可即将此项寄还，如禧吉甫尚在京中，或再向伊多借二三百金，吾在此间还之亦可。第吉甫处不可勉强，商之可耳，一切汝自斟酌之，为嘱。

前月廿八日交折差盛占鳌寄去家书十五纸，内有蔚泰厚会票两张，计共足公砝京平银壹千捌百两，外又信两包，共一百函，未知何日可到？吾今年寄京前后共五千贰百金，自己所盈馀者，只叁千金，其馀贰千贰百金，皆从他处借贷，一千借之兆宝岩，六百借之陆星农，六百向钱店暂挪，约计年底所入，可将钱店及陆处归款，兆处只好俟来年春间再还矣。任昂千处三百金，亦尚未还。

吾此间所用，统计每年约须四千金，(细算之尚不止。)连院上门包及老夫子修金在内，盖老夫子修金，二位共六百馀金，院上门包三节两寿及开印盘库，共六次，每次须百金，一年又六百金，即此二项，已须一千二百金也。

八月下旬所遣之折差熊炳芳、陈树霖，计算已两月有馀，至今不见回湘，真所不解，熊炳芳携去之家信，内有蔚泰厚会票千金，未知收到否？殊为悬念，连日甚盼北音，至夜不能寐也。初三日酉刻书。接回信知已收到无误(上钤“谨慎”朱文长方印)。初四日。

昨日上灯后,方从熊炳芳、陈树霖处送到九月廿二及十月朔两次家书,藉知京寓平安,欣慰之至。盖熊折差本与陈折弁一同出京,已担搁数日,且在河南裕州,又遇捻匪,绕道而行,故更迟滞,竟至七十日方回湘也。搭连二个收到,足见老人目力如旧,曷胜欢忭,惟现在天气寒冷,却不宜做针黹,汝可为吾婉言转禀汝祖母,俟开年春暖后,再刺绣,且每日只可略做数线,千万不可多做,反致劳神也。切嘱,切嘱。

祖母处饭菜,吾前信已曾详细言之,吾此时缺分虽平常,然老人甘旨之奉,尚力所能供,汝夫妇现留京邸,须要时时刻刻留意,每日须有一二味可口之菜,勿太刻苦,须求老人喜欢,不致寂寞,若能如此,胜于在署日侍吾侧多矣。汝夫妇当仰体吾意也。初四日又书。

湘省人情险恶,时时有叛乱之意,近年来所以无事者,缘若辈皆应募往军营,本地绝少游手好闲之人耳。今各省勇丁,逐渐撤遣,若辈均回乡里,其保举功名及在营掳有资财者,回家后,尚稍稍敛迹,若仍一勇丁,则既无恒产,又无恒业,而在军营多年,吃着嫖赌俱惯,即杀人放火亦惯,纵少有蓄积,用完后,则故态复萌,于是各属创劫之案,层见迭出,且此间吃斋习教之流,本未尝断。

故近日江华、耒阳二县,皆有聚众谋叛之事,居然制器械,筑土城,刻伪印,幸均先事发觉,未致攻城,然江华则竟拒敌开仗,勇丁被伤者有数十人,盖此等愚民甘心叛逆,虽遭刑戮,亦所不惧,其起获之符印等件,亦甚可笑,其符则用黄洋布一段,上盖伪印,外画八卦,外写悖逆字句数语,印则有日月太上老君字样,皆鄙俚不堪,然即此已足蛊惑乡人,其教内传信,用一竹纸条,上写数字,以线香烧眼数个,顷刻可传数十里，或百里，其教皆以红、白、青分名目，辰、沅、衡、宝一带皆有之，甚至他省之人，皆入其教，贵州广西者尤伙，恐将来此种教匪，及各处散勇，聚而滋事，则大为腹心之患，然此时亦实无先事预防之法，不过访获教匪，则随时严办，散勇有犯案者，则尽法惩治之而已。他无消患未萌之法也。

湖南捐输再四，现在已成强弩之末，然又势难停止，官民皆苦之，兼之学宫有捐，贡院有捐，义谷有捐，各州县皆筋疲力尽，而黔省捐输，亦复委员四出，名曰劝捐，实亦勒捐，当事者上有方伯，下有首府，皆黔省人，故他人不便议论，且有陆子绶（传应）观察为之主持，于是大吏亦听其所为，其实于黔事无所补，于湘民则大有害也。

黄兰坡局中事虽不与闻，然身后尚稍出主见。郭意诚则院幕已辞，各局事皆真不管，现在常居乡，不过偶尔一至，数日即归，迥非上年钦使未来时之可比矣。近日惟劳仪钦（文翻）颇与公事，此君则更不如黄、郭远甚焉。

河南捻匪，飘忽无定。通侯驻师徐州，鞭长莫及。闻李少翁督师剿捻之说，通侯单衔履奏，以为李方伯丁都转擢用大骤。若再令其署漕督护苏抚，未免资望过轻，不足以资镇压，故尔中止，其实现在通侯所带之勇，皆少翁旧部，若少翁至豫，则诸将必出力，恐功归他人，乃以是语沮其行耳。未知传闻果真否？

甘肃军务，恐雷军哗溃后，宁夏贼势益张，未必能即拔。伯兄驻军盐州，防灵州援贼，亦甚可虑，未知近日军饷若何？粮台不致匮缺否？殊令人悬悬不置也。

恽次山本拟往杨厚翁处，而其气痛之病，日益增剧，于是决计归家，于九月杪成行。临行时曾往晤见，见其消瘦太甚，远不如中秋前见时光景。此君之病，恐难速痊也。朱石翘热中太甚，议论亦太偏。现在尚未回湘，将来到此，只可外面与之周旋，不敢与深谈也。

汤敏斋丈议论稍和平，惟见识似仍狭隘。旋里之说，现又中止。本拟九月中送其庶出之女至安庆出嫁，嗣因赵岵岑夫人病殁，其令坦系岵翁之孙，有期年服，须缓至明年毕姻，故遂不果行尔。

汪玉森以言事获咎，迹似稍失当，然此君每月一疏，非真欲拾遗补缺，亦非欲于奏议中多添巨制，不过藉此时见邸报，以为张罗地步，其居心不可问，宜乎有此，此论似稍刻。然吾知之深，故敢作此语，试俟他日验之。

同乡姚溶，既如此可恶，他日若再入都，直可置之不理，然滨石究竟疏忽，故吾在京中时，凡家中字纸，皆令即在自己家中焚化，原防此种弊病，筹儿以后笔墨皆须留意，切勿令收字纸人收去。至紧要信札，阅后必须付丙丁，以免他日之累，即家信时日稍远，有秘语者，亦宜焚却之，不可多留也。至嘱，至嘱。

张敬堂，人太浮滑，吾所不取，此种人宜远而避之，勿与亲近，吾闻其在清江，有许多劣迹也。

此间道员，有三品衔者，皆坐绿呢轿，冬至及元旦朝贺，皆用貂朝衣披肩，吾则未曾带出，仍用夹朝衣也，惟外省蟒袍补褂，须时常穿用，冬至后见客，须常穿貂褂，此间蟒袍料甚贵，至貂褂则价极昂，且无好者，倘家中有蟒袍料，及他人有以貂褂来售者，便中买之，有妥便寄一件来，否则，吾所带出之其次貂褂一件，恐冬令穿三个月必多疲败也。（外间拜客会客，穿补服时多，可买平金夹绣之三品补服，及刻丝之三品补服，寄两三副来，獬豸补服，亦寄三副来，备用。）

纱朝裙，此间极贵，买料一套（亮纱者），须二十五六金，吾今年借李黼堂者用三四个月方还之，此等衣服，京中极便宜，汝可于明年春间买一分寄来为嘱。衣料及估衣皆可，惟只须朝裙，断断不可买朝衣，缘外间凡朝贺及祭祀后，皆须更换蟒袍，再行入坐，朝裙脱却灵便，若朝衣则全无所用也。

日前侯寄舫亲家送吾金珀朝珠身一挂，甚佳。吾拟将吾带出之记念配之，而此间取来之佛头、背云、坠脚等，绝无好者，其不堪入目之云南石，已索价四五十金，万难配全，汝可于暇时，为吾服色翡翠佛头、背云，及珌玡坠脚，或宝石大小坠脚一付，价在百金上下者，封好交妥便或折差带来，不必亟亟也。

此间如朝珠、搬指等，尽有好者，皆是军营勇丁掳回，彼不知价值，索值甚贱，一到省城，便为识者买去，字书衣服亦然，绝无留滞市间者。至铺中所有，皆不堪用，而索价百金数十金不等，实皆一钱不值之物也。若旧板书籍，则勇丁皆弃之如遗，决不带回，故省中竟未曾看见一本好书也。

今日在星农处，见薄貂皮褂一件，甚平常，然已索价一百六十千，其尺寸吾尚不能穿。星农身裁短小，才合式耳。盖此间貂皮本少，近日军营保举又滥，凡湘省在家之绅士，红顶花翎者，不知凡几，舆台走卒，皆保至道员请简，宜乎貂褂之价昂也。即如近日鲍军门遣来催饷之许道，（世福，运使衔，花翎，长沙人。）其及身尚是粮道王初田（葆生）家人，乃不十年，其官阶与主相埒矣。

此次信件，俱是贺年空函，汝收到后，亦须于年内遣家人送去，惟延树南处，其情意可感，吾意亦须送炭金二三十金，汝可与汝叔斟酌之。若要送，汝可为吾添一夹单也。

此间粮道缺，上月杪，中丞有折请以候补道王葆生补授（号初田，安徽人）。此人虽州县出身，然人甚体面（大胡子），才具亦开展，在湘多年，诸事熟悉，为候补中极出色之员，以之请补，甚允当。不得谓中丞照应同乡也。

湘省候补道，近日又新到二位，一为刘子凝达善，是本此地州县，一为张秀轩舒翘是江西甲班，由山西改捐到此，可谓人才济济矣。惟事少人多，在此闲住，亦颇不容易耳。闻以后尚有二位来此。

于桐轩学琴大令，已到湘阴本任。此君前在祁阳任内，以请牙帖事撤任，幸案结无累。今到本任，吾已再三谆嘱，令其留意民事，勿再任听幕友家人，未知能不以余言为河汉否？

许诚夫表弟，日前接其复函，仍欲来湘，谊属至亲，只好俟其来时，再为谋划。书中言母舅近体安好，可转禀汝祖母，可免悬念。

家乡家人分项，不能如京寓用人。吾意每年酌提数十金而已，至徐妈则从前实曾辛苦，吾现在每节提银十两，以酬其前廿年之劳，他人不能比拟也。

张词甫回南，现在庞家喜事已办否？吾意今年年内必须玉成此事。盖诗翁夫人寿已八十馀，儿女婚嫁固宜早办。且庞家纲文年纪已不小，汝可至宝生处劝其早娶为嘱。

各处信件，吾上次因虑有另换夹单者，纸色不一，故拟将此间之纸寄去数张，至封函时忘却装入。今仍附去，以便更换。初六日戌刻。（上钤“谨慎”朱文长方印）

【按】 此六纸之间钤有“谨慎”朱文长方骑缝印，乃翁同爵素日里公事之馀所作，时间从同治四年十一月初三日至十一月初六日。

同治四年闰五月十八日，翁同龢收得翁同书五月初二日盐州家书，述及当地战事①。据此知同治四年翁同书驻军盐州。据函中内容，八月下旬，翁同爵遣折差熊炳芳、陈树霖进京；七十日之后，已是十一月初，二人方返回。

---

① 《翁同龢日记》第一卷，第432页。

故知此数纸写于同治四年十一月初六日，其内容、日期与下文十一月初六日“字付筹儿览：月之初三日上灯后，折弁熊炳芳、陈树霖回湘”一函相互关联，当为同时发出。

函中云“此间粮道缺，上月杪，中丞有折请以候补道王葆生补授”，知同治四年十月底，王葆生（初田）补授湖南粮道缺。

清代朝珠是由佛头、背云、记念和珠身组成。珠身由108颗珠子串缀而成，其材质、大小、形制、颜色完全一致。在108颗主珠中，每隔27颗穿入一颗与主珠材质、颜色、大小不同的大珠，称作“分珠”，俗称“佛头”。这4颗佛头将108颗主珠均分成等长的四段。在位于颈后的那颗佛头之下，连缀一颗葫芦形饰件，称为“佛头塔”。佛头塔中空，可穿缀丝绦，系缀一块宝石大坠子。大坠子下还垂有一块宝石，佩戴朝珠时垂于背后，称之为“背云”。在佛头塔左右两侧穿挂3串小珠，每串有小珠10粒，称为“记念”。珠串的末端各有裹着宝石的小坠角。记念两串在左者为男，两串在右者为女，两者不能颠倒。佩戴时，这一串“佛头”、“佛头塔”、“背云”和坠角均从颈后垂于后背，“记念”则垂在胸前。①

25. 同治四年十一月初六日(1865－12－23)

字付筹儿览：

月之初三日上灯后，折弁熊炳芳、陈树霖回湘，接到汝九月廿二日及十月朔日两次所发家书，藉知汝祖母近体康强，汝叔往山陵行礼已回，其馀合家均吉，深为欣慰。惟汝又有湿病，目眶尽黄，现虽饮食复元，然须加意调摄，多服补气健脾之药为嘱。此次折差出京本迟，又在河南裕州遇捻

① 关于清代朝珠，参见李芝安《清代朝珠述论》，中国国家博物馆馆刊，2013年第6期，第102—110页。

匪阻隔，绕道行走，故回湘至两月有馀，真令人望眼欲穿也。

十月廿八日折弁盛占鳌往京，吾寄家信一函，内有蔚泰厚会票两张，共计京平足公砝足色银壹千捌百两，外有京信一百函，未知何日可到。此时河南道路时通时塞，其迟速固难预计也。汝收到后有须添减数目者，汝可请六叔斟酌妥当，将夹单换过送去。吾意军机堂官，既须成数，则竟添足于年底送去。不必等至明年端节，盖应酬迟早皆同，则不如早了之为妙。至外廷各大老及侍御铨部诸君暨年世交好，其数目吾已再四商量，似不必再有增损，亦请汝叔酌之为嘱。

吾在此近体甚好，每日办公及酬应外，或随意翻阅书籍，或与鹤皋、子京纵谈，甚觉安适。汝祥、荣两兄处，前月曾接其八月朔日家书，云汝长兄于重阳前起身来湘。然此时尚未见到，不知途中若何，殊为悬念。此间近日无事，粤东之贼复折回和平，东防少松，西边苗教各匪仍时出时退，尚不致深入腹地为害也。此字问汝夫妇近好，并孙男女辈均吉。十一月初六日，玉甫手书(钤“玉甫”朱文方印)。

此次行人匆促，各信曾阅一过，似尚妥协，惟殷谱经、朱景唐等信书“恭惟○○大人”，不合式，必须更换。汝收到后，可为吾另行写过，谱翁则单写“大人”，以吾是其旧属；景唐则写“○○尊兄大人”亦可也。

上次京信百函，系子京一人手笔；此次三十函，系鹤皋一人手笔。惟此次折差，行期紧迫，故鹤皋连日赶写，(伊尚看公事，故更觉忙，而伊又不愿他人代写也。)至今晚方完。鹤皋作胜于写，子京写胜于作，两次信件，如有字句不妥，格式不合者，汝均须为更易之为嘱。上次折弁盛占鳌，吾给过六金。此次折弁周维屏，吾给过贰金，京寓似不必再给物件矣。十一月初六日，玉甫手书(钤“玉甫”朱文方印)。

【按】 此函三纸写于同治四年，其前两纸钤有“谨慎”朱文长方骑缝印。是年九月十七日，翁同龢“随同治及两宫皇太后谒陵，葬文宗于定陵”；九月二十四日，“薄暮抵家”①，即函中所云“汝叔往山陵行礼已回”。

据此函知，十一月初三日，折弁熊炳芳、陈树霖回湘，带来翁曾翰九月廿二日、十月初一日两次所发家书。因其出京已迟，又在河南裕州因战事阻隔，只得绕道而行，故而往返已是两月有馀，即如上函所云“竟至七十日方回湘”。

26. 同治四年十一月二十七日(1865－12－23)

字付筹儿览：

前月廿八日将十七号家书，并蔚泰厚会票足京纹壹千捌百两，交折差盛占鳌带去，月之初六日复作十八号家书交折差周维翰携去，未知何日可到？深为系念。吾近来身体甚好，公事亦顺适，可勿悬注。汝祥兄接其八月朔书，有重阳前起身来湘之说，然至今不到，未识又改期否？极为悬望。

湘省近日无事，粤东之贼复回窜嘉应州入城盘踞，有窜闽消息。湖南东防少松，中丞令各营暂撤五千人以节经费，仍留万人防贼西奔，沅晃之苗教匪亦为周镇击退，边围尚不至蹂躏。各省遣撤勇丁，其欠饷均由督销局筹给。九、十月至今已发过四十馀万，幸无遗误。

省中候补人员拥挤，候补道现在已有十一人，闻尚有来者，至府、厅、州、县及佐贰各班共有二三百人。故省中房屋之贵，较从前加至数倍，州、县及佐杂中有饥饿不能出门户者。盖差使不能多添，安得大庇寒士皆欢颜也。欲为援手

① 《翁同龢年谱》，第41页。《翁同龢日记》第一卷，第451—453页。

而无策。

此间阴已匝月，昨日方得大雪，有半尺馀，而今日尚未晴霁。近来天气虽寒冷，然尚未见厚冰，想是地气终暖之故。都中闻九月内已得雪，冬令未识寒暖若何？汝祖母起居，汝夫妇须随时调护。汝叔父及汝气体皆非有馀，亦须时自保卫为嘱。年事若何？能支持过去否？吾现居外秩，而菽水之资竟不能宽为筹寄，言之皇愧耳。此问汝夫妇及孙男女辈近好。玉甫手书(上钤"玉甫手缄"朱文方印)。十一月廿七日。

【按】 笺纸钤有"谨慎"朱文长方骑缝印。上文同治四年十一月初六日致翁曾翰家书云"……前月廿八日交折差盛占鳌寄去家书十五纸，内有蔚泰厚会票两张，计共足公砝京平银壹千捌百两……"，与此函"前月廿八日将十七号家书，并蔚泰厚会票足京纹壹千捌百两，交折差盛占鳌带去"，为同一件事情；而此函中"月之初六日复作十八号家书交折差周维翰携去"则指同治四年十一月初六日家书。

据《翁同龢日记》，从同治元年至光绪三年(是年八月初一日，翁同爵病逝湖北任上)，初雪一般在十月、十一月，唯有同治四年九月二十一日已有雪①。

故此函写于同治四年十一月二十七日。

27. 同治四年十二月十九日(1866-2-4)

字付筹儿览：

月初日夕盼望北音，至初十日早晨折弁胡翰方回，接到十月廿七日所发京信，知京寓自汝祖慈大人以次均各平安，

① 《翁同龢日记》第一卷，第452页。

深为欣慰。惟书中云汝祖慈近日感冒咳嗽，今虽小愈，然上焦风火未清，尚须调理，未识能即日复元否？饮食如旧否？游子之怀，殊为悬系，秧参及列传二册均收到，列传已送中丞处矣。

吾在此公事平顺，身体亦好，债务已逐渐清理（兆、陆二处已还其半，钱铺者已扫数还清），任昂千之三百金亦归楚，总计每年廉俸所入，除署中用度外，尚有盈馀。开年京寓菽水之资，吾当极力筹寄，决不烦汝叔、汝兄擘画，可为吾达意。书中云汝伯父于八月杪患痢甚剧，服参桂方稍愈，未知能即平复否？（近日有信来否?）令人悬念不置，边地苦寒，兵机丛脞，恐调理殊非易事耳。汝仲兄旧病略轻，虽不服药为中医，然滋阴、降火、去痰、养元之剂，究宜略服，不可因其无速效置之也，至嘱，至嘱。汝能杜门不出，保养身心，闻之甚慰。盖汝此时作闲曹，正可多读有用之书，以长学识，切勿驰逐纷华，致染纨绔恶习，勉之，勉之。

吾近来身体甚健，前日因稍受风寒，右臂痛不能举者一两日，（十七一日最剧，连举箸皆不能，只好吃粥。）用醋炒麸子熨之，（其法甚效，熨后次日即大愈。）并贴附桂膏，今已全愈矣。汝祥兄久无信来，前接其八月朔日书，有重阳后来湘之说，而至今不到。是前书尚是虚语，吾只好度外置之矣。安孙辈读书，只可就其资质教导之，不可勉强，早晚不在书房时，须随时随事训诲之，自有进益也。时逼岁除，望云之思弥切，草此问汝夫妇近好，并合家大小安吉。十二月十九日灯下玉甫手书（上钤“学有用斋”朱文方印）。

【按】 同治四年九月二十九日，翁同龢“得三兄九月朔函，言患痢疾，甚委顿”；十月十三日，翁同龢又“得三兄九月十二日两函，言痢变为泄，从前危症叠见，幸良医程雨人武进人，在定边作幕，处方用参芪桂地始渐愈"[1]，即此函中"书中云汝伯父于八月杪患痢甚剧"一事，故此纸写于同治四年。

28. 同治五年正月十三日(1866-2-27)

粤中之贼汪逆海洋，于上年十二月十二日，为闽军炮火所伤，次日即毙命，其党推伪偕王谭姓者为主，而其势大挫，于是翻山走丰顺，而闽军自后击之，歼其众万馀，潮州兵勇又扼其前，似可聚而歼之。此股若灭，则湘省东防之勇，可以尽撤，每月可省饷七八万金，不至司库若洗也。

湖北成大吉之勇，因贼势逼近，藉索欠饷为名，反戈南走。步勇十营尽变(近闻招回数营)，惟马队二营未变。其起事之由，或云署方伯唐荫云操之过激。伊营欠饷本三十万，只求发三万金，可以无事。而荫云仅发万金，以致激成。或云荫云接办粮台后，各营均发满饷。且上年腊月，连今年正月之饷已发，成营实畏贼反走，藉欠饷为口舌耳。然以吾观之，上年霆营之叛，官节相命成大吉追剿，乃成军处处尾追，从未进击，且其返鄂也，忽改水路，到省时曾来拜，故吾得识其面。听其议论，竟大言勇若欠饷，则诸营之勇，皆霆营勇尔，安有不叛者乎！故其去后，吾即以为此人必然偾事。盖此言即出诸口，则其平日之教勇可知，且其居心之藐法可知。吾故决其万不足恃，而他人皆以为宿将，不信吾言也。今果何如耶？闻其此次兵勇未叛之先，伊竟短衣包头，至节相及荫云署先闹，且至藩署时，持刀行凶，毁其器具，然则彼不得不谓之祸首也。

---

① 《翁同龢日记》第一卷，第453、455页。

【按】 函中云，粤中太平军首领汪海洋，“于上年十二月十二日，为闽军炮火所伤，次日即毙命，其党推伪偕王谭姓者为主，而其势大挫，于是翻山走丰顺，而闽军自后击之，歼其众万馀，潮州兵勇又扼其前，似可聚而歼之”，说明写此纸之时，尚不知潮州兵勇战事如何。而下文同治五年正月十九日翁同爵致翁曾翰家书则已经“知全股已杀戮降散无遗”。另据上文同治四年十二月二十一日致翁同龢家书，知同治四年十二月，湖北成大吉所带之十二营叛变。故知此纸写于同治五年正月十九日之前，疑即正月十三日，与下文正月十三日一函同时发出。

据此函知，太平军首领汪海洋于同治四年十二月十二日(1866.1.28)，被闽军炮火所伤；十二月十三日毙命。

29. 同治五年正月十三日(1866－2－27)

字付筹儿览：

上年十二月十一日，接到京寓十月廿七日书，知汝伯父于八月二十日忽患痢疾，虽经调理稍愈，然病未脱体，未识以后病情若何？正在朝夕盼望间，乃元旦夜饭时，折弁盛占鳌回，接到京中十二月初七日书，知汝伯父病势反复，竟于十月二十七日不起。发函伸纸，悲恸几绝，呜呼痛哉！伏念汝伯父身体素健，使非军营积劳，何至遽膺末疾不救耶？身后蒙恩复官赐恤，前此之冤，几同昭雪矣。九原有知，应当稍慰也。

吾于得信后次日，即上院告恙假，初三日设位成服，初七日中丞及同寅司道暨首府首县皆来祭奠，吾于十一日往各处叩谢，十二日复请假五日，十七日再销假，则上元花衣期已过，至十九日开印，不能不吉服将事矣。汝伯父灵柩未知于何日到都，何日开吊？汝仲兄、五兄身体安好否？极为驰念,此间亲友年世交须发讣者,拟俟京中寄来再送,至属吏拟不概发也。吾此地宴会一概不与,即公请中丞,吾亦仅列名派分不亲到,至有戏局者,则并不列名也,盐道衙门公事本少,封印后开印前更觉清闲。

吾近日告假,属吏非有公事面禀及来行礼者,概辞不见,且连日因悲痛伤感,患痔甚剧,今日方少愈,然委顿殊甚,故酬应亦寥寥也。汝祥兄来此,稍免寂寞,其举动似尚无大习气,当徐以察之,跟来家人刘升、刘玉。刘升派接帖(连端秋二节共分九十金),刘玉派内跟班(仅分年底者二十四金),年底均已分股矣。今晨闻兆宝岩简放黔藩,尚未知此间廉访缺放何人?倘由他省升授,则臬篆恐尚须委人署理,吾上年代庖数月,已赔累不堪,今得免此为幸,否则或能兼署,尚不致为累也。汝能慎交游、绝征逐,吾闻之甚慰,至玉牒开馆,或能得一差使亦妙,盖此尚是本衙门例差,非通商衙门之可比也。此间元旦天晴一日,初二日起即阴雨,至今未晴,春寒颇盛。此字即问汝夫妇近好。正月十三日申刻玉甫手书。

【按】 同治四年十月二十七日,翁同书在花马池公寓疾终①。故此纸写于同治五年正月十三日。据此函知,同治五年正月初一日,翁同爵得知伯兄翁同书病逝,次日即告假,如函中云"初三日设位成服,初七日中丞及同寅司道暨首府首县皆来祭奠,吾于十一日往各处叩谢,十二日复请假五日,十七日再销假,则上元花衣期已过,至十九日开印,不能不吉服将事矣"。

据此函知,同治五年正月十三日,因兆宝岩(琛)简放黔藩,湖南按察使尚无人署理。

---

① 《翁同龢日记》第一卷,第460页。

30. 同治五年正月十九日(1866－3－5)

汝祥兄于上年十二月初二日自家乡起身,初五日到上海,初九日上轮船,初十日子刻开船,十三日午刻到汉口。其时适值成军门大吉之勇变,于黄孝反戈南走至滠口,捻匪复乘乱扰至团风司,均离汉口不远。人情震动,于是亟觅舟进发,二十日方抵岳州,汝祥兄因连日风色不定,恐不能克日过洞庭,且船小载轻,即遇顺风亦不稳当,遂改陆路进省,于二十五日巳刻抵署。父子不见已足十四年,且此十四年中,人事变更,家国多故,相对不觉喜极而悲耳。汝祥兄烟已戒绝,形貌尚好,惟性情仍迂缓,吾署中现正无人照料,留此可正助吾一臂之力,况同知缺云、贵、陕、甘者多;即赴选,将来得缺,甚不容易,不如且住为佳也。

吾于初一日夜间,得汝伯父凶信后,次日即告假十日不会客,初三日午刻设位成服,凡僚属来慰唁者,概辞谢之,乃中丞必欲于初七日来祭奠,先一日来通知,再三辞之,不获命,于是是日请位至西花厅设祭,中丞及同寅司道暨府、厅、州、县皆来上祭行礼,夜仍移位于东厢房。吾拟于十一日(是日忌辰)先至各处叩谢,至十二日复续假五天,则元宵花衣期可以避过,十七日再销假也。所有宴会将来销假后,吾亦不与。省中公局(如请中丞等之酬应)吾列名出分,惟不亲到而已。至此间之年亲世谊应发讣者,且俟都中寄来再发,其馀属员拟不遍送也。京中未知何日开吊,收分若干?便中可告吾知之。

此间臬司缺,连日尚未接到部文,不识简放者何人?若是外省升来,恐吾又要署理斯缺耳。今日午刻开印,吾在官言官,只得吉服将事。至常时拜客,则仍可穿元青褂也。粤东嘉应州踞贼,自汪逆击毙后,州城旋即克复,其馀众皆翻山而逃，欲走丰顺，又为潮州所遣兵勇所扼，不能东走。今晨中丞处接赣南道书，知全股已杀戮降散无遗。然则此后东南数省，可暂休息，即饷糈亦每月所省不少。即以湖南而论，东防之饷，每月需七八万金，今以之办黔事，当大有起色，且西路之勇，饷比东防者少，尚可稍省也。

湖北军务，近日不得消息。成大吉之勇，已招回八营，遣撤回湘。此次在路行走，尚属安静。然此辈反侧之徒，纵目下不为大害，恐他日终有变端。为地方官者，操纵稍不得法，为致养成大患，殊为可虑耳。今晨中丞处派折差马之中赍折进京，而行期甚促，即日成行。吾复略草数行，匆促封发，馀俟他日续布一切也。此间上年十一十二两月，阴天居多，雨雪均不少。今年自元旦天晴一日后，即阴雨连绵，至今日方见日光。长沙卑湿，自古为然，月之初旬，即若吾乡黄梅天气，故衣服一切，皆须留意。吾近日身体已大愈，惟饮食尚不能如旧也。正月十九日玉甫手书。

董升，吾到湘后，即派伊接帖管杂务，（名为管杂务，其实一事不管，如上年换厨子，伊不闻不问也。）每节分股皆大分，统计上年所分壹百四十二金，（端节□，中秋升，年底升）较之管公事者一年才少六两耳。（亦惟年底樊升、高升、李慎多伊六金，他人尚不及伊也。）乃犹怏怏不知足。今年新正，伊接家信，云其本生母病亡，家中无人照料，告假回京。吾不知其是何意见。总之，此辈昏愦糊涂，当差时，可推即推，绝不踊跃。分钱时，恨不得一己占尽，他人不分，天下又安有是理耶！

曹琢翁处所荐之刘俊，吾到此后亦派接帖，分股其次大分，上年分一百二十六金，亦可谓极优待矣。乃近日忽告假欲随张东墅往松江，（闻其侪辈云，伊欲跟山海关、张家口等监督，发大财，觉此间无甚意味也。）云彼十馀年前曾在江南跟州、县,(昨已荐东墅处,定见随往矣。)在松江娶有家小,生有一女,数年前尚通音信,自兵燹后,方不通闻问,今亟欲往一觅,未知其言确否?总之,此种无用之辈,任其来去,吾决不能固留之也。

【按】 同治四年十月二十七日,翁同书在花马池病故,次年正月初一日翁同爵得此凶信,次日即告假。“初三日设位成服,初七日中丞及同寅司道暨首府首县皆来祭奠,吾于十一日往各处叩谢,十二日复请假五日,十七日再销假,则上元花衣期已过,至十九日开印,不能不吉服将事矣”[①]。

其中,第二纸云“吾于初一日夜间,得汝伯父凶信后,次日即告假十日不会客,初三日午刻设位成服,凡僚属来慰唁者,概辞谢之,乃中丞必欲于初七日来祭奠,先一日来通知,再三辞之,不获命,于是是日请位至西花厅设祭……吾拟于十一日(是日忌辰)先至各处叩谢,至十二日复续假五天,则元宵花衣期可以避过,十七日再销假也”,函中“是日”指初七日;又云“吾拟于十一日”,故推知此纸写于正月初八日至初十日之间。其第三纸“此间臬司缺,连日尚未接到部文……正月十九日玉甫手书”,写于正月十九日,故知此四纸当是陆续写成,并非同一天所写,与下文同治五年正月二十一日家书由折差马之中一同赍京。

31. 同治五年正月二十一日(1866-3-7)

字付筹儿览:

昨日因折弁马之中匆匆欲行,故草泐数语封发交去。嗣以中丞处要折附报先发(即请兆宝岩带兵办黔东苗教各

---

① 参见上文同治五年正月十三日致翁曾翰家书。

匪事)，马弁可以缓行，且兆宝岩尚须附谢恩折往，马弁明日方能成行，故复书数行寄汝。汝书中言，玉牒馆将开，欲往当差。吾今作书致二师相，汝可即日往投，或可点派。又致曹琢翁一书，言刘俊事，亦可即日送去，中鲁有托，吾查湘省候补人员一单，今注明附去(在复伊函中)。至奠分，只可俟有便再寄矣。

京寓想各平安，汝祖母感冒新愈，兼之闻汝伯父事，中怀悲痛，汝夫妇须加意侍奉、随时调护为嘱。汝仲兄之病究宜时服补剂，(药不可偏热偏凉，只须平肝补气、和中健脾之品为妙，不宜求速效也。)切不可听其自然，至嘱，至嘱。可以吾意劝之。汝伯父恤荫，自当以长孙寿官承荫，想已议定。此间应发讣闻者，可开一单，将讣闻总包寄来。吾此间再加封书签，以免邮筒过厚，讣闻须多寄一二十分来，缘此处黔中人不少，有世谊者多，皆须一一分送也。

汝叔父城内寓居，能定锡蜡胡同陆氏房屋方妙。盖彼处略有花卉，汝祖母可以一往游玩，且与东花门相近，汝可时往定省。倘赁居后门外，则往返不便，不如此屋之相宜也，租价多寡可不必计较，汝叔现既当内廷差使，则家人辈不能不添，且今年倘汝仲兄辈扶柩南旋，则城外寓中人亦太少，汝须督率家丁及打更等，加倍当心，不可大意。庖人既更换，未知能合汝祖母口味否？汝须时时体察，勿使老人意有不适也。城寓之厨子虽清苦，然多给工钱即可用一略好者，不可惜费。

吾上年信中要买貂袿等类，缘此地各物均贵，故偶尔言之耳，倘都中价值亦昂，不必再买。吾此时尚可敷衍，无须亟亟添备也。佛头、背云、坠脚等，则竟不能不买，盖此地固无一可入目者，且吾本无一可挂之珠，今既有珠身(侯亲家所送)及记念(即前所买)，拟配全之耳。上年年底应酬所添各处甚妥，门包等本须筹给，即此可见汝之用财俭而非吝矣，甚慰。汝祥兄来此，吾细察之，似尚可教。惟其性情宽缓，识见不超，遇事绝少决断，当徐以诲之。他日方可居官临民耳。

此间臬司缺，近日杳无消息，未知是本省升除否？若是外省升来，恐吾又需代庖数月，惟此地臬司太清苦，若不兼署，又须赔累数百金也。星农令郎晴杉，已于上年腊月初到此。禧吉甫未知于何时出都，其借汇千金，吾已上年冬间还楚矣(还兆宝岩手收)。湘省近日无事，遣撤各勇亦尚安静，粤中汪逆一股或杀或降，(杀二三万，降四万，馀大抵胁从者多也。)已全数歼除，从此东南几省可少休息。湘省东防既撤，可全力专办黔事，当日有起色。且新黔藩兆宝翁，于楚黔苗教情形极熟悉，前曾带兵驻彼数年，名声尚好，今督兵往剿抚，皆合宜也。鄂省事近无消息，(唐方伯督师驻滠口，官节相出省驻汉口。)大约尚不至为大患。此字即问汝近好。正月廿一日玉甫又书。

【按】 同治四年十月二十七日，翁同书在花马池公寓疾终[①]。同治五年正月初三日，翁同书灵柩到达保定，初八日抵京天宁寺[②]，此即函中所言之“汝伯父事”。故此函写于同治五年正月二十一日。

同治五年正月十三日，翁同爵得知原任兆宝岩简放黔藩[③]，而新任臬司尚不知何人。根据同治四年二月暂署按察使的情形，翁同爵担心自己可能“又需代庖数月”。

---

① 《翁同龢日记》第一卷，第460页。

② 《翁同龢日记》第二卷，第468—469页。

③ 参见上文同治五年正月十三日“字付筹儿览：上年十二月十一日，接到京寓十月廿七日书……”家书。

据函中所云“昨日因折弁马之中匆匆欲行,故草泐数语封发交去。嗣以中丞处要折附报先发……马弁明日方能成行,故复书数行寄汝”,知此数纸与上文正月十九日家书交由折差马之中寄京。

32. 同治五年二月初六日(1866-3-22)

字付筹儿览:

正月十九日将第一号家书交马之中赍去,嗣马弁未即成行,于廿一日复草一函附去,不识于何日方能到京也?吾此间于十九日晚间,折差周维屏回,接到汝上年腊月十八日所发书,知汝祖母近体已渐复元,合家均吉,深为欣慰。惟老人骤知花马池凶耗,悲痛之怀如何能释?须多方排解,勉抑伤感为嘱。汝伯父灵柩未知于何日抵京,何日开吊?仲渊、子馨近体若何?均极驰念。

吾自正月十七日销假后,公私均照旧,月之初三日复奏中丞札委署臬司篆务,盐道本缺委刘子凝(达善)署理,现定于初九日午刻接印,虽署事尚须移衙门,到任后恰恰又办秋审,且臬司客多于盐道一倍,办公酬应稍形劳碌,至缺分清苦,则吾上年已饱尝滋味矣。

汝祥兄来,家事可以帮吾照料,甚好。惟伊近来身体亦不如前,昨日偶尔感冒,今日寒热尚未止也。此间天气寒暖不常,前日穿棉衣嫌热,昨晚西北风大作,今日便冷,故调摄颇难耳,自明日丁祭起,后日祭社稷坛,初九日祭文昌庙,须连起三天大早,而折差闻初九日即启程,故先书此数行,否则恐临时匆促也。吾此次谢恩及贺万寿折交折差同赍去,回时如有便携之件可交之。此问汝夫妇近好。玉甫手书。二月初六日酉刻。

【按】 笺纸钤有“谨慎”朱文长方骑缝印(倒置)。此札写于同治五年二月初六日。同治五年正月初一日,翁同爵得知翁同书病故噩耗,次日即告假十日。正月十二日又续假五天,正月十七日销假;正月十九日开印,不得不吉服将事[①]。二月初三日,得上级指令,再次署理按察使篆务,并于二月初九日,接印移居臬署[②]。

33. 同治五年二月二十六日(1866-4-11)

粤东发逆汪海洋一股业已肃清,楚南东防无事,边界各营已次第遣撤,惟粤东西土匪尚时时有蠢动之意,故陈俊臣士杰所带之广武军尚留二千人,赵玉班焕联所带之和字营尚留一千二百人,每月计可省饷数万金。惟现在大举援黔以东防之饷,改为西征,每月共计仍须十七八万两,而本省厘金每月只十万有馀,须藉捐输为之接济,第捐输已至再至三,此时实已强弩之末,难于办理,且湖南捐输章程均照筹饷例七二折,较之京铜局数目尚多,故人皆不愿输将。况现在湖南又有黔捐,其捐数仅照筹饷例二折,银数悬殊,捐户无不就少而避多,更难劝导。

总之,此时人皆以为湖南完善省分,可以勉力筹措,不知湖南虽不被兵,然各省协济及本省防饷,每年除京饷外共须二百馀万,而饷源支绌远不如湖北、江西之厘金,每年有数百万两,故方伯每仰屋而嗟,每月至发饷时必罗掘一空,尚不敷放。此情此景非身历此地者不能尽知也。

湖北黄陂、孝感之贼,闻已退尽。惟难民流离武汉者众,至十馀万。倘能及早归乡,不废春耕,则尚不致为害,否

---

① 参见上文同治五年二月初八日致翁同龢家书。

② 《翁同龢年谱·翁玉甫先生年谱》,第182页。

则恐难安插。今日闻发逆赖文光一股，已在湖北投诚，未识确否？若然，则此辈更难处置。倘当事者操纵失当，其反复更意中事耳。北边骑马贼未知究竟若何？日前见邸抄曾得胜仗，不识以后续报如何？至在关内拨地耕种一节，似无此办法，恐引狼入室，将来近京百姓皆难安枕而卧矣。

京师火药局失事，虽曰人事，岂非天灾？吾家寓居较近，震撼之势必甚，未知老人受惊否？深为悬忆。火性上腾，何以轰去房屋，地亦震陷二丈，真理所不解也。二月十九日。

兆宝岩升黔藩，新放。此间廉访之李榕峰到任尚须时日，不得不委员署理。中丞以吾上年曾署是缺，今另易他人，恐朝廷疑吾不能胜任，且省中又别无合例人员。至外道何荄田、杨海琴、陈吉农三人，中丞皆不甚满意。于是与吾商之至再，必欲令吾署理，而本缺因现在候补道员较多，若不另委，恐诸公缺望，议论必多，反为不妙，遂另委刘子迎达善署理。第吾到任甫及半年，又署臬篆，实多赔累。然作宦本难尽如吾意，吾惟有随遇而安尔。臬司公事，吾上年权篆五月，稍有头绪，惟此时恰又值办理秋审之时，未免稍费心力，一切当慎之又慎，不敢作五日京兆之想也。

上年吾署臬司时，此间吏治民情茫然不悉，即属吏贤否，亦未能周知，今则稍稍熟悉于公事，或不致贻误，然例案既不记忆，听断又不详明，反躬自思，殊深皇恐。吾惟有极吾心力，随时随事详细推求，以期毋负委任而已。兆宝岩此次往黔，中丞拟由湖南每月筹饷二万金，为之接济。伊现拟募勇五六千人，由湘省沅晃之边界进兵攻剿，规复镇远，以通湘黔饷道。湖南防边周镇之万人归其调遣。李次青率永州王镇之三千人，李令光燎之二千人，伊自带平江勇五百人为亲军。又有边军门带五百人，共六千人，为一军，由铜仁进兵,以分贼势。次青一书生耳,至军旅之事,恐非所长,其从前功,吾不得而知。至上年霆营叛乱,平江集勇数千防堵本境,则实平江诸绅士之力,非次青一人之功。不过中丞奏报时,独列其名尔。

席研香宝田所带之精毅营,闻甚能战。上年在闽粤颇著战功,今粤匪已平,奉命带兵入黔。此间中丞拟令其由黎平进兵,似此三路合攻,或易为力。惟上年黔省瘟疫太甚,田禾虽熟,无人收割,竟至尽弃于野,今春米价腾贵,若大兵云集,则筹粮颇不易易,势难裹粮而行也。

曹琢翁处所荐之刘俊,老悖昏庸,无一足取。吾以师门推荐,姑令执帖分项,又是上等待之,可谓极优矣。乃伊尚不满所欲,怏怏求去,云伊从前跟华亭令时,曾在彼娶有妻室,生一女子,乱前时通信息,今则久已不知下落,亟欲往寻,求吾荐张东墅处,挈之至松,东墅已允诺。乃伊往见东墅时,自称是琢翁旧仆,此次偕之进京,伊可在琢翁处为之道地,将来宦途可以顺利等语。于是东墅大怒,言吾此次进京引见,原是不得已之举,并非欲谋求门路也。吾与汝翁主相好多年,托携一仆,岂有不能之理。今汝自言曹宅旧人,则吾不便奉屈,吾作书再禀汝翁主,遂不果往。

至二月初旬,方另附客船而去,吾尚赏伊盘费十二金,可谓仁至义尽矣。此人荒谬糊涂,若辈中所仅见。从前在陕西粮道署十馀年,皆派管仓,终年不过见其主三四面,故语言举动无一是处,即如见其侪伍,不论何人何姓,悉称宗兄,即此一端亦可捧腹矣。

董升今年新正,忽欲告假回京,藉词伊母病故,家内无人。其实见执帖又派刘升,伊或不愿与之共事也。守候月馀,查无的,便复欲当差,而难启口。直至本月初九日,吾到署任,客来络绎,于是同辈复为之叩求,令其当差,方复值帖。此人亦无能而多欲，究不如听其进京之为妙也。

霍安去年年底至今岁新正，满身生疮，元宵前复痛打其三小子，实属可恶，因即逐出。其侪偶为之再三苦求，今改为外跟班，虽当差，不令到上房。此人昏愚而有悍气，终须去之。

吾到署臬司任，稿案门上派樊升。签押事繁，盛元一人不能了，于是复添一侯寄舫之旧人名殷荣者，两人分办。然樊升虽结实，却不如上年张荣之得力，幸吾稍有头绪，或催或传，皆须自出主张，稍觉劳神耳。总之，此辈老实者太无能，能干者又必奸猾，真难得有才干而有忠心之人也。

此间绅士之把持公事，皆由地方大吏之诸事曲从，不能整饬，故其弊至此耳，然前此黄南坡、郭意诚尚心中坦白，无利欲念，不过作事霸气耳，近日则南坡子、广东候补道黄子寿瑜，劳星陔子劳仪钦文翻、黔捐出力保举道员之张丽臣自牧。此三人者，皆开设钱店，领运淮盐，名为缙绅，实则市井，每遇地方公事或从中指使，或朋比把持，而此间地方官，除石襄臣方伯及吾不与交接外，其馀或与之钱财交通，或与之酒食征逐，遂至遇事为之袒护。吾恐湘省必有一番波浪，其祸根总在此三人也。

湖北有张霁峰观察，闻面递官相禀揭，直言其隐，洋洋数千言。闻官相已自行检举，未知确否？总之，北省诸事皆有私利，其甚者，如新关收竹木税，正项不过四五万金，而盈馀几及十万，皆归监督之私囊。故外间人言籍籍，且川盐厘金公项外，有各衙门办公经费，江海关税正课外，有罚款银两。司其职者，每年可得数万金，而督辕则皆有分例。即军需局发各营勇饷，皆有扣款，带兵之员，亦送制军节筹，迥非从前胡文忠在彼光景。若不局面稍更，恐此省吏治民生将不可问。郑小山廉洁自持，然稍软不能转移风气，今以曾沅翁代之，恐更不能及郑。盖沅翁人虽爽直，然非无欲者。此君办军务则尚可，若言吏治，则非所长。倘复济之以刚愎，则于鄂事大有害甚矣。地方大吏之真难其人也。

曾沅圃中丞由晋抚调鄂抚，于是不能不出鄂省，新正军务方亟，故廷寄令其带得力将弁及旧部曲赴任。今则捻氛已退，武汉解严，似无须再募勇而行矣。

闻云南巡抚已放刘岳昭，此后滇事或有转机。否则林抚军旧年驻蜀一年，在成都为行省司道，亦按衙参日上院。一事不办，而坐糜各省协饷每月数万金，实为可笑也。

王树斋之母，守节三十馀年，旌表合例。今求吾致书与汝，为之在京具呈办理。汝可出名具呈礼部，并取具同乡官印结，为之一办，似所费不过数金而已。今将其开来履历及地邻亲族一纸寄去，汝可收好，即日办理为嘱。树斋现在长沙徐令幕中充红黑笔席面也。

吴吉甫之第五女，与在此间候补州宋小厓玉璐子定亲，明日出嫁。吾送衣料、锡器、布匹等，约值二十馀千。宋君河南人，系仓少坪、刘南卿之戚，在此名声甚平常，闻其子尚能读书也。

吴年伯母精神尚健，去年冬间身体亦好，未曾卧床不起。仲起局差，吾为之向星农说项，未裁。每月可得薪水三十千文。景行，吾荐于胡听泉处教读，挈其弟附学，每月修金六两。近又为之荐一軏馆，每年六十金，似于家用可以敷衍。惟伊家人口太多，亲丁有二十馀口，故日用颇费张罗也。

仲起堂兄，吾亦荐与安化，即蓉卿先生之子也。侯寄舫今年正月底，委署乾州厅缺。乾州本瘠区，须赔累。伊若往，则不易张罗，若不往，则迹涉规避。正在为难，适吾署臬司缺，理应回避，俾得缴札不行，现在仍当军需局提调差，每月有薪水六十千文，日用所添无几也。

汤敏斋丈在此间为寓公，（此老外貌恬退，而中极热。然议论甚偏，恐投以艰巨，未必有所设施。）每年其庄田所收租谷，价值几及千金，足敷日用。闻今年秋冬间，将送其小令爱至安庆与赵岵存令孙完姻。俟事毕即回家乡一行，未知果否？其令郎伯述文笔虽好，然稍狂，似非载福之器。

俞鹤皋，吾荐于署任刘子迎处，而吾处公事仍送伊阅看。此君公事明白，极有斟酌，故刑名事件，吾亦与之商议，且信札稿又较子京为稳当，稍改旧样者，吾向嘱其起稿，故即移署后，仍拟请其入署治公也。此间春天花卉，惟山茶花尚好，兰蕙虽有，然不甚香，紫荆、桃花、金雀等系不贵重之物，然亦不多有。春桂一种，名曰桂，而实则非繁英细朵而香如木香，亦木本，为他处所无。昨日仆辈折来一枝，吾却未见其树也。廿六日书。

【按】 此数纸原件顺序有误。根据笺纸之间所钤“谨慎”朱文长方骑缝印，“粤东发逆汪海洋一股……地亦震陷二丈，真理所不解也。二月十九日”一纸之后当接隔两页之“兆宝岩升黔藩新放，此间廉访之李榕峰到任……而有忠心之人也”，然后接“此间绅士之把持公事……吾却未见其树也。廿六日书。”

此数纸所述乃同治五年初湖南的吏治民情，写于同治五年二月二十六日[①]。同治四年十二月二十六日，京中火药局失火爆炸，因翁宅距火药局不远，故而“窗棂震落，玻璃皆裂，余（翁同龢）在慈亲旁急起扶掖”[②]。

---

① 参见同治五年正月十三日、正月十九日、正月二十一日、四月十七日等致翁曾翰家书及其按语。

② 《翁同龢日记》第一卷，第466页。

据函中所云知，吴吉甫第五女与湖南候补州宋玉璐之子，同治五年二月二十七日成婚。

34. 同治五年三月十七日(1866－5－1)

字付筹儿览：

前接京寓正月廿九日家书，知汝祖母大人以次均各平安，慰甚。惟鼎孙出天花甚重，尚未结痂全愈，又极系念，此儿身体本弱，愈后加意调护之为嘱。汝叔当内廷差使，城内必须觅一栖止之所，以便退公休息。否则暑雨祈寒，太觉劳苦，切勿惜费因循也。吾近来体气甚好，于二月初九日接署臬篆，至本月初十日方移进署，现在赶办秋审册稍忙，幸尚无棘手之案，办理尚易耳。

此次贡差，系常年中丞处例贡。吾极力思索，实无新奇物件可以孝敬老亲。兹特寄去龙须席一床，君山贡馀茶叶八瓶，汝收到后，即转呈汝祖母。茶叶系巴陵令所送，席(价二千)是定织者，已为此间极上之品，然亦未见佳也。

贡差行程本不速，且现在驿路通塞不常，更难扣定日限，大约到都总在端节后矣。湘省近来天气已热，连日穿夹袍褂尚汗流浃背。臬中上房坐西朝东，稍热。院宇甚大尚疏敞，其馀客厅等则均系新修，甚好。较之盐道署局面宽大也。贡差出京虽较去时稍速，然亦不可将要件交其携带，如有书籍需寄吾者，可交之，馀则不必也。此问汝夫妇暨合家大小均吉。三月十七日玉甫手书(上钤“玉甫手缄”朱文方印)。

汝祖母大人前为吾请安，不及肃禀矣。今日随中丞至城南书院，送何子贞入学，即在彼处饭，回署后，客又络绎来，匆促书此二纸。

【按】 此纸写于同治五年三月十七日。同治五年正月十一日，翁曾翰幼子翁琦孙(鼎官，即鼎孙)出天花。正月三十日“以痘殇”[①]。

是年二月，因原任按察使兆宝岩简放黔藩，新任臬司李榕峰尚未到任，翁同爵再次署理按察使一职，二月初九日接印移居臬署[②]。

35. 同治五年三月二十七日(1866-5-11)

字付筹儿览：

日前先书二纸已详述一切，近日甚盼北音，而迟迟不至，实为悬念。前日有此间火牌车回，云湘省正月折弁马之中，在路被劫，各处信件俱失，吾处却无他物，惟前后有家信两函(有致贾、周二师相曹琢如师唁杨滨石函)，共有二十一纸，不知曾遗失否？此地寄信，惟有折差为最稳速，乃亦复如是，真莫可如何也。

吾自初十日移署后，赶办秋审及督审京控各案。近日秋审已办五十起，只馀十三起矣。京控案已审结三案，馀亦逐日委员审问，于日内尚可结一二起也。此间春雨连绵，而于菜麦尚无害。连日天气甚热，昨北风大作，方稍凉，然一晴即暖也。此问汝夫妇暨合家大小均吉。三月廿七日玉甫手书。

连日甚盼北音，昨日方接到正月廿九日京信，藉悉汝祖慈大人以次，均各平安，甚慰远念。鼎孙出天花，凉热药杂投，结痂稍缓，未知以后情形如何？深为悬忆，愈后须加意调养，切勿大意。此儿身体本非有馀也。京中去冬无雪，入春复严寒，家中上下人口均须保重，一切饮食皆宜格外谨慎

---

① 《翁同龢日记》第二卷，第470—474页。另见《海珊自叙年谱》。

② 《翁同龢年谱·翁玉甫先生年谱》，第182页。

为嘱。此次折差杨超沿途患病，行至临湘，竟死于驿中。幸已入本省，故携带信件，尚不致遗失。吾处家信及亮纱朝裙料、补服三付，均一一收到无误。

汝伯父灵柩于正月初八日到都，护送之委员戈什哈，如何酬谢之？二月初六日开吊，未识收分若干，外省讣闻，似宜早发，何以此间者尚未寄来？汝仲兄病体近日稍可支持否？吾意伊所服之药，总不宜偏凉偏热，只须平补气血，扶助正气，却不可听其自然，竟不服药，汝可以吾意劝之。子馨身体稍好，然亦须随时保养，不可太劳也。汝伯母臂痛若何，倘用醋炒麸子熨之，必当有效。吾上年臂痛，专以此法治之，极有效验，盖风湿见热则散，故奏功颇速，汝或劝试治之何如。

吾近日身体甚健，惟饮食自今年新正闻汝伯父凶耗后大减，至今未能复原。肠红亦总未愈，常服补气治血之药，亦未见效，须发白者愈多矣。此间同寅俱相得，自署臬篆后，公事稍忙，然上年曾经署过，今觉驾轻就熟，尚不劳苦。秋审册子已看出二十起，尚无为难之案，惟稿案门上樊升，不如上年之张荣远甚。一切应催事件，皆要自己费心，稍觉劳顿耳。兆宝翁定于月之初七日启程，吾拟于初十日移署，未知新任李榕峰何时可到，若能于端节前到任，则大妙。否则吾又须多赔数百金也。

汝叔日夕趋公，城内必须觅一栖止之所，庶可稍免劳顿。锡蜡胡同之屋，进内既便，且稍有花木，吾意以为最合宜，何以尚未定见？倘此屋业已有人租去，则近东华门一带者均可。否则暑雨祁寒，必须在车上多走半个时辰，殊觉辛苦，切勿因惜小费担延不办也，至嘱，至嘱。

汝祥兄到此，可以稍帮吾家事，惟伊性情宽缓，仍如昔日。虽在军营阅历数年，然见识尚未能扩充，遇事绝无斟酌，故吾意且令其在吾膝下，学习数年，再作计较。且同知一官，云贵、甘肃选缺极多，倘若得之，反为累事，不妨投供略迟之为妙也。汝荣兄在家，今年曾两接其来信，一则新正初三日所发，一则二月初所发，知家中均安好。伊身体近日尚能支持，然闻其夫妇不甚和睦，且其用度无节，有钱时任意挥霍，深为系念。即如上年为叶虚谷等张罗盘川，代担账目，当其时彼意以为回南必可即日还楚。今虚谷已署仪征，而此款尚未归清，可见伊滥交之弊，吾早料及此。故汤古如处仅借百金，否则又多百金之累。伊阅历不深，择交不慎，颇有痴公子光景，奈何，奈何？

吾在此菲衣节食，上年年底仅将兆宝岩处千金归楚，其馀陆星农及钱店者尚未还清。今复署臬篆，又须赔累数月。汝荣兄处吾实不能寄银接济，乃阅其来书，谓家中借债度日，万难支持，殊令人烦恼也。江南闻今年有科场，补还从前两科之说，未知确否？若果真，则周子京必须回家乡试，吾此间又要另请一书启友人。子京人极谨饬，到此后从不出外游玩，不与官场交接，吾甚敬其为人也。吾近来身体甚好，惟饮食自新正闻汝伯父凶耗后，骤然大减，至今不能复原，每食不过一盂而已。

臬署房屋甚宽敞，较之盐道署为优，惟上房系坐西朝东，且不甚深，若至夏令，恐稍热耳。庭中石榴二棵，桂花二棵，花时当可观。厨子自赵厨去后，即用一本地者，请客菜尚可吃，至居常饭菜，亦不见佳。然一讲究，则所费不赀，且吾向来亦从未以口腹为事也。湘省现尚安静，各营撤勇亦尚无事。惟此辈在营日久，吃着嫖赌，皆所素习，即杀人放火，亦其惯技。一旦饥寒交迫，恐聚而为盗，必至一呼百应，有识者不能不居安思危耳。至就现在情形而论，则地方较前为繁华，街市较前为热闹，何尝非太平盛时景象也。连日客来稍稀，先书此数纸，俟有折便再寄。此问汝夫妇暨孙男女辈均吉。三月初六日玉甫手书。

吾于初十日未刻移至臬署，房屋甚宽展，惟上房朝东，有东西晒，稍热。新任之李榕峰，未识于何时入都，何时起程，在京时汝可一往谒见，并须送菜，以吾本省同官，不可不有此酬应也。其出京时，可托伊略带信件，亦不宜多。盖一则吾此间本无所需，一则彼方隆隆日上，倘未到省，又升他处，则转寄恐反稽延浮沉也。

兆宝岩郎君禧吉甫，人稍务外，故吾上年给汝书，以为只可与之貌为亲热，洗尘饯行，均不可少，而其实不必与之交往。盖吾在此同住几月，深知其底里，其气味与汝辈迥不相同也。李玉阶上年冬底复回湘省，今春为官节相奏留湖北办局务。此人热中太甚，且作事苛刻，居心险诈，未识至鄂能否得意？盖官相虽甚倚重，而曾沅圃则素薄其为人也。

兆宝岩此次往黔，李筱荃中丞为之奏请督办贵东军务，并由湘省每月发饷二万金，为之接济，且现在西防周金台洪印一军万人，皆伊旧部，声势联络，似可相与有成。而彼自闻命后，担搁已有两月，尚毫无布置。随行之文案营务，皆未派定。临登舟时，一切杂乱无章，绝无统领气概，恐到彼未必能调度有方，盖宝岩由军营出身，向未独当一面，故此次建大将旗鼓，便觉手忙脚乱也。

宝岩才具本不大，亦稍有习气。至任用家丁，则是旗人本色，故其阍人谭姓者，闻即在其营中保至同知衔知县，馀事可以类推矣。上年在廉访任内，与石方伯极龃龉。同人为之排解，不能听，后至中丞当面诘责，方稍好。其实方伯毕竟是君子，遇事虽稍执，然却无私心。至机械变诈，则生平无之，而宝岩则不如远甚。吾却彼此相好，始终无间，盖吾与满洲友人相处多年，知其识见不过如此。吾或以婉言相告，或以微言相规，使其不至难受，则彼亦可以共事，不致掣肘也。三月十八日。

李茂斋观察逢春，己酉拔贡，以知县分发湖南，历任好缺，称能员。由长沙县未卸事即擢署长沙府，宪眷之优可知矣。嗣以大荆司巡检李际晟（语极不堪）控案内，称其买妾献巡抚毛寄云，并自己丧中娶妾，及招权纳贿等事，先交星使查办。嗣以人证不齐，奏交官相亲讯。虽问结皆归乌有，而其实则此间人籍籍传之，皆有确据，并非无因者也。上年案结后，尚未奉部覆，即先行起复来省，以中丞本同年，且又同分发来湘，以为可以即有差使。迨到此后，中丞告以例应引见人员，必须先赴部引见以后，方便差委。于是始亟欲进京，其行期甚匆迫，吾故未曾托伊寄信。此君人甚阴险。到京后，倘来拜汝叔及见汝辈，与之言谈，须留意，不可直言无隐也，至嘱，至嘱。其出京时，如托其带信，切不可提一要语，千万，千万。

此间绅士，从前黄南坡、郭意诚，颇把持公事。然此两人尚阅历，不至大无道理，特未免气质用事耳。自上年星使到后，气焰顿消，今已匿迹销声矣。近日则黄南坡之子行四（名瑜，号子寿），系广东候补道，颇有乃翁气焰，而其昏则过之。

二月中，有伊家诡名姓饶之太和钱店控告盐行一禀，禀内有牵涉局中绅士彭椿年词句。吾意以为是否皆应详院，委员确查，已画稿交陆星农画行，乃子寿竟敢至星农处，将批同稿骗出，压搁不行。吾因连日不见出详，遣人往星农处询问，星农方以实告。于是吾即日具禀，详述颠末，并自辞盐局差使，而星农以稿在彼处为其诓去，恐被盐院及中丞严责，再三托人求缓。其时适曾沅圃中丞自家赴任过此，郭意诚亦在省，极力为之调停，将稿取出，求免详院。吾以事关星农，姑且应许。然曾面禀中丞，言其大概，即此一端，可见子寿之肆行无忌矣。其馀尚有劳星陔之子名文翽号仪钦、捐输保举道员名自牧号丽臣，此三人朋比为奸，把持官事。府县词讼，各局委员处处为其掣肘，他日必有万难处置之事。若不早图，恐噬脐无及也。三月廿四日。

二月初九日，将谢恩折及贺万寿折交折弁张执中去，外附家信一函（十三纸，二号），并蔚泰厚会票京纹五百两，未识何时可到？嗣于二月廿七日寄家书一件（十一纸，三号）交折差谢玉林去，月之十七日贡差游定泽等去，复寄去龙须席一床，茶叶八匣，家信一函（二纸，不列号），皆未识何时可到？折差向未失事，故以为可靠。

今闻正月内折弁马之中于直隶界沙河地方，亦被劫，则以后亦宜留神。此次马弁所携，虽吾处只空信，然家信有二十一纸，若遗失亦可恶也。京寓寄信，切不可将要件交带。盖此时道途荆棘，固难以恒情度也。陆星农有寄杨滨石处十二金，托吾会寄，只得允之。信到后，汝可先为（同陆处信）交去，俟有妥便再寄还汝也。倘滨石业已出京，则可稍缓，不必汲汲矣。汝伯父外省寄讣，想已陆续分寄，何以此间者尚未寄来？或已交前几回折差，吾此地尚未接到耳。否则务交此回易弁携来，不可再迟也。汤敏斋丈、陆星农均寄一幛，于桐轩送奠分百金，现均留此，遇便再寄。

庞宝生处托吾会寄吴年伯母处京纹肆十金，吾已交去。吴仲起现在出差在外，故尚未取有回信，可先告知之。杨研培丈，吾拟送奠分廿四金。宝生夫人，吾拟送奠分十六金，汝或先为吾垫去，若不便，即稍缓亦无妨。吾署臬篆，抛却节寿二分，又须赔垫数百金，一出一入，几及三四千金。此所谓穷命，真无如何也。

湘省近日无事，撤勇尚不至为患。近日曾沅圃中丞招四千八百人往湖北，李次青招二千人往黔界。此等桀骜之徒，散而之四方，则本地省许多事也。三月廿七日申刻。

【按】 此数纸写于同治五年三月[①]。其原件顺序有误。据笺纸间所钤“谨慎”朱文长方骑缝印，“……此问汝夫妇暨合家大小均吉。三月廿七日玉甫手书”之后接“连日甚盼北音昨日方接到正月廿九日京信……三月初六日”，下接“吾于初十日未刻移至臬署……三月十八日”，下接“李茂齐观察逢春己酉拔贡……三月廿七日申刻”。函中“连日甚盼北音，昨日方接到正月廿九日京信……则本地省许多事也。三月廿七日申刻”五纸为三月初六日至二十七日陆续写成，并非全是三月二十七日所写。

同治四年十月二十七日，翁同书在花马池公寓病逝。同治五年正月初八日，翁同书灵柩抵京，二月初六日开吊。是年三月初七日，兆宝岩起程赴任；三月初十日，翁同爵移居臬司署。

36. 同治五年四月初五日(1866－5－18)

吾署臬司事，自问于各属刑名事件，无不细心推求，总期无枉无纵，惟招解过堂，京控过堂，只能照例问犯人数语，不能反复诘问，无听断之才，此心终觉歉然。盖一则问案素所未习，且从未见人问过，故不得其要领。一则近年来口头笨滞，不能随机应变；且此地语音不同，我问彼答，须令书吏传语，方能通晓，故更觉隔膜。总之，听讼一事，吾万万不敢自信也。

今年秋审，先只新事六十三起，后又陆续奉到部覆，添入六起，共六十九起，(今又添一起，共七十起。)已逐细酌核

① 参见上文同治五年正月二十一日致翁曾翰家书按语。

情节，分别实缓，业经会印详院矣。会勘过堂，尚未定期，大约总在二十前后。京控案，吾到任后，审结三起。其馀有数起，人证或未到齐，或原告刁狡，屡结屡翻，尚未能定案也。

永明闹粮之案，因前年恽中丞有只准州县征收一正一耗之示，于是各属粮户纷纷勒碑减价，每银一两，或交钱二千，或交钱一千七八百者，较之从前每两收钱二千四五之数，骤减五六百文，州县官以办公无着，皆难办理。永明则从前每两皆收二千四百文，世令煊已减至二千一百文。

新任吴令炳雯到任后，粮户勒碑，每两交钱一千八百文。彼处钱恶路远，算计易银解库，几不敷用，欲照世令任内收数征收，而生员王丕钦等，不服阻挠。于是详府拿人，而王丕钦等即夺犯殴差，进城拆毁衙署，殴辱文武职官，释放监犯，抢劫仓库，事已不可收拾矣。而其时署永州府之童研云大畇复不善办理，尚欲消弭。于是其势愈张，委员往办，复迁延不进。而吴令(匪等日坐堂，鞭扑之)及守备均为其凌辱不堪。直至上年三月童太守方带兵往捕，则首逆早闻风远飏矣。而王丕钦等反恃有恽中丞告示，进京呈控，今已拿获首先闹事之十馀人，发府审问，已具有供招。吾则因案情重大，必须详细研鞫，日前曾面回中丞，只办首恶数人，其馀可从宽典。中丞亦以为然也。

连日甚盼北音，而正月折差迟迟不归，令人望眼欲穿矣。盖吾在此间，身心俱泰，惟望云之思，不能一日释。故于折差往返程期，皆计日以待，稍迟不至，便卧不安席。此次马弁去七十馀日，而尚不见回(已于十六日回矣)，真不可解。闻马弁进京时，在直隶邯郸地方被劫，未知吾处所寄之信，曾否遗失。吾此回虽系空函，然以时在假期内，前后两封(顷知两封均未失)共计二十一纸，言正月中事颇详尽，若竟失去，殊为可恶。盖此地寄信，自以折差为最妥速，今亦不可靠，更难觅稳便矣。

吾于上月廿九夜，接湖北所寄报本，知汝叔于二月廿日蒙恩升授翰林院侍讲，欣喜无既。次日寅属有知者，皆来贺喜，近日方稍稀也。汝叔自刑部主事迁官修撰、赞善、中允，官虽数易，皆六品秩，今方晋一阶，想汝祖母必为之开颜一笑也。汝叔既当此差，升官固意中事，但差使太累。汝须随事体贴，有可劝汝叔稍自休息者，必须分外偷闲，应酬有汝可代者，即宜代去；书信等件，有无须亲笔者，或汝代作，或请一友人任之，每月送伊修金数金。

至京寓日用所需，则吾无论作何缺，总可随时接济，汝可转禀叔父，幸勿以此为虑。盖吾到此间一年有馀，衣服饮食，不敢丝毫浪费，自问与作京官时，并无二致。故廉俸所入，总有盈馀。惟现署之臬司缺，则虽菲衣节食，亦不能不有赔累，幸代庖不过数月，尚可借贷敷衍。若是实缺人员，则不免亏累也。

此间天气忽暖忽寒，阴雨北风，虽夏令可服单袷，若天一晴朗，则此四月初穿单衣尚挥汗，颇有广东光景。第稍受凉，即易感冒，故宁可稍暖，不宜贪凉也。臬署规模较大于道署，惟上房则不如，以道署虽三间，然却是南北向，屋深而高。臬署是五间，然浅而东西向，故东西晒皆有，夏令必大热也。前日有人送建兰四盆，（在茶攸等处买，每盆不过数百文，而省中则花局皆不卖也。）珠兰四盆，虽盆不大而花亦未必佳，然已为上年所未有之物，花时对之，亦足怡情，人生处境，须知足也。四月初五日。

日前见汤敏斋丈，忽有归思，云今年拟将伊此间所置之田产变卖，回家再买田宅。吾答以为此是正理，盖客居虽好，终不如故乡，且湖南亦非乐土，况此间既无亲戚，又少至交，何必恋恋于此耶？其田产从前买时，不过七千金。今则各路军营人员，皆挟其金帛子女而归，房屋田地，均至倍价，可值万馀金，挈之而归，可买良田五六百亩，则一年所入，亦足敷日用，计亦良是，吾故颇怂恿之也。

吴年伯母在此，境况甚窘。吾上年三节，共送过七十金。今年二月，吉甫之第五女出嫁，吾复送添装衣料、锡器等，计值二十千。仲起当差，不甚得法，现在有盐茶局一差，每月有薪水三十千文，已是吾与星农之力，然尚不彀伊家中用度，现在又为之谋粮道一催漕差使，然所获亦不过一二十金也。吉甫长子景行，颇用功，将来似有出息。吾现荐与胡听泉处教读，每月虽不过修金六两，然挈其胞弟附学，一则家中少省日用，二则其弟不至废学，似最相得。且又为之荐轧馆两处，每年有秦关之数，亦可添补家用，故吴年伯母甚感激吾也。

侯寄舫，上年恽中丞令伊署澧州，适以吾署臬司，应回避而中止。今年已委署乾州厅缺，又以吾署臬司，应回避而销差。乾州厅缺本苦，其回避也，因所乐从。若澧州则是优缺，其不往，未免失望。然寄舫为人，尚安命，绝不以为意。今仍当军需局提调差，每月有薪水六十千文，其日用每月所添尚无几也。

表甥王树斋，上年同苏菊甫到此，吾随荐与清泉令陈贻珊处，就红黑笔馆地。今年陈令卸事，吾又荐与长沙令徐熙堂处，仍是红黑笔，每年有修金八十金。可以顾家矣。菊甫上年荐浏阳令刘虞九处，红黑笔席，每年亦修金八十两。今刘虞九卸事，王令敬一到任，馆仍蝉联，以红黑笔兼征比，每年有修金百两。吾均嘱其小心谨慎，不可沾染习气，现在宾主均相得也。

【按】　此札写于同治五年。其笺纸钤有“谨慎”朱文长方骑缝印。其中,“日前见汤敏斋丈,忽有归思……不可沾染习气,现在宾主均相得也”一纸左边亦有骑缝印,然尚无与之相对者。

同治五年二月十六日,翁同龢授翰林侍讲,名列第三①。而此函中“接湖北所寄报本,知汝叔于二月廿日蒙恩升授翰林院侍讲”,或是记忆误差。是年二月二十七日,吴吉甫第五女嫁于湖南候补州宋玉璐之子②。

37. 同治五年四月十七日(1866-5-30)

字付筹儿览:

四十馀日不得家书,日夕盼望,几于眠食俱废。昨十五、十六两日折弁马之中、张执中方陆续归,接到三月初八及十四日京信,敬悉汝祖母大人,慈躬康泰,合宅平安,欣喜无量。汝叔于二月十七日奉旨升补侍讲,吾于上月廿九日见湖北寄来抄报,已知之。曷胜庆忭。书中言,鼎孙于正月晦日竟以痘殇,此儿聪慧可喜,殊为惋惜,然儿女能否长成自有一定,汝勿以此介意也。实录馆差使不识送汝否?倘或得送,则一切当详细校阅,切勿大意,至嘱,至嘱。

吾近来身体甚好,公事亦俱平顺,秋审新事六十九起册籍,业已办竣,均陆续详院,惟人犯尚未解齐,大约于廿四、五日方能会勘过堂耳。京控各案亦极力督审,结案者有三四起,馀尚须稍迟时日。

新任李榕峰廉访,闻于三月望前后方能自平阳启程,于四月初始克抵京。到京后又须担搁一月,则须端节后出都,计算行程,到湘约在六月杪矣。且昨郑小山言李榕峰官声

① 《翁同龢日记》第二卷,第476—477页。

② 参见上文同治五年二月二十六日致翁曾翰家书。

虽好，然两耳已重听，起跪亦不便，故前题绛州及升平阳府时，均以防堵紧要奏留，未经引见，不识此次陛见若何也。吾权篆一日，则凡臬司应办公事皆提起精神，极力整顿，决不敢存五日京兆之心，稍事推诿。

幕中友人仍是王亦陶、卢丽生两君为刑席，诸事尚有斟酌。俞鹤皋虽荐署盐道刘子迎处，然吾仍延之每日进署办公及笔墨事件。盖此君通达事体，遇有要事可以商量也。周子京颇有归思，吾告以今岁若有科场，则吾断不敢留，否则决不肯放其回家也。此间人情尚安静，偶有撤勇回籍在乡滋事者，中丞必严办，故尚足惩儆，倘稍事姑息，则从前粤西之害即可见于今日，盖其地然其时然也。总之，此地人心浮动，揭竿谋逆等事习为常，然迥非他省人情可比。故古人云，治乱国者，宜用重典也。

东防已撤，仅留二千人在郴、桂一带，弹压西防。上年本有万人，令周镇洪印统带。今则复添兆方伯之六千人、李次青之六千人，共有二万二千人，进剿黔省苗教各匪。每月月饷须十馀万金，合之各处驻守兵勇亦有五六千人，故每月总需十四五万金，筹划颇不易易。湘省筹饷以盐茶及百货厘金为大宗，然旺月亦不过八九万金，其清月则尚不及此数，其馀不敷之款，皆藉捐输为之接济，而各属输捐已至再至三。现在已成强弩之末，所解亦无几。故每月发饷时必罗掘一空，甚至有时不能凑齐，只发半月及二十日者，今则西师皆将越境进剿，势难令其枵腹荷戈，必须按月筹给，此则殊费擘画耳。

兆宝岩方伯军务尚熟悉，于楚黔交界地方情形亦深知。第其才识不高，恐其猷为不远。李次青才华却好，然究是一书生，目短视而口嗫嚅，亦是纸上谈兵之辈，恐未必能所到成功也。王镇永章治军严肃，打仗亦勇往，为湘中第一好将。今率所部二千人隶次青麾下，未识能有所展布否？周镇洪印从前打仗亦出力，自上年派统领后，便趾高气扬，变易故态，而其所部又平素等夷之人，故调度不灵。上年沅晃边界之民颇遭蹂躏，今有兆、李二军同驻彼处，或者不至如上年之骄纵耳。

今年此间天气雨多晴少，寒暖不准。雨则穿袷衣嫌凉，晴则穿单纱嫌热，绝不类江南光景。吾臂痛亦时作时止，遇阴晦日即隐隐疼痛。吾饮食上年到此后，每饭可一碗零，自今年正月闻汝伯父凶耗后，每食不过半盂。今则勉强增添，然一碗尚嫌多，吃时固不自然，吃后定觉饱闷。近日令家人辈易面食以进，觉胃口稍好，然较之上年，则不如远甚。

人生年过五十，便觉老境日增。吾近来须发已颁白，牙齿到此后复落数枚，今上下牙仅留六个，烧烤等物已渐渐不能吃矣。汝祥兄在此尚好，家事可以稍省吾心。伊身体虽不如前，然尚不致多病也。吾昨日接京信，夜卧甚适。今日忌辰，客来颇少，故先书此，以待封发，此问汝夫妇近好。玉甫手书。四月十七日。

【按】 此函写于同治五年，笺纸间钤有“谨慎”朱文长方骑缝印。同治五年正月初十日，鼎官（鼎孙）患心经痘。之后，延医诊治，“颇有转机”；谁料又有反复；正月三十日（晦日），翁同龢退值后“归视鼎官，仅有一息，申正二刻遂化去矣”[①]。是年二月十六日，翁同龢授侍讲，名列第三，次日，翁同龢撰谢恩折[②]。

---

① 《翁同龢日记》第二卷，第470—473页。

② 《翁同龢日记》第二卷，第476—477页。

38. 同治五年四月二十八日(1866－6－10)

汝荣哥在家，摒挡家务，虽甚为难，然吾此时却不能寄伊银钱。盖伊挥霍性成，吾此时若极力拼凑，寄伊二三百金，伊必以为吾缺分大好，进款丰盈，从此更阔，则其用项必加吾寄款一倍，不知系吾菲衣节食而来也。吾前次见其寄祥哥书，欲报捐内阁中书，未知果否，总之其胸中毫无主见，想到何处，即遽然行之，仍是一痴公子耳。奈何，奈何！

汝祥哥在此尚好，外间固绝无应酬，即其岳丈侯寄舫处，亦不轻易往，一切家事，亦可稍替吾心力，惟吾嫌其作事少决断，言语少简抉，然其性情和平，不失忠厚。他日能诸事练达，见识远大，则尚不致隳家声也。

吾独居二十馀年，已习惯成自然，久不欲再寻苦恼。上年汝哥辈忽欲为吾置妾，吾亦姑且应之，然细思此事颇不容易，倘买一浅见薄识之女子，则不但不能讨吾欢，反足以生吾厌。盖吾自知脾气，极好伺候，亦极难伺候。凡语言少有龃龉，举动偶有违拗，则吾便牢记于心，不能解释，故不如且缓之为妙也。

吾妄念本少，近年来阅历稍深，更觉人生一饮一啄，莫非前定，故于一切功名富贵，毫无奢望。此时私心所希冀者，能调一近京省分，板舆迎养，则缺分无论美恶，公事无论繁简，吾皆愿为之，特未知此愿何日偿耳。

严渭春于月之廿四日到湘，船泊河干，未曾上岸住公馆，查办事件，大约是张石翁为景学士所弹各款，然在此迟滞不行，恐湘省黔捐局事亦是一款。黔捐事，主之者为陆道传应(即子受)，黄道瑜、张道自牧。黄是南坡之子，张则自监生保至观察，声名皆平常。其捐数奏明者，系照筹饷例二折。而伊等收捐，或二折，或一六二折，或三折，故外间人言颇籍籍。即其同事诸人，已彼此互相攻揭。日前兆宝翁派各省委员，往彼询问，方知其底里也，渭翁自是石卿替人，然伊颇欲推脱，盖此老亦外强中干也。四月廿八日(钤“谨慎”朱文长方印)。

【按】 此纸右即“汝荣哥在家，摒挡家务，虽甚为难……”一边钤有“谨慎”朱文长方骑缝印，然尚未见与之相对者。

此纸写于同治五年四月二十八日。“荣哥”，指翁曾荣，翁曾翰四哥；“祥哥”即翁曾纯，翁曾翰三哥，同治四年十二月初二日自家乡起程，十二月二十五日抵达长沙翁同爵官署。父子十四、五年未曾相见，其间人事变更，家国多故，父子相对不觉喜极而泣[①]。时值翁同爵署中无人照料，翁曾纯到署，正可助其一臂之力。

39. 同治五年五月十四日(1866－6－26)

字付筹儿览：

四月中极盼北音，乃十五、十六、廿四等日，折弁陆续归，接到京寓所发三、四、五号家书，藉知汝祖母大人以次均各平安，深为欣慰，惟阅汝来书，以鼎孙痘殇，颇抑郁不乐，又甚为悬念。人生子女多少，自有一定，何不达观乃尔耶，以后汝当怡养性情，善保身体为嘱。吾于汝为人作事，已可放心，惟汝体气太弱，深以为虑，汝须仰体吾意，诸自调摄，切勿以境遇有累天君也。汝其识之。

吾自署臬篆后，接见属吏，披览案牍，较之盐道本任多至数倍。第公事平顺，身体安适，故尚不觉其劳苦。秋审新事册，于四月中办妥。凡所定实缓，皆再四斟酌，且请吕燮

---

① 参见上文同治五年正月十九日致翁曾翰家书。

堂太守逐细覆看，似尚妥协。人犯业经会勘过堂，中丞处题本已发矣。

此间春阴极甚，正、二、三月，晴朗天颇少，入四月后方稍好。吾衣服书画等，至四月中方抖晾一次，幸均无恙也。臬署上房朝东，且屋亦浅，虽前后皆有凉篷，然受东西晒，故不如盐署之凉快。幸近来天气尚不极热，亦不觉其苦。惟后院青草太多，随拔随长，蚊虫极多耳。

汝祥哥在此，诸事甚谨饬，家事亦可稍替吾心力。且伊不在吾膝下者，已十有五年。今来署侍侧，殊觉融融泄泄也。家乡汝荣哥处，前接其二月初信后，久无信来，吾甚系念。昨日接其四月廿七日所发书，知其近体安好，家人上下亦均平善，颇慰远望，伊在家乡为吾置买一女子，身价二百千文，相貌中平，性情尚和婉，拟于秋间随汝祥嫂同来。

吾置妾一事，久已不作是想。第年来作宦远方，觉诸事如客居，即浆洗衣服针线缝纴之事，皆无人料理，甚不方便，则此举计亦良得。汝可为吾禀明汝祖母为要。内阁送实录馆校对，未知汝名送否？然得之不足喜，失之不足愠，吾不愿汝即由此出身也。倘或送汝，校阅必须十分详细，不可稍有忽略，地名、人名，尤宜留意，不可贪多要好，或致草率也。至嘱。

吾在此中丞相待甚优，石方伯及诸同寅亦极相得，吾惟守外圆内方四字，见人极谦恭和易，惟遇公事，则不敢有所徇庇，故人皆无毁无誉耳。宝生寄吴仲起之四十金，吾早已交去，今将其回信寄京，可即日送往。杨三先生处，吾必须送一奠分，拟二十四金。汝或于家人分项提存五十两，除给秀姑娘十两外，尚馀四十金，可将此款先行借用，以廿四两封好，贴一素签，写明奠敬送去为嘱。其馀庞、赵、薛三处借款，及鉴古欠项，共计几及千金，吾此时万难筹措，只好俟秋冬间再寄矣,可均为吾致意。

此间新任廉访李榕峰,尚无消息。吾日前曾以奏催赴任之说,请诸中丞,中丞以为断断不可。盖此缺现在有人署理,若一奏催,则似署事人员,不能胜任,极不好看。其说亦甚有理,只可听之也。此间东防已撤,悉力西征,然兵勇有二万一千人,每月月饷至十二、三万,筹措颇不易易。兆宝岩于彼处情形尚熟,惟其识见稍不逮,未知能成功否?李次青则仍是一书生,议论见识均好。惟打仗恐非所长,幸隶帐下者,皆湘省良将,或者相与以有成耳。

臬署刑席,仍是王亦陶、卢丽生二君,王尚老到,卢却平平无足取,周子京与吾极相得,然颇有归思,伊上有老亲而无兄弟,吾又不便固留,且俟秋间再商之。俞鹤皋人品学问皆好,现虽荐刘子迎处,然每日吾请其来臬署一行,诸事均有斟酌,吾处修金仍照常致送,伊却辞之甚力也。湘省春收尚好,四月中河水甚涨,然南水长(从黔省来)而西水不长(从蜀省来),故消水尚易,一日可落四五尺,不致为害。低区有圩地方,尚未淹没。倘能迟至七月初再发西水,则早稻全熟,尽可登场,虽大水不为灾矣。

吾近来身体甚好,饮食亦渐加增,汝勿为念。天气渐热,此间无瓜果可吃,只可以绿豆汤代之。京师则瓜果皆佳,自可常吃。惟汝祖母大人年高脾胃弱,须择好者方宜吃,且吃时不宜多,即瓜汁亦须少吃。至早晨夜间,则总不相宜,须令秀姑娘时时留意为嘱。此次折差陈树林往,吾处已给折费廿四金,又给伊带银信资六金,到京时不必再给伊银物矣。此问汝夫妇并孙男女辈均吉。五月十四日玉甫手书。(钤“玉甫”朱文方印)(今日家忌不见客,故得从容书此。)

【按】 同治五年正月三十日，翁曾翰第三子翁琦孙(鼎官，或鼎孙)因痘后变症、医治无效而亡，故翁曾翰如函中所云“颇抑郁不乐”。故此纸写于同治五年五月十四日，是日为翁心存生日[①]，如函中所云“今日家忌”。

40. 同治五年五月(1866－6)

京寓用度，吾时刻在心。第以吾现署臬篆，此间尚举债应用，不能宽为接济耳。此次万寿折折差进京，吾极力筹划，汇寄京纹壹千两。汝收到后，以壹百金为吾孝敬汝祖母零用，以五十金呈汝叔，以五十金给汝，以四百金归公账，添补寓中用度，以二百金为吾助汝伯父二月中丧事之用。其馀二百金，一百则湘阴令于桐轩学琴寄汝伯父奠敬，一百则家人辈上年年节及今年端节分项，汝可一一分致。至庞宝生处之一百六十两借款，(本二百金，今此间付过吴仲起处四十金，应存一百六十金耳。)赵价人处之三百金借款，薛觐堂处之二百金借款，鉴古之一百八十金欠项，只好俟秋冬间再行料理矣。

家人分项，汝可酌定分之，吾不悬拟也。吾上年到此后，寄京还账应酬等，上年共五千二百两。今年连此次所寄又壹千四百两，(共一千五百，内除于分一百两不算。)又还上半年署臬司时此间借项一千二百两，还河南、湖北沿途所借盘川四百馀两，又还任昂千借项三百两，共计八千五六百两，加之上年至今署中用度、应酬、幕友修金、上司门包等类，又用四千馀两，统计已用一万三千馀两。而上年到盐道本任才半年，到任及节寿只有四分，尚有不送者，合之廉俸

---

① 《翁心存日记》第四册，第1835、1849页。

及盐局所解办公银两,(每月二百)仅仅敷衍过去。

今署臬司,则每月赔垫总在二百金左右,又须举债应用。然吾年来阅历稍深,知人生一饮一啄,莫非前定,绝不生妄念,别有希翼。所私心祷祝者,他日或调一近京省分,能奉母至署,俾遂乌私,此则心愿方足耳。馀皆不计也。

吾饮食上年甚好,每饭总吃碗半。自今年新正闻汝伯凶耗后,心境恶劣,每顿仅吃半碗,尚觉勉强,至三月中尤甚,竟至早晚两餐,殊觉多事,于是改吃面食。而此间面又极坏,庖人又不善做,绝不似北方及家乡之可口。然吾总觉面胜于饭,胃口略开。近日则吃饭亦能至一碗矣。大抵今年春令,一则心绪不佳,二则春阴太重,吾肥人多湿,故脾胃家受病耳。今则天气稍燥,故渐次复元,汝勿以为虑也。

京寓家人辈上年年底分项,吾未曾寄去,未知汝处已垫款分给否?倘已分过,则吾此次所寄之百金,汝可提还五十金,以五十金分给若辈。盖臬署门包,亦不及盐道。盐道有节寿,故随寿即不少;臬司则无节寿,故随封亦无。惟委缺到任者照例有之,而委任人员,在省已久,往往不能皆有,故更觉减色。今年端节家人得项,只有六百馀两,吾提京寓者六十两,已十分之一矣,不能再多也,汝于分给时,可将臬司不如盐道之大概告之,提还五十金内。汝可以十金为吾送秀姑娘,并传吾言,闻其近日伺候老太太颇能尽心极力,吾知之甚慰。吾他日回任后,当寄赠稍丰也。

家人辈分项,上年即未垫给。此次亦只宜分给五十金,不可以百金一概给予。盖此辈一节多分,则他节必要照样,否则即不满其欲也。至嘱。

端节前遣人觅得祁阳葛布一端,长有二丈二尺,而秤之只重三两二钱,为此间极难得之品。至轻至细,市肆间每年只见一二匹。吾以五金买之,今特交折差寄去,汝可为吾转呈汝祖母，即令裁缝用轻纱沿边做就，以备盛暑穿用，第出门坐车，则不相宜，恐轻脆不受磨压也。

此间土产，祁阳所出者，明明是葛布尔，而此间人通称之为葛纱，殊为可笑。其细者亦复难得，浏阳出夏布，远远不及江西者，而价亦不廉。益阳出篾席，尚好。然省中无售者，龙须席则省城甚多，然不如广东者远甚，以广东者草长，此间者草短，故织席皆接，易坏也。永州府锡器，却甚好，锡白而亮，式样皆博古，颇可用，惟携带不便耳。辰州木器，惟书桌最佳，其馀均不甚经用，不足取。城步县出竹箸，虽不如嘉定之水磨者，然价廉而不俗。其馀各处，别无所出也。

秋审人犯已会勘过堂，新事共七十起，归辰沅道勘者十二起，其馀五十八起，内有一起，人犯已死，过堂者仅五十七犯耳。所定实缓，斟酌再三，似皆允当。册籍到部时，可嘱宋惠人留意。此次秋审，吾曾请尚学川庆潮、吕燮堂世田二太守商酌。尚君久官刑曹，为秋审处提调，其见当不谬也。

李榕峰廉访，不知于何时到京陛见。日前闻郑小山侍郎言，伊从前升绛州牧时，即两耳重听，故其时晋抚以防堵紧要为词，即令其到任，未曾引见，其升平阳府也亦然。未识此次能否召对？然榕峰以太守特擢廉访，似不便引疾，未识于何日出京，何日方能抵任？殊令人悬望也。

湘省自粤东汪逆殄灭后，东防已撤，现在仅留二千人在桂阳州镇压而已。西边防黔之师，本有万人，今又添兆宝岩之五千人，李次青之六千人，共计兵勇二万有几。每月月饷及军火器械等约需十三四万，又协济甘饷万金，丝毫不能短少。而本省各处厘金，其旺月不过十万有奇。至捐输数目，则每月多寡不等，然至多亦不及四万。故每遇发饷之期，军需局总十分为难，甚至实在筹划不出，则各营仅发半月，或二十日，俟下月再行补足。然前敌诸军，则又不便常欠，且现在黔边一带,米价昂贵,每月足饷,仅敷食用,更不能不为之筹划也。若本省钱漕银两,则每年除解京饷外,供各营兵饷,尚嫌不足,万不能以之借发勇饷,不官斯土者,不知此地情形也。

湘省局面本小,从前承平时,仅仅以所入供所出而已,军兴以来,则设立厘卡,各属劝捐,然每年厘金不过一百四十馀万,捐输五六十万,总计一年只有二百馀万,今则捐输已成强弩之末,厘金则长江通后,粤东百货半由海舶至汉口,贵州则道路不通,商人裹足,于是厘金亦减色,上年厘金、捐输两项,仅收一百四五十万。较之湖北厘金每年有四百馀万,其饷源有天壤之别也。

严渭春于四月廿四日抵长沙,船泊河干,未曾搬住公馆,其所查办事件,闻是景剑泉参张石卿中丞四条。石卿老封疆,然近年来年纪已大,于子弟家丁,皆不甚约束。且入黔后,纳少艾二人,终日不理公事,时时欲告病离却彼土,故于地方事绝不思补救。各省解黔协饷,极力筹划,及至委员解到后,则并不交藩库军需局收纳,均交抚署瓜分。其入出数目,他人不得而知,于是外间颇有遗议。至其子弟,则长君筱石,人尚谨饬,不长在署,其二令郎行五者,则乳臭小儿,昏庸狂妄,上年为黎学使所参,现在湖南(其家眷本在此住)。今岁同乡团拜时,曾见其人,觉其语言举动,无一是处。家人则有保至同知花翎者。现带石翁亲兵,上年曾与劳星陔之六少君,在省开仗。行为如是,宜乎人言籍籍也。

渭春在此,曾吊黔捐局簿籍一查,大约是参款之一。黔捐之谬在折扣既不画一,或照筹饷例一六二折,或二折,或三折,本不一定。且司其事者,在官则陆子受传应,在绅则黄南坡之子子寿瑜、张丽臣自牧皆非无欲者。张则自布衣由黔捐局保至道员,尤为谬妄。从前因保举既优,且有一差使，可以养家糊口，故湖南候补人员之无耻者，竟至五十日期，至彼禀见，并以官员见乡绅，竟用手本，恬不为怪。直至上年李中丞到任后，稍稍裁抑之，方渐敛迹。然其擅自委员，犹如昔日。凡到一处，皆勒捐派费，大为地方之害，故印官往往禀揭。第以方伯黔省人，遇黔事皆左袒，置之不理耳，否则此间已有许多巨案矣。

陆子受之子，本在石翁幕中办书启，极其招摇。上年亦为黎学使纠弹，驱逐出境。近日已往湖北候补，此人甚不安分也。总之，隔省办捐，本是难事，且所委者又非其人。故在湖南则大有害，而在黔省亦不甚有益，惟经手之人，则皆中饱耳。至解黔捐之委员，皆是张自牧所派，或湖南候补人员，或本地绅士，或告病降革之他省官，大抵是捷足先得耳。其往黔也，则银数有定，故人夫尚有额。至回时，则石翁行李，委员自买妇女，其用夫反倍于去时，经广西州县禀揭有案，故外间人谓其饷银去而复返，大约尚不至是。惟石翁已老，未免贪得。上年年底，在此间以万金买劳星陔宅一区，则人所共知也。

永明闹粮案，以前年恽中丞曾有一正一耗告示，令各学刊碑竖立，于是各属纷纷以县官多征，或控告，或抗征，从此多事矣。永明从前钱粮，每两皆收二千四百馀文，而同治元、二年，前任世令煊任内，已减至二千一百文。至三年新任之吴令炳雯到任，该处生员王丕钦、欧阳梓材、何泽梁（源）、龚定瑚等，复刻碑抬至学宫竖立，令民间只准以一千八百文完银一两。（均由该生等设局征收，再行缴官，而却敛局费二百文。）

吴令以彼处钱色恶劣，不敷解省，央商至再。龚定瑚等不允，反传单聚众，欲入城滋闹。吴令先期将该生等诱获，解府审办，而出城才四五里，即为其党与劫去。遂率众入城，劫仓库，放牢狱，拆衙署，其最不堪而不能见诸公牍者，将文武官员捆去，洗剥板责，及文武官眷，裸体受辱，形同叛逆，莫此为甚。而其时值胡、张二星使在省查案，中丞意不在此，置之不问，署永州府童研云大畇又毫无布置。于是其势愈张，地方公事，官不能问者半年。

直至四年三月，童守方会营往拿，仅获何泽源一人正法，馀俱逃匿。迨童太守回府，则王丕钦等又率众数千人，至本道处控告，意图要挟。至四月间，始将该府该县撤任，另委员往。而龚定瑚、何泽梁等反先赴京呈控矣。上年冬令及今岁春间，方陆续拿到，及在省访获共二十人。现在发府先审奏案（闹粮案曾出奏），再审京控案件，然此案宽严均难得其平。若办之太宽，则彼处接壤之道州、江华等州县，处处皆相率效尤，岌岌欲动，俱视此案为动静，且以后守土之官，谁敢再往。若办之太严，则当时附和人众，漏网者尚多，惟将到案者惩办，则又未免冤抑。故吾日前曾细禀中丞，只可办首恶数人，以警刁风；而其馀随从者，概释从宽典，方得其平。

总之，此事始则由于恽中丞之轻出告示，教民启衅；继则由于吴令之办理不善，激成事端；终则由于王丕钦等之藉端敛钱，抗拒官长。盖王丕钦等自己钱粮，或有或无，其至多者不过五六钱而已，而设局征收讼费，每两索钱二百文，故势不至殴官拒捕不止，即上年率众盈千，控道控府，皆敛钱（每家派钱五百文）以行，沿途发给口粮，而伊等即于中取利。故零陵等处中途截止之州县，劝谕令其回籍，皆云我等为王某等迫胁，本不愿行，否则王某等将烧我房屋也，皆愚民也。

【按】 笺纸钤有“谨慎”朱文长方骑缝印。同治四年八月，翁同书在花马池疾终；次年正月初八日，灵柩抵京。同治五年二月初九日，翁同爵接印署按察使事，移居臬署；七月二十六日交卸臬篆回盐道本任[①]。此函中“第以吾现署臬篆……以二百金为吾助汝伯父二月中丧事之用……吾他日回任后，当寄赠稍丰也。……端节前遣人觅得祁阳葛布一端”，知此数纸写于同治五年五月初五日端午节之后，疑与上文同治五年五月十四日函同时发出。

41. 同治五年五月二十六日(1866-7-8)

字付筹儿览：

月之望日折差陈树霖往，携去第六号家书(计信十纸)，并蔚泰厚汇票(计票两张，每张五百两)京平足公砝足银壹千两，未识何时可到。陈弁所赍系万寿贺折，大约于七月初方能呈递，其出京当稍需时日也。二十日折弁易涣回湘，接到四月廿二日京寓所发第六号信，藉知老亲以次，均各平安，曷胜欣慰。大考翰詹汝叔同荫轩特旨毋庸与考，天恩优渥，体恤有加，实深感激。同乡汴生、云生等第若何？此地不知于何时方得见全单也。吾在此公私皆顺适，身体近来甚好，饮食已渐能复元矣。

新任李廉访未知于何时抵湘，闻其两耳重听，起跪亦艰。然系由知府特简人员，当不至引疾以退也。李仲京太守、曾播之大令皆尚未到省。京寓所寄各件交折弁者，均已收到矣。吾于昨日交解京饷之张旭初(大煦)大令信一件，红夏布四匹，大约七月底方能到京也。以后有便人出京可买绵花底尖靴(须定做稍好□)，交其带来为嘱。此字即问汝夫妇暨孙男女安吉。玉甫手书。五月廿六日。(钤“玉甫

① 《翁同龢年谱·翁玉甫先生年谱》，第182页。

手缄”朱文方印）

【按】 此函写于同治五年。同治五年四月二十五日，“大考翰詹，徐桐及龢命无庸与考”[①]。函中所云“万寿贺折”，是为贺慈安太后七月十二日生日而作；是年七月十二日为慈安“三旬圣寿节”[②]。

42. 同治五年五月二十七日(1866-7-9)

湘省散勇，虽不至遽然为匪，然渐渐已有萌动之意，即湘乡一县而论，保至红顶花翎者，有二三百人，其馀三四品官阶者，则更不知多少。此辈中打仗勇往，实著劳绩者，因自有人，然滥膺保举者，正复不少。其平时之不自爱惜，扰害闾阎，姑不具论。近日则传号聚众，欲起滋事，其名目称为哥老会。会中人皆有暗号，到处可以吃饭、住宿。其先皆因同在军营，托名齐心杀贼，故设誓结盟，以为患难相共之义。至行之日久，人数众多，遂露其本真，仍是添第会变相，依然年少居长，好勇斗狠，绝无同心灭贼之意。

上年霆营叛乱，金道皖南之勇哗饷，蒋道樊城之勇溃走。各处闹事之徒，原其始皆哥老会中人为之创，故吾时时以此事为隐忧也。月之十三日关帝圣诞，会中人即欲于是日举事。幸涤相之弟行四号澄侯者（名国潢），先期知觉，豫集团练千六百人，弹压梭巡。会中人知有防备，未能起事。澄侯一面驰书告于中丞，中丞令赵玉班往捕，而令湘乡张令密为布置。乃玉班接札不行，人心颇为之惶惑。幸张令居然擒获首事数人，其党与始稍敛迹。现在似不致即有大害。

① 《翁同龢日记》第二卷，第489—490页。

② 《翁同龢日记》第二卷，第506页。

然此辈人数太多，恐激之必致铤而走险，故急脉尚宜缓受也。

此次湘乡擒获之头目名朱学八者，已保至提镇大员。又熊义发其父亦已故提台，伊亦保至都守，而竟甘心起会，直认不辞，即此可见保举之冒滥，风俗之嚣凌矣。

总之，此十馀年来，天下人民尽遭涂炭，而惟湖南人士，则功名富贵归之，子女玉帛归之，天道好还，岂有往而不复之理。吾故谓他日湖南人必有遭祸之时，特未知何时发动耳。今观其行为，恐不日必有变故也。凡会中人身上带一花线缠钱，左手带一线，线上穿一红珠。到会中人家，以包袱挂门外，则即留饮食；以雨伞置门后，则即留住宿，皆以暗号会意，不必明言。故无知之徒以为从此可游行各处，趋之者如鹜也。

杨海琴诗酒风流，在镇竿道任内，毫无赢馀；京债至今未清，坐索之人，署内皆满。义臣处款，上年吾曾屡致书道及，故伊先还百金，于昨日寄到，今将信先寄去，其银暂存吾处，俟有妥便再寄京也。可向义臣言之。欧阳用甫之太翁衡若名平现署醴陵令，有寄杨中鲁太翁奠分四十两。其银亦暂存吾处，今将信寄往，可致意。至中鲁处续寄各计，吾亦陆续分致，有廷芳宇桂寄分捌两，亦存吾处，遇便再汇寄。

汝伯父奠分，除于桐轩所寄百金，吾已会京外，其馀惟汤敏斋丈、陆星农各寄一幛。汤处系“鞠躬尽瘁”四字，陆处则“皖江遗爱”四字，其馀各处尚无来者，以讣信于近日方始分送，缘京中寄到之讣，虽有四十分，而信则仅有二十分。吾令人缮写二十分，于节后方陆续对发也。汤、陆二处幛，似不必寄京。京中可作一谢函寄来，以便吾令人送去也。本地绅士，如何子贞、丁伊辅及李仲云昆仲、杨性农，均分送。官场惟有年世交及现在同寅道府而已，馀不克遍发也。

昨日申刻龙阵，风威甚烈，臬署中上房后院朴树一株，厨房杂树三株，均为大风所拔。上房前院凉棚，亦为风所吹，塌却二间，颇可畏。贡院旗杆亦为风吹折一根，河中船只，不知坏却几许。闻昨日是城隍庙会，乡里人来观者极多，其归舟坏覆无数，沉溺者不少，为之浩叹。

此地城隍会极盛，亦似江南光景，举国若狂，倾城士女出观，闻所费亦不少，幸南人尚鬼，不致滋事。然如昨日之风暴，男妇溺死者无算。吁！可悯也。兆宝岩覆方、许二君书寄去，可封好即日分送，宝岩已招募成军，拟于月杪进剿，而苗子竟敢先发制人，倾巢而出，已至沅晃边境，未知近日接仗情形也。五月廿七日。(钤“敬事”朱文方印)

【按】 此二纸钤有“敬事”朱文骑缝方印。“汝伯父”，指翁同书。同治四年十月二十七日巳正，翁同书在花马池公寓疾终[①]。故此函写于同治五年五月二十七日。

此二纸与上文同治五年五月二十六日家书内容、时间相互关联，二者当是同时发出。

43. 同治五年六月二十六日(1866-8-6)

字付筹儿览：

自上月廿日接到汝四月廿二日书后，月馀未得北音，极为盼望。大考全单尚未见，引见后上谕已于月之初七日读悉，莱山竟冠其曹，可欣可羡。馨伯未知已入都销假否，何不见其名氏？王渔庄竟褫职，闻其因病未完卷，殊可惜也。

---

① 《翁同龢日记》第一卷，第460页。

吾在此近体甚好，公事亦平顺，惟新廉访李榕峰尚无到省消息，未识何日交卸，得稍息肩也。湘省近日酷暑异常，较之上年为甚，夜间虽开窗，然尚不能睡，连旬亢旱，久未得雨，禾苗已损，今日已设坛祈雨矣。此间哥老会中人屡欲约期举事，经湘乡、湘潭及省中拿获头目数人正法，暂时似可无事，然他日必为地方之害，吾虽瓜代期近，然不敢作五日京兆之想，已通饬合省州县力行保甲，各办团练，并会方伯衔出示解散。惟有治人无治法。如各地方官果能认真办理，则奸宄不难立见。否则奉行故事，亦无益耳。

吾近来除见属吏、看公事外，终日挥汗如雨，百事俱废，匆促书此，问汝夫妇暨合家大小安吉。六月廿六日申刻，玉甫手书（钤“玉甫手缄”朱文方印）。

【按】 此函写于同治五年。同治五年四月二十五日，翰詹大考。王渔庄因病未能完卷；次日，翁同龢从刘崐（韫斋）处假得大考等第单；孙毓汶（莱山）得一等第一名[①]。

廉访，清代对按察使（臬司）的尊称。“新廉访李榕峰”，指湖南臬司李廷樟。同治五年出任湖南按察使[②]。

44. 同治五年七月二十七日（1866－9－5）

吾自五月廿日接到四月廿二日京信后，总未得北音，几于望眼欲穿。直至月之十四日折弁凌先翥方回，接到五月廿四日第七号家书，欣悉汝祖母大人福体安康，合宅大小均吉，不胜欢忭。盖游子情怀，无一日不神京国。一月不得京寓书，即坐卧为之不安。况此次五十馀日未接家信，故不免

①② 《翁同龢日记》第二卷，第489—492页。

寝食俱废也。折弁因在河南遇捻，绕道无从，担搁二十馀天，方始得过，行程以此迟滞耳。贡差于十七日亦回湘，家信、茶叶、柿霜均收到。香片茶此间虽有，然价昂而货低，吾久已不尝此味。盖到此后安化每年例送茶叶百觔(上年者甚粗，今年略好)，吾即饮之，不复再买矣。

今年湘省之热，为近年来所未有，兼之上房受东西晒，故更觉难受。然吾思京寓上房亦不宽敞，老人休息亦无清凉处所，故天时虽热，吾却无处境不足之念，惟日则挥汗如雨。见一客作一事，衫裤皆汗透，须常易。夜则不能安卧，通夕必三四起耳。直至月之十八日始起北风，连日稍凉，夜眠方安适矣。

新任李榕峰于月之四日抵武昌，初八日即解缆南行，而至今尚无到省消息，真不可解。未知能于月内交卸臬司篆否？吾为他人作嫁衣裳，真有望君望岁之意也。榕峰闻仅两耳重听，精神步履皆好，循吏不多得，朝廷不可因其老而弃之也。(有廷寄令中丞察看。现在中丞覆奏，言其两耳虽聋，且试以公事若何耳。廿七又书。)到此后吾一切当师事之。廿一。

李榕峰廉访于廿二日晚间到省，晤谈之下，见其老成朴实，令人钦敬。榕翁于廿三日上院，即日下札，(吾家托伊所带貂圭蟒袍料均已收到)令其到任。吾则饬知回任，今定于廿六日未刻接印，吾亦于是日午刻接篆矣。吾本拟廿八日移署，有人云，今岁寅年，而廿八日甲申日干，申月申日，与年干相冲，不甚相宜，故改于廿六日即移道署。惟连日办交代事件，及收拾移居事稍忙耳。

榕翁两耳虽重听，(旅见时中丞高声询问，然十语勉强达一二而已。)然精神尚好，素来有循良之称，到此设施，决非泛泛。此间方伯本是大君子，今又得榕翁相助为理，他日吏治官方，必可蒸蒸日上，吾惟有一切取为师法而已。廿五。

陆星农于七月十四日亥刻，其长媳以产厄亡，（产已数日，因天热血晕）乃十七日（十六日产一女）酉刻，其三媳亦以产厄相继而殁，（其三媳即晴杉之室，徐李侯之令爱也。）境遇极不佳。现拟迁居以释惑。然其家怪征屡见，未知以后能幸保无事否，星农夫人挈其两房孙男女辈八人颇难为怀也。至星农局务薪水，上年冬间裁撤大半，现在每月仅有一百五六十金，较之从前减却二百馀金，故用度亦不能舒展矣。

李榕翁固是君子，然忧贫之言时时不去口，云前在晋省绛州平阳皆是累缺，故虽精力已衰，然不做官，家中人无以糊口，不得不勉力支撑等语，（到任后于打更扫地夫等皆裁减。）似此老于治生一道亦颇讲究也。廿七。

【按】 此四纸钤有“玉甫手缄”朱文骑缝方印，写于同治五年七月。同治五年初，李榕峰出任湖南臬司[①]。据此函知，新任臬司李榕峰于七月四日抵达湖北武昌，初八日启程南行；七月二十二日晚间，抵达湖南长沙；次日到任。与此同时，七月二十六日，翁同爵交卸臬篆，回盐道本任[②]。

此数纸非一日所写，据其中所署“廿一”、“廿五”、“廿七”等，知其写于同治五年七月二十一日至二十七日，且七月二十七日又有对之前所写家书之增补，疑与七月二十八日家书一同寄京。

---

① 参见上文同治五年二月初八日致翁同龢家书。《翁同龢日记》第二卷，第489—492页。

② 《翁同龢年谱·翁玉甫先生年谱》，第182页。

45. 同治五年七月二十八日(1866-9-6)

字付筹儿览:

月之十四日方接五月廿四日家书,敬悉汝祖母大人慈躬康健,合宅平安,不胜欣喜。汝叔在锡蜡胡同租庙稍憩,固胜于奔走暑风烈日中,然以后天气渐短,若仍往彼小憩,再出城则又嫌太晚,否则又觉劳顿,似不如觅一寓可住可出城之为便,尚须禀汝叔再商之为嘱。吾近来身体甚好,臂痛亦渐愈,迩日天气稍凉,公事少闲,甚觉安适矣。

新廉访于廿二日到省,次日即奉院札到任。吾即回本任,于廿六日卸臬司篆回盐道任,即于是移署。故连日公私事颇忙碌,且昨日中丞生日,今日又设坛求雨,早晚行香两遍,兼须谢来道喜诸君,步竟无暇晷,匆促作家信数语,惟报平安而已,不及详述一切也。

此次折差系张执中,吾处汇寄足公砝京平四百两,皆是湘省同官寄汝伯赙分,汝可收明,交汝仲渊、子馨两兄作覆函寄来。(前日移署时各处唁信不知收何号箱内,俟寻出再寄。)至家中用度,俟中秋后再筹寄。蔡义臣处之百金亦须八月杪再汇,连日家人辈皆无暇及此也。

家乡汝荣哥处前接其六月廿七日书,知合家均平善,甚慰。且俟秋前后或再遣人往接汝祥嫂来此,汝荣哥却不必来,否则家中无人照料,亦不相宜也。草草书此,问汝夫妇暨合宅均吉。七月廿八日玉甫手书。(此次行人匆促,吾又无暇握管,汝叔处不及作书矣。)

【按】 此二纸写于同治五年,钤有"玉甫手缄"朱文骑缝方印。同治五年二月,翁同爵署理湖南按察使。七月二十六日,交卸臬篆,回盐道本任[1]。据此函知，同治五年七月二十二日，新任湖南按察使李榕峰抵达湖南，二十三日到任。是年九月十三日，京中翁宅收到此函[2]。

46. 同治五年八月初七日(1866－9－15)

字付筹儿览：

上月廿九日将第玖号家书并汇寄京纹肆百两交折弁张执中去，未识何时可到？三十日折差陈树霖回，接得京寓六月十八日所发第八号家信。月之初四日丁启南回，复接七月初九日第九号书，知老母慈躬康健，合家平安，欢忭无既。

吾于上月廿六日交卸，即于是日移署本任，事简客稀，较之署臬司篆劳逸有霄壤之别。惟近日因秋祭及设坛祈雨，(自廿八至三十日，到坛两次，而三十日即得大雨。)自上月廿四日起，至今日接连起五更未歇，(或丑正，或寅初，或卯初。)仅初四日休息一日，且回任诸君来道喜者，皆须谢步酬应，稍烦，故稍觉劳顿耳。

新任廉访李榕峰，近日患河鱼之疾，(日前司道公请，亦未到。襄翁尚是会榜同年也。)告假已五日。(明日中丞请海琴，却未请伊，邀余等作陪。)起早可少避。此君固循吏，然忧贫之言，时时不去口；且计较出入，论及锱珠，绝不似廉静寡欲者。大抵贤豪作事，原不予人以可测也。

柳参军(副将衔)万春(号荫堂，由行伍保至今职。)现为抚台中军，与吾论文武同寅，(汝亦不必以父执称呼，但称为

---

① 《翁同龢年谱·翁玉甫先生年谱》，第182页。

② 《翁同龢日记》第二卷，第517页。

荫翁可耳。)今进京引见。(伊却殷殷,云到京尚要登堂拜母,藉悉起居,可婉辞之。汝或送菜四色,以见交情,吾此间却未饯行也。汝帖或用晚生,或用五侄,汝自酌之。)嘱吾致书崧镇青(另有信交伊带去)、李仲远,为之照应。兹乘其便,复汇寄京纹足公砝银肆百两。汝收到后,可代吾以壹百两孝敬汝祖母,以五十两致汝叔,以五十两给汝,馀贰百两还赵价人处借项,以后当陆续再寄,以便还清各处借款也。匆促书此,问合家大小暨汝夫妇并孙男女辈安吉。八月初七日玉甫手书。(今日祭文昌庙,复起丑正,至辰正方回署。)

【按】 此函写于同治五年。是年七月二十六日,翁同爵交卸臬篆,回盐道本任[①]。此函所写即其回盐道任后的情况。

河鱼之疾,指腹泻。因鱼腐烂是从腹中开始而得名。《左传·宣公十二年》云:"河鱼腹疾,奈何?"

47. 同治五年八月二十日(1866-9-28)

寄筹儿览:

前月三十日折差陈树霖回,月之四日折差丁启南回,连接六月十八日、七月初九日所发第八号、第九号家书,藉悉汝祖慈大人福体安康,合宅大小均吉,深慰远念。吾此间于七月廿九日将第九号家信并外京纹肆百两(蔚泰厚票)交折弁张执中去。又于月之七日将不列号家信并外京纹肆百两(蔚泰厚票)交抚辕中军柳荫堂万春参将携往,未识何时可到?到时汝可一一收明,京寓所寄信件,吾此间均收到,并

① 《翁同龢年谱·翁玉甫先生年谱》,第182页。

无遗漏。惟张东墅尚未回湘，所寄皮蟒袍等，未经收到耳。

吾自上月廿六日回任后，公事清闲，客来稀少，且天气逐渐凉爽，较之署臬篆时劳逸有天壤之别，甚觉安适也。吾独居已二十馀年，自谓可以摆脱尘网，乃汝荣哥复为吾置一侍妾，殊非吾意。第既已如此，又不能不接其来署。今拟于月内遣刘升往家乡接汝祥嫂，令其挈之同来，但不知此女情性若何？若不惬吾意，是反添一累事也。

汝兄弟中惟汝在吾膝下日久，吾性情亦惟汝知之最深，故此语惟告汝知之耳。吾在此菲衣节食，而京寓菽水之资，却时刻在怀，故此次折差复汇去贰百金（共五百，除杨还蔡一百分二百）。倘日用缺乏，即入账付用，如尚无需此款，则留汝处，或还账，或凑年终应酬也。此问汝夫妇近好。玉甫手书。八月十九日。

吾此次复从蔚泰厚汇去京平足公砝银（足色）五百两，内一百两系杨海琴寄还蔡乂臣之款（吾亦垫寄费二金。）其贰百两，系各处寄文勤公奠敬，其馀贰百两。汝可暂时收存，或还债（薛处及鉴古账），或留作年终馈岁之用。

蔚泰厚此间银号平色极其认真。吾交银去时，平固须照本地湘平（较京平大二两），而补水每百多至十六七两，少亦七八两不等。今早交银，伊店伙同李慎颇费口舌。（因分金百两内，伊挑出铜锭一锭外，尚须补水十七两，则每百两不及八折矣。）吾甚生气，故汝在京收伊店内银时，（后易他钱店人看之，不过欠水十两左右，可见伊买卖不公也。）切不可听其随便付给也，至嘱，至嘱。嗣后汇银，吾意欲改从新泰厚汇兑，倘汝在京见新泰厚店中人时，或先与之言及，否则受蔚泰厚家挟制，每每汇银时，必要拌气，殊令人难耐也。十七。

湘潭哥老会之案，在湘潭、湘乡、长沙、湘阴、宁乡各处，拿获确有逆据、就地正法者，已不下数十人，然党羽众多，潜匿伺衅。近日又在省城内外，遍贴纸条，（条上写“劝君莫对日月大小便”数字，系刻板，盖彼会中隐语耳。湘潭未破案之前，各处遍贴此条，后拿获各犯询问，云内藏举事日期也。）恐又有蠢动之意。然此等匪徒，伏处闾阎，搜拿不易，殊为可虑。盖此间人情险诈，聚集数十百人，（拿获谋反案内犯供，往往有相遇各道贫苦，遂思聚众谋逆，以图抢掠等语，皆实情也。）便思倡乱谋逆，迥非他省百姓念身家畏官长之可比。倘或稍予宽典，则必至养痈成患，宜乎为大吏者之严刑峻法也。吾署臬篆时，凡批司核议者，皆尽法而止，不敢迎合从严。至院批经发该地方官，令就地正法者，吾无从参议也。

李榕峰到任后，亦碌碌无所表见，且两耳重听实甚，故每至衙门期，同诸人旅见，则默不一言。中丞偶问一二语，竟茫然不知所对。即同坐者为之传语，亦十失八九，故一切公事，（臬署督审局公事颇多，委员须时常面商，递略究嫌不便，然亦只好如此。否则案未定，外人已无不知。于公事不相宜，惟过堂时，上下之情不通，恐胥吏乘机作弊耳。）中丞令其开节略商酌。而此二十日来，尚未见榕峰呈递一事也。臬署幕友，王亦陶仍旧，卢丽生已易去。此君遇事招摇，吾先与中丞言之也。

榕翁抵任数日，中丞以前奉廷寄，令其察看，须覆奏，商之于吾。吾答以朝廷有意拔擢循良，（以石方伯是戊戌同年，故不便与之商酌，且方伯亦嫌其耳聋太甚也。）以为有位者劝，中丞虽奉谕察看，然不可遽议其不能胜任。覆奏折中，似只宜言该司虽重听，然精神甚好，且令其到任，试以公事若何。再行陈奏，（覆奏稿却未见）中丞意亦以为然也。

汤敏斋世叔，在此作寓公。从前毛寄云、恽次山相待极厚，颇不寂寞，故久不思归。今李中丞虽有戚谊，（皆与赵岵翁亲戚。）然到此并无往来，（近日闻其将归，方通往来，并设饯。）相处甚淡泊，于是门无杂宾，翻然作归计矣。曾商之于吾，吾以为此间本无所系恋，胡不归家，极力赞成之。于是夏初遂定见，将此间庄田房屋出售。其庄田得价不过七千金，今售与郑小山侍郎，（本年租谷七百担，尚归汤收，以此时谷价计之，亦有千金。）价值九千六百金，房屋买价七百，今亦售千金，均尚得价。今于本月廿四日登舟行矣。到安庆时，尚要出嫁其二令嫒与赵岵翁之孙，少有勾留。冬间至苏州，将家眷暂住吴门，自己先往家乡位置房屋后，再接眷口回家，计亦良得也。

高升忽欲告假回京，（闻其下体生疮，甚剧。）吾于中秋节分项外，复给以盘川廿四两，（系吾自己另赏，不在分股内提。）令其仍在署居住，不必移出。且俟有便人入都时，（或托郑小山侍郎携之入都。）再行力荐。此人到此后，（自上年中秋至今年中秋四节，共分贰百零贰两。）吾待之极优，令其管理各局稿件，（各局公事皆系藩台主稿，我辈不过随同画诺耳。惟盐局事则吾主政，然一切皆面商，仆人不能与闻，故伊无所施其技也。）伊无所设施，故常郁郁。

本衙门公事，樊升告假后，吾即派一新来之殷荣接手。（保寄舫旧人，人尚稳当。）且告高升云，吾待人虽从宽厚，然公事稍有差池，吾必执法严办，伊是吾家旧人，吾不愿以此差相委者，欲以全主仆情义也。伊是灵变人，即此数语中，伊便知吾用意之所在矣。总之，此人心地太深，在吾处当差年馀，吾时时防范，故尚无弊窦，然久则恐难免，故其告假也，吾亦乐从之耳。汝知之，不必令京寓仆人辈悉知其告假也。

杨海琴在镇箪道任，酖于诗酒。上年中丞到此后，颇有贬词。近日晋省谒见，中丞意颇回转，以为人言之过盛也。海琴政事虽少废弛，然议论明通，操守尚好，实为湘省道员中不可多得之材，惟其用度无节，幕中食客太多。故虽外任数年，而京账尚未了结，债主住署坐索者，犹不止一二人也。上年毁之者，为兆宝岩（有夙嫌）、王初田、陆子受辈（此二君想署其缺）。今则兆已升去，王得实缺，陆则大吏不甚浃洽，即挤去之，其缺亦决不令陆署，故谗言顿息耳。总之，外省官场，相倾相陷，习为故常，甚至有刎颈交情。至争缺争差，及交代等事，便至结成冤仇者，宦海人情，良深慨叹也。

邵汴生之侄利仁拣选广西龙州照磨，昨日到此来见。汴生前有信来，嘱为拼凑盘川，今拟送伊尖敬十六金。又蒋伯生之孙，奇男之子名光吾（即公才），安徽保举知县。上年到此，今将回皖，来告帮。吾是同县同乡，且从前曾有一面，亦拟送伊十六金。然此等应酬，每月必有，真应接不暇。大约此间游客，江西人最多，贵州次之，广西又次之。无论翰林、主事、拔贡、京官，皆来此省，幸应酬不大，多至十二金为止，第人多亦总计不少矣。上月有安徽丙子年伯陈雪炉，（世镕，乙未进士，甘肃知县。）年已八十，（著作颇多，说经者不少。）亦来湘省，中丞为之吹嘘，吾以年家子送程仪四十金也。廿日。

【按】 此数纸写于同治五年八月，其中，“寄筹儿览：前月三十日折差陈树霖回……此问汝夫妇近好。玉甫手书。八月十九日”二纸，写于同治五年八月十九日，其笺纸之间钤有“谨慎”朱文长方骑缝印。“吾此次复从蔚泰厚汇去京平足公砝银（足色）五百两……吾以年家子送程仪四十金也。廿日”七纸非同一日所写，相互之间亦钤有“谨慎”朱文长方骑缝印。

同治五年，李廷樟（榕峰）出任湖南按察使[①]。是年七月二十二日李廷樟到省，二十三日上院。二十六日，翁同爵交卸回盐道本任[②]，如前两纸中云“吾自上月廿六日回任后……”。

前两纸中云“故此次折差复汇去贰百金（共五百，除杨还蔡一百分二百）……”，后七纸中亦云“吾此次复从蔚泰厚汇去京平足公砝银（足色）五百两，内一百两系杨海琴寄还蔡乂臣之款……”；又下文同治五八月二十六日函云“……又于廿一日，将第十号家书，并汇票京纹伍百两，交折弁易涣带去”。此三处所言为同一件事，即同治五年八月二十一日，翁同爵从蔚泰厚给京中翁宅汇去京纹五百两，故此九纸是于八月二十一日同时寄京，即第十号家书[③]。是年九月十七日，京中收到此函[④]。文勤公，即翁同书，谥文勤[⑤]。

48. 同治五年八月二十六日（1866－10－4）

字付筹儿览：

月之初七日曾草一缄（不列号），并蔚泰厚票京纹肆百两，交柳荫堂（万春）参将携往；又于廿一日，将第十号家书，并汇票京纹伍百两，交折弁易涣带去，未识何时可到。吾此间于本月初四日，接到汝七月初九日所发第九号京信后，近日折差李忠信尚未回，未曾得京寓书。迩维汝祖慈大人福体安康，合家大小均吉为祷。

---

① 《翁同龢日记》第二卷，第489—492页。

② 参见上文同治五年七月二十七日致翁曾翰信札。《翁同龢年谱·翁玉甫先生年谱》，第182页。

③ 参见下文同治五年八月二十六日家书。

④ 《翁同龢日记》第二卷，第517—518页。

⑤ 《翁同龢日记》第二卷，第499—500页。

吾自回本任后,公事清闲,甚觉安适,且天气凉爽,酬应亦稀,更添舒服。省垣近尚安静,年岁平平,缘高区则嫌旱(六、七月皆无大雨),低处又被水(湖水泛溢圩田半溃),故收成牵算仅有六、七成。现虽新谷登场,然米价未见平减(每石须三千五、六百文),恐将来尚要昂贵。现拟稍筹积谷,以备不虞。西征之师,疾病太多,勇丁十病七八,营哨官亦然,故尚未能奏效。李次青攻克大小屯后,荆竹园坚巢,亦未易攻剿。兆宝岩驻兵邛水,离赛头贼卡不远,因营中卧病者多,只可少为休息,且俟挑换病勇,再图攻取。然湘省支应援黔各军之饷,月需十四、五万,合之本省分防各处之勇,共需月饷十七、八万,而每月厘金及捐输等项,尽数不过十二万金,月亏五六万之多。罗雀掘鼠,终难敷用。每至放饷时,诸人皆仰屋而嗟,束手无策,此则大为可虑者耳。

盐局公事如常,川粤邻盐,既化私为官,则侵灌日甚,而欲规复淮盐之引额,难矣。然湖南官场,尚欲抑私而畅淮,若湖北则反是。以川盐之销楚省也,明则有厘金,暗则有办公经费,故于湖南之立一法也,必为川商呈诉于制军,(如并价轮销等类。)以为不便而阻止云。近复有川淮并行、分府销售之议。(设局在宜昌,督销川盐。)幸盐院察其弊而为之限制。(只准每年二十万引。)于是又欲中止,不知销川抑淮,于厘金诚有益,而于国课则有损,两淮额征盐课岁入数百万两。今曾节相所奏复者,不过十之一二耳。(湖南北两省才行淮盐二十二万。)倘他日计臣稽旧额以相绳,疆吏将何辞以对,诸君何不思之甚耶,然此语吾于家言中偶及之,不敢向人前议论也。

家乡时有书来,合家皆好,吾已于月之廿三日,遣刘升往接汝祥嫂挈其子女及吾新买妾同来,不识何时可到?吾非欲久任斯土者,而令家累来此,殊非吾本愿,且吾尚未迎养老亲，而先亟亟为此，尤非吾心之所安。第时势不得不然，真无可如何也。汝荣哥前次信来，亦欲到此，并云可觅机缘，吾不知其所图者有何事业。若要捐官，则吾此时实无力及此也。吾现在信去，令其且缓来，不知其意若何耳。

近日秋暑颇甚，今日北风，方骤凉，可服夹衣矣。今年中秋无月，北望燕云，游子情怀，倍增系恋，草此问汝夫妇近好并合家大小均吉。八月廿六日玉甫手书。

吾到任年半，尚未能迎养老亲，而反先接家累到此，殊非吾本意。但细思之，汝荣哥既在家为吾置一侍妾，若留之在家，久不令其来署，似乎不近人情。且奎孙年已十馀，倘再失学一二年，则将来读书难望成就，不得不接之来此，延严师督教之。故今令刘升回家，接汝祥嫂及奎孙挈吾新买妾同来。第吾独居二十馀年，甚觉安适，今复添一尘网，恐将来反不如前此之毫无牵绕也。新买妾，吾愿其他日福全寿全子孙全，因以“全”字命名，令家中人以“全姑娘”称之也。

家乡用度，无论奢俭若何，吾此时实不能兼顾，且吾访问情形，汝兄嫂等在家，并不能诸事节省，吾岂能以有限之廉俸，供家中大小挥霍耶？故吾从上年到此后，绝不汇寄分文。今年七月内，方寄去陆百金，（大嫂五十，祥嫂及奎孙一百，荣哥一百，徐姨妈卅，家人分项五十，买人用二百，厚斋十两，云亭十两，士吉十两，王树斋寄家信四十。）聊以将意。不能体贴他人之彀用与否也。今刘升去，复寄去叁百金，为家眷到此盘川，（外又寄朱宪卿十两，家人分项卅两。）似乎有赢无缺矣。总之，吾人作官，万不肯令家人辈，皆沾染官气，且吾常见外任子弟，一事不知，而起居饮食，直欲胜过本官。此则吾所深恶者，决不愿自蹈其弊也。特告汝知之。

李榕峰固是循吏，然到此后却寂寂无所设施，且以两耳究竟重听太甚，于过堂等事诸多不便。故各属招解案，积数十起，尚未审转，于公事未见所长，然系朝廷特简之人，（榕翁到此时，适求雨，榕翁欲设坛，令童子穿五色衣，习卦象抽爻换象之法，云是其荐举老师徐梅桥先生所传之法，甚灵验，府县以费巨而止。今在署中上房后，竖一天灯竿，云指日可以升官。见其作为，如是而已，秘之切勿为外人道也。至嘱，至嘱。）必有一番作用，我辈惟有奉为师法而已。

哥老会现虽无事，然他日必为湘省之害，特迟速不可知耳。盖湘省当勇者，不下二三十万人，而在会者几有其半。此时以囊有馀资，尚不致即日为匪。一旦为饥寒所迫，则云合响应，在在可虑。吾署臬篆时，通行各属，令其力行保甲团练，先事预防，然亦有治人无治法也。

前寄来之貂褂、蟒袍料，信中未曾言其价值多少，下次书中，可告吾知之。张东墅、李仲京等尚未到，所寄信及衣服，俟收到后，再告知汝也。汤敏斋丈定于廿七日登舟，挈眷回家乡，过安庆时，尚须嫁其二令嫒（与赵岵翁令孙为婚），小有担搁，大约或在苏州，或在杭州过年。俟开春后，独自一人先行回家，布置妥帖，再接家眷到家也。伊在此所置之田产，（得价七千，今售万金。）此次出售，尚得价，归装有万馀金。（吾仅设饯，并送食物，未曾有馈赆也。）侯寄舫现委衡州府（每月薪水八十千文）厘金局差，已于中秋前挈家眷同往矣。吴年伯母，吾每节送二十金。仲起仍当厘金局差，每月薪水卅千，仅供家用之半。景行吾荐軏修二处，每年有百数十金，亦能添补家用，光景尚可敷衍而已。

杨海琴于上月杪到省，晋谒中丞。此君应对便捷，议论纵横，故中丞前嫌尽释矣。海翁本名士，其言行原未必相符，第毁之者以为荒于诗酒，（即在省之候补道想署其缺之人。)诸事废弛,亦未免人言之太过,惟用度不节,幕中食客太多,故到此数年,京债尚未能了。此则是其病源。至其人才,尚为此间外道中矫矫者也。西路统领之周镇洪印(本是兆宝岩门生,故宝岩力保之,而上年伊有领项七十金,兆分其四千,由是亦遂有隙。)甚不得力。上年中丞颇信任之,人言不能入。(官相有书来,亦置之不答。)其实伊以万人扎边界,月费饷糈六七万,(营哨官有得力而不奉承彼者,皆易去之。)而沅晃时时被贼阑入(彼处民情,恨之入骨),绝不堵御,(下半年常住沅州府城内,日惟演剧为事。)故西路来者,毁之不去口,而中丞皆不以为然也。至今年兆、李二君到彼方知其骄傲贪纵情状。(近日兆军扎邛水,仗伊为浚路接应,而伊托言挑换病勇、轻骑回沅州。兆军势孤,几为贼所乘,发禀告急,故中丞方知其险诈,及不遵调度情形。)近日方严加诫饬,未知能改过自新否?然终恐误事也。廿六日。

【按】 此函写于同治五年八月二十六日。其中,"字付筹儿览:月之初七日曾草一缄……草此问汝夫妇近好并合家大小均吉。八月廿六日玉甫手书"四纸间钤有"玉甫手缄"朱文骑缝方印。

"吾到任年半……然终恐误事也。廿六日"五纸之间亦钤有"玉甫手缄"朱文骑缝方印。据上文同治五年八月初七日函云"明日中丞请海琴";结合此数纸中"杨海琴于上月杪到省,晋谒中丞。此君应对便捷,议论纵横,故中丞前嫌尽释矣"一语,推知杨海琴于七月底到省,之后,晋谒中丞,当已至八月初。因其灵活应对,使得中丞对他尽释前嫌。于是八月初八日,中丞宴请杨海琴。故此五纸与前四纸均写于同治五年八月二十六日。

据此函知,同治五年八月二十三日,翁同爵遣家人刘升前往常熟家中接翁曾祥夫人(祥嫂)挈其子女并翁同爵新买妾来湘。是年十一月“不孝曾纯妇侯氏挈奎孙到楚，庶母章恭人来侍”①，庶母章恭人，即章氏，亦即翁同爵函末所署“侍笔问安”之“全姑娘”或“全姨”。

49. 同治五年九月二十五日（1866－11－2）

字付筹儿览：

吾自八月初四日，接到七月初九日京寓所发第九号家书后，四十馀日未得北音，日夕盼望，几于食不甘、寝不寐。直至月之十七日折弁李忠信回，方接八月十六日京寓所发第十号家信，欣悉慈躬康泰，合宅安和，欢欣无既。汝叔日值内廷，若在外城往返，未免劳顿。吾意必须内城觅屋数椽，以便风雪日栖止。倘天晴日朗，仍可回家。切勿因惜费而置之为嘱。

大川淀开一花圃，甚佳。彼处地势清旷，可以稍豁眼界，未知是程容伯旧居基址否？若是则后门本在横街，甚近也。吾近来身体甚好，饮食亦渐复元。自上年臂痛，常服补气活血之剂，至今未止。今年左臂麻木已止，而遇阴寒天气，尚稍觉酸而无力，故不敢停药也。家乡接眷属，于八月廿三日遣刘升往，未知于何日可到。第吾此时尚未能迎养老亲，而先接家累，耿耿私衷，殊难遣释耳。

汝新上委署，有一月忙碌，九月中旬后便可少休息。惟票本须随时随事，细心讲求，切不可稍有忽略。至馆上功课不多，奖叙至加衔已足。吾尚望汝戊辰春闱得一进步也。

---

① 《翁同龢年谱·翁玉甫先生年谱》，第182页。《翁玉甫先生年谱》云“十二月，不孝曾纯妇侯氏挈奎孙到楚，庶母章恭人来侍”。然据下文同治五年十一月二十八日翁同爵致翁曾翰家书云“十二日汝祥嫂等到湘”，知翁曾纯夫人与翁同爵侍妾章氏应该是十一月十二日抵达湖南。

汝身体本弱，兼之连年病后，尚未复元。故稍用心，即夜不能寐。现交冬令，须常服补剂，不可间断。吾前书谓时文功夫，不可荒废，须多读多做。倘汝精力不支，亦只须时常阅看，则文境自熟，不必勉强从事也。

至于京寓用度，吾自当极力筹寄，汝叔及汝均不必谋划。汝夫妇平素俭约，吾知之已深，倘有需用之处，可告吾知之。吾不汝责也。此间四、五、六、七、八五个月，皆天旱而热。至九月初方得透雨，近日方可穿棉衣，至夜间则早盖棉被矣。周子京在此与吾极相得，其性情虽稍拘，然吾却甚喜之，开春必欲回家视其老母，再定赴南北闱，吾不便留之。第其替人甚难得也。草此问汝夫妇近好、暨孙男女辈均吉。九月廿五日玉甫手书。

【按】 笺纸间钤有“玉甫手缄”朱文骑缝方印。同治三年十月，翁同爵授湖南盐运使，并于十月偕周子京（维都）出都赴任；同治六年三月，周子京回赣榆[①]。函中云“周子京在此与吾极相得……开春必欲回家视其老母”，因知此函写于同治五年九月二十五日。是年八月二十三日，翁同爵遣刘升前往家乡接翁曾祥妻儿及翁曾荣为翁同爵所买侍妾章氏。“戊辰春闱”，指同治七年的会试。

50. 同治五年九月二十七日（1866－11－4）

吾现虽置一侍妾，然到此后，吾待之自有分寸，决不能令其十分享福。盖念汝母归吾时，吾方为秀才，幸居荫下，衣食无所虑，然每月月费仅止两元。早晚点心，添补零星，皆取给于是。迨后生汝兄弟三人，房中用度更多，而每年惟

---

① 《翁同龢年谱·翁玉甫先生年谱》，第181—182页。

藉吾书院一膏火，及汝研芬外祖略有寄项，以为添补之资，往往入不敷出。所赖汝母节俭自持，一切饮食起居，从未稍事糜费，故得敷衍过去。犹忆生汝荣哥后，乳浆不来，吃猪蹄木通汤。覆身而卧，至夜半不效，而呱呱者啼声不止。然以家事拮据，不敢扬言雇觅乳媪也。于是夫妻相向而泣，次日目尽肿。此情此景，如在目前，每一念及，辄涔涔泪下。然则吾安忍令他人享用无节耶！况居家之道，勤俭为先。汝祖母年近八旬，贵为一品夫人，此时尚粗衣粝食，未尝有一事奢靡，即汝伯母及汝妇妯娌辈，亦皆荆钗裙布，无一人敢违家教者。

故汝祥嫂到此，吾当告以家法，一切须从省约，即月费等吾亦以每房四千为止，不能再多。至衣服等，吾亦不能管；否则他日倘汝兄弟三房家眷皆到此，若事事皆须吾公中支应，则吾廉俸所入，或尚不足供众人之所需，吾不能为儿孙作马牛也。

汝荣哥，近日吾接其八月十六日书，见其书渐端整，措词亦亲切真挚，未知其阅历能渐深否？识见能渐大否？否则竟是一痴公子。姑无论不能居官，亦不能居家，而乃官兴勃发，以为官竟无人不可做耶。汝在京诸事要谨慎，切不可与友朋征逐，身体须保养，补药要常服，不可间断。吾望汝成一进士。时文须多读多做，不可高阁置之。钱辛伯若到都，此君揣摩功夫甚好，可以受业，否则亦可择一能文者师事之。庶几功课有人督责，自有进境。盖功名得失，虽有命定，然须吾人自己有可中之文，方可作是论。不得一切诿之于命也。吾从四十岁后，方悔从前未曾用功，故未能幸得一第。然悔时已无及矣。汝当以吾为戒也，至嘱，至嘱。

今年年底应酬，不能如上年之多，上年因吾前年出京时，各处皆无留别之款，不得不稍寄将意。今年似可不必。

吾意只寄枢廷堂属，及吾保举诸师，至相好友人，只能择其必不可已者，略寄数分。盖吾今年又署臬司事半年，上年寄京之项，至今日方能还楚。吾向来非悭吝者流，苟稍从容，所识穷乏者，必愿分润。今则境地使然，亦不愿自己受累，作此豪举。故今年拟寄千金，为诸君馈岁之资，未识可以敷衍否？汝可将吾意商之汝叔，作速告吾知之。

吾此缺除用度外，每年本可馀四五千金。奈到此后，两署臬篆，赔垫几及二千。而进项，则一年仅在任半年，故两年只有一年之数，且上年筹寄京师还账及应酬者，有五千馀金，此地还任昂千（三百）及河南（三百）、湖北（一百）借项七百金。今年复寄京一千七百金（除分不计外），家乡六百金。苟非吾菲衣节食，实不能筹措。若再如上年酬应，真力有所不逮也。

署中每月用度，约计总在三百金左右，实亦省之无可再省。吾上年尚添纱袍褂一身，珠毛灰鼠褂各一件，今年则并此而无之矣。李榕峰到任后，亦日日忧贫，然伊是实任人员，廉俸尚全领。吾则署事者，仅领半廉，宜乎更多赔累也。天下臬司缺，本清苦者多，而此间之臬司，则其苦甲于他省。除廉俸外，毫无所有，实在入不敷出。故他人皆祝颂吾升官，吾则自顾无才，固不敢望。且如坐升本省臬司，则几乎连京寓老人菽水之资，皆不能顾，真吾所极不愿意也。做官原不当只为身家计，然吾以上有老亲之人，不得不稍为筹画仰事之资。此衷心亦当为人所共谅耳。

此间官场，现在中丞极俭朴，石方伯亦绝无外官气，李榕峰更俭啬，其馀道府中亦无稍事奢华者，故自兆宝岩行后，尚无戏酒席面，偶有聚会，不过烧烤席而已，亦有用鱼翅席者。至本地绅士，则繁华反胜于官场，无论寿事、喜事，动辄演剧三四日。幸官场皆不与会，故我辈尚无所浮费也。

金玉玩好，本讲究不尽，且此间官场，现亦无人讲究。然吾朝珠无一惬意者。每欲添置一盘，以为新年及有喜寿等事之用。上年侯寄舫亲家，送吾金珀珠身一挂，甚好。记念则有从前所买珊瑚者，大可配用。惟无佛头、背云及大小坠脚耳。此间玉器店所有，皆不足观，偶有一二堪寓目者，即奇货可居，价值极昂贵。故上年曾令汝在京中为吾物色一分来，今久未寄到，想是价值亦贵之故。然与此间较，则尚为彼善于此。汝可仍在鉴古马芝生处，托其为吾配翡翠佛头一付，珌玡（或翡翠者）背云、坠脚一分，宝石小坠脚一付，其价值约在百金上下。汝可与之议定，遇便寄来。其银吾当即寄去也。然此一念，即是嗜好所累。先文端公官至宰相，家中所蓄朝珠，无一值百金以外者，念之殊令人有愧先德也。

此间金价，素来不知。近日访问，始悉何西盛叶金，亦须十六换。然则亦与京师价值相等耳。并未有所低昂也。总之，此间从前人情俭朴，故金珠等皆不贵重。今则逐渐奢华。衣服首饰等类，事事欲效苏杭。于是，绸缎金珠，日增其价矣。虽式样制作，迥不如他处，然衣服则用旗边，首饰皆用金宝，亦颇讲究也。

书帖字画，此间人带兵各省，搜罗不少，然所宝贵者未必真，而真者未必宝贵，且皆散在各属各乡，省城则绝不一见。偶有一二名人真迹，则见者皆诧为至宝，价必奇昂。吾故不敢买，且不敢看。然吾行箧所携挂屏甚少，每欲稍稍更换以新眼目而不可得。倘有名人或字或画挂屏，汝可为吾买之，将轴头（木竿）撤去，交折差带来，到此后再装木竿。如此则便于携带也。然不必汲汲，第遇便物色而已。杨海琴上月来省，吾请其吃饭，且将字画令其评定甲乙。伊以吾所藏（此数件皆爱玩，不能释）烟客立轴、廉州袖珍卷、石谷纸本册、麓台矮立轴、董香光《天马赋》为甲观，馀亦皆以为真迹也。

豫省捻逆，闻又窜回东省。然则防河之师，仍不足恃耶。节相驻守周家口，而以淮徐之防，委之李宫保，未知近日军情若何？倘再长驱而北，恐潘鼎新、刘铭传诸军，悉成尾追之势，东省必又震动矣。总之，僧邸亡后，吾窃虑现在诸君，无一能办此贼者。陕抚调乔鹤侪，似不如刘霞仙远甚。且闻陕境各营，亦欠饷至五六十万，幸是霞仙旧部，其营哨官皆曾受恩，故尚可敷衍。倘易人而将，则兵勇恐有哗溃之虞。甘肃制军，闻亦已改人。第此间仅于中丞奉到廷寄内，有前陕甘总督杨一语，尚未知代者为谁何也。杨厚庵以武人而改文职，以南人而治北事，以水师而带马队，固用违其才。幸其幕中有钟伯平辈，为之主持，故到省时，奏折颇有可观。今伯平殉难，失其左右手，故举动全非矣。闻彼中军务，专恃曹军门，闻现亦告病，恐以后更无得力之人也。

湘省援黔之军，有二万五六千人，月需饷十三四万，而进兵亦未能有甚功效。兆宝岩由镇远一路进，彼处苗寨林立，不易攻取。宝岩前队两营，已至镇远城外，闻于八月廿四日，为贼所袭，全军覆没。宝岩自己尚驻军邛水，为寨头贼营所阻，未能进扎。今因前军有失，须稍养锐气，方图再进。李次青由铜仁一路，彼处皆号教匪，其坚巢为荆竹园，攻剿亦不易。今仅破其外重门户，曰大屯、小屯，而亦不敢轻率再进，须俟秋深交冬，方能用力。至周镇洪印一军，名虽为宝岩后路，实则逍遥边界，并不得力。且上年今年，黔边瘟疫太盛，军民及贼，死者过半，故上年黔省收成颇好，而禾稻竟委弃田中，无人割取。非农佃逃亡也，实病死者多。稻熟而田主无一人遗留，故任其潮烂耳。甚至有一村数百家，仅存数人及数十人者，且皆老幼，丁壮则绝无也。今年军营病勇亦十之六七，死亡相继。故主兵者难以作其勇气，即兆、李二君，自己亦病疟、病痢，近日方少愈。且看此九十月间，能稍奏绩否耳。

湖北大吏更易，官场书面为之一变。盖彼省自胡文忠云亡后，政以贿成，官以巧进，营缘奔竞之风，日甚一日。官节相久任兼圻，视同官蔑如也。一切升调皆惟所欲为，巡抚稍参末议，便以为掣肘而去之，如严渭春是也。嗣后吴少村为中丞，上则禀命于节相，下则受制于两司，不敢有异同之论。至郑小山却矫矫不群者。然只是自了汉。于地方吏事，不能有所匡正也。节相用人，前则为如冠九山观察辈，皆声名狼藉，为众论所不容，几为人所纠参，于是不安其位而去。后则唐荫云廉访为之继，故署方伯后，复总办营务及军需牙厘各局事。大权独揽，颇作威福。荫云貌似有才，而中实无所有，其从前之遇合于上司也。亦以营求得之。及一旦事权在手，便能谄人者能骄人，威福自由，黜陟任意。自彼中来者，皆籍籍言之。

上年冬间成大吉兵勇之变，固由于统领之不得其人，亦由于荫云之偏抑过甚，以致激成事端也。至今年调曾沅圃为鄂抚，荫云忽具稿令官节相出奏，令沅圃带兵出境剿贼，不必到任。事虽未成，而奏稿此间传播殆遍，沅圃不能无怨言。故沅翁到任后，阳虽示以和好，然阴实持其短长，改易其局务，裁撤其私人，思有以中伤之者久矣。此固沅圃之不广，亦由荫云之不谨使然也。

现在两司调何小宋、李申甫。何、李皆节相营中得意人员，自然与沅翁志同道合，必另有一番作为也。胡月樵奏留在彼，总办厘金，是小宋援系。然此群嗜好太多，性情太动，须有人时时提调之，方不致失范围，否则恐有蹈空之病。洪莲生近日闻亦派办新堤厘金，恐亦害多利少。鄂省盐道盛旭人康是诚朴人，粮道则丁星斋守存人有才而不平正。今以申甫请假回籍，仍署臬司事。曾沅圃与唐荫云不协。此君亦与有力焉。

今年湘省六七月间皆无雨，故各属早稻皆丰收。而晚禾半干坏，岳、常、澧又因湖水泛溢，圩田皆没水，故通计仅有十成之六。米价新谷登场而不减，来春青黄不接时，颇为可虑。吾故日前请之中丞，筹款积谷，第现在西征之师，月需饷十四五万，加之本省防兵，又需饷三四万，每月总计共需十七八万。罗掘一空，尚难支应。故积谷仅筹四五万串，买谷贰万馀石而已，力实不能再添也。各属常平仓义仓，中丞亦令方伯委员往查，然恐虚报者多，未必实有其数，惟不至竟存空册，较之他省稍好耳。长沙大户存谷者本不多，兼之前年凡谷米进城者，皆令完纳厘金。于是收租之家，概以租谷存贮庄房。俟得价时，即行出粜，既省舟脚运费，复免进城厘金，而入城者愈少矣。

上年吾署臬司时，察其弊病，于霆营勇叛之际，力请之于中丞，免其进城纳厘。会方伯衔出示晓谕，然各大户乐省运脚，行户等又省挑力，仍在乡镇粜籴者不少。惟有田而无庄房之家，方运米入城耳。由是民间盖藏甚少，即米铺屯积亦不过数十百石。远不吾乡之动以千石万石计也。故倘遇凶荒，省城内先有乏粮之虑，不能不先事预防。今虽新买及旧存者共有三万石，然亦杯水车薪耳，殊不足恃也。所幸者长沙府属之湘潭、醴陵、浏阳各县，每县亦尚有积谷数万石。离省尚近，且一水可通，倘有缓急尚可提用耳。

省城至八月杪，井水尽竭。自九月朔日起，连日大雨，四乡方始沾足，菜蔬等皆有生意矣。此间乡民半以番薯为粮，可支半年食。上年则倍收，今年亦以旱而不长，故乡农更有无食之虑。今幸已得透雨，则菜菔可以生发，据云亦可作两三月粮也。湘省毗连省分，如广西、江西皆嫌旱。广西七月中，米价每百斤至七八千文，近闻价已大减，百斤不过三千馀文。似此则民尚不至相率为盗。彼中情形，去黔省不过一间，否则颇岌岌欲动也。

高升在此，吾令其管各局稿件，待之极优，分股亦上等。上年中秋分五十，年底分五十六。今年端节分五十，中秋分四十六，共计年半有二百馀金。然不管本衙门公事，却一毫揽权不得，一毫作弊不得，于是翩然思告假回京矣。然自中秋告假后，吾即另赏伊盘川廿四金，且许伊有便进京，再荐伊随去，而伊因下体生一疮甚剧，云是鱼口、便毒之类。近日多方医治，始少痊愈，然饮食尚不能如常，故且缓启程。且现在如须进京之郑小山侍郎等，亦尚无动身日期，亦无便可荐伊随往也。此人在署，吾防之甚严，故未敢作一坏事，惟狎邪游似所不免，然尚顾颜面，却未尝在外住宿，不过日间偶尔告假出外耳。总之，此人居心阴险，留之在署，须时刻防备，能好来好去，便大妙也。

其馀家人辈尚谨饬，刘升现派往家乡接家眷，此人走路却好，然性气不好。用之，亦须上人驾驭，惟其过在粗疏放纵，尚不致有阴险心肠，较为易制耳。董升春间欲告假回京，嗣又中止，今仍派值帖。李慎虽无才，然一钱不敢自专，同辈中欲稍通挪不得，即此便是伊好处。令其管理零用账，尚可靠。刘元诸事要好，从不轻易出门，照料吾上房，颇能经心。李万嫖赌二字皆不能免，然教诲之，尚能知改。霍安上年颇不好，自今春改派外跟班差使后，稍改悔，烟瘾亦戒断矣。段成则沈酣于花柳中，屡屡戒饬不改，至七月中竟至在外住宿不归，于是逐去之。至中秋后来叩辞，云将结伴回京，吾赏伊十金。复加以盘川四金而去。今闻其尚在藩署依赵厨子居住，不知作何主意。

此人昏愚太甚。自上年到此后，即日日往嫖。至今年夏间，则心神恍惚，可以视而不见，听而不闻，倘流荡不归，必有性命之虑。沈贵日惟从事于洋烟，其萎靡不振光景，依然如昔日。吾以旧人不忍逐之而已。刘玉现派伊伺候汝祥哥，其浑穆之态仍旧。吾以其父曾在吾家出力，亦姑容之，不苛责也。至新用之本地人，以现派签稿之盛元为最谨慎，其次则现派稿门之殷荣亦勤谨，惟俱无才耳。至外跟班等，馀子碌碌，不足数也。

今年秋审，幸所拟实缓罪名，尚无错误，惟旧事永顺绞犯王志林一起，该犯业经病故，漏未开除，已于九月初奉到部文后，飞速咨覆矣。但未识此文能于九月内递到否？惠人诸承关照，极为感激，见时可先为我道谢。

陕甘制军调左季高，自胜杨厚庵十倍，惟新调陕西中丞乔鹤侪，闻其在皖日，惟饮酒赋诗，恐入关未必能得力。英西林军事是所长，然闻操守不甚廉洁，吴总漕未知能即赴闽浙新任否？卞颂臣是矫矫者，闻其辞外任，奉旨不允。河南办军务十年，乃一无预备，贼至城下，以团练一二百人守之，而饷又丝毫无着，殊堪浩叹。

上年吾过汴梁时，许州一带，皆吃紧，其飞禀皆以本有团练五十人，乞再添五十人或百人为词，阅之深为诧异。盖彼省官民，皆以贼不攻城，故城中一无防备也。通侯驻扎周家口，闻以徐州防事委之李宫保，其所谋划，以防河而筑长堤，以限捻匪之马足，是亦策之下者。至以东省之东三府，谓无妨令捻窜入，可以聚而歼旃，此则真非常人所能窥测者矣。

此间西征之师，兆宝岩前敌二千人，败于镇远城下（尚未出奏），声威大挫，故近日尚未能移师前进。周镇洪印是宝岩保举门生，从前极亲密，今则势位相埒，便不听调遣，有旁观坐视之势。上月宝岩进军邛水时，恃该镇为后路策应，乃伊以勇病为词，忽径回沅州换勇。迨中丞知而严饬之，方从容再往，而宝翁之前军已覆没矣。

李次青所领章字、锐字两营，为湖南最有纪律之军，故初进时尚有功。今则章字营之营官王镇永章告假回省，恐代领其众者，未必能如彼，故攻荆竹园之说久有，尚未能见其成功也。宝岩令郎禧吉甫，吾久知其少年浮动，故上年给汝书，只令汝阳为热络，而不可真相结纳，固早知其到京后，必沈酣于花柳也，未知八月杪能出京否。子弟如此，汝宜以为戒也。

高升之去，吾前给过盘川廿四金，嗣以外症未愈少缓。今于月之十四日方移出署。（尚未成行，云有伴羁留也。）以前银为医药用去，复以石谷画一轴，查二瞻画册一本，汪松溪画一册，英煦斋字一册，鼻烟大小二瓶孝敬，求赏银五十两，吾已照数给之。汝知之，勿与言及也。

汝来书言，侍姬只要性情柔顺，遇事便易教导；且以吾素性宽大，断勿求全责备为言。第吾思之，汝母与吾夫妇十年，从无一日受用，一切饮食起居，有寒素所不能及者。吾此时若忘却从前光景，任令妾辈享福，则吾不能对亡妻，并不能对汝兄弟。故于其到署也，吾只令布衣暖菜饭饱而已，决不肯听其过分。况吾家家法，向来俭朴。汝祖母贵为一品夫人，寿已将近八帙，吾兄弟辈又皆筮仕中外，此时尚菲衣薄食，不肯一事奢纵，吾此时岂敢令吾之侍妾，享用反过于家长，不特此也。即汝祥嫂来此，亦须守吾家法度，勿谓一到官署，诸事可以舒服。要知汝妇妯娌辈，无人有富贵习气，依然荆钗布裙，未尝稍事奢华也。

吾到此后，署中上下人等，火食皆包与厨子，家人辈每日连煤米八十文，至粗人及三小子等皆每日六十文，惟吾与周子京者开一桌，每日五百文，每餐不过三荤三素。菜虽不佳，然较之京寓包菜则已大胜。吾故不敢再嫌其不好。盖此间之五百文，已合京钱之五吊。

现在老人之饭菜，即每日汝叔略添一二品，恐未必有五吊之数也。况居家日用，不比请客。请客，则此间之燕菜满汉席，必须二十三四千文方可用，吾亦照数给之无所吝，缘请客是偶然耳。若寻常饭菜，稍事讲究，则每日又须添数百文，积少成多，每月便添用一二十金也。

此次折差李忠信回时，云在沙河遇七月内折差张执中在彼，托其传一口信云，伊在沙河又被劫，折子及吾处所寄之信，尚未遗失。吾查张执中所带之信，内有银票四百两，未知汝收明无误否？柳参军所带信亦收到否？此信吾于暇时随手作数行，故未免言词重复。第较之行人匆促，写信不周不备，为较好耳。折弁带信既如此，将来或竟令银号写信，不用汇票，俟再与斟酌定见。告汝知之也。九月廿七日玉甫手书。（钤"谨慎"朱文方印。）

【按】 此札写于同治五年，笺纸间钤有"谨慎"朱文长方骑缝印。原件"汝来书言，侍姬只要性情柔顺……九月廿七日玉甫手书"一纸与前数纸间隔一通致翁同龢信札。

同治五年十二月，翁曾纯夫人侯氏挈翁奎孙与翁曾纯庶母章恭人抵达湖南[①]。"章恭人"即函中所云翁曾荣为翁同爵新买侍妾章氏。亦即翁同爵家书中所言及的"全姑娘"，或"全姨"。从此函中字里行间可见，翁氏虽贵为宰相之家，依然不忘勤俭持家，正所谓"居家之道，勤俭为先"。

---

① 《翁同龢年谱·翁玉甫先生年谱》，第 182 页。

51. 同治五年十月二十七日(1866－12－3)

字付筹儿览：

前月十八日折差李忠信回，接到京寓八月十六日所发第十号家书，藉悉汝祖母慈躬康泰，合宅平安，甚慰悬念。惟自接此信后，未接北音者又已四十日，(折差张执中被劫，故回时必迟滞。)殊深盼望。吾于九月廿九日将第十二号家书一函交折弁李庆友带去，未识何时可到？汝上委署，又要忙碌一月，计九月中旬方稍清闲，惟票本诸须详慎，万勿粗忽。吾本月初有南岳勘工之行，初九日出省，十九日回衙。藉得浣涤尘襟，实深欣幸。惟不善吟咏，惜无佳句以写奇景，为有负斯游耳。

家眷接汝荣哥书，云十月中可来，然至今尚无消息。京寓托张东墅、李仲京、杜鹤田所带各信均经收到，皮蟒袍亦未损伤。鹤田到此后，中丞颇赏识，已令其赴任矣。此间年岁统计可及七成，前新谷登场，而米价不减，吾颇有杞人之忧。今自交十月后，米价渐平，则来春或不致有乏粮之虑也。此次折差邓成英往。吾先汇寄足公砝京纹壹千两，汝可收明，馀俟下月初十左右元旦贺折折弁去时再行筹寄。

吾近来身体甚好，惟须发半白，居然一老翁矣。连日天气晴和，大有小春气象。省垣人情尚安静，团练保甲各属亦逐渐举行，似会匪等尚不足为患也。此字问汝夫妇近好，孙男女辈均吉。玉甫手书十月廿七日。

月之廿三日为汝祖母寿诞。吾仍照上年，凡僚属送礼者，概不收受。是日中丞及同寅司道暨属吏亲友等皆来亲祝，余惟请同僚司道暨首府县并亲友进内吃面，仍用梨园二部演剧遥祝，共坐五席。至三鼓方散，王初田、陆星农、刘子迎及首府县皆令家丁来悬挂寿幛，不得不受之，馀均辞却也。是日酒席、戏价、赏项等，所费约及三百金，然同寅于前一月时，皆早说定是日必要吃面听戏，故不得不然，否则似太矫情也。

南岳祝融峰老殿神印，曰“朱陵太虚之宝”，系沉香印，相传已久，土人以得其印者为增福增寿，故僧人颇宝贵。余此次至彼，衡山王令，知本月系汝祖母寿诞，特备寿幛，将南岳印百颗，印成长寿字，余不能却，受之。今特寄京，可于汝祖母寿辰悬挂，为老人增寿也。外附去《岣嵝碑》一张，南岳图一张。碑是岣嵝峰磨压，拓颇不易，图则可知游踪所至耳。

侯寄舫在省当军需局提调，中丞颇青目，八月中派往衡州办厘金及捐输事。昨日藩司处悬牌，令署郴州事，出月可以到任，诸大吏相待皆优也。

汤二世叔于九月初二日开船回籍，于十七日抵武昌，廿三日后启行往安庆，出嫁其令爱与赵岵存孙世兄，约计此时已可由安庆至苏，其主意今年总在苏杭度岁，于明春再料理回籍，计亦良是也。吴年伯母精神甚健，仲起吾此次往南岳，派作随员，衡州太守及衡山、湘潭二令，皆有馈赠，约计可及百金，伊不为无补，甚感激也。

余至湘中，即向往南岳之胜，然以职守攸羁，不能往游也。今年九月岳庙工程告竣，须委员验工。本月初四日奉中丞札，檄余往验。于是初九日带印出省，是日至湘潭，次日至黄茅驿，十一日至衡山，十二日至岳市，十三日五鼓至岳庙拈香。天明后，登祝融峰。自岳庙至峰巅，计程三十里，路皆石磴，峻而不险，惟沿路皆拾级而登，绝无平地。余坐笋舆中，用夫牵挽而行，行廿五里至南天门，回望天柱、华盖诸峰，已在足底矣。过南天门稍下复上，路更陡峻。行五里许，至上封寺稍憩。复进，又西行里许，至峰巅老殿。殿皆石墙铁瓦，基址不甚广，初仅有屋二楹，皆供圣像，僧人不能栖止。今依北墙添建寮房三间，可以容僧众供香火矣。殿外有坪方广二丈许，堪伫足浏览，下视七十二峰，皆若奴隶。坪旁有巨石，刻前人题名甚伙。振衣四眺，一望千里。昔人所谓云海荡心胸者，实有此境，徘徊良久，令人有出世之想。午正复回上封寺，寺亦石墙铁瓦，亦新修也。余周视工程后方饭，饭后即循旧路下山。至祝圣寺才酉初耳。

余官斯土，久慕朱陵洞天之胜，以为入湘而不登衡岳，是虚来兹土也。今以差事得偿夙愿，夫岂偶然之遭耶。况时届孟冬，常年已风雪不可登，而是日则天气晴暖，云雾尽敛，群山万壑，踊跃呈露。据僧家言，如此云开日朗，每年不过有十数日，尤为欣幸。衡山古称寿岳，以地当轸宿，轸中一星，主长寿而昌子孙，故土人为亲祝寿者，皆于此进香。余上有老母，因于官事毕后，复在老殿上香，叩祷神灵默佑慈躬康泰，锡福延年，是日特持斋一日也。十四日验岳庙工程，庙貌壮丽，工作坚固，计钱粮十万馀串，皆民捐民办，曾节相为之倡也。十五日上祭安神，并演剧报赛。是日即回衡山，十六日请在工出力员绅，以酬其劳。十七日即启程回省，于十九日申刻抵省。是役也往返计程七百馀里，为期旬有一日。幸天气晴和，未遇一日风雨，真生平壮游也。惜素不善吟咏，无好句以写其奇景，为负斯游耳。余此行先令首县致书前途，令不准预备供应，不准远出迎送，恐其不能全听，复加一公牍先行告知。然湘潭、衡山二令，地主之谊尚拳拳，余所费赏项等，不及百金也。

今年在京诸师长，及亲友馈岁之资，不能如上年之周遍。然枢廷要人，及同县同乡，并换帖至好，不可不略为点缀，未知两竿之数，足敷分送否？吾此次新自南岳归，一切尚未布置，各处信函，亦尚未缮就，且俟出月贺元旦折差往时，再开单并信函寄去。惟现在行旅多阻，即折弁亦往往失事，不敢一起汇寄。故此回折差邓成英去，先汇寄京纹壹千两，汝可收明暂存，俟吾下次信到，再行分送。

至京寓用度，吾今年当再筹寄数百金，亦于下月交元旦折差带去。第恐一时筹措不易，未必能再凑成两数耳。吾寻常却菲衣节食，诸事从省，然应酬则必欲从丰，此系汝所深知者。但此时盐道之缺，迥非从前可比，上年寄京之款，至今秋方能了却，故不得不量入以为出也。然盐道尚算此间优缺，故能如此，若升臬司，则真真入不敷出，即京寓用度，尚难筹画，至应酬更势难借贷矣。此事非亲自阅历者，不能深知，故旁人颇有祝颂吾升官者，吾则实有所不愿也。

湘省司道各缺，以藩司为最优，每年几及二方；其次则已算盐道，又其次则粮道，至臬司为最下。臬司无节寿，又无秋审经费也。抚台养廉，实领者每年亦不过六千金，现在淮盐办公经费，亦只有四千八百金，每年所入，如是而已。故抚署用度，亦不能阔绰。李筱翁中丞，俭约持躬，一切饮食服用，全不讲究，不比李宫保之在江南，诸事奢华也。

石襄翁、李榕峰皆极俭啬，王初田稍好，然亦非用度无节者。至候补诸君，则有差使者每月不过得薪水六七十千文，其最优者每月有百馀金而止。其势更不能不从省也。故此间官场局面之小，为他省所无，游客过此者虽多，然方伯廉访所送程仪，则不论其翰林及部属，皆以白金四两了之。吾则以来拜者皆有年世交，似不能太菲薄，故送十六金十二金者居多，其至少者亦以十金八金为止。否则自觉赧颜也。至在省候补之府厅州县，差使有薪水者以四十千文为止，而房钱日用，较之京师尤贵，张罗尤难，故往往有饥饿不能出门户者，可怜可叹，然无他法可以调剂此数十百人也。

湖南西征之师，近日稍有捷报。周镇一军，调换病勇后，于九月杪克复下德明地方。至十月十一日，又克复上德明，以后似可进攻寨头矣。寨头若破，则清江台拱之苗寨，可势如破竹，不难逐渐扫荡也。李次青一军，欲规取荆竹园，然该处为教匪老巢，防守甚固，从前用兵者，往往猛攻不能克。今次青注意于此，而迟迟又久，尚未能得手。

近日其营官李光燎，将其附近来援之贼击败，杀死一二千人，其凶焰似可少衰，或于冬令能克此坚巢也。荆竹园若收复，则贵东之教匪，亦不难平定矣。总之，此次湖南以全力往此，勇则不下三万人，饷则每月十四五万，倘再不能成功，则其天心尚未厌乱，人事不可谓不尽也。

湖北曾宫保参劾官节相，其条款皆实，钦差棉尚书、谭侍郎按问，未必能化有为无。昨有人自湖北十九日寄书来者，云星使尚未到，不知到后如何光景。总之，节相兼圻已久，其可议之处甚多，至信任家丁等事，尚是旗人常事，惟条款内有牵涉胡小蘧一节，未知朝廷作何处置。若置之不问，似无此政体；若以为馈送之常，则四千金厚币，岂无因而至前耶？不识二星使如何为之开脱也。

祁中堂去世，许仁山病殁，吾似均须致送奠分，祁处拟送三十金，许处拟送二十金，汝可与六叔酌之，倘先文端公志铭，祁中堂已撰就，或已书丹，则可送奠敬五十金，不可再少也。庞宝生夫人上年病故，吾亦拟送分金二十两，须于今冬补行送去，用红签书“赙敬”二字，下书世侍生谨寄，似无不可也。

湘省寄文勤公奠分诸君，汝二兄必须作一书复之，不可置之不答，汝可以吾意告知汝仲兄等，倘自己无暇，即倩他人写一复函，亦无不可，否则似吾未曾寄京，汝仲兄辈竟未知也。至嘱，至嘱。蔚泰厚汇寄一千金，皆京平足公砝足色银,汝收时平色须较准,伊有附寄一函,可即日交去也。廿七日三鼓(钤“谨慎”朱文长方印)。

【按】 此函写于同治五年十月。同治五年九月十二日祁寯藻相国病卒;十月十九日,许仁山病卒;十月十九日,翁同龢吊唁祈中堂、许仁山[1]。是年十月,时任湖南盐运使的翁同爵“赴衡山县岳神庙勘工,登祝融最高处揽七十二峰之胜”[2],如函中所云“吾本月初有南岳勘工之行……”。

“月之廿三日为汝祖母寿诞……可即日交去也。廿七日三鼓”四纸,双行小字,笺纸间钤有“谨慎”朱文长方骑缝印。

据此函知,同治五年九月,岳庙工程告竣。十月初九日翁同爵奉命带印出省,前往南岳勘工。十月十一日到达衡山,次日抵达岳市。十月十三日五鼓,翁同爵往岳庙拈香。天明后,登祝融峰。十月十四日验岳庙工程,次日上祭安神,并演剧报赛。十月十五日返回衡山,十六日宴请在工出力员绅,以酬其劳。十月十七日启程回省,十月十九日申刻抵省。如此,翁同爵赴衡山县岳神庙勘工往返计程七百馀里,为期旬有一日。

52. 同治五年十一月初三日(1866-12-9)

援黔之师,周镇洪印带万人,每月月饷五万六千八百两。李臬司带八千人,每月月饷四万五千四百四十两。兆藩司带六千人,每月月饷二万两,共计每月月饷十二万二千馀。而账房、器械、火药、恤赏等项,皆不在内,故每月约计湘省总须发十四万有零,方能敷衍。且兆藩司一军六千人,

---

① 《翁同龢日记》第二卷,第517—524页。

② 《翁同龢年谱·翁玉甫先生年谱》,第182页。

而每月仅有饷二万两，实不敷招募，故名虽二万，实则已长支数月矣。

李臬司元度从前原奏本令江西，每月协饷一万八千两，而现在半年有馀，江西催来饷银，仅三万六千两，杯水车薪，不足济事也。至于此三军之得力，以李次青一军为最。次青所部章字、锐字两营，本湘军最有纪律而能打仗之营，故所向有功。惟攻荆竹园则地险巢坚，且秋令营中病者极多，故日来无甚捷报。其次则兆宝岩一军，亦亟欲建功，但勇半新招，未曾多历行阵，又营中瘟疫颇甚，兵勇半病不能兴，故亦迟回不进。至周金台一军，始则翱翔边境，有坐观成败之意。嗣经中丞严札督责之，方进兵与兆营合。近日有收复上下德明及响水之捷，然武人保至提督总兵，往往爱惜性命，不肯出力，且性情骄蹇，有不就范围之势。周镇实有此病，恐未能与兆、李齐心耳。

边界军声，亦以李次青为最优，其致人书皆云，剿则寸草不留，抚则秋毫无犯。其言稍近于夸，然闻其所到之处，实不致扰害良民，故其军行山谷间，往往有裹粮以献者，即贼寨中亦愿投诚于其军前，此其明验。兆、周两军，则远远不如也。然黔省群贼如毛，大兵虽进剿于前，而后路又往往逸出为患。

近日晃州边境，又有苗匪分股下窜，焚掠村庄，守土者又纷纷告急，真有剿不胜剿、防不胜防之虑，奈何，奈何？本省之哥老会虽少戢，然上月湘乡地方，有众匪欲吃血酒起事之事，幸为首者已经拿获，或不致再有滋蔓。惟此等乱民，随地皆有，稍事姑容，立即生变，故地方官不能严刑峻法以治之，实在此地民情，迥非他省可比。故古人云，治乱国者用重典，良有以也。第虚实必须审察，良莠必须分别，是在良有司之实心实力耳。若一味宽厚，于此间大不相宜也。

李榕峰到此，碌碌无所短长，于地方公事，固毫无设施，即臬司应办事件，亦未能随到随办。一则人本忠厚，一则精力已衰，故于公事不能到处贯注也。石襄翁闻有请陛见之折，此君办事方正，操守廉洁，实是两司中不可多得之员。倘或准其陛见，未知何人暂署斯缺。若令李榕峰署，恐于公事未必有益也。

陆星农现管厘金、盐茶及督销局务，每月薪水共计几及二百金，为此间第一优差矣。其次刘子迎、陶仲虞管军需局，每月有薪水百金，亦算优差。现任两司及盐粮二道，皆管军需局务，而不支薪水。至稿件一切，凡军需及捐输两局者，皆归藩司主政，他人受其成而已。不能独出己见也。倘有须商酌之件，则可以会议；文书等件，皆盖用藩司印信也。其馀查团查城等差，皆是空名，并不实在巡查。道员每月支薪水六十千文，今彭锡之、朱巨泉皆有此差，至军需、捐输、厘金各局提调，皆知府及同通差使，其薪水以六十千为止。馀文案收支等差，薪水以次递降，至查城佐贰，则薪水不过二十千文而已，而差使却不能脱空也。

侯寄舫上年二月委署澧州，嗣以吾署臬司回避而止。今年复署乾州厅，又以吾回避而改委他人。乾州厅本苦缺，须赔累，其不去固乐从。至澧州则扰缺，署事一年，可有盈馀，不能去未免有缺望。而自上年起当军需提调，每月藉此薪水，特不致赔垫耳。今年八月，中丞派伊往衡州办厘金及捐输，每月可得薪水百馀千，伊已欣然。今复委令署郴州缺，此缺虽稍逊于澧州，然较之办厘金，则胜远矣。大约于月内可以到任也。

杜鹤田到此，中丞颇青目，已令到宝庆任。张东墅回省，其窘况依然，现尚无差使，李仲京为养亲计，指捐湖南，其家口有三四十人，而伊初到省人员，谋差更不易，吾虽为之向方伯说项，然一时实难位置也。今寄舫仍回避，郴州又改委他人，惟尚留其办衡州局务，恐不能不怨吾矣。初三（钤“谨慎”朱文长方印）。

【按】 钤有“谨慎”朱文长方骑缝印。据同治五年十一月初七日家书，同治五年十一月初四日石襄臣升内太常寺卿，故如函中“有请陛见之折”；又据十月二十七日函云“侯寄舫在省当军需局提调……昨日藩司处悬牌，令署郴州事，出月可以到任”，出月，意为出了本月、下个月，即十一月。此函中云“侯寄舫……大约于月内可以到任也”；故此札写于同治五年十一月初三日。

53. 同治五年十一月初七日(1866-12-13)

前日申刻，中丞处奉到廷寄，石襄臣内升太常寺卿。此间藩司缺以兆宝岩调补。昨日戌刻接中丞札，委余署藩司篆，今晨上院力辞，不允。兹定于十一日接印矣。藩司任大责重，吾恐才不能胜任，后此惟有诸事策励竭尽心力，以期毋负委任而已。至于案牍劳神，吾固不敢辞也。幕中诸人皆石襄翁旧友，无所更易，襄翁在此遇事不肯随俗，实可师可法。吾一切皆守其成法，自然寡过。若属吏有升迁调补等事，当禀命于中丞，吾亦不敢自专，（石襄翁向亦如此。）惟筹饷一事日难一日，每月所入总不敷出款四五万，此真无可如何，实无生财之术也。初六。

吾此次署藩司，同官中因廉访两耳重听；王初田升粮道，尚未引见，故众论尚协。吾盐道本缺，中丞委陶仲虞（名寿玉，江西人）署理，仲虞本与中丞在曾营共事者也。吾本拟十七日接印，嗣因元旦折差，须于日内成行，而吾之谢恩折及贺元旦折必要令伊带去，故改于十一日接印，以便预备印花及填十二日拜发日期也。吾现署藩司事，似宜于中朝近事略有见闻，可请汝叔商之颖君。以后或遇折弁之便，将八行书抄示一切，俾乡间人稍可知朝事。至笔墨费，吾当宽为筹给，断不至令其缺望也。襄翁虽酬应俭啬，然于此事尚不吝惜小费，则吾必当效法之也。初七。

【按】 此两纸写于同治五年十月，笺纸钤有“谨慎”朱文长方骑缝印。函中“可请汝叔商之颖君……”，故此二纸是写给翁曾翰之家书。同治五年十一月初五日戌刻，翁同爵接中丞李瀚章札，委其署理藩司篆；初六日，翁同爵上院力辞不允；现定于十一月十一日接印[①]，移居藩署”[②]。

54. 同治五年十一月初八日(1866－12－14)

字付筹儿览：

前月廿八日至本月初四日，折差张执中、易涣、黄鸿辉先后回省，接得九月拾六、廿九及十月初七日家书，藉悉汝祖母慈躬康健，合宅平安，甚为欣慰；并知汝于九月初三日又得一女，产母强健，可喜之至。吾于初五日奉中丞札委署藩篆，力辞不允，今定于十一日接印。吾才识浅薄，藩司事繁任重，深惧弗能胜任，惟有兢业自持，尽心竭力，以期毋负委任而已。幕友皆石襄臣旧人，均仍其旧，至一切章程，吾均以襄翁为师法，万万不敢更改。家人尚须添用几人，吾亦择其谨慎者，方收用。惟以后事冗，恐案牍较之臬署尤多也。

军需、捐输二局，向归藩司主政，万不能辞。厘金吾辞

---

① 参见下文同治五年十一月初八日致翁曾翰家书。

② 《翁同龢年谱·翁玉甫先生年谱》，第182页。

之再三，中丞亦不允，惟督销局事已辞却矣。藩司以用人、理财为二大宗。吾既无知人之明，又乏生财之术，良用自愧，惟有廉洁自持，谨慎将事，就吾才识所能及力量所能到者为之，不敢有负国恩、有隳家声也。移署尚未定期，襄翁恐年内尚不能成行，闻有先移公馆之说。兆宝岩有俟军务肃清再行到任之旨，恐到湘尚需时日耳。京师诸大老贺年信均寄去，其馈岁之资，今特开单寄去，汝可与汝叔斟酌之。夹单即由汝处缮写，逐函封好送去。吾自初五后，每日应酬竟无刻暇，恐接印后阅公事多，更忙碌也。

前日折差邓成英去，吾先汇去足纹京平壹千两，今复汇去足纹京平壹千贰百两，汝可收明，以付各处炭金之用。任筱园处汇项三百五十金，汝亦收明凑用也。此间天气和暖，穿灰鼠袍褂尚嫌暖，未知北地若何。家眷尚未到湘，未识何故？汝荣哥身体总不甚结实，吾甚念之。吾此次谢恩折及元旦贺折均交此回折差带去，费已给之矣（共四十八两）。湘省人情尚安堵，偶有窃发，随时擒捕之，（日前湘乡复有聚众匪徒，嘉禾则竟有谋逆攻城之匪，均随时擒获解散。）尚不致为大害也。

吾连日见贺客及答诸君步，竟无暇握管。今日看公事毕，方草草书此，不能详述一切也。此问汝夫妇暨合家大小均吉，馀俟续告汝知。十月初八日三鼓玉甫手书。

谢恩折稿抄去，此次折差回时可带黄绫红里折廿个（连封）。黄绫黄里折（连封）十个，勿忘。

【按】 此函写于同治五年十月初八日，笺纸钤有“谨慎”朱文长方骑缝印。同治五年九月初三日卯初，翁曾翰喜得一女[①]。

---

① 《翁同龢日记》第二卷，第515页。

据上文同治五年十月二十七日函，同治五年九月岳庙工程告竣。十月初四日，翁同爵奉中丞札委其前往南岳勘工。十月初九日带印出省；“十一日至衡山，十二日至岳市，十三日五鼓至岳庙拈香。天明后，登祝融峰。……余周视工程后方饭，饭后即循旧路下山。……十四日验岳庙工程……十五日上祭安神，并演剧报赛。是日即回衡山，十六日请在工出力员绅，以酬其劳，十七日即启程回省，于十九日申刻抵省。是役也往返计程七百馀里，为期旬有一日”。由此知同治五年十月初九日至十九日，翁同爵赴南岳勘工，并不在长沙，不可能于十月十一日接印。

又据函中云“前月廿八日至本月初四日……接得九月拾六、廿九及十月初七日家书”，既已接得京中“十月初七日家书”，其“本月初四日”，即十一月初四日；“前月”，即九月。另，同治五年十二月初四日，京中翁宅“萧润宇来，告知五兄署湖南藩司。十一月十一日接印”①。

综上所述，知翁同爵奉中丞李瀚章札委署湖南布政使（即藩篆），是在同治五年十一月初五日，十一月十一日接印。并非十月。此函末署“十月”，疑是其笔误。

下文同治五年十一月初九日函云“吾前次汇寄京平足纹壹千两，交折差邓成英去，今复汇去京平足纹壹千贰百两，连任小园处汇寄之三百五十两”，其与此函中所云“前日折差邓成英去，吾先汇去足纹京平壹千两，今复汇去足纹京平壹千贰百两，汝可收明，以付各处炭金之用，任筱园处汇项三百五十金”为同一件事，此亦可说明此函末署“十月”即“十一月”之笔误。其与下文同治五年十一月初九日函一同寄京。

---

① 《翁同龢日记》第二卷，第532页。

55. 同治五年十一月初九日(1866－12－15)

再付筹儿览：

吾前次汇寄京平足纹壹千两，交折差邓成英去，今复汇去京平足纹壹千贰百两，连任小园处汇寄之三百五十两，共有二千五百五十两。除此次开单之炭金等，有壹千四百五十馀两，尚可存壹千壹百两。汝可以一百为吾孝敬汝祖母，以一百送汝叔添制貂褂，以一百给汝夫妇添皮衣，以三十金送仲渊，三十金送子馨，二十金送秀姑娘，二十金分给祖母。房中及汝妇房中所用女仆，以百金给宅中下人，尚存六百金，则可还鉴古及宝生处欠款借项。(借二百已划付仲起处四十，只有百六十金矣。)以三百金入公账用度，倘汝叔意中有须添送之处，即可在此中付去，吾明春当再寄家用也。十一月初九日玉甫又书(钤"玉甫手缄"朱文方印)。(已漏下三鼓矣。)

【按】 此纸写于同治五年。根据上文同治五年十月二十七日，翁同爵交折差邓成英汇寄京平足纹壹千两；十一月初九日翁同爵致翁同龢函亦云"兄前次折弁邓成英去时，汇寄京纹壹千两"；如此函中所云"吾前次汇寄京平足纹壹千两，交折差邓成英去"。

此函与同治五年十一月初八日函均提及"今复汇去京平足纹壹千贰百两，连任小园处汇寄之三百五十两"，故二者为同时寄京，即为十一月初九日函。是年十二月初六日，翁同龢收得翁同爵十一月九日长沙函，"五兄寄余百金命买貂裘"①，正如函中所言"以一百送汝叔添制貂褂"。

① 《翁同龢日记》第二卷，第532页。

56. 同治五年十一月初十日(1866－12－16)

再付筹儿览：

昨夜作书时，忘却致送汝伯母处纹银肆拾两，汝可于存款内提出致送，又寄各处信函，汝可为吾一一阅过送去，倘字句间有须更改者，汝亦可改正再送。此次缮发时，吾均未能逐细捡也。顷须上院，复草草书此付汝，不及详述一切。十一月初十日卯正玉甫又书(钤“玉甫手缄”朱文方印)。

【按】 此纸与十一月初九日“再付筹儿览：吾前次汇寄京平足纹壹千两……”一札内容相互衔接呼应，当在其之后所写，即写于同治五年十一月初十日。

57. 同治五年十一月二十八日(1867－1－3)

字付筹儿览：

月之十日，将第十四号家书并会票壹千贰百两又贺年信二包，交谢恩折弁王起铨赍去，未识何时可到？吾于十一日接藩司印，十二日汝祥嫂等到湘，十九日移藩司署。公私冗忙，刻无暇晷，藩司以用人理财为要。吾才识浅薄，膺此重任，深惧弗能胜，惟有随时随事留意，讲求以期毋负委任而已。每日黎明即起接见僚属，午后披阅案牍，至三鼓方能竣事，日以为常也。

湘省官场，中丞博大精明，廉洁公正，同寅司道亦皆和衷共济，遇事商酌。至府厅州县，亦尚自爱者多，办公谨饬。各属钱粮本不多，半皆年清年款。间有赔累之缺，其亏短至万金为止，亦尚有军需报销可以抵垫也。委署各缺向皆禀命于中丞，藩司不过参酌其间而已。吾在湘已将二年，于属吏贤否，亦稍知一二，中丞询问，必直言以告，不敢略有私曲也。至于筹饷，则日难一日，每月厘金及捐输，仅有十二三万金，而发项则月需十七八万，故所入不敷所出，即以督销淮盐局所抽湘厘二三万金凑发，尚且不足，而各省之协饷皆须另行筹款，此则真无可措画也。

吾素性和平，兼之年来阅历渐深，到此两载，同寅及地方绅士尚不致有龃龉。惟现在署理藩篆，则委缺及放款万万不能给人之欲，恐嗣后僚属未免有怨。然既在斯位，不敢不任劳任怨也。京寓想自汝祖慈以次均各平安。汝叔仍觅一城寓，闻之甚慰。否则，城外往返十里，遇大风大雪日，太觉辛苦，殊非保身之道也。眷口已到署，汝祥嫂淑顺和婉，不失大家风范。奎孙资质尚好，惟连年失学，现仅读孟子第三本。新置姬人相貌平平，似尚安端。现拟明日见礼，纳之。吾日来忙极，非见客即办公，无一刻休息。作家书作辍，不知几次矣。草草书此，问汝夫妇暨孙男女辈均吉。十一月廿八日玉甫手书。

【按】 此札写于同治五年。同治四年二月，翁同爵抵达湖南长沙，故函中云“吾在湘已将二年”。同治五年十一月翁同爵署湖南布政使，“十一日接印”①，十九日移居藩属；十一月十二日，翁曾纯夫人偕其子翁奎孙及翁同爵侍妾章氏抵达湖南。

58. 同治五年十二月十九日(1867－1－24)

字付筹儿览：

腊八日接到汝十一月朔所发第十四号家书(并酸枣糕

① 《翁同龢年谱·翁玉甫先生年谱》，第182页。

一匣，柳参军已到，信件均收明矣），知汝祖慈大人福履康强，合家安吉，欢喜无量。吾自署藩篆后，案牍纷繁，日不暇给，每日早晨见客，午后即治官事，至三鼓方竣，颇觉劳顿。所幸身体甚好，尚堪支持无虑耳。库项支绌兼之岁事将阑，求领纷纷，不能应付。安得广厦千万间，大庇寒士皆欢颜也。

湘省各属尚安堵，惟嘉禾土匪滋事，率众攻城。幸县令先事风闻，预为防范。当时即督勇迎击，擒获三十馀人，立即正法。馀皆逃窜山中，复率兵兜剿之，旋即解散，尚不致为害地方耳。黔边之苗教各匪，以李、兆、周三军深入攻剿，反从后路绕出，为沅晃边患，以牵制我师。幸留驻防兵极力抵御，晃厅幸未失守。然边鄙之民已遭蹂躏矣。月之四日，周金台之师攻克颇洞。彼处为寨头贼巢门户，今得此地，贼人必丧胆或以后贼仅办守不敢再出耳。西路三营统计二万五千人，每月饷需及军火器械等项，共需十四五万金。筹此巨款甚不易易，惟愿黔事速了，湘省方得休息，否则将有不支之势矣。

此间钱粮本轻，催科尚易为力，从前每两正供征收至三四千文不等，自骆中丞在此力除积弊，每两不过收钱二千四五百文。至恽中丞有一正一耗之示，而地方百姓遂得挟持官长，每两仅输钱壹千八九百文。今年银价昂贵，寻常市平足色尚换钱一千六百有零，加之库平、库色，每两须钱一千七百馀文，即以一正一耗而论，所收之数尚不敷所解之数，且盘川解费所贴又不少，故州县赔累者居多，催收甚不容易。委员四出，飞札严催，今幸已解，至八分有馀，岁内恐不能扫数也。

吾诸事皆守成法，惟委署人员，以一年为满，章程似于吏治有损无益，已具详更改矣。吾近体甚好，汝勿悬念，汝荣哥处有书来,(十二月朔信,十七日到。甚快。)云伊身体渐壮实,慰甚。此问汝夫妇近好,并孙男女辈均吉。十二月十九日玉甫手书(“玉甫手缄”朱文方印)(明日封印,大忙。故今日先草此数纸。今日因阴雨,故客来尚少,然亦作辍几次也。又及。)

【按】 此札写于同治五年。其中,“字付筹儿览:腊八日接到汝十一月朔所发第十四号家书……然亦作辍几次也。又及”三纸间钤有“谨慎”朱文长方骑缝印。函中“吾自署藩篆后案牍纷繁”,指同治五年十一月,翁同爵署理湖南布政使一事。

59. 同治五年十二月十九日(1867-1-24)

汝今年三十初度,吾此间无物可以寄远,可于今年所寄应酬年底炭金之款及任筱园太守会项馀存款内提出伍拾金给汝,汝于账内开明为嘱。此间服食器用无一物新奇可喜者。日前石襄翁行时,吾欲寄汝祖母一二物件。乃再四思索,而不可得,遂尔中止。盖此间用物以永州锡器为最佳,而托人携带则嫌笨重,他如食物中之湘莲、藕粉等,未见胜于京师,实不足以寄远,他如金玉玩好及绸缎等类,货不及他处,而价则远过之。吾到此后,尚未见一希罕之物,其僻陋可知矣。

藩司案牍之繁,酬应之多胜于臬司十倍。每日治官书,必须至三鼓方休,逢五十衙参期,属吏来见者有六七十人。石方伯向来非有公事不见,吾则以到省才两载,于属吏贤否尚未能深知,故欲即其人之言论风采,以觇其人之才识学问,勤于晋接或者可藉知一二。苟来求见,却未尝拒之也。至升迁委署一切,皆禀命于中丞,惟于递单时参酌数语,不敢以黜陟之权操之于己也。

湖南署事人员，恽次翁任藩司时详定，（吾前过保定时，唐义渠即痛言之，后至鄂省厉伯符亦极言其弊。）以一年为率。吾却不以为然，若其人果贤，则一年后地方利弊皆可周知，（否则，即有要做好官之贤令尹，至半年后，其幕友家丁皆有去思，遇地方词讼等事，好则压搁；不好则受贿颠倒矣，故此病于吏治大有关系。日前吾已言之中丞，中丞深以为然也。）正可展其抱负；若不贤，则地方岂堪受此一年糟塌，现拟更改此章程也。

理财之道，吾所不明，然既不能生财，惟有节用一端而已。石襄翁不徇情面，不避嫌怨，诸事均可师可法。吾惟有循其旧章，丝毫不敢改易，决不肯以国家帑项做自己人情。盖藩司犹之人家账房，倘账房友人事事要讨好众人，则东家无不吃其亏者。藩司若稍欲见好僚属，则库款必不能充裕。上年兆宝翁署事时，（兆处管库家丁颇不妥，有不应放之款怂恿其主放给，而伊却从中分成，故外间议论甚多耳。）稍一放松，便多发帑项数万金，吾不敢有五日京兆之思，随便做好人也。至藩司应得平馀，向以年终及五月解上忙钱粮时为优，他时不及也。若出入之数向有一定，章程甚公允，库官（大使在任已十六年）每期呈送，毫无弊窦，平色皆准，绝无旁人议论也。

新收全姨相貌中等，见识亦不高，惟性情尚和顺，能听教训；将来房户内事，或尚可照料。吾独居二十馀年，觉甚安适，今复添一层尘障，殊觉无谓，盖事事须吾教导，颇费心力也。

家人辈，吾所用者皆取其有德而无才，且园去后，此中无阴险之人。现派稿案诸人，皆尚谨饬，（稿门派殷荣，稿签派盛元、萧升，管库派殷荣、刘升、刘元、徐贵，其得项归大账均分。)其馀亦能安分于差事,均勤慎也。

藩署用度,较之他处为大,即夜间油灯一项,除上房外,共有七十二盏,灯烛须三十八支。盖用人既多,房屋又大,且夜间签稿等处写字时多,故不能不多用油火也。其馀伙食等亦如此,以现在家人竟有二十六七人也。

【按】 “汝今年三十初度,吾此间无物可以寄远……以现在家人竟有二十六七人也”四笺纸间钤有“谨慎”朱文长方骑缝印。初度,指生日。典出《离骚》“皇览揆余初度兮,肇锡余以嘉名”。翁曾翰道光十七年(1837)十一月二十七日出生①,“三十初度”,即同治五年。

同治五年十一月十二日,翁同爵侍妾章氏抵达湖南,十一月二十九日“见礼,纳之”②。函中“新收全姨相貌中等,见识亦不高,惟性情尚和顺,能听教训,将来房户内事,或尚可照料”,当是经过了章氏初到湖南之后的一段时间,故而有所了解。因疑此札写于同治五年十二月十九日前后,与十二月十九日札同时发出。

60. 同治六年正月二十日(1867-2-24)

字付筹儿览:

新正三日,得汝上年腊月初四日家书,知老亲康健,合宅平安,喜甚,慰甚。汝仲兄又得一子,产母健旺。添丁之庆,亦殊可喜也。吾上年寄京之款,不识敷酬应否?倘家用不足,吾当陆续接济。下次信来可告吾知之。吾自署藩篆后,凡可以兴利除弊者,无不实力讲求。第才识浅近,闻见不周,未必能于吏治民风有所裨益,殊切皇愧耳。新正公事

---

① 参见国家图书馆藏清稿本《海珊自叙年谱》。

② 参见上文同治五年十一月二十八日致翁曾翰家书。

略少。今开篆后则仍如旧。兆宝岩督兵攻寨头未必能即下，其到任日期尚难预定。吾权斯篆，深惧弗能胜任，惟有就吾才智所能及、力量所能到，尽心力为之而已，不敢存五日京兆之见，遇事因循苟且也。中丞相待极优，同寅亦协和，公事并无掣肘。惟库款支绌，京饷日增，厘金渐减，勇粮不敷，无米之炊，真无善策，不得不仰屋而嗟耳。

吾在此身体甚[1]饮食亦如旧。虽公事稍忙，然尚不觉劳顿。据旁人云比上年稍胖，可勿悬念也。汝祥哥在此，吾令其誊批，可以练习官事。奎孙于明日上学，以后未知能收其放心否？周子京拟于二月杪回家，其应试之或南或北，尚未定见。此君品学兼优，吾甚敬之，爱之，欲觅一替人，恐难得也。此问汝夫妇近好，并合家大小均吉。正月二十日玉甫手书(钤“玉甫手缄”朱文长方印)。(今日黎明即起上院进见后回衙。自午初二刻至申正二刻见客九班，备甚。)

吾自上年腊八日接到京寓十一月朔日所发十四号家书，后未得北音者，将及匝月。正深驰念，今日午后折弁邓成英回，接得十二月初四日十五号家信，敬悉老亲康健，合宅平安，曷胜欣忭。吾在此虽公事忙碌，然身体甚好，幸勿悬念。新正案牍稍简，酬应外，尚可少休息。湖南吏治尚好，吾今请署事人员，不必拘定一年为限。其官声好者，仅可多留一年半载，其声名平常者，随时可详撤之。似此人人有所劝惩，或于吏治当更有起色也。此间州县前后任交代时，往往有截串预征之弊，以致亏空帑项，交代稽延。吾现已严檄各属，如有此弊者，令后任揭报。此弊若革，则于地

① 原文即如此。据《中国基本古籍库》，“身体甚”之下当有“安”、“适”、“健”、“好”之类的文字；又据翁同爵其他家书，或作“身体甚好”，或作“身体甚健”，故疑此处亦漏一字。

方似亦稍有裨益也。初三。

西防之师共有二万五千人，李次青所带八千人为章字、锐字等营，本湘军之最有纪律而又能打仗者，故所至尚有功，惟荆竹园为贼中老巢，进攻不易，一时未能得手。兆宝岩统带七千人，皆新募之勇，少历行阵，且苗匪亦非前比，半皆曾经当练、熟悉战阵之人。故攻剿尤不容易。寨头巢坚路险，仰攻为难。宝岩虽带勇有年，然非真能身临前敌者。况局面稍小，在营文武员弁皆退有怨言，恐未必皆能出力也。周镇（洪印）统带万人。此君前甚勇往，（本与宝岩认师生，前年因领饷，宝岩扣其半，遂龃龉。今则往往有谤怨语腾于上官矣。）今则官高惜死，且往往不听调度。近日因其兄洪福阵亡，忽欲离营归省其母，（中丞许其给假一月。然闻其意欲长假不出矣。现在军中事宝翁为之代办。）宝岩挽留之不可。此师恐于边境无益也。

封篆后，藩司衙门事，仍日不暇给。每日阅看公牍，必须至三鼓方竣。各处请领款项，至年底则愈多。故于廿八日始封库。库中存项凡地丁、驿站、捐输等一切在内，共有二十七万四千有零，较之上年稍多。惟今年京饷拨三十万，比上年多五万。又固本练兵饷六万。本省各水陆营兵饷四十六万有奇，（各营勇饷，皆动厘金、捐输及盐厘等，均不在此数，约计每月十八九万。）文武廉俸及各项坐支，共十三四万，统计须银九十六七万。而所入之数额，有八十九万零。而水旱灾荒蠲缓者，每年约计四五万，实能征解者只八十四五万。通盘筹划，总少十一二万。现拟于开印前，详请出奏，或改拨京饷，或准借拨何款，请部示。否则，入不敷出，真无可如何也。初三。

新正酬应，不过彼此拜往，饮食燕会亦不多。司道于昨日公请中丞，未曾唱戏，（曾请中丞示，中丞以为不必演剧，清谈最佳。然同人中颇有嫌寂寞者。）惟用燕菜、烧烤席面而已。明日首府县公请司道。本拟辞却，因粮道王初翁再三为伊等促驾，已应许一往矣。吾在此不敢稍改旧样。向来所有者，皆照例举行。若所未有，皆未曾添设。即请客饮馔亦不敢格外讲究，恐人谓我有纨绔习气也。李中丞诸事俭约，其素性与乃弟少荃迥殊。饮食衣服绝不讲究。履任将及两年，署中从未唱戏，极为难得。盖督抚大吏为一省表率，倘日事嬉游，则上行下效，何能禁止。从前翟锡三在任，日日演剧，地方风气为之一变，今则顿改前习矣。十一。

奎孙资质中平，非不能读书者，惜连年失学，故今年年已十二，而四子书尚未读完耳。今年吾为之延请武进老孝廉（庚子）刘恂之遵夔在署督课，未知能有成就否。安孙近日读何书？此儿尚循良，吾甚念之。放学后不可令在大门口游玩，恐沾染小家子气象，便永无出息。德孙身体本弱，且口齿不清，未识近来读书比上年稍好否？总之，人家子弟只要父母不溺爱，日日令在书房中与书本亲近，自能渐有进境，不可求速效，不可有间断。勿因其质地聪明而纵之；勿因其资性愚鲁而弃之。即读书有多少，悟性有迟速。然无有不成材之子弟矣。

上年捻匪窜入鄂境，云梦、应城、天门相继失守。郭军门松林九营之师，溃败无存，身受重伤。（或云被贼掳去七日放还。）张总戎（树珊）中伏阵亡，军威大挫。闻沅翁致人书，言捻匪非楚军所能敌，小子非能了此事之人。可见其气已馁，未必能如所奏，诱敌入彀，可以聚而歼旃也。官节相事、星使入告后，此间尚未得消息，不识谭署督即真否？竹翁治下严刻，或可变水懦之风，惟性情亦不肯下人者，恐与沅翁未必能相与以有成也。淮军易帅，当胜一筹。然所恃者，洋枪队耳。欲如僧邸之驰骋追逐，则恐未必，是皖豫鄂三省，尚在可虑。

盖此时捻匪之马，多至数万；步卒与战，终难取胜也。

楚勇以之剿发逆，则可奏功；以之剿捻匪，则难有效。盖楚勇所长，在筑围步战，捻匪马队居多，如墙而进；步卒当之，无不退败。故楚人之为师者，非不知湘勇之不足恃，第狃于积习，以为楚军声威，足寒贼胆，故募勇必须楚人耳。其实何地无才？他省之人，岂皆不足用乎？左季高制军，初意谓西北用兵，宜用西北兵勇，到陕后方可招募。故所带随行亲兵，不过二三千人耳。今至汉口，复奉旨先办陕省捻匪，（闻捻匪已围省城，刘霞仙之兵勇，溃于灞桥，有旨切责，霞仙勒令回籍。）于是仍在湖南先募勇三四千人随往，以便沿途攻剿。第楚军闻剿捻，皆先有畏葸之心，恐未必能得力也。

任亦春太守，上年至长沙时，因粤西黔东道路多阻，渠欲往兆宝岩营中投效，嘱吾致书力荐。及至留营后，因薪水太少，且营中瘟疫过盛，又亟欲回长沙。绕道进黔省，曾作书告吾。吾却复函止其行，乃渠于十一月决意离营。行至玉屏舟次，竟为苗匪所阻，父子被害，情殊可惨。闻是日启行时，土人再三拦阻，而其郎君不听。迨至苗匪来时，同舟之人皆走脱，而渠父子以不善走山路独后。遂皆及于难。身后虽经兆宝岩奏明请恤。然渠以两榜出身，在部中当差时，颇有欣欣日上之意，乃拣发黔省。旋即简放安顺府，竟未及到任，中道殉难，甚为可惜也。十四。（钤“谨慎”朱文长方印）

【按】 此通写于同治六年正月，其中，“字付筹儿览：新正三日得汝上年腊月初四日家书……自午初二刻至申正二刻见客九班，备甚”二笺纸钤有“谨慎”朱文长方骑缝印。“吾自上年腊八日接到京寓十一月朔日所发十四号家书……旋即简放安顺府，竟未及到任中道殉难，甚为可惜也。十四”八纸，其笺纸之间亦钤有“谨慎”朱文长方骑缝印，文中多言“新正”，文末间署“初三”、“十一”、“十四”等，知此八纸乃翁同爵正月里公务之馀所写，与前两纸于同时寄京。同治六年二月十五日，京中翁宅接到此函①。

“仲兄”，即翁曾源（源侄），同治五年十一月初五日喜得一子②。同治六年三月，“周子京回赣榆”，翁同爵“送之以诗”③。“张树珊，张振轩之胞弟，同治五年在德安阵亡”④。

翁奎孙，咸丰六年（1856）二月出生⑤，函中云“今年年已十二”，知“今年”当是同治六年（1867）。

61. 同治六年二月初七日（1867－3－12）

字付筹儿览：

新正三日、十九日、廿六日连得京寓书，知汝祖母大人慈躬康泰，合宅安和，欢喜无量。汝叔又得遇缺题奏奖叙，更深欣忭。德孙疹后腮肿结毒，未识已早痊愈否。此儿体气本弱，须多服清补之剂为嘱。汝新年酬应自不能少，过此尚宜闭门静坐，勿事征逐，时文须随时浏览，不可高阁置之。身体须保养，饮食宜留意，切嘱，切嘱。吾在此虽公事稍忙，然年岁中稔民气安恬，大吏宽大，同寅和衷，故意兴身体皆好，勿以为念。

家事汝祥哥亦略能帮助。奎孙已上学读书，淑孙女渐能学语，颇可喜也。全姨稚气未除，性情尚顺，吾遇事教导之，能听教训。吾亦不事苛求也。藩司以腊底为入项较多

① 《翁同龢日记》第二卷，第548—549页。

② 《翁同龢日记》第二卷，第526页。

③ 《翁同龢年谱·翁玉甫先生年谱》，第182页。

④ 《翁同龢日记》第四卷，第1712页。

⑤ 《翁同龢年谱·翁玉甫先生年谱》，第178页。

之月。吾自到任至年除，廉俸平馀几及四竿，比之盐道本任较优。惟他月则不能如此。即如今年正月仅有入项三四百金而已。吾不敢以缺之肥瘠琐琐计较。惟有节俭自持，足供菽水，于愿足矣。此中实无奢望也。

此间正月多雨，而乡农以上年秋旱太甚，池塘皆涸，故尚不嫌多。米价不减不增，总在三千六七百文左右。银价则每两易钱一千六百文。比之上年增至三四百文矣。各州县钱粮收钱者，仅仅足敷解库。若银价再涨，则州县官势必赔累，恐有亏空挪移之弊也。征黔各军实在出力者少，恐荆竹寨头二处未易猝拔。近日苗教各匪复绕出诸军后路，扰及沅晃边界，意欲断前军粮道。其势颇张，深为忧虑。窃恐兆宝岩、李次青、周金台三人皆非能了此事之人。月费饷银拾肆五万，而边圉尚不能自固，奈何，奈何?

汝荣哥处今年尚无信来，未识其近体若何? 颇念之。(昨接其正月廿日书言，伊身体甚好，合家均吉，慰甚。初七又书。)两湖制军已放少荃宫保，此间尚未见谕旨。少翁现督军剿捻，到任谅需时日。未知竹翁仍署事否? 倘少翁到任，则此间中丞恐应回避更易也。署中上下安好，公私平顺，可免悬系。此字即问汝夫妇暨孙男女辈均吉。二月初三日玉甫手书(上钤“玉甫手缄”朱文方印)。

正月廿六日折差丁启南回，接到上年小除夕家书，敬悉慈躬万福，合宅均安，曷胜欣慰。京师一冬无雪，交春令后未知曾有雨雪否? 倘近畿地方春麦不收，殊为可虑。湘省腊尽春初，连得大雪，正月中复阴雨连绵，春水已足。此间田亩种菜麦者绝少，惟稻田插秧甚早，故春间即须有水荫田方便插莳，实无春熟可收也。家乡谷贱伤农，闻皖省更甚，此其故一在折漕，一在人少，非真丰穰足食也。湘省米价总在三千七八百文，恐青黄不接时尚要昂贵。银价每两可易钱一千六百文，钱粮收钱州县办理，已费周章矣。

苏菊甫、王树斋皆在吾署中过年。今开篆后菊甫仍往浏阳王令汝惺处。树斋移长沙李令，惟丙署二人尚谨饬，不至沾染习气，主宾皆相得也。奎孙失学已久，稍跳荡，今年延常州老孝廉刘恂之遵燮督课之，未知能收其放心否？刘君壬午孝廉，年已七十三岁，然耳目甚聪明也。

周子京性情拘谨，吾甚爱之，敬之。上年即动归思，以吾固留而止。今年则须回家应试，吾万不能留，且伊亦上有老母，归家省视，正是人情。惟此君行后，欲求一如此结实可靠之人，恐不易得，奈何。俞鹤皋与吾亦极相得。今仍在幕，一切公事偶与斟酌，颇有益也。

实录告成，在事者皆得优奖。汝到馆日浅，不得固分所当。然可异者，丁芥帆在开馆时即当详校，乃竟未得列名，真所不解也。吾向来于保举等事不愿过优，以为受爵公朝，拜恩私室，于立身行己云道，终觉有愧。固不如循例得保之为愈也。近年来吾阅历稍深，更觉一饮一啄，莫非前定，彼营营苟苟者，皆徒自苦耳。于事无益也。汝于做人立品，尚能讲究。吾故信笔及之，非谓汝未得优保有牢骚之意，故作此语，以劝勉汝也。玉牒馆差使亦只当尽其在己者而已。他日保举与否，固不必计及也。

任筱园汇寄之库平足纹三百伍拾两，吾于上年接信后，即将库纹式百两交任昂千手收。以库纹壹百伍拾两交吴仲起手收，令其作书致筱园矣。庞宝生处所汇之捌拾两，吾于前日接信后，将京平足纹伍拾两，同李君家信送至李家收明，取有回条。以京纹叁拾两，交仲起手收，令其作答也。

前年京寓所收陆子受托庞宝生带京张姓寄钱君之伍拾金，吾此间早已将银交还子受。此项银两，京寓即可拆用，作为吾寄京之款可也。上年年底家人分项几及二千金，（以年底方有此数,他节断断不能如此也。)吾提二百金为京寓家人分股,俟有便当即汇京。第此时亦不必全行分给,或于端节先分半分百金(李升家或给一二十金亦可)。汝自酌之可也。

两湖制军放李少荃宫保,似暂署,仍是谭竹翁。此间尚未见上谕。惟廷寄内叙及,故不知其详也。此间中丞以兄弟而同官一省,未识须回避否。中丞精明浑厚,于湘省吏治、民情极为熟悉。若调他省,恐继之者未必能有此合宜也。曾节相闻回任后,仍要引退,则少翁必不能久于两湖之任。或此间中丞不致更动也。左季翁授钦差大臣,而其西行之期,恐不能甚速,以高军(连升)则自粤来会刘克庵(典),则招募尚需时日,计其到汉日期已在仲春月杪。第湘勇必须食米,转运入关有僦五致一之费。糈台报销大是累事耳。初三。

此间李中丞调苏抚,署湖广总督,湘抚放韫斋先生,均系正月十一日谕旨。(并无廷寄先来,恐是途中阻滞也。)而此间于昨初六日申刻方接部文,可谓迟极矣。中丞精明宽大,于湘省情形极熟,整顿地方,调度军务。此两年来均能不动声色,而措置裕如,实为督抚中不易多得之才。韫翁虽明练,然恐不能如此也。吾以道员署藩篆,万万不能护抚。大约中丞须俟刘韫翁到任后,方能起程。湖广督篆,现有谭竹翁在彼暂署也。新中丞抵任,必另换一番局面。吾若仍摄藩条,则一切无所禀承,更不能不任劳任怨也。西防黔匪之军,终鲜成效。兆宝翁到任未知何日,吾深恐陨越贻讥也。初七。

吾此次汇去京平足公砝足色纹银伍百两,从新泰厚汇兑者,汝可收明取回,以百金孝敬汝祖母,以百金留作家人辈端节分项(即上年年底分款),以三百金为京寓添补日用之需。吾在此诸从省俭,未尝稍事奢华,故京寓菽水之资,自可源源接济。吾知汝素性俭约，必能樽节而用，决不嫌汝过费也。吾藩署用度，较之盐臬两署为多，第居此地位实有不能从省者，则不得不然耳。非居移气、养移体也。此间连日天气晴和，穿灰鼠袍褂已嫌热，盆中茶花盛开，颇堪赏玩也。初七日午刻（上钤“玉甫手缄”朱文方印）。（今日忌辰，故稍闲，可料理汇银事及写信也。）

从前吾出京时，曾令汝将《国朝绿营兵额表》及先文端公汇钞《兵制沿革战船马匹器械》一册，另抄一分寄吾。汝公私冗杂，想已忘却，可寻出，请人即抄一分寄来为嘱。（不必自抄，令人抄后给伊钱可也。）

吾此间尖靴已少，上年汝仅寄来一双，今亦已穿旧。此次折差回湘，务须即寄一双来，勿忘。以后仍可再寄一两双来。须分托携带；否则，又嫌累坠也。佛头坠脚等，未知已觅得否。如已买齐，亦可交折便携来。吾此次贺万寿折交折弁（填初八日拜发）张执中去，已给伊折费贰拾肆金，信件即不另赏银两。到京后交伊回信时，或给伊扇对等，不必给银也。初七（上钤“谨慎”朱文长方印）。

【按】 此数纸写于同治六年正月。其中，“字付筹儿览：新正三日、十九日、廿六日连得京寓书……此字即问汝夫妇暨孙男女辈均吉。二月初三日玉甫手书”三笺纸间钤有“谨慎”朱文长方骑缝印。“正月廿六日折差丁启南回……颇堪赏玩也。初七日午刻”七纸间钤有“谨慎”朱文长方骑缝印。

函中云“……吾此次汇去京平足公砝足色纹银伍百两，从新泰厚汇兑者……吾此次贺万寿折交折弁（填初八日拜发）张执中去”，即下文同治六年二月二十五日致翁曾翰家书云“月之初七日将第贰号家书并汇票五百两（新泰厚票足公砝足色）交贺万寿折弁张执中带去”之事，故此函乃同治六年第贰号家书。

同治五年十二月,《文宗实录》修成,初八日上谕"原任监修总裁大学士翁某着赐祭一坛,翁某之子翰林院侍讲翁同龢着赏加四品衔等因";是月二十日,"是日实录馆保举出力人员",翁同龢以总纂官,"与徐桐皆遇缺题奏";是月初十日起,德官发热出疹子;直至二十四日,方渐愈[①]。

同治六年正月十一日,李瀚章调江苏巡抚,署两湖(即湖广)总督;刘崐(韫斋)放湖南巡抚[②]。三月二十三日,为同治帝生日,函中云"贺万寿折",即为其祝贺生日的折子。

全姨,或称全姑娘,翁同爵侍妾章氏,翁同爵"愿其他日福全寿全子孙全,因以全字命名,令家中人以全姑娘称之也"[③]。

62. 同治六年二月二十七日(1867-4-1)

字付筹儿览:

月之初七日将第贰号家书并汇票五百两(新泰厚票,足公砝足色)交贺万寿折弁张执中带去,未识何日可到。十四日接得京寓正月十八日所发第贰号家言,藉悉老亲康健,合宅平安,快符私祝。吾自新正以来,公私均顺适,身体亦安吉,可免悬念。案牍虽繁,然任事数月渐有头绪,尚不觉其劳苦。属吏亦渐熟悉,接见时,或议论公事,或访问其所历地方风土民情,语言自多,不似从前之泛作应酬拘束难受也。

此间雨旸时若,米价有减无增,乡民均甚安堵。各处召募勇丁,赴营者虽络绎不绝,然在省垣尚不敢滋事。查城查

---

① 《翁同龢日记》第二卷,第532—536页。

② 《翁同龢日记》第二卷,第542页。

③ 参见同治五年八月二十六日翁同爵致翁曾翰手札。

团皆委员(并有委绅)经理之,亦能认真巡查,故城内外奸宄无容身之所,尚无虞盗贼窃发也。韫斋中丞闻于二月中旬方出都,计抵湘总在三月杪四月初矣。吾才识拘谨,今代理藩条数月,幸免愆尤者,实赖筱荃中丞随时指示之力。今韫斋中丞湘省虽所熟游,然一切吏治民情,今昔情形不同。若莅任后以两司为耳目,则问道于盲,吾深惧弗能胜任也。兆宝岩未知何时可以到任。吾但愿早早卸事,幸甚,幸甚。

周子京在此二年,(每年修金二百两,节敬月费在外。)相处极得。今以试事回家,吾不能强留之。(送程仪六十两,并送夏布、葛纱、龙须席、土仪数事,火腿食物等数种。)伊行后,吾以书启事暂交崔皋,然必须请一缮清友人方能料理。第择人甚难,故尚未请定也。

署中现办日行事件之幕友陈杏川(名书谟,绍兴人)。此君办事尚好,惟酬应太多,故外间颇有议论。吾受事后,再三告诫之。近稍敛戢。办库储幕友吴云门(名曜,江宁人)、交代幕友许清(名以彬,湖北人),渠皆老成(亦已七十馀)、谨慎。报销幕友蔡符生(名厚棨,湖北人)办事亦勤。吾以庖代人员,故皆仍襄翁之旧也。(上年宝岩署事时亦即此四人。)此四君皆包火食。云门在此署已三四十年(此席则不能更易),于库款出入极熟悉,人亦可靠,年已七十馀矣。

教读刘恂之(遵燮,常州壬午孝廉)年过古稀,而耳目聪明(携一嗣孙在署读书),教法亦好。奎孙似尚能得益也。吾治公鲜暇,肠红尚未愈(药常服而不见效),饮食亦如旧。上年家眷来时携一家中所用之庖丁陆方来(即从前俞家之上灶),今年新正起令其单备吾饭菜,尚适口。(吾以早饭则见客迟早不定;夜饭毕,则复治官事,故皆单吃。)第吾时思京寓老亲供膳,尚不能丰腆,吾在此岂敢纵口腹之欲?故每日常馔不过荤菜一二簋而已，未尝稍事奢靡也。

家人辈安静无事（且园去后，署中无阴险之人），办公事数人皆极谨饬。吾前尚喜有才干之人。今阅历渐深，知此辈万不可以有才，有才者便难驾驭也。署中监印差，吾派吴仲起。伊为人尚拘谨，吴年伯母极感激（精神尚好）。景行于月之二十日完姻（吾上年荐伊干馆二处）。大约于四月初即须往北闱应试也。汝玉牒馆差未识忙否？身体须保养，勿事征逐。此问汝夫妇安好，并合家大小均吉。（倘汝夫妇要此间土产之物，可作书告吾，遇便寄京。）二月廿五日玉甫手书（上钤“玉甫手缄”朱文长方印），全姑娘侍笔问好。

此间绅士大而且多，李筱泉中丞在任，处之却极得其宜。地方公事，凡绅士来言者，必以理断之，从不轻听。至官场调任署事，更不受绅士一毫嘱托。虽至好如李黼堂（此君向不干预外事，可敬之至）、亲戚如郭筠仙兄弟（筠翁则不免有干求矣），亦素未偏信。故此两年来，绅士不敢掣地方官之肘，未知继之者能如是否？筱翁内极精明，外甚浑厚。前年霆营叛勇滋事，上年哥老会谋逆，中丞皆能不动声色而布置周妥，令人钦佩。若他人处此，稍一张皇，或招勇，或调防，则此二事必须糜饷二三十万，岂能如此安静无事耶？故中丞之移节也，文武属吏无不依恋；即此邦士庶皆有攀辕卧辙之意。实恐后此者，未必能如是之洞悉民隐也。

援黔之军，有二万六千人，月费饷银十四五万，而卒不能成功者，李次青是一书生，只能下马草露布，不能上马杀贼。其识见布置虽好，（军中钱粮，均归营官自领，毫不染指。目短视，隔数丈即不见。）然于将士用命与否，未能真知灼见。故真能出力者（王镇永章告病离营），稍有缺望。幸所部为章字、锐字二营，皆湘省最有纪律而极能打仗之军（然上年腊月颇有挫失），故军威尚好耳。兆宝岩（亦一俗吏耳，非将才也）虽带兵有年，然亦非真能身临前敌者，且气局稍小，幕府中不能用才略之士，（在营终日持筹握算。此君于钱重甚也。用一前任巡抚翟诰之婿，名曾德麟，曾系前任湖南知县，因失守案革职。人极刁狡。宝岩是翟公门生，故用之。人言颇籍籍也。）而勇又新募，见仗皆怯，终鲜成功。

近日左季翁参其不能得力，讳败为胜，虚糜饷项，于黔无益有以也。（中丞处见其原折，尚未接奉廷寄若何。近日已接廷寄，令筱翁据实覆奏。词句间尚无呵责也。）周金台非统领之才，（本是宝岩门生，因银钱事龃龉。今绝不相能，几同冰炭。）志骄性贪，且又不服调遣，更不足论。现在中丞拟撤所带数营，交他人管带，未知以后能稍有起色否？

中丞因近日沅（州府）、晃（州）、黔（阳）、会（同）、靖（州）各府州县，处处告急，知征黔三军不足恃，思欲裁兵就饷。先固边围，缓图进剿。商之于余，（密与余商酌，同事诸君皆不知也。）余极力赞成之。现已致书三君，妥商办理。第裁勇一事，非带兵者所乐闻。金台武夫不足论。即次青素日常以勇少不敷战守为言。然尚无欲心。若宝岩营中，则闻勇丁向不足额。（本月饷二万。今照湘勇例，每月须四万一千馀，周营亦然。每营不过七成。）倘减去勇数，其弊立见。故恐其复书时，必有许多危言竦论，以为必不可减。未知中丞能不受其蒙蔽否。（近日中丞已奉廷寄有酌裁勇丁语，定见裁五六千人矣，廿五。）总之，月费饷十四五万，（兆营尚未照请给发。否则又须添二万馀也。）而湘省边鄙之民，（沅、晃、黔、会一带皆然。）迭遭蹂躏。（房屋被焚，妇女遭淫，情形甚惨。）实上无以对朝廷，下无以对百姓，宜乎为人指摘，言者蜂起也。廿一。

王初田进京引见，此缺似可令陆星农署理。第粮道入款，全在冬令。此数月中，皆是闲月，有出无入，几须赔累。惟在省赋闲，用度亦不能从省，不如多赔数百金，终觉好看也。

司徒伯芬绪，吾荫生同年，从前曾在福建历官至道员。今因其弟（绎）捐同知，分发湖南，于是全家寓居于此。（本是广连平州人，因土客之乱，是其祸始，遂不敢回家乡。）此君议论卑鄙（伊系起复引见奉旨归选人员，而自言则由军机处进单简放），作事可笑。凡中外达官贵人非师生，即至交，（连恭邸皆所极熟，至于满汉大臣，皆是至好，日与往还。）以之夸耀于众。其实未必尽然也。今进京候选，或与吾家相往还，（伊与芍亭颇熟。）只可淡泊相遭，不可应酬稍密。（此君或不满于吾，以吾与彼相交极淡也。）否则，伊见人即铺张一番，不知者必深以为怪也。（可以无中生有，令听者肉麻。如恩侯家中有喜事演剧，有王公贵人约伊便服同往听戏等语。）此语告汝知之，勿向他人言及为嘱。

此次折差回时，可买真平金獬豸补子一副，交其带回，切勿遗忘为嘱。朝珠、佛头、坠脚等，如已买全，亦即寄来，以吾欲配金珀朝珠一挂已数年。今珠身、记念，陆续觅得，惟少此佛头等。若此间购买，则价值稍昂，故令汝在都下物色之。虽不急于服用，然配成之，亦吾所甚愿也。

吾无论冬夏，每日必须衣冠见客，故虽不奔走，然穿靴甚费。吾自己带出之尖靴四双，早已穿旧。上年折差带来者，仅有一双，亦将穿破。故前信令汝即寄一二双来，未知已经交带否？缘外间之靴底硬不好穿，且式样不佳，不比大帽尚可照京样成做也。若尚未寄，必须即日寄来，至嘱，至嘱。

做外官，绝无友朋之乐。同寅中虽有交好者，然究是外面应酬，从不作一肺腑语。至上官属员，更多拘牵，一切言谈，尤属浮泛，真令人可笑、可叹。第既官场如此，不能不从众随俗。至署中幕友，原不比僚属客套，但终究有衙门习气，亦不便肆口妄谈。吾到此后，同寅均相得。宝岩、初田尤见好；星农则本是同乡世交，更为莫逆。然相见仍是酬应语居多。幕友则周子京、俞鹤皋二人，意气极相投。然子京性拘谨，鹤皋究是本地人，共语亦说三分话耳。回思在京时，在家则与汝叔闲谈，外出则与友人辈上下议论，可以倾心吐露。此乐不可复得。今子京归矣（定于上巳日起身），更少一可以共语之人也。廿五夜二鼓。

鄂省军事甚不佳，慎字十三营（二月十九日）败于六神港（在蕲水界，营官死者不少），彭藩司毓桥阵亡。南丰向所倚仗者，郭军门松林及彭藩司二人，今一伤一亡，（郭为贼所掳，刖其足，奏报称受伤，伪也。）如失左右手。今晨见九公致中丞书，言坐困黄州，一筹莫展。楚师已不能成军，乞救于少荃制军，及春霆军门，俟淮军及霆营到后，方可再图攻剿，恐近日黄孝一带，（九公书中有贼又西窜之语。）又贼踪遍地矣。总之，湘勇已成暮气，畏捻如虎，断难得力。淮勇尚可用，惜马队太少，故亦屡有挫失也。筱泉中丞署湖督，本拟不问军事。今九公一蹶不复振，势难袖手旁观。第将才精卒，尚需借资于乃弟。筱翁前在曾营，仅管粮台，未尝督队，亦无旧部也。廿七。

【按】 此数纸写于同治六年二月。其中“字付筹儿览：月之初七日将第贰号家书……全姑娘侍笔问好”四纸间钤有“谨慎”朱文长方骑缝印；“此间绅士大而且多，李筱泉中丞在任……未尝督队，亦无旧部也。廿七”七纸间钤有“谨慎”朱文长方骑缝印。根据其间内容增补、日期交叉，知此十一纸并非同日写就，是其平日忙里偷闲时所写。

同治五年九月十三日，翁曾翰（筹儿）“派充玉牒馆校对”[1]。同治六年正月十一日，刘崐放湖南巡抚；二月十二日，刘崐（韫斋）起程赴任[2]。

“上巳日”，即上巳节。汉代以前以农历三月上旬巳日为“上巳”；魏晋以后，定为三月三日，不再取巳日。同治六年三月，周子京回乡应试。函中“今子京归矣（定于上巳日起身）”知周子京尚未动身，故此数纸写于同治六年二月二十五、二十七日。是年四月初六日，京中翁宅“得五兄二月廿八长沙函。湖南近黔州县有寇扰”[3]，正如函中所云“沅（州府）、晃（州）、黔（阳）、会（同）、靖（州）各府州县处处告急……”。李筱泉，即湖南巡抚李瀚章。

63. 同治六年三月二十七日(1867-5-1)

字付筹儿览：

月之望日折差易涣回，接到京寓二月十八日所发第叁号家书，藉悉老亲康健，合宅平安，欢忭之至，所寄朝珠、佛头、背云等亦均收到。汝玉牒馆差使虽忙，然得暇尚须温理旧业，明岁春闱冀得一当。钱馨伯已到京，此君揣摩功夫极好，汝即不送文评阅，可将年来闱墨，请其选择数篇作读本，亦可有益。无事时可常往请教，盖其用笔犀利，造语挺拔，实为投时利器也。切嘱，切嘱。同馆友人同署者多，切不可稍事征逐，署中批本尤宜留意，不可忽略也。陆云生人极谨慎纯粹，自是益友，可常亲近。介帆、伯雨均已出京，想汝交游亦渐少矣。

---

① 《翁同龢日记》第二卷，第 517 页。

② 《翁同龢日记》第二卷，第 542、548 页。

③ 《翁同龢日记》第二卷，第 560 页。

吾近来身体甚好，公事稍熟，（上年无一刻闲暇，今则每日尚可休息数刻。）渐有条理，不比前时之劳苦。刘中丞尚无到省消息，兆宝岩带兵办黔事，尚未定替人。（中丞覆奏请席宝田往接办兆琛之任，惟夏令非进兵之候，须交秋令方可攻剿。）恐五月中尚不能回省。湘省春雨既足，秧苗颇好，黔边军务依然。近日中丞令周镇一军，分扎沅晃要隘，以护春耕，似为有益；否则，舍己芸人，殊觉无谓也。家乡久无信来，未知汝四哥近况若何？此间天气已热，只可穿单夹衣服矣。此字即问汝夫妇暨合家安吉。三月廿五日玉甫手书（钤“玉甫手缄”朱文方印）。全姨侍笔问安。

十五日折弁易涣回，接到二月十八日京寓家信（第叁号），知老亲以次，均各平安，欣喜之至。刘中丞尚无到省消息（闻于二月十二日启程），闻金陵谒见节相，须勾留数日，大约抵任总在四月中旬也。吾到署藩司任后，一切章程，俱照石襄臣办理，未尝稍有更动。至库项出入，则平色（历来皆如此）均仍其旧，（兵饷最易有使费等事，吾出示悬牌于大门外，使领饷之人，共见共闻，不准库吏有丝毫需索。）毫无弊病。库使黄君颇谨慎，能守定法，从前偶有高下其手之时，系在应发不应发之分别款项，（其弊在本官及幕友家丁，非库吏所能掺其权也。）非谓库吏之平色稍有参差也。（出入均库平足色，平馀皆照例，丝毫不能增减）。委用人员先填名榜，（每月朔日悬挂，有缺则按名差委，若酌委之缺，则论人地相宜与否，不论名次也。）悬挂官厅。今亦仍旧，盖用人、理财二事，为藩司要政，不敢不剔除弊窦，为他人口舌也。

司库支绌，入不敷出，每年总计，约少二十馀万。（每年地丁驿站额壹百十馀万，而水旱蠲缓，及实欠在民者，几及二十万，只能收九十四五万，入款如是而已。而每年部拨京饷地丁三十万，盐厘五万，固本饷六万，各营一年四关兵饷，共四十七万，各官养廉俸银役食兵米谷价等应藩库支放者，又每年几及三十万，放款统计每年一百一十几万，皆丝毫不能缓之款。）历任皆寅吃卯粮，勉强敷衍。吾到任后，曾将详细款项，禀乞中丞入奏，请将京饷少拨，而中丞以部库支绌，奏亦徒然，总未再奏。（上年曾奏过一次，而今年地丁，更多拨五万，上年拨廿五万，今年卅万。）然此事总非持久之策，司库每遇解京饷及发兵饷之后，则一空如洗，设有缓急，其何所恃而不恐耶。杞人之忧，窃所不免。至勇粮，（每月几二十万。）则全赖厘金捐输，（厘金每年一百三十馀万，捐输数目难定，大约在三十馀万，督销淮盐局湘厘十五六万，洋药厘每年不过二三万。）每年亦不敷甚巨。（江西每月协一万八千，每年均有欠发口粮。）或从藩粮二库接济，第有借无还，不知伊于胡底？奈何，奈何！

粮道王初田进京，中丞始欲令陆星农署其缺，继以同乡（朱，安徽人）朱秬泉（卺侯）赋闲已久，情不可却，遂委秬泉署理。其实秬泉（年六十馀，神气已木）为人太忠厚，尚不如星农之稍有作用也。李榕峰重听（议论亦迂拘可笑）愈甚，上年初到时，吾高声与之讲话，尚可十得七八，今年则不过十闻二三而已。盐道陶仲虞（寿玉）人甚安详，然亦拘谨太过，将来新中丞莅任，一切仰承俯注，皆赖藩司一人，甚不易为力。吾故深望兆宝岩及早回任，可以藏拙，否则任劳任怨，恐陨越贻讥耳。新中丞闻于（又闻二月十二日启程）二月十六日出都，到此约在初夏，新政未识有一番更易否？吾若能早代回任，则大妙也。三月朔日。

小儿延师教读，是居家第一要事。盖人家子弟，无论资质若何，总要明师循循善诱，则自见功效，且子弟十岁上下，尤是要紧关头，倘此时稍不督责，必至贻误终身，更非开蒙及已冠后可比。安孙资性本中平，亟须另请严师，趁此时讲贯督责之，自可竿头日进，倘再悠忽过去，则安望其能成立耶！德孙年纪尚稚，体气又弱，只要日在书房，拘束其身心，亦可日有进益，固不必求效太速也。新易先生，教法若何，有坐性否，下次书来可详悉言之。吾人处友朋之道，诸事可以将就，惟在家之教读先生，署中之刑钱友朋，却不可稍迁就，盖关系匪浅也。

朝珠佛头、背云、坠脚等，均已收到。货虽不高，然尚用得，值亦较此间略廉，寄到后，吾已穿成，颇可观也。吾近年来嗜好虽略少，然毕竟不能忘情于此，即如朝珠一物，先文端公作宦三十年，家中未尝有一挂值二百金者。今吾置此，价至二百五六十金，甚觉无谓，即此有愧先德多矣。

此间夏令天热，见客终觉是苦事，吾仅有线衫一件，不能更替。而此地离广东虽近，然于市上遍觅两年，竟无线衫一件。记得先公遗箧中，有芙蓉衫一件，倘汝叔现不需用，或身裁不合，汝可回明祖母，于此次折差回湘时，包好交其带来为嘱。(此次折差黄鸿飞，吾在中丞处每每称道之，故又派伊往，伊颇感激，可将物件交其带来。上年派伊守盐道库数月，甚出力。)

吾虽在湘省二年，然于京朝事尚时不能忘，故于衙门报本外，复从家书中寄一分，又于鄂省托人办寄抄报一分，意欲早知朝政，不致如坐瓮中也。今年各衙门引见京察全单(初次)及覆带(二次，却已见抄)圈出单，汝必须觅一分寄来(向吏部友人讨取)，俾知京国旧交，得意于否也，至嘱，至嘱。

余绂臣已到京，此人与吾极相得，汝于暇时，可往一见。吾上年曾作书托潼关厅林伯恬转寄，未知曾达到否？可提及之。王莲塘吾旧交也，上年炭金，以其不在京，故漏之，汝仍送去,甚是。

王初田(葆生),滑吏也,在湘由州县出身,历升至道员,人尚精明干练。惟在此年分既多,人情太熟,(中丞亦深知其为人,故屡向吾言,其语不可听信。)且曾任首县,僚属绅士,无不换帖交好(黄南坡、唐荫云、劳仪卿皆其至交,切不可议论其是非)。现在州县亦颇有拜门之人(其进京时,吾托伊携去信一件,益阳竹席一床,荆州被面二个,祁阳葛二端,洋玻璃球一个,南华菇一匣,百合粉一匣,汝可收明。)其毁誉皆不足凭信,第其人尚是阳分,心不险恶。吾到此后,交往既频,酬应亦密。然毕竟是同官交接,非真胶漆相投也。到京后汝须执子侄礼相见,(其二令嗣之同系候选知府,亦同进京,可投一刺。)称之以老伯,接风、饯行、送引见等事,皆不可少,外面须极亲密,至其议论,不可深信,臧否不足定评,汝须知之。与之语言,亦只可说三分话,不必吐露肝胆也。至嘱,至嘱。

雌黄人物,最易招尤。吾近年来守如瓶之戒,见人从不敢妄言。第性情直爽,酒酣耳热时,未免流露一二,过后思之,往往自悔。汝在京师,语言须要谨慎,无论外官京职,见之切不可议论他人,盖人之同乡交好,吾不能知。倘吾所訾议者,适其人之亲戚至交,则往往传述于本人,其人必然深憾,故不如不言之为愈也。至信札等,尤宜留意,近日曾沅圃与胡小蘧之事,不过因胡致毛寄云(同治三年春)粤抚书中,有曾九以金陵为奇货一语,传闻至曾,遂恨之刺骨,欲得而甘心。吾有鉴于兹,故嘱汝笔头更要谨慎也。

仑仙之弟篪仙(名振常),自粤东随中丞至此,在幕中有年矣,其脾气乖张,与乃兄同,东家极意忍受之。至今春不可复耐,于是方辞去。中丞尚加意周旋,拨炮船护其行,而最可笑者,其出署登舟时,有数人要于路自轿中掖之出,痛饱老拳而去。（闻中丞有一连襟，家眷在内署，伊平日常以秽语辱詈之，此人恨之刺骨，故有此举。）盖其在署时，凡厨下灶养，无日不受其凌辱、咒骂。（今年元旦，即同厨子、火夫等淘气，令长跪者数人，至日昃方许起。）至此方一泄其忿也。闻其平日，即同事辈亦皆破口漫骂，（所用家人，或咬或踢，不胜其苦，故其回家，竟无人愿随之往。）虽岁朝亦不辍，宜其有此报施矣。吾平素往来甚稀，惟年节必送食物等，以展戚谊。其行也，吾亦曾送路菜等，却未尝作书致仓仙，以从前先公大事赴告，彼未复唁，故不愿与彼通问候也。

劳辛阶作古，张粤卿放滇督，未知于何日方能到彼，滇事闻亦尚不易办，以利权仍操之马公，故地方官犹未能措手也。东抚阎丹翁告病，代之者为丁嗣璜。此君在湘有年，闻政声亦不甚卓卓。卢五峰升齐臬，其缺为锡子受所得，令人艳羡。吾在此一切不敢起妄想，惟离京太远，不能板舆迎养，中怀转辗，不安梦寐，所愿升一近京省分，缺之优劣，所不计也。然人之食禄有方，自有一定。吾因今日阅邸抄见之，不觉情动于中，故信笔书此，仍不作希冀想也。贵州请开科，大奇，省外一二十里皆贼，乃竟作此举，令人骇听。石老经画，于此可见。廿七（上钤“谨慎”朱文长方印）。

【按】“十五日折弁易涣回……石老经画，于此可见。廿七”十纸钤有“谨慎”朱文长方骑缝印。

同治五年九月十三日，翁曾翰（筹儿）“派充玉牒馆校对”[①]。同

① 《翁同龢日记》第二卷，第517页。

治六年正月十一日，刘崐（韫斋）放湖南巡抚；二月十二日，刘崐起程赴任[①]。函中述及中丞刘崐起程赴任、王初田进京引见等事，知此数纸写于同治六年三月。是年四月二十四日，翁同龢收到由王初田观察携来的翁同爵家书；五月初四日，翁同龢"访王初田观察，葆生，凤阳人，由湖南知县守省城洊擢至道员，来引见"[②]。

同治六年二月二十九日，劳崇光（辛阶）病殁，以张凯嵩（粤卿）为云贵总督[③]。曾国荃在家族中行九，故人称曾九、九公等。

64. 同治六年四月二十四日（1867－5－27）

字付筹儿览：

昨廿三日折差张执中回，接到京寓（外尖靴亦收到）三月十三日家书（第四号），敬悉老亲康健，合宅平安，欣慰无既，京师苦旱，麦秋无望，近畿失业之民颇为可虑，都下近事于邸报中略见一斑，艮老遇事不阿，极为难得。乃近见北省抄报，亦令其在总理衙门行走，真是奇事也。湘省雨旸得宜，秧已遍插，人情亦尚安静。新中丞下车伊始，尚无新政，议论亦甚和平，颇以李筱翁之镇定不扰为可师法，若然，则未必骤有更张也。

吾素性迂拘，深以弗能称职为惧，乃蒙中丞相待极优，事事许可。吾惟有益加谨慎，以期无负知遇而已。援黔之军，近日皆有招抚之举，未知果是心降否？宝翁替人，筱翁与中丞商定席研香宝田。第此时研香尚未来省，且时届夏令，非用兵之候，大约于秋初方能成军西行，则吾瓜代之期

---

① 《翁同龢日记》第二卷，第542、548页。

② 《翁同龢日记》第二卷，第564—565页。

③ 《翁同龢日记》第二卷，第552页。

尚遥遥难定也。吾近日来迎新中丞、送李制军，甚觉忙碌，且以吾一人仰承俯往，更加繁琐。前二十日衙门期见属吏，至八十四人之多(今日见四十五人。廿五)，真心力交瘁。幸身体甚好，尚不至劳苦也。日前接汝四哥四月朔日书，知合家安好，甚慰。家乡米价平减，雨水调匀，大有丰年之兆，可喜也。

此次折差于今午派定，后日清早即成行。吾明日是衙参期，恐无暇握管，故灯下草此，问汝夫妇暨合家大小均吉，馀俟续报详述一切。四月廿四日三鼓玉甫手书。全姨侍笔问好。

刘韫斋中丞于月之十二日抵省，十三日即接印视事，李中丞定于十八日启行，已于望日登舟矣。刘韫翁新到，尚无更改政绩议论，亦尚和平，前日吾将司库出入及军需局收支细数呈阅，亦深知湘省筹饷之艰难矣，刘中丞到此，以吾为京师旧识相待极好，吾惟有益加谨慎，以期称职也。西防之师近日兆李两军皆议抚事，不识有成效否？鄂省军务(近闻已由随枣窜河南)少有起色，麦秋已被扰，插秧将不及，倘秋收无望，则灾民何以谋生，极为可虑。左帅练习车战，闻是纸上谈兵，甚不足恃，若此行不能成功，则西事更为可忧也。十七日。

【按】 函中“新中丞”指湖南巡抚刘崐(韫斋)。同治六年正月十一日，刘崐放湖南巡抚；二月十二日，刘崐起程赴任[①]。知此函写于同治六年四月二十四日。同治六年五月十八日，京中收到此函[②]。

据此函知，同治六年四月十二日，湖南巡抚刘崐抵达湖南长沙，

---

① 《翁同龢日记》第二卷，第542、548页。

② 《翁同龢日记》第二卷，第568页。

十三日接印视事;四月十五日,中丞李瀚章(筱荃)登舟启行。

65. 同治六年五月十八日(1867-6-19)

字付筹儿览:

前月廿三日折差张执中回,接到京寓三月十三日所发第四号家书,敬悉老亲康健,合宅平安,以欣以慰,吾于廿五日将第五号家书交折弁凌先翥赍去,未识何时可到。吾自五月朔日起,偶有感冒,间发寒热,时因湘乡、浏阳会匪蠢动,未曾告假。每日尚勉强支持见客、上院,直至初六日,不见轻减,方服药调理(共服药六剂),今已大愈,惟胃口尚未复原耳。新中丞下车后,尚无新政,惟省城招勇千人,亦为黄南坡辈所怂动也。

此间雨旸时若,秧苗甚好,故民情尚安定。米价因北省亢旱,出境者多,故近日稍昂贵,然每石不过三千六七百文,较之上年稍贱,民间尚不以为苦也。吾日来因军务倥偬,且预备科场事宜忙甚,于昔几无握管功夫;兼之连日晴霁,天气骤热,偶作字便挥汗如雨,汝叔处不另作札矣。京师苦旱,恐夏令必炎热,宅中凉棚固须搭。汝上馆入署,宜趁早凉及晚阴,须避过日中为嘱。京师瓜果虽佳,然老人饮食,汝等须时时留意,冰宜常买大块者,切勿惜费。汝叔退直后,亦宜稍自适意,肴馔可略精洁,勿太刻苦为嘱。此问汝夫妇暨合家大小均吉。五月十八日清晨,玉甫手书。

藩司养廉,较之盐道优厚,故缺较盐道为优,吾以署事人员,仅食半廉,则与本任亦相等。且藩司所入,专有平馀一款,而各属钱漕,皆在冬令批解,春夏上忙钱粮所解无几,故上半年入款,甚属寥寥也。吾平素知足,惟有节俭自持,则每月皆有盈馀,不至入不敷出。今从新泰厚汇寄京寓足色纹银(足公砝平)陆百两,汝可收明。以壹百两孝敬汝祖母零用,以伍拾两寄汝叔,以伍拾两给汝夫妇,以三百入公账用,以壹百两为家人辈分项,留至中秋分给,吾在此不蓄私财,故京寓用度,纵可源源接济,汝勿以此萦怀也。

湘省当勇之人,不下三四十万,其中入哥老会者,十居六七。此辈皆游手好闲之徒,昔在军营,杀人放火,习为惯常。今归乡里,安分者少,时欲聚众滋事,上年湘潭、湘乡拿获正法者已有数十人。然根株难尽,漏网者多。本年四月廿七日湘乡十九都地方,又有哥老会匪聚众起事,(有数百人,旗帜、炮火均备。)幸彼处绅团,齐心堵剿,于廿九及五月初一、二日,立将其头目曾广八、童级高击毙,复击杀其死党二百馀人,擒获三十馀人,馀匪逃散,地方得以无事。然富户被其焚掠者已十馀家,死伤者亦不少。湘潭本亦有匪类聚集报仇之谣,(接北省文书,拿获匪犯,有是供,省中即先委员驰往严密防范,并派拨水师前往弹压,以彼处水陆通衢,缉奸不易也。)今幸其大头目谢太和,在汉口放飘邀人,为北省拿获讯明正法,或者湘潭不致别有事端耳。

月之初七日,浏阳之东乡踏浒地方,又有斋匪聚众焚抢,(从前曾经谋反,名忠义堂,今皆是其馀党。)现经省中拨勇五百人驰往该处,会督绅团,严为拿剿,乌合之众或易扑灭也。(已窜江西万载与彼处土匪合股。)总之,湘省民情,迥非他处可比,会聚数十百人,便思谋逆,兼之此时从军者多,半皆哥老会人,其谋叛更易,即其平昔统帅营官,亦皆有怨无恩,有事必先遭其害。故现在曾经带勇者,人人有自危之心,甚或他出以避其祸,窃恐他日四方无事,各营之勇陆续遣归,则湘省隐忧,正未有艾,夙夜思之。实无先事预防之良法,惟力行保甲团练,或尚可稍弭其衅也。

郭筠仙放两淮运使,辞疾不赴。昨李中丞为之奏请开缺，奉批回不准，再赏假一月，即行赴任。此老倔强犹昔，其议论偏而不纯，恐再出亦未必有益苍生，居官虽清正，然其归也，买田宅为富人矣。刘霞仙亦已回籍，现在侨寓省垣，杜门谢客，于其初至也，曾一见之，持论尚和平，然亦时时露怨怼语。以吾到湘后所见湘中人物，刘岘庄（坤一）为第一，曾沅圃次之。岘翁沉静朴实，通达事体；沅翁性情允直，作事勇往，他人皆不及也。其馀绅士之在籍者，以李黼堂桓为最。黼堂识见远大，心地明白，他日出山，当必有所设施也。

抚军之初至也，本有招勇防护省城之议，嗣知饷项支绌中止，今因日来湘乡、浏阳，屡有匪徒滋事之案，于是决计募勇千人，驻守省会。当此人心不靖之时，会垣添勇以壮声势，计亦良是，惟军需局每月又须添饷五千金，颇难筹划耳。援黔之军，中丞初至时，似亦不甚置可否，近日议论，颇有不满之意，恐日后必有变动，盖此三军者，（三军之中，以李次青一军为最可用，盖次青虽书生，然无欲心，且其所部，皆湘中有纪律之军，不致骚扰良民也。）统帅既不和，其营中之人即不免有入主出奴之见，彼此攻揭，遂不觉尽露其底里。总之，黔事本难办，（现在有旨令席研香宝田往办，然恐亦未有胜于三人，以其行军亦无纪律也。）而此三人皆非能了此事之人，故师老饷糜，迄无成功也。

【按】 同治五年十一月，翁同爵署湖南布政使；次年八月初二日，奉旨补授四川按察使。十二月奉到批折即赴新任[①]。即同治五年十一月至同治六年十一月之件翁同爵在湖南藩司任上。

同治六年五月二十七日致翁曾翰家书云“吾于月之十八日交赍贺万寿折差周维翰寄去第陆号家信一件，足京纹（新泰厚票）汇票六

① 《翁同龢年谱·翁玉甫先生年谱》，第 182—183 页。

百两”，知同治六年五月十八日，翁同爵从新泰厚汇京六百两；与此函中“今从新泰厚汇寄京寓足色纹银（足公砝平）陆百两”相合，即“藩司养廉，较之盐道优厚……故师老饷糜，迄无成功也……藩司养廉，较之盐道优厚”五纸亦是随五月十八日家书寄京。

故此函写于同治六年五月十八日，述及其在湖南藩司任上四五月间发生的事情。

66. 同治六年五月二十七日(1867-6-28)

字付筹儿览：

前月廿三日折弁张执中回，接到三月十三日京寓第肆号家书，藉悉老亲康健，合宅平安。嗣今已及匝月，尚未接得续函，深为驰念。算计二月杪折弁往返已八十馀日，而迟迟不到，未识何故？吾于月之十八日交赍贺万寿折差周维翰寄去第陆号家信一件，足京纹（新泰厚票）汇票六百两，计程于六月杪可以到京也。此间雨水调匀，稻苗颇好，日来天气炎热，已穿葛纱。

吾自月之朔日起，小有感冒，偶发寒热，时因湘乡浏阳会匪窃发，未曾请假，直至望后方渐痊愈，今已饮食如常矣，可勿悬念。刘中丞到任后，本有添勇防守省城之议，嗣知饷项支绌事，遂中止。至湘乡等处哥匪起事，本地绅士愈以为言；于是遂募勇千人，令黄臬司润昌（湘潭人，中丞之进学门生也）统带，而军需局每月须添饷五千馀金也。其馀尚无新政。吾蒙中丞极青目，每与他人言，甚相倚重，惟吾自问无才力小任重，深虞陨越耳。援黔之师近日皆以抚为事，然兵威未振，苗民但怀德而不畏威，恐未必真南人，不复反也。

席臬司宝田尚未到省，计其成军日期，至快须在秋初，然军需局一面筹划席军新勇口粮，一面清理兆军旧勇欠饷，粮台须有十万金方能支持过去，届时不知如何罗掘也。捻匪闻已窜入山东境，恐彼处皆旱荒，更易于裹胁，畿南一带又将震动，奈何，奈何？

昨见湖北抄，知贵州试差已放廖、于两君，未识乡试果能届期举行否。此地科场事已陆续办理，藩司衙门就稿件约有千馀件，至经费则所发须二万金，本科前奏请添房考二员，而外帘誊录、对读等，亦须添多，故事尤繁杂也。连日北风稍凉，晨起尚可作书，草此问汝夫妇暨合家大小安吉，五月廿七日玉甫手书。全姨侍笔问安。

吾前所寄之益阳篾席，孝敬汝祖母者，吾喜其细而光滑，故特觅一床寄京，然只宜于盛暑天气用之，若稍凉则万万不可用。盖竹性本凉，且纯用篾青，故非酷暑，睡至五更，便觉寒气逼人。吾自己试之，往往如此。汝等须随时体察，勿因老人怕烦，不即更换，至嘱，至嘱。

湘省出产之物，吾意中却无可寄者，故未曾托寄。倘汝在京，知有此间土产，为京师少有者，尽可作书告吾知之，遇便寄京。若永州锡器及湘莲藕粉等，则托人皆笨重难带，不值远寄也。

王蓉洲放汀漳龙道，方谓其老境渐佳，乃行至清江一病而殁，极可怜，惜其乃郎宝诗非能继其家声者，所望在乃孙耳。惟一家数十口，何以为生也？闻家乡自遭兵燹后，叔和境遇甚恶，未知其眷口归家后，房屋尚在否？吾拟送分廿四金，径寄家乡也。

杨滨石归后，上年曾有书来，云将作湘中之游，今闻其在锡山掌教，未必再有此行。此间官场局面甚小，游客遇此皆不能满意，缘介在粤东、楚北之间，粤楚两省皆有盐商等规例，为东道主者，不过登高而呼，实不出私橐，而此间则并无公款，故丰啬迥殊也。

【按】 此函写于同治六年五月二十七日。同治五年十一月，王蓉洲谢授汀漳龙道[①]。次年二月初三日起程赴任；二月二十六日，行至王家营暴病而殁[②]，如函中所云“王蓉洲放汀漳龙道，方谓其老境渐佳，乃行至清江一病而殁”。

同治六年三月下旬，翁同爵寄京益阳篾席一床[③]，此即函中所言“吾前所寄之益阳篾席”。是年五月初一日，贵州主考放廖坤培、于建章[④]。

函中“刘中丞到任后……”，指同治六年四月十二日，湖南巡抚刘崐抵达长沙，次日即走马上任。

67. 同治六年六月二十五日(1867－7－26)

字付筹儿览：

月之十八日折差凌先翥回湘，接到五月二十日京寓所发第七号家书，敬悉汝祖慈大人近履康吉，合宅平安，欢忭无既。此次折差往返不及两月，为近来所罕有，前此黄鸿辉于月之二日回湘，(六号家信及芙蓉衫、芙蓉布、价人寄参均收到。)已算快者，亦来回两月有馀。至蔡弼臣则月之五日方始回湘，(五号家信及兵额表、平金獬豸补子缙绅，亦收到。)先黄弁走一月而销差反在黄后，刘中丞怒甚，将其外委斥革。经此惩创，以后折差或不至于沿途担搁也。

京师亢旱，五月中虽得雨，尚未深透，恐秋收终无望，奈何？逆捻东趋已至登莱青，东省菁华固已尽弃，未知畿辅不

① 《翁同龢日记》第二卷，第524页。

② 《翁同龢日记》第二卷，第546、556页。

③ 参见同治六年三月二十七日致翁曾翰家书。

④ 《翁同龢日记》第二卷，第565页。

至震动否？念甚。湘省哥老会虽屡次谋逆，然幸先事预觉，故上、今两年皆未为地方之害。今则年岁丰收，民情熙乐，似不致为倡乱者所摇惑也。

吾在此蒙韫斋中丞甚倚重，诸事皆承下问，吾遇事更谨慎，不敢丝毫徇私，（吾遇委缺、发饷等事，亦皆禀商中丞，不敢稍自专擅也。）故外人尚无间言；惟饷源日绌，用项日增，（捐输已至再至三，不能不减色。厘金亦因汉口有轮船南来之货，皆不由宜章行走，故亦日少。）颇难筹划耳。援黔之饷月费十五六万金，而为统领者，皆以粉饰为工，杀数人（尚是苗团捆送者）则奏报河水尽赤，令人慨叹。席研香（宝田）定于中秋后招勇西行，此人沈毅无欲，到彼或可旌旗变色也。

连日酷暑，（今日午后方派折差钟甲元，而明晨即行，可见中丞之性急也。）握管便挥汗如雨，不及另函致汝叔，俟下次再寄。此问汝夫妇暨合家大小均吉。六月廿五日玉甫手书。全姨侍笔请安。（有致覃叔喑函一件，或将分十六金先送去。）

湘省今年雨旸时若，禾苗极茂盛，故民气安恬。月之初旬连日阴雨，稍嫌水大。至望前后，方晴霁，天气亦极热。人虽挥汗如浴，而稻苗则愈旺。早稻现已陆续收割，中晚二稻亦已扬花结实，收成可望十分。此固闾阎之福，亦官斯土者之幸也。吾近来身体（肠红近日已止）甚好，早晨见客，午后治官事，至初更时可竣（公事毕即睡，避蚊也）。遇极热之日，则属吏有公事者（然今日尚见卅九人），方随时接见，馀皆谢却之。日前交伏后数日，夜热于昼，吾不能安睡，每夜必三四起，次日尚不至疲倦也。日来办科场事颇忙，吾先将应办事件开一清单，按日定稿，似尚不致有遗漏也。

【按】 此函写于同治六年六月二十五日，由折差程甲元赍京。

同治五年十一月，翁同爵授湖南布政使；同治六年八月，翁同爵提调文闱，初二日奉旨补授四川按察使。九月，中丞刘崐奏请暂留翁同爵湖南藩司署任[①]。函中述及其署理湖南藩司五、六月间发生的大事小情。

同治六年二月二十日，因程覃叔妻丧，翁同龢等人前往吊唁[②]，故翁同爵此函中云"有致覃叔唁函一件"。

68. 同治六年七月二十三日(1867-8-22)

字付筹儿览：

前月十八日接到汝五月二十日所发第七号家书，知老亲康健，合宅平安，欣慰之至。吾于上月廿五日曾草第八号家信，交折差钟甲元赍去，未知何日可到。此一月来，久未接得京信，深为驰念。今晨接曾沅圃中丞书，知六月中旬直隶容城地方突起土匪数千人，到处杀掠，扰及蠡县、安平、高阳、正定、任县等处，恐行人或有阻隔，故折差迟迟不至耳。吾前月书因钟弁匆促启程，且酷暑不能作字，故语焉弗详，惟报平安，俾免高堂悬望而已。

湘省六月中旬起即炎热异常。吾早晨接见属吏，午后治官书，至夜二鼓方息，颇觉疲惫。入夜又热，不能安睡，必数数起。每日惟清晨及日中时可少休息，故办公事外，几于百事俱废，极热时即幕中友人亦懒于晤见也。近日夜间稍有风，暑气略减，直至今日天阴微雨，方觉稍好。(廿四、五两日又复大热。)

署中人口安吉，吾身体甚健，前月起日饮瓜汁一盂，至

---

① 《翁同龢年谱·翁玉甫先生年谱》，第182页。

② 《翁同龢日记》第二卷，第550页。

立秋后数日始止，今则觅瓜不得矣。此间年岁丰收，人情安堵，西防之事以席研香为兆宝岩替人。此君廉静寡欲，黔事庶其有济乎？惟撤旧招新需宽筹饷三十万，无米之炊，殊难措办耳。科场事已十办八九，尚须忙过中秋方可闲暇也。

中朝事近日久无闻见，以折差未归，京报不到，而湖北抄报向托盛旭人官封邮递。今旭人丁忧，而报本亦遂不寄，惟于晋谒中丞时，询悉一二，缘中丞处尚看湖北抄报也。山东捻匪闻尚在登莱一带盘踞，地方蹂躏可知。李少荃驻军济宁，有倒守运河西岸之议。吾恐此股逆匪非湘勇、淮勇所能了意者，东三省马队庶几成功也。吾三年出京时所借薛觐堂处贰百金，亟欲归款，以伊告养回籍中止。今既其世兄尚在京师，可即俟朱修伯差旋时还之。

今日稍凉，书此以候折差之便，此字即问汝夫妇近好，并孙男女辈等均吉。六月廿三日玉甫手书。全姨侍笔请安问好。

【按】 此函末署“六月廿三日”，函中云“前月十八日接到汝五月二十日所发第七号家书”，则“前月”当指“五月”。如此，则五月十八日接到五月二十日家书，颇不合情理。因疑此函末署“六月”当是“七月”之笔误，则“前月”即六月。

函中又云“湘省六月中旬起即炎热异常……（廿四、五两日复大热。）……吾身体甚健，前月起日饮瓜汁一盂，至立秋后数日始止，今则觅瓜不得矣……”，知写函当时已是“立秋后数日”之后的数日。同治六年八月，翁同爵提调文闱[1]，即如函中所云“科场事已十办八九，尚须忙过中秋方可闲暇也”。

故此函写于同治六年七月二十三日。

---

① 《翁同龢年谱·翁玉甫先生年谱》，第182页。

69. 同治六年七月二十九日(1867－8－28)

吾此间六月十八日，接到京寓五月廿日所发第七号家书后，四旬来，未得京信，盼望良殷。昨廿七、廿八两日折差盛占鳌、丁维翰先后归，接到六月廿五日及七月朔日所发第八、九号家书两函，敬悉老亲慈躬康健，合宅平安。游子之心于是大慰，夜饭不觉为之加餐，朝中事于邸报中略见一斑。艮老开其一切差使，处置最为得体，病稍愈，似可复出也。子颖放温处道，修伯可得领班差，旋当即上堂矣。吾在此公私一切均平顺，惟本衙门官事本不少；兼之办理科场，案牍坌集，每日无片刻闲暇。幸身体尚好，不觉劳顿，主考大约于明日可以到省。

湘省号舍陆续添盖，现已有万间，然应试者极多，学使遗才尚不能全取也。王初田今晨已回省，尚未晤，信件亦未送来。此间天气交伏后极热，往往夜不能卧。至昨日始转北风，甚觉凉爽。昨夜五更时，可盖薄棉被矣。湘中年岁丰收，粮价渐减，倘以后时沾雨泽，则红薯可望大熟，米价更可日贱。缘此地农民大半以番薯为日食，可支大半年之粮也。防黔之军泄沓如故，或席臬司去后，可以旌旗变色耳。兵饷日增，来源益匮，吾夜不安席，转辗筹思，总觉左支右绌，奈何，奈何？此问汝夫妇暨孙男女辈均吉。六月廿九日辰刻玉甫又书。

刘蕴斋中丞到此，相待极厚。吾遇事益谨慎，不敢丝毫自专。凡州县缺出，须委人者，吾开单请中丞定见(此间亦向来如此)。偶询问属吏之贤否，吾必秉公以对，未尝有一人一事阿私所好者，故外间尚无议论。惟省中候补人员太多，州县至二百馀人，焉得尽有差使？缺望者不少，怨讟之言，恐不能免。第扪心自问，事事可以对人，则无稽之毁誉，只好听之耳。惟现在兵饷日增，厘金捐输，日渐减色，每月月饷，总不敷五六万金，已难支持；兼之席招新勇，兆撤旧勇，（极力罗掘，仅有其半。）须宽筹二十万金，方敷支发，此则日夜焦思所莫可如何者耳。

席研香为兆宝岩替人，研香前月来此，一切与中丞面议，大约于中秋后开招，重阳后成军。十月初方能到防，研香沉静朴实，似可与有为者，谅不至如兆军之虚糜帑项也。（兆军册报有勇丁八千，而其实不及其半，故守尚难恃。若出击则久无此事，即奏报所称阵亡诸人，皆上年八九月间死事者也。）惟席军招新勇，兆军撤旧营，一换旧更新，军需局须筹饷三十万金，方敷支发。而此时每月月饷尚难支持，添此巨款，更无从措办。吾极力罗掘，仅凑银十万两，可供席军招新营饷需。至兆军撤勇欠饷，毫无款项可筹，昼夜焦思，不知所措，奈何，奈何？总之，筹饷者，极力经营，几于无可搜括；而带兵统领，无不以饷项饱私橐，竟至盈千累万，未免令人愤懑难平耳。

此地自交六月后，晴多雨少，故天气极热。吾早晨衣冠见客，须历两三时之久，至午刻方止。饭后非公事来禀见者，概辞却之。申酉间即阅官事，直至二鼓始竣。办理科场，稿件多至千馀。吾恐有遗漏及迟延者，先令书吏查出应办事件。前三届于何日行文者，令其汇开一单，注明上届最早行文之月日。吾按期要稿阅看，若迟则责惩承办之书吏，故尚无稽压之事。主考公礼，向来只共有一竿之数，上两届皆另筹款赠行，今年首府之意，欲废此举。吾以为不可，今仍其旧矣。大约每人可得三竿之数也。

昨接汝四哥六月廿四日书，知家中大小均吉，慰甚。家乡先苦旱，后又苦雨，低区有被淹者，里中盗贼横行，吾家六月三日亦有偷儿窥伺，幸惊觉逸去，未大失物也。

此间年岁极好，高低大熟，为十年来所仅见，米价近亦略减，惟鄂省奇荒，运米出境者不少，故尚未大贱耳。银价每两可换钱一千六百文，较之前年，长至四百文。地方钱粮，向来收钱之处，渐难敷衍。缘从前定价时，未曾计及久远，留钱价涨落地步，故此时不免受累耳。至漕米则当时定价三千八百文，若改收本色，万万不敷起运，尤为他日大患也。

【按】 同治六年五月十二日，倭艮峰相国因病请开缺，“旨赏假一月安心调理”[①]，即函中所云“艮老开其一切差使，处置最为得体，病稍愈，似可复出也”。同治六年五月二十五日，“方子颖放温处道”[②]。

函中“吾此间六月十八日，接到京寓五月廿日所发第七号家书后，四旬来，未得京信，盼望良殷。昨廿七、廿八两日折差盛占鳌、丁维翰先后归，接到六月廿五日及七月朔日所发第八、九号家书两函”，据此可知，写此函最早时间，也应该是六月十八日之后的四旬，已是七月底；而函末署“六月”，则六月接到七月朔日家书，亦不合情理。翁同爵另有八月二十四日函云“七月廿七、八两日折差盛占鳌、周维翰先后回省，接到汝六月廿四及七月朔日所发第八、九号家书”。因知函末署“六月”当是“七月”之笔误。故此函写于同治六年七月二十九日。另，此处之两折差“盛占鳌、丁维翰”，别函又作“盛占鳌、周维翰”，疑有一处笔误。

70. 同治六年八月二十四日(1867－9－21)

字付筹儿览：

七月廿七、八两日折差盛占鳌、周维翰先后回省，接到

---

① 《翁同龢日记》第二卷，第567页。

② 《翁同龢日记》第二卷，第570页。

汝六月廿四及七月朔日所发第八、九号家书，敬悉老亲康健，合宅平安，欣慰无既。吾六、七月来公事既冗繁，天时又暑热，日间除衣冠见客外，即终日伏案治官书；夜则热极不能睡，每四五起方止；故此数月中，几乎百事俱废，所幸身体尚好，虽饮食稍减，然却从无疾病也。今则天气已渐凉，科场已过，可少休息。惟援黔之军，撤旧换新，须饷二十馀万，筹画无方，颇深焦急耳。

湘省秋成大熟，民情赖以安静。此则地方之福，亦守土者之幸也。京师得雨已迟，秋收无望，近畿灾民不致流为盗贼否？殊切杞忧。捻匪闻又西窜，兖、沂、曹、济之间，已遍地贼踪，窃恐此事非淮楚兵将所能了，尚须命一宿将，率东三省马队奋力击之，或者可望成功。若再敷衍因循，则齐、豫二省悉遭蹂躏，无业之民皆将起而从贼，患有不可胜言者矣。枭匪北窜，未知京师戒严否，甚为驰念。

家乡闻年岁尚好，米价渐贱。汝荣哥处久未有书来，据仆辈家信中云，伊七月中亦稍有感冒，今已痊愈，未知确否？亦颇念之。署中人口均吉，吾饮食已复原矣。此问汝夫妇暨孙男女辈近好。八月廿四日玉甫手书（钤“玉甫手缄”朱文方印）。全姨侍笔问安。

此次寄京之壹千金，汝可收明。以百金孝敬汝祖母，以五十金送汝六叔，以五十金给汝，以百金为家人辈分项（李升、李寿宜稍恤其家），留七百金俟吾下次再有寄款，为众亲友年底馈岁之资。倘须还薛觐堂、庞宝生二处借款及寓中或须添补日用，则尽可先将此款提用，（又拟送周中堂奠敬五十金，贾师母奠敬五十金，唁信俟吾书就寄去。）下次信来可告知之也。

京师旱荒，米价骤长，未识银价若何？枭匪北窜，京师戒严否？神机营兵，恐不足恃。城外粥厂，未知办理如何？

饥民就食太多，恐亦易于滋事。吾家用度固宜节，然用人则断断不可减。今年冬令，(打更必不可减，切嘱，切嘱。)恐尚不能如上年之安静也。

蕴斋中丞到此后，待吾极厚，吾亦遇事直陈无隐，蒙中丞允许者多。惟议论黔边事，中丞甚不满意于兆、李、周三君。吾极力为之调停，故尚迟迟未发。近日则渐露圭角，恐出闱后必有一番举动，吾势难阻止也。此三君者，或伪报胜仗，或不听节制，或调度乖方。(今春起兆军未见一仗；周镇则逍遥沅晃，不复赴防；李军则二管带拳殴于主帅前。)楚边民毁之，黔省人毁之，即此间绅士亦无不毁之，于是中丞日听其言，遂不免摇动于中耳。总之，外人固好议论，而此三军实亦自己予人口舌。惟湘省自上年春间至今秋，糜饷二百馀万，不惟无益于黔，且实有害于楚，沅晃边鄙之民，悉遭蹂躏，此事实不可以对人也。(此事现未发动，宜秘之，切勿为外人道。)

外省办理科场，皆藩司衙门主政。自五、六月来，稿件已加至千馀，至临场之投卷、造册及试卷用印，更漏夜赶办。(卷有一万馀，用印十二万几千颗，用水印印卷背，故尤难也。)此次学使吕九霞送册较迟(初四日方送八千人，至初五日巳刻方续送二千馀人)，直至八月五日，方才截数，共有一万五百八十人，(投卷者一万四百馀，头场收卷一万一百四十八本，缘临点不到者有二百馀人也。)而士子号舍仅有一万一百五十间，复赶将誊录所坐号舍，编字添入，及造册、卖卷、收卷用印，皆于一昼夜内赶办，故尤觉匆遽，幸尚未迟误，然已不睡者三整夜矣。至初八、十一、十四，头、二、三场点名。头场则阅十二时之久，二、三场略快，亦阅十个时辰；且初九、十二、十五夜半后，尚须巡查围墙；兼之连日又值秋祭之期，故半月来，竟无一夜可以安睡者，幸身体强健，尚不觉疲乏。今则三场已毕，得少休息矣。十七。

今年秋暑颇盛，初八日稍有风，初九日略阴，故头场进场士子，尚不觉苦。至二、三场，则热不减于三伏，幸场内举子万馀，(上届士子死数十，而誊录则竟死至百馀。)皆无疾病。(闻湖北场中病者极多。)惟三场有一人五荣已誊完[1]，死于号中，馀皆平善，为向来所未有。推原其故，向来场内士子饮水，皆用场中一井，(非井也，特一池耳。)而井水不甚清洁，(水甚浊，云监临祭后却可饮，其实未必然也。)人饮之辄病。

今年吾选择老诚勤慎佐杂三员，派管内场各项人役用水，(龙门内添大水桶百馀，皆满贮河水，凡士子皆用此水。)而场外又派三员，督率长善二邑县丞查看，水须洁净者，(内场主考、房官、监临，皆用泉水。)方准灌入。吾每于日间及夜半巡墙时，复亲自察看，故水较往届为好，或者因此少病耳。此次添房考二员，士子进场者，较上科多二千人，幸场内外皆平安无事，誊录头场卷昨日进完，(誊录较上届略好。)大约监临于廿三日可出场也。十八。

此次湖南应试士子至一万数百人，号舍新添二千间，尚不敷坐，复将誊录号舍添编字号列入方能容坐。头场题："曰：'赐也，可使从政也与？'曰：'赐也达，于从政乎何有？'曰：'求也，可使从政也与？'曰：'求也艺，于从政乎何有？'""譬如登高必自卑"，"以德服人者，中心悦而诚服之也，如七十子之服孔子也"，赋得"多稼连云雁鹜肥"，得多字。

二场题：谦，德之柄也；若济巨川，用汝作舟楫；其崇如墉，其比如栉；夏、楚子、陈侯、郑伯盟于辰陵(宣公十有一年)；大夫以鱼须文竹。

---

① 五荣，指忠、孝、仁、义、贤五种荣名。

三场题：经、史、兵书火器，湖南形胜古迹，文体。与考士子场内外均安静无事。头场天气尚好，二、三场却极热，幸场中无疾病者，即誊录号军，亦皆无事也，头场卷于十八早晨进竣，今日三场者可完矣。（监临于廿四日出闱。）廿三日。

吾署藩司，进款不过尔尔，而家人辈则较盐道衙门为优，每节分项，约在二千金左右。虽用人几及三十，派股不能过丰，然分上等股者，每人或百馀金，或百金，最少之股，亦分二十馀金。（老妈则每人不过数金，吾家家法，向来如此也。）故京寓家人，多则提二百金，少亦提一百二十金。

此间之人必有信告知京寓，但此款断不能全数分给现在用人。吾在此若辈分项，无论多寡，必尽数分散，从不留分毫为添补火食等项名目。第京寓及家乡用人，非在署当差比，此中多寡，须酌量分给，且京寓如李升、李寿之家，亦须略为抚恤，必当于此款内提用，此事却并无人言及，不过告汝知之，倘有人问，即可以此告之也。

【按】 此数纸写于同治六年八月，述及同治六年八月其在湖南提调文闱的情况。据其函中所署日期，知非同日写成。

“此次寄京之壹千金……（监临于廿四日出闱。）廿三日”此五纸钤有“谨慎”朱文长方骑缝印，其中，“此次寄京之壹千金，汝可收明……恐尚不能如上年之安静也”一纸右边与“此次湖南应试士子至一万数百人……（监临于廿四日出闱。）廿三日”左边亦有骑缝钤印，尚未见相对应者。“吾署藩司，进款不过尔尔……倘有人问，即可以此告之也”纸右上边钤有“谨慎”朱文长方骑缝印，尚未见相对应者。

同治六年二月，贾桢（字筠堂）相国夫人亡，三月十一日，翁同龢等人前往吊唁贾师母；四月初五日，相国周祖培（号芝台）突发重病，

"一汗而终"[①]。

同治二年十二月二十一日,"老仆李升感疾经月,(到昌平茔地后,归即卧病。)投以参剂不效,今日巳刻遂奄逝矣。茕独无儿,可悯可惜"[②];同治六年四月二十九日,"仆人李寿随余(指翁同龢)十七年矣,忽患时气,误服升散,数日而死,昨日事。可伤也"[③],故而,函中云"且京寓如李升、李寿之家,亦须略为抚恤"。

71. 同治六年八月三十日(1867-9-27)

字付筹儿览:

本月廿六日将第十号家书并京纹壹千两汇票交折弁易涣去后,晚间折差钟甲元回湘,接到京寓七月廿八日所发第十号家信,敬悉老亲康健,合宅平安,欢喜无量。吾在此间公私顺适,办理科场幸场内外均安静无事,揭晓大约在九月初六、七日。二主试或于月内可以启程也,学政全单前日有从湖北寄来者,此地放温味秋甚善,汴生、颂阁皆得安稳省分,殊可喜。同乡中惟云生寂寂,未识能一分校否。

畿南枭匪尚不致北扰京师,闻之欣慰。捻逆已窜动,闻兖、沂、曹、济之间一片皆是,恐李少荃未必能制其死命也。皖豫楚北现虽无事,然贼踪飘忽,颇可虑。此心腹之患,殊切杞人之忧也。此地各属丰收,民情赖以安帖,会匪游勇尚不至蠢动生事。米价日渐平减,穷民自食其力,可无冻馁之虞矣。黔中军事依然,席研香于孟冬中上旬方能到防。筹饷之艰,倍于畴昔,而操兵柄者尚日议增兵,奈何,奈何。

---

① 《翁同龢日记》第二卷,第554、560页。

② 《翁同龢日记》第一卷,第333页。

③ 《翁同龢日记》第二卷,第564—565页。

兆、李、周三君蕴帅颇不满意，研香接替后，恐必有更动，吾极力维持之，卒难转圜也。抚军复欲请郭意诚佐幕中事，意诚自己却半推半就，刘霞仙、黄南坡则极力怂恿之。霞仙固为公而南翁则未免有私矣。若果定局，得失亦参半，以意诚军务固熟，而他事徇私之处，亦不少也。日来天气渐凉，吾饮食已能如旧，衣冠见客亦不觉苦；否则每逢衙参日多至七八班（每班九人），少亦四五班，必阅两三时辰，方能见竣，殊觉疲乏也。

署中人口平安，庭中老桂开四五树，香味�郁，沁人心脾，为到此第一年乐事也。家乡久无书来，未知汝四哥身体如何，甚念之。吾前日曾寄毛诗之数分给家中人暨至亲等。草此问汝夫妇暨合家大小均吉。八月晦日玉甫手书。全姨侍笔问安。

藩司入项虽与本任相埒，未必见优，然以吾节俭持之，则每年总有盈馀，足敷京寓之用。所虑者，若蒙恩升授湘省臬司，则几几入不敷出，难以筹画矣。吾现在署中用度，仍如往日，惟藩司公事繁杂，用人不能不多，应酬不能不稍大，故较本任，几添其半，亦势难再减也。湘省本地绅士，渐觉奢华，而官场则仍俭朴。李筱荃中丞在此二年，署中从未演剧。新抚军到此，亦不与宴会，故以下尚不致以听戏饮酒为事，即偶有叙会，皆寻常席面清谈酬应而已。不比绅士之动辄戏酒也。

【按】 此函写于同治六年八月三十日。同治六年八月初一日，放各省学政。其中，邵亨豫（字汴生）放福建；徐郙（号颂阁）放江西；温忠翰（字味秋）放湖南。函中“韫帅”或“新抚军”，即湖南巡抚刘崐（韫斋）。

72. 同治六年十月初一日(1867-10-27)

字付筹儿览:

月之初五日奉到部文,知吾本缺放刘子迎,而吾之升任何省未知也。至初十日见湖北寄来抄报,方知吾升授川臬。直至今日部文总未奉到。想是铨部行文时,但行川省,漏却湖南一套。否则,何迟迟不至耶?刘中丞云:尽可以恭阅邸抄具折谢恩,不必定须部文到后始行折谢。今于此次折差进京已具折附去,折内请求陛见。而昨日奉到中丞行知,已附报具奏,令吾暂留湘省署理藩司,须俟本任到后,方可交卸启程。如此,则恐今年尚须在湘度岁也。

吾毫无德能,一阶幸进,皆仰赖先人馀荫及汝祖母福庇。嗣后惟有益自勤慎,以期上之无负国恩,下之无堕家声而已。上月廿六日折弁钟甲元往时,吾将第十号家书及新泰厚汇票壹千两寄去。月之朔日又将第拾壹号家书交折弁凌先翥去,未知汝处于何日收到。

吾近来身体甚好,文闱办过,稍可休息,天气已凉,衣冠见客,亦不觉苦。藩司案牍虽繁,然习惯亦渐省心力。此时所昼夜筹思者,惟军饷一端耳。现在席军新招,兆军撤旧,除月饷外,所添又二十馀万。现已筹解十三万,而亟须续解者,尚有八万金。罗掘已空,无从设法,此真无可如何者也。吾此次请陛见折,谅必准来见。交卸后,当即日就道,藉此定省老亲,乌鸟私情,庶几稍慰耳。

西防三军,(兆开缺交部议,周降参将,留营差遣,李降三品顶戴,俟荆竹园克复,再令离营。此折于廿二日拜发,原稿秘甚,仅令吾一见。)中丞昨有折纠参,未识见诸施行否?此事吾为之调停者已半年,乃虚糜帑项,寸效毫无,以致众口沸腾,怨谤交作。近日虽欲为之排解,而不能矣。郭意诚又入中丞幕府。此君见识议论尚好,惟稍有私心。中丞能用其长而去其短,方为有益也。北闱消息,此间于出月方能得信,不识吾邑有获中者否。此问汝夫妇暨孙男女辈均吉。九月廿四日玉甫手书,全姨侍笔问安。

吾于初五日黎明上院时知本任长宝道缺已放刘达善,而吾之因何开缺尚未得知,深为焦灼。至初六日夜间接到直隶顺德府任筱园太守贺禀,始知吾蒙恩已简放四川臬司,欢忭无既。吾德薄能鲜,今得幸进一阶,此皆仰赖天恩祖德,及高堂福庇。嗣后尤当益加勤慎,以期上无负朝廷逾格鸿施,下不敢坠先文端公清白家声。夙夜自思弥深盛悚。至应请陛见与否,尚未奉到部文,刻难预定也。初八。

吾蒙恩升授四川臬司,此间已见京报,而部文至今未到,想是吏部行文漏却湖南督抚一套,于是遂未识于何日方能奉到也。中丞之意以为吾恭阅邸抄即可谢恩,不必定须俟部文到后方才具折。至请陛见一层,(吾谢恩折填廿一日拜发,而奏留湘省署藩司行知于廿三日奉到,故折内可以不提,且毋庸夹片陈明也。)中丞决意令吾须俟本任到后启行,拟于月内奏请暂留南省署理藩司。吾亦只好应诺,未便坚决请行。第筹饷日难,且中丞有变易援黔三君之议,(于廿二日已发折纠参。)在此亦甚费调停也。十六。

吾此次进京陛见,拟将家眷安放湖北省城,而自己单身北上。至或走樊城,或走清江,届时探明何路安稳,再行定见。所有楠木器具及瓷器、锡器等,拟遣一家人运回家乡。书籍到此后,亦略添几种,如广板《佩文韵府》及《皇清经解》等,尚拟挈之入川也。京中年底应酬似可从缓。吾此次到京,各处必须酬应。若年底者先照旧分送,则吾到后之应酬自在,岂不多添一层。吾力量万来不及也。吾得升川臬信后,亟欲成行,而中丞必欲奏留,暂署湘藩,势难推却,真无可如何也。十九。

此间闱墨所取皆平正通达之文，且揭晓寒士居多，故外间毫无訾议。两主试温文尔雅，遇事谨饬，甚为可敬。吾辈公请已过，是日亦未演剧，中丞意也。次日，吾复单请，亦清谭而已。此地差囊本不丰，从前不过二竿之数，至棉佩卿、宝生先后以侍郎典试此邦，于是大府极力周旋，佩翁约有五竿之数，宝翁只不过四竿而已。此次吾为之尽力擘画，大约三竿可到也。（两主试于廿八日起程，毕东屏告假一月回籍，王仲廉大约年内可到京。）北闱主考及题目已见抄，江南题亦已知。惟题名录未知何日方得见耳。星农两郎君、初田第三子皆应江南乡试，不识有获隽者否也。

此间吏治民情大致尚妥，惟兵饷一事若不亟筹变易之方，则于黔省毫无益而湘省大有害。自上年兆、李、周办黔事后，计至此时糜饷已二百万，而荆竹园寨头贼巢如故，尚未能收复。倘再相持数月，又不知用饷若干。此间厘金、捐输、盐厘等项尽计入款，不过一百七八十万金。而出款须二百三四十万。每年计不敷五六十万。此项或由司道两库垫发，或归各营欠饷。此时已水穷山尽，若日复一日，害将不可胜言，故吾自到藩司任后，日惟以裁兵就饷为计，而旁人总以为不达时务。援黔正是防湘，不知防湘须视自己力量，万不能舍己芸人也。

七月杪折差算计日内必可回湘，而竟迟迟不至，盼望实深。此间于京朝事全赖折差回省方悉。今逾一月不来，于是捻踪消息及直隶枭匪情形，亦皆不得确耗，令人闷极。吾升川臬谢恩折即交此次折差朱彰纪赍去。此地凡藩臬附折向给费贰拾肆金，已照例付之矣。吾前信所要折件等，想已寄来。若尚未寄，则此次必须令朱弁带来，切勿忘却为要。天气渐冷，京寓门户火烛须格外谨慎，打更须多用，不可因节用而裁减，家人亦宜斟酌添一二人。恐城内外两处分开不敷照料也。切嘱，切嘱。

主考王仲莲回京，吾托其携去锡暖碗一匣（计大小十六件），新湘莲五十斤，外无信件，到时可即遣人取回。莲子可备汝祖母早晨点心。新者煮，尚易烂，不费事也。解朱墨卷委员徐耀，吾令其带去《皇朝经世文编》八套，亦无信。此书竹纸者，价只五千一部，而此是绵纸者，每部须十千文也。主考、程仪、藩司向来每位送百金，吾此次每人送一百五十金，其馀土仪送锡暖碗八件，龙须席两床，祁阳葛两匹，贡馀茶两匣，竹纸《经世文编》一部，《南岳志》一套，《岣嵝碑》两张，《岳麓寺碑》一张而已。

升四川臬司谢恩折稿

奏为叩谢天恩，吁请陛见，仰祈圣鉴事，窃臣恭读邸钞，同治六年八月初二日奉上谕，四川按察使着翁补授，钦此。跪聆之下，感悚难名。伏念臣三吴下士，世受国恩，以任子而洊陟郎官，由京察而擢膺外畿。同治三年九月奉旨补授湖南盐法长宝道。履任以来，两权臬篆。

上年十一月复蒙前抚臣李奏委署理布政使，涓埃未报，冰惕方深，兹乃渥荐恩纶，擢授四川按察使，查西蜀地居遁徼，臬司总理刑名。现值邻警未平，除暴诘奸，均关紧要。臣自顾菲材，深惧弗克胜任，惟有竭诚吁恳圣慈，准臣恭诣阙廷，跪聆宾训，俾得黾勉遵守益矢公勤，以冀仰酬高厚于万一所有。微臣感悚下忱，谨缮折恭谢天恩。伏祈皇太后、皇上圣鉴，谨奏。

刘中丞奏留湘藩稿

再接阅邸报，钦奉上谕：四川按察使着翁补授，钦此。

臣查翁系湖南盐法长宝道，上年经前抚臣委署藩司，尚未交卸，今升任四川臬司，除盐法道员，已另奉谕旨，以刘达善补授。所有藩司印务，本应即行委员接署，以便该司交卸，前赴升任。惟查该司，自署藩篆以来，将及一载，筹划本境军需拨解，邻省协饷，办理均极妥善。现值席宝田更替，兆琛统领援黔各军找发欠饷，筹备新军器械口粮，在在均关紧要，未便遽易生手，致滋贻误相应。奏恳天恩，俯准将该司暂留湖南藩司署任，一俟实任人员到楚，即令交卸驰赴川臬之任。臣为慎重军饷起见，谨会同署督臣李附片具奏，伏祈圣鉴训示，谨奏。九月二十二日奏。

【按】 同治六年年八月初二日，翁同爵补授四川按察使，即四川臬司；九月，翁同爵始“闻授川臬之命，具折谢恩，吁请陛见”；然九月二十二日，中丞刘崐上折奏请翁同爵暂留湖南藩司署任①。

是年十月初九日，翁同龢得知“楚抚奏留五兄暂署藩司，劾兆琛等师久无功。兆琛开缺听部议，周洪印降为参将，李元度降三品顶带，仍督兵进剿。湖南藩司放李榕”②。

同治六年十月二十六日，翁同爵致翁曾翰家书中云“月之朔日将第十二号家书交折弁朱彰纪赍去”；是年十一月初二日，翁同龢“得五兄十月朔长沙函，始闻擢任之信，谢折亦到矣”③。此与函中“吾升川臬谢恩折即交此次折差朱彰纪赍去”相合，因知此数纸写于同治六年九月，于十月初一日寄京，是为第十二号家书。④

---

① 《翁同龢日记》第二卷，第 581 页。《翁同龢年谱 · 翁玉甫先生年谱》，第 182 页。

② 《翁同龢日记》第二卷，第 592 页。

③ 《翁同龢日记》第二卷，第 596 页。

④ 参见同治六年十月二十六日致翁曾翰家书。

73. 同治六年十月二十六日(1867-11-21)

字付筹儿览:

月之朔日将第十二号家书交折弁朱彰纪赍去,未识何时可到。初四日折差刘斌回湘,接到京寓八月廿八日所发十一号家信,敬悉老亲近履安康,合家大小皆吉,深为欣慰。吾此次谢恩折内即恳请陛见,谅可允准。惟此间奉到批折,已在十一月杪。检点行装,赶紧就道,正届岁底,恐行期总在新正,且现在湘藩未知简放何人。倘由远省升来,则到任尚需时日;吾又不能实时交卸启程,日期更难豫定也。吾此数年来不能板舆迎养,望云之思,未尝稍释。每见他人进京者,辄生欣羡。今得请觐入都,就日瞻云,私怀正遂,乃以中丞相待甚厚,奏留暂署湘藩。辞之不获。又须勾留数月,殊非吾本愿也。

湘省年岁丰稔,人情安帖,本任公事尚属平顺。惟黔边防务更张,月饷外复添军饷三十馀万,无米之炊,颇费筹划。吾故此数月来,往往夜不成寐,心力交劳。而局外人尚以中丞纠参兆、李诸君,吾不能极力阻止见责。此真难与之口舌争矣。文武乡试幸无遗误。武闱今日亦已考竣,(自月之初三日看马箭起至今廿六日并未停止一天。)定于廿八日默武经,廿九日清晨出榜,与试诸生尚皆安静。场外并无些小事,故实为难得也。畿辅涛饥穷民就食京师者不少。现虽设粥厂以赈济之,未识能不致流而为匪否?

京南枭匪礼贤一仗后,未知近日情形若何?捻逆南窜淮徐,近又北趋东省。闻盘旋于曲阜、汶上之间,其蹂躏可想而知。恐此贼非湘勇、淮勇所能剿灭也。家乡闻秋收减色,木棉不花。意者吾郡人遭兵燹之后,不能返朴还醇而转相习于奢华,故祥和不能感召耳。

此间交十月来，天气晴和，早晚可服皮衣，而日中尚燥热。吾近来身体甚好，庭菊盛开，持螯独酌，颇觉怡然。草此问汝夫妇近好，并孙男女辈均吉。十月廿六日玉甫手书。全姨侍笔请安问好。

顺天题名，刘中丞处送来已阅过。吾乡无中式者。同郡二人一是楞香先生次子，一是蒋香生，芍庭之婿。其馀相识者甚寥寥。闻常州同乡云，赵执诒是朗甫次子，（其馀官卷未知何人），未知确否。浙江题名未见。闻他人传说，钱仑仙之弟篪仙振常已中，而汤伯述落孙山外。南榜（徐月槎子亦中式）吾乡中者十人，（家书中云：尚有正榜方鸿绶，副榜陆凤章，可谓极喜。）未知府学中尚有否？少溪、缦云、月锄皆好手，他人皆不知。庞鸿治是崐圃之子否？（近接汝荣哥书，知是崐圃次子。）以汝祥哥不甚了了，（此次汝荣哥已寄一单来，甚详，汝不必再赘说矣。）下次书中可详及之。张吉人、胡石槎等，想均下场，仍复不中，命也。湘省北闱中三人，云尚是用功者。何贞翁之孙，闻中副榜第二。然副榜题名却未见也。

此间寄家书，除却交折差，馀皆不可靠；间或有交银号者，尚可到，但迟速不定耳。若由官封递寄，则往往浮沉不达，即如京中八月初十日所寄家信，托庞宝生邮递者，至今已两月馀，（此时不到，谅必遗失，未识书中有要语否?）尚未接到，恐已付之洪乔矣[1]。盖外省官封，地方大吏者可达，惟沿途驿站，时有拆动，至学使及他衙门者，则见是信函，即延搁不递，极为可恶也。故隔省寄书，如有紧要事件者，必

---

① 洪乔，即殷洪乔，典出南朝宋刘义庆《世说新语·任诞》："殷洪乔作豫章郡，临去，都下人因附百许函书。既至石头，悉掷水中，因祝曰：'沉者自沉，浮者自浮，殷洪乔不能作致书邮。'"后人因称不可信托的寄信人为"洪乔"。

须用臬司排单，方能递到。第排单有公牍始可。若私函则究嫌违例，故非有公事相商者，不敢轻易填用也。吾升川臬部文亦至今未到，（川中咨文却于日前已到。）想是铨部漏却，真可笑也。廿六。

【按】 同治六年八月，翁同爵提调文闱；初二日，奉旨补授四川按察使；九月二十二日，中丞刘崐奏请暂留翁同爵湖南藩司署任；十月，翁同爵“办武乡试事”[①]。故此札写于同治六年十月二十六日，即十三号家书，十月三十日晨交折差李锡圭赍京[②]。是年十二月初一日，京中收到此函[③]。

74. 同治六年十月三十日（1867－11－25）

字付筹儿览：

今日早晨方将第拾叁号家书交折差李锡圭去。午后折弁易涣、凌先翥回，接到京寓九月廿九及十月初三所发十二、十三号信，并折子、油纸、高丽参、闱墨等。敬悉高堂康健，合宅平安，深为欣慰。汝仲渊兄旧病增剧，自是焦急所致。然不论如何处境，总须保养身体。切勿自视太轻为嘱。

蔡处之事，从前吾在京时即知其买空卖空，亏折至数万串，而外面声色不露，便觉其用心叵测，故临行时曾嘱汝少与交涉。后闻其在观音寺街开设钱店，且义臣之弟三人皆

---

① 《翁同龢年谱·翁玉甫先生年谱》，第182页。

② 参见同治六年十月三十日致翁曾翰家书。

③ 《翁同龢日记》第二卷，第602页。同治六年十二月朔日日记云“得五兄十月二十八日、十一月初一日函”，其中“十月二十八日”，与此函“十月二十六日”时间略有出入，疑函封日期为“二十八日”。

捐京职，更知其败必速矣。不料汝辈心有所贪，遂至为之经手数至巨万。第自己私囊一洗而空尚是小事，所最难为情者不堪对亲友耳。至汝仲兄经手，悉是银号买卖人，尤为不智。若因此拖累，未见为门户之玷，言之慨叹。

至京寓用度，吾不论作何官，总可接济。可嘱汝叔切勿以此萦怀也。至嘱，至嘱。吾近来身体甚好，惟新任藩司至今杳无消息，未知于何日方能交卸起程，殊为焦灼耳。逆捻盘旋于曲阜、汶上间，未识近日情形若何？枭匪逼近京师，闻击散后尚未净尽。定州一带行旅皆有阻隔，不知确否？草此敬请高堂万福，并问汝夫妇均吉。十月晦日亥正玉甫手书。

【按】 同治六年九月，翁同爵授四川按察使；因新任藩司尚未到任，九月二十二日，中丞刘崐奏请暂留翁同爵湖南藩司署任；十月初九日，湖南藩司放李榕（申甫）。是年十一月二十一日，李申甫到湘，二十五日接印上任。翁同爵方得以交卸；十二月，翁同爵奉到批折即赴新任[①]，故此函写于同治六年十月三十日。

75. 同治六年十一月初七日(1867－12－2)

字付筹儿览：

前月三十日将第拾叁号家书交折差李锡奎去后，午后折弁易涣、凌先翥先后回省，接到京寓九月廿九及十月初三所发十二号暨十三号家书外，折件并高丽参等均经收到。藉悉重闱万福，合宅平安，深为欣忭。惟汝仲兄因蔡处经手

---

① 《翁同龢年谱·翁玉甫先生年谱》，第183页。参见同治六年十一月二十九日致翁曾翰家书。

事交涉，焦急郁闷，以致旧病增剧，甚为悬念。此事固由他人欺诳，亦自己为利心所动，遂致受其愚弄耳。未知近日如何了结、不致成讼否？第事已如此，言之亦无益，惟有嘱其善保身体为要。

吾为刘中丞奏留，暂署藩司，未能迎折北上，月之初二日方知湘藩放李申甫，计其抵任日期正吾批折可到。届时或进京，或赴任，行止可定。连日料理交卸事件，及遣家人将粗重物件寄回常熟，亦刻无暇晷也。吾交卸后无甚担搁，多则半月，少则十日即可成行。惟望恩准来见，则就日瞻云，于愿方遂。如此，则拟将眷口安顿湖北省城而自己即轻骑减从，同汝祥哥北上。至道出何途，届时再定。此时不能逆计也。倘即令赴任，则取道宜昌，不必再至鄂省。闻冬令水涸，滩尚不险，至万县后再由陆路径赴成都，大约二月间亦可抵任也。

川省地富民阜，至臬司缺廉俸亦尚优厚。然吾才识浅薄，惟有廉洁自矢，上之不敢负朝廷简任之恩，下之不敢堕先公清白家声，决不效他人所为专为身家计也。汝其知之。汝玉牒馆当差得何议叙？然吾所望于汝者尚不止此，切勿以此自足为嘱。汝叔日侍圣学，于书房功课能尽厥职，即是报称，不必有出位之思，退直后须自己节力，以保养身体，饮食起居皆宜稍适，不可过于省俭。至日用所需，则吾不论作何官，吾总可独力任之，万勿以此萦怀，至嘱，至嘱。

吾近日颇忙，今日先文端公忌日，茹素，不见客。故得稍闲，草此数行寄汝，即请重闱近福并问合宅安好不备。十一月初七日玉甫手书（钤“玉甫手缄”朱文方印）。全姨侍笔请安问好。

昨接制军札，知新方伯李申甫制军已为之奏请，暂缓陛见，则来湘必速，月半后似可到省。吾交卸后，须俟谢恩折批回，方能定进京与否，大约出月初十日左右必可启程，以后京信可不必再寄湖南，或寄湖北省，托何小宋转交为妥。小宋现获鄂抚篆，想藩司必是耕虞署理，二君皆精明强干，定能相得益彰。否则，北省吏治疲玩已久，似不如湘省之尚不离大宗也。近日料理案牍，以待新任，亦颇忙碌，且在此三年，所有锡器（皆粗货）、瓷器及楠木器具、茶花、兰花，逐渐增多，虽一文不值，然弃之又可惜，拟遣徐贵送回家乡，现在雇觅船只尚未成行也。初九。（上钤“谨慎”朱文长方印。）

【按】 此函写于同治六年十一月初七日。同治元年十一月初七日寅初，翁心存病逝，故函中云“今日先文端公忌日”。

同治四年二月，翁同爵抵达长沙，赴湖南盐运使任；同治六年八月，翁同爵奉旨补授四川按察使①，其间，翁同爵一直在湖南任上，计有三年，如函中云“在此三年”。同治六年三月，翁曾翰“充玉牒馆汉誊录官。十一月玉牒告成。奉旨以本衙门应升之缺升用”②。

76. 同治六年十一月二十九日（1867－12－24）

字付筹儿览：

月之廿一日李申甫到湘，于廿五日巳刻接印，吾交卸后即于是日移住公馆。现在检点行装，专候奉到批回折件即行启程。若准来京，则应酬盘费虽属难筹，然就日瞻云，于愿方遂。眷口拟暂寓武昌，吾率汝祥哥轻装就道，计于开春二月初可以抵都，船只现已雇定，行李亦已收拾齐备矣。

---

① 《翁同龢年谱·翁玉甫先生年谱》，第181—183页。

② 参见稿本《海珊自叙年谱》。

吾在此三年，虽无善政及民，然此间人士皆以为政令不扰而黎庶蒙泽，颇有攀辕卧辙之意，令人皇愧。僚属中亦以吾谦和而平允，更深系恋也。申甫方伯才识过人，到此必有新政。现尚未见诸施行。西路黔边诸军或撤或减，尚无哗溃之虞。其欠饷之最多者，惟周镇一军，现拟令其捐输数成说有头绪矣。

此间自八月以来久未得雨，山田种芋者，皆歉收，颇妨民食。现在深望雨雪而天气晴和，无变意。中丞令于今日起设坛祈雪，未知能感应否。湘省民情浮动，数年来，哥弟会匪屡次滋事，而随起随灭者，皆年丰谷贱，人心不摇之故。若岁一不登，则隐忧正未艾也。捻逆闻任柱一股已就歼除，未识牛、赖两股现在情形若何。樊城道路似尚可行。然贼踪飘忽无定。俟至武昌时探明何路安稳再行定夺。

吾移寓后觉稍安逸。惟酬应极多，终日困于酒食耳。吾近体甚好，可勿悬念。草此，问汝夫妇暨合家大小均吉。(汝叔处不及作札，可为吾问安。)十一月廿九日玉甫手书。(上钤“玉甫手缄”朱文方印)

月之十一日将第十四号家书并新泰厚汇票足公砝足色纹银壹千六百两，交元旦贺折差弁黄鸿辉带去，计于封印前可到，今复凑足纹(足公砝)壹千两交(新泰厚票)此次折差谢玉林赍去。汝可查收，同前次所寄之银好为存贮，以备吾明春到京时酬应之用。吾到此三年，菲衣节食，从不敢稍自奢靡。今综计所存，不过五千馀金而已，故此次进京盘川及在京酬应，约计尚且不敷。届时只好再借债出京。此时实不能逆料也。家乡房屋，汝荣哥有书来云：环秀归氏屋现拟出售，吾以此宅为蒋珠缠旧居，幼时熟游之地，颇愿得之。已陆续寄归漕平足纹贰千两，以为买屋之资，未知汝荣哥能于开春办成此事否？

【按】 此札写于同治六年十一月二十九日。同治六年十一月，新任湖南藩司李榕抵达湖南；是月二十五日翁同爵交卸藩篆，俶装赴川[①]。

77. 同治六年十二月十五日(1868-1-9)

字付筹儿览：

吾于腊八日作家书一函(第十六号)并新泰厚会票京平足公砝足色银贰千两，托刘蕴斋师加封转寄，(亦交年底折差赍去。)谅不至有迟误。吾于初十日申刻登舟，连日为风雨所阻。至十四日下午方放晴。今日方抵湘阴。因此后便人难得，故复草数行寄汝。吾此行大约于沙市、宜昌等处，度岁到任，须在开春二月中旬由水程抵万县，后拟自己率奴子数辈登陆到省，眷口仍坐舟而行。虽稍迟，然可安逸，以细弱不耐辛苦也。吾近体甚好，可勿悬念。惟此次未蒙恩准来京中，心殊觉耿耿耳。吾在湘三年，自问无一善政及民，方深歉仄，乃绅士暨僚属皆眷恋不置，有送万民牌伞者，令人皇愧。

湘省现虽无事。然哥弟会及斋匪等根株未能去净。倘岁或不登，乘间窃发，殊为可虑。缘此种无业游民，动以数十万计，镇抚弹压实不易易耳。李申甫方伯操守、识见、议论均好，惟稍有脾气，恐与蕴斋师处久，或不能相得也。畿辅枭匪若何？京城不至戒严否？直督闻已易官相，恐亦未必有所设施。换约未知定于何时，有必不能行之款，不识作何应之？倘一一听命，则国不成其为国矣。奈何，奈何？蜀中赋税本轻，近日津贴、捐输、徭役、民间输将数倍于昔，此

---

① 《翁同龢年谱·翁玉甫先生年谱》,第182页。

亦弊政也。恐未必能长治久安耳。吾才识短浅，不能不作杞人之忧。第骆帅治蜀久，此老若无恙即卧治，亦不致有他虞否？则正不能有恃无恐也。

前任川臬杨庆伯人本精明强干，且在蜀年久，一切情形皆熟悉。上官颇倚重之，故未免侵方伯之权。外间颇有訾议。吾初到彼中，吏治民风皆所未谙，除本任公事外，断不敢有出位之谋。其缺闻亦仗节寿陋规，舍此别无进项。吾亦只可仍旧，不复更张也。幕中友人皆须到彼延请，惟授读一席，已邀吴景行同行耳。家人中愿相随入川者多。派管公事二人，虽皆无才，然尚谨饬，故均挈之到彼矣。

篷窗无事，随笔作此，交送吾家人带回长沙，附年终折弁携去。此问汝夫妇暨合家大小均吉。玉甫手书，十五日初更湘阴舟次。

【按】 此函写于同治六年十二月十五日。同治六年十一月二十五日，翁同爵交卸藩司；十二月初十日，从长沙起程赴任[①]。此札是其在湘阴所发家书，同时亦有致翁同龢家书，同治七年正月二十四日，京中翁宅收到[②]。

78. 同治八年四月初二日(1869－5－13)

字付筹儿览：

昨折差去匆匆，不及作书寄汝。汝阅吾致汝叔书，可略知吾途中及到此大概情形矣。迩维重闱康健，合宅平安为祝。陕藩之难，人所共知。总而言之，亦惟“饷缺兵多”四字。二帅均由军营起家，于地方公事不尽合乎规矩，但事下

---

①② 《翁同龢日记》第二卷，第615页。

两司则不能不循法度。此中调停颇费周折，且袁筱坞督办西征粮台与陕争饷。无米之炊，岂堪再为他人攫食？将来藩司必受其累。

左帅言大而夸，目无馀子；然性执拗而多粉饰，甘省事似非其所能了。刘中丞人甚和平中正，惟吏事非所习，故举动不尽得当耳。林颖叔有才喜见长，政事亦得失参半。惟于此间情形极熟，人究是君子，现交卸后，母病不能行，遇事尚可与之商酌也。

廉访英伯文（奎，工部京察一等，与吾称世兄弟），俗吏也，飞扬跋扈似不可亲近。粮道赵又铭（新）是一老书生，吕曼叔思欲夺其位，以中丞不允中止。署盐道谢蔚青（质卿）州县出身，人尚谨饬。同寅人材，大略如此，吾黑白虽分，然外貌一律相待，不令人窥测端倪也。

属吏贤否，吾新莅斯土，不能尽悉，当逐细访求之。方元仲（鼎录）能干，而人情太熟，（州县换帖者十有六七。）今已捐离延安府任，以道员候补矣。瞿经孳（树镐）极欲谋入吾幕。吾以此君众论太不堪，坚却之。此间藩司缺，不及承平时十分之二、三，吾以节俭持之，似无不可敷衍者。

京寓菽水之资，吾当筹寄汝，勿以为虑。彭潄芳从吾自蜀入秦，今其行也，以百金赠之。吾托伊寄去扁箱一只，内董香光《千字文》卷，文衡山楷书卷，皆吾心爱之物，是吾在湘中所买。董卷几可与《天马赋》卷相颉颃，不识汝叔赏鉴以为何如？

吾此次由川赴秦，历栈道之险，阅一月之久，而人口平安，行李无阻，实为万幸，旅费则夫轿骡驮，价约三千，护送兵勇赏项一千，总计已在四千以外矣。吾连日酬应僚属，极忙碌，无片刻暇，匆匆草此寄汝，俟稍闲再详示汝一切也，此问汝夫妇暨合家近好不备。四月初二日玉甫手书。全姨侍笔问安。扁箱上锁匙交彭漱芳处。外寄物一单，汝可分致。

四川候补知州田子诚，名立懋，系安徽同乡。杨礼南学士督学四川时颇与之亲密，吾在蜀时却淡漠遇之，惟川省同寅上下江皆算同乡，故偶有同乡公局，伊是同乡首，事不能不令伊承办而已。今年吾在川动身时，伊走送百里外，并致赆仪二百。吾再三却之不获命，只得收受。伊言今年夏间须进京引见，到京时要见叔弟及筹儿，请吾先道达。伊到后必来拜，汝可外面应酬之，勿与谈蜀中事。盖此人先在盐场作幕，后方为官。上年崇帅委办井厘，为众商唾弃而返，未曾办成，故吾素薄其为人也。倘伊临行时求信函，可请汝叔酌给一二函，勿揄扬过当为嘱。

【按】 此函写于同治八年。同治八年二月，翁同爵交卸四川臬篆，起程赴任；三月，抵达西安，如函中所云“由川赴秦”。

同治八年五月初一日，翁同龢收到翁同爵寄来的“董临素师《千文》长卷，神妙得未曾有，为之叹绝，喜不能寐”[1]。“董临素师《千文》”，即董其昌（号香光居士）临怀素禅师《千字文》长卷。

79. 同治八年四月二十三日(1869-6-3)

字付筹儿览：

月之朔日将第伍号家书交折弁朱琳等带京，约计望前可达。初二日又草一函，并扁衣箱一支托彭漱芳寄京，（有一细单，锁匙即交漱芳，恐进城须开也。）未识端节前能到否。吾此间于月之十六、十七两日接得三月十七日京寓书，一从管春洲携来（外靴一双），一为周煦生送到，十八日又从

---

① 《翁同龢日记》第二卷，第723页。

天成亨号递到三月廿三日所发第四号家书，敬悉老亲康健，合宅平安，欢喜无量。

吾履任后，已将匝月。一切公事粗有端倪，案牍之繁，终日伏案仅了其半，夜分必至子刻方能竣事。北山叛勇（高军在宜君中部，刘军在绥德，皆在北山，潼关地方本无事。）或擒或抚，已渐肃清。潼关一带均甚安堵，惟饷项支绌异常，每年地丁及厘金所入不及百万，加之洋税（由各省海关协拨）四成，尽数解到，亦只六十万两，即以百六十万计，每年约少百四十万金，故中丞有请各省协济陕饷之请，部议已允拨。而左帅复以西征须巨饷入告，于是部中笼统指拨，将前准协陕之项亦归左帅统收分拨，恐将来左军之饷不敷，未必能拨分陕饷，则陕省又从何处筹划。

左帅名为兼顾两省，而实则上年提用陕省者二十七万有奇，拨陕省用仅只五万。林颖叔不过权其出入，开一折申详，并未敢递请归款。然已逢彼之怒，则继之者，又何能争执？第此时地丁批解尚旺，司库犹可支持至六七月，后入款寥寥，将何以支应？实令人焦虑莫释也。

中丞现仍出省驻三原，署中寻常公事皆吾代拆代行，故吾更忙碌。抚署日行事件有本衙门三分之一也。陕省兵燹之馀，人民尚未复业，田地荒芜者半，至庐舍则尽成灰烬，民皆穴土而居，殊堪悯恻。粮价今年已较往年为贱，然每石尚须钱十五千文，斗斛比京斗稍大，每斗有二十二斤有馀耳，银价每两可换钱二千九百馀。钱皆半铜半铁，省外则或搭二成铁钱，或搭四成铁钱，故银价多寡不等也。麦秋凡渭河以南州县皆有十成，至渭河以北者，则因少雨歉收，不过四五成而已。甘肃、秦州一带时有回骑出没，陕省汧陇之防皆甚紧要，幸左帅驻兵乾州，彼尚不敢深入耳！此次抚辕差弁赍月折进京，今午（从三原来）才到，而明晨即行，匆促书此，

(汝叔处不及作函矣。)问汝夫妇及合家安好。四月廿三日玉甫手书。全姨侍笔叩安。

藩司平馀,各省皆有,贪官不能增,清官未必减。此间上年林颖叔为英伯文所嗾。于是中丞有令,各州县裁减平馀之议,而其实意在藩司也,颖叔迁延未办。吾到此后即直捷痛快向中丞言之,言藩司摊款既多,应酬又大,若将此平馀一项蠲免,则入不敷出,后难为继,故本司不敢作矫情之举,惟数目较多之几州县拟遵示酌减。中丞亦已面允,日内拟即酌定章程请示也。此间同寅皆谨慎有馀,惟英(伯文)廉访,欲心重而私见多,(与颖叔同官工部,而在此则成冰炭。)久与相处恐难讨好,吾惟有外尽礼貌而微示以不可干以私之意,未知日久何如耳?中丞与左帅近以兵事饷事意见亦不相合,中丞亦有去志。盖左帅言大而夸事多粉饰,中丞不以为然也。

左、刘二帅同起家军营,本极水乳,近则势均力敌,稍稍有门户之见;且兵事刘则主抚而左则主剿,二人意见不合,又以饷事互争,于是遂逐渐不和矣。盖左本目无馀子,以刘为所拔擢之人,欲颐指气使之;而刘亦不能忍受,故退有后言,季帅左右之人以闻,嫌隙因之而起。至兵饷则左帅奏报及见人议论,皆言伊力筹陕饷而其实提用陕藩者,已二十七万;拨陕省者,仅五万金,故中丞积不能平,与之通算出入款项,请其拨还,更触其怒。吾到任后极力为之调停,然中丞意仍未解也。总之,左帅言大而夸,遇事以意气凌人而奏报颇多失实,中丞则精细靠实,惟局面稍小,吏事不习,是其所短耳。

安孙姻事,既恽杏耘有意结亲,尽可定见,盖恽氏本是世族,且杏耘又与汝同年相好,可谓门当户对,可请媒将女家庚帖传来配合之为要。吾年来深悟男女婚姻皆关人家气运，即如汝妇初定亲时，吾恐不免富贵气象，及至进门后，见其荆钗裙布，粗衣砺食，毫无一点官家习气，与贫家女相等，吾极为喜悦。此固汝夫纲克振，时时教导，故能如此；亦由吾家家运尚好，不出娇惰之妇，真非意料所及。可见妇女贤否，原不因其家之富贵贫穷而定，故子弟定亲，只要知其家教好者，即可缔定，不必过于拣择也。吾此语似有激而言，然实阅历如此，故敢作此论耳。非妄言也。

【按】 此札写于同治八年。同治八年三月，翁同爵抵达陕西，是月二十六日，接印视事。正值“刘克庵中丞（典）驻军三原，抚署日行事件由府君（指翁同爵）代办文书填委，日不暇给”①。至四月二十三日，将近一月，如函中云“吾履任后，已将匝月”；另如函中云“吾到此后即直捷痛快……此间同寅皆谨慎有馀……皆言伊力筹陕饷而其实提用陕藩者，已二十七万；拨陕省者，仅五万金，故中丞积不能平……吾到任后极力为之调停”等，亦可见此通乃翁同爵初到陕西任上不久所作家书，告知家人其上任之后各方面的情况。同治五年五月初八日，此函送达京中翁宅，“得五兄四月廿七日函，陕境无贼，藩库支绌……”②。

同治八年八月十八日，“为安孙定姻恽氏，杏芸之长女也”③。

80. 同治八年五月十二日（1869－6－21）

字付筹儿览：

月之六日折弁朱琳、潘昌回，接到四月十九日所发第五

① 《翁同龢年谱·翁玉甫先生年谱》，第183—184页。

② 《翁同龢日记》第二卷，第724页。

③ 《翁同龢日记》第二卷，第743页。

号信，藉悉重闱万福，合宅平安，欢喜无量，并奉到老亲手绣搭连袋四个，针线细密，颜色鲜明，洵是寿征。拜领之馀，尤为欣幸，其馀所寄肥皂等亦俱收到。吾此间公私平顺，中丞尚驻三原，一切皆藩司主持，更加劳碌，所幸身体尚好，每日治官书至子刻方睡，尚能支持耳。现在拟请本年特开一科，补行壬戌、甲子两科乡试。连日查案办稿，今日方出详，惟所需经费无出，尚须设法筹画也。

左帅闻于望后可以拔营赴邠，惟师行愈远，筹运粮米更难，虽其事责成西征粮台，然人夫等不能不借资民力，（除军营给价外，官民皆有赔垫。）故地方官尚须为之照料也。中丞闻望后亦可回省，则禀承一切，稍易为力。惟中丞性急而多疑，好名而见小，（然操守廉洁，实心为民，亦为难得也。）恐相处亦有为难之事也。吾方离蜀数月，然彼中来者皆云近日情形已一大变，省中盗贼充斥，抢劫拒捕之案已屡见，啯匪俟隙而动，颇为可虑。然则地方大吏诚为一省治乱所关，仲翁愎谏姑息。

吾早知其必有此等事。第蜀中富庶之区，倘有不靖收拾不易，未免可惜耳，兹因蜀中解饷委员李少兰（名莲生）大令过此来访，特草数行寄汝。（外寄去衣料四件，袍料给安德二孙女，衣料给汝妇。）少兰人颇明白干练，其乃翁（铭书）现为达县令，盖父子同官一省者也。

此问汝夫妇及合家近好，馀俟续布不备。五月十二日玉甫手书（钤“玉甫手缄”朱文方印）。（今日署中皆吃面。今年汝叔及三伯母皆正寿。吾拟均送分一百金，汝可于现在项内提出致送，切勿迟缓。至嘱，至嘱。）

李申甫之至湘也，吾见其气骄意盈，早知其必败。盖其事上也傲，其待下也慢，傲慢之人，中无所欲者，尚难免人指摘，况申甫嗜欲多而放浪甚，焉有不败之理乎？近有人自湘中来者，言其事颇详，云其库款挪用甚多，被参后已极力弥缝。然至交卸后，耕虞盘库尚少二千金。幸耕虞是其旧交，自己赔其半，罚库使赔其半，方敷衍过去。其所娶妾则是一现任佐杂之妹，其父亦湖南微员，惟已故耳。所盖园亭皆用库款至三千馀金，委署各缺，皆有赃据。其阍人优伶翠喜虽尚在逃，（在申甫营中窃名，已保至都司。）然过付之人业经供认，即此数事则弹之者，实不为过。可见名士如画饼，南丰赏识之人皆虚也。

程仲立近由松江至秦，已保至道衔知府，欲至雷伟堂军门处图事。然吾视其意态依然，毫未历练，在此向吾借三十金，吾以亲情友谊皆不可却，已如数送去矣。

管春洲一见，伊即匆匆往三原去。此君从戎似亦非其所长，倘伊赴选尚需时日，则秋间定各属书院时，当为之位置一席也。瞿经孳在此为众论所弗容，吾一放此间藩司，伊即驰书来贺，欲入吾幕。吾以素鄙其为人置之弗答也。及吾至此后（仅见一面），伊又托人为之极力吹嘘，吾总不应许，但允以年节略有资助。盖此种人一与亲近便有许多饶舌也。缪鸿初（官尚未复）自粤从高果臣入秦，又不能相得，以致有逐客之令（闻其所为甚不谨），今尚在此闲住也。

【按】 此函写于同治八年。同治八年三月十六日，翁同龢门人管春洲将回陕，前来辞行；翁同龢给翁同爵写信，为其谋一席①。五月，翁同爵奏请举行陕甘乡试②；五月二十八日，部议准行③。

是年四月二十七日，翁同龢四十岁；五月十二日，翁同书夫人，即

---

① 《翁同龢日记》第二卷，第714页。

② 《翁同龢年谱·翁玉甫先生年谱》，第183页。

③ 《翁同龢日记》第二卷，第727—728页。

翁同龢三嫂、翁曾翰三伯母六十岁生日；故云二人“皆正寿”。

81. 同治八年五月十九日(1869－6－28)

字付筹儿览：

月之十二日草不列号家书一函，(外巴缎衣料四件。)交四川解饷委员李少兰(莲生)大令带去，未识何时可达。少兰系现任四川达县令李铭书之子，人颇明白干练。吾在川时曾屡有差委，均能办理妥帖，实为外官子弟中不易得之人矣。

陕省渭河以南各属州县麦秋均有八九成，渭河以北者因得雨已迟，不过三四成及五六成而已。地丁钱粮极力催征，仅有三十馀万。约计秋收即大有，亦征收不及百万，连各省之四成洋税协饷共六十万两，本省之厘金二十万两，统计入款，只一百六七十万，而用款几及三百万，约每年短一百数十万金。筹划无方，令人焦急万状。吾意惟有裁兵就饷一法或者尚可支持。但此时左帅方进兵西征，陕省边境防堵吃紧，大府不议添兵，已为曲从鄙见，岂肯再行裁减耶？仰屋踌躇，迄无良策，奈何，奈何。

中丞现议开科，已据司详具折入告，第经费尚无所著，吾意欲令绅士捐输(勿与外人言)，惟此间人民鄙吝者多，办理不易，且为时促迫，即捐有成数，收更难齐，届时必须由司先行垫办也。

中丞定于明日回省，以后似可不往三原驻扎矣。两帅前数月颇觉龃龉，吾至后极力为之排解。近方稍稍和睦，然意见尚未能化。盖楚人猜忌性成，凡势均力敌者决不能和衷办事。吾在湘三年窥之已澈，此固其习俗常然，无足怪也。吾自履任后，劳神案牍，几无片刻闲暇，近更以科场事更加冗忙。盖闱场事宜藩司稿件多至千馀，其馀随时料理之事不待言矣。

吾此间于月之六日折弁朱琳等回，接到四月十九日所发第五号家书并老亲手绣四喜袋，游子私怀不胜欣忭。吾连日正拟写就数纸，以便发信，乃无暇握管，遂未先写。顷晚间巡捕来禀，云明日有折差赍月折进京，早晨即行，故于看公事毕后，略草数行寄汝，汝叔处不及另函矣。此问合家安吉并汝夫妇近好。五月十九日子正玉甫手书。

张升之子，汝荐屈大令秋泰处。屈本寒士出身，此次入川，家人辈皆令徒步相从。伊以程途有二千四五百里，自度不能往，于是乞假来吾处。吾以其父在京寓司阍，姑留在署派跟班。近见其字迹尚整齐，令帮写应酬书信，但未悉其人如何？下次书来可详及之。

吾所用家人中亦有最无良心者，如刘升。吾初至湖南时即派伊传帖，因首府吕燮堂来见时，伊与其家人口角，(吕守先欲单见既又更改，而伊向其家人云，请官与姨娘斟酌定，再上手本。经其家人禀闻，吕守怒极，经吾查知申饬之。)经吾严加申饬，每事稍稍裁抑之，然恩礼弗替也(差仍传帖，股分头等)。此次由川令押行李回家，既多给盘费，复分赏食物，可谓优待矣。乃闻伊背后肆口咒骂(同辈皆深讶异)，已属负心，且有应带物件俱为所留，(如酱菜点心等他人自制送吾者皆为所留，给其所欢之家。)未知何故，若到京不必令来也。

【按】 此函写于同治八年。是年三月二十六日，翁同爵接印视事；因中丞刘典驻军三原，故而抚署中日行事件均由其代办；五月，又详请举行陕甘乡试，故如函中所言“吾自履任后，劳神案牍，几无片刻闲暇，近更以科场事更加冗忙……”。是年五月二十日，中丞刘典自三原回省。

82. 同治八年六月六日(1869-7-14)

字付筹儿览：

五月廿四日折弁回，接到初九日第七号家书，(第六号信交天成亨者今日方接到，初七又书。)藉悉重闱万福，合宅凝禧，欢欣无既。此地距京师较近，寄书半月即达，游子私怀，藉以少慰耳。吾在此公私顺适，汝勿悬念。陇西回逆时时有窥伺边疆之意，幸防军堵御严密，不致阑入为患。左帅进驻邠州，不日可赴泾接印。惟师行日远，粮运更难，欲士饱马腾，殊非易易也。

中丞于五月廿日已回省城，以后似可毋庸再往三原矣。陕省麦秋渭河以南各州县均有十成，而河北者两泽稀少，地土荒芜，故收成仅有其半。现在秋粮已种，尚望透雨，始获有年也。陕省司库每年入款，地丁收数极好，不过八十万，厘金只二十万。粤闽江汉三关洋税及江苏、广东协饷(奉旨后丝毫未解)，每处万金一月，故全年计算有六十万有着之款，如是而已。而出款则客军月饷每年需一百八十万，军火帐房须二十四五万，八旗兵饷每年需三十馀万，绿营兵饷虽不能照发，然每年亦须酌发十馀万金，其馀廉俸、役食、驿站、囚粮等项每年总需三十万，统计全年用款约须三百万，较之入款实缺一百四十万。故上年中丞有请部协拨之奏，而部臣因左帅请拨西征专饷笼统指拨，转以三关两省协銄之六十万，亦令左统收分拨，搪塞了事。是陕省不但请拨之一百四十万，丝毫无着，反将向拨陕省三关两省协饷之六十万，亦归西征兵饷。今幸与筱坞学士议明此项协饷，仍归陕西司库收兑，惟所少之一百四十万，终无指款，奈何，奈何？

陕甘军务欲图甘必先固陕，若陕不能自立，甘事又奚能办耶？枢廷农部不过因左帅之哓哓，故遂将已拨陕西之协饷笼总开列，而以统收分拨一语了之。不知朝廷既有是明诏，疆吏敢不遵循，统收则仍然矣，而分拨实无其事也。盖此时左老诸军皆在前敌，裹粮而行。每石百里须运费一两，计各省解到之饷膳其所部，亦有自顾不遑之势，岂能再分给陕省耶？中丞与吾皆日夜筹思之，迄无善策。此时若再奏请，则部臣必以令左分拨为词，实饷不能得而与左反启争端，且争亦终难分拨。（亦目击其艰苦情形，非有馀力可以顾人者。）若默尔不言，则秋间地丁用罄后，将何项支发兵饷？事处两难，真无可如何耳。粮价现在省城白米每石五两零斗斛，较之仓解大八斗，已为近年来所罕见，上年则较此时价增一倍也。

吾近日赶办文闱，诸事颇忙，省城内官吏曾经办过此事者甚少，临时恐有不周备之处，故不得不先为筹度也。署中大小皆吉，吾近体甚好，汝勿系念。教读先生尚未觅得，奎孙荒废如故，奈何，奈何？草此问合家安好并汝夫妇暨孙男女辈均吉。六月六日玉甫手书，全姨侍笔请安。

汝荣哥在家放荡身心，日渐沾染习气，吾甚虑之。上年汝叔书来云，不如为捐一京官，日侍尊长左右，庶几稍知检束，吾思此策良是，故今在甘肃捐米局（已于初三日上兑，领有实收），为之报捐郎中分发到部。虽所费千数百金，然果能成全一子弟，所得良多也。捐照俟领得后即寄京，惟到部印结等类，尚须数百金，吾再筹款寄都。汝荣哥既有此官，则本年秋冬间即可到京当差。第恐伊添制行装，安排眷口或一年半载，尚无就绪也。吾所寄回书籍等件，虽皆不值钱之物，然均清俸买来[①]，弃之可惜。未知能为吾堆置一室，不致抛散否？汝可作书一询之为嘱。

开科一事，吾至乾州见左帅时，即创是议。迨履任后，复向中丞言之。中丞于四月杪方定奏请。吾即具详赶办此事。虽藩司独任其劳，案牍多增数倍，然三次停科，士气不伸已久，得开科以振作之，或亦转移风气之一端也。惟经费筹画不易，现议捐输以成斯举，然收集颇难。拟先在司库垫办，再行归款耳。此事数年不办，官场书吏皆无熟手。吾令科房将应办事件开一手折置诸案头，办一事即圈一事，随时督率之，或不致有遗漏。第款项此番皆从俭，实报将来应酬，主试者必不能从丰。汝叔见简放星使二君，可略露此意，不必着迹也。

吾之至秦也，见城濠无水，访之他人，则云庆方伯在此欲挖深濠沟，故屏去其水。迨至水去而工未施，庆即移任去其事，遂中止。数年来无人过而问之者，即其后城防屡次亦无议城濠注水者。余履任后即令首县逐细勘明，向来引离城十四五里皂河之水灌注。近来未曾开灌，遂将闸口河身日渐淤塞，有河形之地，尚有七八里馀，竟湮为平地矣。此次中丞回省，吾极力怂恿之。现已令防守省城之勇丁开挖工程，(昨日水已到西门城壕，惟来源不甚旺，须大雨后方能满注也。)所用似亦无几。第恐不能一律深宽耳，然毕竟胜于干濠也。盖省会地方水源不宜断绝，固风水所关，且即以城防论濠内，岂可无水，此举似于地方

① 清俸买来，唐代藏书家杜暹聚书万卷，在每部书上题有“家训”云：“清俸买来手自校，子孙读之知圣道，鬻及借人皆不孝。”清代藏书家于昌进、昌遂兄弟亦制有“清俸买来”白文椭圆印一方。参见林申清《中国藏书家印鉴》，上海书店，1997年11月，第183页。

军务均有裨益也。

【按】 此函写于同治八年六月六日，次日发出，是为第八号家书①。同治八年三月二十六日，翁同爵抵达西安履任。当时，中丞刘典驻军三原；五月二十日回省②。六月初，翁同爵为翁曾荣“报捐郎中”③。六月二十七日，京中收到此函，“得五兄六月初六函，并“栈道纪行”日记。置身陈仓、凤岭间矣”④。同治九年秋，翁曾荣准备挈眷来京⑤。后因故耽搁，行期未定；至同治十年二月初四日翁曾荣从家乡起程，二十七日抵京；四月，翁曾荣“验看郎中”，五月初五日分部，“签掣户部行走”⑥。

83. 同治八年七月十六日(1869－8－23)

字付筹儿览：

吾闻中丞处日内有折弁进京，正在作家书，适小午处遣人来告知，伊处有专足回京，有家信可以附寄，故复作数字寄汝。吾在此与小午极相得，两帅始少有龃龉，吾偕小午极力为之调停，近方冰释。盖小午为局外人，可尽言无隐，故听者易入也。小午于前月偶感风寒，将暑气束住而误服补剂，几成大病。后易医诊治方变黄病，今已调理渐就复元，已出门酬应矣。此间之热，虽入伏后亦有十馀日，然早晚尚凉，不致如湘省之令人不可耐，故吾尚不觉

---

① 参见同治八年七月十六日致翁曾翰家书。

②③ 《翁同龢年谱·翁玉甫先生年谱》，第183页。

④ 《翁同龢日记》第二卷，第733页。

⑤ 《翁同龢日记》第二卷，第840页。

⑥ 《翁同龢日记》第二卷，第862、870、887页。

其苦也。

农田自上月二十日后，叠得透雨，秋收可望丰稔，地丁钱粮较上年似可有盈无阙。现在库储有四十馀万，核计出款可支至九月底止。以后陆续征收，尚可随时接济也。陕甘捐输减成，实为万不得已之举。今奉中丞面谕，令将应归陕省四成捐项统解左帅，充作西征军饷，即作陕省协甘之款。在中丞不分畛域，移缓就急，原无他意，而议者或谓恐有后患，故先事推却过矣。昨接小午书，知李相带印入川，查办事件，将来官场必有更动矣。

蜀省财富之区，为云贵陕甘四省饷源，倘彼中少有蠢动，则关系匪轻也。（若大吏得人便不致有他虑，否则民情浮动，恐不三四年即有变动，闻近已盗贼充斥，迥非上年光景矣。）此间民情朴茂，官场亦尚少贪酷恶劣之员，惟官民隔膜太甚，地方公事绅士出头与闻者，皆思从中染指，殊为贪鄙。

科场事已办有头绪，贡院亦已修葺。临场一切防范宜密，已通饬各属，凡士子赴考者，必须地方官或学老师印文载明人数，方准入城。否则，须有的保担承，似可免匪徒混迹之弊矣。日前见邸抄，大司农已易人，而椒翁别无谕旨，想是丁忧事。故洪张伯讣已为分递，吾拟送分三十金，汝可为吾送去。

圆通观粥厂，吾欲捐助百金。汝亦可于吾寄京存款内提用为嘱。都下同乡皆得意，曾伯伟已到京否？见时均为我道念，吾日来客来甚多，酬应颇忙。（今日晚间尚会客四五起。）而小午处专足明晨即行，匆促草此，问汝夫妇暨合家大小均吉。七月十六日灯下玉甫手书。

【按】 此函写于同治八年，七月十八日交折弁王定邦、朱天俊赍京，即第玖号家书[①]。函中述及其于同治八年在陕西办理西征粮台、文闱等事。同治八年五月初一日，翁同龢挚友洪张伯长逝[②]。六月十八日，“曾伯伟自南中来，携荣侄及亲友函，仆人徐贵随之来”；七月初，曾伯伟登车起程[③]。

84. 同治八年七月十七日(1869-8-24)

字付筹儿览：

前月廿四日得京寓六月初七日书，藉悉老亲康健，合宅平安，欣慰之至。吾此间因中丞处久无折弁进京，故自六月初七日发第八号信后，月馀未曾作家书寄京，想都中必望信矣。吾近来身体甚好，公事亦平顺，科场事已陆续办行，今所未办须临时举行者，不过十分之二三也。此间六月中旬稍旱，设坛祈祷，幸即阴雨，二十日后迭霈甘霖，秋收似可大有矣。秦陇军事恐尚不能速了，左帅现驻泾州边界之瓦云驿，前队有进扎平凉、固原者。第师行愈远，转运愈难，每粮一石运百里，合脚价一两，将来军需似难报销耳。秦州、徽成等处尚时有回匪出没，陕省边疆亦常有警息。幸驻凤防堵川军武字营尚称得力，故不致阑入为患也。

北山各境虽无大股回逆，然土匪游勇往往百十成群，劫掠行旅。荒地委员督民开垦及令州县劝导，但被扰之区，农民仅有存者，耕具、籽种俱无，即官为发赈给本，而荒废者尚十之五六。盖就现有民力，只能如是而止也。委署州县恒经年累月不赴任。（须绕山西界而行，其川资确亦不易办，

① 参见同治八年八月十一日、八月二十日致翁曾翰家书。
② 《翁同龢日记》第二卷，第723页。
③ 《翁同龢日记》第二卷，第731—734页。

故吾定赴任人员皆准借廉俸二三百金。)吾详参数员，其风始少变，然佐贰教职到任者十无三四也。

中丞操守极好，惟性急而多疑，故稍有过情之举。待吾甚相得，吾亦遇事调停之。故近来与左帅亦和衷共济，一切用人行政较之上年为胜矣，同寅亦皆和好，惟公事诸公概不肯直舒所见，故吾更觉吃重。幸林颖叔尚在此间，偶与斟酌，尚能代谋一二也。袁筱坞(前月大病，今已痊愈。)勇于任事，甘捐减价与中丞意见不合，初议陕甘合局共办捐款，以六成归甘，以四成归陕。今中丞因此事未曾入告，他日必为旁人口实，(各省分局均用私书手折，并无公牍章程，故外省亦不能遵办。)已令将应归陕省之四成概解充西征军饷，即作为陕省协甘之款，实收执照均归甘局给发，似可免后患矣。

此间民情吏治虽较他省为优，然官场则中材居多，实心做好官之人甚少。绅士则鄙吝太甚，地方偶有公事愿与闻者，皆思从中染指，即如余绂臣为兴安富户，家中广开钱铺，然闻其从前在家时，办公无不营私，故乡评颇有訾议，其他类此者不少也。省中汉回尚相安，查门查街委员均令其认真稽察，似不致有意外之虞。各街口皆添设栅栏，严司启闭，临场时复调勇分扎城中，亦足壮声势矣。城外濠沟近已蓄水，倘再得大雨便可汪洋储满。此事不仅为风水，兼足资守备也。

各属堡寨委员督修，近已逐渐兴筑。第此事有数难，未经兵革之地，小民不知利害，吝惜钱财；既被贼扰之区，知其足卫身家矣。而集赀不易且零星二三十户之处，欲自筑一寨，则丁少不能守御，令其归并大寨，则安土重迁，皆不乐从。故司其事者，舌敝唇焦，方能集事。今则西、同、凤、邠、乾所属均已兴修濠沟，堡墙一律深厚，枪炮戈矛一律齐备，惟各处间有地势虽险而缺水者，吾已饬令或凿井或窖藏。总之，有水方能守，否则，有堡如无堡，且其害更大也。

昨见邸抄武英殿灾，汝叔偕同人上言请修省，甚是。盖此时发捻虽平，然陕甘云贵军务未靖，朝廷不可谓已安已治，有劳人枉费之举也。外间传言李相带印入蜀查办事件，未知确否？蜀中天下雄国，若大帅得人，可数十年无事；否则四五年间亦不能保。吾甚惜此财富之邦或为庸懦大吏扰坏也。此间粮价日贱，库款所储现可支至九月以后。秋收丰稔，地丁钱粮陆续征解，尚可撑持过去。惟愿四境无事，则抚恤安辑犹易为力耳。

吾上年即拟今岁告养，兹以升任藩条，受恩深重，不敢遽萌退志。然开春亦拟呈请终养，天伦之乐胜于人爵之荣，吾不愿以彼易此也。第此言切勿为外人道及，至嘱，至嘱！署中大小皆吉，（全姨体弱多病，近又寒热痢疾，诊治尚未愈。）惟奎孙教读师尚未有人，吾时刻在念耳。草此问汝夫妇上下近好。七月十六日玉甫手书。全姨侍笔问安。

吴桐云观察（大廷，湖南己酉拔贡）随左帅入闽，保至实缺台湾道，嗣以左帅离闽不获乎。上告病回籍，今年夏初忽飘然来陕，其初意原因颖叔告养，吾未必即至，故兼程至此，欲署此间两司事也。及到此，则吾已履任省中司道，无可更动。于是注意甘省藩臬，求中丞为之说项，而左帅不允，令在陕办军需局务，颇郁郁。迨后与筱坞相熟，怂恿左帅特参山西河东盐务而保吴为河东道，其实参稿保稿皆出吴手也。迨廷旨未准，方借沈幼丹调伊驾火轮船赴津之札，翩然行矣。（行时复求中丞调伊来陕，今中丞已出奏矣。）此君小有才，然热中太甚，迹其行事，似亦非君子所为。此次到都必访汝叔，修同年之谊，言语间宜留意也。

正在封函间，焦李二弁回，接到六月廿九日京寓所发第九号家书，敬悉老亲康健，合宅平安，欣喜无量。汝四哥买间壁仲氏屋，而以南经堂屋出典成事不说，吾亦不深责之。第置房买业，亦是正经大事，何以忽东忽西，中无定见，可以任人播弄？即可知其毫无才具矣。吾此次为其捐官，非谓其才堪出仕，他日能图外任也，不过使其至京稍长见识，日侍汝叔及与汝相处，或者将来尚有进境。若久居乡曲，则志气日益颓，趋向日益下。虽吾亲自督教之，亦终难补救也。

徐贵既至京师，则令其来陕亦可。李福碌碌无所长，不过跟班材料，仍令其来署当差。此间家人出息却不如湘藩、川臬二署。然裁减人数，每节大股，尚可分七八十金，小股不过十馀金而已。署中诸务皆吾事事亲裁，幕友亦不如湘藩之得力。书启现请秦子蘅，其笔墨虽稍胜川省之徐君，然不如周子京、俞鹤皋远甚。偶有叙事散行之稿，不能委曲畅达，尚须吾自己更易数语，故亦颇觉其苦也。

此间近事尚平顺，两帅近称和协，回民迁徙事已作罢，论陇西军务虽不能速了。近亦无警息，北山游勇土匪劫掠为患。盖彼处人烟稀少，往往百十里无居民，故防范难周耳。李相带兵入川，想是为酉阳教案。第蜀帅不易，人则隐忧方大，恐啯匪之起不在边疆，正在腹地也。

此间捐事，陕省定章本二折有零，嗣以大户捐借之款，准其移奖他姓。于是私相授受，遂合实钱银一二折有零。今筱坞学士将甘捐议减（甘捐本二四折），亦合实银十二两六钱，作例银百两。此事既未奏明章程，不便刊刻。于是以私书及抄单分致外省分局，而分局诸君皆以未见公牍、事难遵办函覆，故中丞恐他日为旁人议论，故将始议“陕甘合局共办捐款归甘六陕四”之说，改为“全数解西征军饷，将四成银数报明陕省协甘之款，实收执照均归甘局给发。”似此，陕省虽少此进款，而可免累，否则，设使朝廷因他人言清查，则此未曾奏明之事，吾藩司首受其祸，故昼夜思索，方请于中丞，为此全数归甘之议。汝知之，切勿为外人道及只字也。至捐数多寡约计一二六折(十二两六钱)，并无详细章程，汝处如有人托捐者，可至袁子久处问明。

吾此间藩司并不收银，即陕捐银两亦由捐饷局上兑，其银，由局汇解藩库也。顷阅汝祥哥禀六叔另单，亦半多影响之词，未必尽确。盖伊每日晨昏定省时，与吾略谈数语，时事不能深悉也。灯下匆促草此，再问合家安好。七月十七日亥刻，玉甫又书。

【按】 此函写于同治八年。是年六月二十一日，武英殿失火，翁同龢“草奏底，略言天戒昭然，宜加修省，历引古书言，宫禁火发多缘土木兴作之故，请罢宫廷各工，并停传办诸物，饬廷臣言得失。疏具书毕，已亥初矣”①。同治八年五月初八日，翁同龢从赵价人处得知翁曾荣准备买仲氏屋②。是年夏，翁曾荣购买彩衣堂西间壁仲氏屋③。

同治八年八月初四日，翁宅收到翁同爵“七月十六、十八函，一由袁处，一由摺弁来”，得知“秦中雨水甚调，西师驻泾州”④。

85. 同治八年七月十八日(1869－8－25)

字付筹儿览：

吾于初七日将第八号家书交折差焦、李二弁赍去，未识

---

① 《翁同龢日记》第二卷，第731—732页。

② 《翁同龢日记》第二卷，第724页。

③ 《翁同龢年谱·翁玉甫先生年谱》，第183—184页。

④ 《翁同龢日记》第二卷，第740页。

何时得达。（已接有回书。）此间自交五月后，虽时有小雨，然入土不透，秋粮将干坏，民间望雨甚切。近已设坛祈祷，不识能速霈甘霖否？（自廿一日起连得透雨，秋粮晚者皆可补种成熟矣。）实深焦灼。米价尚不至昂贵，附省邻近州县，亦有已得透雨者，惟省中则多风少雨耳。天气交伏后极热，夜间亦不能安睡，数数起，几与湖南相埒也。左帅已度陇而西，驻师泾州之瓦云驿（在泾州边境才交甘界耳），然回逆尚有数十万众，战事亦毫无把握，殊切杞忧。

中丞已回驻省城，颇尽心民事，惟规模太隘，性情太急，未必能事事合宜。然操守廉洁，实为难得，委署州县虽偏重军营人员，然寻常在省候补者趋避太熟，往往有委署已经年累月而或逗遛在省或沿途担搁，迄未到任地方，遂致一二年无官，殊不成事。吾履任后详参数员，今风气虽为一变。第凋敝之馀，欲选择循良往彼安抚，则所谓循良者，皆任参革，不愿往转，不如军营出身者，奉委即去。故吾亦不以此，与中丞争执，惟到任后察其能否胜任，不以其曾在军营曲为回护，现已有撤省者两三员也。

科场事官吏皆少熟手，吾已谆谕首府县，诸事提起精神，极力赶办，则临时自免竭蹶，一切用项宜稍从丰，不可太俭。吾前年在湖南办理一届，尚无遗漏迟误者，皆凡事预先赶办耳，馀无他法也。中丞回省后欲令回民迁徙出城，商之于吾。吾以为回性多疑，且其生意房屋皆在城中，（约有三四十万金，彼族岂肯舍之他徙耶？）必有安土重迁之意，不如再作缓图。而中丞性急，见首府时即令示意汉回绅士，令其妥办。既而回民皆不乐从，有宁死弗去之说，省中人民颇惊惶数日。吾复将情形叠禀中丞，中丞方意转。于是传谕绅士不再相强，人心方定，今已作罢论矣。惟彼族明理之士固多，而顽梗之徒正复不少，令处肘腋之地，既不能以回汉一体之意使之相信，复不为之防备，亦大可虑。故吾请于中丞，以办理科场为名，令城门严查出入。街市设立栅栏，令数人谨守之。人静后不准轻开，又饬文武员弁带兵勇二三十人轮流巡查，且于东西二门调楚勇二营驻扎，似不致有意外之虞矣。

袁筱坞勇于任事，近以甘捐减价太甚与中丞意见不合。（未曾奏明各省分局，皆以私书及折减价值手折寄去，并无公牍，故外省亦不敢遵办。）初议陕甘合局共办，以六成归甘，以四成归陕。今由陕省捐局，将应分陕省之四成详请统解。（以统筹大局、甘饷急于陕饷为词，故筱坞亦不能指摘。）左帅充作西征军饷，一切实收执照均归甘省办理，将来他人饶舌可免陕省之累。（以未经奏明之案，若为他省参劾，则藩司难免重咎。）此事筱坞却大不以为然也。筱坞六月中病暑，误服补剂颇殆，后易医诊治，方变黄病，今已逐渐痊可矣。

吾在此身体甚好，每日公事虽多，然吾如学生作功课，定时刻逐渐做去，故尚不觉其劳苦。夜间至二鼓后即可告竣，亥正子初便可高卧。此间夏令之热，虽远胜于川省，然较之湘中则有天渊之别。交伏后酷暑不过半月，且早晚皆凉爽，夜睡总可盖被，不至如湘省之昼夜挥汗如雨，有四、五十日之久，故与吾体气尚相宜也。吾此书前月中旬已将首两纸书就，嗣以欲稍有寄款，而一时不能凑足，故作辍者已及匝月。今复草数语续成，从天成亨寄去。即问汝夫妇并合家大小安好。（昨甫草一函，交折差去，为第九号信，今此信列作第十号矣。连日沉阴，今日大雨，可服棉衣。）七月十八日玉甫手书。全姨侍笔问安。

十六日曾草一函，交筱坞处专足寄京，未知何时可到，筱坞在此尚谨饬，惟既办局务，即有与本省地方官交涉之事,不致如汝祥哥书中所言也。吾到陕后,尚未稍寄银两接济,京寓拟于日内仍从天成亨汇寄纹银叁千两,汝可收明为嘱。

此次折弁回信件外有《缙绅》一部,已经收到。汝叔书中言有学院书吏姓崔者,嘱吾位置一席地。第此间局务向无本地绅士,来见时当婉覆之。今日见中丞闻椒翁有弹左帅之折,盖外省大吏专与农部为难,无有不吃亏者,第陇西军事即易人,亦不能速了,且易人楚勇更难镇压也。十八。

【按】 此札写于同治八年。同治八年三月,翁同爵履任陕西布政使之后,即"裁平馀、减摊派、设交代报销两局,以陕捐归并西征粮台"。五月二十日,中丞刘典从三原驻军回省城主持政务。是年九月,翁同爵提调文闱,只因"科场事官吏皆少熟手……皆凡事预先赶办"。

函中云"吾此书前月中旬已将首两纸书就",故"吾于初七日将第八号家书交折差焦、李二弁赍去",此"初七日"乃六月初七日,正与同治八年七月十六日家书"六月初七日发第八号信"相合。

《缙绅》,即《缙绅录》,旧时书坊刊印的全国职官录。清李渔《玉搔头·篾巷》云"从不曾听见这个官衔!我且问你:出在那一本《缙绅》上?"

86. 同治八年八月十一日(1869－9－16)

字付筹儿览:

前月十八日将第玖号家书,交折弁王定邦、朱天俊赍去。十九日又从天成亨银号寄去第拾号家书,并外京平足纹叁千两,均未识何时可达。吾此间公私平顺,身体亦好,惟科场在迩,案牍较繁耳。陕省主试为卢艺圃、周鉴湖,与吾皆有世交,然皆不熟。此间科场三科不办,今岁举行,几同创始。至捐输经费亦万不得已之举，且先与在省绅士相商，众皆乐从，方始完议。况所捐分府摊派，为数亦不多，似不致有怨谤也。现在号舍试卷等均已办妥，其馀皆易布置矣。

此间六月中微嫌少雨，故秋粮有受伤者。至交六月下旬以后，则十日一雨，晚种各粮固可丰收，且来岁麦田亦皆播种，近来粮价日渐平减也。左帅移师西向，驻扎泾州之瓦云驿，乃廷旨督其再进，似亦非宜。盖此时转运，每石运百里，即须一金。若再西进，则此项脚价实难筹画；且泾州西北连水，亦须驮载，更属不易。况彼处地极高寒，八月以后野无青草，即马之刍秣亦难继，恐亦非用兵之时。此皆庙谟所未能察及者耳。至秦州，则僻在一隅，去兰州省城愈远。若令左驻师于彼，则匪特甘不能顾，即陕省亦大可忧。盖此时西面之防可以稍松者，以大营在彼耳。倘移师至秦州，则陕西之防必须填拨。此时陕省之营入甘境者十之六七，而北山游勇土匪尚未能扫除净尽，留此数营，已嫌不敷调遣，若再移之防陇，则榆绥一带必至委之于贼，此甚非计也。未识诸巨公知此情形否？左帅为罗椒翁所参，闻颇有易帅之议。第主帅改更，则楚勇必尽裁汰，此辈岂能归其乡里？吾恐他日陕甘之患将不在回而在勇矣。刘中丞颇有退志，未知能阻其行否？今日晚间筱午处遣人来告知，云明日有折差行，匆促草此，即问合宅平安不备。八月十一日玉甫手书。

【按】 此函写于同治八年八月十一日。是年九月，翁同爵提调文闱，函中述及为科举考试做准备。同治八年十二月初五日，陕西巡抚刘典请终养，由此知十二月之前“刘中丞颇有退志”。

87. 同治八年八月二十日(1869-9-25)

字付筹儿览:

月之十六日从袁筱坞处递到七月廿八日京寓所发书，敬悉慈躬康健，合宅平安，欢喜无量。吾此间于七月十八日将第九号家书交折差王定邦、朱天俊赍去，次日又从天成亨银号将第十号家信并外足公砝京平足色银叁千两寄去，未识何日可到。

吾此间科场事已办有条理，学使已进。省考遗试卷已于昨日起令考生填写卷面。贡院号舍已修理完竣，城中街巷栅栏亦已添设。现在与试诸生陆续到省，尚能安静。所有赌博弹唱等，吾早经出示严禁。省城之防已请将军拨旗营兵分段驻扎，并请抚军调亲兵一营驻扎城内，令抚标四营分扎四城关，似已周密矣。至科场经费合则见多，分则见少，著名大邑所派不过千馀金，故官绅皆乐从事，外间尚无异议也。下场士子约略计算，至多不过五千人。甘省应试者，左宫保每人给川资四金，考费四金，然报考者尚廖寥。以兵燹之馀，读书人究多荒废也。军事左帅驻师泾州，尚是要地，若遵廷旨移扎秦州，则真僻在一隅，去兰州省城益远，照顾更难，且陕省西边门户无兵堵御，窜越可虞，是不但无益于甘，并且有损于陕，甚非计之得也。

抚军颇有退志，欲办竣科场后乞养。吾再三劝阻，尚未见听。第其事甚秘，惟吾与林颖叔两人知之;在陕司道，尚皆未悉。汝在都，切勿为外人道。袁筱坞勇于任事，然议论太多，聪明太露，似非独当一面之才，即以现办甘捐而言，减价一半而并未奏明，既不刊刻章程，又无公牍分致，仅有一私函一手折布达分局诸君，故有识者恐受他日累，纷纷引退。即此可见其办事之尚少历练矣。惟性情爽朗，见识远大，且究是君子者流，故与吾甚契合也。

陕省秋收月来，雨旸时若，故不特西、同、凤可望丰收，即北山亦有七八成，似粮食足敷兵民食用矣。兵燹之后叛地绝产，到处皆有小民或苦于籽种无出，或限于人力不及。吾商诸中丞，先借给籽种，而令安插难民，助其耕作，仍委员会同地方官督率之。数月以来，渐有成效，荒地开垦者已十之七八，第北山州县人民稀少办理为难耳。

蔡植三前为穆帅所劾，谓妄杀甘省采办委员，又为属吏所持谓一切皆禀命太，尊故不得不提省一讯。吾已在中丞前为之剖白，似不致因之获咎也。刘古山撤任赋闲，现调伊来省充内帘监试场后或可回任。抚军举劾各员均尚允当，惟首列之孙毓林（江苏江都附贡署榆林守）。此君言行相违，颇不洽于众论耳。林颖叔甘肃粮台报销事尚未告竣，且其太夫人年高多病，冬令不能就道，故今岁势难成行矣。

陕省司库虽甚支绌，然今年年岁丰收，地丁钱粮较往岁为佳，故约计可支持至岁底。第开岁正二月月饷尚无可筹画，不免倾屋而嗟耳。陕省回逆之在秦陇间者，颇有求抚之意，未识能办成否？楚勇入哥老会中人不少，查拿稍严即相率而逃，分散各处。现在北山等处名为土匪，其实皆散勇。故吾谓他日陕省之患不在回，而在勇，非过论也。

吾日来身体甚好，公私皆顺适，惟全姨自七月中旬感冒起，至今不愈，殊为可虑耳。此间天时气候与都下相仿佛，故吾颇觉合宜也。草此问汝夫妇暨合家大小安吉不备。八月二十日夜二鼓玉甫手书。

【按】 此函写于同治八年八月二十日[1]，八月二十一日交给折

[1] 参见同治八年八月十一日致翁同龢家书按语。

差王定邦、高发新赍去，此即第十号家书①。

88. 同治八年八月二十四日(1869－9－29)

字付筹儿览：

月之廿一日将第拾壹号家书交折差王定邦、高发新赍去。次日七月中折弁朱天俊回，接到京寓八月初七日所发第十号信，敬悉老亲康健，合宅平安，欢慰无既。安孙定亲恽氏，门户相当，殊为欣喜。叔平差使辛苦，东华门一带，必须有一寓居，以为退直休养之所，稍节劳乏，故吾前书曾屡屡言之。今定单尚书屋大佳，第移居或多不便，只可仍作小寓观。惟看门及厨子、打杂必须雇用，每月多费一二十金，切勿吝惜。盖吾在外省，署中糜费之处甚多，此数金尚可节省寄京，万不可视为不急之务，再有游移，至嘱，至嘱。

吾身体甚好，科场事亦已办妥。左帅驻军泾州，其前敌各军亦时有战事，朝论谓为逍遥陇上，似亦过论。椒翁弹章，此间传之凿凿，似非无因。第此时易将不难，易将必易勇，则此三四万楚勇，岂易资遣？他日必贻关中一大患。现在北山土匪大半皆散勇，此其明验也。中丞久有退志，吾屡劝阻，终不能听。办科场后将践其言矣。此间司库虽竭蹶，幸今年年岁丰收，地丁征解稍旺，似可敷衍至岁底。惟来春正二两月大难筹画耳。捐数归甘六万不得已之举，协饷六十万尚能源源起解，不至如秦越人之视肥瘠。筱坞吾委曲周旋之，故尚相得，然此君主见太多，办事不虑前后，终恐吃亏也。

吾到此后同寅和睦，然亦淡漠处之。自春徂夏尚无饮食宴会之事，即此可见吾之和而不流矣。川省事尚未见眉

① 参见同治八年八月二十四日致翁曾翰家书。

目。总之,两府意见本多不合,兼有谗人构衅其间,吾早料其决不能相容也。陕省秋收甚好,粮价渐落,省中汉回相安。科场在迩,士子云集,尚皆安静。城防略为布置,中丞入闱后,主客各军诸将请库将军暂为节制矣。吾此间公私顺适,惟全姨病久不愈,殊为焦虑耳。汝方略馆覆校事,须格外小心,一切须自节力,勿太劳苦为嘱。此问汝夫妇并合家近好。玉甫手书八月廿四日二鼓。

林君奏调事曾商之中丞,奈中丞自有退志,不顾再有斯举,且俟缓图,可覆孙燮臣知之。米脂令张君(张方伯之子)处瘠苦之区,五年于兹,虽无出众之才,然危城幸保,亦稍有劳绩,故上年中丞奏请开复其降调处分。近日袁筱坞曾为说项,然未悉其居官行政究竟若何?可转达相公,当为留意也。今日午后院巡捕来告知云,明日左帅处有折弁王贵进京,匆促书此,馀俟九月初尚有抚军处折差赴京,当详布一切也。玉甫又书,廿四灯下。

【按】 此函写于同治八年八月二十四日①。

89. 同治八年九月初二日(1869-10-6)

字付筹儿览:

八月廿一日将第十一号家书交抚军折弁高发新等赍去。廿二日接到京寓八月初七日所发第十号信,藉悉老亲康健,合宅平安,欣慰无既。安孙与恽杏云女联姻,极好。杏云之尊人畹香(名光业),现在扬州办陕甘捐输,吾昨已致书通候矣。世家子弟无论其资质若何,书总不可不读,汝其

① 参见同治八年八月十一日家书按语及相关函件。

严督之为要。吾近日公事甚忙，应试士子已陆续（大约有六千馀人）到省，填卷造册等事几日不暇给。主考探得廿七日抵潼关，约计初一二日可以抵此，已令巡捕早往迎接（接至潼关）矣。此次科场官吏皆少熟手，幸吾在湖南曾办过，稍有端倪，然一切皆须自己经心，故颇觉劳神也。

吾到此后，不敢谓百废具举，然垦荒田，筑堡寨，修城垣，开濠沟，设栅栏等事亦次第举办，故官场士庶尚不致有遗议耳。甘省回逆尚未易了，金积堡之贼为刘寿卿（松山）军门所蹙，颇有南趋之势，且闻灵州之回戕官踞城，则陕省延榆绥鄜一带，在在可虞。秋禾在野，深恐资为盗粮。防边之兵，本有三十馀营，而近日为左帅调赴甘境者十居六七，设有缓急，将何所恃？杞人之忧，正所不免也。楚勇已全是暮气，"朴诚勇敢"四字，昔是今非。各营逃勇日多一日，其具报者尚是百十长之流。至勇丁则更不知凡几，故现在北山土匪号衣器械俱备，皆楚勇之潜逃者耳，别无土著之人也。

抚之一说，左帅本有是议，与中丞意合。至今春袁筱坞及左帅之营务处曾岚生（传理）极力阻止。于是变议，中丞争之甚力，遂大龃龉。其实陕甘回民岂易灭其种类，故吾于乾州初见左帅时，即侃侃直陈，谓办回与办发逆异，必须剿抚兼施。若不剿则不能成其抚，若不抚则剿亦无终局。左帅亦以为吾言不可易也。陕回之住居省城者，尚良回居多，乃中丞于五月杪旋省后，创议欲令其移出城外。吾婉言劝阻，中丞弗听，示意首府县令其传谕汉回绅士。迨至回民具禀，抵死弗去，事方中止。然其嫌疑从此起矣。

七月初有山东奸民陆梦龙者（的名胡振海，曾充山东抚辕清书），忽首告陕回谋叛携有回字反书。中丞张皇失措，夜间即请吾商酌。吾以为事之真伪不可知，总宜以镇定处之，不可遽调兵勇，且回字书信究作何语，须令人译出再办。乃拘其人于营中而以原书寄左帅。左帅令能识回字者译出，则是家书一函，绝无他语。于是严讯其人，则书亦伊求一回子海姓所写。提海姓质对，则云陆姓能作回语，假冒同教求其作家书，即为代写，不知其他。复讯陆梦龙，方供欲藉此图功名，问其指使，坚不吐实。中丞欲再严审，吾恐其牵扯汉民多人（必有汉绅主使），事又难办，故即将陆梦龙正法而止。然此等凶狡之徒，不开诚布公以收拾其心而轻发号令，启汉回疑贰之衅，恐非地方之福。要之，督抚大吏举动，必审察乎事之终始，确有把握，然后可以令出必行。不然能发而不能收，徒损威召衅耳，于事无济也。

陕省吏治较之他省为好，实缘地瘠民贫，从前之贪滑吏，皆改省他适。风气为之一变，非大吏有以整饬之也。吾自愧无能，履任后毫无设施，惟用人行政悉秉大公，不敢参一毫私意。日之所行，必夜而计过无恨方能安睡，此心可质诸神明耳。任劳任怨所不敢辞也。至于为地方兴利除弊，吾惟有就见识力量所能到者，利求其尽善弊去其太甚，以积渐行之。不敢妄薄前人，不敢独逞己见，如是而已。若夫更张成法，创造新章，则才力实有不逮，敬谢不敏焉。

陕省秋令雨旸时若，小米、包谷皆丰收，南山、兴汉一带大米亦贱，但祝边境平安，则民气似可渐复。省城市肆亦稍添开设。据土人云，较之上年气象已大不相同矣。土产、皮货、毡货本皆甘肃及口外之物，今则商贾稀少，道路不通，价固倍于寻常，货亦绝无仅有也。骡马此间者良，然连年军务，将帅皆觅坐骑，稍可观者，即昂贵难买。

书籍字画本地绅士旧藏，宦场行箧所携前数年颇落贾人之手。近日颖叔、曼叔等高价购买，于是流传者绝少矣。

游客则地方已报肃清，京官皆接踵而至，如卓岱春（景涵）、缪鸿初（冠瀛）、瞿乐田（嘉福）、祝盛甫（维城）辈与吾有年世交，不能不酌量酬应也。报销、交代二事为藩司亟应清理之件，而颖叔任内以报销则费无所出，交代则垫办，（有应领者不准抵交，皆令其先交出实银。）不准抵扣，遂致愈积愈多。同治三年六月以前部准开单奏销之军需，亦未入告。而阵亡病故各员家属因交代不清，羁迟不能回乡者（竟至流落此间）往往有之，吾甚悯焉。今均设局逐年办理，似于公私事皆有裨益也。

吾近体甚好，惟痔漏因辛苦稍发，全姨病久未愈，（自七月十一日起，寒热至今不止。）尚须为之照料，颇闷人耳。手此问汝夫妇暨合家大小安吉不备。（汝叔处不及作札矣。为吾问近好。）九月初二日玉甫手书。

刘升吾念其相随日久，故诸从宽待。所派差使，所分股项皆是优等。吾自谓待之不薄矣，乃伊背后时有怨言，甚至咒骂，已属负心；且闻其在川，俟吾起身后，复向首县索要四十金，谓各处铺垫未动，皆伊之力。此则坏吾声名，尤为可恶，可令在京当差，不必来此矣。

徐贵习气甚深，其在湖南动身回家时，在路竟敢戴用军功六品顶带，实属荒缪，并闻其在家乡与县署家人往还，遇有乡曲小事，居然在内调停得财，殊不安分，吾故甚恶之也。李福跟班裁料有之不为多，无之不为少，其来否可听之。

【按】 此札写于同治八年九月初二日[①]。

---

① 参见同治八年四月二十三日、八月十一日致翁曾翰家书按语及相关函件。

90. 同治八年九月十六日(1869-10-20)

字付筹儿览:

月之初三日将拾贰号家书交折弁朱天禄、李忠赍去,未知何日可到?旬来办理科场,极为忙碌,今幸三场已竣,场内外均安静无事,堪以告慰。此次举行乡试僚属书吏均少熟手,吾先事颇兢兢。幸丁卯曾在湘省办过一届,稍能记忆其条目,故手开一折,按日以稽其办否。今幸诸无遗漏,亦未始非愚者一得之效也。主试二位,传闻脾气不甚相合。艺圃似诸事不甚讲求,即如吾家所寄信件,于入闱前竟先送来矣。近日闻其患痢,延医服药已渐愈,至他日馈赆礼仪,吾令首府(公礼照旧,每位一千五百金。)县皆照旧致送也。各外省翻译试卷向例于场后委员解京。

此次陕省应试者有二十二人,于十九日完场后,卷由监临封发,而委员则由司先行派定。今委捐升同知之刘倅(号筱楼)宝年解往,即将应解。(中丞及吾捐廉)上年及本年内阁饭银(共四百两)附解。到时汝可嘱内阁饭银处友人即日收清给批为要。

此地毛货较从前为贵,今购得草上霜(价每件七十馀两)袿甬二件,一送汝叔,一以给汝,亦交伊带去,汝收明后即请汝叔捡取一件,勿迟。汝交李少兰明府所带之暖靴、青笋等,均已收到矣。彭漱芳尚未到此,芍亭不知于何日扶柩南旋,此地旸雨应时,麦已播种,惟愿边圉无事,则来岁春收可望也。草此问合宅大小均吉,馀俟续告。九月十六日玉甫手书。

【按】 此函写于同治八年，为不列号家书，由解翻绎卷之刘筱楼解京[①]。同治六年八月，翁同爵时任湖南布政使，提调文闱；同治八年，翁同爵任陕西布政使，九月，提调文闱；同治九年八月，“提调文闱。十月，办武乡试事”[②]。

函中“幸丁卯曾在湘省办过一届”，即指同治六年，据此知从同治六年至写此函之前，未曾再次办理乡试。因知此函写于同治八年。

91. 同治八年九月二十二日(1869－10－26)

字付筹儿览：

月之十六日李少兰到陕，携带到家书并暖靴、青笋。十七日天成亨号运到汝八月廿二日信，藉悉老亲康健，合寓平安，欣慰无既。昨日漱芳到此收到信件，徐贵细述老亲精神，步履饮食起居均各如旧，并知汝治家井井有条，一切皆不改常度，尤为欢喜。吾日来办理科场已竣，即翻绎场亦过，场内外均安静无事，应办各事宜亦无遗漏及迟误者，实为庆幸。正主考卢艺圃痢疾尚未痊愈，犹服药。发榜大约在十月初五后，馈行礼仪，吾皆照成例备办也。

此届应试士子共有六千六百馀人(甘省计五百馀)，点名进场不过自卯及申，历六时之久。至二、三场，则午未间已竣事，为时更少，故更不觉劳苦也。中丞已于廿一日出闱，外帘仅有三场，千馀卷尚未誊完，一二日内即可告竣矣。左帅仍驻军泾州之瓦云驿北路，刘松山一军已抵金积堡北十五里，攻克旁寨四十馀处，声威甚壮。金积堡回目马化龙亦乞投诚，第抚局定否，尚无确耗。南路黄鼎一军亦将固原

① 参见同治八年十月二十五日致翁曾翰家书。
② 《翁同龢年谱·翁玉甫先生年谱》，第182—184页。

州城收复，黑城子踞匪亦已击走，军务颇有起色；惟西征师行日远，运粮愈难，且楚勇及降捻日有逃亡，百十为群扰害乡里，发兵追捕势不能及。现虽请于抚帅，在扼要处所驻兵堵拿，然恐防不胜防耳。

陕省秋收尚好，粮价日减，倘边围无警，则一二年后民气似可渐复。官场虽少实心为民之员，然贪劣者亦不多；第巧滑逢迎之人，则复不少。大府喜其议论新奇，不复察其行事若何，转以此辈为可任使，致有误用之弊也。吾向来公事不因同乡年世谊稍有假借，委缺必求其人可以称是职者，方开列衔名，商之大府。若不知其人底蕴，不敢妄举。至大府所属意之人，如实有劣迹，不可委用，则必直言争论。倘无咎无誉者，则亦委曲相从。盖朝廷设官分职，藩司上既有督抚统辖，则用人行政藩司自当禀命于巡抚。此固分所当然，非趋承阿谀也。

中丞颇有退志，倘经俞允，未知接任者何人。此时办理善后，培养民生，正未易易也。英廉访见识浅近，作事粗疏，然尚是阳分人。至吕曼叔，虽熟悉地方情形，然喜播弄是非，倾轧同官，似非君子者流，故于左颇相投，而刘则不甚许可也。吾处同人皆相得。至评论僚属，却博采而详察之，不以一人之毁誉遽有用舍，故他人皆以吾为介，未尝敢干以私也。地丁钱粮征收尚有起色，约计本年用款犹可支持过去。开年正二月间，兵饷不知从何处筹画，殊为焦灼耳。

袁筱坞虽好为议论，然于地方公事却不与闻，与吾亦相得。甘捐减价诚不得已之举，第有碍京捐，恐他日必为人指摘。西征协饷，各省报解尚踊跃。第西师日远，转运日难，一勇之费，几及养兵三人，报销亦颇不易也。林颖叔粮台事尚未了，其行期更难定，与吾时相过从。周伯孙此次考遗到省，察其兴致，似少颓唐，以其妻子均沦陷贼中，杳无消息。今虽娶妾生子，然每念前事，辄涕泪沾衿也。彭潄芳于十九日到此，现尚在省盘桓，徐贵已移进署中，派其帮同用印而已。此人才本中下，且自湘回家在路，敢戴用六只顶戴(伊有军功牌一张)，吾甚不喜之也。

奎孙前年从刘恂之学，尚有功效。至上年在川已觉有名无实，今年更荒废半载，大约从前所读之书已尽忘却。现虽为之觅师，(到处询问，竟无一老师宿儒。)然一时竟难得其人。有子孙不能教，吾负疚多矣。吾近来身体甚好，办科场事亦不觉劳顿，惟饮食总不能多，以此地庖人与吾口味不甚合，且吾亦无暇讲究及此也。全姨自七月中旬病起至今未愈，日闻呻吟之声，颇可厌。第既自造此孽，不得不为之医药调治也。京寓一切闻汝办理有条理，深为欣喜。吾月内拟再从天成亨汇寄数千金，为寓中日用及年底应酬也。草此问汝夫妇暨合家大小均吉。九月廿二日灯下玉甫手书。全姨侍笔问安。

【按】 此函写于同治八年九月二十二日。同治八年九月，翁同爵提调文闱，函中叙述本届科考概况。是年十月初十日，京中收到翁同爵九月二十四日函[1]，或即此函。

同治八年十二月初十日，“左宗棠奏雷振绾、刘松山会师旧金积堡，回首马化灐请降不许，踏毁其西、北两路各村寨，我将士死者亦伙”[2]。马化灐，即函中所云“马化龙”。

---

① 《翁同龢日记》第二卷，第753页。

② 《翁同龢日记》第二卷，第766页。

92. 同治八年十月十七日(1869-11-20)

字付筹儿览:

自初六发榜后旬日来,鹿鸣筵宴及公私为主考将军设饯,竟无一日暇。现在鉴湖定于廿二日起程,艺圃痢疾尚未愈,后数日方行。以鉴湖岳家在山西解州,鉴湖至彼有几天耽搁,故艺圃迟几日启程到彼,恰可同行,彼此皆合式也。今科中式士子老宿学居多,闱墨亦尚好。吾两主考处皆送程仪二百金,又送珠毛袍褂甬、石经一部、薛涛笺廿匣、桂花耳四合,似已情谊周挚矣。

西征军事尚有起色,陕回之桀骜者已尽归河狄,其驯良者亦受降不少。金积贼回屡为刘寿卿军门所败,亦已乞抚。第首鼠两端,尚未必是真心,故寿卿不敢轻许,恐为其所诒耳。

吾有寄老亲寿敬几种,已交二主考分携到京。今有青狐膝袍甬一件、白狐肷袍甬一件,皆吾自买,为汝叔及汝当差御寒之具,交进京引见之戴巽泉(名昌泰)司马带京,汝可收明分用为嘱。吾近体甚好,公事平顺,汝勿系念。戴丞此次入都,尚带解户部饭食银柒千两,国子监照费壹千两,其银均在袁子久处会兑。届时请汝叔令署中友人早收为要。匆促草此,问汝夫妇暨合家安好不备。十月十七日巳刻玉甫手书。

【按】 此函写于同治八年,为不列号家书①。是年十一月十五日,京中翁宅收得此通家书,“得五兄书,戴君携来,又解监照费一千,

---

① 参见同治八年十月十九日致翁曾翰家书。

真景星庆云矣”[1]，即函中云“交进京引见之戴巽泉（名昌泰）司马带京，汝可收明分用为嘱。……戴丞此次入都尚带解户部饭食银柒千两，国子监照费壹千两”。

93. 同治八年十月十九日(1869－11－22)

字付筹儿览：

旬日来酬应纷繁，无片刻暇，颇觉疲惫。二主试之行，吾为之筹画公分赆仪壹千五百金，又代房考公送程仪五百金，吾又每位送贰百金，似已竭诚尽欢矣。（左送二百，刘送二百，粮道二百，臬司盐道及林颖叔并首府县各一百。）艺圃肠红颇盛，在此稍迟数日起程。（艺圃约在月底启程，鉴湖则定廿二日成行。）鉴湖之岳现官解州，欲绕道勾留数日，俟正主考到彼即可同行，恰彼此两便也。此间公事之难，吾与鉴湖亦曾谈及。第公饯等日有众人在坐，故略而弗详耳。

京师师友馈岁之资，今年仍当致送，拟于日内筹款会京，届时再开单交汝也。鉴湖之行，吾寄去金条二十两，金珀朝珠壹挂，貂披风壹件、狐肷皮袄一件，为孝敬老亲寿仪，汝收明后可即代吾转呈。又新近购得裱好石经一部，装演尚可，亦托其带去，可为收储，勿令蛀损为嘱。

吾连日早起，晏眠终日，奔走至天黑方回署，（学使明日回三原，又须起早送之，库将军调热河都统，于廿三日赴京。）治官事至子刻方能卧。匆促草此寄汝，不及详述一切。吾此间前日交戴丞（昌泰）寄去狐皮袍甬二件，不列号信一函，又交解卷之委员冯义培带去时宪书等一包，未识何日可到也。此问汝夫妇暨合家大小安吉。十月十九日夜三鼓玉甫手书。

---

[1] 《翁同龢日记》第二卷，第760页。

【按】 此函亦写于同治八年。函中“吾此间前日交戴丞(昌泰)寄去……”,即同治八年十月十七日“字付筹儿览:自初六发榜后旬日来,鹿鸣筵宴及公私为主考将军设饯……”一函。

94. 同治八年十月二十五日(1869-11-28)

字付筹儿览:

九月十六日作不列号家书一函,外草上霜袿甬两件,交解翻绎卷之刘筱楼(宝年同知)寄京。月之十七日又作家书一函,外狐膝袍甬一件,狐肷袍甬一件交解饭银之戴(昌泰)巽泉(同知)带京,均未识何时可到。(又宪书、闱墨、题名一包,交解卷委员冯义培去,无信。)

前日周鉴湖之行,吾又寄去一函,外赤金贰拾两(即买赵价人物),金珀朝珠一匣(在川时所购),貂披风(新做)一件,狐肷女袄(新做)一件皆孝敬老亲寿敬。(又有祥哥寄汝一函及衣料一包,托周仲建廷士键观察。仲建是周勉民士镗之弟,向在库仁庵将军处当营务处。今引见入都,来春来陕候补。)又金镯贰只,五两者给安孙;三两者给德孙。又裱好石经一部,系吾新买者。此物不重拓本(新拓本十馀金可买)而裱工颇费,吾以四十二金置之,可安于书架,勿令虫蚀为嘱。

卢艺圃以肠红甚重,且副主考又须在解州稍有耽搁,故迟数日方启程。今定于廿八日成行。吾复寄去旧拓颜家庙碑二本。闻安孙尚肯写字,给之可获临池之益。又羊皮女袄甬壹件,给汝妇添家常衣服也。(本拟寄二件而铺中货缺,只有一件。)

此次两主试程仪等事,皆吾为之极力经营,(每人有三千四五百金。)方有此数,故伊二人颇感吾也。吾日来稍有感冒,(廿一日宴会后着凉,夜胃气大痛,呕吐两次,廿二、三日夜间有寒热,而白日送主考将军行,应酬如故。昨夜热已轻减,惟饮食尚未复元耳。)在院乞假两日,不过肝胃气痛,夜间寒热,饮食少进而已,无甚大病,调理一两日可愈,勿以为念。全姨病已稍愈,现尚服药。匆促书此,问汝夫妇近好并合家安吉。拟于日内将从银号有所寄,再作信寄汝,详布一切也。十月廿五日玉甫手书。

【按】 此函写于同治八年十月二十五日[①]。

95. 同治八年十一月初三日(1869-12-5)

字付筹儿览:

两主考之行及刘、戴二委员进京,吾皆托带信件,到时汝一一收明为嘱。吾此间于十月廿二、廿三日连接十三、十四两号家书,廿九日又接十月十二日所发拾伍号信。藉悉老亲康健,合署平安,欢喜无量,并奉到老亲手制眼镜袋。针线细密,颜色鲜明,洵为期颐以外之寿征,尤为欣忭也。

吾在此公事尚平顺,今年年岁丰稔,寇氛日远,民间气象已渐改观。田地荒芜者已委员督令开垦,借给牛、种,故事尚易集。现在耕种者有十之八九,来春若旸雨应时,则麦秋必书大有。惟延榆绥一带客佃居多,兵燹之后逃亡归里。此时无术招徕,殊为焦虑耳。

陕省官场虽驯谨者多,然实心为民者亦未易得。至向之所谓能吏者,皆工于揣摩。貌为朴实,究之言行,绝不相

---

① 参见上文同治八年十月十七日、十月十九日等致翁曾翰家书及其按语。

符，或倾轧同寮，或袒护属吏，何尝有一毫为国为民之念？稍动于中，吾甚不取之也。甘省军务日有起色，刘寿卿克复灵州后(九月廿九日)，复围攻金积堡甚力。倘马化龙果能缴械投诚，则甘事可十了八九矣。左帅有十月二十八日接督印之说，未知确否？中丞告养，吾极力劝阻，不识能听否？

此间科场吾一人办理，幸无陨越，实为万幸。二主试吾为之张罗，每人有虎贲之数(尚不止此数)，似皆满意，司库平馀(每年有二万馀)，吾上月已出详，每年提六千金帮给臬司盐道草府衙门办公。至州县平馀，则减民间三成，以五成留为本官办公，其馀二成或全提或提半或免提，(禁道府节寿而以此提公之款，分给之。)皆视其地方之繁简斟酌核定，似官民皆有益，不致法立弊生。今亦已上详矣，本省大计久不举行，本年之春以吾新至展至年底举办。现须赶办此事，须于封印前出详也。吾为陕藩，虽非他省可比，然他人视之，则犹是藩司也。

年终馈岁之资，何可吝啬，故今从天成亨银号会寄京中银叁千两，汝可收明。至应送某处若干，俟吾再作书开单交汝，请叔平叔商酌之。总之，师友酬酢事难遽已，不得不勉力从事也。全姨病已渐愈，署中人口均吉。吾近体如恒，可免注念。此地天寒风燥，连日重阴欲雪，更觉寒气逼人(室中亦用炭盆煤炉)，服厚皮裘不嫌其暖，想交九后必更严寒也。都下近日得雪否？汝气体素弱，近有馆差奔驰风雪中，宜诸自节力，多穿衣服，勿稍大意为嘱。吾寄汝之皮袍甬，原因汝当差而寄。收到后可即日成做，勿爱惜不穿也。吾今年亦添厚皮衣数件，以在湘在蜀天气与此间迥别，御寒之具，不能不略为添置也。

此地冬令，家人辈亦给炉火钱，从前司中收水礼时，则煤炭尽有各房给煤，不给钱。今吾裁去水礼，故给以钱文也。省城冬月起至来年二月亦设粥厂，吾捐廉二百金，未知京师元通观粥厂经费若何？倘或不敷，可为吾再捐五十金，汝可酌之。吾日来公事稍闲，然办大计、办武闱皆岁底新春之事，又有一番忙碌也。手此问汝夫妇暨合家大小均吉。十一月初三日玉甫手书。

【按】 此函写于同治八年十一月初三日，十一月初四日从天成亨银号寄京，并寄公砝足纹三千两，此为十四号家书[①]。同治八年十二月，“会详大计，举劾人员”[②]。

96. 同治八年十一月初四日(1869－12－6)

字付筹儿览：

前月廿二、三日接到京寓十三、四号家书，廿九日又接十月十二日所发十五号家信，藉悉老亲康健，合寓平安，欢忻无既。吾此间十月中托戴巽泉司马寄去家信一件，狐膝(给汝)、狐肷(送汝叔)袍甬各一件，托周鉴湖主试寄去家书一函，赤金贰拾两，金珀朝珠一匣，貂披风一件，狐肷女袄一件(以上皆孝敬祖母寿仪)；又金镯贰只(给二孙)，裱好唐石经一部。托周仲建观察寄去家书一件(汝祥哥书)，衣料等(祥哥孝敬祖母)一包。托卢艺圃主试寄去家信一件，颜家庙(给安孙)碑二本，羊皮袄甬(寄汝妇)一件，均未识何时可到。昨日又从天成亨银号寄去十四号家信一件，又足公砝足纹三千两，云于日内即行，未知腊月初能到京否？

吾此间公私顺适，近体甚好。全姨病已渐愈，饮食已能

---

① 参见同治八年十一月初四日、十一月十三日致翁曾翰家书。

② 《翁同龢年谱·翁玉甫先生年谱》，第183页。

复元，惟消瘦太甚，经水尚未至耳。奎孙业师尚未延请，虽遍託人，终未觅得，颇为焦灼。署中幕友似不如湘省之得力，同寅虽甚水乳，然求一真能助理之人，亦不易得，故吾稍觉吃力也。蜀省事闻已奏结，未知究竟若何？倘仲翁久为蜀帅，恐非地方之福。盖其慈祥，岂弟诚为难得；而其偏私姑息，实长刁风，于治蜀却大不相宜也。陕省年岁丰收，贼氛渐远，固此邦人士之福，亦官于斯土者之幸。

若能连年丰稔，则民气似尚易复，惟延、榆、绥、北山一带田地荒芜，人民稀少，虽委员督垦、借种、给牛，然所开者不过十之二三，实人力不逮，真无可如何耳。此间天气与都下相仿，连日天阴，大有酿雪之意，更觉寒气逼人。室中亦用炉火，然亦不见其暖。吾今年颇怕冷，故添制厚皮衣数件。大抵人五十以后，血气渐衰，非少年精力可比矣。闻院上日内有折差启程，匆促书此，即问汝夫妇暨合家大小均吉。（家人李福于昨日到此。秀姑娘所寄绣货四件收到，可为我道谢。）汝叔处不及另函矣。十一月初四日玉甫手书，全姨侍笔问安。

【按】 “若能连年丰稔……十一月初四日玉甫手书，全姨侍笔问安”一纸与前两纸并非在一册之中，其间隔五册之遥，今根据其时间与内容，暂置于此。

上文同治八年十一月初三日函云“吾此间于十月廿二、廿三日连接十三、十四两号家书，廿九日又接十月十二日所发拾伍号信……”，与此函中“前月廿二、三日接到京寓十三、四号家书，廿九日又接十月十二日所发十五号家信……”为同一件事情，即“前月”指“十月”。

同治八年十一月十三日致翁曾翰函云“十一月初四日将十四号家书，并外足公砝足色银三千两交天成亨号寄京，次日又将十五号信交左宫保折差赍京”，此十四号家书乃函中所云“昨日又从天成亨银号寄去十四号家信一件”，其中“昨日”，即十一月初四日；则“今日”，乃十一月初五日，即此函写于同治八年十一月初四日，十一月初五日发往京中，乃十五号家书[1]。是年十一月二十九日，京中“得五兄十一月五日函，摺差来”。

据此函知，家人李福于同治八年十一月初三日到陕西翁宅。

97. 同治八年十一月十三日(1869-12-15)

字付筹儿览：

十一月初四日将十四号家书，并外足公砝足色银三千两交天成亨号寄京，次日又将十五号信交左宫保折差赍京，不识何日可到。吾此间于十月廿九日接到汝十月十二日所发十五号家书，敬悉老亲康健，汝叔侍祺增胜，合家均各绥吉，深为欣慰。其馀汝所讬周震初及周铭五携带信及阿胶等，均已收到。吾所寄两主考及周仲建并戴巽泉各信件约于此月杪皆可寄到。到时汝一一收明为嘱。孝敬汝祖母衣服等未知合式否，下次书来可提及之。京都师门及诸至好处年底应酬自不能免，当俟书信写成再开单交汝也。

吾在此半年馀，开荒田，筑堡寨，办文闱，浚城濠，修栅栏等事，亦颇尽心力，官民似不致有遗议。然此皆职分当为之事，吾却不敢以之言劳也。此间秋粮丰收，所种麦苗亦好，惟甚盼得雪。前连日浓阴，省外间有报雪之区，而近省尚未见三白，私为默祷。倘得透雪，则民情可大定耳。左帅于十月廿六日接督印，廿八日拔营进扎平凉。前敌诸军战事颇好，如甘省能办理得手，则陕省边境之民方有安枕之日也。司库饷事约计可支持至来春正月底发款。现望地丁及

① 参见同治八年十一月十三日致翁曾翰家书。

各省协饷再有十馀万金解到，便可无虑青黄不接矣。

中丞事事要好，惟于吏治不甚熟悉，且性情褊急，故作事有过当之处。然平心而论尚是好官也。川省事昨见邸抄，已奏结。钟仲山取怨于人，皆所自作。至彭器之，则招摇纳贿，俱有确据。盖此二人本非君子者流也。

吾历官数省，见蜀中吏治为最坏。实任则骄奢淫佚，候补者则营缘奔兢，必须为大吏者极力整顿，或者稍有转机，恐仲翁在彼未必能有此力量也。酉阳州教案不识如何办理。若如锡韦卿所办，则抑民太甚，势必至逼反而后已。盖此君在川东，凡教民一举一动惟有奉令承教，不敢丝毫违抗，故年来长其桀骜之气，以致不可收拾。吾在川时，凡递呈者不准列教民字样于呈首，原因地方官问案只当论其曲直，不必问其在教与否。若于呈首先列教民二字为护身符，官遂从而曲徇之，则案必判断不公矣。故有此令，而彼教中亦不敢有异说也。

总之，此辈全在驾驭得宜。倘一味纵容，必致尾大不掉耳。陕省习教者尚少，然亦间有之。省城民回尚相安。中丞令其迁徙不果后，今议令准其出城，且许其清理产业。然办理稍有不善，恐又从此多事矣。北山逃勇聚处山谷中，劫掠为患。近已派营搜捕。然尚未能净尽。荒芜田地以兵燹后遗民无几，所开垦者不过十之二三，势难尽辟，而客民又不能相率而至，真无可如何耳。吾近来身体甚好，署中均安吉。全姨病已稍愈，饮食几可复元，惟消瘦殊甚，经水不来，尚是病根未除也。草此问汝夫妇暨合家大小均吉。十一月十三日玉甫手书，全姨侍笔问安。

【按】 同治八年二月初三日，翁同龢得知“四川酉阳州杀夷人传教者,焚天主堂"[1],即酉阳教案。是年三月,翁同爵抵达西安,二十六日接印视事。函中"吾在此半年馀",即办理文闱等事宜[2],故此札亦写于同治八年。

同治八年十一月底,京中收到"十一月十五日函,折差来"[3],当即此十六号家书,由折差张光荣赍京[4]。据此函知,同治八年十月二十六日,左宗棠接督篆;二十八日即拔营驻扎平凉。

98. 同治八年十一月十五日(1869-12-17)

字付筹儿览:

昨将十六号家书交折差张光荣等赍去,未识何日可到。吾此间藩司入项虽较之从前不如远甚,然廉俸优厚。吾诸事俭约,除署中日用应酬外,尚有盈馀。因于日前从天成亨汇去京平足公砝足纹叁千两,以为年底诸师友馈岁之资及京寓日用所需。又思家中诸人岁终各有用度,今从袁筱坞处复汇寄足纹壹千贰百两(其平系此间议平,照库平每百两小三两九钱八分),由子久处交汝。汝收到后,可为吾一一分致也。

家人徐贵、李福来,吾细问京寓光景,知汝治家一切井井有条,吾闻之深为喜悦。盖家事亦如国事,人若不能齐家,他日焉能治国平天下?愿汝忍耐料理,勿畏繁颓惰为嘱。

吾近来身体甚好,合署均吉。全姨病已大愈,饮食已能

---

① 《翁同龢日记》第二卷,第705页。

② 《翁同龢年谱·翁玉甫先生年谱》,第182—184页。

③ 《翁同龢日记》第二卷,第763页。

④ 参见同治八年十一月十五日、十二月初四日致翁曾翰家书。

复原，惟消瘦太甚，经水未来，尚是病根未除耳。奎孙延师不得，吾深负疚。来春无论有无宿学，必为之延请一师，至其果能从学与否，则吾不敢必矣。此间日前浓阴不解，颇有雪意。近日则天气晴和，不似有雪，私心颇深盼祷也。草此问汝夫妇，并合家大小近好。十一月十五日灯下玉甫手书。汝叔处吾不及作函，可为吾问近安。

【按】 据上文同治八年十一月初四日、十三日致翁曾翰信札，知十一月初三日，翁同爵《天成亨银号寄去足公砝足纹三千两，即此函中所云"日前从天成亨汇去京平足公砝足纹叁千两"，作为京寓年底诸师友馈岁之资及日用所需。下文同治八年十二月初四日函云"十七日又将十七号信并陕平足纹壹千贰百两从袁筱坞家书中汇京"，与此函中"今从袁筱坞处复汇寄足纹壹千贰百两(其平系此间议平……)"相合，知此函即十七号家书，写于同治八年十一月十五日，十七日发出。翁同爵时任陕西布政使，故"其平系此间议平"，即"陕平"。

99. 同治八年十二月初四日(1870－1－5)

字付筹儿览：

十一月初四日将十四号家书并京平足纹叁千两交天成亨寄去。初五日又将十五号家书交折差杨姓赍去。十五日发十六号家书，交折差张光荣寄京。十七日又将十七号信并陕平足纹壹千贰百两从袁筱坞家书中汇京，想已陆续收到。吾此间于上月廿九日接到京寓十五号家信后，于十一月廿六日又接初七日所发十六号信，藉悉老亲康健，合宅平安，欣喜无既。吾此间公私顺适，可勿系念。现在补办上年大计，三届未曾举行，诸事亦同创始，颇费心力。

刘中丞乞养折于十一月十六日已上，情词恳切，未知朝廷能允许否。另折荐贤自代，保举浙藩杨石泉及吾。吾何人斯？敢膺封疆重任？况此时陕省疮痍未复，军务未平，内则安辑灾民，外则调和诸将，措施正不易易。以吾性拙才拘，万不能胜此巨任。故闻之不以为喜，深以为惧也。

左帅自十月杪接督篆后，即进扎平凉。前敌诸军虽捷书屡告，然金积坚巢未克，简镇阵亡殊为可虑。周寿山（开锡，福建道员开缺，曾署藩司护院）为左帅门生，其人有才而不平正。其来秦也，除督抚外，馀不屑居。左帅始欲保为帮办，后方保为翼长。闻其与在事诸君俱不协，恐他日左必改保为地方官，则陕省又从此多事矣。筱坞办粮台事，饷颇支绌。此君手笔阔大，现在转运之车骡，皆自购买，已费十六万金，而功效甚少。闻倒毙者已十之五六，未识将来如何报销也。王晓凤（家璧）以军营差遣人员而长关中书院，与本地绅士争此修脯，颇为人所议论。

抚军减平馀、裁陋规等事已经入告，未知廷旨若何？此事吾虽遵中丞意举办，然窃以为守令贤否，全不在此。若蠲除其应得之款，州县悉皆赔累，则自爱者皆不愿为；为者未必自爱，似非澄叙官方之道。第中丞决意欲行，吾亦无可如何也。

陕省秋收甚好，粮价本应大减，惟邻封山西、河南收成均歉，故出境者极多。吾虽知之，然又势难遏籴。是以粮价总不能大落耳。英伯文与中丞颇有龃龉，具呈请陛见。中丞即为之入奏。虽折中有留办大计一语。然无请缓之词。故奉批回令办大计后即行来京，大约明年开印后即须入都。臬司一缺尚未定何人署理也。伯文人尚阳分，惟识见不高，计利之心太重耳。吾现在办理上年大计。此间已三次未曾举行，亦几事事同创始。幸吾四年、七年虽未自办，然规模阅过两次，稍知本末，尚不致茫无头绪也。

吾近日身体如旧，署中大小安吉。全姨病已大愈，饮食已能照常，惟体瘦太甚，经水不来，病根未除。现尚服补剂调理也。此间尚未见雪，农民望泽甚殷，已两次祈祷。昨今两日虽彤云密布，然天气和暖，尚无雪意，殊为焦灼耳。蜀中事已将就了结，近日接蒋方伯来书，言以后办事愈难，恐未能长治久安也。里中久无书来，汝荣哥治家未必能安帖，一时恐难就道也。连日办大计，事颇忙，匆促书此，问汝夫妇暨合家近好。十二月初四日玉甫手书，全姨侍笔问安。

年底各处应酬万不可少，枢堂上年皆送二数，今年似不宜减，其馀师友，亦须酌量致送。今拟一单寄去，汝可禀明汝叔，细细为吾斟酌定见。其银即在上月从天成亨汇京之叁千金内提用贰千。倭中堂处吾上年未送，今或送五十金。延树南前借核桃园地，情意可感，或亦送五十金，均请汝叔裁夺。朱修伯、朱敏生两处，或须添至五十金，亦由汝斟酌之。其夹单、笺纸等寄去，汝可为吾填写。至寻常亲友，只须在信面写明外炭敬若干两，不必用夹单也。此次寄去信函，吾亦仅令汝祥哥检点，倘有须更易者，汝可为吾另写为嘱。

吾此间黄面红里折已用完，可买折二十个，封二十个，交此次折差带来，勿迟。《钦定四库全书简明目录》吾带出一部，已在蜀江船坏沾湿（不能收拾矣），而此地无从购买，可遇便买一部来。

吾现在遇节气略煎服高丽参，可为买本色好高丽参一二斤寄来，勿忘。倘有人参真而价不甚高者，亦可略寄些来。此地虽近京，然京中食物甚稀见，遇有便人可买冬菜数斤、口蘑丁一半斤、大头菜数斤寄来为嘱。

吾近日买淡海螺色骡一头，驾车尚好，价已百金。拟开春托英伯文带京，汝可将家中老骡删去一头，以此汝自套车。伯文于牲口颇讲究。此骡即伊代买，据云尚堪使用数年也。彭湫芳到此将旧车送吾，其牲口皆带入川去，伊于十一月初二到川，仲翁不更换，伊到彼自不致寂寞也。

此间大计保者汉中守龚衡龄（本任西安）、定远厅汪兆侗、咸宁令黄兆熊、府谷令郎鹤鸣、葭州何福奎、淳化令夏与贤、布经历蓝树基、褒城教职罗秀书、劾者安康令陈楠（不及）、镇安典史薛震镒（不谨）、教官陈所学、曹炽也（均年老）。

【按】 此函写于同治八年十二月初四日，即十八号家书，十二月初五日，交折弁李青云、高发新赍京[①]。同治八年十一月十六日，陕西巡抚刘典上折乞养。十二月，准陕西巡抚刘典请终养折，蒋志章为陕西巡抚[②]。

据此函，知从天成亨汇京叁千金是十一月初四日汇出。因此，“年底各处应酬万不可少……其银即在上月从天成亨汇京之叁千金内提用贰千……汝可为吾另写为嘱”一纸写于同治八年十二月。其与“吾此间黄面红里折已用完……教官陈所学、曹炽也（均年老）”二纸内容相连，亦当写于同治八年十二月，故将此三纸暂列于此。

100. 同治八年十二月十六日（1870－1－17）

字付筹儿览：

自前月廿六日接到京寓十一月初七日家书，久未续接京信，深为悬望。吾近来大计已办竣，料理武闱已逐渐忙碌。边防现虽无事，然回逆时时有东窜之谣，颇可虑。陕省

① 参见同治九年正月十一日致翁曾翰家书。

② 《翁同龢日记》第二卷，第764页。

防兵大半为左帅调赴前敌，一旦腹地有警，无兵可调，奈何，奈何。

此间农民望雪甚殷，而天气晴朗，殊无雪意。明日起复设坛祈祷。倘能于年内得雪，则来春麦秋可望大有也。中丞乞养折尚未奉到批回，大约朝廷未必能允从。盖此时左帅西征后路运粮等事，必须中丞为之布置，若一易人，恐呼应难灵也。英廉访办大计后亟欲起程。吾以明年尚须办武场向中丞言之，留其行。大约开篆后再定行止矣。

吾近来身体甚好，署中均安吉。全姨病已渐愈，饮食已复元。本年老亲八旬大庆，僚属制屏公祝，吾不能不受。其馀礼物一概辞却。拟于是日设席，请吃面，不演剧。以此间军务未平，不便过于热闹也。司库支发月饷尚可支持过去，统计明年正二月间月饷亦不致为难矣。兹乘沈葵轩（心阳，由佐杂捐升）司马进京引见之便，寄去桂花木耳一匣，桂花一匣，可查收。此布即问汝近好，父玉甫手书。十二月十六日。

此间巡抚放蒋朴翁，闻之欣慰，朴翁和平中正，在川与吾相处一年，极相得；且于吾入秦时订昆季交。（勿向外人言及。吾此间已令仆辈不许露半字矣。）到此自必水乳。第朴翁曾未办理军务。陕省战事方长，未识调度如何耳。

陕省虽报肃清，然北山延榆绥一带土匪游勇饥民时常出没为害，行旅不通。即本省解饷之委员及赴任之州县尚须绕道晋疆，方能达彼也。金积堡回逆，刘寿卿（松山）因其首鼠两端，专意主剿，破其附近堡寨，必尽戮其老弱妇女，于是贼无顾恋，转多抗拒。近日分股东窜，于腊月廿日夜攻破陕省之定边县，延榆告急，而竟无兵可拨，（陕省本有三十馀营，左帅调往甘境二十一营，故防兵不敷分布。）未识近日情形如何也。初十日。

【按】“此间巡抚放蒋朴翁……未识近日情形如何也。初十日”一纸与前两纸相距数纸，今据其内容、时间，当与前两纸为一通，故暂置于此处。

朴翁，即蒋志章。同治六年十月十七日，蒋志章升任川藩[①]；是年八月，翁同爵补授四川按察使，十二月初十日起程赴任；同治七年十二月补授陕西布政使[②]。同治八年十二月初五日，因原陕西巡抚刘典请终养，蒋志章为陕西巡抚[③]。故此函中翁同爵云蒋志章（朴翁）“在川与吾相处一年……到此自必水乳”。

同治八年十二月二十三日，“慈亲八十寿辰，合家称庆”[④]，即如函中云“本年老亲八旬大庆”相合，故此函当作于同治八年。

101. 同治九年正月十一日（1870－2－10）

字付筹儿览：

上年腊月初五日将拾捌号家书交折弁李青云、高发新赍去，未识何时可到。各处信件年底均能分送否？吾此间于腊月十九日接到初二日家信后，尚未续接京信，甚为悬念。腊月廿三日老亲八旬大庆，同僚属吏所送寿礼，除屏障外即烛酒，亦概辞却。吾因北边军报紧急，未曾演剧，仅分日预备筵席请吃寿酒而已。

此间冬令少雪，祈祷数次。至腊月廿二日夜得雪二寸有馀，而次日即晴朗。农田尚未沾足。今于新正初六日复得雪一次，亦只三寸馀，原上高田犹尚未能深透也。司库库

---

① 《翁同龢日记》第二卷，第593页。

② 《翁同龢年谱·翁玉甫先生年谱》，第182—183页。

③ 《翁同龢日记》第二卷，第764页。

④ 《翁同龢日记》第二卷，第770页。

储前数年岁底存储不过数万，吾上年极力樽节，年终所存竟有五十馀万。今年军饷可支持至三月，为之欣慰。以后地丁起征，似可陆续接济。惟愿本省无意外之虞，则司库可免匮乏之虑矣。

甘省军务刘寿卿攻金积堡，杀戮太重，转致贼无降意。而左帅前敌诸军既忌刘独擅其功，且垂涎其富。于是群趋于金积堡，置后路于不顾。回逆遂逸出为害。先破陕省之定边，后扰甘省之庆阳。各军东南粮道两路俱断，颇为可虑，且近闻该逆有掳口子头之粮，直出三原之信，故省城人心颇惊惶。吾虽请于大府调潼关马德昭一军来省防守。然马军为豫省防兵，未知能应召而来否。马军门威望素好，到此似可镇压人心也。左帅刚愎自用，先谓金积堡唾手可得，故所有兵勇悉数调赴前敌，今知其难而已进者一时未能退回，于是遂诿过于营务处之曾道。其实各军进止仍是大帅操其权，营务委员岂得擅专进退耶？

陕省防兵本有三十馀营，上年为左帅调赴甘省者二十一营。吾以本省边防空虚，屡向中丞言之。而中丞不以为意，转笑吾为怯。今北面告警，定边县(县城随亦收复)于腊月廿夜失守，(正月初三日安定复陷，县令殉难，县城旋于初八日收复。)竟无兵可调。中丞虽有悔意，然已无及矣。殊切杞人之忧也。连日盼折差回，而久不至，深为悬望。新正公事略少，草此数行，候有行人再寄，此问合家近好。正月十一日玉甫书。

奎孙资质非不能读书者，第失学既久，父母又溺爱，恐难望其有成耳。同治六年在湘，请刘恂之教读，似觉稍就范围。至前年在蜀吴景行授读一年，景行世故太深，每日巳午间方上学，而未晚即放，已毫无进境。上年到此，吾始愿同乡中求一年高严厉之师，庶几变化气质，乃迟之又久，迄不可得。令汝祥兄自己督课，则终年未曾闻读书声。今岁不得已请本地孝廉王思庵(戊午举人，汝叔门生，名勤)为之教读，未知能稍就学否。

总之，此子跳荡性成，(以吾签押房在西偏院，耳目不能遍及，时时策骑出游。上年由栈道来，即常弃轿骑马。吾以道险训斥之，而伊父母不以为然也。)吾虽时时督责之，但数则生厌。故吾亦含忍姑容，不能严责也。十七日。

昨十八日申刻折差高李二弁回，接到腊月廿七日所发拾玖号信，敬悉老亲康健，合宅平安。欣喜无量。慈寿日天气和暖，亲友盈门。慈颜欢悦，尤为欣忭。吾所寄各件均经收到。年终馈岁一单经汝叔酌定，极为妥善。此次汝所寄参枝、黄折等，皆已查收。吾此间岁底新正均甚闲适，寅僚亦无饮食宴会，惟自十四日起军书旁午，昼夜不安，颇劳心力。今日各处探报云逆骑已至蒲城，所属之丁子坊似有入山之势。但吾所虑者，(今日探报云：三水又有贼二千馀下窜，廿日未刻。)不在此股数百之贼。倘以后金积堡河狄大股东趋，左帅万万不能扼其马足，而陕省现无重兵可资防守，殊切焦虑。

中丞曾见大敌者，然闻警亦颇仓皇，实缘省城重地无兵无将(省中除满营兵不计外，只有中军及城守四营)，故束手无策耳。三原本扎皖军猛字二营，皆亳蒙之勇人，甚精壮。上年易楚将改为刚字营，且统领系一湘中文孝廉(童兆蓉)，连骑马皆不能，而此军遂无用。至编甘肃难民为四营，实只千馀人，令主事周瑞松(癸亥甲榜，湘人)统之。此真儿戏事，岂堪御敌耶？

左帅前敌诸军聚于金积堡者，粮运不通，时有溃散之势，即平凉后路运粮车骡骆驼被抢者十之七八，近亦不能转运，而左帅尚日以胜仗入奏，殊为军民嗤笑。袁小午招其旧部数百人来陕，到此尚需时日，且人数太少，恐亦不足以临大敌。马子明（德昭）一军虽经左帅及刘中丞奏调，然恐豫抚李子和尚不愿其入陕，或再争之于朝也。

总之，办回若剿而不抚，则战事不知何日是了。盖陕回有数而甘回则以数十万计。关外之回更难悉数，焉能灭其种类耶。故吾上年初见左帅时，即以剿抚兼施为言，并云：若不剿，则抚亦不成；倘不抚，则剿亦不能尽净也。左帅当时以为然。第惑于左右贪功之言，遂一意主剿耳。吾身体甚好，可勿悬念。汝馆课甚忙，须保养勿过劳为嘱。（吾连日颇忙，叔平叔处不及另行作札矣。）此问汝夫妇暨合家近好，玉甫手书二十日午刻。

上年补办大计举者八人：龚衡龄（西安府）、汪兆侗（定远厅）、黄兆熊（咸宁）、郎鹤鸣（朝邑）、何福奎（宁羌州）、夏与贤（淳化）、蓝树基（佐，藩经）、罗秀书（教）；劾者四人：陈楠（安康，不及）、薛震镒（佐，不谨）、陈所学、曹炽（教，均年老）外间议论均允协。此次因实缺人员太少，故举者照额缺一人也。

袁处汇银陕平，本小于足公砝，尚无错误。

文伯翁分拟再送百金，俟作就唁函寄京，再同送去。

字画固吾所甚爱，然此时实无暇赏玩，可不必觅。即觅得，亦可缓寄来。京察全单，可寻一分寄来，勿忘。余绂臣见小性刻，其不得一等，宜哉。延树南处地事，书来方知。钱财小事（炭金却不必再送），不必计较，吾辈总当感其情也。

【按】 “奎孙资质非不能读书者……不能严责也。十七日”原件在“昨十八日申刻折差高李二弁回……玉甫手书二十日午刻”三纸之后，此处据其末署“十七日”置于“……玉甫手书二十日午刻”之前。

同治八年十二月二十三日，翁太夫人八十寿辰[1]。函中“腊月廿三日老亲八旬大庆”，故此函写于同治九年。函末云“新正公事略少，草此数行，候有行人再寄”，知此数纸未即日寄出。

“奎孙资质非不能读书者……上年到此”，“上年”指同治八年，翁同爵授陕西藩司；“昨十八日申刻折差高李二弁回，接到腊月廿七日所发拾玖号信……慈寿日天气和暖……玉甫手书二十日午刻”，其中“慈寿日”，指翁同爵母亲同治八年十二月二十三日八十寿辰。

故此数纸写于同治九年正月，并非同一日写成，正月二十日交折差李忠、杨武赍京，为是年第壹号家书[2]。

102. 同治九年正月二十四日(1870-2-23)

字付筹儿览：

月之二十日曾草一函，为升字第壹号家书，交折差李忠、杨武赍去，未识何时可到。廿一日袁筱坞处专足来，递到汝新正三日手书，并外本色高丽参一斤。藉悉老亲纳福，合宅凝禧，欢喜无量。

吾日来军书旁午，刻无暇晷。前由三水窜入之回骑千馀，东走高陵、富平，蒲城、大荔为追军所逼，已有由白水入山之势。惟据北山探报，洛川中部交界复有回逆南窜，恐合并奔突，未易剿灭，殊为焦虑耳。北山州县既苦无兵，又苦无饷，故偶有警报，皆束手无策。

此次安定陆令(均)、定边李令(廷献)死难甚惨，闻之怜悯。吾昨商之中丞，令地方官各自招勇两哨，保卫城池，由司给饷，似此则土匪游勇固可责其擒拿，有警亦可

① 《翁同龢日记》第二卷，第770页。

② 参见同治九年正月二十四日致翁曾翰家书。

登陴固守一二日，以待援兵。中丞深以为然，已照议施行。此事每年司库须多筹五万金。然询之众论，颇于地方有益也。

吾日来身体甚好，署中均吉，可勿悬念。此间两司养廉，以军务省分曾请部示，均食全廉。吾樽节俭用，除署中一切用度外，尚有盈馀。兹从天成亨汇去足公砝足纹叁千两，汝可收明。此项为他日归家养母之资，切勿动用为嘱。手此问汝夫妇暨合家近好。正月廿四日玉甫手书，全姨侍笔问安。

此间自十三日起警报络绎，贼于十二日即窜至三水城北二十里之大峪镇。次日从淳化口子头出扰，十四日至三原，十五日省城戒严，十六日攻高陵之雨金镇，即分股循渭河而东。十七日扰及渭南华州之上涨渡仓头镇、孝义镇等处。此近日军务情形也。此股贼数步骑不过千人，从金积堡窜出，奈陕省防兵仅有甫经调扎三水之刚字一营，不能堵剿，遂致阑入。而三原亦只驻扎一营，不甚得力，故如入无人之境耳。中丞久历戎行，然一闻警信，亦茫无主见。英廉访妻丧在假，馀人更无可商酌，故吾连日预备城防等事，颇劳神也。十八日午刻。

【按】“此间自十三日起警报络绎……十八日午刻”一纸，与前两纸中间有数纸隔开，今据其内容、时间，暂置于此。

据上文同治九年正月十一日致翁曾翰家书，知此函写于同治九年正月二十四日，正月二十六日由天成亨银号寄京，并从天成亨汇去公砝平足纹三千两，乃第贰号家书[1]。

---

① 参见同治九年正月二十八日致翁曾翰家书。

103. 同治九年正月二十八日(1870－2－27)

字付筹儿览：

廿六日曾由天成亨银号寄去升字第贰号家书，并外足公砝平足纹叁千两，未识何时可到？此间军务扰同属之回骑千馀，已由澄城、白水窜走黄龙山。省中调兵追剿，惜仅击其尾队，未受大创，恐后股继出耳。昨夜三鼓中丞处接北路报云：刘寿卿(松山)于上元日在金积堡督战阵亡。此人关系陕甘大局，非他将失利可比，未知近日彼处情形若何？吾恐金积以南雷周诸军溃而却走，则各处震动必至不可收拾也。左帅驻兵平凉，前后粮运均几断绝，而时时尚以捷章入告，真是自欺欺人。秦州周寿山拥五十馀营，无所事事。昨日泾州牧报回骑分大股窜扰镇原，将及陕境，恐日内西北州县又有警信矣。

蒋豫庭中丞为人和平中正，在川与吾极相得，惟未曾办过军务。到此未知设施如何耳。昨接其十四日书云：正月九日方奉部文，十七日始交卸藩篆。二月初可启程，抵秦约在上巳后也。吾身体甚好，署中均安吉。奎孙已开学读书，吾连日军书旁午，昼夜不能安息，所愧者军旅之事，非所娴习未能赞画尽善耳。兹因袁筱坞处有专足回京，草此问汝夫妇，暨合家安好。汝叔处不及另札矣。正月廿八日巳刻玉甫手书。

【按】 同治八年十二月初五日，原陕西巡抚刘典告老还乡，蒋志章为陕西巡抚[①]。同治九年正月十五日，刘松山在金积堡阵亡。二

① 《翁同龢日记》第二卷，第764页。

月初五日，翁同龢方知道此消息，为西事棘手而焦心[1]。因知此函写于同治九年，乃未列号家书[2]。

据此函知，同治九年正月初九日，蒋志章奉到部文，十七日交卸藩篆。二月初启程赴陕西上任。

104. 同治九年正月二十九日(1870-2-28)

字付筹儿览：

昨由袁筱坞处专足寄去不列号信，谅可早达。吾自月之中旬起，军书旁午，日鲜暇晷，夜分往往数起治官，事竣再卧。所幸身体甚好，尚可支持也。前由三水、淳化窜入之回骑千馀，有土匪逃勇夹杂其内，不能辨别，(细访之，回逆不过三百人，馀均土匪逃勇。)掳掠三原、高陵、富平、蒲城、大荔、白水所属村庄，惜无大兵拦截，仅在蒲城之上王庄击其尾队，伤百十人，获其骡马数十，未受大创，恐后至者未必有所畏惧耳。

北山探报云：上元日刘军门(松山)在金积堡督战阵亡(中洋炮子洞胸)。失此良将，恐陕甘局面必一变动(金积堡南各军必致溃退)，为之奈何？昨已据泾州报至，言回逆分两大股南窜，已至镇原，恐扰陕境。如此，则陕省战事方殷，而无兵无饷，令人焦灼万分。左帅驻师平凉数十里外，即有贼饷道，(小午西征粮台以十馀万金所买之骡马，闻已被掠殆尽，尚讳而不言。)前后皆不通，而犹日报胜仗，不知何所恃而不恐。蒋中丞于二月初启程来秦(正月十七日方交卸川藩)，外间议论皆愿其带川兵来此。然吾知川中亦无得力

① 《翁同龢日记》第二卷，第782页。

② 参见同治九年正月二十九日致翁曾翰家书。

之营也。

陕甘本省兵本是劲旅，自军兴以来调赴各处，其精锐伤亡殆尽。今则除空籍外，半皆老弱。盖绿营兵饷久已不发，亦无怪其然。吾上年至此，方定每月发四成操饷，然营伍尚未能整顿也。兹因本衙门书吏解乡试录进京之便，(此次因甘肃衔名于新正方到，故稍迟。)寄去寿幛一幅，寿屏八福，燕窝二匣(皆吾购买，此处无此寿礼也)，可查收(即转呈祖母)。此问汝夫妇暨合家近好。玉甫手书，正月廿九午刻。

【按】 此函写于同治九年，为不列号家书，由翁同爵衙门解乡试录书吏侯凌云赍京[①]。

105. 同治九年二月二十四日(1870－3－25)

字付筹儿览：

自正月十八日接到上年腊月廿七日家书后，吾于二十日作升字第壹号信交折弁李忠、杨武赍去。廿一日从袁筱坞处递到汝新正三日书，并外高丽参一斤。吾此间于廿六日作第贰号信，并足纹叁千两交天成亨寄去。廿八日又从筱坞处寄不列号信一函。廿九日作书一函，外绣麻姑八仙，并燕菜等，交本衙门书吏侯凌云赍去，均未识何时可到。

吾自正月中旬以来军书旁午，日不暇给。所愧未尝学军旅，致疮痍之民复遭蹂躏，负疚良深耳。司库所储，上年吾力为樽节，故至今尚存四十馀万。第陕省精华在西、同、凤三府。今同属被扰，上忙钱粮固难征收，即西、凤亦因上

① 参见同治九年正月二十八日致翁曾翰家书按语，另见同治九年三月初二日致翁曾翰家书。

年中丞有裁减平馀告示，民间转多观望。可见率由旧章，尚是为政之要。倘三四月间各属不能大批旺解，则以后各营军饷大费筹度，奈何，奈何。吾持筹乏术，仅能于现有之款，酌盈剂虚，樽节用度而已，别无生财之道也。

蒋朴翁中丞尚无起程的信，英廉访（奎）呈请陛见奉批，俟办大计后来京。至上年大府易人，又今年正月其夫人病殁，于是又不愿北行，欲请奏留。中丞因替任沈少莲（鹏元）业经调省，不允其请，颇有怨言。此君亦热中而近利，（前两次为杨厚庵、林颖叔所参。）非真君子也。粮道赵又铭（新），人太忠厚，（上年满营月米皆吾为之筹划。）其本任事尚须他人为之照料。至军务，则一切置之不闻不问。署盐道谢蔚青（质卿）稍有商量，然亦不肯出一谋划。今又将往署陕安道。至现定盐道文雅亭（堉），则倚贵官之戚，（宝佩翁亲戚，由内阁放甘肃知府。）毫无一长。将来到任后，更不能与之斟酌也。候补道中（尚有熊文华、邵涟二人）如方元仲者（鼎录，新开知府缺，候补道员），已极出色。第此君（善则归己，怨则归人）世故太深，人情太熟，（换帖者半陕省，先为军需局提调，现以道员办局务。）与共事亦须随时体察之耳。袁筱坞日前发一奏折，外面请拨重兵保护粮运，而其命意在或简放。

此间巡抚或督办陕省军务，故措词伤刘及左，而有毛遂自荐之意，未知廷旨如何？总之，此间若再易帅，则不但担延时日，且新旧换勇，必须清厘欠饷。西征粮台及陕西司库无此巨款筹给，是未见有益，先反受害。小午特未之思耳。连日贼氛偪近，省垣戒严。吾日则筹划防务，夜则登城巡视。所幸贼未渡渭。省中尚不致十分惊惶。昨日咸阳探报贼窜该县西北，恐其取道凤翔，仍归甘境。至溃勇，则吾已请命中丞出示及委员招抚，未知能办有就绪否也？

此间春令仅得微雨二次，农田望泽甚殷。日来军务倥偬，无暇祈祷。倘二麦无收，则孑遗残黎，几无生路矣。吾近体甚好，尚耐劳碌。署中大小均安吉。汝勿悬念。至军务，现虽紧急，然省城决无妨碍，合家切勿以此为虑。汝身体虽较前结实，然亦宜善自调养，勿过劳为嘱。此问汝夫妇暨合家安好。父玉甫手书。二月十八日灯下。

此次贼目陈霖一股，约三四千人，正月初四日自金积堡东窜，陷安定，攻米脂，围清涧。由延长宜川出韩城北之孟家嘴，扰及郃阳、澄城、朝邑、大荔、蒲城，屡次抢渡渭河，幸有水师、炮船扼之，不得渡。于是向富平、高陵、三原、泾阳，西窜咸阳、兴平、醴泉、乾州。现在贼踪四扰，尚难定其趋向。盖方贼之出山也，仅有抚标左右翼千人扎韩、郃之交。三原先有刚字两营驻扎，以追前股贼骑，离防所只有新调填防之武字两营驻原，难以分布。而奏调豫军马德昭五营，以李志和不令离潼关，仅遣马军百人、步队三百扎华阴之三河口，遥为声援，非真肯击贼也。赖带楚军前营之提督刘端冕（中丞之堂侄）自甘率两营来陕会合抚标左右翼，自郃、澄一带尾贼追剿，贼方稍有忌惮。沿途尚屡次与贼接仗，少有擒斩。（在高陵有武字前队两营接仗，以贼众兵单，几为贼困，幸刘端冕率众掩至，贼方败走。）至贼由泾阳渡泾，则仅有新招难民千馀人，难以堵御，且水浅可涉。于是贼遂全数西趋矣。今虽咸阳、醴泉一带贼势蔓延，然李辉武（四川客军）率武字六营，由武功而来，截其西。刘端冕同抚标左右共四营，击其东。声势较前浩大，且刚营两营已回三原防所。中军陈熙台复率抚标数百人同义勇五百人（即难民新招者）防鄠县、周至之渭河南岸。或贼不得逞，即由淳化、三水窜回甘境。此旬日来贼情及官军追击情形也。省中城防虽戒严，然人情尚安堵。至回贼所过地方杀戮，似不致从前之惨,惟攻城堡携有云梯为前此所无耳。二十日又书(上钤“玉甫手缄”朱文长方印)。将近日探报摘抄数纸附去,中有不尽的确者,切勿示外人也。至嘱,至嘱。

昨夜初更时由袁筱坞处送到汝正月廿七日所发庚字一号家书,藉悉老亲康健,合宅平安,深为欣慰。叔平偶尔感冒,已经痊愈,照常入值,尚须嘱其加意调摄,勿太劳顿为要。京师无雨,火灾屡见,一切门户火烛皆宜格外小心。汝趋公忙碌,身体宜自保养。夜间不寐,究是虚象,宜服补剂以培养之,切勿听其自然也。家务事最易动人烦闷,然处之以公平,持之以和婉,则他人自无訾议。吾管家务三十年,于此中苦情皆所深尝。惟随时随事处处忍耐自能家庭和顺,人我胥忘。第汝现在以吾忝居外任,稍要好,则人言其阔;稍从俭,则人议其啬,较吾所处为尤难耳。

汝仍住东厢房,可令安孙兄弟随汝同住。祝官可随其母住西厢。否则究嫌不便也。安孙兄弟姊妹渐长成,衣服有应置备者,亦须随时添置。其用项即在吾寄京款内提用。吾决不汝责,即汝夫妇有应用之款,倘吾所寄不敷,亦可提用,作书告吾知之。盖吾深知汝万不肯浪费也。至老亲起居服用,尤须加意体贴,饮食总要适口,衣服必须称心。在老人诸事将就不肯明言,是在为子孙者,当先意承志也。至嘱,至嘱。吾近体甚好,可勿系念。此问汝夫妇暨合家近好。玉甫又书,二月二十日。

此间军务自左帅由泾州进扎平凉后,后路本皆有营驻守,以防贼窜,且护粮道。迨北路翼长刘松山军门连获胜仗,直抵金积堡寨边,于是在南面之雷正绾、周兰亭、张福齐、简敬临诸人既忌刘独擅其功,且艳羡金积堡之富。于是相率并进,群聚于金积堡之南,意谓巨巢可立拔也。其时左帅亦有希翼之心,以为大功指日可成。及至顿兵坚壁之下屡攻不克，简镇阵亡，且贼又出其游兵，抄截后路，粮道梗塞。左帅调各处防兵护送粮运，而藩篱自撤矣。上年腊月前敌诸军粮饷不给，已时时有溃退之势。

至今年新正陕回分道扑出，诸军皆不能拦截，遂致阑入陕畺，蹂躏腹地，此诚布置之疏也。峡口在金积堡之南，为南北各军粮运所必经。雷、周诸军不能守。为贼所据。刘军门以为此在所必争之地。故于上元日先攻马五之寨，以剪其枝。不意寨已攻破，而刘军门竟中枪阵亡。惜哉！失此良将，军威大挫。幸其士卒尚未溃散。现退扎吴忠堡黄河岸一带，未知能全师而出否？

南路雷、周各军逃亡本多。先已不能出队。自刘军门亡后，更不能自立。近已退至四百户。此数军本万人，此时所存者不及千人，不复成军矣。黄道鼎带彝字十一营，左帅令率五营迎雷周撤退，乃未至半途而为贼所败，死亡过半，只存两营人数退归，其精锐似亦伤亡殆尽。南路翼长周开锡拥众五十馀营，无所事事。虽其士卒半皆甘军归并，亦未必得力。然不调回防守而置之无用之地。窃所不解。左帅驻兵平凉，其后路粮道亦时有梗阻。西征粮台以二十万金所办之车及骡已被抢几尽。运粮夫役杀害者已数十百人。故现在泾州、永寿等处存粮皆一二百万。然不能运赴大营，且左帅所部亲兵只有千人，尚常令其迎粮出队。

目前闻有鼓噪之事，斩为首数人方定，殊可虑也。逆骑之窜入陕境者，始由三水来者，约有千人，从三原、高陵、富平、大荔，历蒲城、白水入黄龙山而去。官兵单薄，仅在蒲城击其尾队，未曾惩创。继则由韩城北之孟家嘴复来一股扰及郃阳、澄城、白水、同官入山，亦少有擒斩，不能迎头截剿。今闻澄、郃交界又有贼骑窜扰，（此股已由朝邑、大荔、蒲城、富平、高陵、泾阳、三原而西。至咸阳、兴平、醴泉、乾州等处，大抵欲取道凤翔走甘境也。廿日又书。）股数不一，步骑皆有，未知以后情形如何耳。至陕省防军，原有三十五营，本可自守门户。上年左帅调赴前敌者二十一营。于是存陕者只有七千人，遂不敷分布矣。去岁秋间吾曾与中丞力争之，谓边疆总须自固，防兵不可尽赴甘境，致令腹地空虚。乃中丞笑吾为怯，谓以剿为防正是上策。吾谋不见用。及至岁底新正，北面告警，苦无兵可调。中丞亦仓皇无主，始则奏调马德昭一军入秦防剿，而豫抚李志和力争于朝，未允所请。今复调带川兵之李辉武来省助剿，未知能得力否？总之，先事既未能思患豫防，故临时即不免张皇失措也。左帅行愎而言夸，其奏报固多粉饰。即与同人书札亦往往作欺人语。如现在雷、周溃退，四百户之勇仅有数百人。

日前见其致中丞函，尚称欲令其在四百户屯田开垦为进取计，此真如梦呓也。陕省北山各州县，人人视为畏途，盖既苦无兵又患乏饷，故即稍有才干之员，至彼亦束手无策。此次安定、定边二县令死事甚惨。缘一有警信，人民即鸟兽散。地方官无一相与共守之人。吾日夜筹思，谓欲固城防，必先筹军饷。于是建议凡北山瘠苦州县，皆准其自募勇丁百数十人，即令印官统带。其薪水、口粮、军火、器械均由司库发给。则州县稍可有为，不致一筹莫展。遂请命于中丞，定议施行此事。虽司库岁费银五六万金，然博采众论，佥谓于公私事皆有益也。蒋朴山中丞前接其上元前一日书云，于二月初启程，大约三月初可到。朴翁和平中正，事体通达，固是好督抚。第军务未曾办过，到此不识其调度若何耳。总之，陕甘兵事非旦夕所能了，能自守封疆，腹地不复遭蹂躏，即为万幸矣。二月花朝前一日玉甫手书（钤“玉甫手缄”朱文方印）。

此次窜来逆骑大约回子十之三四，而十之六七皆逃勇耳。志在掳掠东归。盖此辈调往前敌，餐风卧雪，已非素愿，且后路粮运梗塞，日惟以饘粥充饥，并有时断炊者。于是出营樵采及派迎粮米，半皆不返。迨逃营后，其将领行文各处严拿务获，于是相率为盗，暂谋生活。北山土匪，皆此类也。吾以为此辈从征有年，一旦以无食离营，虽是逃勇，然未犯法。今绝其归路，按名查拿，是驱之为盗。其情亦甚可悯。故进言于中丞，可宽罪招徕，资遣回籍，似可散贼之势。中丞深以为然，已见诸施行。若办理妥善，必能去贼之半也。

日前封信后因折差尚未成行，是以迟迟未发。连日贼窜武功、岐山一带。彼处有李辉武武字六营，及左帅派来之宗岳军四营，迎头剿击，似贼尚不得逞志。惟鄠、至交界之土桥有贼千馀人窜过渭河南岸。（廿三日接陈中军信云：复渡渭北窜矣。）虽有前派在彼防守之抚标中军陈参将及义勇一营扼其东路。然贼众兵单，未知能过其东趋否？

此间军务，前日中丞处已奉廷寄，令李节相移师西指，扼要驻扎。第皖楚向分畛域，将来撤旧勇招新勇，饷糈所需不知如何了结。且陕省兵燹之后，（拟委员前往携银采买。）州县办差及供支粮草，恐已不能支持耳。蒋朴翁，昨接其二月初九日来书云于十五日自川启程，则到省约在三月望左右，其眷口已全回江右（于十二日已起身）。惟有亲友五人同来，一切夫马骡驮亦照吾上年来时，皆自己雇备也。

此间臬司已令交卸进京。其缺委沈少莲（鹏元）署理，陕安道调谢蔚青（质卿）往署，而令文雅亭（堉）署盐道也。少莲诸事尚可商酌。至文君及粮道赵又铭（新）则诸事无可与商，未免吾更加辛苦耳。英伯文貌似有才，然作事偏私，且利心太重。（其议论往往以曲作直，以佞为贤，断不可信也。)故其在甘也,杨厚庵参之。及其入陕也,林颖叔又参之。其为人可知矣。(伊由工部司员曾为先公京察,列入一等,故与吾认世兄弟。其夫人病殁,吾送分百金。)

吾到此后,与之相处极和睦,惟于公事却绝不听其指挥。伊亦无如我何。此次其到都也,(与刘中丞极冰炭,中丞亦嫌其操守不佳耳。)必在贵人前极诋刘克翁,恐吾亦伊未必满意。然同僚相处,只能和而不流,不可毁方为圆。其毁誉只可听之而已。到京时,筹儿可执子侄礼往见。即叔弟在内廷相值,亦宜虚与委蛇,云屡接家信,知与吾极相得也。

此间天时亢旱,倘再十日不雨,则二麦收成无望。奈何连日奇暖,穿棉衣尚嫌热。庭中桃李及丁香、紫荆等均已盛开,惜羽檄交驰,无闲情赏玩耳。此间春笋产华州者良。然小如象栗,毫无鲜味也。今年延王思庵课奎孙读功课。虽不甚严,然尚能讲贯,未知将来学徒能有进益否?

吾今春满拟陈情告养,乃值此时艰,且蒋中丞与吾至好,决不肯令吾即时离陕。姑俟过夏再商之。第此数月中,李节相西来,供支正繁,而司中饷源告匮,正不知如何过去。每一筹思,焦灼实甚也。汝荣哥处前接其来书,似一时尚不能进京。吾早已料及。此次吾不及作书寄之,其捐官照俟英伯文赴都时当托其带京也。草此再付筹儿览。二月廿四日玉甫又书,全姨侍笔问安。

【按】 "此间军务自左帅由泾州进扎平凉后……二月花朝前一日玉甫手书"六纸间钤骑缝"玉甫手缄"朱文印。

同治九年正月二十日为第壹号家书,正月二十六日是第贰号,正月二十八、二十九两日所发家信为不列号,二月二十四日则是第叁号,三月十三日致翁曾翰家书云"二月廿四日将第叁号家书交折弁李春林、焦得赍去”[1]。此十八纸内容、日期相互交叉，当是前函写毕未发，后又补充说明，函中亦云“日前封信后因折差尚未成行，是以迟迟未发”。故数纸当是一通，写于同治九年二月，于二月二十四日一同发往京中，乃第叁号家书。同治九年二月初五日，翁同龢“闻刘松山于金积堡阵亡……”。[2]

上元日，即农历正月十五日。花朝，即花朝节，古代以农历二月十五日为“百花生日”，俗称“花神节”、“花神生日”、“挑菜节”。亦有以农历二月初二日或十二日为花朝节者。至清代，北方一般以二月十五为花朝，而南方则以二月十二为百花生日。“花朝前一日”即二月十一。

上忙，旧时征收田赋，分上、下二期，规定地丁钱粮在农历二月开征，五月截止，叫做上忙。可参阅《清文献通考·田赋三》。

106. 同治九年三月初二日(1870－4－2)

字付筹儿览：

正月廿六日将第贰号家书，并外足纹叁千两，交天成亨寄京。廿九日又将不列号家书，并外顾绣麻姑八仙及燕菜二匣，交解乡试录之本衙门书吏侯凌云赍去。二月廿三日将第三号家书交赍万寿贺折之差弁李春林、焦得递去，均未识何时可达。二月廿七日折差杨、李二弁回，接到二月初八日京寓所发第贰号家信，藉悉老亲康健，合宅平安，欣慰无既。

汝叔感冒虽即愈，然其身体太弱，勿过于劳顿为嘱。拟于三月下旬在安徽会馆演剧一日，酬请上年来祝寿诸亲友，不发请帖办理极是。吾此间公私顺适，身体甚好，可勿悬念。回逆已于二月廿四五日全数窜归甘境(分二股走麟游、

---

① 参见同治九年正月至三月十三日致翁曾翰家书。

② 《翁同龢日记》第二卷，第782页。

三水而去)。贼目马正和据左帅来文云已击毙。现在陕境各属尚无警报(北山土匪游勇尚未清)。此间春令少雨,设坛祈祷,廿八日得微雨,廿九日大雪(连日甚冷),积三寸馀,询之土人云,麦秋似可有望粮价顿减矣。

蒋中丞于二月望日自川启程,约中旬可到。李节相尚无入秦消息。吾已派员往潼关及商南一带携银购买粮草,以利军行也。英伯文廉访已于上月廿七日交卸,其行约在月之中旬。吾拟将汝荣哥官照交其携去。连日少清闲,闻方元仲处明晨有专足进京,特草数行寄汝俾知。近日贼已窜走,此间一切平善也。此问汝近好(汝叔吾不及另札矣),三月初二日亥刻玉甫手书。

【按】 顾绣,江浙间刺绣名,因创始于明嘉靖进士尚宝司丞顾名世家而得名。顾名世辟露香园于上海城西北隅,其姬某善刺绣,山水人物,鱼鸟花卉,着手如生,极为工巧。顾绣自是驰名。后其绣艺广泛流传苏、松一带,故称苏绣、松绣,与湖南的湘绣并称于世。

"酬请上年来祝寿诸亲友",即同治八年十二月二十三日,翁同爵母亲八十寿辰,诸亲友前来贺寿。当时因军务繁忙,不便过于热闹,仅请吃面,未曾演剧[①]。在京中,翁同龢按照母亲的意思,亦未在寓中演剧,而会馆当时又有禁令限制[②]。故而,次年即同治九年三月下旬,翁同龢在安徽会馆演剧一日,藉此答谢上年祝寿诸亲友。故知此纸写于同治九年三月初二日,为不列号家书,交由"方元仲处专足带京"[③]。

---

① 参见同治八年十二月十六日致翁曾翰家书。

② 同治八年十月十一日翁曾翰致翁同爵家书云:"慈寿称觞一事,现在尚未定局。如先期举行,叔父实少暇日。如届本日,又复寒天日短。祖母之意不欲在宅演戏,而各会馆近又限于禁令,未便借坐。"参见国家图书馆《常熟翁氏家书·翁曾翰家书》第二十二册。

③ 参见同治九年三月十三日致翁曾翰家书。

107. 同治九年三月十三日(1870－4－13)

字付筹儿览：

二月廿四日将第叁号家书交折弁李春林、焦得贵去。月之二日作不列号家书一函交方元仲处专足带京，均未识何日可达。吾此间于上月廿七日接到京寓二月初八日所发庚字第贰号信，藉悉老亲康健、合宅平安，深为欣慰。

此间军务自上月廿四、五日陆续由麟游之招贤镇等处窜入甘境。现在西、同、凤所属，业已一律肃清。此次所有被扰地方牲畜、财帛掳掠一空。幸筑堡之处已多先期入堡者，皆能保全，故伤人甚少，大约回逆仅十之三、四，馀皆逃勇溃卒耳。蒋中丞于初十日到省，今日辰刻已接印矣。陕省春令少雪，稍有旱象。至二月廿九日得雪三寸馀，人心大慰。惟天气严寒，冰冻三日。菜麦经前数日之暖，发生太盛，遭此冷冻，竟大损伤。菜子、大麦皆已枯槁，小麦略伤，尚无害。粮价近虽未增，然油价则已腾贵。庭中花木亦皆萎败，果实尽毁。或云雪后曾降黑霜，故尔如此。然黑霜二字不经见，未知然与？否与？

各属钱粮以上年有刘中丞减平告示，本已观望不前；兼之今年西、同、凤三府回骑窜扰，民间更有所借口。至今尚无一处批解者，殊为焦急。李节相入秦尚无启行日期，声威所布，或可不战而却犬羊。第供帐一切，地方凋敝之馀，办理颇不易易。吾自入春来军书旁午，日鲜暇晷，所幸身体甚好，尚不觉劳苦耳。

署中刑钱幕友蒋君自正月杪病起缠绵，至上巳日竟至不起，极为可惜。今已延姚姓者(号古芗，本军需局幕友)代其席。惟库款及升迁调补等件均不如蒋君之熟，未免自己须多费精神也。英伯文廉访定于十六日启程进京陛见。吾托其将汝四哥官照带去，又寄汝海骝色骡头一口，嘱其携去。此骡价值百金，即伊经手所买，系熟套，走尚健也。兹乘中丞处接印折差之便，匆促草此，问汝夫妇暨合家近好，不尽欲言。三月十二日玉甫手书，全姨侍笔问安。

昨日将前函书就，夜间从筱坞处寄到京寓二月廿一日所发不列号家书，敬悉老亲近体安康，合寓绥吉欢忭无已。今晨复闻刘中丞于二月三十日折保此次防守出力各员。（吾向事上司落落，从不干以私。至乞恩，尤不肯。发折时，吾并不知。至今亦未见折稿，不知作何考语也。）吾亦厕名其间，请赏花翎，已蒙恩准，特明发上谕，尚未奉到，闻之感愧交集。吾忝列藩条，乃未能先事豫筹，致疮痍之民，复遭蹂躏，方深负疚，而蒙恩录及微劳，特予优奖抚衷，自问实切悚惶耳。汧陇之间，今日复据州县禀报，又有回逆东窜，幸彼处有宗岳四营、武字六营在凤翔驻扎。今中丞又添派张镇福齐率六营往堵，或不致深入骚扰也。

此间近日已和暖，可穿夹袍褂。连次得雨，似麦秋尚有望。地丁仅有一二处报解者。严札督催，竟无起色，奈何，奈何？日前陆寄庵之婿萧葵生由湖北来此，欲谋差事。吾告以此地非他省比，现未到省人员向不能派差。勉助伊四十金，劝其速回保定而去。匆促书此，告汝知之。十三日玉甫又书。

【按】 此函写于同治九年三月，乃第肆号家书，十四日早晨交折差潘昌、张银赍京。同治九年三月二十八日，京中翁宅收到此信，“得五兄本月十四函，折差云凤翔尚无警信。家言中仅云陇汧又有贼踪而已”[①]。同治八年十二月初五日，原陕西巡抚刘典告老还乡，蒋志

① 《翁同龢日记》第二卷，第 794 页。

章为陕西巡抚。同治九年正月初九日，蒋志章奉到部文，十七日交卸藩篆。二月初启程赴陕西上任。三月初十日到省，十三日辰刻接印视事。

108. 同治九年三月十四日(1870－4－14)

字付筹儿览：

吾连日少暇，今晨交折差寄去第肆号家书一函，未识何日可达。今伯文廉访于十六日启程，将汝四哥捐官实收并袁处咨文一角托其携去。又海骝色骡(价百金)一头，汝可收明。骡子饬仆夫好生驾用。伯文在此，与吾极相得。到京后，汝可用世愚侄帖往拜。盖伯文本先文端公工部京察一等门生也，并须送菜洗尘，勿太落落为嘱。此间事一切可细询之，总可得十之五六也。匆匆书此，问汝夫妇暨合家近好。三月十四日玉甫手书。

【按】 同治八年六月，翁同爵为翁曾荣报销郎中[①]，函中“汝四哥捐官实收……”即指此事，知此纸写于同治九年，为不列号家书，十五号交由英伯文廉访带到京[②]。

109. 同治九年三月十八日(1870－4－18)

字付筹儿览：

十四日将第肆号家信交折差潘昌、张银赍去。十五日又将不列号家书一函，内有汝荣哥捐官实收并咨文一角，又

① 《翁同龢年谱·翁玉甫先生年谱》，第183页。

② 参见同治九年三月十八日致翁曾翰家书。

海骝骡子一头,托英伯文廉访带京,未识何时可达。连日汧陇窜来之回逆,仍在凤翔、岐山之间滋扰。官兵往堵御者几及二十营。然尚未见大胜仗,不知以后情形如何。左帅以袁前奏其前敌诸军事。此次覆奏参其擅专(招勇二千人,未曾通知左帅),并早闻袁处办捐减半,(伊欲将银交左帅委员,而令委员加一倍写领纸、甚矣。其愚人太甚也。)收银之说,左帅不肯认账,恐筱翁将因此受累矣。省中人情尚安堵。吾身体甚好,可勿悬念。兹乘马县丞嵚解刑部饭银之便,匆促书此,并附去洋绉二疋(寄汝夫妇收用),可查收。三月十八日玉甫手书。

【按】 此纸写于同治九年,为不列号家书,交由“解饭银之马县丞(嵚)赍去”①。

110. 同治九年三月二十日(1870-4-20)

字付筹儿览:

日前将第肆号家书交折差潘昌、张银赍去,未识何时可达。此间近日汧陇之间复有回逆崔三(陕回,凤翔人)一股东窜,掳掠扰及凤、宝。该逆尚有求抚之意(在陇州具禀乞抚),故尚无杀戮。现在蒋中丞饬李辉武(汉中镇)所带武字(四川客军)六营(又新二营)、吴士迈(中书)所带四营(楚军,左帅所派)、张福齐(总兵)所带六营(左帅派回顾陕境楚军)合力防剿,未识能堵御出境否?蒋中丞于十二日接印视事,刘中丞初七日已发折请回籍,未知廷旨允从否?现在尚在省城居住。李节相无入秦的信,闻所带马步各营不少(现

① 参见同治九年三月二十八日致翁曾翰家书。

在见公牍者已二万四千人),即其军饷毋庸陕省筹划。而粮面草料地方供给已不容易。吾虽委员携银先往豫备照料,第恐兵燹之后,车辆、骡马固难宽备,即柴草、麸料亦不能多购,殊为焦虑耳。

此间春令苦旱,二月廿九日得雪三寸,方深庆慰。奈次日天气极冷(土人云夜间曾降黑霜,然黑霜二字向所未闻也),雪皆冻冰,菜子全受冻枯槁,麦苗长者亦被伤(以二月廿日外天气骤暖,故麦皆抽长),故征收钱粮民间颇观望,而州县官因上年有刘中丞裁减平馀告示,亦皆迟延不解。至今地丁尚未批解。吾虽严督札催,然迄无应者,奈何,奈何?吾蒙赏戴花翎,谕旨尚未奉到。到后尚须具折谢恩也。吾本拟今春告养,今蒋中丞初到地方,(中丞遇我厚,昨微言之。中丞云:一切正资匡助,决不令君去也。)吏治民情皆未熟悉,而回逆又时扰腹地,势难遽然呈请。且俟秋间再说。第此数月中筹饷之难,倍于往日,且李节相来秦,供应一切正不易办。转瞬秋闱又将举行,未知如何支持过去也。

吾身体尚能耐劳,亦时煎服高丽参等,以资摄卫。饮食以庖人不往,却不能善饭,(此间厨子口味本不对,且吾自己亦无暇照料饮食等事。)间日或吃面食。然较平时虽不增,亦不致减也。署中公事幕友易人,事事须自己检点,稍觉劳神。同寅极和睦,惟诸君才具,皆非有馀,且粮道赵又铭、盐道文雅亭更毫无商酌。现在羽檄交驰,吾以一人筹划兵事饷事,深恐布置未能周密耳。兹闻筱坞处有专足进京,匆促草数行寄汝,即问合家上下均吉。三月十八日玉甫手书。

前信书就未发,连日迭接警报,窜扰凤、宝之贼已悉数东趋。李、吴、张三军仅截其尾,均不能迎头剿击。十九日已由省城北沿渭而东,窜入高陵境内。恐同州府所属又将遭其蹂躏。盖此次陕回贼目崔三、禹得彦、柏彦虎、闵阿浑等股数众多，人本过万，故陕省之兵皆不敢迎其锋。否则，如此次有李、吴、张三军，共十八营，兵力不可谓不厚，何至任其东窜耶？总之，此间事或李节相到后改弦更张，方有转机。若再一味粉饰，恐陕甘事愈不可收拾矣。早晨闻北面有炮声，未知是新到皖军与贼接仗否？（左帅新令冯参将招来二千人，昨蒋抚令其扎草滩。）尚未见探报也。三月廿日玉甫又书。

【按】 此数纸写于同治九年三月。是年初陕西肃清，三月初七日，中丞“刘典保在事出力人员，五兄蒙恩赏戴花翎”①。同治九年四月初十日，京中收到翁同爵此函，“得五兄前月二十函……”②。

111. 同治九年三月二十八日(1870－4－28)

字付筹儿览：

前月廿四日将第叁号家书交赍万寿贺折之差弁李春林、焦得带京。月之初二日草不列号家书二纸交方元仲处专足带京。十四日又将第肆号家书交折弁潘昌、张银赍去。复草不列号家信一纸，并汝四哥捐郎中实收及袁处咨文及海骝骡一头，托英伯文廉访带京。十八日又将不列号家书一纸、洋绉二端，交解饭银之马县丞嵚赍去。（二十日复草不列号家书四纸，交袁处专足去。）均未识何时可达。

吾自中旬以来因回逆崔三、禹得彦、闵阿浑、柏彦廷等股由汧陇东窜，羽檄交驰。新中丞初至，情形未熟，吾赞襄筹划，颇觉劳顿。十九、二十等日贼骑从醴泉窜高陵（禹得

① 《翁同龢日记》第二卷，第790页。

② 《翁同龢日记》第二卷，第797页。

彦、柏彦廷等股有三四千众)。离省才三四十里,幸先期已豫布置,渭河水又骤涨二尺,故无只骑南渡者。省城人士尚未惊皇。今已全数由蒲城、白水北窜。同府所属尚不致蹂躏。其贼骑之留扰(崔三一股)凤府者亦已由汧陇旧路回窜甘境矣。此次贼之东窜也,以吴中书(士迈)四营(宗岳军)、李镇(辉武)武字八营张镇(福齐)营务处六营及殷镇(华廷)西征马队一营当之,兵力不可谓不厚(共十九营,勇数已九千五百人)。满拟可得大捷,乃仍不能遏其东趋,仅尾追截其后队。辄报胜仗,可见楚师之无用矣。

李节相尚无入关日期,其所部之见诸公牍者有郭子美(松林)武毅全军二十二营,周薪如(盛波)盛字、仁字二十营,刘省三(铭传)旧部铭字八营,已五十营,而其新招之马步十四营,及亲兵马步枪炮各营尚不在此数,则约计总在八十营左右。虽其军饷无需陕省代为筹划,然米面麸料草束皆须地方官预备(由营发价),且车马人夫须用必多。吾已严札饬令宽备,并委员携银前往照料。第兵燹之后,诸事未易猝办,未知能不致贻误否?

刘克庵中丞于未交卸前,先期陈明,俟交卸后即请回籍。昨奉批回"知道了,钦此"。军务省分督抚能脱,然归去实是大福。此君操守居心甚好,第阅历未深,性情太急(作事稍忌刻),故于吏治、政事皆不能处置得当,是以不利众口,实无他也。

此间正二月稍早,二月廿九日大雪,次日严寒上冻,菜花、大麦皆受冻伤,全行黄萎,即庭中花木发芽、含苞者亦皆枯萎。幸小麦未曾大伤。近又雨旸时若,麦秋可望大有。第西、同、凤三府半经贼过,且上年刘中丞有减免平馀三成告示,民间遂欲于额征正供内亦减免三成。而州县官又希冀新中丞到任,或将此事更改照旧征收。于是官民互相观望,钱粮极形减色。吾虽叠次严札督催,然尚不能大批旺解也。此间库项上年所入之数,地丁九十馀万,厘金二十万,协饷五十万,各省陕捐四十万,大致不过二百万。今年则各省捐输全归甘捐,少此四十万金,而每年出款各营军饷须银一百四五十万,八旗饷干三十万,又折钱合算者,须银二十四万,绿营二成掺饷,须银十五六万。司库应放廉俸役食制造等项,约须银四十馀万。统筹出入总数约不敷银八、九十万。仰屋而嗟,计无所出。现拟具详请中丞出奏,求拨他省协饷接济。舍此别无长策也。

袁筱坞前次奏折,意在邀恩简放陕省巡抚或督办此间军务,乃二者皆未得,又与左忤。左遂奏其擅专招勇。幸廷旨调和之事得解。第其捐输一事,上年减收一半,办法既未曾奏明,且未与左商定,骤然定议。今农部不允所请,二次奏驳,而伊在此欲令收银之驻陕军需局委员收其一万之银,(上年在京在外捐五六十万金,而交驻陕军需局者仅十万金,馀皆归转运车骡开销。)强出二万领纸而局员不肯,彼此龃龉。他日左倘或以此揭参,则恐袁必吃大亏。吾上年因其减收太甚,曾苦口劝之。而伊不从,继复拉陕捐与之同数。故吾昼夜以思,实不敢作此累身家累子孙之举,故请于克翁奏请全归甘肃捐输办理,非不知司库少却数十万金一年。然此等脚不踏实之事,(勿与外人言之,恐将来此事必兴大狱也,至嘱,至嘱。)吾却万万不肯为之。故现在各省办捐人员其稍有识见者,皆以未见明发谕旨及刊定捐数为疑(各省皆仅寄一手折令照办),不敢放手劝办也。

蒋朴翁到此尚无新政。朴翁在蜀,与吾极相得,结为昆季交。此次入秦,吾恐巧宦者知之,必来吾处钻营,而不得意者又添许多议论。故屡次作书陈明颠末,请其到此后,称谓柬帖切勿稍露端倪,以免旁人揣测。朴翁会意,如吾所请。似此，彼此方可久处也。署中幕友现请姚古芗（本军需局幕友）。此君于库款升调事宜不如蒋君之熟悉，须自己多费一番精神。然舍之更无他人可请也。此次贼骑虽已远遁。然两次未受大创，麦秋时未必不再来。（城防等事均极严密，万无他虞。）吾已禀请中丞，严为防备。第官军伎俩早为贼所窥破，不识节相到时能旌旗变色否。吾近来身体甚好，京寓切勿悬念。此问汝夫妇暨合家近好。三月廿六日玉甫手书，全姨侍笔问安。

花翎可寄好者一两枝来，翎管如有出色者（价大则不必买），亦可寄一枚来。尖靴现寄来者，嫌略大，或再寄小九二尺寸一二双来。表套扇络均用旧，须寄一二件来。屯绢及亮纱袍褂料，外省好者极少，吾欲于京中买一副来。屯绢者尚可缓，亮纱者必须买一副来。以吾现在所穿皆并丝不堪用矣。至嘱，至嘱。缙绅每季亦须寄一部来，以此间无人送也。茶叶此间者不能吃，遇便可寄香尖三四斤。勿忘。筹儿览。三月廿八日玉甫手书。

【按】 根据其内容，“花翎可寄好者一两枝来……三月廿八日玉甫手书”一纸当在“前月廿四日将第叁号家书交赍万寿贺折之差弁……三月廿六日玉甫手书，全姨侍笔问安”七纸之后。

同治八年六月，翁同爵为翁曾荣报捐郎中；同治九年三月初七日，翁同爵蒙恩赏戴花翎[①]，因知此函写于同治九年三月二十八日。同治九年四月初十日，京中收到翁同爵此函，“得五兄前月二十孙、又廿八日函。后函言贼又退去，陕界肃清；前函言贼万人由汧陇入，东突高陵，幸未渡滑，楚军八营不能拦截。又言李节相以三万人入关，

① 《翁同龢年谱·翁玉甫先生年谱》，第184页。《翁同龢日记》第二卷，第790页。

启节无时，供张先已不支矣”[①]。

112. 同治九年四月二十一日(1870－5－21)

字付筹儿览：

四月十五日折弁回，接三月晦日第五号家书，敬悉老亲康健，合宅平安，深为欣喜；并悉三月廿六日老人在安徽馆听戏一日，略无倦容，次早仍诵经不辍。可见精神强固，期颐寿征，尤为欢忭。吾此间公私均顺适，中丞相待极好，诸同寅皆和睦。惟上忙钱粮，因贼一再至；又菜麦均受霜灾，且有刘中丞上年减收平馀告示，官民皆观望不前。以致征收大形减色。虽严札督催，然报解者仍属寥寥。司库有不能支持之势，殊为焦急。李节相督师入关，大约于端节后方能抵省，军粮柴草等吾已筹备数万金，实再无可设法，而约计尚不敷其两月资，奈何，奈何?

回逆自三月杪，分东西两路窜归甘境后，尚无复出消息。北山游勇土匪尚未尽除。现在剿抚兼施，稍有眉目。惟韩城一股犹时出为患耳。北山赈款上年先后筹发，已不下十馀万。近日左帅又拨四万金往赈，委一道员督办其事。或孑遗之民不致尽填沟壑也。此间天气已热，麦秋有六七分，年岁粮价尚不致大昂。惟以后大兵云集，恐有日增无日减耳。吾近体甚好，汝祥嫂于十七日又小产。产后身体亦平安也。草此问汝夫妇暨合家近好。四月廿一日玉甫手书，全姨侍笔问安。

恩赏花翎，吾方自愧。中丞考语甚轻极善，盖吾向来不愿受爵公朝拜恩私室也。谢恩折理宜自具，(已交此次折差

---

① 《翁同龢日记》第二卷，第797页。

赍去。)第以尚未奉到部文,不能不待。如月底不到当以恭阅邸抄具折陈谢。至官途升迁,吾自顾庸愚。今蒙恩忝擢藩条,深惧不能称职,万不敢再有希冀。惟此间兵燹之馀,安辑抚绥,颇不容易。今又有李节相督师入关,军粮刍秣,皆未易筹备。吾惟有随时随事极力支撑,第无米之炊恐难持久。然却不敢畏难推诿,以期无负厥职也。

刘克翁中丞于月之十九日已启程旋里,此时军务省分督抚能脱。然归去回家养母,实在大福。此君居官未尝不为国为民。第性情褊急,为政不能处之得当,故小人恨之刺骨,肆口诋评。其实不如是之甚也。吾相处一年,每事随时匡救之。不激不随,故与吾始终无间。若英伯文,则与彼事事相左,宜其成冰炭也。大抵事上接下之道,总要自己立得脚跟,定不予人以指摘,人方服其公允,倘责人之私者,吾亦自狥其私,即难免人有违言矣。吾阅历渐深,确见官场世道,事事不可有私意存乎其间,故信笔及之耳。

此次折差于今日来告知,而明日即成行。吾包谢恩折等皆自为之,故汝叔处不及作札矣,可为吾致意。

沈葵轩今日已到,信已送来。惟戴巽泉至今尚未到,不知在何处勾留。盖此人甚荒唐,其所称黄彝峰(陕安道,鼎)丈人者,乃二房之父也(吾故鄙其为人)。

吾于五月中当再有所寄,盖先文端公诗文尚未刊刻。拟于所寄内酌提数百金办理此事也。此间署中家人辈端节分项,逊于上年远甚。盖地丁征收无款,主人尚借贷度日,僮仆不能独饱。然京寓家人甚苦,汝或借款酌给之。

【按】 此函写于同治九年四月,是第六号家书。同治九年三月初七日,翁同爵因“陕西肃清”赏戴花翎;三月二十六日,“是日借安徽会馆演剧,为慈亲称祝,宾客来者二百馀人,自午初至子正,演剧凡二十馀出”①。

刘克翁中丞，即刘典。同治八年十二月初五日，“陕西巡抚刘典请终养，允之，以蒋志章为陕抚，刘典候交卸再起程”②。

113. 同治九年五月初十日(1870－6－8)

字付筹儿览：

上月廿一日将第六号家书交折弁高发新、张光荣赍去，未识何时得达？廿六日连接京信，知老亲康健，合家均吉，快符私祝。吾近来甚好。公事平顺，惟李节相将次入关，筹划军粮，整顿行馆，颇劳心力。（非讨好也，第其随员人众，不过为觅一下榻之所耳。）地丁钱粮极力严催，至今解库者仅有二十万金，比较上年才得其半。麦秋以今年为霜欺雪压，不过中稔。米价以李相各营半皆食米，采买既多，价亦腾贵。忝任藩条者不得不酌盈剂虚，统筹全局。仰屋而嗟，踌躇无策也。

回逆则西面无警，北边榆林等处时时有窜扰之虞。第尚不致深入为患耳。省垣近日安堵，科场事已逐渐办理矣。平馀减免，万无再复之理。免民间者三成，早经出示晓谕，即有不肖官吏，亦不能议复。惟酌提道府办公经费，州县既不肯随正供批解，司库又岂能先行垫给。吾近已详请，令其径解本管道府矣。

汝祥嫂于上月十七日小产，近日方调理复元。然尚未出房。全姨自上月廿五日起又复感冒，至今寒热未止。虽延医诊视，然未见奏效。盖其本质太弱也。昨袁小午来，知

① 《翁同龢日记》第二卷，第790、394页。

② 《翁同龢日记》第二卷，第764页。

其日内有专足进京，故草数寄汝，即问合家近好，并汝夫妇近佳不备。五月初十日玉甫手书。

四月廿五日折差张、朱二弁回，接到四月十二日京寓所发第六号信，知老亲康健，合宅平安，欣慰之至。外附到缙绅、尖靴、搭连、荷包等物。同日，从小午处送来四月初九日京寓所发不列号家书一函，又元仲处亦递到三月十九日家信一函，藉悉种种。

五月初六日戴巽泉司马始自京归，接到二月杪家书，并绒花、皮糖等件。花既新样，皮糖等亦皆未坏也。戴君人甚荒唐，始作官于湘省，缘事革职，继复以其女为黄彝峰（陕安道黄鼎）观察作二房，受其婿二品貤，封戴红顶，办鄂省转运。寻以多事，几为左帅所参。方复来陕捐此职，其为人可知矣。闻其好赌如故。此次留滞都门，殆亦赌账不清也。

沈葵轩于四月廿一日回陕，所寄家信已收到。阅京报庞宝生升总宪，可谓闾里之荣。覃叔得光正，亦有蒸蒸日上之势矣。文百翁、朱修伯两处唁函当即缮出寄去。朱处吾拟送分四十金也。英伯文于上月二十日到京请安，未知能即升擢否？此君颇热中在此，陈臬三年，殊觉郁郁。然此人果得志，恐地方亦未必受其益也。此间新任西安将军克君（蒙额）在皖营多年，人甚直爽。（曾解饷二万金至寿州，与文勤公相识。）第汉字不认识，于营务不甚了了，逊于库仁翁多矣。然到此却无与抚藩相左之事也。

【按】“四月廿五日折差张、朱二弁回……五月初六日戴巽泉司马始自京归……然到此却无与抚藩相左之事也”二纸写于五月初六日之后，当与此五月初十日函为一通，故暂置于此。

同治九年二月十七日，李鸿章被派往陕西援剿。是年五月十六日抵达潼关[①],而写信之时为五月初十日,故函中云“惟李节相将次入关,筹划军粮,整顿行馆,颇劳心力”。

同治八年十二月初五日,相国文祥(百川)之母病故;同治九年三月初九日,朱修伯父亲朱次云病逝,故翁同爵嘱咐翁曾翰云“文百翁、朱修伯两处唁函当即缮出寄去”,并送赙分。

同治九年四月初八日,翁同龢“贺庞宝生升总宪”[②];是四月二十一日,翁同龢与陕西臬司英奎一起觐见[③],与函中所言“阅京报庞宝生升总宪……英伯文于上月二十日到京请安……”相合。故此函写于同治九年,为不列号家书,由袁筱坞处专足赍去[④]。函中云“汝祥嫂于上月十七日小产……”,知翁曾纯夫人于同治九年四月十七日小产。

陈臬,《尚书·康诰》云:“王曰:‘外事,汝陈时臬,司师兹殷,罚有伦。’”孔传云:“汝当布陈是法。”后因称张布刑法为“陈臬”,亦借指任司法官职。

114. 同治九年五月二十日(1870-6-18)

字付筹儿览:

月之十日曾草不列号家书一函,交袁筱坞处专足赍去,未识何时可达。汝处所寄信件,吾此间均一一收到(花翎、尖靴、缙绅、佩带等均照收),即交戴巽泉之家书、绒花(极鲜艳)、皮糖(并不变味甚好)等亦于初六日接到矣。迩维老亲颐健,合宅咸安为祝。吾日来因李节相入关,公事颇忙,兼

---

① 参见下文同治九年五月二十日致翁曾翰家书。

② 《翁同龢日记》第二卷,第790—795页。

③ 《翁同龢日记》第二卷,第797、800页。

④ 参见同治九年五月二十日致翁曾翰家书。

之酬应带兵及随营诸君，刻无暇晷。日行事件，吾自立课程，（日则看本署稿件，及各局文稿；夜则看到文及军需局稿。）不敢稍自宽闲。然每日必须子初方能竣事，惟此间天气早晚尚凉快，故不以为苦也。文闱上年既经举行，今岁正科势难展缓，且本省士子皆磨厉以须，若议停则大拂众论，故不能不黾勉从事。况上年因三科未办，事事几通创始，颇难为力。（方办考时，诸同寅属吏皆为吾虑之。吾却以在湘曾经办过，故胸中稍有把握耳。）

今科则有上届规模，驾轻就熟，诸事容易办理矣。吾上年因难定需用若干，故冒不韪之名，令各属捐输襄办。（当时人言沸腾，其实绅民皆无怨言，惟不得意之属吏妄生议论也。）及至事竣，总计所用亦不过二万金（送主试程仪不在内），故捐款尚有盈馀（有四五千金），留为添制号板（多至千馀金不能开销），刊刻科场条例（本有，因兵兴后，板全失散）及刷印书籍之用（书院所存，钦定七经等）。本科则详请动支帑项，丝毫不借资民力。今亦次第办理，已十办其四五也。吾公事虽忙，身体尚可支持（亦日服黄芪、党参等方）。当极繁琐时，吾总以镇静忍耐处之，故于事尚少失当耳。草此问汝夫妇暨合家近好。五月二十日父玉甫手书。全姨侍笔请安。

李节相入关，发帑十馀万金，委员分道四出，采买米面、粮草，约计可供两月之需。此间兵燹之馀，觉已力尽筋疲，不能再行续办，未知以后节相能自委员采买否？节相于月之十六日已抵潼关，其前队谭兰亭（仁芳）仁胜五营，昨已到省，现驻西关。其馀郭子美（松林）各营亦于二十日后可到。驻扎何所（闻有扎三原、乾州一带之说），尚未定见。节相本有在关上久驻之说，（顷接吕曼叔书，大约不过十日、八日担搁耳。）然却未见明文。大约廷旨促其西行，或移任甘督，则到省必不迟也。

金积堡之贼闻其存粮已少，且有瘟疫，必有窜动之势。俟其行后，左帅处必报一大胜仗，而于其时急流勇退矣（本有告病意）。第易帅后，兵勇必多更易，则此辈游勇恐留为地方之害耳。（现在北山土匪皆逃勇也。其人数总计之，亦不过四五千而已。）鄜州近日又有警报（有回骑千馀窜王家湾等处），已派兵迎剿（定边亦有警报，云有回逆四千馀），未知战事若何。湘军之现驻陕境者，本多空籍（最好之统领不过七折），且半是溃败之馀。其气先馁，故难望其成功也。

此间麦秋仅有六七成，年岁粮价近因各军采买骤然昂贵。（本只五两馀，因西征粮台代李相购买，放手增价。旬日间骤涨二两多。）目下市估每石至将近八两。幸连日阴雨，秋粮已全播种，以后或不致再涨耳。淮军之新到者尚安静，惟供帐一切，颇不容易。公馆大小已预备三十馀所（木床须千馀张），瓷器家具至无处借赁，节相到时未知能不致贻误否也。十九日。

【按】 此函写于同治九年五月，乃第柒号家书，“交折弁米林等赍去”①。是年六月初九日，京中收到得翁同爵“上月廿一函，李节相于十六日驻潼关，采办米石甚多，米价顿昂，每石八两”②。

115. 同治九年六月十一日(1870－7－9)

字付筹儿览：

前月廿一日将第柒号家书交折弁米林等赍去。该弁于

---

① 参见同治九年六月十一日致翁曾翰家书。

② 《翁同龢日记》第二卷，第810页。

廿五日方成行，计此时甫能到都也。昨阅邸抄，汝叔于五月廿日告假数日，未知是何？感冒即痊愈否？令人悬念不置！

书斋傃直，寅入申出，日以为常，未免贤劳独。至吾每次家书中嘱其退值后须诸自休养，切勿再事酬应，盖深恐其身体不能支持也。嗣后调养复元，总宜善自保卫，勿过劳顿为嘱！京师亢旱，天气必然酷热，汝叔不宜触暑奔走，可在城寓多歇为妙。至老人饮食起居，尤宜珍卫。瓜果佳者，原可略进，亦不宜多吃，汝夫妇及秀姑娘须随时调护为嘱。

吾此间公私平顺，可勿系念，惟全姨病势日增，恐非药力所能愈，颇为焦灼。此女年来于吾房户中事尚能照料周妥，故伊病后即添吾许多心力也。李节相于前月十六日到关，现在尚未到省，其前队郭子美（松林）、谭兰亭（仁芳）已抵省城，兵勇俱扎城外，极为安静。今日郭军门所部十五营已分往三原、乾州矣，米粮、麸料、柴草幸先为预备，尚无遗悮。至周薪如（盛传）一军已由潼关径赴同州府、韩城等处，未至省垣也。节相闻有十二日自关启程之说，然今日尚无确探，未知果否？

此间向来少雨，而自五月十八日起至今，已二十馀日，甘霖迭霈，竟无连晴两三天者，故农田皆沾足有馀，秋粮均已播种齐全矣。衙署房屋因雨水太多，坍塌时有，幸住屋及签押房、客厅等皆不渗漏耳。连日酬应李相处带营诸君，几于刻无暇晷。曾公局设宴洗尘，吾即不再单请，以既乏佳庖，且无此间空工夫也。省城米价（每斗廿二斤，较仓斗加半）因采买军粮（吾委员所买，皆在七两以内，时无至八两者）骤涨至八两，麦价亦昂，今方渐平。

科场事已逐渐整理，今年官吏皆驾轻就熟，似稍容易，未知主考何人？能得一旧交至此为快耳。今日天晴颇热，草此（望后尚有折弁进京，届时再寄书也）问合家安好暨汝夫妇近吉，不尽所怀。六月十一日玉甫手书。（汝叔处不及另书，可为吾问候，并嘱其加意调摄为要。）

昨缮就一函，尚未封发。今日酉刻折差高发新、张光荣回，接到京寓五月初六日所发第柒号家信，敬悉老亲康健，合宅平安，欢忭无既。汝叔书房差使愈重，想劳顿益增，退直后须格外休息，切勿再事酬应，须发渐白，宜时时服药调治，深以为念。

吾近年来发已半白，须亦白者居多，盖劳力而兼劳心，故精力未免疲惫耳。英伯文言语本不足凭，汝来书称其率直无文，以吾观之（犹云彼称吾为长者，皆好考语耳，一笑），“率直”二字尚不确，至所云北山有贼十五六万，则统计本地民人（一县仅有丁口数百及一二千不等，尚连妇女在内）及各营兵勇合之，尚无此数，未免快一时之议论太不征实宜乎，枢廷巨公谓其不知情形也。

吾外任数年，每每有哙等为伍之叹①。第既为同僚，不能不极力周旋之；惟遇公事，则不肯丝毫假借而已。戴巽泉本是妄人，前书曾略及之，其品行卑鄙可知矣。裁减平馀原无益于国计民生，前克翁欲办时，吾屡次剀切直陈而皆不听。今则业已出示入奏，则后人又岂能骤议复旧耶？汝所寄信件，吾此间皆收到，惟汪明府尚未到，陕信犹未接到耳。连日阴雨，农田已沾足，今又望其快晴矣。草此问合家安好，汝夫妇近佳。廿一日玉甫又书。

周子京在湘三年，与吾极相得，稍有不遂心事，至书房闲谈半顷，即觉冰释。盖吾固重其人品，故对之则愤懑自消。（吾为之荐一干馆，力辞不受，其立品可知矣。）至四川，

① 哙等为伍，亦作“与哙为伍”，“耻与哙伍”或“羞与哙伍”等，语出《史记·淮阴侯列传》：“生乃与哙等为伍！”后世用作表示与平庸无用的人一起共事。

则徐佩生是一篾片[1]，今到陕，则秦子衡是一属员，非虚浮即拘谨，故吾亦不愿常往接教矣。故偶遇烦闷时，或静坐片时，或看书消遣，实无可与共谈之人也。

上年在川接子京书，知其丁忧，吾即欲寄一分去。今年又知其已就钱调甫馆（接其两次书，均已覆之矣），则今科必应北闱（特未知服满否）。到都时，可为吾送其太夫人赙分叁拾金（勿减），倘不到京，则汝为吾作一函（即汝出名亦可，不必一定要吾名字也），并银寄调甫处转交之为要。切嘱，切嘱。

文英之妻领款系须从陕省协黔饷内扣出发给，而陕省应协黔饷欠解者（本省军兴后即奏明停止，故此时无协外省之款矣），只有百馀金，不敷拨发，故前司林任内早经详咨，所有黔省藩库会兑之银（尚有相同者两三案皆指明不发），陕省无款筹发在案，此时实丝毫不能再发，可转覆前途为要。

汪明府借支养廉，大约是甘省人员耳。若然，则只须部文已到，可照例支领其银数，文内均指定不能多寡，其间倘竟无部文或文尚未到，皆不能支发，俟其抵省时，当再查其合例与否耳？至奎君，则当给以一有薪水差使也。

【按】 此函写于同治九年六月十一日，当是第八号家书，由火牌折差带到京中[2]。同治九年四月二十三日，翁同龢“出西华门，拜英伯文廉访（奎）未晤。傍晚伯文来，谈次觉其鄙俗而多欲，极诋刘克庵之谬”[3]。英奎来访，翁曾翰亦在坐，翁曾翰致翁同爵函云“英伯文廉

① 篾片，也称“清客”，指我国古代在豪门富贵场中帮闲凑趣的知识分子。
② 同治九年六月十四日函云“十一日草就第捌号家书”。
③ 《翁同龢日记》第二卷，第800页。

访来京，与叔父晤谈一次。男以世愚侄帖往拜见之。听其言论，直率无文，且甚牢骚，大不满于克翁，论及与大人共事，则云长者长者……（伊云北山尚有十馀万贼，枢廷谓其不知情形。伊意不过形容刘之奏报耳）”[①]。同治九年五月五日，翁同龢致翁同爵函云“伯文来言，北山游匪不下十六七万，固是危言悚论，然亦约略之词，何从得此确数？其人粗鄙，枢曹颇以为言，实有以致之也……须发半白，乃旧病所致”[②]；与此函中所云“汝来书称其率直无文……‘率直’二字尚不确，至所云北山有贼十五六万……”、“须发渐白，宜时时服药调治”互相呼应。

同治九年五月二十日，翁同龢因生病“具折请五日假，赏假五日”；二十五日，递折销假[③]，如函中所云“汝叔于五月廿日告假数日”。

同治九年二月十七日，李鸿章被派往陕西援剿。六月初九日，翁同龢“得五兄上月廿一函，李节相于十六日驻潼关……”[④]，据同治九年五月二十日致翁曾翰书，知李鸿章（节相）于同治九年五月十六日抵达潼关，六月十二日，自潼关启程。

北闱，明清时期指顺天乡试。同治九年秋顺天乡试[⑤]；即周子京所应之北闱。

贤劳独，独自劳苦、辛劳。《孟子·万章上》云“此莫非王事，我独贤劳也。”同治三年十一月，曾国荃迫于清廷压力开缺回籍养病。其兄曾国藩为宽慰他的满腹委屈和抑郁心情，赠其诗云“刮骨箭瘢天鉴否，可怜叔子独贤劳。”

---

① 参见国家图书馆藏《常熟翁氏家书》第六函，第二十二册。

② 参见国家图书馆藏《常熟翁氏家书》第五函，第十五册。

③ 《翁同龢日记》第二卷，第805—806页。

④ 《翁同龢日记》第二卷，第810页。

⑤ 《翁同龢日记》第二卷，第824—833页。

116. 同治九年六月十四日(1870－7－12)

字付筹儿览：

十一日草就第捌号家书，拟交火牌差赍去。而送交巡捕时，则云火牌差已行，是以不果。(即将原信取回，今方寄去。)吾连日思亲忆弟，夜不成寐者数日矣。须阅邸见汝叔销假，吾方能释然于怀也。此间天气偏旱，而今年则自五月十八日起却苦雨极类。南中黄梅天气，今日(十三日)复自晨至暮大雨滂沱。若再连阴数日，恐于秋收有损矣。

节相于十二日自潼关启程，十六日可以晋省。(顷接差信，云节相甫离关二十里，至泉店即患时疾，不能进，在彼暂住，未知须稍缓数日否?)到此后酬应必繁，届时恐无暇握管，故先草就数行，以便交折差赍去。

吾此间公私平顺，惟内外事皆吾一人主持，绝无一相助为理者，故未免稍劳心力。幕友则唯诺相从，亦不能商酌是否，尤觉其苦，遇事不能不筹思尽善耳。库款支绌详请奏拨协饷，(计一年少至百万，请拨邻省有着之款。)中丞尚未入告。明知此事为难，然舍此别无他策也。

吾素性不喜习静，在京时与友朋群居，固可上下议论，即家人兄弟父子聚处，亦未尝不纵谈今古，故处境虽为难，然心境却常舒泰。今则无一可与语言之人，(汝祥哥除晨昏定省外，吾亦罕见其面。)即公事稍闲亦闷坐斗室，或手一编消遣，或静卧片时养神，故襟怀未能畅达，即饮食未免减少，(在湘在川家乡陆厨做菜尚合口。)兼之庖人恶劣，口味不对，每餐吃一碗时甚少也。(十日中吃面食时常多。)都下苦旱，未知已得透雨否?(闻五月廿四五六日已得雨。)

昨中丞出示通商衙门文书，知津门又有拆毁教堂，殴毙夷官之事，恐从此又兴一波澜。未识近日如何办理?深为悬系。第天津密迩京师，民情强悍。若抑汉民太甚，必致滋生事端，想曾相必有斟酌；然办之太轻，恐彼族亦必不肯从命也。

此间科场事已陆续办理，官吏等以上年甫经办过，稍觉驾轻就熟，易于从事耳。连阴不霁，街市成河舆。人插脚水中，泥没至胫，时时有倾跌之虞。故出门甚少，未免有慢客之咎也。全姨尚时作寒热，恐难愈。手此问合家安好暨汝夫妇近佳。六月十四日玉甫手书。

此次折差（折差杨凤仪、朱锦章）赍贺慈安皇太后万寿折进京，吾处已给过带折费叁拾金矣。现在所穿尖靴，须小九二者方合脚，如遇便可即寄一二双来。李节相于十二日自关启程，甫行二十里至泉店镇，忽患霍乱，吐泻不能前进，即在李吉人中丞花园内暂住，（病已少愈，惟体未复元，故于十四日至岳庙镇，十五复休息一日，顷接差信如此。）大约须迟数日方能抵省。今日寅正月食，而自昨夜三鼓起，即大雨如注，辰初二刻护月礼毕，冒雨出门行香。街市成河，坐舆中如坐船上，中心焦灼，默祷神灵，求即晴霁，否则恐秋成有损，地方更难求治也。十五日未刻。

汝祥嫂自四月十三四日即胎动不适，服药调治，十七日小产。吾嘱其好为调养，至今已两月馀，尚未过东院来。从前小产前后全姨尚未病，吾令其每日至汝嫂处看视。至四月杪，全姨病倒则不过问，汝祥哥及女奴辈传语而已。近日饮食等虽已复元，然气血大亏，故尚不能照旧走动，吾甚为焦灼。现在日服补剂，未知能有效验否？汝祥哥嫂自到川后起，吾每节皆给以百金，奎孙兄妹在外，其馀皮衣等类，皆随时添做。至食物，无论他人所送及自己偶买一新鲜之物，必先分给也。

【按】 此次折差……无论他人所送及自己偶买一新鲜之物，必先分给也”二纸与前收纸之间相隔数十页，今据其时间与内容暂置于此。

同治九年五月二十五日，“天津义民杀法国领事，焚其教堂两处，并杀其从人数名。先是迷失幼孩者多，或言外国割眼珠及心配药，有篷匠乘高见二小儿尾一人，纵迹得之，鸣于官。知府张光藻循吏也，立置于法，狱词牵连法馆王三。因素王三，领事不与，通商大臣崇厚延致署中婉谕之，则手洋枪发火，咆咻而出。于是津民哄然发愤，群殴击之立毙，并杀其妇女，又杀其类十馀人，皆展肠裂腹，遂毁教堂”[①]，即天津教案事件。

慈安太后万寿节，即七月十二日。同治九年二月十七日，李鸿章被派往陕西援剿。根据同治九年五月二十日致翁曾翰家书，节相李鸿章于同治九年五月十六日抵达潼关，六月十二日，自潼关启程。是年六月初九日，翁同龢“得五兄上月廿一函，李节相于十六日驻潼关……”[②]。

据上文同治九年五月初十日家书，知同治九年四月十七日小产；函中云“汝祥嫂自四月十三四日即胎动不适，服药调治，十七日小产。吾嘱其好为调养，至今已两月馀”。

知此数纸写于同治九年六月，为第捌号家书，交赍贺万寿折差杨凤仪、朱锦章寄京[③]。

117. 同治九年七月十六日(1870-8-12)

字付筹儿览：

六月十八日将第捌号家书交赍贺万寿折差杨凤仪、朱

---

① 《翁同龢日记》第二卷，第806页。

② 《翁同龢日记》第二卷，第810页。

③ 参见同治九年七月十六日翁曾翰家书。

锦章寄去,未识何时可达?十九日从袁筱坞处寄到第八号京信,廿七日朱、张二折弁回,接到京寓六月十一日所发第九号家信,知老亲寿履康强,汝叔感冒即愈,照常入直,合家上下均各安吉,欢慰之至。并知汝仲兄于六月朔日又得一子,更为欣喜,惟祝其病能脱体,方慰远念耳。吾此间公私平顺,合署皆好,堪慰汝念。第节相入关督办军粮等事,兼之举行文闱,料理一切,稍形劳碌。然身体幸甚强健,尚能支持过去也。节相驻师省垣,仅有百十日,于此间事尚未能布置一二,即奉命移节畿疆,匆促东行,节相深以为歉。吾旅见数次,单见一次,盛蒙青目,亦知此间库款为难,公事少帮助,吾一人支撑其间,颇不易易也。

此间主考于月之十三日方得信,盖仪部于初三日方行文,故得信稍迟耳。正考官虽同乡,然不熟;副考官则孙子绶,本是熟人,一切想更体谅。程仪等事,吾早与首府商酌,均照上年成规摊派,似亦可稍壮行色矣。科场事已陆续办有就绪,帘官亦已分调,今年考生未必多于上科,甘省额虽增至十八名,然人数恐尚不及去年也。(上年有五百馀人。)

陕省今夏奇热,然亦旬馀夜不能安睡,较之湘省尚有天渊之别也。全姨寒热已止,饮食亦渐增,现仍服药调理。汝三嫂已痊愈,照旧出来如常矣。里中久无信来,吾及汝祥哥又无暇作书寄去,惟于徐贵家信中知家中上下皆好;间壁仲氏屋尚未尽迁出,而后段柏古轩云已兴工修理。汝荣哥有秋间入都之说而已吾前日极热时,适因节相在此酬应,甚忙,颇觉辛劳,近日得少休息,(连日盼折差回,不至,极为悬望。)稍自安适矣。(豫书此以待便人。)此问汝夫妇近好。七月十六日玉甫手书。全姨侍笔请安。

月之十四日接阅京报,知汝叔于六月廿四日蒙恩升授太仆寺卿，欢忭无既。汝叔日侍经帷，升迁固意中事，惟藉此博堂上欢，此吾之所喜而不寐者也。位分渐崇，骎骎乎将大用。须嘱汝叔格外谨慎，切勿稍露圭角为要。徐荫轩同日除授太常卿，可见朝廷于书斋侍从之臣即升转官阶，亦委曲周至。天恩优渥，感激当如何也。

津门事未知究竟如何？甚为悬念。其兵船驶至海口，固是虚声恫吓。但其地密迩京师，倘一接仗则都城必震恐。吾故得此信后，夜为之不寐者累日。（自初四日至十七日，极悬念，及十七日在中丞处见通商衙门十一日书，方稍放心。）盖家、国之念交萦于心曲也。此间自见寄李节相廷寄后，寂无所闻。昨日晤筱坞，知其有要约四条，恐事未易了。而外间传言，（吕曼叔致省中友人信亦云）则谓已经议妥，彼此无事，曾相业已起病等语，不知何所据而云然也。筱坞请李节相代奏北行，未蒙俞允，其催饷事诿之他人，则尚可接手至捐输事，则别人断不敢接办也。七月十六日。

李节相于六月廿七日方抵西安，而月之四日即奉廷寄，移扎近畿，于是七夕遂成行。此间事不及兼顾矣。郭松林、周盛传两军皆随行，约计有二万人，声势颇壮，陕省留谭仁芳七营驻扎省城，三原、乾州一带以备缓急而已。节相入关，驻军不过旬日，然供帐、车马、粮草之费，（军粮尚由营发价，第赔垫者已不少。）已数万金矣。大兵一来一撤，逆回土匪转启戎心。故于节相行后，吾屡次禀商中丞，陕省各营或添或撤，须悉成有用之师，方能自保门户也。金积堡贼势虽穷蹙，然恐非旦夕所能下。至河州狄道，则陕回皆群聚于彼，更难洗荡也。十七日书。

连日盼京信甚切，昨杨、朱二折弁回，接到月之初八日京寓所发第拾号家书（外京靴一双），敬悉慈躬康泰，合宅安和，并知津门事虽未了，然京师尚不致震恐，欣慰无既。吾日前见通商衙门致中丞书，即知其意，旨在敷衍息事，第恐彼族骄纵日甚，至万难将就之时，欲用民而民心涣散耳。言之太息，吾在此身体甚好，公私平顺，处境、心境皆无不足。前发信时不过因公事繁剧，应酬纷纭，所以自劳叹苦，随笔及之，其实无他，汝切勿悬念。至家务一切吾均处置得宜，岂有三十年老娘尚致倒绷孩儿，汝更无以为虑。

此间科场事已诸包齐备，近日开棚散卷，约计与考人数未必多于上年也。此间开垦、筑堡、修城、浚河等事，皆已次第办理。不敢谓百废具举，第就力量所能行者，未尝因循推诿，置民事于不问也。库款支绌所不待言，然吾极力筹划，现在存储尚有四十馀万，约可支持至十月以后，下忙钱粮，陆续征收，似可敷衍过去。第祝年岁丰登，回逆不扰，则尚无匮乏之虞耳。英伯文现尚未到。吾与同寅诸事和衷共济，决无不可处之人也。中丞气谊相投，遇事必商酌而行，绝无上司属员意象。故节相至此亦屡向中丞言及，汝有翁藩司在此（朴翁向吾言之似非虚假），诸事皆能处置得当；若一易人（若英伯文辈），则未必能如是也。吾闻之深为惭愧。

此间夏令多雨，六月杪至七月初奇热。近日则暑威已退，夜间可盖夹被矣。秋禾甚茂，可望大有，米价前月大昂（长至八两一石），今则骤落（跌至不及五两）。以前则大兵云集，市贾居奇；今知采买既停，年岁又稔，不能再求善价，故蜂踊出粜耳。此间人情见利忘义，如此殊为可恶耳。近日办科场事，颇忙。草此问汝夫妇暨合家大小均吉。七月廿四日玉甫又书。

汝妇生母到都，暂住吾家。俟张老三觅屋后即移往同住，甚是。盖此时重闱在上，吾兄弟同居一宅，彼此不便，非比汝自立门户也。第日用一切，汝宜随时照顾，勿令缺乏为嘱。

汝所寄信件，吾均已收到，惟汝五月十九日托袁子久交任大令所带信及衣服皆未接到。问之小午，伊亦不知任令为何许人？汝可向子久一问之。

又六月十五日交马君带信及屯绢料亦未到，六月中旬至此时为日尚不久，马君或尚在道途也。

今日甫将家信交折差去后，适从小午处送到，汝五月十九日所发信函，并衣服三件，衣包略沾湿，幸内有油纸包裹，未曾透入，衣服皆完好如故也。文秋山一函亦收到。日来办科场事稍忙，幸天气已渐凉，一切不觉劳顿，吾拟于日从天成亨再寄一信，当缕述一切。

津门事近日无所闻，尚悬念不置，临淮此行未必果有战事，第恐不免为曾相替人。外省督抚屡有更动，近闻晋抚又丁内艰，小宋或未必往福建。粤之帆，湘之石，浙之泉，本皆名望相称，其升迁，固在人意中也。刘蕴师似太软，上年盗印事，几成大案，然闻其舅爷实与闻其事，故其夫人暴亡，外间皆以为服毒而死。近闻临淮议论，亦颇不为然，恐不引疾，亦将易人矣。

关中秋禾茂盛，收成可望大有，下忙钱粮或有起色，英伯文尚无到信，所寄信件届时当照收也。两星使计日可到，曹喜亦须俟场后方能来见，可问其京寓光景，稍慰吾悬望耳。学使出月初即放，倘在京之人可稍寄食物。草此问汝夫妇暨合家均吉。此付筹儿览。七月廿六日。玉甫手书。

【按】 据同治九年七月二十九日家书，知此数纸写于同治九年七月，为第玖号家书，由折差李兴、孙廷禧赍去。

是年六月初一日，“源侄于今日酉正又举一子”；六月二十二日，孙子绶放陕西副考官[①],翁同龢迁太仆寺卿[②]。七月初三日午正,翁同龢“到太仆寺任,属官候于堂,拜印”[③]。

节相,指李鸿章,同治九年五月十六日抵达潼关,六月十二日自潼关起程,因遭遇霍乱,直至六月二十七日抵达西安。“津门事”,即同治九年天津教案事件。

118. 同治九年七月二十九日(1870-8-25)

字付筹儿览:

昨廿六日将第玖号家书(外附一函)交折差李兴、孙廷禧赍去,未知何日可达。迩维老亲康健,合宅平安为祝。津门事不识究竟若何?极为悬念。盖彼处密迩京都,倘有警信,则都城必致震动也。吾此间近日办理科场事极忙,虽不劳力,却甚劳心。若一事用心不到,即一事延搁不办,幕友、书吏皆不足恃也。此间天气已渐凉,早晚更甚,夜可盖薄棉被矣。吾久欲稍寄银两至京,以事忙不果,今仍从天成亨银号汇去足公砝京平银叁千两,汝可收明,吾开一单,汝可照单分致及留储也。此字即问合家安好。七月廿九日。玉甫手书(钤“玉父”朱文方印)。

寄去足公砝京平叁千两,母亲二百,叔弟二百,筹儿二百,三嫂一百,秀姑娘四十,仲渊侄三十,子馨侄三十,安孙兄弟姊妹四人共一百。家人辈分项一百,共一千两。馀二千两,内提五百两为刊刻先文端公诗文遗集刻资,所存一千

---

① 《翁同龢日记》第二卷,第808、814页。

② 《翁同龢日记》第八卷《自订年谱》,第3827页。另见《翁同龢日记》第二卷,第814页。

③ 《翁同龢日记》第二卷,第817页。

五百两留备家用。庚午七月廿九日玉甫字(钤"玉父"朱文方印)。

【按】 末署"庚午",即其写于同治九年七月二十九日,是年八月,翁同爵提调文闱[1],故函中云"吾此间近日办理科场事极忙……"。

119. 同治九年八月十九日(1870－9－14)

字付筹儿览:

此间办理科场,现在三场完竣,场内外均极安静清吉,殊为欣幸。吾家托主考陆光甫所寄信件已于到省后即行交来,英伯文于初五日午间方赶到,中丞即于是夜饬令回任,而伯文于次日申刻即接印视事。盖节届中秋,故尔如此急迫也。吾家所寄信及翎枝、高丽参(几遗失,近方送来。)均收到。

伯文此次回省,其夸诞更甚于昔,向人云此回办理津门事,命李节相、丁雨生前往,皆伊向恭邸力保,故有是举。又现在其续弦夫人是宝佩翁主婚(是佩翁之戚,故佩翁为之作媒耳),闻之令人喷饭。吾与寅僚相处,不论何等人,吾皆可以款洽,第有公事,则不肯丝毫假借,故他人无如我何也。

本科应试士子,陕省者五千二百馀人,甘省者七百馀人,总计不及六千之数,较之上年少六七百人,且官吏因上年甫经办过,觉事事驾轻就熟,即点名头场,不过未刻竣事。至二三场,则于巳午之交已毕也。

翻绎考者仅有十九人,今日亦已出场矣。誊录头场卷

---

① 《翁同龢年谱·翁玉甫先生年谱》,第184页。

于十六日早晨已经进毕(字迹尚好),中丞于明后日可以出闱,届时二场卷亦可进完也。马督为人所刺,此大奇事,闻凶手尚未获,此间犹不知其底蕴,第传闻大略耳。李相调畿疆固意中事,粤之帆,浙之泉,果建节钺可见,枢廷议论不诬也。

吾近体尚耐劳,此二十日来祭祀,科场几于无日不起三四鼓,尚不觉其辛苦。署中人口平安,全姨亦日有起色,饮食渐能复元,惟消瘦如故耳(天癸尚未至)。吾思亲之心倍切,自闻津门事后,寝食不安者有半月。迨后知尚不致启兵端,方稍放心。然天涯游子数年不归,此心未免恋恋。

陕省中秋无月,夜不成寐,惟祝老亲康健,合宅平安为祷也。兹乘朱从九(维堃)解翻绎卷进京之便,寄去陈墨一匣(老曹素功甚佳),湖笔一帖(镌字甚吉祥,在衣料包内)给汝;巴缎袍料四件,狐皮男(二件)女(一件),袄甬三件(均新买)给安孙兄弟姊妹(奎孙已给袍褂一身矣),汝可收明为嘱。此问合家近好。玉甫手书,八月十九日。

【按】 同治八年正月,翁同爵授陕西布政使(陕藩);二月,交卸臬篆,起程赴任。是年五月,翁同爵奏请举行陕甘乡试;九月,提调文闱。同治九年八月,提调文闱;十月,办武乡试①。

函中所云"较之上年少六七百人,且官吏因上年甫经办过,觉事事驾轻就熟",故函中所述是翁同爵第二次办理,故写于同治九年,为不列号家书。

---

① 《翁同龢年谱·翁玉甫先生年谱》,第183—184页。

120. 同治九年八月二十二日(1870－9－17)

字付筹儿览：

日前将不列号家书一函，外湖笔十支(给筹儿)，曹素功墨(给筹儿)一匣，巴缎袍料四件(给安孙辈)，狐皮甬三件(给安孙辈)交解翻绎卷(十九本)之朱从九维堃寄京，未识何时可到？本科陕甘应试士子不及六千人(甘七百馀，陕五千二百馀)，较之上年为少，场内场外均安静无事。中丞于二十日业已出闱，二场卷廿日亦已进竣，吾办文闱事已稍可息肩矣。惟十月初即须接办武场，今又赶紧料理，不遑安处也。文闱二主试比之上年者更精细、谨饬，凡内帘所要物件、字条皆加用图书花押，方准应付，故家人辈即不能格外需索办供给者，即少许多无名使费也。

陕省秋禾极茂盛，收成可有十分，即山内瘠薄之区、亦可得七八分，下忙钱粮似可有起色。库款虽极支绌，然吾尽力樽节筹划，现在储库者尚有五十七八万，约可支持至闰十月底。倘以后地丁协饷均能源源接济，似不致十分为难也。甘省军务北面黄彝峰(鼎)之军已进克峡口，金积堡有穷蹙之情，不降即克，似可计日以待。南路攻河狄之师，进兵太骤，粮运道梗颇为可虑，然现尚未致哗溃。左帅仍驻兵平凉后路，现已肃清，转运一切皆已通畅，不至如春间岌岌可危矣。潼关吕曼叔观察忽患背痈不救(于八月初六日病故)，殊为可惜。其缺现委方元仲署理，元仲现有文闱差，须于发榜后方能到任也。

英伯文到省后，欲请中丞奏复陋规、免减平馀，中丞以难于措词覆之矣。马制军被刺事已见抄，未知讯问有口供否？浙省藩臬此间尚未知简放何人也。吾耐劳如昔，七月杪稍有感冒，深惧祭祀文闱不克将事，及届期逐日支撑过去，及至事竣而体亦霍然，可见命宜劳碌，转以不休息为妙也。今日甫派折差，明日即成行。匆促书此，问合家安吉，馀俟续寄。八月廿二日。玉甫手书。

吾于七月廿九日将十号家信一函，外足公砝银三千两交天成亨银号汇京，未知何时可到？信内吾有一单，汝可照吾单分致，即以其馀留作家用。吾此缺虽迥不如前，然京寓用度尚能筹措，必不致匮乏也。汝叔东华寓居暂借酒店，虽取其近便，然毕竟嚣尘近市，或有近处小小结构之屋，觅数椽以为退直休息之所，吾方放心，盖以后又将严寒。若每日冲寒入直，冒风归家，未免太觉辛苦，故万万不宜从省，必须赁屋几间为嘱。至烧酒胡同郑惕庵寓所房屋院落均好，第未识其吉凶如何，或多约友人细看之方妥，切嘱，切嘱。

【按】 此函写于同治九年八月二十二日。函中“本科陕甘应试士子不及六千人……吾办文闱事已稍可息肩矣。惟十月初即须接办武场……文闱二主试比之上年者更精细谨饬”，指同治九年八月，翁同爵提调文闱；十月，办武乡试。

吕曼叔，翁同龢旧交。光绪二十九年三月二十二日，翁同龢为其像题字。①

121. 同治九年九月十六日(1870－10－10)

字付筹儿览：

文闱事办毕，鹿鸣宴已过，公请主考等酬应亦已排日举行，以后可少休息矣。惟武场在即，尚有半月劳顿也。

---

① 《翁同龢日记》第七卷，第3494页。

陕省秋收甚好，粮价顿减，八月底、九月初农田皆望泽孔殷，乃月之初六及十一两日，连得透雨，高低沾足，麦已全种，来年春收有望矣。吾近来身体甚健适，署中人口均安，可慰汝念。惟此间传闻天津事消息不真，未知是和是战？极为悬系。

北闱榜信大约于二十后可得，吾深望汝松哥中式也。西方战事尚能得手，倘金积克复，则陕省西北边鄙皆可安枕而卧矣。北山各州县，人人视为畏途。吾春间已详请准令各募土勇，由司发给月饷，军火似稍可办事，然牧令中实少贤能之员，其力求整顿者，仅有数人，馀皆因循怠忽，于招徕开垦振济诸务，皆未能实力举办。

吾今复详定禀程，以二年为率。如于地方办有成效者，实任人员予以升阶及破格保奖，署事人员则调剂优缺。其不职者，立即参劾。如此示以劝惩，未识能稍知奋勉否也？兹乘解乡试卷之李从九善政进京，寄去白狐皮袿甬一件（全姨孝敬老太太者，可为转呈），闱墨题名录各四本，汝可收明。此字即颂，合家安吉。九月十六日玉甫手书。

【按】　此函写于同治九年九月十六日①。同治九年八月初八日，翁曾桂（松儿）入场考试②。

鹿鸣宴，科举制度中，乡试之后，州县长官宴请得中举子或发榜次日，宴请主考、执事人员及新举人，以其歌《诗·小雅·鹿鸣》、作魁星舞而得名。

“天津事”，即天津教案事件，法国以兵力要挟。

---

①　参见上文同治九年八月二十二日致翁曾翰家书内容及其按语。

②　《翁同龢日记》第二卷，第824页。

122. 同治九年九月十七日(1870－10－11)

字付筹儿览:

连日甚盼北闱消息,深望汝松哥中式,以慰吾愿。津门事亦不得实信,但知侯相奏有丁抚回任之请,则和议决已就绪矣。迩维老亲万福,合宅均安为祷。吾近体甚好,文闱办竣,于月之六日发榜,所取多知名之士。十一日鹿鸣宴已过,公请主考十三日在粮道署设席,仍照上年演剧,将军、中丞、司道、首府县咸集也,主考程仪等皆按旧岁数目致送。其起程日期大约在二十后矣。

此间秋收丰稔,月初正农田望雨之时,乃于初六、十一两日迭得甘霖四五寸,高低沾足,麦已全种,民情安帖,粮价亦大减也。金积堡各小堡已陆续攻克,峡口亦为我军所得,似不难指日成功。第恐河州逆回来援,官军不能堵遏,则一时尚未易攻破,且虑堡破后陕回乱窜。陕省北面无得力之师,恐阑入边境耳。中丞知现在陕省之楚师不足用(半皆刘中丞亲戚,缺额至十之七八),故近调川营之王名滔,令其携所部来省,拟再添数营归其统带,令往北山作为游击之师,庶于防务有益也。

吾现在复赶办武闱事,兼之日陪主考赴席,亦甚忙碌,幸公私平顺,可慰汝念。手此问汝夫妇暨孙男女辈均吉。父玉甫手书。九月十七日。

汝妇生母到家乡后,觉无所依傍,故远道复来视其所生女,虽事欠斟酌,然情亦可悯。到都后若寄住吾家,则汝尚未自立门户,似觉不便,今仍依汝小舅以居,自是正理。但日用所需,则汝不得不为照顾,不可稍有缺乏。吾今年寄汝之款较往年稍丰者,即为汝想到此等用度,否则,吾固知汝别无用项也。汝儿女现均长成,添补衣服等类,所不能免。

汝尽可在吾账上开销。吾决不汝责。第家常衣服，只须温暖，不宜鲜艳，穿时须爱惜，勿糟塌。至袍褂等见客衣裳，则断断不可缺少也。至嘱，至嘱。

勇丁缺额之弊各处皆然，而陕省为尤甚。陕省之饷从前皆发十日半月实银，馀均给以饷票。至乔中丞任内奏停饷票，仅发十馀日之实银而已。至刘克翁莅任，复定每月以廿五天为足饷，馀五天为截旷不发，而此廿五天之饷因司库支绌，亦仍发十天半月，馀作欠饷。至吾到任方发二十天，五、八、十二月以时届年节，均发廿五天，可谓体恤备至矣。奈各营统领皆克翁亲友，有所恃以无恐，于是以截旷欠饷为词，勇皆不及一半，且以年月为限，谓局中所发皆是前欠。（如局中所发本月之饷而各营接算欠款，谓尚是前一两年之项，各勇皆不能得。）新勇到营，仅给米粮，不发饷银，其人数过少者，固无论矣。即人数稍多之营，勇丁仅能糊口，焉肯用命，甚至新勇将届食粮之时，即寻事斥革之。

北山各营皆是一辙，勇丁均极穷苦，而营官私囊无不充满，故勇丁谓当勇不如做贼，此北山游勇之所以不能净尽也。今蒋中丞到任，吾每以此事为言。中丞深思变计，顷已调川营之王名滔率所部来省，拟再拨数营归之，令往北山剿击，其饷照淮军章程给发。每无闰之年以八关为率，凡在营勇丁有四十三天，即给以一月之足饷，各营勇丁不准稍有缺额，似此变更办理，庶于军务有益也。十七日三鼓书。

【按】 此函写于同治九年，为十二号家书，由折弁李忠、王定邦赍京[①]。函中述及其同治九年九月初六日文闱办竣；又接着赶办武闱事宜。

---

① 参见同治九年九月二十二日致翁曾翰家书。

123. 同治九年九月二十二日(1870－10－16)

字付筹儿览：

月之十八日将第十二号家书交折弁李忠、王定邦赍去，未识何日得达。此间文闱已竣事，所取多知名之士，士论翕然，光甫见识高超，议论闳达，洵为不易得之才。吾酬应均照上科，致送公礼亦照旧章，不过略尽地主之谊而已。

前月吾以六十金买汲古阁十七史，凑以《东都事略》等，合成廿二史(装一箱)一部，兹托光甫寄京，汝可为吾收明藏储，勿令蠹蚀为嘱。又从孙子受处寄汝猞猁马褂甬一件，又全姨寄汝妇狐皮女袄甬一件，又吾寄汝妇宁绸衣料二件，又吾孝敬汝祖母漆布床毯一床。此物为目所未睹，有人自南携来丈馀，故亟买之以供老人服用。第系洋漆之物，若夏令即作席用，恐其太凉，只可晨起后再铺床上，以便偶尔起坐也。日前解卷之李从九善政进京时，曾托其带去白狐褂甬一件，系全姨孝敬老太太者，汝收到后可为代呈。

吾连日甚盼家书，一则望汝松哥中式，一则不知天津事曾否了结也。曹喜随子受到此，既无孝敬吾物件(如冬菜、胰子等，亦是应酬人情)，情意亦甚隔膜，绝不似现在宅中当差之人，吾却给以十金，似恩情不薄矣。手此问汝近好并合家安吉。玉甫手书。九月廿二日三鼓。

【按】 此函“吾连日甚盼家书，一则望汝松哥中式，一则不知天津事曾否了结也……”，与上文同治九年八、九月间家书相关联，故此函写于同治九年，未曾列号[①]。

---

① 参见同治九年九月二十九日致翁曾翰家书。

124. 同治九年九月二十九日(1870-10-23)

字付筹儿览:

月之十八日将拾贰号家书交折弁李忠、王定邦赍去,又将不列号信一函交解卷之朱从九善政带京(又交本署差人桂花木耳两匣),外附狐皮女袿甬一件,闱墨四部。廿三日又将不列号信二件交二主试携去,陆处外寄书箱一只,孙处外寄猞猁马袿甬一件,狐皮女袄甬一件,宁绸女衣料二件,漆布一床,未识何时可到?

廿七日折差回接到九月九日家书,知老亲康健,合宅平安,欢喜无量,惟汝子馨兄名复落孙山外,殊为不怿。盖汝仲兄疾久不愈,深望其得一科,第为文勤公后起也。阅题名(折差带来)知邵松年、李士瓒(廿三日已先从他处借得)皆中式,曾之撰亦中副车,同乡尚不寂寞。蔡世佐据子授云,是老四蔡氏昆仲登乡榜者已四人,敂荓可谓有后矣。此间二主试差囊至四竿,馀实为极诚尽欢。现在赶办武闱,日来颇忙碌。金积堡尚未攻克,河州逆回屡出兵救援,南路周翼长与将士不甚浃洽,故各军不肯用命,恐不能断其接应耳。

陕省雨旸时若,春麦已全播种,民气熙恬,若边围无警,来年二麦有秋,则地方可稍有起色矣。吾近体甚好,署中人口平善,汝勿悬念,兹乘邵西岩大令进京引见之便,寄去燕窝两匣,为老亲服食,所需可即代吾转呈。此字即问汝近好。玉甫手书。九月廿九日。

【按】 此函写于同治九年。同治九年九月十一日,"阅题名,邵松年、李士瓒皆中式,副榜则曾之撰也"[1]。副车,指清代乡试的副榜贡生。

---

① 《翁同龢日记》第二卷,第831页。

函中“解卷之朱从九善政”，与上下文所言不合。如同治九年九月十六日致翁曾翰家书云“兹乘解乡试卷之李从九善政进京，寄去白狐皮袿甬一件（全姨孝敬老太太者，可为转呈），闱墨题名录各四本”；九月二十二日函云“解卷之李从九善政进京时，曾托其带去白狐袿甬一件，系全姨孝敬老太太者”；十月二十八日函云“解乡试卷之李从九善政带去家信并狐皮甬一件（又闱墨四部）。”此四处所述乃同一件事，因疑此函中“朱从九”当是“李从九”之笔误。

翁同爵函中另有朱从九维堃，如同治九年八月十九日致翁曾翰家书云“兹乘朱从九（维堃）解翻绎卷进京之便，寄去陈墨一匣（老曹素功甚佳），湖笔一帖……”；八月二十二日家书云“外湖笔十支（给筹儿），曹素功墨（给筹儿）一匣……交解翻绎卷（十九本）之朱从九（维堃）寄京”。此两处是为同件事同一人，即解翻绎卷之朱从九维堃，与解乡试卷之李从九善政当是两个不同的人。

125. 同治九年十月初六日（1870－10－29）

字付筹儿览：

前月廿九日将不列号家书一函，外燕窝二匣交邵西岩（之棠）大令寄京，未识何时可到？吾近日办理武闱，竟无刻暇。此间省例凡武场，自马步箭至技勇，抚军与藩臬分三闱考试，须晨出暮归者十馀日，稍觉劳顿耳。此次武闱大约与考者不过一千七、八百人，或半月内可以竣事。惟连日风雨马道不能驰骋，今改于初九日方开考，届时天气未识能晴霁否？

此间秋收既稔，近复雨旸时若，二麦早经种齐，日前正农民望雨之时。今又甘霖迭沛，高低沾足，故民情甚安静也。金积逆巢其东、南、北三面关城，已为官军攻克，驻营其地或不日可下南路。河州回逆，颇出肆扰。近日徽两一带，皆有贼踪，故陕南之防颇紧。中丞现于川军驻陕之武字营内选择一将名王名滔者（亦楚人，然尚无习气），令其率原部一营来省。今复招三营人益之，拟令往北山搜剿，而其饷糈稍易章程，以淮军给饷数予之，或者可以得力。否则，楚师老矣，将骄卒惰，固难望其用命也。

吾近体甚好，惟日前见顺天题名，（江南题名从孙琴四处寄来，亦已见。）知子馨又复落孙山外，（庞、邵二家子弟，一南一北，均中式，殊为欣羡。）令人郁郁耳。兹乘刘芸生（树义，云南籍，原籍上元）大令入都引见之便，寄去时宪书十三本，可查收，草此略述此间近况，即问汝夫妇并合家大小均吉。老亲前为吾请安。十月初六日夜三鼓玉甫手书。

【按】 此函写于同治九年十月初六日，初七日由刘芸生寄京。同治九年十月，翁同爵办理武闱。函中云“寄去时宪书十三本”，而下文同治九年十月二十四日所写函云“月之七日交刘芸生大令寄去家信并宪书十二本”，此二处当有一处笔误。

126. 同治九年十月二十八日(1870-11-20)

字付筹儿览：

前月廿七日折差回，接到汝九月初十日所发十二号家书，月之十五日又从天成亨递到九月十七日十三号家书，并袁处寄到不列号信及闱墨等件，藉悉老亲康健，合宅平安，极为欣慰。惟知汝子馨兄荐而不售，未免令人缺望耳。吾此间于九月十八日交解乡试卷之李从九善政带去家信并狐皮甬（又闱墨四部）一件，又交陆光甫带书箱一只（家信一函），交孙子授带猞猁马褂甬一件（家信一函），金银肷女袄甬一件，宁绸女衣料二件，漆布六尺，又于月之七日交刘芸生大令寄去家信并宪书十二本，均未识何日方到？

此间自月之初四日起，连旬阴雨，直至十五日方放晴，十七日即考试武闱。此地省例向分三围，自马箭起至技勇止，皆中丞同藩臬分看，故吾自十七日起五鼓即兴，黎明至教场，天黑方归，接连八天皆如是。归后又须治官书，至丑刻方卧（尚能支持，无倦容），稍觉疲惫。幸今日已竣事，廿七日考内场，廿八发榜，以后可少休息矣。武场极安静，深为欣喜也。

金积消息尚佳，惟窜出之陕回奔突东走，延榆绥一带时复有警，幸未深入为患耳。中丞以楚师已老，令王镇名滔（本楚人，现为蜀将，在陕南防堵）新募四营往北山防剿，昨已开拔至韩郃矣。谭仁芳仁胜七营仍分驻乾州、三原，近省防守已固。昨知刘省三军门复奉命督办陕西军务，防维自益周密。但铭军营数不少，客军入境，地方备办车马及以后转运粮食军火等事，筹画殊不易易，即如此次李相入秦，驻节不及十日，而地方费已不支。倘大军久驻，恐为东道主者将难为继也。

陕省今岁雨多，麦已种齐，但望三冬足雪，则来春年成可望大有。北地高寒，此地现穿中毛衣服，而夜间则寒气上升，拥絮被二床犹不为暖。草此略述近况，即问汝夫妇暨合家大小均吉，（今日回家尚早，看公事毕书此。）十月廿四日三鼓玉甫手书。（全姨侍笔问近好，伊病已大愈矣。）

昨阅邸抄，见九月分选单，汝已选内阁典籍，何以九月十七家书中并未提及？不知是何人之缺，深为欢喜。盖一则将来侍读缺出，可以望升；二则仍可应试，但未识补典籍比中书能稍闲否？倘能少休息，则冬日正宜多读时文，以期临场揣摩圆熟，勿待临时抱佛脚也。至馆上功课，固当认真，至他时之议叙优否，则却全不视此时之勤惰。故当差时但谓吾尽吾职，勿萌希冀优奖之心，则他日得与不得，自无怨尤。此皆吾阅历有得之言，特为汝言之如此。廿四日玉甫手书。

昨折弁王李二人回，接到月之初七日京寓所发十四号家书，藉悉老亲康健，合宅平安，曷胜欣喜，连日办武闱事，极忙。昨日考内场及履弓填榜，寅正即起至贡院，直到今日寅初方回衙，少睡即起，而客即陆续不断，(有十馀日未见各属吏，故今日有事者皆来禀商也。)午后复偕同人上院，回衙又见客，至天黑方止，而折差又明晨即行，故欲握管作致汝叔书而不得，汝可为吾转达之。汝未得侍读，不可牢骚，所补典籍系何人之缺，下次书来言及之。至馆上议叙，吾早料及，故日前所书数行已语及，馀不赘述。此间合家上下皆吉。书毕又漏已三下矣。(夜饭后复看公事，至亥刻方竣。)廿八日玉甫又书。

吾此间廉俸所入，远不及从前，幸吾用度节省，故每年尚有盈馀。京师亲友应酬万不能少，今拟于出月初仍由天成亨会寄三竿，以为馈岁之用，届时当再开单交汝也。近有人接湘省书信，云地方甚不平静，未知究竟如何？吾在彼三年，深悉其利害，故在任时常深畏惧。今年李相入秦，独见时忽有推荐吾抚彼之意，吾力辞之。盖吾自问诸心，实不能胜此任也。此时各省有乱已平复者，有现尚办军务者，似皆易治，惟湘省则乱萌已兆，而官吏尚粉饰太平，故为难治耳。

庶常吴君镇在川，既未谋面，亦无往还。黄牧振河到省后，吾见其才具开展，议论通达，即心识其人。嗣军需局有文案缺出，即令在局当差。半年来办事精细，毫无遗误，颇自诩赏识之不差，于七月内已委署宝鸡矣。此君既无先容，更无交谊，而吾摸索得之，可见人材固为有目者所共赏,亦可见吾之用人毫无私见也。

京兆榜事日前书来,未曾详及,惟昨接元仲书,略得梗概耳。陆铁云(二妾皆花柳中人,自己亦吃烟)闻其近事,颇荒唐,其境遇之不佳大约有以自致也。

孙女福保今秋时有感冒,身体不如从前结实。前月杪有新来老妈携往署外看戏(吾不能禁止)受惊,月初即发寒热,至初九日天花见点,头面周身甚多。吾因天时已渐寒冷,兼之时痘不佳,极为愁虑,即延请三医诊视之。至十五六日浆已上齐,意谓可平安无事矣。乃十八日夜半忽现变症,未至十九日天明,竟尔不救,殊为可惜。盖此女甚聪慧,吾每日至上房时,伊必随母来省视,颇有含饴之乐。一旦失之,极为烦恼,然寿夭有数,亦无可如何也。和保已寄在师奶奶处,以防传染矣。廿一日亥刻。

【按】 此札写于同治九年十月,为第十四号家书[①],二十八日由折弁朱天禄、张银赍京。同治九年九月二十三日,翁曾翰(筹儿)升内阁典籍[②]。十月,翁同爵办理武乡试。

据同治九年十一月二十八日函云“孙女和保于月之初十日发热出天花,吾以其姊,心即惴惴惧,嘱汝哥嫂加意调护,嗣后见点上浆,均尚顺利,至廿五日花已一半结痂,方谓可幸无事矣。乃廿六日早晨复起惊风,至午刻即不救,百方医治,迄不见效,惜哉!……第五十日中眼前连失两女孙,胸中未免作恶”,知是年十一月二十六日,翁同爵孙女和保夭折。五十日前,和保姐姐福保“新以痘殇”,即十月十九日。

---

① 参见下文同治九年闰十月初五日家书。

② 《翁同龢日记》第二卷,第833—834页。

127. 同治九年闰十月初五日(1870－11－27)

字付筹儿览：

前月廿八日将拾肆号家书交折弁朱天禄、张银赍去，未识何时得达？此间武闱事于廿八日发榜，月之初二日鹰扬宴，现在业已竣事。考试旬馀，士子一千七百馀人，而一切平善，殊为欣幸。此间地气高寒，近日又连阴，屋内笼火，出外穿大中毛衣服，皆不觉暖，未知京师何如？西方军务，则金积消息虽佳，然前敌诸将来书，皆谓未必指日能下，而河狄甘回大股东扰。近日秦陇告警，陕防又急，现已令鄂省谭军移营西进矣。刘省三军门奉命督办陕西军务，而中丞处仅接部文，未奉廷寄，意者意在易帅，故无须与此省大吏商酌也。第闻所部本有三十馀营，即使半留津门，而益之以李相旧部，恐入关者必有三四十营，地方供给车马粮料已有不支之势，奈何，奈何？

吾此间廉俸所入较优，兼之极力节省，故尚有盈馀。今又从天成亨银号汇寄足公砝平足色银叁千两，汝可查收，以备年底馈送亲友所需。至其数目，俟吾此间将信书京开单寄汝，再行致送也。草此问汝夫妇暨合家近好。玉甫手书。闰十月初五日。

汪柳门学使已至三原(前月廿八日到)，于月之初二日接印，吾家所寄信件已令人送来，均已收。楚伊自已尚未来省，其借支养廉文(可以准支)，亦尚未见也。

周伯荪学使任满还京，亦欲同人醵金为赠，但学使与主试不同，学使既有棚规，各州县因此颇有赔累者，(向归各府首县汇送而收之外，州县均不能如数，故各首县每多赔垫。)今复有是举，于是应者少，而不应者多矣。吾虽为之极力督催，然恐难遂其愿也。今年二主试归装，其汇兑者，皆在四千以外，似地主情谊已尽矣。林颖叔报销事已了，然其太夫人年高有病，起坐皆难，年底天寒，恐难就道，且伊办粮台数年，归装颇富（书籍字画即有数十箱），一时正未易布置也。

【按】 同治九年十月，翁同爵办武乡试[①]。同治九年八月初一日，汪鸣銮（柳门）放陕西学政（即学使）[②]。据同治九年闰十月初十日家书云"月之初六日又从天成亨银号带去拾伍号家信……吾此间于前月廿六日接汝拾肆号信后，初五日从汪柳门学使处寄到不列号家书并袍料一件……"，结合此纸，知汪鸣銮于同治九年十月二十八日抵达三原，闰十月初二日接印，初五日令人送去翁同爵家书等物。由此推知，此纸写于同治九年闰十月初五日，乃第十五号家书，闰十月初六日从天成亨银号寄京，另寄足公砝纹三千两[③]。

128. 同治九年闰十月十一日（1870－12－3）

字付筹儿览：

前月廿八日折差朱天禄、张银进京，匆促草拾肆号家书一函寄去，月之初六日又从天成亨银号带去拾伍号家信并外汇足纹叁千两，不识何时可到？吾此间于前月廿六日接汝拾肆号信后，初五日从汪柳门学使处寄到不列号家书，并袍料一件，酸梅饼、桃脯（味均未变）共两匣。昨日解翻绎卷之朱从九回，复得汝书，藉悉种种，深慰远念。

吾办文武闱竣事，稍得休息，惟日来西北两边均有警报，（近有报来均已退走矣，初十。）又须佐中丞料理军务，大

① 《翁同龢年谱·翁玉甫先生年谱》，第184页。

② 《翁同龢日记》第二卷，第823页。

③ 参见同治九年闰十月十一日、二十六日致翁曾翰家书。

抵命该劳苦者，总不得一日安逸也。地丁钱粮以秋收丰稔，批解稍旺，然用款太多，仍恐不能支持至年底。中丞奏请拨晋蜀二省协饷银廿万。虽蒙允准，然未知年内能解到若干也。米价虽当今年丰收之际，然日见增涨。细访之，因商人贩运出境所致，于是出示禁止，今方逐渐平减矣。银价每两换至铜铁各半钱三千五六百文，缘西征粮台各省协饷大半皆从银号汇兑，故本省现银缺少耳。刘省三闻已起程（尚需至周家口，由洛阳入关），此间尚无的信，未知其所部究有若干，入关后地方供给车马粮料支应，正不易易也。

吾此间公私平顺，汝勿悬念，近体亦尚耐劳，惟用心过度，须发白者愈多矣。汝此次未得侍读，均有命定，切勿牢骚，且现升典籍，与侍读更近。吾阅历数十年，见人生升沈显晦，自有一定，勿以眼前功名得失，稍有憧扰也，至嘱，至嘱。

家乡久无信来，吾此间既无暇握管。汝祥哥又懒于笔墨，今年至今似未致一书，不识汝荣哥进京与否？若果进京，则家中房屋实少住处，或汝移大厅西间，而让东厢房令住，似亦可容足也。此次折差赍中丞冬至贺折进京，故提前于明后日即起程。草此数行寄汝，即问合家大小均吉。闰十月初十日玉甫手书。全姨侍笔问安。

此间碑帖虽多，然赝者亦不少。吾前在蜀时以白金二十四两买小唐碑百种，今特寄去，可转呈汝叔。第其中好丑不一，他日得佳者将不惬者易去，方为善本耳。吾近日复新得百种，（价甚廉，不及十金。）似较此为优，他日归装可考核，以消永昼也。铜器吾陆续购买，绝少佳品，然亦有一二种可观者，此时无暇赏玩，皆位置于空室中也。吾近日复以白金二十二两买（宋拓）右军六十帖三本，（帖每卷后有绍兴二年上石隶书两行。）本朝金氏曾得此帖翻刻之，跋云“宋拓，不易见”，今以吾所得校之，吾本尚多一段，可宝也。

昨见李节相咨中丞文，知林远村、吕定子均由李相奏请，随刘军门入秦，定子初出京，似不致有轻举动。至远村，则在甘省名声不甚佳，且与左帅冰炭，此行必有设施，恐地方必受其累矣。此间粮米一切已陆续布置，惟车马一项颇不容易，盖军行所至，本地车马断不敷用，须调外州县者，协济外州县又雇之民间。若先期预集，则守候之费无所出，若临时始调，则又往往误期，且备齐四五百辆后，营中前站散人即驱去百馀辆，及兵至又不彀用，此则地方官为难之实情也。十一日玉甫又书。

【按】 此札写于同治九年闰十月，乃十六号家书，由折差张光荣、朱玉麟赍京[①]。同治九年八月，翁同爵提调文闱；九月二十三日，翁曾翰升内阁典籍；十月，翁同爵办武乡试[②]。此函中所言“吾办文武闱竣事……汝此次未得侍读……且现升典籍……”。是年十一月二十三日，翁同龢“得五兄前月廿日函，承差来，以唐碑百种见寄”[③]，即如函中所云“吾前在蜀时以白金二十四两买小唐碑百种，今特寄去，可转呈汝叔”。

129. 同治九年闰十月二十六日(1870－12－18)

字付筹儿览：

月之初六日从天成亨号寄去十五号家书，并外足公砝

① 参见同治九年闰十月二十六日致翁曾翰家书。

② 《翁同龢年谱·翁玉甫先生年谱》第184页。《翁同龢日记》第二卷，第833—834页。

③ 《翁同龢日记》第二卷，第850—851页。

足纹叁千两，未识何时得达？十一日又将十六号信交折差张广荣、朱玉麟赍京，计日内亦可入览矣。吾日来正盼京信，廿三日从袁筱坞处寄到汝初二日所发家书，藉悉老亲康健，合宅平安，欣慰无既。汝四哥书中云，于闰月内动身，未知确否？其家眷若同北上，则京寓几无住处矣。

吾此间公私平顺，近体健适，武闱竣事，稍得休息。惟刘省三军门于出月初将次入关，届时又有一番忙碌；且闻远村方伯从前即建议，令陕省变买叛产，为甘省筹饷三十万两，彼方可以布置一切。此时随营到此，（伊上年告病时，有不得帮办誓不回甘之语。）必将大展其才猷，则为地主者，恐难事事如其意耳。此间协饷虽蒙恩准，然部中所拨仍是各省欠款，且未分别解陕解左，恐将来有名无实。西北边境均有警息，幸西面有武字（四川防军）各营驻扎，防剿甚严（于是月之十七日在境外将贼击退），未曾听其阑入。北山则土匪游勇居其半，或三五百人，或一二百人，往来游奕。（扰清涧、宜川等境。）此剿彼窜，亦不至为大害。（近日北面各营均无报至。）近请中丞分饬各营，各清地段，或者稍有成效也。延榆绥各属前已拨银六万两，交地方官买粮备赈，及开垦发给牛、种之用，委一观察（邵涟）往督其事，未知能有实效否？

吾事事总求实是，逐渐做去，不沽名誉，不徇偏私，以期无负国恩，无隳家声而已，他非所计也。本科文乡试録已经刊竣，今遣本署书吏解京，令其带去燕菜二匣，孝敬老亲，又小唐碑百种（外有新得数种未裱）致送汝叔，汝可收明分呈为要。本署书吏旋陕时，可交伊食物等件带回也。手此问合家安好，并汝夫妇近吉。闰十月廿六日。玉甫手书。（钤“曾登七十二峰”朱文长方印）

【按】 此札写于同治九年闰十月二十六日，是年闰十月。

130. 同治九年十一月初八日(1870-12-29)

字付筹儿览:

月之朔日接到前月十四日所发十五号家书,敬悉老亲康健,合宅平安,欢喜无量。寄到翎管价不昂,而物出色,甚合吾意,日来已戴用矣。吾近日因刘爵帅到省,应酬颇忙。鹿伯荪学使于后日启程,吾为之极力张罗,凑成公礼贰千金。督抚及司道致赆,皆不在内,吾亦单送程仪贰百金也。兹乘其便,寄去朱批谕旨一部。此系金陵新刻之板,尚无讹字。价值纹银三十六两,汝可为吾收储为嘱。

吕定子昨已见过。钱馨伯捐官事,吾已许伊贰百金。盖既有前情,且吾此缺又今非昔比,助以此数实已极诚尽欢矣。刘爵帅拟在省小住,即往乾州驻扎,俟冬底新正金积堡能否攻克,再定行止。北山之事,意委一裨将往办,伊不愿亲行也。

吾此间上下皆吉,公事亦均称手,惟库款支绌深为焦虑耳。此半月来连得小雪,明岁麦秋可望大有,惟祝连岁丰登,庶兵燹残黎元气或可渐复也。都下未识已得雪否?寓中门户火烛皆宜谨慎,汝叔仍宜在城寓多住,稍节辛劳为嘱。草此数行,略述近况,即问合家安好,并汝夫妇近佳不备。十一月初八日玉甫手书。

接咏春书言,须告贷二、三百金。亲情交谊,义不容却。汝来书言送分百金,外借百金。甚善。可即照此办理也。常昭会馆既经修理,且须添置家伙,则吾自当捐钱。可捐银伍拾两,交赵价人收用,勿迟。来年同邑公车,谅人数不少。吾拟每人送元卷四金,不论亲戚交好,一概此数,可与汝叔斟酌之。钱馨伯捐官,吾原应厚助,但既有前情,且吾出京数年,近日方得其一书。现已与定子、筱坞谈及,许帮伊二百金,可谓尽欢矣。

【按】 同治九年十月十六日，刘铭传入陕[1]。十一月初六日，抵达陕西省城，故函中云“吾近日因刘爵帅到省，应酬颇忙”，故此函写于同治九年十一月初八日。刘爵帅，即刘铭传，字省三。

131. 同治九年十一月十四日(1871－1－4)

字付筹儿览：

月之朔日得汝前月十四日所发十五号家书，藉悉老亲康健，合宅平安，欢喜无量。翠翎管收到，甚合吾意。（价廉而货甚出色，故为难得。）汝叔近患目疾，只宜熏洗，不可多服凉药。盖药力至目，难求速效，而凉剂于身体总不相宜也。二星使到京，吾所寄各件均已交到，其所言政声翕然，百废具举，实深惭悚。吾在此不过竭尽心力，以期毋负职守而已，岂有过人之政绩耶？刘省三于月之初六日到省，（今日同人公请，望后即亲往乾州。）所部二十七八营，（今日已分往乾州、耀州驻扎。）供支粮料麸草，甚不易易。其议论却处处让左，尚无欲与树敌之意。远村不大平正。今办粮台，常住省中，伊本与英廉访有隙，恐他日未必能事事合宜。定子虽同来，然有羞与哙等为伍之意。

吾连日酬应颇忙，日前周伯荪行时曾寄去朱批谕旨一箱，家言一函，到时汝可为吾收好。吾近体甚健，署中上下均适，孙女和保连日发热，请人诊视，云是天花，（已见点，不甚多。据医家云，苗脚甚好，状元花也。）已令汝祥哥嫂格外调护之矣。此地天时气候与都下相仿佛，近日服重裘不觉暖，而夜间更冷，以地气高寒故也。今晚同人公请刘爵帅及林远翁在粮道署，秉舆已驾，匆促草此，问合家安吉，并汝夫

---

[1] 《翁同龢日记》第二卷，第838页。

妇近佳。十一月十二日申刻玉甫手书。

昨二鼓回衙，适冬至折弁旋省，接到汝闰月廿六日所发十六号信，知老亲寿体强健，合宅均吉，深慰悬念。（刘字扇甚佳，可为吾致谢汝叔。）汝叔目疾虽愈，然灯下究不宜作字。赵粹甫屋稍逼窄，然亦宜留之，以为退直暂息之地，不可因惜费而再置之，至嘱，至嘱。汝四哥今年冬间未必成行，至挈眷北上更难定见。盖家乡事（上下诸人绝不肯提一字）虽无人与吾细说，然吾却了然于胸中。古人云，知子者，莫若父也。汝署中、馆上两处当差，制艺一道自鲜进境，然稍抱佛脚，毕竟场内少觉熟脱。至功名得失自有命定。用功者，不过尽其人事，固难与造物争权也。

吾此间公私顺适，可勿远念，须发虽白，然精力尚可支撑。署中诸事巨细，无不躬亲。吾非好为其劳，亦有不得不然之势也。至灯下阅看公事，则为外官者皆不能免。况藩司本署及各局事，画行打到者日有数百件，日间应酬外，岂能尽了？且近来幕友、家丁、书吏半有烟瘾，彼皆以昼作夜，即连累本官不能不秉烛以待，真无如之何也。

刘军门到此，所部各营已分往乾州、耀州驻扎，省垣略为清静，否则此军半皆捻匪招降，住省数日，城外即出抢案几起。据报案者言，皆兵勇所为，恐住久民兵不能相安也。

金积堡围攻虽亟，然据前敌诸君来书，皆言克期尚无把握。秦州周翼长不惬众望，河州狄道之勇全数溃散，恐甘南又有变局。口外乌城失陷，库伦复有警信，则燕晋之防诚宜布置，然驰骤沙漠，非有得力马队五六千，难资攻剿也。陕省现有大兵在境，声威自壮，陇州边界无虞侵扰，所虑者，南北两路耳。然南有川军武字数营足资防剿，北山则野无所掠，贼人亦不垂涎其地也。手此复略述近况，即问合宅安好，并汝夫妇暨孙男女辈近佳。十一月十四日玉甫又书。

全姨侍笔问安。

各处年底应酬断不能免，前从天成亨所寄三千金，正为此耳。今将各信函寄去，并开一单交汝，汝可请叔父斟酌之。倘以为可，即早为分送。如需更改，吾此次有空纸寄去。（在大包信函内。）汝可代为更易再送，各信吾虽亲自过目，然词句字面有不妥者，吾却无暇再改，汝可为吾易之为嘱。外有寄白分数分，亦即送去。亲友馈岁，倘有须添者，汝可为吾添送。盖吾此间苦于无人斟酌，不过就吾一时意见所及，随时开写，偶有遗漏，正所不免也。

【按】 此函写于同治九年十一月。同治九年闰十月初五日，翁同龢“两目受风，痒而疼，以桑叶加朴硝熏洗”；十一日，“目疾甚剧，以苏叶、胆矾熏之”①；持续十馀天，至十九日目疾方渐轻。如函中云“汝叔近患目疾，只宜熏洗……接到汝闰月廿六日所发十六号信……汝叔目疾虽愈……”

同治九年十月初四日，清廷任命前直隶提督刘铭传（省三）督办陕西军务②；是月十六日，刘铭传起程入陕③。十一月初六日，抵达陕西省城；十一月十二日以后，其所部各营已经分往乾州、耀州驻扎。

132. 同治九年十一月二十一日（1871-1-11）

字付筹儿览：

日前将十七号家书交折差赍去，未知何时可达？兹陈屺瞻（树勋）孝廉入都，托其携去洋绉四匹（吾新买，每匹纹

① 《翁同龢日记》第二卷，第842—844页。

② 马昌华，翁飞点校《刘铭传文集》，黄山书社，1997年1月，第551页。

③ 《翁同龢日记》第二卷，第838页。

银十二两)寄汝夫妇收用。屺瞻人恂恂儒雅,诸事谨饬,极肯用功,文有英气,诗亦妥适,真美才也。惟书法尚欠精整耳。吾上年至此,见其眉宇(惜相儿稍薄)间有秀气,决其为不凡材,故留其在署读书。今科果中式,可谓不虚期望。家甚寒,吾今助以川资百金,方能就道。到京时汝可往与周旋,诚益友也。王思庵(勷)在署教读,其人品学问亦好,但馆课似不甚尽职,学生巳正多方上学,而申正多即放学,虽甚聪慧,然欲其有进境也,难矣。

吾待先生之礼却仍忠且敬。明年大挑年分,伊尚欲公车北上,吾送伊程仪五十金,并请伊子(长安廪生)权馆也。此地戊午孝廉张云卿(承燮)在刘中丞(克庵)处充营务处(声名不甚佳),已保至甘省知州,明年亦进京会试,吾亦送程仪二十金也。王莲塘于前日到陕,尚未来拜,(顷已来晤矣。廿一。)不知其意何在?若欲为张罗计,则未免左矣。吾近日身体甚好,刘省三爵帅于十八日已拔队开赴乾州、耀州驻扎(十二日兵勇即分拨启程),省中稍清静,否则城外已报劫案,盖其所部半皆降捻也。草此问合家安吉,并汝夫妇近佳。十一月廿日玉甫手书。

此次城内赵粹夫房屋未知汝叔定见否?倘已定见而家眷不搬进去,则房屋必有一二间空者,或请屺瞻暂寓吾家亦好。然此事须请汝叔斟酌而行,不可稍有勉强也,至嘱,至嘱。屺瞻到京时,或请汝祖母一见之,可以问其吾署中光景。盖伊在署已几及二年,一切情形自能较他人为悉,可详告老人知也。吾昨夜为伊饯行,伊请吾家书中嘱汝为之照拂,故复缕缕言之。至其为人可亲近与否,汝见时当自知之也。玉甫又书。廿一午刻。

【按】 此函写于同治九年十一月。同治九年闰十月十一日,翁同龢前去看赵粹甫屋[1]。据此函可知，刘铭传十一月初六日抵达陕西之后，十二日兵勇即分拨起程；十八日拔队开赴乾州、耀州驻扎。

133. 同治九年十一月二十八日（1871-1-18）

字付筹儿览：

月之十四日将十七号家书，并外寄信件两包封，交折差王贵、杨逢禧赍去，计此时方能得达。迩维老亲康健，合家安吉为祝。吾此间公私平顺，刘爵军门于十八日拔营赴乾州，惟留林远村方伯在省办粮台，客军酬应之繁，稍觉轻减。金积堡先于十四日令其旁马家滩二寨出降，十六日马酋自缚投诚，其堡众二万馀，一半降于老湘营，一半降于彝家营。现在前敌各统领已禀请左帅免其一死，令其立功赎罪，以后陇上似可销兵矣，惟善后事宜甚不容易。未知大帅如何布置耳？

吾于京师诸贵人及亲友馈岁之资，先已从天成亨汇寄银叁千两，足以分致。因思家中年底亦须略致吾忱，今复从筱坞学士处寄去足库纹银壹千两，汝可收明，即照吾单开，一一为吾分致为要。吾现为外官，廉俸优厚，家中人固当共稍润泽也。匆匆草此，不尽欲言，出月初尚有贺元旦折差进京，再详布一切。手此问合家安好不备。十一月廿八日。玉甫手书。

孙女和保于月之初十日发热，出天花，吾以其姊新以痘殇，心即惴惴惧，嘱汝哥嫂加意调护。嗣后见点上浆，均尚顺利，至廿五日花已一半结痂，方谓可幸无事矣。乃廿六日早晨复起惊风，至午刻即不救。百方医治，迄不见效，惜哉！

---

① 《翁同龢日记》第二卷，第843页。

此女甫能语而聪慧，又胜于乃姊，宜其难招也。吾于此等事久作镜花水月观。第五十日中，眼前连失两女孙，胸中未免作恶，汝哥嫂更觉难乎为情耳。吾近日本肝胃不和，昨夜更胀满作痛，不能安睡，今晨起头亦涔涔疼痛也。廿七日玉甫书。

【按】 此函写于同治九年十一月二十八日。是年九月底，翁同爵孙女福保因“新来老妈携往署外看戏受惊”而发寒热，“至初九日天花见点”，即延医诊治。谁料想，病情反反复复，至“十八日夜半忽现变症”，“竟尔不治”而亡；十一月初十日，福保妹妹和保又发热，出天花；虽翁曾纯夫妇格外调护[①]，仍未留住，于十一月二十六日晨夭亡。

同治十年正月十八日，翁同龢陕西门人王襄，携来十二月十日翁同爵家书，并见到翁曾纯写给翁曾翰书札，知其“连失两女，意绪恶劣”[②]。

134. 同治九年十二月初六日(1871-1-26)

字付筹儿览：

前月十四日将十七号家书，并外寄函件两包封交折差赍去，计此时早已得达。廿一日又草一函，外洋绉（寄汝夫妇）四匹，交陈屺瞻孝廉携去。廿八日复从袁筱坞处寄去一缄，外库平足纹壹千两，（为家中老亲及诸人年底之用，亦有一单寄去，汝可即分致。）约于年内均可收到。迩维老亲万

① 参见上文同治九年十月二十八日、十一月十四日致翁曾翰家书及其按语。

② 《翁同龢日记》第二卷，第862页。

福,合宅安康为祝。吾此间公私平善,中丞极为水乳,同官亦甚和衷。库款吾极力樽节,尚可支持(可馀三十万过年),农田麦根甚好,惟三冬未得透雪。顷已设坛祈祷,刘爵军门于前月十八日亲往(十四营)乾州,以十二营分扎耀州西北,两路防兵均厚。(凤翔又有谭军七营,宝凤等处有武字十一营。)

金积堡马逆于前月十四日,先令马家滩回众出降,十六日即自缚单骑至老湘营投诚,(其下万馀人,亦即出降。)而其部下有至彝字营分投者(亦万馀人),共有二万馀众。此次之降势实穷盛,似非前此之狡诈矣。现在左帅拟平其堡寨,分地(拟于白米河地方拨地耕种)安插其降众,嗣后陇上或可销兵也。总之,办理回务,惟有剿抚兼施。若听本地人议论,必灭其种类而后已,此事固做不到,亦无此情理也。

吾公馀之暇,亦尚以书画金石自娱,近日复以白金三十二两买宋版《文选》一部,又以五十金买师奂父(底盖均有款二行)季姞豆一对(古色斑斓),又以廿四金买古鼎一具,(有款七行,令人去剔洗,尚未来。)对之颇自怡悦性情,所近欲自制而不能也。王莲塘来此曾请其一饭,伊所谋事,尚无就绪。李伯雨约于年内可到,省翁与吕定子颇浃洽,而林远村则意见不甚相合。闻远村有他去之意,未识确否?吾于省翁未到之前,预为购粮六七千石。今其扎营乾、耀二处,亦皆委员往彼照料,采买转运等事,地主之谊,似亦竭尽心力矣。

省城粮价虽因采办军米稍昂(每石五两,计重二百廿斤),然尚不致大贵,以秋收尚丰之故。街市商贾渐有起色,较之吾上年初下车时,铺户几增至一半,惟城外房屋未尽修复。今年吾将四关郭墙修筑完固,东南二关已添铺户(东关几复旧),居民不少;而西北关仍住户廖廖也。城上卡房女墙皆于本年修齐,城楼(东西北三处官厅亦重造)则去岁开工,今春方竣事。城内学宫、万寿宫两处亦已工毕,今兴修咸阳、文武成康陵寝(吾捐廉千金),其费或捐廉,或筹款,数均不少也。

吾近体甚好,惟须发多白,揽镜自视,居然一老翁矣。汝荣哥未识年内到京否?若果挈眷同行,则京寓亦有人满之患。寓中门户火烛皆宜随时留意,同乡赴礼部试者若干人,吾前书所言,每人送元卷数金(或六两或八两),可与汝叔父斟酌之为嘱。手此问合家安好。十二月初四日玉甫手书。全姨侍笔问安。

宗林臣大令已到,所寄信件均收明。米脂现已委人署理,甫到任宗令暂留在省当差,然实缺人员,他日必须到本任也。交李从九(善政)所带之信及皮糖、冬菜等均收到,味皆未变。署中教读王思庵孝廉于月之中旬进京会试,吾送程仪五十金,来年即延其子子畲茂才授奎孙读矣。本科及上科孝廉,凡来辞行者,不论贫富均送元卷四金;其未来辞行者,则不及遍致矣。林颖叔太夫人久病不愈,于今晨去世,伊行期本未定见也。初六日。

【按】 此函写于同治九年十二月①。同治九年十月十六日,翁同龢"送李伯雨南归,伊同刘省三入陕,先归安顿家眷也"②。

---

① 参见上文同治九年十一月二十一日、十一月二十八日致翁曾翰家书及其按语。

② 《翁同龢日记》第二卷,第838页。

135. 同治九年十二月初十日(1871－1－30)

字付筹儿览：

吾于前日将十八号家书交折弁张万安等赍去，约封篆前后可达。前由袁筱坞处寄一函，并外库平壹千两，计于其时，亦可到也。吾此间公私平顺，汝勿悬念，库款虽绌，然已可支持至来年二月杪以后。上忙钱粮开征，似可接济，不致十分为难矣。

金积归诚，左帅现办安插，似不至有反复。惟河狄之回，则于彼教中又分支派，恐未必能一律说降也。陕省北山并无大股回逆窜入，但有各营散勇，百十为群，时出劫掠，而楚师防军日久师老；且各统领，恃其与督抚二帅，非亲即友，不畏官民之议论。勇数缺额既多，又无精壮可用，故有营驻扎地方，离一二十里，贼即出没无忌，甚至马贼数人截击护粮护饷兵数十。各统领匿不以闻，即报亦指为回匪，且有捏称大捷者，其实皆无此事也。

近日抚军知其弊，令各营区分段落，专其责成，庶可逐渐搜捕静尽矣。刘军铭营分扎乾、耀二处，尚称安辑，闻其后队十五营，到时拟扎定靖等处。然转运采买之难，地方必多受累也。

王思庵在署教读，与吾甚相得。今其行也，吾赠以五十金，计其行程，到京总在上元前后矣。思庵极用功，在此尚时作文，并不荒疏，此次或可得一当也。来年奎孙读书即延思庵令郎子畲茂才权馆。第此子质地本中庸，又其父母皆钟爱，虽有严师，未必能有进境也。

日来祈雪未应，明日设坛求祷。早晚拈香，故无片刻闲暇。岁事将阑，民情均熙，浩官斯土者，亦蒙其福，堪慰远怀。手此略述近况，即问合家安吉不备。十二月初十日，玉甫手书。

【按】 此札写于同治九年十二月。同治十年正月十八日，京中翁宅收到王思庵（勷，或襄）携来陕西翁同爵十二月初十日家书[①]。

136. 光绪二年十一月十七日（1877-1-1）

字付筹儿览：

昨日甫将廿七号家书交折弁李得义赍去，今日又从裕银号汇去库平足纹伍千两。此款以贰千金为添补寓中日用所需，以贰千金留为安孙及祝孙女婚嫁预备衣饰之用，以壹千金年底分给家中上下为嘱。数目附后。

三嫂一百，叔弟二百，筹儿夫妇二百，子馨五十，秀姑娘五十（不可减），安孙兄弟姊妹共二百，家中男仆、女使及粗人分项共二百。

至各处炭金，则有吾前八月朔（三千两）、九月朔（三千两）所寄另存之款，共六千金，似乎现在所需尚有盈馀也。吾日来左体尚未全愈，颇自馁，馀亦无他，此字问合家安吉。十一月十七日玉甫手书。

【按】 光绪二年九月二十六日，翁同龢得知“五兄左足麻木，连左体均不适”[②]；十二月初三日，得五兄十一月十五函，手颤，左足足边时抽痛且麻木”[③]，如此函中云“左体尚未痊愈”。光绪三年八月初一日，病逝[④]。知此函写于光绪二年十一月十七日。

---

① 《翁同龢日记》第二卷，第862页。

② 《翁同龢日记》第三卷，第1277页。

③ 《翁同龢日记》第三卷，第1291页。

④ 《翁同龢日記》第三卷，第1341页。《翁同龢年谱·翁玉甫先生年谱》，第188页。

137. 光绪三年二月二十三日(1877－4－6)

字付筹儿览：

吾自初三日交卸督篆后，公事少闲，且具折请假。日行事件均交藩司代行，所自办者，惟题奏稿件而已，甚觉安适。惟吾自初二夜起，连发寒热，至初九夜方止。人极委顿，饮食亦大减，且手颤特甚，不但不能握管，并不能举箸，殊为闷损。今幸调理稍愈，胃口略好，然手战尚未平。吾拟一月假满后即请开缺，实缘封疆重任，决不敢以病躯恋栈也。归家后能将义庄办妥，各处先垄祭田添足，则生平志愿方了。吾向来宦兴本淡，今一病后，尤觉万念俱灰耳。

昨折差杨逢春回，接汝二月初七日书，知合家安吉，寿孙已到京，途次均好，深为欣慰。汝十赴春闱不第，今作壁上观，此是命中注定，切勿牢骚抑郁为嘱。汝叔父日侍书帷，不能休息，须嘱其善自葆卫。子馨平反浙案而能不居其功，辞却奖叙，绝大见识，殊为难得。吾连日本不能作字，因恐汝接信而不见吾亲笔书，必然悬念，故勉强作此数行寄汝，实不成字迹也。此问合家安好不备。二月廿三日玉甫手书。

【按】 此函写于光绪三年二月二十三日。光绪三年二月初三日，翁同爵交卸督篆，“时寒势屡作，手颤益甚”①。光绪三年三月初八日，京中得翁同爵此信，“兄手札两纸，手战如老翁。”②

---

① 《翁同龢年谱·翁玉甫先生年谱》，第187页。

② 《翁同龢日记》第三卷，第1312页。

138. 光绪三年三月二十日(1877－5－3)

字付筹儿览：

吾本拟告病开缺，而小荃制军再三来阻止，且令司道来劝，今仍续假一月。吾此时诸病稍愈，惟手战特甚，故遂觉百无心绪，且看一月后如何耳。汝四哥月初大病，竟是伤寒，幸诊治无误，今已大愈。

此间旸雨应时，春收可望丰稔。天门聚众滋事之案，调兵往拿，犯已逃逸，不致成巨案矣。会试题目尚未知，寿孙闱作如何？上年朱卷可寄百本来，缘有人要也。此布问合家安吉。三月廿日玉甫手书(上钤“息柯”白文朱方印)。

【按】 此纸因翁同爵手战，字迹笔画模糊不清，略难辨认。光绪二年八月之后，翁同爵“常患足麻便秘诸症”；光绪三年，“手颤益甚”，故而“具折请假调理”，赏假一个月；三月，又“奏请续假，奉旨再赏假一个月”[①]。知此函，写于光绪三年三月二十日。

光绪三年四月初八日，湖北折弁给京中翁宅带去翁同爵家书，“续假一个月，旨著再赏假一个月。兄手书一纸，字迹如七八十岁人。诸症皆减，手战未平”[②]，与此通翁同爵三月二十日所写之函内容相合，故光绪三年四月初八日湖北折弁给京中翁宅带来之家书，当即此通光绪三年三月二十日家书，其发信日期或曰三月二十一日。然《翁同龢日记》作“二月廿一日”。[③] 上文光绪三年二月二十三日翁同爵家书云“吾自初三日交卸督篆后，公事少闲，且具折请假……吾拟一

① 《翁同龢年谱·翁玉甫先生年谱》，第187—188页。

② 《翁同龢日记》第三卷，第1317—1318页。

③ 《翁同龢日记》第三卷，第1318页。

月假满后即请开缺”,知光绪三年二月初三日,翁同爵交卸后第一次请假一个月,至三月初三日假满。所以,不可能在二月二十一日的信中言及“续假”之事。因疑《翁同龢日记》中“二月廿一日”当是“三月廿一日”之误。是笔误?抑或释读有误?暂存疑待考。

139. 光绪三年六月十六日(1877－7－26)

字付筹儿览:

吾前月发信后,月之初三日有人荐一符水治病之任姓来治。及至来此,则以推拿施治,历一时多方竣。次日觉四肢疲倦,精神委顿,亟延程丽芬等,仍定一参茸附桂等方服之,亦无甚大效。而潘伟如方伯以为天气暑热,不宜过服峻剂,于是请其诊治,撤去附子、鹿茸、肉桂等。近日连服数剂,颇有效验,惟大便秘结,胃口不开,手战亦仍如旧,颇为焦急耳。安孙考荫得内用,可喜之至,惟不必时到衙门,则仍可习静用功也。

寿孙玉堂归娶,自是意中事,将来南旋结伴。须有妥当之人也。吾此间公私平顺,所属虽有飞蝗过境者,然尚不为害。近日早稻已割,棉花亦茂,秋收时可无虑矣。雨泽调匀,江水不涨,此真守土者之福也。吾巡阅各营,拟于九月初举办,然届时须视精力如何,方能定见。鄂中今年尚无酷暑,且僚属中间有以家乡瓜相饷者,服之颇适。汝四哥近体甚好,吾公事半倚其帮办,极为得力。其馀上下皆好,可勿悬念。吾因手战不能作字,故令汝四哥书之。此问合家好。六月十六日玉甫字。

六月十三日潘定方:寸部软弱,肺气不充,馀皆虚细,脾胃受困,四肢亦甚倦怠,当此盛暑,亟宜培养中宫于调补之中,加以疏降之品,勿使湿浊壅滞,上泛为痰,以致胸膈不清，胃纳益减。拟方：高丽参三钱（另炖冲）、云茯苓五钱、野于术三钱（另炖冲）、生绵芪一两（煎汤代水）、橘红七钱（盐水炒）、制半夏二钱、生白芍二钱（桂枝五分炒）、干姜一钱、炙草二钱。

十六日定方。左手停匀，右脉和缓，而嫌虚弱。病由土弱阳衰，仍当以中气为主，但使脾胃运转，营卫滋荣，则筋脉融和，而肢体亦渐臻强健矣。所谓崇阳补火，滋肝理肺，兼而有之，须缓缓调理。方中去半夏换杏仁三钱，去橘红换陈皮二钱，绵芪用二两，仍煎汤代水，馀具前法。

【按】 光绪三年五月初五日，“安孙考荫生赴吏部验到”[①]，知此函写于光绪三年六月十六日，时因翁同爵手战不能写字，由翁曾荣（四哥）代笔。

光绪三年七月初四日，京中翁宅得到此信“得楚中六月十七日函，兄体自推挪后犹未复元，现又改服潘伟如方，用理脾之剂，稍效，九月中拟阅兵也”。[②]

---

① 《翁同龢日记》第三卷，第1322页。

② 《翁同龢日记》第三卷，第1333页。